Scott Turow, Jahrgang 1949, hat nach der Veröffentlichung seiner Tagebuchaufzeichnungen über das erste Studienjahr in Harvard unter dem Titel »One L« mit den beiden Romanen »Aus Mangel an Beweisen« und »Die Bürde der Wahrheit« die internationalen Bestsellerlisten erobert. Er lebt mit seiner Familie in der Nähe von Chicago, wo er Partner der Anwaltsfirma Sonnenschein Nath & Rosenthal ist. »Aus Mangel an Beweisen« wurde von Sydney Pollack mit großem Erfolg verfilmt.

W0327723

Von Scott Turow sind außerdem erschienen:

Aus Mangel an Beweisen (Band 03217)
Die Bürde der Wahrheit (Band 60146)
So wahr mir Geld helfe (Band 60447)

Deutsche Erstausgabe Juni 1997
Copyright © 1997 für die deutschsprachige Ausgabe by
Droemersche Verlagsanstalt Th. Knaur Nachf., München
Das Werk einschließlich aller seiner Teile ist urheberrechtlich geschützt. Jede Verwertung außerhalb der engen Grenzen des Urheberrechtsgesetzes ist ohne Zustimmung des Verlages unzulässig und strafbar. Das gilt insbesondere für Vervielfältigungen, Übersetzungen, Mikroverfilmungen und die Einspeicherung und Verarbeitung in elektronischen Systemen.
Titel der Originalausgabe: »Guilty as Charged«
Copyright © 1996 by The Mystery Writers of America, Inc.
Originalverlag: Pocket Books, a division of
Simon & Schuster Inc., New York
Umschlaggestaltung: Agentur ZERO, München
Umschlagfoto: The Image Bank, München
Satz: Ventura Publisher im Verlag
Druck und Bindung: Ebner Ulm
Printed in Germany
ISBN 3-426-60560-0

5 4 3 2 1

Scott Turow (Hrsg.)

Schlußplädoyers

Aus dem Amerikanischen von Brigitte, Gabriele und Klaus Fröba

Knaur

Inhalt

Eine Einführung zu diesem Buch

Während meiner letzten vier Jahre als Abteilungsleiter im Justizministerium der Vereinigten Staaten gehörte zu meinen Aufgaben unter anderem die an der Praxis orientierte Einarbeitung unserer neuen Mitarbeiter. Ich bin damals hin und wieder in den Gerichtssaal gegangen, weil meine Kenntnisse über den formalen Ablauf eines Prozesses recht dürftig waren und ich ja wenigstens in der Lage sein mußte, beurteilen zu können, ob meine jüngeren Kollegen sich in der Technik der Zeugenbefragung und in der geschickten Plazierung einer Fangfrage beim Kreuzverhör auskannten und ob sie wußten, wie sie dem Vorsitzenden Richter Anregungen oder Einwände vorzutragen hatten.
Aber wenn ich dann so, Seite an Seite mit ausgebufften alten Gerichtshasen, in einer Bank ganz hinten saß, vergaß ich mitunter, wo und warum ich hier war, und führte meine Gedanken spazieren. Weil mir klar wurde, daß selbst hinter ganz alltäglichen Delikten wie dem Diebstahl von Pfandbriefen oder der Weitergabe von kleinen Mengen Rauschgift faszinierende Geschichten stecken können.
Die Zeugen und diejenigen, die ihnen bohrende Fragen stellten, rangen um die Wahrheit – eine oft unergründbar scheinende Wahrheit, weil über ihr der Schatten irgendwelcher Gedächtnislücken lag oder weil sich plötzlich – ein alter Trick – ein nicht angeklagter Mittäter für schuldig erklärte, oder einfach, weil beide Seiten ein und dasselbe Ereignis aus verschiedenen Blickwinkeln sahen. Dennoch wurde eine Zeugenaussage auch in solchen Fällen oft zum fesselnden Zeugnis dafür,

daß das Böse sich immer und überall ereignen kann, mitten in unserem Alltag.
Ich entschloß mich, Jura zu studieren, nachdem ich mich eine Weile als Autor von Romanen versucht hatte, die alle im Universitätsmilieu angesiedelt und daher ein wenig akademisch waren, Romane jedenfalls, für die ich rund um den Globus weit und breit keinen Verleger finden konnte. Erst Jahre später kam mir – als ich immer noch auf der Suche nach Themen war, von denen ich mir ein wenig mehr Aussicht auf Veröffentlichung erhoffen durfte – die Idee, über das zu schreiben, was ich im Gerichtssaal erlebt hatte. Dort, dachte ich, spielten sich die wahren Dramen der Menschheit ab. Der Einsetzung eines Geschworenengerichts liegt der Gedanke zugrunde, daß bei den zur Verhandlung anstehenden Fällen jeder normale Bürger dem Prozeßverlauf ohne besondere juristische Vorkenntnisse folgen kann. Zumal es bei Strafprozessen nicht um juristische Finessen, sondern um die an moralischen Maximen orientierte Frage geht: Hat der Angeklagte erwiesenermaßen etwas derart Verwerfliches getan, daß er es verdient, hinter Gitter verbannt und damit aus der Gesellschaft ausgestoßen zu werden? Der Oberste Richter in unserem Distrikt pflegte zu sagen, daß die Belehrung der Geschworenen – bei der der Richter den in die Jury berufenen Laien erläutert, welche Möglichkeiten und Grenzen ihnen durch die Gesetzeslage vorgegeben sind – reine Zeitverschwendung sei. »Da kann man sie auch gleich dort hinten einschließen und ihnen sagen, sie sollen tun, was sie für richtig halten. Aber das tun sie ja sowieso.«
Als mir klar wurde, welche Dynamik hinter Themen steckt, bei denen es um Recht und Rechtsprechung geht, war das der Anstoß für das Buch *Aus Mangel an Beweisen*, an dem ich acht Jahre lang gearbeitet habe – nach Feierabend, an den Wochenenden und morgens im Nahverkehrszug, mitten im Heer der Pendler. Als es erschienen war, wurde mir vorgehalten, den so-

genannten »Justizthriller« erfunden zu haben. Im Kern liefen die Vorwürfe darauf hinaus, ich hätte da etwas, weil es neu ist, Verblüffendes erfunden und damit eine Flut von ähnlichen Romanen ausgelöst, die nun die Regale der Buchhandlungen und die Paperback-Ständer auf den Flughäfen überschwemme – zumeist von Anwälten geschriebene Romane, die um Täter, Gerichtsverhandlungen und -urteile kreisen. Ich plädiere auf nicht schuldig. Geschichten, in denen es um Recht und Rechtsprechung geht, hat es in Wirklichkeit schon immer gegeben. Man denke nur an Platos Schilderung der Verhandlung gegen Sokrates oder an den »Kaufmann von Venedig«. Das Gesetz ist streng an vorgegebene Denkkategorien und unumstößliche Regeln gebunden und daher oft nicht in der Lage, den Einfluß moralischer Konflikte oder die Fragwürdigkeit der Wahrheit zu berücksichtigen – eine Ambivalenz, die durch die literarische Bearbeitung deutlich gemacht und dramatisiert werden kann. Einige der besten Werke von Melville und Dickens handeln vom Recht und seinem Umfeld. In unserem Jahrhundert hat James Gould Cozzens zwei eindrucksvolle, leider weitgehend vergessene Romane über Recht und Gesetz geschrieben, *By Love Possessed* und *The Just and the Unjust.* Schon in meinen Kindertagen sind zwei wunderbare Romane, in deren Mittelpunkt ein Prozeß steht, zu gigantischen Publikumserfolgen geworden: *Anatomie eines Mordes* und *Wer die Nachtigall stört.* Und ich könnte noch viele andere Beispiele aufführen.

Meiner Meinung nach unterscheiden sich die Geschichten, die heutzutage über Gerichtsprozesse geschrieben werden, nur in einem einzigen, allerdings gewichtigen Punkt von ihren klassischen literatischen Vorbildern, nämlich in der Ausführlichkeit, mit der sie die Details der Prozeßordnung behandeln. Lange Zeit herrschte unter Autoren die einhellige Auffassung – und Hollywoods Drehbuchautoren waren die verbissensten Verfechter dieser These –, daß das langatmige Geschwafel bei Gerichtsverhandlungen auf den Durchschnittsleser nur ermüdend wirken könne. Es liegt in der Natur der Sache, daß bei einem Justizthriller im allgemeinen die Schilderung kniffeliger Verfahrensregeln der Strafprozeßordnung, der Winkelzüge, deren Anwälte sich bedienen, und schließlich der Urteilsbegründung durch den Richter das Salz in der Suppe ist. Als ich angefangen habe, *Aus Mangel an Beweisen* zu schreiben, bestand der Kreis der Leser, die mir sicher waren, lediglich aus mir, meiner Frau und meinem damaligen Agenten. Und weil die Dinge nun mal so lagen, beschloß ich, das Buch zu meinem eigenen Vergnügen zu schreiben und auf gar keinen Fall Prozeßszenen hineinzupacken, wie sie mir im Fernsehen, in der Perry-Mason-Serie, zugemutet wurden. Das war so erschütternd dahingepfuscht, daß der Drehbuchautor besser daran getan hätte, ganz auf die Dialoge zu verzichten und statt dessen die Schauspieler mit den Fingern auf die jeweils nächstverfügbare Tischplatte trommeln zu lassen. In meinem Buch sollten, so gut mir das eben gelang, jede Frage, jeder Einspruch und jede richterliche Entscheidung juristisch genau, realistisch und im Einklang mit der Prozeßordnung sein. Als der Roman veröffentlicht wurde, schienen die Leser, statt sich bei so viel Detailtreue zu langweilen, davon gefesselt zu sein. Immer wieder haben mir Leser gesagt, die Schilderungen aus dem Gerichtssaal hätten ihnen besonders gut gefallen (obwohl ich stets vermutet hatte, gewisse andere Passagen könnten ihnen, wenn auch klammheimlich, mehr Vergnügen machen).

Die Leser sind es, die diese Detailtreue verlangen und die, wenn sie einen Justizthriller nach dem anderen verschlingen, oft ein kritischeres Auge fürs Detail haben als die Autoren. In meiner High-School-Zeit war das epochale Ereignis die Ermordung von JFK, für meine Tochter wird es der Prozeß gegen O. J. Simpson sein. Recht und Rechtsprechung haben für unsere Gesellschaft eine Bedeutung wie nie zuvor.

Die Gründe dafür, daß das Recht neuerdings in Amerika einen so hohen Stellenwert hat, scheinen mir komplex zu sein. Zum einen haben die sechziger Jahre jener Immunität ein Ende gemacht, der sich – nach freilich ungeschriebenen Gesetzen – hochgestellte Persönlichkeiten in der Legislative und Exekutive gegenüber gerichtlichen Nachstellungen erfreuten. Heutzutage werden alle angeklagt: Ärzte, Rechtsanwälte, Priester, Schulbehörden und einfache Angestellte. Die Amerikaner haben hocherfreut zur Kenntnis genommen, daß die Gerichte einem Geschädigten oder in seinen Gefühlen Verletzten erhebliche Summen als Schadenersatz zuerkennen, und wir alle erleben täglich mit, zu welchen vorsorglichen Maßnahmen sich deshalb alle möglichen Institutionen veranlaßt sehen. Außer den Schülern darf niemand im Swimmingpool der High-School schwimmen. Sie verstehen – unsere Anwälte wollen das so.
Aber unabhängig davon, daß das Recht und die Rechtsprechung im Alltag unseres Lebens geradezu allgegenwärtig geworden sind, denke ich, die Amerikaner haben begriffen, daß die Rechtsprechung in einem nie zuvor gekannten Maße zur Schmiede nationaler Werte und Tugenden geworden ist, und das hat sie ungeheuer neugierig auf einen Blick hinter die Kulissen des Rechts gemacht. Je tiefgreifender sich die Vereinigten Staaten verändert haben, je pluralistischer und unsicherer unser Leben geworden ist, je mehr der Einfluß anderer Institutionen – der Kirchen, der Schulen und der örtlichen Komitees – zu schwinden droht, je gründlicher Medien und Marketing regionale Identitäten verwischen und dadurch, das wollen wir nicht vergessen, überhaupt erst *eine* Nation aus uns machen, desto gebannter blicken die Amerikaner auf die Gerichte und auf deren Antworten zu Fragen, die bisher nie gestellt wurden: zur Schwangerschaftsunterbrechung, zur Leihmutterschaft, zur Rechtsprechung bei sexueller Belästigung, zur Diskriminierung sexuell anders Veranlagter. Vor fünfzig Jahren

hätte man darin Fragen von religiöser oder moralischer Relevanz gesehen, dergleichen wäre nie in Gerichtssälen erörtert, geschweige denn dort entschieden worden.
Andererseits ist es gerade dieses neue amerikanische Rechtsbewußtsein, das den Markt schafft für Bücher wie das, das Sie in der Hand halten. Seit seinen Anfängen im achtzehnten Jahrhundert bis heute hat der Roman stets auch eine erzieherische Funktion wahrgenommen, und wenn Romane, die im Gerichtsmilieu spielen, so viel Aufmerksamkeit finden, dann hat das zweifellos etwas damit zu tun, daß sie einer weitverbreiteten Wißbegier Rechnung tragen: dem Bedürfnis, mehr über eine Institution zu erfahren, die sich – bisweilen, wenn nicht gar ständig zu unser aller Zorn – immer mehr und immer häufiger in alle Belange unseres Lebens einmischt. Ich habe Zweifel, ob diese Anthologie vor zehn Jahren überhaupt veröffentlicht worden wäre. Und wenn nicht, dann säße ich eben – inzwischen selbst ein ausgebuffter alter Hase – in irgendeinem Gerichtssaal, auf einer Bank ganz hinten, und führte bei all den faszinierenden Geschichten, die vor meinen Augen und Ohren lebendig werden, meine Gedanken spazieren.

Scott Turow

Hunde und Flöhe

John Lutz

Er sitzt draußen«, sagte Doris zu Mead Blasingame, »und sieht aus wie einer, der was aushandeln will.«
Der Mann, von dem sie sprach, war der als überaus energisch bekannte Strafverteidiger Horton Lang, der derzeit Bayvilles ungekrönten König der Unterwelt vertrat, den berüchtigten Willie Stark.
Wenn Lang ein erfolgreicher Strafverteidiger war, dann hatte er in Mead Blasingame, dem Staatsanwalt mit den meisten gewonnenen Prozessen in ganz Bayville, einen Widersacher gefunden, der genauso viele Erfolge, wenn auch möglicherweise nicht ganz soviel Vermögen vorweisen konnte. Willie Stark wäre nicht der erste hochkarätige Kriminelle gewesen, der seine Verurteilung Blasingames Erfahrung im Umgang mit den Gesetzen und mit den Geschworenen zu verdanken hatte. Ein Mann in den Vierzigern, nicht sonderlich groß (weswegen er sich betont aufrecht hielt), aber von durchaus ansprechendem Äußeren. Wäre er nicht Jurist, sondern Schauspieler geworden, dann hätte er mit seinem pechschwarzen Haar und seinen blauen, geradezu schmerzlich ernsten Augen einen prächtigen Sir Lanzelot abgegeben. Und es gab tatsächlich Tage, an denen Mead Blasingame sich vorkam wie ein Ritter, der sein Leben in den Dienst der Gerechtigkeit gestellt hat.
Den Blick gedankenverloren auf seine Sekretärin Doris Jones gerichtet, thronte er hinter seinem mächtigen Schreibtisch aus Eichenholz. Sie war mehr als nur irgendeine Mitarbeiterin für ihn, er schätzte ihr unübertreffliches Geschick beim Aufspü-

ren und kritischen Sichten möglicher Präzedenzfälle, und gelegentlich mußte sie auch als Zuhörerin bei der Generalprobe für einen seiner theatralischen Soloauftritte in Sachen Recht und Gesetz herhalten.

Hinter Doris an der Wand hing der gerahmte Sinnspruch, den Blasingame in jungen Jahren bei allen passenden und unpassenden Gelegenheiten aus dem Munde seiner Mutter vernommen hatte: *Wer sich zu den Hunden legt, darf sich nicht wundern, wenn er mit Flöhen aufwacht.* Blasingame hatte sich das so oft anhören müssen, daß es ihm unauslöschlich ins Gedächtnis gegraben war. Er glaubte an die Wahrheit dieser Lebensweisheit, und weil er daran glaubte, war er Staatsanwalt geworden.

Den Gedanken, als Strafverteidiger zu agieren, hatte er bereits zu Beginn seiner juristischen Karriere weit von sich gewiesen. Er wußte im voraus, daß er es nicht fertigbrachte, die unabdingbar notwendige Distanz zu schaffen zwischen seinen Gefühlen und all dem menschlichen Abschaum, den er als Strafverteidiger vor Gericht vertreten mußte. Insgeheim hegte er die Befürchtung, sein Leben lang unter der unerträglichen Verantwortung zu leiden, die er sich aufbürdete, wenn es ihm gelang, durch eine geschickt aufgebaute Verteidigung einen Freispruch für jemanden zu erreichen, den er in Wirklichkeit für schuldig hielt. Mußte nicht ein Teil der Schuld, ein Teil des Bösen auf ihn abfärben und wie Ruß an ihm kleben? Mit jedem Freispruch wurde er geradezu zwangsläufig seinen Mandanten ähnlicher. Und de facto zum Komplizen bei ihren künftigen Missetaten. Ein Gedanke, der ihm die innere Ruhe raubte.

»Mr. Blasingame? Mead?«

Doris sah fragend zu ihm hinunter. Eine hübsche blonde Frau mit einem herzförmig geschnittenen Gesicht, weichen Zügen und blitzenden taubengrauen Augen; alles in allem eine überaus anmutige Verpackung für so ein Bündel gewiefter Intelligenz.

»'tschuldigung, Doris, ich war in Gedanken. Sagen Sie Lang, er soll reinkommen. Von mir aus kann er aushandeln wollen, was er will. Die Karten sind verteilt, und wir haben die Asse.«

Sie ging lächelnd hinaus, führte gleich darauf Horton Lang herein und ließ die beiden Männer allein.

Blasingame stand auf, lächelte Lang zu, schüttelte ihm die Hand und wies einladend auf den bequemen schwarzen Ledersessel schräg gegenüber seinem Schreibtisch. Nachdem Lang Platz genommen hatte, setzte Blasingame sich ebenfalls. Sie absolvierten den obligatorischen Small talk, und als das abgehakt war, wartete Blasingame geduldig darauf, daß sein Besucher zur Sache kam.

Lang war achtundsechzig Jahre alt, in feines graues Tuch gekleidet, mit grauem Haar, grauen Augen und eindrucksvoll buschigen grauen Augenbrauen, mit denen er bisweilen so zu wackeln verstand, daß man sich unwillkürlich an eine sich windende Raupe erinnert fühlte. Selbst die Tönung der Haut, die sich straff und fest über Langs länglichem Habichtsgesicht spannte, spielte ein wenig ins Graue. Die ganze Fülle von Grautönen vor Augen, fragte sich der um etliche Jahre jüngere Blasingame, wie lange es wohl noch dauerte, bis der Alterungsprozeß auch Langs graue Gehirnzellen erreichte und ihn zu Vergeßlichkeit neigen ließ. Falls der Knacks schon bald kam, zum Beispiel während des Prozesses in Sachen Willie Stark, konnte das Blasingame nur recht sein.

Willie Stark verdiente die Todesstrafe – und zwar formaljuristisch gesehen zwanzigmal, damit das Urteil wasserdicht war. Genau der Typ, den Blasingame aus Herzenstiefe haßte. Einer, der seine verquasten Vorstellungen von Gerechtigkeit mit der Kanone durchsetzte. Diesmal hatte er allerdings keine Pistole benutzt, dafür gab es aber jemanden, der ihn beobachtet hatte.

»Mr. Stark hat mir gestattet, Verhandlungen über mildernde Umstände aufzunehmen«, sagte Lang.
Blasingame schob die Augenbrauen hoch. »*Gestattet* hat er es Ihnen?«
»Ja«, bestätigte Lang ernst. »Er möchte, daß ich auf nicht schuldig plädiere. Weil er nicht schuldig ist. Aber es ist ihm klar, welches Gewicht die Beweise, so irreführend sie sein mögen, vor Gericht haben könnten. Was halten Sie von der Idee, die Anklage auf fahrlässige Tötung abzuändern?«
»Davon halte ich gar nichts. Wir haben eine Zeugin, die Ihren Mandanten eindeutig am Steuer des Wagens erkannt hat, der George Blake angefahren und getötet hat und sodann vorsätzlich noch einmal zurückgestoßen ist, damit auch sicher war, daß das Opfer nicht überleben konnte. Stark hatte ein Motiv …«
»Welches denn?« fiel ihm Lang mit sanfter Stimme ins Wort.
»Blake hatte beobachtet, wie er kaltblütig zwei Frauen erschossen hat. Prostituierte, die indirekt für Stark gearbeitet haben und aus ihrem – Vertrag aussteigen wollten. Er dagegen wollte ein Exempel an ihnen statuieren. Zuerst mit der Schußwaffe, und dann hat er sie noch mit einem Messer verstümmelt. Zur Abschreckung, falls Kolleginnen der beiden Ermordeten ähnliche Gedanken über ein Leben in freier Selbstbestimmung hegen sollten.« Blasingame merkte, daß er sich, was immer ein Fehler war, in Wut redete. Er mäßigte seine Lautstärke. »Ihr Mandant Willie Stark ist eine Bestie.«
Lang spielte seinen Trumpf aus. »Ihre Zeugin, Laurie Stone, ist selbst eine Prostituierte. Die Geschworenen werden so einer Frau keinen Glauben schenken, das wissen Sie genau.«
Blasingame erhob sich steif. »Das wird sich beim Prozeß erweisen.«
Lang seufzte, lächelte, stand auf und knöpfte den Zweireiher zu. »Manchmal sollten auch Sie nachgeben, Mead. Ein paar Ih-

rer Fälle haben Sie schon wegen Ihrer Unnachgiebigkeit verloren. Und diesen werden Sie auch verlieren.«
»Wir wissen beide, daß es nicht so kommen wird, Horton.«
Langs Lächeln verlor sich ins Ungewisse, als könne er einfach nicht begreifen, daß Blasingame auf seinem aussichtslosen Standpunkt beharrte, obwohl doch abzusehen war, wie leicht er ausgehebelt werden konnte. Dann nickte er dem Staatsanwalt zu und verließ das Büro.
Ein paar Sekunden später klopfte Doris und steckte den Kopf durch die Tür. »Ein Deal?« fragte sie.
»Kein Deal. Unsere Zeugin wird Langs Mandanten unweigerlich aufs Schafott bringen, und Lang weiß das. Er hat nichts, womit er handeln kann.«
Doris grinste. »Manchmal können Sie ein ganz schön harter Knochen sein.«
Blasingame wußte, daß sie recht hatte. Und er wußte, daß *er* recht hatte.
Er hätte sich gewünscht, sich ganz auf Willie Stark konzentrieren zu können, aber das ließen seine Amtspflichten nun mal nicht zu. Verbrechen gebiert Verbrechen, wie bei einer ansteckenden Krankheit. Bayville brauchte Blasingame.
»Willie Stark ist nicht unser einziger Fall«, sagte er, als hätte Doris irgend etwas in dieser Richtung geäußert. »Bringen Sie mir bitte die Akte Martin Vinton.«
Vinton, ehemals Volleyballtrainer an der Junior High School, die auch Blasingames zwölfjährige Tochter Judith besuchte, war angeklagt unter dem Vorwurf, mehr als ein Dutzend seiner Schülerinnen sexuell belästigt zu haben. Bei der Durchsuchung seines Hauses hatte man belastende Fotos und Videobänder gefunden, die Beweise gegen ihn waren erdrückend.
Blasingame lag beinahe ebensoviel daran, Vinton hinter Gitter zu bringen, wie Stark den Mord nachzuweisen. Was ihm dabei

die Zornesröte ins Gesicht trieb, war der Umstand, daß Vinton in Untersuchungshaft auf seinen Prozeß wartete, während Stark, nachdem er eine saftige Kaution hinterlegt hatte, frei herumspazieren durfte. Weil er sich eben die besseren Anwälte leisten konnte und weil er die für ihre Milde und Gutgläubigkeit bekannte Richterin Rudy Moss herumgekriegt hatte. Gott im Himmel, Richter gab's heutzutage!
Manchmal träumte Blasingame davon, wie er aufgeräumt hätte, wenn er Richter geworden wäre.

Er nahm gerade in Ollie's Café unweit des Gerichtsgebäudes den Lunch ein, als sich ein gedrungener, an den Hüften ausladender Mann mit kurzgeschorenem grauem Haar und blauen, rosa umrandeten Augen zu ihm an den Tisch setzte. Der Typ trug einen verknitterten braunen Anzug, ein kariertes Hemd und eine knallrote Krawatte, außerdem roch er penetrant nach billigem Deo oder Eau de Cologne. Er grinste Blasingame mit gelben Zähnen an, die so bizarr nach innen standen, als habe er irgendwann vor langer Zeit kräftig eins aufs Maul bekommen.
»Ich bin Benny Natch, Mr. Blasingame.«
Blasingame war sicher, daß sie einander nie begegnet waren. Er liebte es, seine Mahlzeiten allein einzunehmen, und war daher über die Störung etwas ungehalten. »Da wir uns nicht persönlich bekannt sind, Mr. Natch, darf ich Sie bitten, sich in meinem Büro einen Termin geben …«
»Das wäre bei dem Gespräch, das mir vorschwebt, keine praktikable Lösung«, fiel Natch ihm ins Wort und bediente sich ungeniert mit einer Fritte von Blasingames Teller.
Blasingame saß reglos da und fing an, Unrat zu wittern.
Als Natch lange genug auf der Fritte herumgekaut und sie zu guter Letzt verschluckt hatte, sagte er: »Ich bin als eine Art Emissär hier. In Mr. Vintons Auftrag.«

»Der Kinderschänder«, bemerkte Blasingame.
»Angeblich.« Natch kaute auf der nächsten Fritte herum. »Der entscheidende Punkt ist, Mr. Blasingame, daß es sich bei einem der jungen Mädchen, die sich – angeblich – mit Martin Vinton eingelassen und ihm – ich betone: angeblich – bereitwillig für Fotos und Videoaufnahmen Modell gesessen haben, um Ihre Tochter Judith handelt.«
Irgendwo in Blasingames tiefstem Inneren ballte sich kalte Wut. Ein Vakuum, aus dem Funken sprühten. Fast ein Wunder, daß er es fertigbrachte, Natch nicht auf der Stelle an seiner albernen roten Krawatte zu packen und zu erwürgen.
»So eine Behauptung hat bisher niemand aufgestellt«, sagte er mit eisiger Stimme, deren Ruhe ihn selbst verblüffte.
»Ich tu's«, sagte Natch. »Aber so was muß man ja nicht unbedingt an die große Glocke hängen, Mr. Blasingame.«
Blasingame schluckte. »Ich glaube Ihnen kein Wort.«
Natch lächelte. Abstoßend häßlich. »Deswegen habe ich vorsorglich eines der Fotos mitgebracht.« Er legte den Abzug neben Blasingames Eistee.
Blasingame starrte ungläubig auf das Foto und riß es, bevor es womöglich jemand anderes sehen konnte, an sich.
»Behalten Sie den Abzug«, sagte Natch gutgelaunt, »es ist nur einer von vielen. Im übrigen gibt's da noch das Video, in dem sie die Hauptrolle spielt.«
Nun war Blasingame wirklich drauf und dran, Natch am Kragen zu packen, aber er beließ es dabei, die Finger wie Krallen zu krümmen. Natchs häßliches Lächeln blitzte auf. »Ich weiß, Sie würden mich liebend gern umbringen.«
»Ja, das würde ich«, gab Blasingame zu und brachte vorsorglich seine Hände aus der Gefahrenzone, indem er sie unter der Tischplatte verschwinden ließ.
»Das ist verständlich. Nur, Sie prügeln den Boten. Weil uns aber beiden das Wohl Ihrer Tochter am Herzen liegt: Falls Mr.

Vinton freigesprochen wird, werden alle Videobänder und Fotos von Judith vernichtet.«
»Und da soll ich mich auf Ihr bloßes Wort verlassen?«
»Es bleibt Ihnen kaum etwas anderes übrig. Denken Sie doch mal nach. Warum sollte Mr. Vinton Sie hereinlegen wollen? Auch wenn er irgendwas davon behalten würde, damit er etwas gegen Sie in der Hand hat, in dem Augenblick, wo er's ausspielen wollte, riskiert er, im Gefängnis zu landen. Der Prozeß wegen Kinderpornographie könnte sofort neu aufgerollt werden. Und jedes der Mädchen, die an seinen – äh – Aktivitäten teilgenommen haben, wäre eine potentielle Belastungszeugin.«
Blasingame mußte sich eingestehen, daß das nicht einer gewissen Logik entbehrte. »Erpressung«, sagte er verächtlich.
»Eher eine gütliche Einigung. Kommen wir ins Geschäft?«
Die beiden Männer starrten sich an.
»Da ich vermutlich mehr Erfahrung mit solchen Dingen habe als Sie«, sagte Natch, »schlage ich folgende Regelung vor: Sie verhalten sich kooperativ, und damit haben sich weitere Begegnungen oder Gespräche zwischen uns erübrigt. Sollte Mr. Vinton den Gerichtssaal als freier Mann verlassen, wird alles Material, das irgendwie kompromittierend für Ihre Tochter sein könnte, vernichtet. Ach, und falls Sie die Möglichkeit in Erwägung ziehen, Mr. Vintons Haus erneut durchsuchen und belastende Fotos und Bänder konfiszieren zu lassen – die befinden sich in der Obhut seines Rechtsbeistandes.«
»Und der sind Sie?« fragte Blasingame.
»Ja, ich. Der im übrigen, falls es hart auf hart kommt, abstreiten wird, daß diese Unterredung je stattgefunden hat.«
»Ist Ihr Vorgehen mit Vintons Strafverteidiger abgestimmt?«
»Nein. Nur Sie, ich und Vinton werden etwas von dieser Vereinbarung wissen und ermessen können, welchen Einfluß sie auf den Ausgang des Prozesses gehabt habt.«
Er nickte Blasingame höflich zu und stand auf.

Schon zum Gehen gewandt, bemerkte er: »Übrigens – die Fritten sind saumäßig gut.«

Fast eine Woche lang verfiel Blasingame wegen der Unterredung mit Natch in dumpfes Brüten. Der Termin für die Verhandlung im Fall Vinton rückte rasch näher, Blasingame mußte sich bald zu einer Entscheidung durchringen.
Judith – seine blonde, kleine Judith, sein einziges Kind – verhielt sich wie immer, aber er hatte ja schließlich das Foto gesehen. Er besaß ein Gespür dafür, wann Leute die Wahrheit sagten, und diesem Natch glaubte er. Daß die kleine Judith den Unschuldsengel spielte, irritierte Blasingame nicht. Er hatte schon mehrfache Mörder erlebt, die wie Heilige daherkamen. Und er hatte sie trotzdem in die Hölle geschickt.
Mit Judith sprach er nicht über die Sache. Er konnte sich, das war ihm klar, nicht darauf verlassen, daß Vinton und Natch tatsächlich alle Fotos und Bänder vernichteten, wenn die Verhandlung mit einem Freispruch für Vinton endete. Aber auch wenn sie's nicht taten, sollte Judith innerlich einen Schlußstrich unter das Ganze ziehen und – unbeschadet ihrer Jugendsünde – ein unbelastetes, erfülltes Leben führen können. Wenn freilich das Pornomaterial erst mal überall im Land kursierte, war sie unweigerlich ein für allemal gebrandmarkt, auch das wußte Blasingame.
Nachts lag er, ohne sich zu rühren, viele Stunden wach und lauschte den tiefen, unbeschwerten Atemzügen seiner Frau Ann neben ihm. Er war zu dem Entschluß gekommen, sie nicht unnötig mit Natchs Horrorgeschichten zu belasten. Was Judith widerfahren war, gehörte zu den Dingen, über die alle, die etwas davon wußten, besser den Mantel des Schweigens und Vergessens breiteten. Auf diese Weise konnten alle so tun, als sei nie irgend etwas geschehen.

Am Freitag suchte er das Motel auf, in dem Laurie Stone, seine Augenzeugin im Fall Willie Stark, unter Polizeischutz wohnte.

Sie war eine attraktive rothaarige Frau, allerdings mit einem herben Zug, der sich bereits deutlich abzeichnete und alle Jugendfrische aus ihrem Gesicht zu verdrängen drohte, beinahe, als lägen ihre Knochen bloß. Blasingame machte sich mit tiefem Erschrecken klar, daß sie einundzwanzig war – keine zehn Jahre älter als Judith. Sie stöckelte ruhelos auf dem verschlissenen blauen Teppichboden hin und her. Es war kurz nach Mittag, dennoch waren die Vorhänge zugezogen, und das Licht brannte.

»Ich hab schrecklichen Bammel, Mr. Blasingame, und komm mir vor wie in einem Käfig«, sagtc sic. »Sic können sich gar nicht vorstellen, wie das ist, wenn man sich so verstecken muß, keinen Schritt an die frische Luft tun darf und genau weiß, daß draußen die ganze Zeit über Willie Stark und seine Killer auf einen lauern. Also, ob ich das noch den ganzen Monat – bis zum Prozeßbeginn – durchhalte, weiß ich wirklich nicht.«

Blasingame versicherte ihr: »Stark weiß nicht, wo Sie sind. Er hat keine Ahnung, wo er Sie suchen soll. Und für den Fall, daß er Ihren Aufenthaltsort rein zufällig doch entdeckt, haben Sie die Polizei alarmbereit in der Nähe. Sie sind wirklich bestens beschützt.«

Sie schüttelte den Kopf und strich sich eine vorwitzige rote Strähne aus der Stirn. »Sie kennen Willie Stark nicht. Bösartigen Typen wie dem fällt immer was ein. Und er sitzt so in der Klemme, daß ihm was einfallen muß.«

»Wir brauchen Sie, Laurie. Sie sind die einzige, die ihn ans Messer liefern kann. Wenn er sich nicht an die Auflagen der Haftrichterin hält, können wir ihn jederzeit einsperren, dann kann er Ihnen mit Sicherheit nichts tun. Sie werden uns doch jetzt nicht hängenlassen, oder?«

»Sie verstehen das nicht. Leute wie Sie verstehen Leute wie Willie Stark einfach nicht!« Sie machte ein Gesicht, als wolle sie gleich zu weinen anfangen, ihre Hände zitterten wie Espenlaub. »Ich geb mir ja Mühe, Sie nicht hängenzulassen, Mr. Blasingsame, aber dann müssen Sie mich auch beschützen.«
»Darauf haben Sie mein Wort, Laurie«, sagte Blasingame und hörte sich zu seiner eigenen Verblüffung murmelnd hinzufügen: »Was immer es wert sein mag.«
Als er das Motel verließ, überprüfte er persönlich, daß die zu Lauries Schutz abgestellten Polizisten auf ihrem Posten waren.

Horton Lang saß in dem schwarzen Ledersessel vor Blasingames Schreibtisch, diesmal auf Blasingames Wunsch, und auch darum, daß Lang seinen Mandanten mitbringen möge, hatte der Staatsanwalt ausdrücklich gebeten.
Willie Stark, rücklings an die Wand gelümmelt, ging ganz in seiner Rolle des lokalen Königs der Unterwelt auf. Ein würdiger Repräsentant der finstersten Seiten des kriminellen Adels. Er war fünfundvierzig, groß, breitschultrig, mit einer hervorstehenden Wangenpartie, die immer irgendwie unrasiert wirkte. Sein blaugrundiger, mit weißen Streifen durchsetzter Anzug saß wie angegossen und sah sündhaft teuer aus. Blasingame war zu Ohren gekommen, daß Stark nur maßgeschneiderte Anzüge trug, damit sich das Schulterholster nicht abzeichnete.
»Ich möchte mit Mr. Stark unter vier Augen sprechen«, sagte Blasingame.
Lang guckte verdutzt. »Ich bin nicht sicher, ob ...«
»Warum nicht?« fiel ihm Stark ins Wort. »Lassen Sie uns ein paar Minütchen allein, Horton, okay?«
Lang sagte nicht, daß es okay sei, verließ aber das Büro.
Stark setzte sich in den schwarzen Ledersessel und starrte Blasinghame an. Mit Augen, neben denen Haifischaugen warm

und herzlich ausgesehen hätten. Aber Blasingame machte eine Spur flackernder Neugier darin aus, die er in Haifischaugen sicher nicht gefunden hätte.
»Ihr Fall ist nicht der einzige, den ich bearbeitete«, sagte Blasingame.
»Das überrascht mich nicht«, sagte Stark. »Schließlich sind Sie ein vielbeschäftigter, engagierter Staatsanwalt mit einer glänzenden politischen Zukunft.«
»Während Ihrer Zukunft sehr enge Grenzen gesetzt sind.«
»Könnte sein«, gab ihm Stark recht, fläzte sich in den Sessel und wartete.
»Ich vertrete auch die Anklage gegen einen gewissen Vinton. Einen Mann, der Kinder sexuell belästigt hat.«
»Solche Kerle sollte man aufhängen, und zwar an ihren eigenen ...«
»In dem Punkt sind wir ganz einer Meinung«, unterbrach ihn Blasingame. »Bei mir ist ein Winkeladvokat namens Natch aufgetaucht und hat mir was über Fotos und Videobänder meiner Tochter erzählt. Vinton hat sie angefertigt, aber Natch hat sie in Verwahrung.«
Stark sah ihn interessiert an. »Ihre Tochter, eh? Weswegen erzählen Sie mir das wohl, Herr Staatsanwalt?«
Blasingsame zog es vor, zu schweigen.
»Die versuchen Sie zu erpressen, wie?« fragte Stark mitfühlend.
Blasingsame schwenkte seinen Schreibtischsessel zum Fenster herum und starrte ins Freie. »Ich befinde mich in einem Dilemma. Wenn Vinton verurteilt wird und dieses pornographische Material unter die Leute kommt, ist meine Tochter ruiniert. Andererseits, wenn er nicht verurteilt wird und frei herumläuft, wird er sich irgendwann wieder an Kindern vergehen.«
»So ein Kerl gehört eindeutig in den Knast.« Das hörte sich

nach Starks aufrichtiger Überzeugung an. »Ich hab ja 'ne Menge auf'm Kerbholz, aber Kindern hab ich nie was getan. Kids müssen einfach tabu sein.«
»Gilt das auch für mein Kind?« fragte Blasingame.
Stark zuckte die Achseln. »Klar. Nur, Sie müssen Vinton nun mal hinter Schloß und Riegel bringen. Ich fürchte, da hat Ihre Tochter schlechte Karten. Pech, verehrter Herr Staatsanwalt.«
»Ich habe mich mit der Augenzeugin unterhalten, deren Aussage in Ihrem Fall über Tod oder Leben entscheiden kann«, sagte Blasingame. »Sie hat große Angst.«
»Kein Wunder bei den Lügen, die sie über mich verbreitet.«
»So große Angst, daß sie, wenn man ihr noch ein wenig mehr angst macht, vielleicht gar nicht in den Zeugenstand tritt.«
»Ist doch Ihr Job, für ihre Sicherheit zu sorgen – oder etwa nicht?« fragte Stark.
Blasingame nickte. »Ich sähe es nicht gern, daß ihr was zustößt. Auch dann nicht, wenn ihre Angst so groß wird, daß sie die Zeugenaussage verweigert. Verstehen Sie, was ich meine?«
Das schwarze Leder knarrte, als Stark sich tiefer in den Sessel drückte. Er hakte den Blick eine Zeitlang an der Decke fest, dann richtete er ihn auf Blasingame.
»Und wenn sie die Zeugenaussage einmal verweigert, wird sie sie immer verweigern«, sinnierte Blasingame laut vor sich hin. »Insbesondere dann, wenn sie die Erfahrung macht, daß sie unbehelligt bleibt.«
Stark starrte in unverwandt an, dann nickte er. »Da könnte was dran sein.«
»Wir sind uns einig, daß Vinton hinter Gitter gehört«, sagte Blasingame.
Er fing an, mit der Hand glättend über verschiedene Papiere zu streichen. Lautlose Stille, bis auf das sporadische leise Keuchen des Druckers draußen in Doris' Vorzimmer. Dann hörte auch das auf.

Die Stille wurde zentnerschwer.
»War's das, Herr Staatsanwalt?« fragte Stark, nachdem nahezu eine Minute verstrichen war.
Blasingame sah nicht von seinen Akten auf.
»Ja«, sagte er, »das war's.«

Zwei Tage später erfuhr Blasingame aus den Zehn-Uhr-Fernsehnachrichten, daß Benjamin Natch, ein Anwalt in Pineburg, einer Kleinstadt fünfzig Meilen südlich von Bayville, erstochen in seinem Büro aufgefunden worden war. Allem Anschein nach war er vorher verstümmelt worden. Sein Safe und der feuersichere, mit einem Zahlenkombinationsschloß gesicherte Aktenschrank waren aufgebrochen worden. Ob die Täter etwas entwendet hatten und gegebenenfalls was, wußten die zuständigen Polizeibehörden noch nicht.
Blasingame drückte auf die Fernbedienung, um den Fernseher auszuschalten, schielte zu seiner Frau Ann hinüber, die in der anderen Ecke des Zimmers telefonierte, versuchte sich auszumalen, wie Natch verstümmelt worden war, und spürte, wie es ihm eiskalt den Rücken hinunterlief. Im Zentrum seines Hirns fing irgend etwas zu flirren an, etwas wahrhaft Angsteinflößendes.
Draußen in der Diele kam Judith vorbei, warf einen Blick zu ihm herein, lächelte und winkte ihm zu. Ihr Lächeln genügte, um Licht und Wärme in sein Leben zu bringen. Blasingame wußte, daß sie der einzige Mensch war, dem er in bedingungsloser Liebe zugetan war. Nun, vielleicht hatte er doch das Richtige getan, das einzig Richtige. Jedenfalls das einzig Mögliche.
Er sagte Ann, er müsse noch etwas im Büro erledigen, stieg in seinen Wagen und fuhr zu dem Motel, um Laurie Stone freimütig einzugestehen, daß er, um ehrlich zu sein, ihre Sicherheit leider doch nicht hundertprozentig garantieren könne, wenn sie bei ihrem Entschluß bleibe, als Belastungszeugin gegen

Willie Stark aufzutreten. Er werde also Verständnis dafür aufbringen, wenn sie nun doch nicht aussagen wolle. Auch um den Preis, daß Willie Stark dann vermutlich freigesprochen werde. Er werde in diesem Fall dafür Sorge tragen, daß sie ein kleines Startkapital bekäme, damit sie anderswo ein neues Leben anfangen könne.
Genau das, was Laurie hören wollte. Ihr Entschluß stand sofort fest.
Und ehe der nächste Morgen graute, war sie verschwunden.

Eins fügte sich zum andern, als habe das Schicksal selbst die Finger im Spiel. Ein wutschnaubender Martin Vinton wurde, auch wenn er's bis zuletzt nicht glauben wollte, des sexuellen Mißbrauchs von Kindern und des strafbaren Handels mit Kinderpornographie überführt. Der Richter folgte der Empfehlung der Jury und verurteilte ihn zu dreißig Jahren Haft.
Und drei Wochen später verließ Willie Stark den Gerichtssaal als freier Mann. Blasingame hatte ein eindrucksvolles Anklageplädoyer vorgetragen, aber ohne die Aussage seiner Augenzeugin war ein Schuldspruch unmöglich. Er war froh, daß Stark, als er den Verhandlungssaal verließ, um draußen auf dem Flur die Gratulation seiner Gefolgsleute entgegenzunehmen, nicht zu ihm herübergrinste.
So war also Stark frei und Vinton im Knast. Einmal gewinnt man, einmal verliert man. Wahrscheinlich das beste Ergebnis, das man in einer zunehmend komplizierteren Welt erwarten konnte, auch wenn man Sir Lanzelot war und in ewiger Fehde mit den Mächten der Finsternis lag.
Es hatte geklappt, und es klappte weiter. In der darauffolgenden Woche nahmen Blasingame und Ann ihre Tochter Judith aus der Junior High School und meldeten sie in einem privaten Mädcheninternat im Nachbarstaat an. Zunächst maulte sie ein bißchen, aber nach knapp einem Monat schrieb sie, sie sei

glücklich und bekäme gute Noten. Nach einem halben Jahr war sie bereits Co-Captain des Hockeyteams und bewarb sich für die Wahl der Klassensprecherin.
Etwa zur selben Zeit erfuhr Blasingame aus einem Polizeibericht, daß Laurie Stone nach Einnahme einer Überdosis von Barbituraten tot in ihrem Apartment in Chicago aufgefunden worden war.
Er verspürte einen Anflug von Mitleid, vielleicht auch eine gewisse Mitschuld. Aber es gab keinerlei Grund zu der Annahme, daß es sich nicht um einen Selbstmord gehandelt hatte. Vermutlich hatte sie den Druck, der auf ihr lastete, nicht ertragen können, weil sie Willie Stark nahezu übernatürliche Kräfte zugeschrieben und wahrscheinlich nie ihre Angst vor ihm überwunden hatte. Und so hatte das kurze, tragische Leben dieser jungen Frau mit einem Suizid geendet, wie bei so vielen, die auf die schiefe Bahn geraten waren. Seit der Nacht, in der sie Augenzeugin des Doppelmords geworden war, hatte sie einen Knacks weg. Ihr Tod hatte nichts mit Blasingame zu tun.
Am nächsten Morgen las er im *Bayville Register*, daß Martin Vinton im Gefängnis mit einem Stück Elektrokabel erwürgt worden war. Man hatte eine Untersuchung eingeleitet, aber der Gefängnisleitung fehlten Tathinweise und Verdachtsmomente.
Blasingame wußte, wie das mit Untersuchungen im Knast war. Kinderschänder standen auf der Gefängnis-Hackordnung ganz unten. Niemand würde wegen Vintons Ableben eine Träne vergießen, niemand würde reden, und so konnte eben auch nie festgestellt werden, welcher Mithäftling ihn umgebracht hatte. Blasingame fühlte sich, als er von Vintons Tod las, von einer Zentnerlast befreit. Nun mußte Judith sich nicht mehr vor all dem fürchten, was Vinton über sie wußte, und war zuverlässig davor geschützt, daß Vinton, falls ihn eine zu Humanitätsduse-

leien neigende Bewährungskommission vor Ablauf der regulären Haftzeit freiließ, womöglich zu plaudern anfing.
Das Problem war also abgehakt. Es hatte sich von selbst erledigt. Schluß, aus, vorbei.
Blasingame gestand sich das nicht gern ein, aber vielleicht konnte es doch sein, daß Verbrechen sich auszahlte.

Anfang des nächsten Frühjahrs, als Blasingame gerade damit beschäftigt war, die Anklageschrift gegen zwei Männer vorzubereiten, die auf der Durchreise durch Bayville eine fünfköpfige Familie – einschließlich der Zwillinge im zarten Säuglingsalter – niedergeschossen hatten, kam Doris mit einem merkwürdigen Gesichtsausdruck zu ihm ins Büro, um ihm zu sagen, im Vorzimmer warte Willie Stark und wünsche ihn zu sprechen.
Blasingame lächelte ihr mit einer Zuversicht zu, die absolut nicht seinen wahren Gefühlen entsprach, und bat sie, Stark hereinzuschicken.
Stark hatte etwa zehn Kilo zugelegt und – der schön gleichmäßig gebräunten Haut nach zu urteilen – anscheinend einen längeren Urlaub in den Tropen hinter sich. Er sah gesund aus – gesund und wie einer, der nach Geld stinkt. Teurer beigefarbener Anzug, weißes Hemd, gelbe Seidenkrawatte, an jeder Hand zwei Diamantringe, bei einem spielte der Stein ins Pinkfarbene. Als er Platz nahm und seine Pranken auf die Armlehnen legte, funkelten die goldenen Manschettenknöpfe. Irgend etwas an dem Gehabe, das er zur Schau trug, wurmte Blasingame. Und dann wußte er auch, was ihn störte. Stark führte sich auf, als sei das *sein* Büro.
»Verehrter Herr Staatsanwalt«, sagte Stark und wollte überhaupt nicht mehr aufhören zu lächeln, »ich muß Sie um eine Gefälligkeit bitten. Es geht um einen Fall, den Sie bearbeiten. Ich weiß, Sie werden mir das nicht krummnehmen.«

Blasingame kämpfte gegen einen jähen Brechreiz an. Er wußte, daß er's Stark krummnehmen würde, aber vor allem wußte er, daß es bestimmt nicht die letzte Gefälligkeit war, um die ihn Stark bat. In einem eher schattigen Sektor seines Gehirns, den er selten zu Rate zog, hatte er seit langem befürchtet, daß es eines Tages so käme. Er saß in der Falle. Unentrinnbar.

»Hat diese Gefälligkeit etwas mit der ermordeten Familie zu tun?« fragte er.

Stark strahlte. »Bingo!«

Beim Versuch, einen Blick in seine Zukunft zu tun, sah Blasingame nichts als erschreckendes Dunkel.

Er griff nach der Waffe in der zweiten Schreibtischschublade, nahm sie heraus und legte sie sich auf den Schoß.

Stark mußte irgend etwas in Blasingsames Augen gelesen haben, sein Lächeln verdorrte. »Bitte nichts überstürzen, bleiben Sie ganz ruhig, verehrter Herr Staatsanwalt«, sagte er in sanftem, gleichmütigem Ton. Er knipste das Lächeln wieder an, aber nun sah es gezwungen und kalt aus.

Blasingame brachte die Pistole in Augenhöhe und zielte auf Willie Stark. Grundsätzlich wußte er, daß in Lebensmaximen eine tiefe Wahrheit liegt, aber in diesem Fall, in Starks Fall, kam ihm die Erkenntnis viel zu spät.

»Das können Sie nicht machen, Herr Staatsanwalt. So was ist doch gar nicht Ihre Art. So haben Ihre Eltern Sie doch nicht erzogen!«

An Starks sonnengebräuntem Teint und seinem starren Lächeln vorbei konnte Blasingame an der Wand die gerahmte Lebensweisheit seiner Mutter lesen – das mit den Hunden und den Flöhen.

Und auf einmal fing es ihn am ganzen Leib zu jucken an.

Sarah Shankman

Das wahre Leben

Falls es irgendwo einen Ort gab, der noch bedrückender war als dieser Raum – das Zimmer 1517 in der Centre Street 100 in New York –, dann wollte Clare Meacham das lieber nicht wissen.

Geschlagene zwei Stunden saß sie nun in diesem vom Atem des Todes durchwehten Zimmer. Ihre Knochen fühlten sich wie Pudding an, sie konnte kaum noch den Kopf aufrecht halten, das lockige Haar war auf einmal zentnerschwer geworden. Dieses Zimmer hatte ihr den letzten Rest Energie geraubt, und mit der war's, weiß Gott, an diesem schwülen Vormittag schon zuvor nicht gerade weit her gewesen. Nach vier Wochen unter der Hitzewelle des Jahrhunderts strahlte Manhattan ganz entschieden den Reiz eines allmählich verwesenden Dinosauriers aus.

Dazu kam, daß Clare, nachdem David sie sitzengelassen hatte, unter Depressionen litt und nachts kaum Schlaf fand. Kein Wunder, daß sie so herzhaft gähnte. Und prompt riß das verdammte Zimmer 1517 den Rachen auf und gähnte mit. Das ganze Zimmer war ein einziger Rachen – ein Behördenrachen, statt mit Zähnen mit langen Reihen dunkelblaugepolsterter Stühle bestückt. Die Wände cremefarben gehalten und so mit Flecken übersät, daß man unwillkürlich an das Pickelgesicht eines Jungen in der Pubertät denken mußte. Die Sockel mit billigen Brettern getäfelt. Weiße Schaumstoffplatten an der Decke, die selbst das leisteste Flüstern zu stetigem geheimnisvollem Zischen dämpften. Der Fußboden mit beigefarbenen Linoleumplatten belegt; wenn man lange genug hinstarrte, konn-

te man kaum der Versuchung widerstehen, aufzuspringen und Himmel-und-Hölle zu hüpfen.
Staubflocken trieben in der künstlich unterkühlten Luft. Bestimmt keine Frischluft, dachte Clare. Ach wo, das war uralter, abgestandener Mief, der immer wieder durch die vorsintflutliche Klimananlage gequirlt wurde. Sie brauchte bloß zu schnuppern, wie muffig und schwammig es hier roch. Vollgesogen mit Tuberkulose, Cholera, Hataviren und Ebolakeimen. Auch gut – vielleicht fing sie sich irgendwas von dem Zeug ein und starb nach langem Siechtum eines qualvollen Todes, dann begriff David wenigstens nachträglich, was er an ihr verloren hatte. Weiß der Himmel, in dem grünlichbleichen Flimmerlicht der Neonleuchten sahen ohnehin alle, die in diesem Zimmer gefangen waren, todkrank aus.
Alle ... das waren die zweihundertfünfundsiebzig New Yorker, die hier als Kandidaten für die Einberufung in eine Jury zusammengepfercht waren.
Da hockten und hingen sie nun in den blaugepolsterten Stühlen, und in ihre Gesichter stand stumm die Frage geschrieben: O mein Gott, wie soll ein Mensch das je ertragen? Und dabei ist das nur der erste von zehn endlos langen Tagen, die Geschworene absitzen müssen! Das heißt, mit zehn Tagen kamen sie nur davon, wenn sich bei einem Prozeß oder bei den Beratungen keine unerwarteten Komplikationen ergaben. Sonst mußten sie ein paar Tage länger schmoren.
Clare rückte sich vorsichtig in ihrem Stuhl zurecht. Um Himmels willen, bloß keine heftige Bewegung, wer weiß, wie ihr Laptop darauf reagiert hätte. Neununddreißig Jahre, brünett, groß, schlank, alles in allem attraktiv, trotz der dunklen Kummerringe unter den Augen und des melancholischen Ausdrucks auf dem Gesicht. Sie trug einen kurzen saharabraunen Rock, eine rotweiß gestreifte Bluse, dazu braune, mit einer kräftigen Ziernaht abgesteppte Lederloafers und – sagen wir:

nicht ganz handtellergroße – goldfarbene Ohrringe. Ihr lockiges dunkles Haar war mit einer Schildpattspange festgesteckt. Kurzum, unter den gegebenen Umständen hatte sie eine Menge aus sich gemacht.

Die gegebenen Umstände waren a) ein gebrochenes Herz und b) die Tatsache, daß dieser kleine Ausflug auf dem dornigen Pfad der bürgerlichen Pflichten sie höchstwahrscheinlich all das kosten würde, wovon sie ihren Lebensunterhalt fristete. Ihr vorhersehbarer finanzieller Ruin und die Pfändung ihrer Habseligkeiten waren – das mochte (wenn sich einer fand) später irgendein Chronist für die Nachwelt festhalten – exakt auf diesen stickigen, öden Vormittag zurückzuführen. Es ging nicht darum, daß sie keine Lust gehabt hätte, es ging schlichtweg darum, daß Clare es sich nicht leisten konnte, als Geschworene verpflichtet zu werden.

Aber das sollte mal einer Norman O. Goodman, seines Zeichens Erster Sekretär des Bezirksgerichts, klarzumachen versuchen. Geschweige denn einem seiner hirnvernagelten, uneinsichtigen Mitarbeiter. Wie bitte? Das mußte denen doch einleuchten? Hahaha – selten so gelacht.

Die Frischblondierte im schicken, mit Goldfädchen durchwirkten Fuschiakleidchen, die hinter dem Schreibtisch im Zimmer 105 thronte – oder war's 106 gewesen? –, war jedenfalls, als Clare vor zwei Wochen bei ihr vorgesprochen und um nochmalige Befreiung von der Erfüllung ihrer Bürgerpflichten gebeten hatte, kurz und schnippisch gewesen: Vergessen Sie's, Miss Meacham, keine Ausflüchte mehr, keine neuerliche Zurückstellung. Wir, die aufgeblasenen, von Natur aus mißtrauischen, selbstherrlichen, im öffentlichen Dienst abgesicherten Justizangestellten verfügen hiermit, daß Sie Ihrer Pflicht, jederzeit in eine Jury einberufen zu werden, nachzukommen haben. Oder so ähnlich.

Das war das letzte Wort der wasserstoffblonden Hexe gewe-

sen. Und das ausgerechnet an dem Tag, an dem Arnie, Clares Producer, angerufen hatte, um ihr zu sagen, daß die Einschaltquote steil nach oben kletterte.
Nicht wörtlich, aber dem Sinn nach.
Das hatten sie dem O.-J.-Prozeß zu verdanken. Seitdem die Berichte täglich über die Mattscheibe flimmerten, hatte das Fernsehpublikum sein Herz für »Das wahre Leben« entdeckt – die Seifenoper, bei der Clare federführend für die Storyline und die Drehbücher verantwortlich war.
»Beim Gerichtsfernsehen haben die Leute Blut geleckt«, hatte Arnie zu ihr gesagt. »Hör zu, Clare, wir müssen das ›Wahre Leben‹ jetzt aufmotzen. Drück kräftig aufs Tempo. Bring mehr Pep rein. Gib den Sesselhockern vor der Glotze zusätzlich zu ihrer Romanze ein paar Spritzer Blut und was zum Gruseln. Unser ›Wahres Leben‹ muß mehr wie das echte wahre Leben werden. Griffiger. Boshafter. Sexier. Schärfer.«
Und dann das Todesurteil: »Die ganze Storyline muß innerhalb von drei Wochen aufgepeppt werden. Und wenn du jeden Tag sechsundneunzig Stunden daran schreibst.«
Das war vor zwei Wochen gewesen. Und Clare – verzweifelt und niedergeschlagen, wie sie war – hatte noch kein einziges Wort zu Papier gebracht. Gerade eine Woche blieb ihr noch, um ihre Haut zu retten, und ausgerechnet jetzt saß sie in diesem gottverdammten Zimmer 1517 fest. Arm an Arm – ach was, beinahe Wange an Wange mit fast dreihundert anderen auserwählten New Yorkern, Männlein und Weiblein, Schwarze, Weiße, Gelbe und Kunterbunte, Superreiche und Bettelarme, Klugscheißer und Dumme.
Heute morgen, in der Schlange vor dem Sicherheitscheck, hatten sie nervöse Witzchen über versteckte Messer und Kanonen und Bomben gerissen, sich gegenseitig aber bereits mit dem blitzschnellen, allumfassenden Blick abgetastet, der jedem New Yorker zur zweiten Natur geworden ist: zu welcher

Kaste gehört der, wie ist der angezogen, was hat er für Umgangsformen, wie hält's so einer mit der Todesstrafe? Auf einen Blick, innerhalb von Millisekunden. Danach die kurze Führung durch Chinatown und Little Italy, damit jeder wußte, wo welches Restaurant war, die Videovorführung über die Rechte und Pflichten von Geschworenen und das ganze Drum und Dran, und dann waren sie in langer Reihe in dieses Zimmer eingerückt und in diesem Meer aus dunkelblaugepolsterten Stühlen ertrunken.

Das Meer war ein Sumpf, und der Sumpf strömte – wie das eben ist, wenn so viele Fremde zusammengepfercht sind – einen widerlich fauligen Gestank aus.

Im übrigen bestand ihre Aufgabe vorläufig darin, zu warten.

Und zu warten.

Und zu warten.

Sie hatten sich scheu umgesehen und dann, hol's der Teufel, mit einem kollektiven Seufzer ihre Handtaschen aufgeklappt, die Rucksäcke aufgeschnürt, die Aktenkoffer geöffnet, die Zeitung, eine Illustrierte, ein Taschenbuch herausgeholt, ein Kreuzworträtsel aufgeschlagen, das Strickzeug zurechtgelegt, angefangen, einen schon lange überfälligen Brief zu schreiben, oder sich den Walkman über die Ohren geklemmt. Clare und zwei andere – Wallstreet-Manager, schätzte sie – hielten sich an ihren Laptops fest. Eine junge Hispanierin in der letzten Reihe, direkt neben dem Fenster, versuchte, die Antenne ihres Minifernsehers so auszurichten, daß der Schnee auf dem Bildschirm irgendwelche Konturen annahm. Hier und da unterhielten ein paar Leute sich leise. Gut und gern ein Drittel der von Gerichts wegen als Geiseln genommenen Personen saß tief nach vorn gebeugt oder den Kopf in den Nacken gelegt da und hielt schnarchend, prustend und schnaufend sein Vormittagsschläfchen.

Clare starrte anklagend auf den leeren Bildschirm ihres Com-

puters. Ihr Gehirn war zu Eis erstarrt. Unter der Schädeldecke herrschte absolute Stille. Bis auf den monotonen, lautlosen inneren Refrain: *Niemand liebt dich. Und künftig wird dich erst recht niemand lieben.* Ein Text, zu dem ihr hin und wieder ein kleiner ausschmückender Schlenker einfiel.
Schließlich wickelte sie das Ganze in ein knisterndes Lamento ein: Warum muß ich mir auch einen Job aussuchen, bei dem ich mit fast vierzig Jahren nichts Vernünftigeres zu tun habe, als dämliche Storylines über kitschige Liebesgeschichten mit billigem Zuckerguß zu erfinden? Und warum schreibe ich den Quatsch dann auch noch so, daß er zum Hit der Woche wird? Wieso hetze ich mich so ab, wenn ich sowieso keine Chance habe, Arnies Termin auch nur annähernd einzuhalten? Ist das der Sinn meines Lebens, mir das passende Ideenkorsett für Madonnas jetnäsige Titten auszudenken?
Weil sie's von ihr verlangten, darum tat sie's. Weil sie ihr eine Menge Geld dafür zahlten, irgendwelchen Mist zusammenzuphantasieren – hirnlose Geschichten, bei denen sie sich anfangs sogar selber eingeredet hatte, es sei so was wie »große Kunst«. Und jetzt, nachdem sie wenigstens gelernt hatte, sich selbst zu durchschauen, biß sie die Zähne zusammen und lieferte ihrem Brötchengeber den Quatsch ab, den er haben wollte. Auf die Minute pünktlich und genau so, wie's den Leuten gefiel und hohe Einschaltquoten brachte.
Gleichgültig, welche persönlichen Probleme sie gerade hatte. Darum kümmerte sich ja sowieso kein Aas.
Der Cursor auf dem kleinen grünen Schirm vor ihr blinkte sie an. Schmeiß den Riemen auf die Orgel, Clare. Na komm schon, gib Gas. Hol tief Luft, pump dich mit Sauerstoff voll. Gib den alten grauen Zellen da oben einen Tritt.
Die Frage war nur: Brachte sie das, was der Produzent dieses Mal von ihr wollte? Ja, grundsätzlich brachte sie's vielleicht. Es war nicht so, daß sie die handelnden Personen nicht genau

gekannt hätte. Diese trotteligen Typen, die sie überwiegend von ihrer Vorgängerin geerbt hatte, die sich bezeichnenderweise an einem schönen Sommermorgen vor zwei Jahren in ihrem Strandhaus in East Hampton im Badezimmer erhängt hatte. Nur ein Stück die Straße runter von Martha Stewarts Haus. Ihr Tod war seinerzeit der Aufmacher bei den Sechs-Uhr-Lokalnachrichten gewesen. Clare hätte gern gewußt, ob sie wohl wegen *ihres* Selbstmords genausoviel Furore machen würde.

Aber sie schweifte mit den Gedanken schon wieder ab. Meine Güte, wer an ihrer Stelle hätte das nicht getan? Was blieb einem anderes übrig, wenn man's mit Figuren wie Dirk und Carol, Josh und Trish und Richard und Paula zu tun hatte – den drei Pärchen, um die sich die banalen Episoden aus »Das wahre Leben« rankten? Sechs sagenhaft dämliche Typen mit sagenhaft dämlichen Problemen. Und das Ganze in die Länge gezogen wie ein ausgelutschter Kaugummi. Etwa so knackig wie der Biß in eine weiche Banane. Mit anderen Worten: eine Seifenoper, aufregend wie eingeschlafene Füße.

Nein, eingeschlafene Füße waren viel aufregender als die dahinkränkelnde Ehe von Trish (eine Brünette mit der voluminösen Oberweite einer Matrone und dem Stimmchen einer Maus) und Josh, der die Rolle dem Umstand verdankte, daß er der Neffe des Produzenten Arnie war, und dessen schauspielerische Begabung – abgesehen von einem nervtötend affektierten Lächeln – nicht mal dazu reichte, mit Anstand ein feuchtes Papiertaschentuch wegzuwerfen.

An Richard und Paula, ihr jugendliches Pärchen für die Szenen, bei denen es um den Druck auf die Tränendrüsen ging, durfte Clare nicht mal denken.

Also kamen, wenn sie der Serie einen realistischen Drive geben wollte, nur Carol und Dirk in Frage – C für Clare und D für David – na, klingelt's? Clare Meacham höchstpersönlich und

ihr ehemaliger Lover, Dr. David Teller. O ja, Carol und Dirk waren, wenn auch locker, der Dramatik ihres eigenen Lebens nachempfunden.
»Entschuldigen Sie bitte ...«
Clare fuhr erschrocken hoch. Ach so – die Frau links neben ihr. Eine gutaussehende Schwarze, Mitte Vierzig, in einem navyblauen Kostüm, teure Pumps an den Füßen, mit echtem Goldschmuck behängt. »Können Sie mir für einen Dollar Kleingeld geben? Ich muß dringend in meinem Büro anrufen.«
Clare kramte in ihrer Geldbörse und brachte drei Quarter und zwei Dimes zutage. »Einen Nickel muß ich Ihnen leider schuldig bleiben.«
Die Frau lächelte freundlich. »Ich bitte Sie, ich stehe in *Ihrer* Schuld.« Und schon hastete sie zu den Telefonen.
Es dauerte sicher eine Weile, bis sie zurückkam. Clare hatte sich vorhin schon dahinten in der Nische umgesehen. Drei Automaten, an denen man mit giftigen Substanzen versehene, sogenannte Erfrischungsgetränke erstehen konnte, ein Wasserspender, kostenlos, und wieder diese vermaledeiten blaugepolsterten Stühle, auf denen man warten durfte, bis eines der vier Telefone frei wurde. Vier Telefone für beinahe dreihundert New Yorker! Aber nein, ein eigenes Mobiltelefon durfte man nicht mitbringen. Das mußte man sich mal vorstellen! Da hätten sie einem ja auch gleich einen Maulkorb umbinden können.
Clare starrte den leeren Bildschirm an. Also gut – Dirk und Carol, euer Auftritt, zeigt euch, Gesicht zu mir. Ach Gott, wie viele Probleme für »Das wahre Leben« hatte sie schon *ihrem* wahren Leben entlehnt. In der Folge zum Beispiel, in der Dirk (wie David Arzt für plastische Chirurgie) für zwei Monate nach Wisconsin gerufen wurde, um einer ganzen Familie – die Leute standen als Zeugen in einem Mordprozeß unter Polizeischutz – neue Gesichter zu modellieren (alles nach Davids

wahrem Leben). Und dann hatte sie Dirk dort mit einer skandinavischen Putzmaid anbändeln lassen. (Sie wußte es zwar nicht genau, hegte aber den Verdacht, daß es bei David genauso gewesen war.) Natürlich, andere Dinge waren reine Fiktion, zum Beispiel die Sache mit Carols Autounfall. Tagelang hatte sie im Koma gelegen, und als sie endlich wieder zu sich gekommen war, hatte sie Dirk für einen Außerirdischen gehalten.

Aber neulich, wenn auch mit sechs Wochen Verspätung, hatte sie wieder eine Anleihe bei ihrem eigenen wahren Leben gemacht. Dirk und Carol sitzen in einem italienischen Restaurant, und da beugt der Schuft sich plötzlich vor und teilt Carol seelenruhig mit, er wolle die Beziehung zu ihr lösen. Weshalb? Oh, er habe die Absicht, eine andere zu heiraten. Woraufhin Carol in Tränen ausbricht und Hals über Kopf aus dem Lokal stürmt.

Genau das hatte Clare sechs Wochen vorher getan.

»Was schreiben Sie denn gerade?«

Wieder zuckte Clare zusammen. Diesmal kam die Frage von der anderen Seite. Ein ziemlich kurz geratener Mann, zwei Stühle neben ihr. Ungefähr ihr Alter, Ende Dreißig, ansprechendes Äußeres. Die Hose, zum Beispiel, also für Kleidung in so einer edlen, künstlich verblichenen Farbe mußte man eine schöne Stange Geld hinblättern. Schokobraunes Hemd, adrettes Sportjackett in Blau-, Braun- und Beigetönen. Bestimmt Armani. Das gutgeschnittene Profil und der dunkle Teint erinnerten Clare an David.

David. Ihr Magen schlug Purzelbäume.

Und ihr kleiner Schönling sah sie abwartend an.

Ja, was schrieb sie denn gerade?

Nichts. Kein einziges Wort. Sie starrte nur den Bildschirm an und lauschte dem Summen ihres Computers. Das freilich – im Vergleich zu dem Getöse, mit dem die Schrecken ihres Lebens in ihr rumorten – nahezu lautlos war. Da drin tobten sich verborgene, grellgelbe Ängste aus. Die Angst, daß sie's nicht brachte, daß sie's nicht schaffte. Und sie schaffte es ganz bestimmt nicht, »Das wahre Leben« aufzupeppen. Zumindest nicht pünktlich. Also wurde sie gefeuert. Und in einem Jahr lief sie mit dem Schlafsack unterm Arm durch die Straßen, stank nach Urin, kratzte sich ständig, bettelte um Almosen bei Leuten, die das wahre Leben führten. Leuten mit richtigen Jobs, Leuten, die so lebten, wie sie auch mal gelebt hatte. Und dann gab's natürlich niemanden mehr, der sie liebte. Dann blieb ihr nur noch, einsam und allein zu sterben und sich in einer Lehmgrube verscharren zu lassen, von den wenigen treuen alten Freunden, die ihr auf Rikers Island geblieben waren.

»Ein Skript«, antwortete sie schließlich.

»Ach, ein Drehbuch?« Der adrette kleine Mann rutschte einen Stuhl näher heran.

»Nein.« Sie schüttelte den Kopf.

Was wollte der Kerl von ihr? Mein Gott, das war New York, da fragten einen wildfremde Menschen, wo man seine Schuhe gekauft und wieviel man dafür bezahlt hätte. Aber berufliche Dinge? So was fragte man nicht, da hielt sich jeder schön bedeckt. Er bedachte sie mit einem strahlenden Lächeln und streckte ihr die Hand hin. »Ich bin Vinnie. Im Gastronomiegewerbe tätig. Aber ich fange gerade an, in meiner Freizeit ein Drehbuch zu schreiben. Wie ich sehe, bin ich damit nicht allein auf weiter Flur, wie?«

»Ich schreibe für eine Seifenoper.«

Normalerweise sah sie sich, wenn sie das sagte, mit erhobenen Augenbrauen konfrontiert. War das nicht so was wie geistige Prostitution? Warum schrieb sie nicht etwas Ordentliches? Einen Roman? Oder anspruchsvolle Geschichten für kleine, aber angesehene Magazine? Sie hatte beides schon getan. Aber sie war nicht dazu geschaffen, sich dem literarischen

Anspruch zuliebe damit zu begnügen, am Hungertuch zu nagen.
Vinnie zog nicht die Augenbrauen hoch, er sagte: »Cool.« Und dann fragte er: »Könnten Sie mir bis nach dem Lunch einen Quarter pumpen? Ich hab kein Kleingeld und muß dringend telefonieren.«
Sah sie etwa aus wie eine Bank? »Ich glaube nicht. Ich hab mein ganzes Kleingeld vor ein paar Minuten jemand anderem gegeben.« Sie kramte trotzdem in ihrer Geldbörse und entdeckte tatsächlich einen funkelnagelneuen Quarter, der unter einer Lederfalte gesteckt hatte.
Ehe Vinnie seinen Anruf erledigen konnte, quetschte sich ein Justiz-Officer an dem hohen schmalen Tresen entlang, baute sich vorn im Warteraum auf und las von Papierfähnchen, die er, wie beim Bingo, aus einem Sammelbehälter gezogen hatte, eine Reihe von Namen vor. Nicht, ohne ihnen vorher einzubleuen, daß sich die Aufgerufenen bei Nennung ihres Namens zu melden und ihm alsdann in einen Gerichtssaal zu folgen hätten, um dort auf ihre Eignung als Geschworene überprüft zu werden. Mit anderen Worten: Irgend jemand beabsichtigte, ein Urteil zu fällen, ob sie befähigt wären, ein Urteil zu fällen.
Juan Reynes. Kashonda Smallwood. Gillian Holch. Duncan McKenzie III. Ellen Bradley. Yolanda Ramirez. Estelle Krim. Angela Wong. Jacqi Albano. Rita Stinick. Vincent Gallo.
»Das bin ich.« Vinnie winkte dem Officer zu.
Clare Meacham.
Clare reckte stöhnend die Hand hoch. Sie durfte nicht in eine Jury gesteckt werden. Nicht jetzt. Bitte, lieber Gott.
Die Frau, der Clare ihr Kleingeld gegeben hatte, kam gerade noch rechtzeitig zurück, um den letzten der vierzig vorgelesenen Namen mitzukriegen. *Wilma Paris.*
»O mein Gott!« quiekte sie, »muß das sein? Wo mein Boß doch gerade zu mir gesagt hat, daß er mich eigenhändig umbringen

will, wenn ich meinen Hintern nicht augenblicklich ins Büro schwinge.«

Hinter dem Richtertisch stand in riesigen, erhabenen Lettern zu lesen: VOR DEM GESETZ SIND ALLE LEICH.

Vinnie deutete mit dem Kopf auf den Text und flüsterte Clare zu: »Meiner Meinung nach muß es grammatikalisch richtig Leich*en* heißen.« Sie saßen zusammen mit zehn anderen auf der Geschworenenbank, die übrigen achtundzwanzig aus der Gruppe der vierzig Aufgerufenen hatten im Zuhörerraum Platz genommen.

Die wuschelhaarige Richterin Rabinowitz funkelte Vinnie über den Rand ihrer Hornbrille an. Hatte sie die Zwölfergruppe nicht gerade darüber belehrt, daß sie aufmerksam zuhören, nicht kauen, nicht schlafen und nicht reden sollten? Im übrigen hatte sie ihnen den Kläger, den Beklagten und die Anwälte der beiden vorgestellt und ihnen den Fall, der zur Verhandlung stand, in großen Zügen erläutert.

Dem Beklagten – einem lang aufgeschossenen, hübschen farbigen Jungen um die Zwanzig – wurde versuchter Überfall auf ein koreanisches Lebensmittelgeschäft zur Last gelegt. Angeblich sollte er den Ladeninhaber mit einer Schußwaffe bedroht haben. Der jedoch, ein gedrungener, aber muskulöser Typ, hatte sich mit einem geschwungenen Baseballschläger zur Wehr gesetzt.

Das war Stoff aus dem wahren Leben, dachte Clare. Das Material, das sie brauchte. Wie konnte sie das einbauen? Dirk folgt Carol, nachdem sie aus dem Restaurant gerannt ist. Er sieht gerade noch, wie sie in den koreanischen Laden läuft. Er hinterher. Plötzlich wird klar, daß sie mitten in einen Raubüberfall geraten sind. Carol steht, wie's der Zufall eben so will, neben der Warmhalteplatte der Imbißecke, schnappt sich geistesgegenwärtig den dampfenden Kessel mit süßsaurem

Schweinefleisch und schleudert ihn auf den bewaffneten Räuber …

Die Richterin hatte beschlossen, die Eignungsüberprüfung der zwölf Auserwählten auf der Geschworenenbank persönlich vorzunehmen. Und so bombardierte sie die zwölf nun mit ihren Fragen.

Kennt irgend jemand von Ihnen mich, den Beklagten, den Kläger, die Anwälte der Vorgenannten oder irgendeinen der Zeugen, deren Namen ich soeben vorgelesen habe, persönlich?

Wenn ja, wie eng sind Sie mit ihm bekannt?

Ist Ihnen die Gegend persönlich bekannt, in der sich der Vorfall ereignet hat?

Der Broadway zwischen Bleeker und Dritter?

Wie detailliert ist Ihre Kenntnis der genannten Gegend?

Sind Sie mit irgendeinem Angehörigen der Strafverfolgungsbehörde, der Polizei, der Justizverwaltung oder des Strafvollzugs verwandt? Falls ja: beschreiben Sie das Verwandtschaftsverhältnis näher.

Schildern Sie genau Ihre berufliche Tätigkeit.

Welche Zeitschriften und Zeitungen beziehen oder kaufen Sie regelmäßig?

Sind Sie je das Opfer irgendeines Aktes von Straßenkriminalität geworden?

Sind Sie je das Opfer eines mit Schußwaffengebrauch ausgeübten Verbrechens geworden?

Wilma Paris (die mit dem Kleingeld fürs Telefon; sie war in der Buchhaltung einer Werbefirma angestellt, vermutlich brauchte ihr Chef sie so dringend, weil sie offenstehende Rechnungen eintreiben sollte) hatte einen Bruder, der Polizist war, und im übrigen, wie sie behauptete, die Erfahrung gemacht, daß Cops genausooft lügen wie andere Leute.

Vinnie Gallo sagte, er sei – als Kunde – in einen Raubüberfall hineingezogen worden. In einem koreanischen Laden. Bei

dem Täter habe es sich um einen Heranwachsenden gehandelt. Der habe mit einer Schußwaffe rumgefuchelt.
Clare war keineswegs sicher, ob sie ihm das glauben sollte.
Clare gab zu Protokoll, niemanden im Gerichtssaal zu kennen. Sie wohnte im Village und war schon viele Male Augenzeugin irgendeines Aktes von Straßenkriminalität geworden, aber daß sie regelrecht damit konfrontiert worden wäre, konnte sie nicht behaupten. Sie war mit keinem Polizei-Officer verwandt und kannte auch keinen persönlich. Sie war als federführende Drehbuchautorin für die Fernsehserie »Das wahre Leben« tätig. Sie bezog regelmäßig den *New Yorker, Saveur*, den *Soap Digest* und das Magazin *Conde Nast Traveller*. Sie hatte achtzehn Jahre in Manhattan gewohnt, ohne je Opfer irgendeiner kriminellen Handlung zu werden. (Es sei denn, man rechnete das Verbrechen eines gewissen Dr. David Teller mit, der erbarmungslos ihr Herz überrollt und platt gewalzt hatte, heute aber nicht als Beklagter vor Gericht stand.)
Die Befragung endete überraschenderweise damit, daß Clare – genau wie Vinnie und Wilma – ohne irgendeine Erklärung aus der Geschworenenbank entlassen wurden. Danke. Auf Wiedersehen.

Als sie in den Raum 1517 zurückkamen, waren die Stühle, auf denen Clare, Vinnie und Wilma gesessen hatten, durch andere besetzt. Hinten an den Fenstern, nicht weit von der fernsehvernarrten jungen Hispanierin, waren noch einige Stühle frei. Clare steuerte darauf zu. Sie mußte jetzt endlich anfangen zu arbeiten.
Aber Vinnie und Wilma hefteten sich an ihre Fersen.
»Ich kann es nicht fassen, daß man Sie nicht genommen hat«, sagte Vinnie. »Bei mir ist das was anderes, aber Sie ...? Ich meine, Sie sind doch eine Bilderbuchgeschworene. Das heißt, abgesehen von Ihrer Aussage, daß Sie jahrelang in Manhattan

gewohnt haben und Ihnen nicht mal das Portemonnaie geklaut worden ist. Das hört sich nicht besonders glaubwürdig an.«
Wilma, die einen Stuhl weiter saß, beugte sich über ihn und fiel ihm ins Wort: »Sie *müssen* mir über ›Das wahre Leben‹ erzählen. Meine Mom ist eine *glühende* Verehrerin der Serie. Sie flippt aus, wenn ich ihr erzähle, daß ich Sie kennengelernt habe. Ist es wirklich so, daß Sie sich all diese Geschichten selber ausdenken?«
»Ich fürchte, ja.« Clare zog eine Grimasse. *Wenn ich's kann. Wenn ich nicht gerade eine Schreibblockade habe. Wenn ich nicht an meinen eigenen Ängsten ersticke und nicht unter Depressionen leide. Oder unter Schlaflosigkeit. Oder in einer Jury meiner Bürgerpflicht nachkommen muß.*
»Hier sitzt sie und schreibt!« Vinnie deutete auf den Computer auf Clares Schoß. »Hier neben uns!«
»Ich weiß nicht, wie Sie so was fertigbringen«, sagte Wilma. »Also ich – ich bin Angestellte in der Rechnungsbuchhaltung. In mir gibt's nicht die kleinste kreative Ader.«
»In mir auch nicht«, sagte Clare.
Vinnie lachte. »Ach, kommen Sie, spielen Sie hier nicht die Bescheidene.«
»Nein, wirklich«, beteuerte Clare. Und dann quoll es einfach aus ihr heraus, das ellenlange Klagelied, in dem sich ihr ganzes persönliches Elend widerspiegelte. Was für aufwühlende Erlebnisse sie gehabt hatte und daß sie nun keine Nacht mehr ruhig durchschlafen konnte und daß ihr nur noch eine Woche Zeit blieb, um »Das wahre Leben« umzuschreiben und so aufzumöbeln, daß es fetziger wurde als O. J. und verrückter als das echte wahre Leben, und daß ihr nichts, aber auch gar nichts einfallen wollte.
»Ach, Sie kriegen das schon hin«, meinte Vinnie. »Ich weiß, daß Sie das hinkriegen.«
Clare schüttelte den Kopf. »Ich glaube nicht.«

In dem Moment stand der Officer vorn am schmalen hohen Tresen auf und verkündete den Beginn der Lunchpause. Verbunden mit der Auflage, um halb drei zurück zu sein. Hatte jemand versehentlich keine Liste der Restaurants in Chinatown und Little Italy bekommen?
Alles stürmte Richtung Ausgang.
Bis auf Julia, die junge Hispanierin in der Sitzreihe hinter ihnen, die sich inzwischen den Knopfkopfhörer ihres Minifernsehers in die Ohren gesteckt hatte. »Gott im Himmel!« schrie sie, »ich kann's nicht glauben! Leg das Arschgesicht doch um!«
Die Leute erstarrten auf dem Weg zur Tür. Alle blieben stehen, drehten sich um, starrten nach hinten.
»Schieß ihn über den Haufen! Laß ihn bloß nicht so davonkommen!«
Der Officer bewegte sich in gemäßigtem Sturmschritt auf Julia zu.
»Knall ihn ab! Mach den Hurensohn kalt!« schrie sie.
»Miss?« Der Officer stupste sie an. »Sie müssen sich mäßigen und unbedingt ruhig verhalten. Derlei Ausdrücke sind hier unerwünscht.«
»Was ist?« Julia zuckte erschrocken zusammen und zog sich die Knopfstecker aus den Ohren. »War ich zu laut? Tut mir leid. Aber das Programm – also, ich bin ganz außer mir vor Zorn. Dieser Dirk, er ist so ein ...«, diesmal bekam sie rechtzeitig die Kurve, »... so ein übler Kerl. Ich kann's einfach nicht fassen, daß Carol ihm diesen Sch... – ich meine, diese Sache durchgehen läßt.«
»O mein Gott.« Clare schlug sich die Hand vor den Mund. »Sie meint ›Das wahre Leben‹.«
Vinnie hakte sich bei Clare und Wilma unter, dann beugte er sich zu Julia hinunter. »Miss? Haben Sie Lust, uns zum Lunch zu begleiten? Geht auf meine Rechnung.«

Vinnie führte sie zu einem Restaurant, in dem er offensichtlich bekannt war: Luigi's in der Mulberry Street. Restaurants waren das einzige, was in Little Italy noch ein wenig an Italien erinnerte. Die alten Familien waren längst nach Staten Island umgezogen, ihren Grundbesitz hatten Chinesen aufgekauft. Aber den Touristenstrom hatte das nicht abreißen lassen.
Man sah's ihnen förmlich an, wie sie, sobald der Teller mit Fleischbällchen und Spaghetti vor ihnen stand, auf den Ausbruch eines neuen Bandenkrieges warteten.
Das Essen bei Luigi's – nach alter Väter Sitte schön mit roter Soße zugedeckt – war von der Qualität, mit der man selbst anspruchsvolle Mafiosi zufriedenstellen kann. Vinnie hatte eine gigantische Vorspeisenplatte für die Tischrunde bestellt. »Wir brauchen mehr Brot«, monierte er beim Kellner, »ach – und Pfeffer, ja?« Während er Chianti einschenkte, informierte er Clare, Wilma und Julia: »Ich hab's vertraulich von Luigi persönlich: diese Pilze sind letzte Woche aus Italien eingeschmuggelt worden. Sehen wir zu, daß wir sie runterputzen. Und dann geht's an die Arbeit.«
Julia sah hoch, machte große Kulleraugen und fragte: »An die Arbeit?« Dieses Mittagessen war natürlich der Hit der Woche für sie. Luigi hatte wegen seiner Kochkünste einen dicken Stein bei ihr im Brett, von Vinnie ganz zu schweigen.
»Na klar«, sagte Vinnie, »wir werden Clares Story entwerfen. ›Das wahre Leben‹ nimmt hier und heute Gestalt an. Hier an diesem Tisch. Mit unser aller Hilfe.«
Um ein Haar hätte sich Clare verschluckt. Als sie gerade anfangen wollte, sich – angeregt vom Essen, vom Wein und von netter Gesellschaft – wieder ein bißchen wie ein Mensch zu fühlen, mußte Vinnie ihr mit dem verdammten ›Wahren Leben‹ kommen!
»Mädchen«, ging Vinnie auf einmal in einen zwanglosen, flapsigen Ton über, »meinst du, wir könnten das nicht? Nur weil

wir keine Profischreiber sind? Wir sind die Otto Normalverbraucher, die Leute, die sich mit dem wahren Leben auskennen. Wir sind dein verblödetes Durchschnittspublikum. Die Leute, die die Quoten bringen, diejenigen, um deren Meinung du dich bislang keinen Furz gekümmert hast.«
»Hört, hört«, sagte Clare und trank ihm zu.

Während sie ihren Kaffee schlürfte, sagte Julia: »Die Idee, den Raubüberfall auf den koreanischen Lebensmittelladen einzubauen, gefällt mir nicht.«
»Warum nicht?« wollte Wilma wissen.
»Der Raubüberfall stammt aus dem wahren Leben«, verteidigte Clare ihre Idee.
»Nö, nö, wenn's das wahre Leben sein soll, muß jemand abgemurkst werden«, sagte Julia. »In der Ecke, wo ich wohne, gibt's alle naselang Raubüberfälle, und dabei wird jedesmal einer kaltgemacht.«
Vinnie winkte nach einer neuen Runde Grappa. »Na gut, und wer soll deiner Meinung nach ins Gras beißen? Du hast die Wahl zwischen dem schwarzen Jungen, dem koreanischen Ladenbesitzer, Carol und Dirk.«
»Carol«, sagte Julia.
Clare setzte ihr Glas ab. »Warum Carol?«
»Weil sie 'ne Niete ist. Nimm bloß mal die heutige Folge. Da erzählt ihr Dirk, daß er 'ne andere heiraten will – und was tut sie? Steht auf und rennt raus. Diese Carol macht mich krank.«
»Ach, wirklich?« Clare hörte sich ein bißchen eingeschnappt an. »Was hätte sie denn deiner Meinung nach tun sollen? Ihn umbringen, wie du's da drüben vorgeschlagen hast?« Sie reckte den Daumen in die Richtung, in der sie das Gerichtsgebäude vermutete. Ihr Ton war jetzt eindeutig ärgerlich.
»Ja«, sagte Julia, »ihn umbringen.«
Das wollte Wilma genau wissen. »Womit? Wann? Wie?«

»Womit? Sie schnappt sich das Messer vom Besteck und sticht den Schlappschwanz ab. Wann? Sofort. Sobald er ihr sagt, daß er sie für irgend so 'n Flittchen sitzenlassen will. Und wie? Na, in die Weichteile. Ein, zwei Handbreit unterm Nabel.«

Clare ließ sich das durch den Kopf gehen. Überlegte, wie das bei ihr und David funktioniert hätte, damals bei diesem Abendessen. Er hatte das Kalbsteak bestellt, deshalb lag bei seinem Gedeck ein schönes scharfes Messer. Also, schwierig wär's nicht gewesen. Natürlich säße sie jetzt hinter Gittern auf Rikers Island oder wo sie Mörderinnen einbuchteten. Vielleicht in den alten unterirdischen Verliesen neben dem Bezirksgericht.

»Alles schön und gut«, wandte Wilma ein, »aber wenn sie ihn im Restaurant abgestochen hat, können sie hinterher nicht beide in dem koreanischen Laden auftauchen.«

»Scheiß auf den koreanischen Laden«, sagte Julia.

Clare schüttelte den Kopf. »Hört mal, Leute, wir können doch jetzt nicht nachträglich an der Szene im Restaurant rumbasteln. Habt ihr vergessen, daß die heute gesendet wurde? Und die Folgen für die nächsten drei Wochen sind auch schon im Kasten. Wir können also nur da anknüpfen.«

»Okay«, sagte Julia, »dann erzähl uns mal, was passiert ist, nachdem Carol aus dem Restaurant rausgerannt ist.«

Aus ihrem Tonfall hörte Clare deutlich heraus, daß sie nicht allzuviel Aufregendes erwartete. Womit sie leider recht hatte.

»Aber das liegt nicht an mir«, verteidigte sich Clare. »Das hab ich geschrieben, bevor die auf die Idee gekommen sind, daß die ganze Story mehr Drive bekommen soll. Daß sie, na ja, eben mehr wie das wahre Leben werden soll.«

»Sag schon, wie's weitergeht«, drängte Wilma.

»Dirks Exfrau Molly, die immer darauf gehofft hat, daß Dirk eines Tages zu ihr zurückkommt, ist völlig am Ende, als sie erfährt, daß er eine andere heiraten will. Sie flippt aus und muß in eine Nervenheilanstalt eingeliefert werden. Zufällig handelt es sich um das Hospital, in dem David die meisten seiner Schönheitsoperationen durchführt. Molly will ihren Ex zur Rede stellen und kommt wütend in den Operationssaal gestürmt, während er gerade an einem Gesicht herumarbeitet. Sein Patient ist Richard – der Richard aus unserer Serie, Paulas Partner. Er hatte einen schrecklichen Skiunfall und stand plötzlich ohne Nase da.«

»Aha«, warf Vinnie ein, »das hört sich höchst interessant an.«

»Wer ist David?« grübelte Wilma. »Du sagst, David schnippelt gerade an einem Gesicht rum?«

Clare lief rot an. »Ich hab Dirk gemeint. David ist mein Exfreund. Der echte Arzt für plastische Chirurgie.«

Wilma horchte auf. »Ahne ich da was? Hat dieser David dich etwa so sitzenlassen wie Dirk Carol?«

Clare nickte.

»Dann vergiß, was ich vorhin gesagt habe«, sagte Julia. »Laß dir irgendwas einfallen, um ihn in diesen koreanischen Laden zu locken, und pump den Scheißkerl mit Blei voll.«

»Mich fasziniert die Idee mit dem koreanischen Lebensmittelladen auch«, sagte Vinnie und kippte in einem Zug den letzten Grappa hinunter, »aber, Freunde, es ist Viertel nach zwei. Zeit, daß wir uns auf die Beine machen und rüber in die Centre Street gehen.«

Wieder zurück in Zimmer 1517, suchten die vier sich eine Ecke, in der sie ungestört die Köpfe zusammenstecken konnten. Allmählich kamen sie in Fahrt. Einig darüber, daß Dirk tot in dem koreanischen Laden liegen soll, mußten sie nur noch die Frage erörtern, ob der koreanische Ladenbesitzer oder Carol den Mörder überwältigen und an die Polizei ausliefern sollte. Während der Diskussion wurden sie allerdings durch den Gerichts-Officer unterbrochen, der abermals nach vorn trat

und Namen verlas – darunter auch ihre. Also mußten sie brav in einen anderen Gerichtssaal einrücken.
Dieses Mal handelte es sich bei dem Angeklagten, wie Richter O'Banion ihnen erklärte, um einen zweiundzwanzigjährigen Mann, der seine Freundin, als sie ihn damit konfrontiert, daß sie einen anderen kennengelernt hat, von der Bahnsteigkante schubst, so daß sie von der U-Bahn überrollt und zermalmt wird.
Die vier Co-Autoren sahen sich an. *Dirk*, formulierten Julias Lippen lautlos. *Das ist sogar noch besser. Die Ideallösung.*
Sie konnten es kaum erwarten, dem Gerichtssaal den Rücken zu kehren und sich wieder um »Das wahre Leben« zu kümmern.
Vinnie sagte dem Richter, er fände, daß der Betrogene durchaus richtig gehandelt habe. Wilma verschanzte sich hinter der Behauptung, ihre sechsundachtzigjährige Mutter sei mal von einer U-Bahn erfaßt worden, so daß man ihr psychisch nicht zumuten könne, dem weiteren Verlauf der Verhandlung zu folgen. Julia behauptete frech, sie kenne das Opfer aus der gemeinsamen High-School-Zeit. Clare sagte, sie habe den Fall fasziniert verfolgt, alles verschlungen, was die Medien darüber brachten, und sei zu der Überzeugung gekommen, daß man den Mörder aufknüpfen müsse. Wie zu erwarten, wurden alle vier aus der Geschworenenbank entlassen.
»Also gut«, sagte Vinnie, als sie wieder in Raum 1517 saßen, »ich habe den Eindruck, daß ihr von der Idee, David – pardon, ich meine Dirk – von der U-Bahn platt machen zu lassen, sehr angetan seid.«
»Ich bin begeistert davon«, sagte Wilma. »Carol gibt ihm einen Schubs, und die U-Bahn zermatscht ihm die hübsche Fratze.«
Julia nickte. »O ja.«
»Absolut einverstanden«, sagte Clare. »Die ideale Lösung. So was wie Poesie gewordene Gerechtigkeit.«

»Und wird Clare – ich meine natürlich Carol ... wird sie als Mörderin überführt?« wollte Vinnie wissen.
»Auf keinen Fall«, sagte Julia. »Sie tut's gar nicht selber, jemand anderes tut's für sie.«
»Jemand, den sie dafür bezahlt?« hakte Vinnie nach.
»Das wäre doch einleuchtend«, fand Wilma.
»Wieviel?« fragte Vinnie, griff in die Tasche seiner unnachahmlich edel verblichenen Hose und zog den Quarter heraus, den Clare ihm vormittags geliehen hatte. Er ließ die Münze im Handteller auf und ab hüpfen und zwinkerte Clare zu.
»Ganz bestimmt nicht.« Clare lachte. »Im wahren Leben reicht das nicht mal annähernd.«

Aber da irrte sie sich.
Kurz nach diesem Gespräch wurden die potentiellen Geschworenen im Zimmer 1517 für heute entlassen. Clare, die sich zum erstenmal seit Wochen wie ein Energiebündel fühlte, eilte sofort nach Hause und fing an, wie besessen zu schreiben. Entsprechend dem gemeinsam entworfenen Plot stirbt Dirk unter den Rädern der Untergrundbahn, sein hübsches Gesicht wird bis zur Unkenntlichkeit entstellt, Carol kommt ungeschoren davon. Kurze Zeit später trifft Dirks lange verschollener Zwillingsbruder – Dylan, ein Kinderarzt – in New York ein, und er und Carol verlieben sich unsterblich ineinander. Dann aber stirbt unter mysteriösen Umständen ein Kind, das Dylan in seine Obhut genommen hat. Bei der Autopsie stellt sich heraus, daß dem Kind das Herz fehlt. Weitere Recherchen bringen die ganze tragische Wahrheit ans Licht: Dylan, dessen einziges Kind zehn Jahre zuvor ertrunken ist, ist seinerzeit dem Wahnsinn verfallen und zu einem modernen Frankenstein geworden. Die Staffel endet mit einem erschütternden Prozeß ...
Gebannt von ihrer Geschichte, vergaß Clare völlig die Zeit. Obwohl sie seit Wochen nicht mehr richtig geschlafen hatte, war

sie voller Energie. Die Zeiger der Uhr rückten auf elf zu, als das Telefon klingelte.

»Schalt den Fernseher ein«, sagte eine Männerstimme, die ihr bekannt vorkam, bei der sie aber auf Anhieb nicht genau wußte, wem sie sie zuordnen sollte. »Die Nachrichten.«

»Wer ist denn da?«

»Vinnie.«

»Und was ist ...«

»Schnell, schalte den Fernseher ein.«

Clare tat ihm den Gefallen und sah den blonden Chuck Scarborough auf dem Bildschirm – mit ungewohnt ernster Miene, als er von dem furchtbaren Unfall berichtete, der sich heute abend, kurz vor acht Uhr, auf der U-Bahn-Station an der 79. Straße ereignet hatte. »Das Opfer, Dr. David Teller, ein bekannter Arzt für plastische Chirurgie, wartete heute abend kurz vor acht Uhr auf die bereits angezeigte Bahn. Allem Anschein nach muß er auf die Gleise gefallen sein, wo der einfahrende U-Bahn-Zug ihn am Kopf erfaßte und tötete. Ersten Ermittlungen zufolge ist nicht von einem Verbrechen auszugehen, Augenzeugen haben niemanden in seiner Nähe stehen sehen ...«

Clare stieß einen schrillen Schrei aus. »Vinnie! Du hast ihn umgebracht!«

»Wie kommst du auf so einen Gedanken?«

»Ich wollte doch nicht, daß du ihn wirklich tötest! Er war ein scheußlicher Mistkerl, aber ... Wir können doch nicht höhere Gerechtigkeit spielen!«

»Was bringt dich auf die Idee, daß ich etwas mit diesem bedauerlichen kleinen Unfall zu tun habe? Woher willst du wissen, daß Dr. Teller nicht schon seit langem mit einem Ereignis dieser Art gerechnet hat?«

»Was soll das heißen?«

»Laß uns beispielsweise annehmen ...« Vinnie ließ ein glucksendes Kichern hören. »Du verstehst, nur so als Gedankenspielerei, wie wenn man eine Storyline erfindet … Nehmen wir also an, Dr. Teller hätte sich durch seine gesichtschirurgischen Bemühungen um ein paar Leute, die als Zeugen in einem Mordprozeß unter dem besonderen Schutz der Bundespolizei standen, andere – und zwar einflußreiche – Leute zu Feinden gemacht. Genau wie in deinem ›Wahren Leben‹, bloß eben im echten wahren Leben …«

»O mein Gott«, hauchte Clare.

»Und laß uns weiter annehmen, daß diese einflußreichen Leute die Absicht hatten, diesem Dr. Teller eine überaus eindringliche Botschaft zu übermitteln. Nun ja, es war wohl mehr als eine Botschaft. Sie wollten offenbar unumkehrbar sicherstellen, daß er dergleichen Bemühungen ein für allemal aufgibt. Ab sofort und für alle Zukunft.«

»O Vinnie«, stammelte Clare. Sie spürte irgendeine warme Woge in sich aufsteigen. Ein Gefühl – ähnlich wie innere Erleichterung. War das möglich? Ein Gefühl der Freude? Klammheimliches Vergnügen? Etwas, was eine seltsame Ähnlichkeit mit süßer Rache hatte?

»Und nehmen wir mal an, diese einflußreichen Leute haben einen guten Freund gebeten, sich dieses Dr. Teller, der ihnen soviel Kummer macht, auf nachhaltige Weise anzunehmen. Und besagter guter Freund hat nun durch einen unwahrscheinlichen Zufall in einem New Yorker Gericht Dr. Tellers frühere Freundin kennengelernt und ist im Laufe dieser Begegnung auf eine Idee gekommen, wie er dem Wunsch der genannten einflußreichen Leute nachkommen könnte. Ach ja, und das Ganze hatte etwas damit zu tun, daß Tellers Exfreundin gerade ein Problem mit ihrer Fernsehserie ›Das wahre Leben‹ hatte. Der Freund der einflußreichen Leute und ein paar andere haben ihr dabei geholfen, das Problem zu lösen.«

»Du sprichst von meiner Serie ›Das wahre Leben‹?«

»Na ja«, sagte Vinnie, »dieser Freund war von der Geschichte so angetan, daß er sie fürs klein geschriebene wahre Leben übernommen hat.«

Die heißen Krämpfe in Clares Brust machten sich in Gelächter Luft. Und als sie erst mal angefangen hatte, konnte sie einfach nicht mehr aufhören zu lachen.

»Gute Nacht, Clare«, sagte Vinnie. Es war ihr, als könne sie ihn förmlich grinsen hören. »Träum was Schönes. Und viel Glück für ›Das wahre Leben‹. Ich an deiner Stelle, ich würde das einbauen, Baby. Das ist der Stoff für Poesie gewordene Gerechtigkeit. Und wir, die Leute aus dem wahren Leben, wir lieben so etwas.«

Clare folgte seinem Rat. Sie brachte alles in ihrer Storyline unter. Und als »Das wahre Leben« der Wochenhit im Vorabendprogramm wurde und die Emmies und das große Geld nur so zu regnen begannen, prostete Arnie, Clares Producer, ihr mit Champagner zu und sagte: »Wie viele hübsche Überraschungen das wahre Leben doch mit sich bringt.«

Marcia Muller

Messer um Mitternacht

Eine Sharon-McCone-Geschichte

Meine Augen brannten, ich kam mir vor wie eines jener Wesen, die den größten Teil ihres Lebens irgendwo unter der Erde verbringen. Ich legte ein Lesezeichen in das schon leicht zerfledderte Exemplar der letztjährigen *Sammlung von Gesetzen und Rechtsverordnungen in Kalifornien*, das ich in einem modernen Antiquariat an der Adams Avenue aufgestöbert hatte, und klappte den Wälzer zu. Meine Beine waren stocksteif, als ich aufstand. Während ich mich reckte, fing ich grinsend zu ahnen an, wie sich ein Höhlentier am Ende seines Winterschlafs fühlt.

Nun, McCone, sagte ich mir, es sieht so aus, als sollte sich wenigstens eine deiner schrulligen Eigenheiten auszahlen.

Seit Jahren machte ich mir ein – von vielen für abartig gehaltenes – Vergnügen daraus, gewissenhaft durch die hauchdünnen Seiten der Urteilssammlungen aus Zivil- und Strafprozessen zu blättern. Dabei stieß ich auf viele Fakten, die den meisten unbekannt sind. Zum Beispiel, daß es verboten ist, auf öffentlichen Friedhöfen Vogelfallen aufzustellen. Daß bei einer Werbeanzeige für Gegenstände, die ganz oder zum Teil von Gefangenen hergestellt werden, der Hinweis »Gefangenenarbeit« zwingend vorgeschrieben ist. Daß es sich bei der unerlaubten Aneignung eines Hundes im Wert von unter vierhundert Dollar um leichten, bei der eines Hundes im Wert von über vierhundert Dollar dagegen um schweren Diebstahl handelt. Und jetzt konnte ich meinen Vorrat an wertvollem

Insiderwissen wiederum um eine weitgehend unbekannte Rechtsverordnung aufstocken. Nur, diesmal war's eine, bei der sich die Mühe gelohnt hatte.
Es gab da jemanden, der dachte, er stünde über dem Gesetz. Also mußte ihn jemand von seinem hohen Roß herunterholen. Und ich hatte mir vorgenommen, das zu besorgen.

Vorgestern abend war ich von San Francisco nach San Diego geflogen. Ich habe selbst einen Pilotenschein, für ein- und mehrmotorige Maschinen, und trotzdem – oder gerade deshalb – wünsche ich mir bei jedem Anflug auf einen so gefährlichen Flugplatz wie das San Diegos Lindberg Field, nur die Hälfte von dem zu wissen, was ich über Pilotenfehler weiß. Und das war beileibe nicht das einzige, was mir Bauchschmerzen machte. Ich ärgerte mich, daß ich mich überhaupt auf die Bitte meines älteren Bruders John eingelassen hatte. Er wollte, daß ich einen Fall übernehme, bei dem abzusehen war, daß die Spurensuche im Sande verlief. Davon ganz abgesehen, ich war schließlich mal in San Diego zu Hause gewesen, und da konnte es leicht sein, daß ich plötzlich in irgendeine Familienkrise hineingezogen wurde. Der McCone-Clan hat das so an sich, wir locken Katastrophen an wie andere Leute streunende Kätzchen.
John wartete am Rand der Piste in seinem alten roten International Scout auf mich. Als er mich sah, kam er aus dem Wagen gesprungen und umarmte mich mit so viel Überschwang und solchen Bärenkräften, daß mir der Aktenkoffer samt Brieftasche aus der Hand rutschte. In solchen Fällen empfiehlt sich ein heftiger Schlag mit der Reisetasche auf den Rücken. Das wirkte auch dieses Mal, John ächzte, ließ mich los, trat einen Schritt zurück und stellte fest: »Siehst gut aus.«
»Du auch.« John ist ein Baum von einem Kerl, eins dreiundneunzig groß, und von Zeit zu Zeit legt er auch nach vorn und

an den Seiten zu – er kann eben kein volles Bierglas stehen sehen. Aber jetzt sah er schlank und muskulös aus. Sein kurzgetrimmter Bart war neu für mich, daß die blonde Mähne sich nicht bändigen ließ, kannte ich schon.
Er schnappte sich meine Tasche, warf sie in den Scout und winkte mir, in den Wagen zu steigen. Ich rührte mich nicht von der Stelle. »Bevor wir irgendwohin fahren – du hast Pa nicht gesagt, daß ich komme, oder?«
»Nein.«
»Ma und Melvin? Charlene und Ricky?«
»Denen auch nicht.«
»Gut. Hast du mir ein Zimmer in einem Motel bestellt und einen Mietwagen reservieren lassen?«
»Nein.«
»Ich hatte dich aber gebeten ...«
»Du wohnst bei mir.«
»John, erinnerst du dich nicht mehr an ...«
»Ja, ja. Zieh keinen, den du magst, in irgendwas rein, was gefährlich werden könnte. Den Spruch hab ich x-mal gehört.«
»Und das hier ist bereits gefährlich.«
»Nicht besonders. Egal wie, du wohnst bei mir. Steig ein.«
John kann, wenn er sich was in den Kopf gesetzt hat, genauso stur sein wie ich. Ich entschied mich für die Taktik des hinhaltenden Widerstands. »Okay, heute nacht bleibe ich. Aber nur heute nacht. Was habe ich für einen fahrbaren Untersatz, solange ich hier bin?«
»Ich leih dir den Scout.«
Ich runzelte die Stirn. Die Kutsche war, seit ich sie mir letztes Mal geliehen hatte, noch älter geworden, was ihr nicht unbedingt gut bekommen sein mußte.
Er hatte noch einen Vorschlag auf der Pfanne. »Ich könnte mitkommen und dir ein bißchen zur Hand gehen.«
»John!«

Er startete den Wagen und fädelte sich in den Verkehr ein. »Weißt du, du hast mir gefehlt.« Er griff zu mir herüber, verwuschelte mir das Haar und grinste breit. »McCone und McCone – die beiden Spürhunde. Wieder vereint.«
Ich ließ ein gequältes Stöhnen hören und meinen Sicherheitsgurt einrasten.

Der unbekümmerte Wiedersehenston war im Nu verkümmert, als wir in Johns kleinem, stuckverziertem Haus am Lemon Grove das Wohnzimmer betraten. Auf dem Sofa gegenüber dem Eckkamin saßen Bryce und Mari Winslip, Johns alte Freunde. Ihre hohlen Augen verrieten, wie müde sie waren und wie schwer sie an ihrem Schmerz trugen. Und dann leuchtete, als sie mich sahen, ein Funken Hoffnung darin auf. Vergeblich, fürchtete ich, wie immer, wenn jemand auf ein Wunder hofft. Während John uns miteinander bekannt machte, mir Wein einschenkte und die Gläser der Winslips nachfüllte, musterte ich die beiden.
Sie waren etliche Jahre älter als mein Bruder, vielleicht Anfang Sechzig. Bryce war, wie John mir am Telefon erzählt hatte, Malermeister gewesen, John hatte bei ihm seine Lehre gemacht. Vor einigen Jahren hatte Bryce sich zur Ruhe gesetzt und war mit seiner Familie in den Norden gezogen, nach Oregon. Und da saßen sie nun, weißhaarig, aber schön braun und mit straffer Haut, wie eben Leute aussehen, die viel Zeit im Freien verbringen. Ich sah's ihnen an: Normalerweise hatten sie einen klaren Blick, waren geistig auf der Höhe und vital, aber heute abend nicht.
Heute abend saßen die Winslips mit aschgrauen Gesichtern und rotgeränderten Augen da, jede ihrer Bewegungen wirkte so fahrig und schleppend wie bei zwei uralten Leuten. Heute abend tranken sie Whiskey pur, und jedes Wort schien sie unsägliche Mühe zu kosten. Kein Wunder bei dem Schmerz, mit

dem sie fertig werden mußten. Ihr einziges Kind, ihr Sohn Troy, fünfundzwanzig Jahre alt, war eines gewaltsamen Todes gestorben.
Gestern morgen hatte die Polizei von Tijuana, der mexikanischen Grenzstadt südlich von San Diego, auf einem Parkplatz am Stadtrand, in der Nähe der Stierkampfarena, Troy Winslips Leiche gefunden. Er war mit siebzehn Messerstichen erstochen worden. Todesursache: Verbluten. Angenommene Todeszeit: Mitternacht. Es gab keine Zeugen, keine Verdächtigen, keine plausiblen Gründe, warum das Opfer sich am Tatort aufgehalten hatte. Obwohl Troy seinen festen Wohnsitz in San Diego gehabt hatte und als Student an der San Diego State eingetragen war, konnte die Polizei nicht viel mehr tun, als die Kollegen in Tijuana dringend um eine gründliche Untersuchung und die Zusendung des Ergebnisprotokolls zu bitten. Die Polizei in Tijuana zeigte, da die Jungs sowieso bis über beide Ohren mit Arbeit eingedeckt und außerdem vermutlich bestochen waren, keine sonderlich große Neigung, mit einer Untersuchung des Falles unnütz Zeit zu verschwenden. Schließlich ging es um einen *Gringo*, und der hatte mitten in der Nacht südlich der Grenze nichts zu suchen gehabt. Folglich wurde der Fall aus praktischen Erwägungen abgehakt und die Akte geschlossen.
Und so hatte John mich angerufen, und ich hatte meine eigene Akte angelegt.
Ich bat die Winslips: »Erzählen Sie mir von Troy. Wie war er so?«
Sie tauschten rasch einen Blick. Mari hüstelte. »Er war ein braver Junge – äh – ein anständiger junger Mann. Er hatte sich gefangen. Hat das College besucht.«
»Welches Studienfach?«
»Kommunikation. Rundfunk und Fernsehen.«
»Sie sagten, er habe ›sich gefangen‹. Was bedeutet das?«

Wieder ein rascher Blickkontakt. »Nach der High School gab's gewisse Probleme, mit denen er fertig werden mußte«, sagte Bryce. »Einer der Gründe, warum wir nach Norden gezogen sind. Aber in den letzten fünf Jahren war alles in Ordnung mit ihm.«

»Könnten Sie mir die Probleme ein wenig genauer schildern?«

»Na ja – Troy hat Drogen genommen.«

»Marihuana? Kokain?«

»Beides. Als wir nach Oregon gezogen waren, hab ich ihn in eine gute Klinik gebracht. Er hat da ausgezeichnete Fortschritte gemacht. Nach der Entlassung ist er in Eugene zur Schule gegangen. Aber vor drei Jahren hat er beschlossen, wieder zurück nach San Diego zu gehen.«

»Ein Fehler«, warf Mari ein.

»Er war erwachsen, wir konnten ihn nicht daran hindern«, sagte Bryce. Es hörte sich wie eine Rechtfertigung an. »Im übrigen lief alles gut, er hat gute Noten gehabt. Wir konnten ja wirklich nicht voraussehen, daß ... daß so was passiert.«

Mari zuckte die Schultern.

Ich fragte: »Wo hat Troy gewohnt?«

»In einem Haus am Point Loma. Zusammen mit ein paar anderen Studenten.«

»Ich brauche nachher noch die Adresse und die Namen der Mitbewohner. Was können Sie mir sonst noch von Troy erzählen?«

Bryce sagte: »Nun, er ist ... er war sehr sportlich. Er hat gern gesegelt und Tennis gespielt.« Ein Blick auf seine Frau.

»Und er konnte sich gut ausdrücken«, ergänzte Mari. »Er hatte eine sehr schöne Stimme. Er hätte es beim Rundfunk oder beim Fernsehen weit gebracht.«

»Kennen Sie irgendwelche Freunde von ihm?«

»Nein. Ich krieg, glaub ich, nicht mal die Namen seiner Mitbewohner zusammen.«

»Was ist mit Mädchen? Ist er mit einer gegangen? Ich meine, gab's da was Ernstes?«
Kopfschütteln.
»Sonst irgendwas?«
Schweigen.
»Na ja«, sagte Bryce einen Augenblick später, »er war sehr verschlossen. Er hat uns nicht viel von sich und seinem Leben erzählt. Und wir haben das respektiert.«
Ich hätte gewettet, daß Bryce und Mari ihrem Sohn auch nicht viel von sich und ihrem Leben erzählt hatten. Die Winslips kamen mir wie eines jener Ehepaare vor, die sich zu zweit eingeigelt haben und niemanden, nicht mal die eigenen Kinder, in ihren Kreis hereinlassen. Ihre Körpersprache, die Art, wie sie Blicke tauschten und sich stumm verständigten, bevor einer von ihnen auf meine Frage antwortete – all das waren Anzeichen dafür, daß sie mit ihrer lang vertrauten Zweisamkeit glücklich und zufrieden waren. Ich bezweifelte, daß sie ihren Sohn überhaupt wirklich gut gekannt hatten. Und daß sie ihn ausgrenzten, hatten sie wahrscheinlich nicht mal gemerkt.
Bryce Winslip beugte sich vor. Offensichtlich erwartete er, daß ich mich irgendwie zu dem äußerte, was er und Mari mir erzählt hatten. »Ich muß ehrlich zu Ihnen sein. Es besteht nicht viel Aussicht, daß ich herausfinde, was mit Troy passiert ist – und warum. Aber ich werd's versuchen. John hat ihnen erklärt, wie das mit meinem Honorar ist?«
Sie nickten.
»Sie müssen einen meiner Standardverträge unterschreiben und eine Einverständniserklärung, daß ich mir Troys Zimmer und seine persönlichen Sachen ansehen darf.« Ich nahm die Vordrucke aus dem Aktenkoffer und begann sie auszufüllen.
Beide unterschrieben, Bryce stellte mir den Scheck über den Honorarvorschuß aus, und dann fuhren die Winslips in ihr Hotel. John schenkte mir Wein nach und sich ein Bier, setzte sich

aufs Sofa – dahin, wo vorher Mari gesessen hatte – und legte die Füße auf den Kaminsims.

»Also«, sagte er, »wie gehen wir die Sache jetzt an?«

»Du meinst, wie *ich* die Sache angehe. *Ich* werde mich zuerst mit der Polizei in San Diego in Verbindung setzen, um mehr über den Fall in Erfahrung zu bringen. Erinnerst du dich noch an Gary Viner?«

»Joeys Freund während der High School? Der Kerl, der so dämlich ausgesehen hat?«

Joeys Freunde hatten alle dämlich ausgesehen. »Sandfarbenes Haar. Hat im Auto-Shop gearbeitet.«

»O ja«, erinnerte sich John. »Der hat immer vor dem Haus an Joeys Wagen rumgebastelt und dich verliebt angehimmelt, wenn er dachte, es sieht keiner.«

Ich grinste. »Genau den meine ich. Beim Cheerleading hat er auch immer verliebt zu mir rübergeschielt. Und vor ein paar Jahren, als ich wegen dieses Entführungsfalls hier unten war, hat er mir gestanden, ich hätte die hübschesten Bikinihöschen in der ganzen Gruppe gehabt.«

John runzelte – ganz der große Bruder – unwillig die Stirn. »Und was hat dieser Unterwäschefetischist mit dem Winslip-Fall zu tun?«

»Gary ist jetzt im Morddezernat beim Police Department San Diego. Es ist immer am besten, sich mit der örtlichen Polizei kurzzuschließen, wenn man einen Fall bearbeitet, der in ihren Amtsbereich fällt. Also werde ich morgen früh kurz bei ihm im Büro reinschauen. Mal sehen, was unsere Jungs von der Polizei in Tijuana bekommen haben.«

»Hauptsache, du ziehst einen kurzen Rock an. Und was soll ich solange machen?«

»Nichts. Danach fahre *ich* zu Troys Haus, unterhalte mich mit den Mitbewohnern und versuche, eine Liste seiner Freunde aufzustellen und mehr über ihn in Erfahrung zu bringen. An-

schließend steht das College auf meinem Plan. Vielleicht kann ich da was über ihn ausgraben.«
»Und ich?«
»Du kümmerst dich um Mister Paint.« Unter diesem Namen hatte Bryce Winslip früher sein Malerfachgeschäft betrieben. John schob schmollend die Unterlippe vor.
»Wie wär's mit einem guten Abendessen?« fragte ich. »Ich bin kurz vor dem Verhungern.«
Seine Miene hellte sich etwas auf. »Mexikanisch?«
»Gern.«
»Okay. Ich fahre«, sagte er.
»Einverstanden.«
»Und du zahlst.«
»John!«
»Betrachte es quasi als mein Vermittlungshonorar.«

Es war ein paar Jahre her, daß ich Gary Viner zum letzten Mal gesehen hatte, verglichen damit hatte er sich nicht sonderlich verändert, was allerdings nicht bedeutete, daß viel Ähnlichkeit mit dem High-School-Bürschchen geblieben wäre, das ich gekannt hatte. Daß er zugenommen hatte und ein bißchen in die Breite gegangen war, machte ihn attraktiver. Er war selbstsicherer geworden, aus und vorbei war's mit dem Bübchen, das kaum den Mund aufbrachte. Und wenn er mich immer noch verliebt anstarrte, dann so diskret, daß ich mich eher geschmeichelt fühlte. Nur über den Mordfall Winslip wußte er leider nicht mehr als das, was John mir bereits erzählt hatte.
»Was dagegen, wenn ich mir mal den Bericht aus Tijuana ansehe?« fragte ich. »Seine Eltern sind einverstanden.«
»Tu dir keinen Zwang an. Unser Fall ist es ja sowieso nicht. Wenn du runterfährst ...«, er deutete vage in Richtung Baja California, »... wirst du wahrscheinlich auch Kontakt mit der Polizei in Tijuana aufnehmen.«

»Ich hab nicht vor, runterzufahren. Es sei denn, ich stoße hier oben auf eine verdammt heiße Spur.«

»Na dann – viel Glück. Und halt mich auf dem laufenden.« Als ich mich aus dem winzigen Büroviereck zwängen wollte, fiel Gary ein: »Übrigens, McCone, als wir uns letztes Mal gesehen haben, habe ich dir eine Frage gestellt, aber nie eine Antwort bekommen.«

»Was für eine Frage?«

»Ob du immer noch radschlagen kannst.«

Ich grinste ihn an. »Darauf kannst du wetten. Und meine Bikinihöschen sind immer noch die hübschesten.«

War schön zu sehen, wie ein gestandener Bulle aus dem Morddezernat rot wird.

Die erste Überraschung des Tages war Troy Winslips Haus. Einfach umwerfend, dieser Traum aus Fachwerk, Stein und gebrannten Ziegeln auf einem, über den Daumen gepeilt, gut und gern siebenhundert Quadratmeter großen Grundstück, mit einem atemberaubenden Blick auf die San Diego Bay und Coronado Island und einer in ein Meer aus blühendem Eiskraut gebetteten Terrasse.

Ob die ein Millionärssöhnchen in ihrer WG hatten? Oder gar mehrere? Jedenfalls kein Vergleich mit dem schäbigen, mit braunen Schindeln verkleideten Häuschen, das ich mir während der Studienzeit an der U. C. Berkeley mit einer Handvoll Mitstudenten geteilt hatte – ausnahmslos stinknormale Töchter und Söhne stinknormaler Eltern.

Ich läutete ein paarmal, aber drinnen rührte sich nichts, so daß ich beschloß, mich bei den Nachbarn umzuhören. In den Häusern links und rechts war niemand zu Hause, aber auf der gegenüberliegenden Straßenseite hatte ich Glück. Der Mann, der mir öffnete, mochte etwa siebzig sein, hielt sich gebeugt – und gehörte offenbar zu den Knaben, die sich gern reden hören.

»Winslip? Natürlich kenn ich den. Netter junger Bursche. Hat das Haus vor ungefähr einem Jahr gekauft.«
»Gekauft hat er's? Wissen Sie das genau?«
»O ja. Die früheren Besitzer hab ich auch gekannt, Gene und Alice Farr, nette Leute. Aber das Haus war ihnen zu groß geworden. Da haben sie's verkauft und sich eine Eigentumswohnung gekauft. Haben mir noch erzählt, daß Winslip bar bezahlt hat.«
Bar? Das mußten bei so einem Riesenkasten ein paar Hunderttausender gewesen sein. »Und seine Mitbewohner? Kennen Sie die auch?«
Der alte Mann guckte mich schief an. »Mitbewohner? Nennt man das heutzutage so? Nun, ich weiß nur was von einem, und der ist eine Sie. Das einzig Beständige ist da drüben der Wechsel, die Ladies kommen und gehen, geblieben ist bisher keine sehr lange. Die jetzige wohnt seit – na, ich würd mal sagen, acht, neun Wochen bei ihm.«
»Wissen Sie, wie sie heißt?«
Er schüttelte den Kopf. »Sieht gut aus, die Kleine. Langes rotes Haar, gertenschlank.«
»Und wissen Sie was darüber, womit sie oder Mr. Winslip ihr Geld verdienen?«
»Sie tut mit Sicherheit gar nichts. Und wenn er was tut, hat er zumindest noch nie darüber geredet. Ich vermute, er hat 'ne Menge Geld geerbt. Sitzt meistens zu Hause rum. Und wenn nicht, ist er auf Segeltour.«
»Wo hat er sein Boot liegen?«
»Drüben in Coronado, in der Marina an der Glorietta Bucht.«
Der alte Mann runzelte die Stirn, das Netz aus Fältchen rund um seine Augen zog sich dichter zusammen. »Worum geht's denn hier eigentlich?«
»Troy Winslip ist ermordet worden, ich untersuche den Fall.«
»Was Sie nicht sagen!«

»Haben Sie denn nichts darüber in der Zeitung gelesen?«
»Zeitungen können mir gestohlen bleiben. Ich guck auch kein Fernsehen. Mit meiner Arthritis bin ich miserabel genug dran, da will ich nicht auch noch dauernd lesen oder sehen, was es sonst noch für Elend in der Welt gibt.«
»Ein weiser Entschluß«, sagte ich und sah zu, daß ich wieder dahin kam, wo ich Johns Scout geparkt hatte.

Der Yachthafen an der Glorietta Bay liegt am Ende des Silver-Strands, schräg gegenüber den rotweißen viktorianischen Türmchen, die das Hotel Del Coronado schmücken. Von Point Loma aus brauchte ich reichlich eine halbe Stunde, und als ich auf den Parkplatz einbog, sah ich John, an sein Motorrad gelümmelt. Er winkte mir zu und kam herübergeschlendert.
Ich lenkte den Scout auf einen Stellplatz und sprang heraus.
»Was, zum Teufel, machst *du* denn hier?«
»Nette Art, jemanden zu begrüßen, der dir helfen will. Während du deine Zeit im Police Department und bei Troys Haus verplempert hast, bin ich zum College gefahren. Hab mich mit seiner Studienberaterin unterhalten. Troy hat den Bettel nach einem Semester hingeschmissen, sagt sie.«
»Und was hat dich auf die Idee gebracht, hierherzufahren?«
»Die junge Dame segelt gern, und bei der Gelegenheit ist sie hier ab und zu über Troy gestolpert. Er hat ein Boot hier liegen. *Windsong* heißt der Kahn.«
»Und den hast du dir vermutlich bereits angesehen.«
»Nein. Aber ich hab mit dem Yachthafenverwalter geredet. Er sagt, wenn du ihm deine Lizenz und die Einverständniserklärung von Bryce und Mari zeigst, läßt er uns an Bord gehen.«
»Gute Arbeit«, gab ich widerwillig zu, und unterwegs zum Büro des Verwalters sagte ich: »Weißt du, ich find's komisch, daß Troy sich hier einen Liegeplatz gemietet hat.«
»Warum?«

»Er hat am Point Loma gewohnt, nicht weit vom Shelter-Island-Yachthafen. Warum ist er rund um die Bucht und über die Coronado-Brücke gefahren, wenn es praktisch vor der Haustür einen anderen Bootshafen gab?«
»Vielleicht waren dort keine Liegeplätze frei? Äh ... nein, kann nicht sein. Ich hab neulich gehört, daß alle Marinas dringend neue Mieter für Liegeplätze suchen.«
»Interessant, wie? Und du wirst Augen machen, wenn du erst hörst ...« Ich brach ab, blieb stehen und schielte ihn böse an. »Verdammt, du hast es doch wieder getan!«
»Was? Ich hab gar nichts getan. Was soll ich denn getan haben?«
»Du weißt genau, was ich meine.«
John grinste wie ein Honigkuchenpferd.
Ich seufzte. »Okay, Spürhund Nummer zwei, führ mich zu diesem Verwalter.«

Ich marschierte mit dem Assistenten, den ich nun ungebeten an meiner Seite hatte, über die Außenpier auf den Liegeplatz der *Windsong* zu. Stille ringsum, bis auf das Schreien der Seevögel und das gedämpfte Rauschen des Verkehrs auf der Uferstraße. Dazu kam jetzt das Echo unserer Schritte auf den Aluminiumplanken, der Landesteg fing leicht zu vibrieren an. Weit und breit keine Menschenseele an diesem Mittwoch morgen, abgesehen von ein paar Malern, die mit ihren Skizzenblöcken in der Nähe des Büroschuppens saßen. Die Boote waren abgedeckt, die Schutzhüllen sauber vertäut, die Segel steckten in meerblauen Überzügen. Troy Winslips Jolle gehörte zu den größeren Booten, an die zehn Meter lang. Ich stieg über die Planke an Bord, John kam hinter mir her.
»Ich frag mich, woher er das Geld hatte«, sagte er. »Bryce und Mari sind nicht arm, aber sie schwimmen auch nicht gerade in Reichtum.«

»Ich nehme an, er hatte seine eigenen Quellen.« Ich drehte den Knauf an der Tür zum Niedergang in die Deckskajüte – verschlossen.
»Was nun?« fragte mein Bruder. »Bloß hier auf dem Deck rumzustehen bringt uns keinen Schritt weiter.«
»Nein.« Ich kramte in der Umhängetasche und zog einen Bund Dietriche heraus.
John machte große Augen. »Sind die Dinger nicht illegal?«
»Das darf man nicht so eng sehen.« Ich wählte einen Dietrich mit einem gezackten Bart aus und schob ihn ins Schloß. »Der Besitz von Nachschlüsseln gilt als strafbar, wenn man in der Absicht, eine Straftat zu begehen, in einen verschlossenen Raum eindringt. Da ich aber lediglich die Absicht habe, mit Einwilligung der nächsten Verwandten des Toten einzudringen, bewegen wir uns in einer Art gesetzlicher Grauzone.«
John sah sich nervös über die Schulter. »Ich glaube nicht, daß Cops viel Verständnis für gesetzliche Grauzonen haben.«
»Mein Gott, siehst du irgendwo Cops?« Ich versuchte es mit einem anderen Dietrich, einem mit glatterem Bart.
»Wo hast du die Dinger her?« wollte John wissen.
»Einer meiner Informanten macht sie für mich. Maßarbeit. Er ritzt sogar meine Initialen in den Griff. Wiley Pulaski – genannt Schloßknacker-Wiley. Mischt gelegentlich sogar bei professionellen Brüchen mit.«
»Ich faß es nicht. Meine kleine Schwester steckt mit überführten Kriminellen unter einer Decke.«
»Als ich geschäftlich mit ihm zu tun hatte, war Wiley noch nicht überführt. Außerdem, bei guten Informanten kann man nicht auch noch verlangen, daß sie auf eine reine Weste achten.« Eine schnelle Bewegung aus dem Handgelenk, ein kurzes Klicken, das Schloß sprang auf. »Nach dir, Bruderherz.«
Die Stufen führten in die Hauptkajüte, die kompakt, auf eng-

stem Raum, alles enthielt, was man an Bord so braucht – eine kleine Kombüse unter dem Bullauge, an der linken Längsseite eine Sitzgruppe. Ich suchte systematisch sämtliche Schrankfächer und Schubladen ab, fand aber nichts Interessantes. Als ich mich umdrehte, saß John am Navigationspult und tat so, als verstünde er was von den Instrumenten.
»Du bist mir vielleicht eine schöne Hilfe«, sagte ich. »Steh auf, du blockierst die Tür zur hinteren Kajüte.«
Er stand auf, ich drückte mich an ihm vorbei und betrat die zweite Kajüte.
In der nach achtern gelegenen Kajüte fehlte der matte Schimmer von Teakholz und Kupfer, irgendwie sah das kleine Viereck unfertig aus. Die Bullaugen waren mit schwerem Tuch verhängt, und die Ahnung von Marihuana, die in der Luft hing, weckte in mir halbverschüttete Erinnerungen. Seit den dopeschwangeren Siebzigern in Berkeley waren eben schon etliche Jährchen vergangen.
John, der selbst ein bißchen Gras im Garten hinter dem Haus angepflanzt hat, roch es ebenfalls. »Jetzt wissen wir, womit er seine Miete bezahlt.«
»Hm, ja.« Meine Augen fingen an, sich an das Halbdunkel zu gewöhnen, aber es dauerte zu lange. »Hast du irgendwo 'ne Taschenlampe gesehen?«
Er verschwand und kam mit einer Stablampe wieder. Ich knipste sie an und ließ den Lichtstrahl rundum wandern. Die Kabine war winzig. Der Geruch kam offenbar vor allem daher, daß Troy hier Marihuana gelagert hatte, ein paar Krümel Gras lagen noch auf dem Boden. Ich drückte John die Lampe in die Hand, nahm einen Beutel aus der Umhängetasche und wischte mit der Hand ein bißchen von dem Stoff hinein. Dann machte ich mich an die Arbeit und suchte jeden Winkel gründlich ab. Ziemlich weit hinten, unter der scharfen Kante des Bullauges, stieß ich auf eine Spur feinen weißen Pulvers. Nachdem ich die

Fingerkuppe angeleckt und von dem Zeug gekostet hatte, kratzte ich die spärlichen Überreste in einen anderen Beutel.
»Coke, wie?« fragte John.
»Du hast es erfaßt.«
»Das wird Mari und Bryce gar nicht gefallen. Sie haben gedacht, er wär drüber weg.«
»Das hier«, sagte ich, »hat nichts mit einem Rückfall in alte Gewohnheiten zu tun. Er hat das Zeug auch nicht in kleinem Stil verkauft. Er hat für einen Ring gearbeitet und den Stoff auf seinem Boot über die Grenze geholt. In großen Mengen.«
»O Mann.« Er starrte stumm und verbissen auf die Krümel, die auf dem Boden verstreut lagen. »Was wirst du jetzt unternehmen? Die Cops rufen?«
»Die müssen es natürlich irgendwann erfahren, aber nicht unbedingt gleich. Daß Troy gedealt hat, ist jetzt nicht mehr wichtig. Jetzt geht's um die Frage, in welchem Zusammenhang das mit dem Mord an ihm steht.«

Zurück am Point Loma, blieb ich – knapp außer Sichtweite – im Scout sitzen und wartete. John hatte sich in den Kopf gesetzt, mitzukommen und mir zu helfen, das Haus zu durchsuchen. Mir dagegen lag mehr daran, ihn für eine Weile loszuwerden. Also hatte ich mir eine andere Aufgabe für ihn einfallen lassen – etwas Unwichtiges, vermutlich reine Zeitverschwendung – und ihn losgeschickt. Der Nachmittag neigte sich dem Abend zu, das Blau des Himmels färbte sich dunkler. Im Kontrast dazu glänzte das Gold der tiefstehenden Sonne noch heller, die hohen Palmen, die das Winslip-Anwesen säumten, warfen lange Schatten.
Etwa um sieben Uhr kam ein weißer Dodge-Kastenwagen um die Ecke und bog die Zufahrt zum Haus ein. Eine junge Frau – rothaarig, gertenschlank, in Jeans und einem mit schwarzen und weißen Afrikamotiven bedruckten Hänger – stieg aus und

huschte ins Haus. Als ich es bis vor die Haustür geschafft hatte, kam sie – beide Arme mit irgendwelchen Kleidungsstücken beladen – bereits wieder heraus. Sobald sie mich sah, legte sie einen Schritt zu.

Ich hielt ihr meine Lizenz und die Einverständniserklärung von Troys Eltern hin und erklärte ihr, worum es ging, aber sie warf kaum einen Blick auf die Papiere und sagte: »Ich will lediglich meine Sachen holen. Sobald ich alles habe, können Sie von mir aus hier machen, was Sie wollen.«

Ich folgte ihr, hob eine rote Seidenjacke auf, die vom Bügel gerutscht war, und redete ihr zu: »Bitte kommen Sie mit rein, wir müssen ein paar Worte miteinander reden. Sie haben mit Troy zusammengelebt. Ist es Ihnen denn völlig egal, warum er ermordet wurde?«

Sie lachte bitter auf, warf die Kleidungsstücke in den Laderaum das Kastenwagens und riß mir die Seidenjacke aus der Hand.

»Das ist mir absolut nicht egal. Aber ich selber bin mir auch nicht egal. Ich will mich auf keinen Fall länger hier aufhalten, als unbedingt nötig.«

»Haben Sie das Gefühl, daß Sie in Gefahr sind?«

»Ich müßte ziemlich blöd sein, wenn ich's nicht hätte.« Sie zwängte sich an mir vorbei und eilte aufs Haus zu. »Solche Leute verstehen keinen Spaß.«

Ich blieb ihr auf den Hacken. »Was für Leute?«

Sie huschte durch die Tür und schlitterte förmlich über den glatten Marmorfußboden der Diele auf die Koffer und Kartons zu, die am Fuß der geschwungenen Treppe gestapelt waren. »Sie wollen mit mir reden? Na gut, reden wir. Aber dafür müssen Sie mir helfen, das Zeug rauszuschleppen.«

Ich nickte, schnappte mir einen Karton und trottete hinter ihr her zum Dodge. »Ich weiß, daß Troy gedealt hat.«

»Gedealt?« fauchte sie. »Er hat das halbe Land mit dem Zeug

versorgt. Er und Daniel sind jede Woche drei-, viermal nachts runter nach Baja geschippert.«
»Wer ist Daniel?«
»Daniel Pope – Troys Partner.« Sie nahm mir den Karton ab, schob ihn in den Wagen und war schon wieder unterwegs zum Haus.
»Wo kann ich ihn finden?«
»Seine legale Tarnung ist ein Surfshop in Coronado. Der Laden nennt sich Danny P's.«
»Und diese Leute, die nicht mit sich spaßen lassen? Wen meinen Sie damit?«
Wir waren wieder in der Diele. Sie warf mir zwei Koffer zu. »O nein, *da* laß ich mich nicht mit reinziehn.«
»Sehen Sie mal ... Wie heißen Sie?«
»Das muß ich Ihnen nicht auf die Nase binden.« Sie hob den letzten Karton hoch, sah sich noch einmal um und warf mit einem entschlossenen Ruck das Haar zurück. »Ich bin hier raus.«
Ich trottete wieder hinter ihr her zum Kastenwagen. »Kann ja sein, daß Sie hier raus sind, aber die Angst sind Sie deswegen noch lange nicht los. Lassen Sie sich von mir helfen.«
Sie verstaute den Karton, nahm mir die Koffer ab und schüttelte den Kopf. »Mir kann niemand helfen. Das ist nur eine Frage der Zeit. Ich weiß zuviel.«
»Dann sagen Sie mir doch, was Sie ...«
»Nein!« Sie knallte die Seitentür des Wagens zu, rutschte auf den Fahrersitz und verriegelte die Tür von innen. Einen Augenblick lang saß sie da, mit gebeugtem Kopf, die Hände auf dem Lenkrad, dann ließ sie sich erweichen und drehte das Seitenfenster ein paar Fingerbreit herunter. »Warum gehen Sie nicht zu Daniel und fragen ihn? Falls er nicht im Surfshop ist, wird er wohl zu Hause sein. Er ist der einzige Pope in der C-Street in Coronado. Fragen Sie ihn ...« Sie zögerte, sah sich

um, als wäre jemand in der Nähe, der uns hören konnte. »Fragen Sie ihn nach Renny D.«
»Ronny D.?«
»Nein, Renny – mit e. Die Abkürzung für Reynaldo.« Sie kurbelte schnell das Fenster hoch und ließ den Motor an. Ich trat gerade noch rechtzeitig zurück, ehe sie mir die Zehen zerquetschen konnte.
Sie hatte die Haustür offen- und den Schlüssel steckenlassen. Einen Augenblick lang spielte ich mit dem Gedanken, Troys Haus zu durchsuchen, aber dann fand ich das Gespräch mit Daniel Pope wichtiger. Ich ging zur Haustür, zog sie zu, drückte den Knopf, der den Knauf verriegelt, und steckte den Schlüssel ein. Nur so, für künftige Gelegenheiten.

Im Surfshop war Daniel Pope nicht, und zu Hause in der C-Street war er auch nicht. Aber John war da: zwei Häuser weiter unten hockte er im Schatten eines Jakarandabaums auf seinem Motorrad.
Ich verdrehte die Augen himmelwärts und schickte ein Stoßgebet zum Herrn. »Bitte, nicht schon wieder!«
Aber der Herr, der schon seit Jahren keine meiner Bitten erhört, weigerte sich, meinen Bruder mittels höherer Gewalt verschwinden zu lassen.
Ich parkte den Scout hinter dem Motorrad. John kam angeschlendert und lehnte sich ans offene Seitenfenster. »Die *Windsong* gehört zu fünfzig Prozent Daniel Pope«, murmelte er aus dem Mundwinkel und behielt dabei wie ein gelernter Einbrecher das Haus im Auge.
Deswegen hatte ich ihn losgeschickt, er sollte ein bißchen im Bootsregister blättern. Aber ich hatte nie und nimmer damit gerechnet, daß er so schnell was rausfand und wiederauftauchte.
»Er und Troy haben das Boot vor zwei Jahren für neunzigtau-

send Dollar von einem Bootsmakler drüben an der Glorietta Bay gekauft«, fuhr er fort. »Drei-, viermal die Woche sind sie zu einem Achtstundentörn losgeschippert. An den anderen Tagen haben sie auf dem Boot gefeiert. Da kamen immer 'ne Menge Kerle mit auffallend großen Taschen zu ihnen. Ein paar von den konservativeren Bootseignern – kannst auch sagen: die scheinheiligen, intoleranten Typen – haben sich deswegen beschwert. Angeblich wurden auf der *Windsong* Joint-Parties gefeiert.«

»In Wirklichkeit wurde fleißig verkauft, wie wir wissen.«

»Richtig.«

»Woher weißt du das alles?«

»Von dem Makler. Hab so getan, als wär ich interessiert, den Kahn zu kaufen. Ich glaube, er denkt, das Geschäft ist so gut wie unter Dach und Fach. Scheiße, ich hab 'n richtig schlechtes Gewissen deswegen.«

Ein blauer Mercedes kam die Straße herauf, fuhr an uns vorbei, bremste ab und bog in die Einfahrt des weißen Hauses im italienischen Landhausstil – das Haus, auf das wir's abgesehen hatten.

Ich löste den Sicherheitsgurt und riet John: »Beruhige dein schlechtes Gewissen durch den Vorsatz, daß du dich, falls du tatsächlich mal ein Boot kaufen willst, an niemand anderen als deinen hilfsbereiten Makler wenden wirst.«

Er strafte mich mit Nichtachtung und verfolgte, wie der Mercedes in der Anbaugarage verschwand. »Daniel Pope?«

»Vermutlich«, sagte ich.

»Und nun? Was machen wir jetzt?«

Ich ließ den Blick an meinem großen Bruder rauf und runter wandern. Er war früher mal Rausschmeißer in einer Bar gewesen und kann auf Leute, die nicht wissen, was für ein Herzchen er ist, ziemlich einschüchternd wirken. Und zur Zeit war er besonders gut in Form.

»Wir«, sagte ich betont, »gehen jetzt rein und unterhalten uns mit Pope über einen Kerl namens Renny D.«

Daniel Pope war ein hageres Knochengestell mit einem zerfurchten Gesicht und außerdem ein Nervenbündel. Alles an ihm war in ständiger zappelnder Bewegung, der linke Mundwinkel zuckte nervös. Als wir bei ihm aufgetaucht waren, hatte er zunächst versucht, uns die Tür vor der Nase zuzuschlagen, und sich erst beruhigt, nachdem wir ihm versichert hatten, daß wir nicht gekommen seien, um ihn zu töten. Nun brauchte er einen Drink. John und ich saßen auf der Ledercouch in Daniel Popes mit teurer Elektronik vollgestopftem Wohnzimmer. Ich wartete, bis er sich gut drei Fingerbreit Single Malt Scotch eingeschenkt hatte, dann fing ich an, ihm Fragen zu stellen.
»Wer ist Renny D.?«
»Woher haben Sie den Namen?«
»Wer das ist, will ich wissen.«
»Ich seh keinen Grund, warum ich ...«
»Hören Sie, Pope, wir wissen über die *Windsong* und Ihre Ausflüge nach Baja Bescheid. Und auch über die Dealer, die an den ausflugsfreien Tagen zu Ihnen auf die Yacht kommen. In der hinteren Kabine gibt's jede Menge Haschischkrümel und Cokestaub. Wenn Sie wollen, kann ich die Polizei bitten, sich da mal ...«
»Himmel noch mal, ich denke, Sie arbeiten für Troys Eltern?«
»Tu ich auch. Aber Troy ist tot, und seine Eltern sind mehr daran interessiert, seinen Mörder zu finden, als Ihnen zu helfen, Ihre illegalen Aktivitäten zu vertuschen.«
»O mein Gott.« Er trank einen kräftigen Schluck Scotch.
Ich ließ nicht locker. »Wer ist Renny D.?«
Schweigen.
»Ich hab nicht vor, noch mal zu fragen«, sagte ich und schob die Hand aufs Telefon zu. John grinste Pope bösartig an.

»Nein! Nein, tun Sie das nicht. Mein Gott, ich sag's Ihnen ja schon. Renny Dominguez hat den anderen großen Verteilerring hier in unserer Gegend. Er wollte nicht, daß Troy und ich uns in seinem Revier breitmachen.«
»Und?«
»Das ist alles.«
»Nein, das ist nicht alles.« Meine Hand bewegte sich wieder Richtung Telefon. John machte ein Gesicht wie ein gelernter Berufsmörder. Er kriegte das so echt hin, daß ich fand, er hätte vielleicht Schauspieler werden sollen.
»Okay, es ist nicht alles. Ich erzähl's Ihnen, aber fummeln Sie nicht dauernd am Telefon rum. Anfangs haben Troy und ich versucht, uns irgendwie mit Renny zu arrangieren – das Territorium aufteilen, zusammenarbeiten ... na ja, Sie wissen schon. Aber der hatte keine Antenne dafür. Und in den letzten Monaten ist es dann ziemlich übel geworden. In meinem Laden hat's gebrannt, jemand hat auf Troy geschossen, direkt vor seinem Haus, und wir sind beide ein paarmal telefonisch bedroht worden.«
»Und dann?«
»Und dann war Renny D. plötzlich dafür, sich gütlich mit uns zu einigen. Also haben wir uns mit ihm in National City getroffen, in der Bar, in der er gewöhnlich rumhängt, und er hat vorgeschlagen, daß wir zusammenarbeiten und das Geschäft in ganz großem Stil aufziehen. Aber da wollte Troy plötzlich nicht mehr mitspielen.«
»Warum nicht?«
»Weil Troy sich auf einmal eingeredet hat, Renny wär 'n ganz kleiner Scheißer und außerdem ein Trottel. Er meinte, wir sollten lieber *unser* Geschäft in großem Stil aufziehen und Rennys Revier mit übernehmen. Na schön, ich hab ihn beiseite genommen, um ihm klarzumachen, daß Renny weder 'n kleiner Scheißer noch ein Trottel ist, sondern lediglich nicht soviel Stil

hat wie wir. Ich meine, nur weil Renny D. keine Reeboks trägt und seine Kundenliste nicht auf'm Computer führt, muß er ja kein Idiot sein. Ich hab versucht, Troy klarzumachen, daß solche Leute gefährlich sind und daß es besser ist, wenn man versucht, sie bei Laune zu halten. Aber denken Sie, Troy hätte auf mich gehört? Ach wo. Er ist zum Tisch zurückgegangen und hat Renny runtergeputzt. Vor all seinen *Compadres.* Der größte Scheiß, den er machen konnte.«

»Und was ist dann passiert?«

»Neue Telefondrohungen. Wieder einer, der aus einem Auto auf Troy geschossen hat. Aber für Troy war das nur der Beweis, daß Renny und seine Kumpel tatsächlich Dünnbrettbohrer sind – so dämlich, daß sie ihn nicht mal aus sechs, sieben Metern Entfernung getroffen haben. Na ja, und so ist es weitergegangen, bis es am Schluß einfach lächerlich geworden ist. Da hat Renny Troy nämlich aufgefordert, die Sache von Mann zu Mann mit ihm auszutragen. In einem fairen Kampf, wie sich das unter Ehrenmännern gehört. Sie sollten sich unten in TJ treffen, hat er ihm vorgeschlagen, draußen bei der Stierkampfarena.«

»Und darauf hat Troy sich eingelassen?«

»Aber ja. Wie ich gesagt habe: Er hat sich eingeredet, Renny wäre blöde. Dann hat er mich losgeschickt, damit ich mit Jimmy, Rennys Nummer zwei, die Einzelheiten aushandle. Wir haben abgemacht, daß wir nur zu viert sind. Renny durfte Jimmy mitbringen und Troy mich, aber kämpfen sollten nur die beiden, Renny und Troy.«

»Haben Sie denn nicht versucht, ihm das auszureden?«

»Ich hab auf ihn eingeredet wie auf 'n krankes Pferd, sogar noch auf dem Weg da runter. Aber Troy ... o Mann, der konnte so stur sein, das glauben Sie gar nicht.«

»Und als Sie dort waren, was ist da passiert?«

»Wir waren wirklich nur zu viert, genau wie's mit Jimmy ausgemacht war. Nur daß Renny und er Messer dabeihatten, das war nicht ausgemacht. Die beiden haben nicht lange gefackelt. Bevor ich überhaupt kapiert habe, was da läuft, hatten sie ihn schon erstochen.«

»Und was haben Sie gemacht?«

Pope schaute an mir vorbei. Stand auf und schenkte sich noch mal drei Fingerbreit Scotch ein.

»Daniel, was haben Sie gemacht?«

»Ich war wie vor 'n Kopf geschlagen. Und dann bin ich losgerannt. Hab Troys verdammte Karre einfach da unten stehenlassen und bin gerannt und gerannt. Die halbe Nacht war ich auf den Beinen, die andere Hälfte hab ich mich hinter 'ner Karosseriewerkstatt versteckt, nicht weit vom Grenzübergang. Und am nächsten Morgen bin ich dann wie 'n harmloser Tourist durch die Grenzkontrolle spaziert.«

»Und jetzt müssen Sie damit rechnen, daß Renny und seine Freunde Ihnen auf die Pelle rücken?«

»Ich hab alles gesehen. Das ist nur eine Frage der Zeit.«

Genau das, was Troys Freundin auch gesagt hatte. »Sind Sie bereit, Ihre Geschichte bei der Polizei zu erzählen?«

Schweigen.

»Daniel?«

Pope fuhr sich mit der Zunge über die trockenen Lippen. Es dauerte eine Weile, aber schließlich sagte er: »Scheiße, was hab ich noch zu verlieren? Schauen Sie mich doch an.« Er streckte mir die zitternde Hand hin. »Ich bin ein Wrack, und das ist alles Troys Schuld. Er war deutlich genug gewarnt worden, wie das da unten laufen wird. Wenn ich dran denke, wie leichtsinnig er das in den Wind geschlagen hat, möchte ich ihn am liebsten selber umbringen. Aber das geht ja nun nicht mehr.«

»Was für eine eindeutige Warnung?«

»Eine Nachricht, die Renny D. ihm auf den Anrufbeantworter

gesprochen hat. Troy fand das zum Totlachen. Das wäre so melodramatisch, hat er gesagt, da könnt's überhaupt keinen Zweifel mehr geben, daß Renny einen an der Waffel hat.«
»Hat er Ihnen was über den Inhalt dieser Nachricht gesagt?«
Daniel Pope schüttelte den Kopf. »Er wollte es mir vorspielen, wenn wir aus TJ zurück sind. Das mußt du dir selber anhören, hat er gesagt, sonst glaubst du's nicht.«

Die Nachricht hörte sich tatsächlich seltsam an. Starker spanischer Akzent, mit hoher Piepsstimme gesprochen und von meckerndem Gelächter begleitet. »Messer um Mitternacht, Winslip. Messer um Mitternacht.«
Ich nahm das Band aus Troys Anrufbeantworter und schaute John fragend an. »Warum, zum Teufel, ist er runter nach TJ gefahren, nachdem er das gehört hatte? Hat er gedacht, Renny macht Witze?«
»Vielleicht. Vielleicht hat er sich selber ein Messer eingesteckt, aber Renny und Jimmy waren schneller. Vergiß nicht, er hat sie für Trottel gehalten.« John schüttelte fassungslos den Kopf. »Troy war ein einfältiger junger Bursche aus kleinen Verhältnissen, er hat gar nicht richtig kapiert, worauf er sich eingelassen hatte. Statt dessen hat er sich dauernd selber eingeredet, er wär der Größte, und das hat ihm natürlich das Hirn vernebelt. Aber, verdammt noch mal, daß er auf diesem Parkplatz an siebzehn Stichwunden verbluten mußte, das hat er mit Sicherheit nicht verdient.«
»Nein, bestimmt nicht.« Ich drehte das Band in der Hand hin und her. »Was meinst du – warum hat Renny ihn vorher gewarnt? Wär doch gescheiter gewesen, sich das Überraschungsmoment zu bewahren?«
John zuckte die Schultern. »Um Troy unsicher und nervös zu machen? Oder so was wie 'n verschrobener Ehrenkodex unter Drogendealern? Wer weiß.«

»Du weißt ja, das denkbar beste Beweisstück ist so ein Band nicht. Wir können nicht beweisen, daß es wirklich Renny D. war, der angerufen hat.«
»Haben wir den Beweis nicht auf dem Ding daneben?« Er deutete auf ein anderes Gerät, das wie ein kleiner Bildschirm aussah.
»Was ist das?«
»Ein sauteures Stück Elektronik. Damit kann man feststellen, von wo ein Anruf kommt. Das Gerät speichert alles – die Telefonnummer des Anrufers, Vorwahl, Zeit und so weiter.« Er drückte auf einen Knopf, auf dem Bildschirm erschien eine Liste von Telefonnummern, Daten und Zeitangaben. Er ließ die gespeicherten Daten durchlaufen, bis ein Anruf mit der Vorwahlnummer 295 auf dem Schirm auftauchte. »Paßt nach Datum und Zeit haargenau zu den Angaben auf dem Band aus dem Anrufbeantworter.«
Ich griff nach dem Telefon, nahm den Hörer ab und tastete die Nummer ein. Nach dem dritten Läuten schaltete sich ein Anrufbeantworter ein. »Hier bei Renny D. – sprechen Sie.«
Ich legte auf. »Jetzt haben wir den Beweis.«
»Dann suchen wir also Gary Viner auf?«
»Noch nicht. Ich denke, wir sollten erst mal Mari und Bryce erzählen, was wir wissen, und sie fragen, ob sie wirklich wollen, daß das alles bekannt wird.«
»Ich hab schon mit ihnen gesprochen. Sie sind mit den Vorbereitungen für die Beerdigung beschäftigt und hinterher mit Verwandten zum Essen verabredet. Ich glaube, wir sollten sie heute lieber nicht stören.«
»Ja, da hast du wahrscheinlich recht. Im übrigen gibt's etwas, was ich zuerst erledigen möchte.«
»Was denn?«
»Mir diesen Renny D. aus der Nähe ansehen.«

Ein alter Freund namens Luis Abrego ist Stammgast in der Tradewinds Tavern in National City, auf halbem Weg zwischen San Diego und der Grenze. Als ich vor zwei Jahren zum ersten Mal dort war, hatte John darauf bestanden, mitzukommen, und heute wollte er natürlich auch wieder meinen Schutzengel spielen. Weil ich wußte, daß Luis und John sich mögen, protestierte ich gar nicht erst lange.
Als wir im Tradewinds ankamen, war zum Glück nicht viel los. Das halbe Dutzend Hispanier am Stammtisch verstummte und starrte uns an; es kam wohl nicht sehr oft vor, daß zwei Anglos sich hierher verirrten. Luis hockte wie üblich am unteren Ende der Bar, trank sein Bier und verfolgte ein Basketballspiel auf dem flimmernden Fernsehschirm. Als ich ihn beim Namen rief, hüpfte er vom Barhocker und faßte mich an beiden Händen. Seine dunklen Augen blitzten vor Freude.
»Amiga«, sagte er, »es ist so lange her – viel zu lange.«
»Ja, das ist wahr, *amigo.*«
Luis ließ mich los und schüttelte John die Hand. Er sah gut aus, sein Schnäuzer war im *Pistolero*-Look nach oben gezwirbelt, das glänzende Haar fiel ihm locker auf die Schultern. Ein Blick auf sein fast schwarz getöntes Gesicht, und ich wußte, daß er wieder Arbeit auf einer Baustelle gefunden hatte und tagsüber viel Sonne und frische Luft abbekam. Spätabends, nach Einbruch der Dunkelheit, ging Luis allerdings einer anderen, immer gefährlicher werdenden Beschäftigung nach, indem er, wie er das umschrieb, seinen Leuten behilflich war, dort anzukommen, wo sie hinwollten.
Wir nahmen in einer Nische Platz, und ich erzählte Luis von Renny D. und dem Mord an Troy Winslip. Er nickte grimmig.
»Der junge Mann war ganz schön verrückt, Dominguez derart zu unterschätzen. Ich kenne den Kerl zwar nicht persönlich, aber gesehen hab ich ihn schon mal, und nach allem, was ich höre, ist er ein übler *hombre.*«

»Weißt du, wo er sich hier draußen bei euch gewöhnlich rumtreibt?«
»In einer Bar zwei Häuserblocks weiter, nennt sich das Gato Gordo. Hast du etwa vor, dich mit ihm anzulegen, *amiga*?«
»Nein, nichts dergleichen. Ich will nur mal hingehen und mir den Burschen ansehen. Allein kann ich dort sicher nicht auftauchen. Bringst du mich hin?«
Luis starrte finster in sein Bier. »Warum willst du das unbedingt machen?«
»Weil ich wissen will, mit wem ich's zu tun habe. Abgesehen davon ist die Beweisführung bei diesem Fall ein bißchen schwieriger. Wenn ich Renny D. leibhaftig vor mir sehe, kommt mir vielleicht eine gute Idee.«
Luis' Kopf kam hoch, er sah mich einen Augenblick lang kritisch an, dann nickte er. »Okay, ich mach's. Aber er ...«, er deutete auf John, »... wartet hier auf uns.«
»Kommt nicht in Frage«, protestierte John.
»Doch«, sagte Luis mit fester Stimme. »Hier weiß jeder, daß du mein Freund bist, hier passiert dir nichts. Aber dort – wenn ich da mit so einem Koloß von Anglo auftauche, kriegen wir mit Sicherheit Ärger. Mit deiner Schwester ist das was anderes. Die *chiquita* und ich, wir geben ein verdammt hübsches Paar ab.«

Reynaldo Dominguez war groß und mager und hatte, das verrieten die rasiermesserscharf geschnittenen Gesichtszüge, Indioblut in den Adern. An beiden Armen hatte er sich Schlangen eintätowieren lassen, die Narben etlicher Messerschnitte, die er im Gesicht trug, waren ihm wohl eher ohne seine Einwilligung eingeritzt worden. Er saß an einem Ecktisch in der Gato Gordo Bar, selbstgefällig in einen Sessel gelehnt, umgeben von der Gefolgschaft seiner Speichellecker, riß Witze, über die er selbst am lautesten lachte, und erzählte Geschichten, in denen er regelmäßig am besten abschnitt. Als Luis und ich uns mit unseren Drinks in der Nähe niederließen, schielte er verächtlich zu uns herüber. Dann schien er irgend etwas in Luis' Miene auszumachen, was seinen Übermut dämpfte und ihn vorsichtiger werden ließ. Luis Abrego war in seinem Leben schon mit allen möglichen Situationen fertig geworden, ihm machte nichts und niemand mehr angst, und das sah man ihm auch an. Renny D. schien einen Blick für Menschen zu haben, die sich nicht einschüchtern ließen.

Luis rückte näher an mich heran, nahm, wie's Verliebte tun, meine Hand und redete leise, im zärtlichen Ton eines Lovers auf mich ein. »Er erzählt gerade, wie er die Anglo-Konkurrenz eigenhändig aus dem Weg geräumt hat. Mokiert sich darüber, wie dumm Winslip geguckt hat, als er gestorben ist, und mit welchem Affenzahn der andere weggerannt ist. Gibt 'ne Stange damit an, wie schlau es von ihm war, das Treffen in Tijuana zu arrangieren, weil er die Jungs, die da drüben was zu sagen haben, kräftig geschmiert hat, so daß er mit Sicherheit nie belangt werden wird.« Luis brach ab, lauschte wieder eine Weile. »Jetzt schildert er ihnen, wie er's genießen wird, Jagd auf den anderen Mann und Winslips Mädchen zu machen. Daß er sie schön langsam einkreisen will, bevor er ihnen mit dem Messer den Garaus macht.«

Ich wollte mich umdrehen, um einen Blick auf Dominguez zu werfen.

»Laß das lieber!« Luis' Finger drückten meine Hand.

Ich guckte trotzdem hin. Meine und Rennys Augen trafen sich. Seine waren schwarz, ausdruckslos, ohne jedes Gefühl. Augen, in denen ich keine Spur von Menschlichkeit las. Er starrte mich, die schmalen Lippen geschürzt, stumm an.

Luis' Fingernägel gruben sich in meine Hand. »Okay, du hast ihn dir angesehen. Trink aus, und dann gehen wir.«

Ich spürte, wie der Blick dieser seelenlosen Augen in meinem

Nacken brannte. Ich wollte mein Glas austrinken, aber meine Wut auf diesen gewissenlosen Lumpen hinter mir war so groß, daß es mir die Kehle zuschnürte. Troy Winslip war in vielerlei Beziehung ein nutzloses Mitglied der menschlichen Gesellschaft gewesen, aber er war eben auch jung und naiv gewesen, und den Tod, den er gestorben war, hatte er bestimmt nicht verdient. Sowenig wie Daniel Pope und Troys Mädchen es verdienten, in ständiger Angst zu leben und irgendwann vielleicht zu sterben.

Luis sagte leise: »Jetzt schwadroniert er wieder. Behauptet, daß er über dem Gesetz steht und daß ihm keiner an den Karren fahren kann. Renny D. ist unantastbar.«

»Vielleicht doch nicht.«

»Komm, *amiga*, laß uns jetzt gehen.«

Als wir aufstanden, schaute ich noch mal zu Dominguez hinüber. Diesmal fiel, als unsere Blicke sich trafen, ein Schatten über seine Augen. Was mag das sein, was seinen Blick so verhangen erscheinen läßt? fragte ich mich. Mißtrauen ist es nicht. Angst? Nein, auch nicht. Was also?

Ja, natürlich: Renny D. war verblüfft, das war's. Verblüfft, weil ich nicht ängstlich wegguckte, wenn er mich anstarrte. Eine Mischung aus Verblüffung und einem unbehaglichen Gefühl. Sehr gut.

Ich sagte zu Luis: »Es wird sich zeigen, wer hier unantastbar ist.«

Ich hatte damit gerechnet, daß es Schwierigkeiten mit den Winslips geben könnte, wenn ich ihnen vorschlug, Anzeige gegen Renny D. zu erstatten. Aber es stellte sich heraus, daß sie aus härterem Holz geschnitzt waren. Die Straftaten ihres toten Sohnes zu vertuschen, das sei nun nicht mehr wichtig, sagten sie, wichtig sei's, dafür zu sorgen, daß ein heimtückischer Mörder nicht ungeschoren davonkäme und noch mehr Morde begehen könne. Und so tanzte ich mit Maris und Bryce' Segen bei Gary Viner an, um ihm mein Beweismaterial zu präsentieren.

Wie ich's insgeheim schon befürchtet hatte, sagte Gary: »Wir sind für den Fall nicht zuständig.«

»Gary, ich habe das Tonband. Dominguez hat Winslip praktisch angekündigt, daß er ihn erstechen will. Wir haben den Anrufaufzeichner. Die Daten beweisen, woher der Anruf kam. Und dann ist da noch die Aussage eines Augenzeugen. Daniel Pope hat ...«

»Der entscheidende Punkt ist, daß das Verbrechen auf mexikanischem Boden begangen wurde und daß Dominguez die Polizisten da unten auf seiner Lohnliste stehen hat. Für uns gibt es keinen Fall Winslip, McCone.«

»Und was willst du jetzt tun? Dasitzen und Däumchen drehen, bis er Pope und Winslips Mädchen umbringt – oder irgend jemand anderen?«

»Wir werden Dominguez im Auge behalten, mehr kann ich dir nicht versprechen, weil uns bei allem, was du darüber hinaus erwartest, die Hände gebunden sind.«

»Na gut. Kann sein, daß *dir* die Hände gebunden sind.«

»Was soll das heißen? Was hast du vor? Pack mir bloß keinen Haufen Probleme auf den Schreibtisch, McCone – bitte.«

»Keine Sorge. Ich hab vor, von hier zu verschwinden und über die Sache nachzudenken, das ist alles. Und wenn ich dir irgendwas auf den Schreibtisch packe, dann sind's bestimmt keine Probleme, das garantiere ich dir.«

Wenn ich über irgend etwas aufgebracht bin oder mich auf irgend etwas konzentrieren muß, zieht's mich meistens dahin, wo Wasser ist. Also fuhr ich Richtung Norden zum Torrey Piners State Beach und spazierte eine Stunde an der Brandung entlang. Irgendwas tickte in meinem Hinterkopf, aber ich kam nicht dahinter, was es war. Irgendwas, was ich mal gelesen oder irgendwo gehört hatte. Verflixt, was war das nur gewesen?

Messer um Mitternacht, Winslip. Messer um Mitternacht.

Im Geiste hörte ich wieder und wieder Rennys schrille, keckernde Stimme auf dem Band des Anrufbeantworters.

Nach einer Weile beschloß ich, etwas zu unternehmen, um mein Gedächtnis aufzufrischen, und fuhr zur Adams Avenue, wo es, wie ich mich erinnerte, ein modernes Antiquariat mit einer großen Abteilung für Rechtsliteratur gab.

Verbrechen gegen das menschliche Leben: Mord. *Eine vorsätzliche und aus niedrigen Beweggründen begangene Tat, die ... Mildernde Umstände können zuerkannt werden, wenn ...* Fehlanzeige.

Wiederholungstäter. *Steht ein bereits wegen eines früher begangenen Verbrechens rechtskräftig Verurteilter im Verdacht ...* Nein, das traf auch nicht zu.

Fahrlässige Tötung. *Erleidet ein Passagier im Verlauf eines Lande- oder Anlegemanövers eines Luftschiffs oder Wasserfahrzeugs tödliche Verletzungen ...*

Das erst recht nicht.

Tritt der Tod des Opfers innerhalb der Zeitspanne von drei Jahren und einem Tag ein ... Ach, kannst du vergessen.

Verstümmelung? Kaum. Entführung? Nein, Winslip war freiwillig nach TJ gefahren, er war sogar ganz scharf darauf gewesen. Komplott? Könnte in Frage kommen. Aber die Begleitumstände waren nicht eindeutig genug. Nein, damit war kein Blumentopf zu gewinnen.

Messer um Mitternacht, Winslip. Messer um Mitternacht.

Das wollte und wollte mir nicht aus dem Kopf gehen. Ich versuchte, den Satz mit irgendeinem juristisch relevanten Stichwort zu verknüpfen. Melodramatisch, hatte Troy gesagt – ein

bißchen altmodisch, beinahe so, als hätte Dominguez ihn aufgefordert, sich zu einem …
Ja, das war's!
Sich zu einem Duell zu stellen.
Duelle und Kampfansagen – Rechtsverordnung 225.
Definition: Kampf mit tödlichen Waffen, nach vorangegangener Verabredung ausgetragen zwischen zwei oder mehr Personen … Strafmaß bei tödlichem Ausgang: Haftstrafe zwischen zwei und vier Jahren.
Nicht gerade viel, aber besser als gar nichts.
Jetzt wußte ich wieder, was mir durch den Kopf gespukt war. Ich hatte den Paragraphen schon mal gelesen und mich gewundert, wie lange sich manche Rechtsverordnungen in unseren Gesetzbüchern halten. Diese stammte von 1872, aber sie war heute noch genauso gültig wie damals. Besonders der Abschnitt 231, das war ein Text – so richtig zum Abknutschen.
Gotcha. Ich hab dich, Renny D.

»Ich les dir's noch mal vor«, sagte ich zu Gary Viner. Er kam im Bemühen, diesen trockenen, umständlich formulierten Text aus dem Jahr 1872 in seiner ganzen Tragweite zu verstehen, förmlich über den Schreibtisch auf mich zu gekrochen. »Durchführung von Duellen außerhalb der Staatsgrenzen. Übertritt jemand die Grenzen eines Staates, in dem er ansässig ist, mit der Absicht, sich den Strafverfolgungsbehörden seines Staates zu entziehen und jenseits der Grenze eine der in diesem Kapitel für strafwürdig erklärten Taten zu begehen, und begeht er sie dann tatsächlich, so ist – unbeschadet der Tatsache, daß er sich zur Tatzeit außerhalb der Staatsgrenzen aufgehalten hat – das Gesetz in derselben Weise und mit demselben Strafmaß anzuwenden, als hätte er … hör zu, Gary: … *als hätte er die Tat innerhalb der Staatsgrenzen begangen.*« Ich

klappte den dicken Wälzer zu und schlug dramatisch mit der Faust auf den Buchdeckel. »So, da hast du's.«
Gary nickte. »Ja, da haben wir's.«
Ich zählte ihm die Fakten an den Fingern auf. »Eine auf Band festgehaltene Aufforderung zum Duell mit Messern. Ein einfacher Stimmenvergleich genügt als Beweis, daß der Anrufer und der Verdächtige identisch sind. Die Telefonnummer des Anrufers sowie Datum und Zeit wurden automatisch aufgezeichnet. Ein Augenzeuge, der – schon um seine feige Flucht zu begründen – unter Eid bestätigen wird, daß es sich tatsächlich um ein Duell handelte. Und schließlich die Tatsache, daß die Sache zum Tode des einen Duellanten geführt hat. Renny D. wandert für zwei bis vier Jahre ins Staatsgefängnis.«
»Zwei bis vier Jahre sind nicht die Welt. Ich bin nicht sicher, ob der Staatsanwalt sich dafür die Mühe macht, überhaupt Anklage zu erheben.«
»Ich kann mich von der High School her gut an den Staatsanwalt erinnern. Er wird froh sein, so einen Scheißkerl überhaupt für eine Weile aus dem Verkehr ziehen zu können. Außerdem – vielleicht haben wir Glück, und es findet sich einer, der Renny D. im Gefängnis zum Duell herausfordert.«
Gary nickte nachdenklich. »Hm – ja, ich erinnere mich auch noch an ihn. Unser Staatsanwalt war schon damals auf der High School so. Ein Fall, der in der Öffentlichkeit Furore macht und mit hoher Wahrscheinlichkeit zu einer Verurteilung führt – ich glaube, das verschafft ihm genau das Scheinwerferlicht, das er so liebt. Zumal wir ein Wahljahr haben.«

Ehe es Samstag wurde – der Tag, für den mein Rückflug nach San Francisco gebucht war –, hatte der Staatsanwalt sich, auf die alte Rechtsverordnung aus dem Jahr 1872 gestützt, mit wahrem Feuereifer auf den Fall Winslip gestürzt und die Verhandlung vor dem großen Schwurgericht beantragt. Daniel

Pope war bereit, unter Eid als Zeuge zu bestätigen, daß Winslip mit ihm nach Tijuana gefahren war, weil Reynaldo Dominguez ihn zum Duell herausgefordert hatte. Und so konnte es nicht mehr lange dauern, bis Renny D. – bisher unbescholten wie ein neugeborenes Kind – hinter Gittern saß.

Gestern, am Freitag abend, ist es spät geworden. Mein Bruder, die andere Hälfte des Spürhund-Duos, hat bei einer Dinnerparty den Rest der Familie, soweit er in San Diego ansässig ist, mit einer farbig ausgeschmückten Version unserer Ermittlungsarbeit beglückt.

Ich ließ mir von der Stewardeß einen Becher Kaffee bringen und vertiefte mich, in den Sitz gerekelt, in mein schon leicht zerfleddertes Exemplar der letztjährigen *Sammlung von Gesetzen und Rechtsverordnungen in Kalifornien.* Ich hatte in meinem Büro eine neuere Ausgabe stehen, aber irgendwie brachte ich's nicht übers Herz, mich von dem alten Schinken zu trennen. Im übrigen, der Flug dauerte anderthalb Stunden, da brauchte ich was zu lesen.

Nicht als solche auszumachende Schußwaffen und andere tödliche Waffen ... Aha, recht interessant.

Als Lippenstift getarnte Stichwaffen ... Die alte Weisheit, daß es Frauen gibt, die Männern zum Verhängnis werden können.

Shobi-sue: ein Stab, ein Stock, eine Krücke, ein Stück Holz, in dem ein Messer verborgen ist ... Na ja, falls ich mir je das Bein breche ...

Kugelschreiber-Stilett ... Hm, das gefällt mir. Der Beweis, daß die Feder mächtiger sein kann als das Schwert.

Oh, Moment mal, jetzt kommt was, das ist *wirklich* faszinierend ...

Stuart M. Kaminsky
Gerechtigkeit

Eine Frau war brutal ermordet worden, die Baroneß Anastasia Wolodow-Kronoff.

Die Baroneß war eine Frau von großem Reichtum und hohem gesellschaftlichem Einfluß. Alljährlich gab sie im Park nahe der Neuen Eremitage ein Fest mit Wein, gebratenen Wildenten und einem Kuchenbüfett, zu dem ganz Petersburg eingeladen war – seit acht Jahren hielt sie das so, seit dem Tode ihres Mannes. Die einen glaubten, das Fest zum Gedenken an den Todestag des Barons sei ein Zeichen ihres Respekts vor diesem loyalen Offizier des Zaren Nikolaus, die anderen hielten es eher für ein Zeichen ihrer Erleichterung darüber, daß sie nun endlich ihres Zwangsgemahls und ehelichen Zuchtmeisters ledig war. Sie war vierzehn Jahre alt gewesen, als sie den Baron geheiratet hatte, er war dreißig und Offizier in der Armee des Zaren.

Ihr Tod – man schrieb das Jahr 1862 – rief bei der Bevölkerung von St. Petersburg große Bestürzung hervor. Sie war eine Wohltäterin und eine – trotz aller Zurückweisungen, die sie von dort erfahren hatte – große Verehrerin der französischen Aristokratie. Obwohl sie in ihren Salons Empfänge für junge Künstler gab und auch sonst wie eine *Grande Dame* im Stil der westeuropäischen Gesellschaft lebte, war sie eine zwar nicht kämpferische, so doch aufrichtige Verfechterin der Idee von Gerechtigkeit und Freiheit für alle und einer schrittweisen Abschaffung der Privilegien des Adels – zumindest derjenigen, in denen sich die Ungerechtigkeit des Systems am schärfsten manifestierte.

Es hieß, Zar Alexander habe die Baroneß höchstpersönlich zu allen Festen bei Hofe eingeladen und sei ihr sehr zugetan gewesen.
Wegen des heimtückischen Mordes an ihr stand ein junger Mann unter Anklage, dem sie nicht nur Schirmherrschaft, sondern auch Geborgenheit an ihrem üppigen Busen und hin und wieder Zuflucht auf den seidenen Laken ihres französischen Bettes gewährt hatte.
Der schlanke junge Mann – fünfundzwanzig Jahre alt – gehörte zu den Ungeduldigen der neuen Generation, zur Schar derer, die das Haar lang und einen Schnäuzer unter der Nase trugen, im schwarzen Überzieher herumliefen und eine Menge Unsinn über die Rechte der Leibeigenen daherredeten. Er war der Enkel eines Dekabristen – also eines der Offiziere, die sich 1825 zur Revolte gegen den Zaren Nikolaus zusammengerottet hatten. Sein Großvater, Peotor Marlowow, war erst vor fünf Jahren, 1856, nach einem Gnadenerlaß durch Alexander II. aus Sibirien nach St. Petersburg zurückgekehrt.
In diesem Augenblick stand eben dieser junge Mann, flankiert von zwei Soldaten und in Begleitung eines kleinwüchsigen, etwas verschroben aussehenden vierten, vor dem Reiterdenkmal auf dem Senatsplatz, einen Steinwurf weit von der Newa entfernt. Katharina die Große hatte, inspiriert durch ein Gedicht von Puschkin, 1768 den Auftrag dazu gegeben, und so trug der Sockel die Inschrift: Für Peter den Ersten – Katharina die Zweite, 1782.
Der junge Mann, der Wladimir Dandorow hieß, sich aber Louis nannte, blickte hoch, betrachtete Peters idealisiertes, mit einem Lorbeerkranz geschmücktes Haupt, das auf den Hinterbeinen steigende Bronzeroß und den vom Wind geblähten Bronzeumhang des verblichenen Zaren und schüttelte den Kopf.
Vierzig Jahre zuvor waren Louis' Großvater, ein junger Offizier

in der Armee des Zaren, und mit ihm dreitausend rebellierende Soldaten, gefolgt von einer beachtlichen Zahl von Männern aus den Reihen der gebildeten Bürger und der Elite von St. Petersburg, über die Pontonbrücke auf den Platz vorgedrungen und hatten den neuen Zaren Nikolaus aufgefordert, öffentlich anzuerkennen, daß sein Bruder Konstantin der rechtmäßige Thronerbe sei, wobei sie freilich die Tatsache übersahen, daß Konstantin gar nichts daran lag, Herrscher zu werden, im Gegenteil, er war froh, daß Nikolaus ihm die Bürde des Regierens abgenommen und den Thron bestiegen hatte. Über den geheimgehaltenen Thronverzicht des Großfürsten Konstantin herrschte jedoch allgemeine Unklarheit.
Zu den dreitausend, die das Rückgrat der Revolte bildeten, zählten viele Veteranen aus dem Napoleonischen Kriegen – Männer, denen es um Reformen ging. Es war nicht irgendein Pöbelhaufen, der sich da zusammengerottet hatte. Die führenden Köpfe verlangten, angesteckt von den Ideen der amerikanischen und der Französischen Revolution, das Ende der Monarchie und die Ausrufung der Republik. Es war eine Revolte des Herzens und der Begeisterung für die Demokratie. Nur, es war eben auch eine miserabel geplante Revolte. Der erste Fehler der fünf Anführer bestand darin, daß sie Nikolaus nicht festnahmen, sondern ihm unverständlich viel Zeit ließen, loyale Truppen zusammenzuziehen, während die Dekabristen immer noch auf dem Platz standen, ihre Parolen riefen und sich auf endlose Diskussionen mit Angehörigen des Adels einließen, die der Zar zu ihnen geschickt hatte, um Zeit zu gewinnen. Schließlich folgte der Angriff. Eine Kavallerieattacke konnten die Rebellen noch zurückschlagen, das anschließende Artilleriefeuer aber mähte sie nieder. Die Ehre, das Feuerkommando zu geben, war niemand anderem als dem Gemahl der Baroneß Anastasia Wolodow-Kronoff zuteil geworden.
Die fünf Anführer der Revolte – Pavel Pestel, Nitika Michailo-

witsch Murajwow, Konrady Rylejew, Sergej Murawjow-Apostol und Michail Bestuschew-Rjumin – wurden durch den Strang hingerichtet, viele hundert andere, darunter auch Louis' Großvater, zur Zwangsarbeit nach Sibirien verbannt.
In den dreißig Jahren seiner Regentschaft wurde Rußland von Nikolaus mit eiserner Faust, mit Kanonen und Gewehren und ohne Nachsicht gegenüber Dissidenten regiert. Keine andere Stadt bekam die Knute so hart zu spüren wie St. Petersburg, die Residenz des Zaren.
Und vor fünf Jahren, 1856, nach Nikolaus' Tod, war den wenigen überlebenden Dekrabristen die Rückkehr aus Sibirien gestattet worden. Louis war in einer erbärmlichen Kate in der südsibirischen Stadt Irkutsk aufgewachsen, seine Mutter und sein Vater waren dort gestorben. Nur sein Großvater – der einst, lange vor der unglücklichen Dezemberrevolte, ein berühmt gewordenes Abwehrgefecht gegen eine Attacke napoleonischer Truppen geführt hatte – überlebte die Zeit in Sibirien und kehrte zurück – vom Alter gebeugt, zynisch geworden, aber kein gebrochener Mann.
Alexander II. hätte mit Freuden das Schreckensregime seines Vaters fortgesetzt, aber die hitzigen Debatten über die Befreiung der Leibeigenen wollten nicht mehr verstummen. Sollte man ihnen etwa, wenn sie frei waren, Land zuerkennen? Und wenn ja – wieviel? Und wer sollte das Land hergeben? Konnte Rußland ökonomisch überleben, wenn es neben dem Landadel die Masse der befreiten früheren Leibeigenen gab, die selber nicht wußten, wie sie sich ohne Erfahrung, Gerät und Saatgut in einer in Jahrhunderten gewachsenen Wirtschaftsstruktur behaupten sollten? Die Lösung des Problems wurde schließlich in der Gründung sogenannter *Mirs* gesehen – bäuerlicher Dorfgemeinschaften, in denen die früheren Leibeigenen zusammenleben mußten. Das führte zur Notwendigkeit kollektiver Bodennutzung und damit zwangsläufig zur Grün-

dung von Genossenschaften, einer Vorstufe der Kolchosen, in der das Los der ehemaligen Leibeigenen nicht besser war als das ihrer Väter. Die hatten für einen – mit etwas Glück: wohlwollenden – Landadeligen gearbeitet, die Söhne arbeiteten für einen *Kulaken* – einen Bauern, der selbst Leibeigener gewesen war, es jedoch durch Landkäufe, Schläue, Bestechung, aber auch durch harte Arbeit und *Fortune* weiter gebracht hatte als seine früheren Leidensgenossen.

Es gab freilich auch Reformen, denen ein wenig mehr Erfolg beschieden war. Vor der Regentschaft Alexanders II. hatten Recht und Rechtsprechung in den Händen stupider, korrupter Beamter gelegen. Da waren Fälle jahrelang verschleppt und Berge von Akten gestapelt worden, ohne daß jemand sie je gelesen hätte. Der Urteilsspruch eines Richters hing weitgehend davon ab, in welchen Teil des Aktenmaterials er zufällig einen Blick geworfen hatte. Die Gesetzestexte waren vage und ungenau formuliert. Es galt als normal, dem Richter Bestechungsgeld zu zahlen. Rechtsanwälte gab es kaum, nur Mittelsmänner, die dem Beklagten sagen konnten, mit welchem Betrag er wen bestechen mußte.

Das begann sich 1856 zu ändern. Am Richtertisch nahmen nun Männer Platz, die den Namen Richter verdienten. Die ersten Geschworenengerichte wurden eingerichtet. Auf einmal tauchten Anwälte auf, die etwas vom Gesetz verstanden, sich auf Präzedenzfälle berufen oder, wenn nichts anderes mehr blieb, wenigstens gut formulierte Gnadengesuche stellen konnten. Das hieß jedoch keineswegs, daß etwa schon Gerechtigkeit gewaltet hätte. Es kam vor, daß die Geschworenen – Geschäftsleute und *Kulaken* – einen Angeklagten aus keinem anderen Grund als dem, daß ihnen seine politischen Ansichten nicht gefielen, schuldig sprachen. Richter ließen Angeklagte, obwohl deren Schuld eindeutig war, allein deshalb frei, weil sie aus einer sogenannten guten Familie stammten. Kurzum, wer vor ein Ge-

richt zitiert wurde, konnte, ob er schuldig war oder nicht und unabhängig von der Beweislage, im voraus nie wissen, wie der Prozeß für ihn ausgehen würde.
In diesem System arbeitete der ein wenig verschroben aussehende, kleinwüchsige Mann, der Louis begleitete. Der Kontrast zwischen den beiden hätte nicht größer sein können.
Louis hielt sich trotz seiner schweren Jugend in Sibirien – oder vielleicht gerade deswegen – gerade und aufrecht, er war groß, sehr schlank und mit dem schulterlangen, nach der französischen Mode geschnittenen Haar ein gutaussehender junger Mann. Er hatte sich einen Namen als Dichter gemacht, und zwar unter der Patronage jener reichen Witwe, als deren Mörder er nun angeklagt war, der Baroneß Anastasia. Eine Ironie des Schicksals, freilich keine größere als die, daß es ihr Gemahl gewesen war, der 1825 mit seinem Feuerbefehl die Kanonade auf die Dekabristen eingeleitet hatte.
Der Kleinwüchsige an seiner Seite war von gänzlich anderer Art. Er hatte große Schwierigkeiten, mit dem weit ausschreitenden Gefangenen und dessen beiden Bewachern Schritt zu halten. Sein Name war Porfirij Petrowitsch, er war etwa vierzig Jahre alt, ziemlich dick, mit einer weißen Robe bekleidet, glatt rasiert, trug das Haar kurz und hatte einen großen, rundlichen, nach hinten auffallend stark gewölbten Kopf. Sein weiches, rundes, stupsnäsiges Gesicht zeigte jenen gelblichen Teint, der davon zeugt, daß jemand tagsüber selten an die frische Luft kommt. Um seine Lippen spielte ständig ein wissendes Lächeln, als kenne er ein Geheimnis, das er vielleicht, aber nur vielleicht, eines Tages mit anderen zu teilen gedachte. Alles in allem wirkte er etwas weibisch, bis auf die ernst blickenden, feuchten, unter weißen Lidern ruhenden Augen. Er war vereidigter Untersuchungsbeamter und im heute zur Verhandlung stehenden Fall vom Gericht mit den Ermittlungen beauftragt worden, obwohl er wegen seines Ehrgeizes, jeden Fall be-

reits vor dem ersten Verhandlungstag zu lösen, weder bei den Richtern noch bei den Geschworenen gut gelitten war. Wenn – so wie das heute der Fall zu sein schien – eine Verhandlung unvermeidlich wurde, erschien Porfirij Petrowitsch stets in Begleitung seines Kollegen Fredkin vor Gericht, dem jeder – vielleicht weil er aussah wie ein verhärmter alter Heiliger – automatisch mit Respekt begegnete. Ein Problem lag darin, daß Fredkin zwar ein Dummkopf war, das aber zu Petrowitschs Glück selbst genau wußte und Gerichtsverhandlungen für eine Art von Schwachsinn hielt, der ihn immer wieder verblüffte, so daß er sich bei den Plädoyers nur allzugern an die Taktik hielt, die Porfirij Petrowitsch ihm angeraten hatte. Ein anderes Problem lag darin, daß Fredkin unter Heimweh litt.
»Wenn wir ein wenig langsamer gehen könnten«, sagte Profirij Petrowitsch, während er sich verzweifelt bemühte, mit den drei anderen Schritt zu halten, »und ich nicht so außer Atem käme, könnte ich mich mal mit dem Angeklagten unterhalten.«
Es war Sommer, ein warmer Tag. Das volle Laub der Baumkronen versperrte den Blick auf den Palast der Admiralität.
Louis zwirbelte seinen Schnurrbart, zuckte kaum merklich die Achseln und blickte zu dem schrulligen kleinen Mann hinunter. Er und die beiden Bewacher schritten ein wenig langsamer aus.
»Danke«, sagte Porfirij Petrowitsch, zog ein großes Taschentuch heraus und wischte sich über die Augenbrauen. »Wollen wir uns eine Weile setzen?«
Louis seufzte ärgerlich und musterte fragend die beiden Bewacher, von denen einer seinerseits den kleinen Untersuchungsbeamten musterte, bevor er nickte. Louis steuerte auf eine Zementmauer zu und setzte sich. Der Kleinwüchsige nahm neben ihm Platz. Die beiden Soldaten blieben stehen.
Einer von ihnen sagte: »Zehn Minuten, mehr nicht. Wir krie-

gen Ärger, wenn wir ihn nicht rechtzeitig im Gerichtssaal abliefern.«
Was heißen sollte, daß die hölzernen Bänke sich jetzt schon unter der Last derer bogen, die den Mann sehen wollten, der die allseits geachtete Baroneß Anastasia ermordet hatte.
»Sie haben den Mord nicht zugegeben«, sagte Porfirij Petrowitch und richtete die großen Augen auf den gutaussehenden jungen Dichter. »Sie haben es abgelehnt, mit einem Anwalt zu sprechen. Sie haben sich geweigert, sich schuldig zu bekennen. Sie haben sich geweigert, Ihre Unschuld zu beteuern. Es dürfte einfach sein, Sie zu verurteilen und zu hängen. Zum Vorsitzenden wurde auf seinen ausdrücklichen Wunsch Richter Walorow berufen. Er war ein persönlicher Freund der Baroneß. Er hegt tiefeingewurzelten Groll gegen die Dekabristen und deren Nachkömmlinge. Für europäische Dilettanten hat er nichts übrig.«
»Das ist es also, wofür Sie mich halten?« fragte der junge Mann mit leisem Seufzen.
»Der Richter wird Sie dafür halten«, erwiderte Porfirij Petrowitsch. »Und Ihr Äußeres spricht, wie ich zugeben muß, nicht gegen eine solche Annahme.«
Der junge Mann schlug die Beine übereinander.
»Haben Sie meine Gedichte gelesen?«
»Ein paar davon. Das dünne Bändchen, das die Baroneß herausgegeben hat.«
»Und?« fragte der junge Mann.
»Sind Sie bei dem Mann, der Ihr Rechtsbeistand ist, mehr an einer kritischen Würdigung Ihres Buches interessiert oder mehr daran, daß er, wenn das möglich ist, Ihr Leben rettet?«
»Wie bewerten Sie meine Arbeit?« fragte der junge Mann halsstarrig.
»Als zügellos. Mittelmaß. Es mangelt ihr an Originalität und

Aufrichtigkeit«, sagte Porfirij Petrowitsch. »Aber was verstehe ich davon? Ich bin Rechtsbeistand, kein Literaturkritiker.«
Der Blick des jungen Mannes verlor sich auf der Newa. »Kürzlich war ich im Theater. Ein Singspiel, wir haben sehr über die amüsanten Verse gelacht. Die Rechtspflege wurde darin so unverhohlen verspottet – man fragt sich, wieso die Aufführung nicht vom Zensor verboten wurde. Aber Beamte sind eben solche Banausen, die gehen nicht mal ins Theater, wenn man ihnen Freikarten schenkt.«
»Gogol, *Aufzeichnungen eines Wahnsinnigen*«, sagte Porfirij Petrowitsch. »Sie haben nur das mit den Pfeffersäcken und den Zeitungsschreibern weggelassen, die an allem etwas auszusetzen haben.«
Der junge Mann sah den Kleinwüchsigen mit erstauntem Respekt an.
»Sie lesen?«
»Fließend«, sagte Porfirij Petrowitsch. »Und ich helfe dabei, Leute ins Gefängnis zu bringen. Und gelegentlich helfe ich dabei, sie davor zu bewahren. Vorausgesetzt, daß sie unschuldig sind. Wladimir Dandorow, sind Sie, was diesen Mord angeht, unschuldig?«
»Ich bin an diesem Mord unschuldig«, sagte der junge Mann, ohne großes inneres Engagement erkennen zu lassen. »Und es ist mir lieber, mit Louis angeredet zu werden.«
»Wieder was Französisches«, sagte Porfirij Petrowitsch.
»Noch fünf Minuten«, rief einer der Bewacher ihnen zu.
Ein warmer Wind blies durch die Flucht der Gebäude, die den Platz säumten.
»Sie werden einen schrecklichen Angeklagten abgeben«, sagte der Kleinwüchsige. »Arrogant. Überlegen. Furchtlos.«
»Und unschuldig«, ergänzte Dandorow.
»Das ist weitgehend unerheblich«, belehrte ihn Porfirij Petrowitsch.

Dandorow zuckte die Achseln. »Die da drin wollen mich töten. Dagegen kann ich wenig tun.«
Der Kleinwüchsige stand auf und ging, verfolgt von den amüsierten Blicken des jungen Mannes, langsam auf und ab.
»Ich habe das Gericht um Aufschub gebeten«, sagte Porfirij Petrowitsch. »Seit dem Mord sind erst zwei Tage vergangen, und Sie haben sich bisher geweigert, eine Aussage gegenüber der Polizei oder einem Anwalt zu machen.«
»Aber Ihre Bitte um Aufschub wurde abgelehnt, das liegt auf der Hand«, sagte Dandorow. »Sonst würde ich nicht bereits heute dem Richter und den Geschworenen vorgeführt, die mich wohl, ohne viel Federlesens zu machen, verurteilen werden.«
Porfirij Petrowitsch wünschte, sie wären in seinem Büro, wo die zugezogenen Vorhänge und der Schreibtisch seine Verbündeten waren. Er brauchte Zeit und ein wenig Intimität, um einen Verdächtigen zum Reden zu bringen. Unter Zeitdruck geführte Gespräche im Freien waren nicht seine Stärke, und schon gar nicht mit einem drittklassigen Poeten, der sich Mühe gab, möglichst unsympathisch zu erscheinen.
»Zu den Fakten«, sagte er. »Am Morgen des dritten Juli, mithin vor drei Tagen, drang ein Schrei aus dem Boudoir der Baroneß. Eines der Dienstmädchen hörte ihn und kam ins Schlafgemach ihrer Herrin gerannt, wo Sie nackt, ein blutiges Messer in der Hand, vor dem Bett standen, auf dem ein lebloser Körper lag – ebenfalls nackt.«
»Ein ziemlich eindeutiger Beweis«, räumte Dandorow ein.
»Aber Sie haben den Mord nicht zugegeben?«
»Nein, das habe ich nicht. Ich habe nebenan ein Bad genommen, unbekleidet, versteht sich. Für die Patronage der Baroneß hatte ich – recht häufig, übrigens – meinen Dank in Form von Liebesdiensten abzustatten. Eine Pflicht, für die ich Applaus und allgemeine Bewunderung verdient hätte. Die Baro-

neß war, wie Sie wissen, bereits über sechzig und neigte dazu, sich, obwohl sie sicher noch ansehnlich war, zu stark zu schminken. Als ich aus dem Badezimmer kam, sah ich sie, neben sich ein Messer, auf dem Bett liegen. Sie mußte, während ich gebadet hatte, ermordet worden sein, das war mir sofort klar. Ich griff nach dem Messer, um mich, falls der Mörder noch in der Nähe war, verteidigen zu können. Und da kam das Dienstmädchen herein.«

»Wenn sie aber schon tot war«, wandte Porfirij Petrowitsch ein, »wie hatte sie dann den Schrei ausstoßen können, den das Dienstmädchen gehört haben will?«

Diesmal seufzte Dandorow laut.

»Nicht sie war es, die geschrien hat«, sagte er, »ich war es. Ich schrie, als ich sie tot auf dem Bett liegen sah. Also, nun können Sie zu all dem, dessen Sie mich sonst anklagen wollen, auch noch Feigheit hinzufügen.«

»Wie lange waren Sie im Badezimmer?« fragte Porfirij Petrowitsch.

»Zehn Minuten, vielleicht auch länger. Solange ich's glaubhaft hinauszögern konnte, meinen Pflichten gegenüber der Baroneß nachzukommen«, antwortete Dandorow.

»Gibt es außer der Tür, durch die das Dienstmädchen gekommen ist, als sie den Schrei gehört hatte, noch einen anderen Zugang zum Schlafgemach?«

»Die Tür zum Balkon«, sagte der junge Mann. »Aber der liegt drei Stockwerke hoch. Und dann gibt's da noch eine Tür, durch die man auf den kleinen Seitenflur kommt, der zum hinteren Teil der Wohnung führt, in die Küche.«

»Wie viele Bedienstete haben sich, als der Mord geschah, in der Wohnung aufgehalten?« fragte Porfirij Petrowitsch.

»Das wissen Sie bestimmt schon.«

»Sagen Sie's trotzdem. Mir zuliebe.«

»Nur das Dienstmädchen.«

»Hätte sie Gelegenheit gehabt, die Baroneß zu töten, schnell wieder im Salon zu verschwinden und von dort angerannt zu kommen, als sie Ihren Schrei gehört hatte?«
Dandorow fing zu lachen an. »Ich seh sie schon vor mir, wie sie vor dem Richter und den Geschworenen steht. Ein schmächtiges, veränstigstes kleines Ding. Eine halbe Portion, verglichen mit der adeligen alten Kuh, die zu befriedigen ich die Ehre und die Pflicht hatte. Die Idee ist lachhaft.«
»Wissen Sie, wem die anderen Wohnungen in dem Haus gehören, in dem Ihre … Wohltäterin gewohnt hat?«
Wieder zuckte Dandorow die Achseln.
»Es sind fünf Parteien. Jedes Stockwerk ist eine abgeschlossene Wohnung. Wir haben einander zugenickt, wenn wir uns begegnet sind, aber sonst hatte ich keinen Kontakt mit den anderen Hausbewohnern. Ich wollte es nicht, und Anastasia wollte es auch nicht.«
»Merkwürdig«, sagte Porfirij Petrowitsch und rieb sich die Stirn. »Ich hätte gedacht, da sie für Sie gezahlt hatte, müßte ihr daran gelegen haben, Sie herumzuzeigen.«
»Wir hatten Dichterlesungen im Salon. Da waren viele ihrer Freunde anwesend.«
»Aber keiner ihrer Mitbewohner?«
Wieder zuckte Louis die Achseln. »Wer weiß? Die waren doch alle aus demselben Holz, einer wie der andere. Haben gefressen und gesoffen, soviel sie nur kriegen konnten, und huldvoll geklatscht, ganz egal, welchen Schund ich ihnen als Poesie angedreht habe. Was ihnen das Ganze ein wenig schmackhaft gemacht hat, war lediglich die absichtlich arrogante, herausfordernde Art meiner Lesungen, die ich übrigens zur Freude aller Anwesenden stets sehr kurz gehalten habe.«
»Wer also hat die Baroneß ermordet?« sinnierte Porfirij Petrowitsch.
»Fest steht nur, daß ich dafür gehängt werde«, sagte Louis.

»Etwas ist bei diesem Prozeß besonders merkwürdig, ist Ihnen das auch schon aufgefallen?«
»Der Mangel an Gerechtigkeit«, sagte Dandorow.
»Das ist nicht im mindesten merkwürdig. Ich meine das Bild, das ich von Ihnen gewonnen habe, Wladimir Dandorow. Wollen Sie das Ergebnis hören?«
»Nicht unbedingt.«
»Gönnen Sie's mir«, sagte Porfirij Petrowitsch und fuhr sich wieder mit dem – inzwischen zerknitterten – Taschentuch über das verschwitzte Gesicht. »Sie haben genug Verstand, um erkennen zu können, daß es mit Ihrer Intelligenz nicht weit her ist. Und Sie haben gewiß einen Spiegel, mit dessen Hilfe Sie feststellen können, daß Sie gut aussehen. Sie geben sich herablassend und überheblich, weil Sie meinen, das stehe Ihnen wegen Ihrer Loyalität gegenüber der Baroneß Anastasia zu. Sie rechnen damit, daß Sie auf jeden Fall verurteilt werden, und haben beschlossen, Ihr Schicksal mit Würde zu tragen. Letzteres ist übrigens das einzige, was mir Respekt abnötigt.«
»Wenn ich Ihren Respekt genieße, hat mein Leben wenigstens einen Sinn gehabt«, sagte Dandorow sarkastisch.
Einer der Soldaten drängte: »Wir müssen gehen.«
»Es könnte sein, daß ich Ihr Leben rette, obwohl Sie's nicht wollen«, sagte Porfirij Petrowitsch.
Dandorow war aufgestanden, er überragte den kleinen Ermittlungsbeamten um mehr als Haupteslänge. Die Soldaten flankierten den jungen Mann und führten ihn zum Gerichtsgebäude. Der Kleinwüchsige folgte ihnen nicht, er blieb stehen, griff in die Tasche und zog die Namensliste heraus, die er gestern zusammengestellt hatte. Mit vier von fünf Leuten, die auf der Liste standen, hatte er bereits gesprochen und dabei eine Menge in Erfahrung gebracht. Das Gespräch mit dem fünften, dem letzten, stand ihm noch bevor, und er war fest entschlossen, es zu führen, obwohl er ahnte, daß es das Ende seiner Karriere

im Staatsdienst besiegeln und dazu führen konnte, daß er wieder im väterlichen Geschäft Teppiche verkaufen mußte.
Fünf Minuten brauchte er bis zum Gerichtsgebäude. Als er ankam, war er in Schweiß gebadet, auf seiner weißen Robe zeichneten sich feuchte, dunkle Flecke ab.
Der Justizangestellte – jung und groß wie Dandorow – runzelte die Stirn, als Porfirij Petrowitsch ihm sagte, er müsse in einer wichtigen Sache den Richter sprechen, noch vor Beginn der Verhandlung. Porfirij Petrowitsch versicherte jedoch immer wieder, daß dieses Gespräch immens wichtig und unaufschiebbar sei und nur wenige Minuten dauern werde. Und so ging der junge Angestellte schließlich zu einer der Türen, die nach hinten führten, kam alsbald zurück, winkte Porfirij Petrowitsch ins Richterzimmer und schloß von außen die Tür. Das Richterzimmer war sehr groß – viel größer als Porfirij Petrowitschs Büro am gegenüberliegenden Ufer der Newa.
Richter Walorow – groß, massig, in den Sechzigern, eine imposante Erscheinung mit weich fließendem, weißem Haar – stand vor dem Spiegel und rückte seine Robe zurecht. Es hieß, er sei ein persönlicher Freund des Zaren und der geistige Vater vieler Rechtsreformen, die Zar Alexander angeordnet hatte. Als er mit seinem Spiegelbild zufrieden war, drehte er sich um und musterte den schwitzenden kleinwüchsigen Beamten, der sich, als er vor dem mächtigen Schreibtisch stand, wie ein Zwerg ausnahm.
»Wir kennen uns irgendwoher«, sagte Walorow mit tiefer Stimme und schickte sich an, in seinem Schreibtischsessel Platz zu nehmen.
»Ich bin Ermittlungsbeamter bei der Anklagebehörde«, sagte Porfirij Petrowitsch.
»Aha«, sagte Walorow, »ich verstehe. Sie haben die Voruntersuchung durchgeführt?«
»Ja«, sagte Porfirij Petrowitsch.

»Bitte, nehmen Sie Platz. Sie wirken sehr ...«

»Erschöpft, verängstigt und ein wenig irritiert«, sagte der kleine blasse Mann, während er in dem breitausladenden dunklen Holzstuhl gegenüber dem Richter Platz nahm.

»Was irritiert Sie? Was ängstigt Sie? Ihre Aufgabe ist einfach und klar. Sie rufen das Dienstmädchen auf, es macht seine Aussage. Dann folgt Dandorows Aussage. Die Geschworenen befinden ihn schuldig, und ich verurteile ihn zum Tode. Er hat ein allseits beliebtes und verehrtes Mitglied der St. Petersburger Gesellschaft ermordet. Der Zar persönlich nimmt großen Anteil an diesem Fall.«

»Ich habe vier zusätzliche Zeugen«, sagte der Ermittlungsbeamte und zog die leicht feucht gewordene Liste aus der Tasche. »Zwei werden anwesend sein, zwei wollen nicht im Gerichtssaal erscheinen, werden ihre Aussagen aber schriftlich machen. Die entsprechenden Papiere müssen jeden Augenblick hier eintreffen. Ich brauche also noch ein wenig Zeit.«

Walorow drehte sich zur Seite, sah aus dem Fenster und ließ den Blick auf dem dreistöckigen gelben Palais Menschikow ruhen, das, dem Senat direkt gegenüber, auf der anderen Seite der Newa lag. Fürst Alexander Menschikow hatte es errichten lassen – ein Mann, der als Stallbursche angefangen hatte und später der beste Freund Peters des Großen und schließlich der zweitmächtigste Mann in ganz Rußland geworden war. Das Palais war 1710 der erste aus Steinquadern gebaute Prachtbau in einer Stadt, in der es wahrlich nicht an Palästen und Kirchen mangelte.

»Wissen Sie, warum ich diesen Blick so liebe?« fragte Walorow und deutete zum Fenster.

»Weil das Palais ein besonders schöner Meilenstein in der Geschichte unserer Stadt ist«, vermutete Porfirij Petrowitsch.

»Auch ich war Stallbursche, genau wie Menschikow«, sagte der Richter. »Wußten Sie das?«

»Ja, das wußte ich. Und ich weiß auch um Ihre Verdienste für den Zaren. Sie haben viel geleistet und es weit gebracht.«
Richter Walorow rückte die Robe zurecht, faltete die großen Hände und wandte sich wieder Porfirij Petrowitsch zu. »Zu meinen Obliegenheiten gehörte es, im Namen des Zaren dafür zu sorgen, daß im System der Rechtsprechung Redlichkeit vorherrscht, wobei freilich kein Prozeß unnötig verschleppt werden darf. Da sind wir doch einig? Ihre Aufgabe besteht darin, das durch Ihre Ermittlungen zu gewährleisten. Unser Rechtssystem ist weit davon entfernt, sich mit dem englischen oder auch nur mit dem in Frankreich oder Amerika messen zu können, aber daran ist nicht das System schuld. Schuld sind die Menschen in diesem System – die Richter, bei denen wir darauf vertrauen müssen, daß sie Gerechtigkeit walten lassen, und die Geschworenen, die dazu neigen, sich weniger von der Beweislage beeinflussen zu lassen als davon, ob sie das Gesicht oder die politischen Ansichten des Beklagten mögen. Ahnen Sie, warum ich das mit Ihnen erörtere?«
»Ich glaube, ja«, sagte Porfirij Petrowitsch mit Unbehagen in der Stimme. »Sie wollen mich dazu bewegen, meinen Antrag auf Anhörung der vier Zeugen zurückzuziehen.«
Walorow nickte. »Es sei denn, Sie könnten mich in den wenigen Minuten, die uns noch bis zum festgesetzten Verhandlungsbeginn bleiben, davon überzeugen, daß ich Ihrem Antrag stattgeben sollte. Und warum.«
»Weil ich der Überzeugung bin, daß Wladimir Dandorow den Mord an der Baroneß Wolodow-Kronoff nicht begangen hat.«
Der Richter schüttelte den Kopf, schnaufte vernehmlich und forderte Porfirij Petrowitsch auf: »Fahren Sie fort.«
»Ich habe vier der fünf Mieter befragt, die in dem Haus wohnen, in dem auch die Baroneß gewohnt hat«, sagte der kleinwüchsige Beamte. »Nach anfänglichem Zögern haben sie mir

bestätigt, daß die Baroneß ein – seit Jahren bestehendes – Verhältnis zu dem fünften Mieter unterhält.«
Der Richter musterte den schrullig aussehenden, kleinen Mann, der ihm am Schreibtisch gegenübersaß, und wartete.
»Sie waren sich einig, daß es sich bei diesem Mann, bei diesem fünften Mieter, um Sie handelte, Richter Walorow.«
Walorow verdrehte die Augen zur Decke, dann sah er dem kleinen Mann direkt in die Augen. »Sie sind ja verrückt.«
»Ich wäre gar nicht auf den Gedanken gekommen, die anderen Mieter zu befragen, und hätte so nie erfahren, daß Sie auch in dem Haus wohnen, wenn es da nicht etwas gegeben hätte, was mich stutzig gemacht hat«, sagte Porfirij Petrowitsch, dem mittlerweile der Schweiß in Strömen über das Gesicht rann.
»Und was war das?« fragte Walorow.
»Sie haben darauf gedrängt, den Vorsitz in diesem Prozeß zu übernehmen. Sie sind ein vielbeschäftigter Mann. Und hier geht es allem Anschein nach um einen Fall, der schnell entschieden werden kann. Warum wollten Sie ihn unbedingt an sich reißen?«
»Weil ich, wie Sie ja bei Ihren Ermittlungen herausgefunden haben, mit der Baroneß befreundet war und sichergehen will, daß Gerechtigkeit waltet.«
»Ich habe mir die Räumlichkeiten der Baroneß angesehen und herausgefunden, daß man von ihrem Schlafzimmer aus durch einen kleinen Flur zur Küche kommt und daß von dort eine Tür zur Hintertreppe führt. Das ist bei allen Wohnungen im Haus so.«
»Ja«, sagte Walorow, »das ist mir durchaus bekannt.«
»Was Ihnen dagegen nicht bekannt ist«, sagte Porfirij Petrowitsch und stemmte sich kurz aus seinem Holzstuhl hoch, weil ihm die Hose an den verschwitzten Beinen klebte, »ist die Tatsache, daß ich gestern, nachdem ich von Ihrem Verhältnis mit der Baroneß erfahren hatte, in Ihrer Abwesenheit – Sie hatten

bei Gericht zu tun – Ihre Wohnung durchsucht habe. Ich habe mir dafür einen ordnungsgemäßen Durchsuchungsbefehl ausstellen lassen, in dem allerdings Ihr Name nicht erwähnt wird. Wissen Sie, was ich gefunden habe?«

Walorow saß stumm mit gefalteten Händen da.

»Einen Schlüssel für die Tür zwischen der Dienstbotentreppe und der Küche in der Wohnung der Baroneß und einen sehr edlen Pyjama aus japanischer Seide. Er wurde zwar kürzlich gewaschen, aber die Blutflecke sind nicht ganz herausgegangen.«

»Ich hatte mich geschnitten«, sagte Walorow.

»Darf ich den Schnitt sehen?« bat Porfirij Petrowitsch. »Es muß eine sehr große Wunde gewesen sein.«

»Sie dürfen ihn nicht sehen. Er ist an meiner linken Hüfte, und ich habe nicht die Absicht, Ihnen zuliebe die Hose runterzulassen.«

»Die vier Mitmieter werden bezeugen, daß Sie und die Baroneß ein Verhältnis hatten und daß Sie auf alle ihre Protegés eifersüchtig waren, besonders auf Wladimir Dandorow.«

»Unsinn«, sagte der Richter, »Sie haben eine sehr rege, aber abartige Phantasie.«

»Dann müssen wir also davon ausgehen, daß Dandorow und die Baroneß, unbekleidet wie sie waren, in Streit geraten sind und daß er nackt in die Küche gerannt ist, um ein Messer zu holen und sie zu töten. Nur, sie war seine goldene Gans, warum sollte er sie töten?«

»Warum sollte ich sie töten?« fragte Walorow.

»Meine Vermutung ist, daß Sie die Absicht gehegt haben, sie zu heiraten. Sie besaß ein beträchtliches Vermögen. Und nachdem Sie viele Jahre lang auf dieses Ziel hingearbeitet hatten, hat sie Ihnen mitgeteilt, daß sie Dandorow zu heiraten gedenkt. Sie haben die Beherrschung verloren und sie getötet.«

Walorow schüttelte den Kopf. »Ich habe sie geliebt.«

»Das glaube ich Ihnen«, sagte Porfirij Petrowitsch. »Was immer Ihnen das nützen mag.«
»Sie haben nicht genug Beweise, um die Geschworenen zu überzeugen«, sagte Walorow.
»Ich gehe davon aus, daß die Entscheidung über Schuld oder Unschuld bei den Geschworenen liegt. Das ist das System, das mit Ihrer Hilfe eingeführt wurde. Ich werde meine vier Zeugen präsentieren, den Schlüssel und den blutbefleckten Pyjama. Ich werde beweisen, daß es seit Jahren ein Verhältnis zwischen der Baroneß und Ihnen gab, daß Sie eifersüchtig waren und daß Sie sich danach gedrängt haben, den Vorsitz bei diesem Prozeß zu übernehmen.«
»Sie werden sie nie und nimmer überzeugen.«
»Ich? Nein, ich weiß, daß ich nicht viel hermache. Aber ich habe einen Kollegen, der sehr überzeugend wirkt.«
Walorow sprang hoch. »Wen, Petrowitsch? Sie sind als Vertreter der Anklage bestellt und nicht, um den Angeklagten zu retten.«
»Ich dachte, es sei unsere Pflicht, dafür zu sorgen, daß Gerechtigkeit waltet?« sagte der kleinwüchsige Beamte.
»So ist es«, bestätigte Walorow.
»Sie haben gefragt, um wen es sich bei meinem so überzeugend wirkenden Kollegen handelt. Um Sie, Richter Walorow. Denn auch Sie stehen in der Pflicht, Gerechtigkeit walten zu lassen.«
Walorow schüttelte den Kopf, ein gequältes Lächeln erschien auf seinem sonst stets so ernsten Gesicht.
»Sie sind ein guter Richter. Ihre Arbeit ist für uns alle von hohem Wert«, sagte Porfirij Petrowitsch. »Dandorow dagegen ist ein Parasit, der sich gewissenlos die Eitelkeit einer alternden Frau zunutze gemacht hat.«
»Einer zwar eitlen, aber anmutigen, bezaubernden Frau«, korrigierte ihn Richter Walorow.

Porfirij bestätigte Walorows Feststellungen mit einem Kopfnicken. »Dennoch bleibt die Tatsache …«

»… daß Dandorow den Mord nicht begangen hat«, fiel ihm der Richter ins Wort. »Darin sind wir uns einig.«

Porfirij wischte sich mit dem nun schon nassen Taschentuch über den gewölbten Hinterkopf.

»Wenn ich will, kann ich Sie auf der Stelle festnehmen lassen und wegen Hochverrat, Fälschung von Beweismitteln und Verleitung von Zeugen zu Falschaussagen anklagen«, fuhr der Richter fort. Porfirij Petrowitsch schlug eingeschüchtert die Augen nieder, als er Walorows Blick auf sich ruhen fühlte. »Ihr Motiv liegt zweifellos in Ihrer Sympathie für die Dekabristen.«

»Das war's, was ich befürchtet habe«, sagte Porfirij Petrowitsch.

»Oder«, fügte der Richter hinzu, »ich kann versuchen, einen Ausweg aus dieser verfahrenen Situation zu finden. Man hat mich nicht umsonst zum Richter berufen.«

»Das ist es, worauf ich meine Hoffnung setze«, sagte Porfirij Petrowitsch.

»Ich habe tatsächlich einen Schlüssel zu dieser Tür, die von der Dienstbotenstiege in die Wohnung der Baroneß führt«, sagte Walorow, seufzte tief und richtete den Blick hilfesuchend auf das Gemälde des Zaren. Der Zar, gerahmt und in Öl und Paradeuniform an die Wand gehängt, strahlte Würde und Zuversicht aus. »Wir hielten es nicht für schicklich, unsere Beziehung bekannt werden zu lassen. Immerhin war sie eine Frau von etwas zweifelhafter Moral. Ihre Aktivitäten haben nicht überall Zustimmung gefunden. Es war ihr Wunsch, es so zu halten, nicht meiner. In der Nacht ihres Todes bin ich zu ihr gegangen, in der Annahme, daß sich, weil es Dienstag war, nur einer der Dienstboten in der Wohnung aufhielt, nämlich ihr Stubenmädchen, das war dienstags gewöhnlich so. Ich wollte ihr die Affäre mit Dandorow ausreden. Sie hat das immer ernster genommen und gar nicht gemerkt, wie lächerlich das auf andere wirken mußte. Ich war im Schlafanzug – in jenem seidenen Pyjama, den Sie entdeckt haben, übrigens ein Geschenk von ihr. Ich glaube, sie hatte damals an dem Gedanken, einen angesehenen Richter zum Liebhaber zu haben, Gefallen gefunden. Als ich ins Schlafgemach kam, fand ich sie unbekleidet vor. Ich hörte, daß im Bad das Wasser lief und ein Mann vor sich hin summte. Sie hieß mich, schleunigst wieder zu verschwinden. Sie hat mich rausgescheucht wie einen Dienstboten. Ich stamme aus einer einfachen Familie, aber ... nun, ich habe versucht, ihr Vernunft einzureden. Sie wollte nichts davon hören, ihr lag nur daran, daß ich verschwinde, ehe Dandorow hereinkam und mich bei ihr sah. Ich ging. Aber in der Küche – es ist einfach so über mich gekommen, ich habe das Messer gepackt und bin zu ihr zurückgegangen, fest entschlossen, Dandorow zu töten. Er war noch im Bad. Anastasia sah das Messer und ahnte, was ich vorhatte. Sie trat mir in den Weg. Ich versuchte, sie sanft beiseite zu schieben. Sie wollte mir das Messer aus der Hand winden. Und dann ...«

»Dann war sie auf einmal tot«, sagte Porfirij Petrowitsch.

Der Richter nickte. »Ich sah noch, wie die Tür zum Bad aufgezogen wurde. Ich habe das Messer fallen lassen und bin weggerannt.«

»Und so sitzen wir nun hier«, sagte Porfirij Petrowitsch.

Es klopfte an der Tür. Zuerst ignorierte Richter Walorow das Geräusch, aber der Finger draußen gab keine Ruhe, das Klopfen wurde drängender, und eine Frauenstimme rief: »Richter Walorow, der Gerichtssaal ist voll, der Angeklagte wartet darauf, hereingeführt zu werden, die Geschworenen werden schon unruhig.«

»Ich komme«, sagte Walorow und stand langsam auf.

Porfirij Petrowitsch erhob sich ebenfalls und blieb stehen. An der Tür drehte der Richter sich noch einmal um und musterte

den Kleinwüchsigen, der ihn auf einmal ein wenig an einen aufgeblähten Frosch erinnerte.
»Es wird Gerechtigkeit walten«, sagte Walorow.
Porfirij Petrowitsch sagte nichts. Die Tür schloß sich hinter dem Richter. Der kleinwüchsige, blasse Beamte ließ sich auf den Stuhl fallen und versuchte, das heftige Zittern zu unterdrücken, das ihn schüttelte. Er hatte seine Karriere, er hatte das Glück seines Lebens auf Spiel gesetzt, weil er sich, statt den Mund zu halten, um Kopf und Kragen geredet hatte.
Und nun war alles noch schlimmer. Walorow schien ein ehrenwerter, aufrechter Mann zu sein. Wenn er sich zu seiner Schuld bekannte, konnte Dandorow den Gerichtssaal als freier Mann verlassen. *Wenn* Walorow – und das war ein Wenn mit vielen Fragezeichen – sich zu seiner Schuld bekannte oder einen Ausweg aus der verfahrenen Situation fand.
Als Porfirij Petrowitsch – spät, sehr spät sogar – beim Eingang zum Gerichtssaal ankam, drängten sich auf dem Flur murrende Menschen, überwiegend Frauen, die keinen Einlaß gefunden hatten. Der Polizist vor der Tür erkannte den Ermittlungsbeamten und ließ ihn durch, versperrte aber den Naseweisen, die die Gelegenheit nutzen und mit hineinhuschen wollten, den Weg.
Der Richter hatte bereits Platz genommen. Zwei Dinge fielen Porfirij Petrowitsch im bis auf den letzten Platz gefüllten Gerichtssaal besonders auf. Erstens, daß die Leute sich erstaunlich ruhig verhielten, wohl deshalb, weil der Richter sie vorsorglich verwarnt hatte. Und zweitens der schier unerträgliche Gestank.
Selbst der dominante Tabakgeruch konnte nicht darüber hinwegtäuschen, daß das Publikum reichlich billigem Alkohol zugesprochen und sich bei den natürlichen Darmfunktionen zur Regulierung der Verdauung keinen Zwang angetan hatte. Die beherrschende Raumnote war jedoch die Ausdünstung vieler

auf engstem Raum zusammengepferchter menschlicher Leiber.

Porfirij Petrowitsch quälte sich durch zu dem kleinen Tisch, an dem Wladimir Dandorow saß – ganz allein, aufrecht, mit gefalteten Händen – und nicht nach links und rechts sah, sondern nur die Geschworenen mit verächtlichen Blicken maß.

Der Richter saß an einem leicht erhöhten Tisch an der Stirnseite des Raumes, über seinem weißhaarigen Haupt hing ein Bild des Zaren. Die Jury, über deren Zusammensetzung Porfirij Petrowitsch von niemandem unterrichtet worden war, bestand aus sieben Männern, die Dandorow mit – gelinde gesagt – feindseligen Blicken musterten. Das übliche Holzgeländer zwischen dem Richtertisch und den Stühlen der sieben Männer fehlte.

»Der Anklagevertreter hat einen eigenen Tisch«, sagte Dandorow und deutete mit dem Kopf nach vorn.

»Wenn Sie nichts dagegen haben, möchte ich lieber hier sitzen«, sagte Porfirij Petrowitsch und sah sich um, ob seine Zeugen oder der Vertreter anwesend waren. Ja, sie saßen am Zeugentisch. Brave Bürger, ehrenwerte Leute – und gut gekleidet, jedenfalls allemal besser als das Publikum und die Geschworenen.

»Ich habe aber was dagegen«, sagte Dandorow.

Porfirij Petrowitsch sammelte seine Papiere ein und ging zu dem anderen Tisch.

Der Gerichtssekretär, ehemals Sergeant in der Garde des Zaren, nun in einer schweren Robe mit steif gestärkter Halskrause, trat nach vorn.

»Die Große Strafkammer des Ersten Distrikts von St. Petersburg, eingesetzt durch Seine Majestät, den Zaren Alexander II., der unsere Stadt und unsere ganze Nation gegründet hat, steht bereit, Gericht zu halten über Wladimir Dandorow.«

Dandorow stand abrupt auf und sagte laut und vernehmlich, so

daß jeder in dem kleinen, hoffnungslos überfüllten Gerichtssaal es hören konnte: »Ich verlange, mit dem Namen angeredet zu werden, den ich gewählt habe: Louis – Louis Dandorow.«
Der Gerichtssekretär, dem so etwas noch nie widerfahren war, drehte sich hilfesuchend zum Richter um.
»Ihrem Antrag wird stattgegeben«, entschied Richter Walorow. »Im Protokoll werden jedoch beide Namen eingetragen, Louis und Wladimir.«
Damit hatte Dandorow es geschafft, das Publikum im Saal gehörig zu verärgern, ein unwilliges Raunen ging durch die Menge.
»Ist der Anklagevertreter der Stadt St. Petersburg bereit, seine Ausführungen zu machen?« fragte Richter Walorow.
»Äh – ja«, antwortete Porfirij Petrowitsch, »obwohl ich normalerweise damit warte, bis die Zeugen ...«
»Wer vertritt den Angeklagten?« fragte der Richter.
»Ich brauche niemanden, der mich vertritt«, sagte Dandorow, »ich habe kein Verbrechen begangen.«
Das Raunen in der Menge und auf der Geschworenenbank schwoll an. Der Richter übertönte es mit so gewaltiger Stimme, daß augenblicklich Stille eintrat.
Ein dicker Geschworener mit schneeweißem Haar und puterrotem Gesicht stand auf und wollte von Dandorow wissen: »Woher beziehen Sie Ihren Lebensunterhalt?«
»Von einem närrischen alten Weib«, antwortete Dandorow.
Die Wut der Geschworenen kannte keine Grenzen. Das Publikum im Saal beherrschte sich mühsam. Und Porfirij Petrowitsch, dem ohnehin schon von dem Gestank schlecht war, hätte sich am liebsten übergeben.
»Was halten Sie von der Landreform?« wollte ein anderer Geschworener, ein hageres, schwindsüchtig wirkendes Männchen, von Dandorow wissen.

»Alles nur Schwindel«, sagte der junge Mann. »Ihr gebt Leibeigenen Land, und sie betteln darum, daß sie weiter für die Großgrundbesitzer arbeiten dürfen. Aber nein, ihr besteht darauf, daß sie ihr eigenes Land bewirtschaften und ihre eigenen Erzeugnisse verkaufen. Und alles, was dabei rauskommt, ist, daß die Ökonomie zusammenbricht.«
Der nächste Geschworene war aufgesprungen. »Und wie ist das mit den Sünden der Kirche?« schrie er und blickte sich beifallheischend um.
»Was hat das mit der Frage zu tun, ob ich Anastasia ermordet habe oder nicht?« fragte Dandorow zurück.
»Es zeigt uns, was für ein Mensch Sie sind«, sagte der Richter. Daß ihm beinahe mitten im Satz die Stimme versagt hätte, war wohl nur Porfirij Petrowitsch aufgefallen.
»Ich werde solche Fragen nicht mehr beantworten«, sagte Dandorow und sah die Geschworenen trotzig an. »Ich beantworte nur noch Fragen im Zusammenhang mit dem Verbrechen.«
»Hochverrat ist ein Verbrechen«, fuhr der dicke Geschworene ihn an.
»Ich bin aber nicht wegen Hochverrats angeklagt«, sagte Dandorow.
Porfirij Petrowitsch stand auf und winkte unterwürfig zum Richtertisch hinüber. Richter Walorow erteilte ihm das Wort. Im Saal herrschte lautlose Stille, alle starrten auf die komische Figur am Tisch des Anklagevertreters.
»Louis Dandorow«, fragte der Kleinwüchsige, »haben Sie die Baroneß Anastasia Wolodow-Kronoff ermordet?«
»Nein«, antwortete Dandorow.
»Aber Sie hatten eine schmutzige Affäre mit einer Frau, die Ihre Mutter sein konnte«, schrie jemand aus dem Publikum. »Ach, was sage ich – Ihre Großmutter!«
»Deswegen stehe ich nicht vor Gericht«, sagte Dandorow.

»Wie war Ihre Beziehung zu der Verstorbenen?« fragte Porfirij Petrowitsch und schielte zum Richtertisch hinüber. Walorow schien tief in Gedanken versunken zu sein.
»Sie hat mir Patronage gewährt«, erwiderte Dandorow. »Im Gegenzug habe ich ihr gestattet, mich herumzuzeigen, und von Zeit zu Zeit habe ich das Bett mit ihr geteilt. Ein Handel, bei dem ich besser weggekommen bin.«
Die Jury raste vor Wut.
»Blutsauger!« schrie einer der Geschworenen.
»Lügenmaul!« rief ein anderer.
Der Hammer des Richters – ein echter französischer Hammer, ein Cousin hatte ihn Walorow geschenkt – schlug donnernd auf den Richtertisch. Walorow erhob sich, im Saal wurde es augenblicklich still. Alle wollten hören, was der Richter ihnen zu sagen hatte.
»Es gibt gewisse Fakten«, sagte Walorow und stützte sich mit den großen Händen schwer auf den Richtertisch, »die bisher noch nicht ans Licht gebracht wurden. Dieser Mann ...«
»... ist schuldig«, ergänzte Dandorow den Satz lakonisch.
Im Gerichtssaal war die Hölle los. Bewaffnete Soldaten rückten ein, um dafür zu sorgen, daß die Zuhörer sich setzten und ruhig verhielten. Ein blutjunger Soldat, ein schmuckes Kerlchen in seiner Uniform, hielt dem dicken Geschworenen die Gewehrmündung vor die Nase, worauf der sich erschrocken, den Mund sperrangelweit offen, förmlich in seinen Stuhl verkroch.
»Vorhin haben Sie noch gesagt, Sie seien unschuldig«, sagte Porfirij Petrowitsch zu Dandorow.
»Das Gericht glaubt mir sowieso nicht«, sagte Dandorow. »Ich soll gedemütigt und erniedrigt werden, schuldig gesprochen und gehängt. Machen wir dem Spiel lieber gleich und mit Würde ein Ende. Die Baroneß ist tot. Mag sie mich auch immer anständig behandelt haben, der größere Parasit von uns beiden war eben doch sie. Aber ich will nicht, daß ihr Leben in

Schundblättern durch den Schmutz gezogen wird und sich strohdumme Flegel wie ihr die Mäuler an irgendwelchen Indiskretionen wetzen.«

Wären die Soldaten nicht dagewesen, hätte sich die wütende Meute, allen voran die Geschworenen, auf den Angeklagten gestürzt und ihn in Stücke gerissen.

»Mich könnte doch nur noch retten, wenn der Zar selbst oder der Richter sich schuldig erklären würden!« rief Dandorow.

»Der Angeklagte hat nicht das Recht, das Gericht zu kritisieren oder sich in Fragen der Verfahrensführung einzumischen«, schrie der Richter ihn nieder.

In der Stuhlreihe hinter Porfirij Petrowitsch rülpste einer, es stank nach verdorbenem Fisch.

»Der Vertreter der Anklage möge nun mit seinen Ausführungen beginnen«, ordnete Richter Walorow an, den Blick fest auf Porfirij Petrowitsch gerichtet. »Ohne Rücksicht darauf, was dabei ans Licht kommt und zu wessen Nachteil das sein wird. Es wird Gerechtigkeit walten, und Sie, Louis Dandorow, bekommen Ihr Martyrium nicht geschenkt, Sie müssen es sich verdienen.«

Nur zwei der im Saal Anwesenden verstanden, was Walorow damit meinte, die anderen starrten den Richter überrascht an. Walorow setzte sich. »Fangen Sie an, Porfirij Petrowitsch. Tragen Sie Ihre Beweise vor und rufen Sie Ihre Zeugen auf.«

Aber so einfach war das nicht. Porfirij Petrowitsch machte nun mal vor Gericht keine gute Figur, das wußte er selber. Jeder Dummkopf hätte ihn in die Enge treiben, ihm die Argumente zerpflücken und ihn aus dem Konzept bringen können. Er redete mit leiser Stimme und schwitzte unaufhörlich. Darum trug er ja seine Fälle gewöhnlich nicht persönlich vor, aber Fredkin – der Teufel mochte wissen, wo der Kerl steckte – wollte und wollte sich heute nicht blicken lassen.

Der kleinwüchsige Ermittlungsbeamte sah die Geschworenen

an, die immer noch von Gewehrmündungen und Bajonetten in Schach gehalten wurden. Seine Augen suchten die des Richters, aber der erwiderte Porfirij Petrowitschs Blick nicht, weil er den Angeklagten anstarrte und der Angeklagte ihn. Und plötzlich war es Porfirij Petrowitsch, als sähe er in den Augen des jungen Mannes so etwas wie jähes Wiedererkennen aufblitzen. Richter Walorow wurde bleich.

»Ach, Sie sind das!« rief Dandorow. »Jetzt erkenne ich Sie. Sie hat mir von Ihnen erzählt. So ist das? Sie wollen, daß ich sterbe, damit Sie ungeschoren davonkommen!«

Jeder im Saal, außer dem Richter und Porfirij Petrowitsch, mußte annehmen, der Angeklagte sei verrückt geworden.

»Hier wird jedermann Gerechtigkeit widerfahren«, sagte der Richter, »das verspreche ich Ihnen.«

Dandorow brach in schallendes Gelächter aus, und ehe ihn jemand aufhalten konnte, stieß er mit dem Fuß den kleinen Tisch beiseite, an dem er gesessen hatte, und stürzte sich auf den Richter, der zwar älter, aber auch kräftiger war als er.

Ein Schuß löste sich – und dann noch einer, die Menge geriet in Panik, alle drängten zum Ausgang. Drei Soldaten – einer von ihnen starb später – wurden niedergetrampelt. Die Zuhörer suchten ihr Heil in der Flucht. Auch die Geschworenen versuchten ihre Haut zu retten, sie kümmerten sich nicht um den jungen Soldaten, der ihnen mit gesenktem Gewehr in den Weg trat, jeder rempelte jeden an, alle wollten die rettende Tür erreichen.

Nur Walorow und Porfirij Petrowitsch saßen wie erstarrt da.

Ein Offizier mit goldenen Epauletten und spitz nach oben zulaufender Uniformmütze baute sich, die Hand auf dem Griff des Degens, vor dem Richtertisch auf, für den Fall, daß sich Dandorow aufraffte und abermals versuchte, den Richter anzugreifen. Aber Dandorow konnte sich nicht mehr aufraffen.

Der Offizier betrachtete den Körper des jungen Mannes, der

halb über dem Richtertisch hing, und kam zu der Erkenntnis: »Er ist tot.«
Richter Walorow nickte.
»Und Sie?« fragte der Offizier, »sind Sie verletzt?«
Walorow schüttelte den Kopf und sah zu Porfirij Petrowitsch hinüber, der stumm seine Papiere einsammelte.
Der Gerichtssaal war leer, nur ein paar Soldaten waren noch da, um sich um ihre verletzten Kameraden zu kümmern.
Während der Offizier zwei Männern befahl, den blutüberströmten Leichnam Wladimir Dandorows hinauszutragen, war der kleinwüchsige Beamte nach vorn, zum Richtertisch, gekommen. Er sah, daß eine der Kugeln Dandorow durchs offene rechte Auge in den Schädel gedrungen war. Die Lider über dem linken Auge waren geschlossen, aber Porfirij Petrowitsch konnte sich des Eindrucks nicht erwehren, daß dieses linke Auge ihm zuzwinkerte.
Als sie allein waren, sahen sich der Richter und der Ermittlungsbeamte an.
»Ich werde dem Zaren meine Schuld bekennen und mein Amt niederlegen«, sagte Walorow.
»Wem soll das nützen?« fragte Porfirij Petrowitsch und fühlte sich auf einmal sterbenselend.
»Der Gerechtigkeit«, antwortete Walorow.
»Aber dem weiß Gott noch recht kümmerlichen Pflänzchen Demokratie bei uns versetzt es einen bösen Schlag«, sagte Porfirij Petrowitsch.
»Glauben Sie, ich könnte seelenruhig weiter über andere zu Gericht sitzen? Nach allem, was geschehen ist?« fragte Walorow. »Nach allem, was ich getan habe?«
»Nein. Die Last Ihrer Pflichten und die Ereignisse des heutigen Tages haben Ihnen einen hohen Tribut abverlangt«, erwiderte Porfirij Petrowitsch. »So kann es durchaus der Wunsch eines allseits respektierten Richters sein, sein Amt niederzule-

gen und sich zur Ruhe zu setzen, sei's, daß er sich dem Studium spezieller Rechtsfragen widmen, sei's, daß er sich mit etwas ganz anderem beschäftigen will – etwas, was ihn schon immer interessiert hat.«

Walorow blickte gedankenverloren auf die leeren Stühle der Geschworenen. »Ich sammle Insekten«, sagte er leise. »Anastasia war freilich der Meinung, es sei ein ekelhafter Zeitvertreib.«

»Für mich hört es sich faszinierend an«, behauptete Porfirij Petrowitsch und hoffte inständig, daß Walorow ihn nicht zur Besichtigung seiner Sammlung einlud.

»Ich werde darüber nachdenken«, sagte Walorow, streckte seine große, kräftige Hand aus und schloß die weiche, blasse Hand des kleinwüchsigen Beamten darin ein. Obwohl er nicht stark zupackte, meinte Porfirij Petrowitsch, in dem Händedruck seinen eigenen Schmerz und den des Richters zu spüren.

Carolyn Wheat **Grausam und abartig**

New York City, November 1994

Eine typische Ambrose-&-Jeffers-Akte: dick wie das Telefonbuch von Manhattan, Blatt für Blatt sauber abgeheftet, die siebzehn Beweisanlagen mit verschiedenfarbigen Klebefähnchen markiert. Avery Nyquist hatte in den sieben Jahren, die sie nun schon bei dieser renommierten Anwaltskanzlei war, Hunderte solcher Akten durchgeblättert, Tausende von Dokumenten zu irgendwelchen Rechtsfällen gelesen und sich mit Millionen von Wörtern herumgeschlagen, die im Grunde nichts anderes bewirkten, als einfache Sachverhalte durch verschrobene juristische Formulierungen ein bißchen komplizierter erscheinen zu lassen.

Aber so etwas hatte sie noch nie gelesen – oder auch nur im Traum daran gedacht, daß je so eine Akte auf ihrem Schreibtisch liegen könnte. Ein Schreiben wie diese Anlage A zu einem Gnadengesuch. Die unerbittliche Realität der wenigen Zeilen jagte ihr ein eisiges Schaudern ein. Es war, als wäre eine Spinne – eine Schwarze Witwe – über die makellose Oberfläche ihres Designerschreibtischs gekrochen.

»... wird demnach zu dem durch das Gesetz vorgesehenen Ort verbracht werden, um dort der Exekution durch den elektrischen Stuhl ausgesetzt zu werden, bis nach der Feststellung eines von Amts wegen dazu befugten Gerichtsmediziners des Staates Wyoming der Tod eingetreten ist.«

Ein Vollstreckungsbefehl. Was da vor ihr lag, war eine Vollmacht zum Töten. Ein Stück Papier, unterschrieben, gestempelt, gelocht und abgeheftet, wie sich's gehört. Ein Stück Papier wie tausend andere, die sie in ihrer Zeit als Anwältin gesehen hatte. Mit dem einzigen Unterschied, daß diesem Papier zufolge ein Junge sterben mußte.
Ihr war hier – und hier hieß: in einer der angesehensten Sozietäten der Wallstreet – schon eine Menge zugemutet worden. Arbeitstage von acht Uhr bis Mitternacht, wobei jeder erwartete, daß sie am nächsten Morgen wieder frisch und munter im Büro saß. Oder – noch nicht lange her – die Berufungsverhandlung in einem Fall von schwerem Wertpapierbetrug vor dem Obersten Revisionsgericht in Albanien. Noch am selben Abend streng vertrauliche Fusionsverhandlungen auf der Maiden Lane. Selbstverständlich, daß sie in Tirana genauso lückenlos vorbereitet war wie in New York. Fakten, Namen, Personen, Präzedenzfälle, das mußte sie aus dem kleinen Finger schütteln können. Ach ja – zwischendurch hatte sie noch diesen frustrierten Sozialarbeiter in der Besserungsanstalt für Jugendliche getröstet und sich anschließend mit japanischen Bankern zu einem Sushi-Lunch getroffen. Blitzschnell umschalten, bis ins letzte Detail Bescheid wissen, immer den richtigen Ton treffen.
Aber das hier, das ging zu weit.
Avery starrte ein paar Minuten lang auf die Akte und wog ihre Optionen mit derselben emotionslosen inneren Distanz ab, mit der sie die Fälle ihrer Mandanten bearbeitete. Konnte sie überhaupt nein sagen? Und wenn sie's konnte, wie ging sie die Sache dann am besten an?
Schließlich fuhr sie sich mit den Fingern durch das schulterlange blonde Haar, seufzte, strich eine Strähne aus der Stirn – eine Geste, die ihre Kollegen als unmißverständlichen Ausdruck ihrer Entschlossenheit gedeutet hätten –, stieß den

Schreibtischsessel zurück und klemmte sich die Akte unter den Arm.
Mein Gott, war das Ding schwer. Zentnerschwer.
Auf dem Weg zum Büro von Harrison Jeffers III rekapitulierte sie noch einmal ihre Argumente. Hal hatte ihr vom ersten Tag an den Rücken gestärkt. Ihr die Bearbeitung von Fällen zugeschustert, die eindeutig harte Nüsse waren. Fälle, bei denen seine Partner Zweifel hegten, ob sie dafür schon genug Erfahrung hätte. Und immer Partei für sie ergriffen, wenn – was selten genug vorkam – ihre Vorschläge bei den anderen auf taube Ohren stießen. Er sah bestimmt ein, daß es absurd war, wenn sie ihre hochbezahlte Zeit und ihre Begabung bei einem Fall verplemperte, der bei jedem x-beliebigen Strafverteidiger in der Chambers Street genausogut aufgehoben war.
Avery brauchte nur dreißig Sekunden, um zu erkennen, daß ihr Optimismus unbegründet war. Aus der tiefen Falte zwischen den Augenbrauen ihres Chefs wurde ein Cañon, während er sich ihren in sorgfältig gewählte Worte gekleideten Widerspruch anhörte.
»Avery …« Sie hörte aus seinem Ton die Gönnerhaftigkeit heraus, die sie noch aus ihrer Anfangszeit kannte. Aber damals war sie eben noch eine Anfängerin gewesen, frisch von der Universität. »Ich hätte Ihnen den Fall nicht übertragen, wenn ich keine guten Gründe dafür gehabt hätte.«
Der Blick seiner eisblauen Augen nagelte sie fest. Nach den ungeschriebenen Spielregeln mußte sie jetzt den Blick senken, sich seiner männlichen Autorität beugen und selbstverständlich einsehen, daß er recht hatte und sie ein Dummchen gewesen war, wenn sie auch nur eine Sekunde lang an seinem Weitblick gezweifelt hatte. Aber das war nun mal nicht ihre Art. Nicht die Art, mit der sie sich Hals Respekt verdient hatte. Immerhin den Respekt eines Mannes, der als einer der gescheitesten Köpfe der Wallstreet galt.

Sie hielt Hals Blick stand. »Ich bin wahrscheinlich die weit und breit erfahrenste Anwältin, wenn es um Wertpapierschwindel geht. Ich weiß mehr über Aktien- und Devisengeschäfte als Leute, die seit zwanzig Jahren an der Börse ein und aus gehen. Ich kenne die Schutzgesetze gegen Spekulationshaie in- und auswendig. Und das RICO-Gesetz gegen das organisierte Verbrechen kann ich im Schlaf aufsagen.« Sie wartete einen Moment. Hal sollte merken, wie fest sie davon überzeugt war, daß sie Wort für Wort recht hatte. Dann kam sie zum entscheidenen Punkt.

»Was soll ich also bei einem Prozeß, bei dem es darum geht, einen Teenager zu vertreten, der seine Familie blindwütig niedergemetzelt hat? Mit einer Schrotflinte. Und das ausgerechnet in Wyoming.« Sie hatte sich ein bißchen in Rage geredet und kaschierte das nun rasch mit einem Lächeln und einem sanften Kopfschütteln. Solange sie deswegen ihren Standpunkt nicht aufgeben mußte, scheute sie sich nicht davor, bei Diskussionen die Waffen einer Frau einzusetzen.

»Sie erfüllen dort die Verpflichtung unserer Sozietät, jeden Rechtsstreit *pro bono* zu führen.« Hal lehnte sich in seinen bequemen Ledersessel zurück, paffte an seiner Pfeife und wartete darauf, daß Avery seinen Hieb parierte. Er mochte diese kleinen Wortgefechte.

Sie ebenfalls. In den Besuchersessel gelehnt, in dem sie ein paar Zentimeter tiefer saß als Hal, gab sie sich genauso lässig und gelöst wie er. Ihre Körpersprache signalisierte: Wir haben alle Zeit der Welt, und oben und unten gibt's zwischen uns beiden nicht.

Sie schlug die in sündhaft teuren Strümpfen steckenden Beine übereinander. »Ich weiß, was Sie mit *pro bono* meinen. Dasselbe, was Mobil Oil meint, wenn es in einem Werbespot den Schutz der Umwelt propagiert. Der Jom Kippur des gebildeten, weißen Durchschnittsamerikaners: ein Tag Buße für die Sünden eines Jahres. Das ist mir völlig klar. Nicht klar ist mir aber, warum Sie den Fall nicht einem von unseren smarten jungen Anfängern übertragen. Einem, der danach hechelt, Ambrose & Jeffers vor Gericht repräsentieren zu dürfen. Einem, bei dem sich der Schreibtisch nicht unter einem Berg von Akten biegt, die er eigentlich schon vorgestern abgearbeitet haben müßte.«

»Vor allem deshalb, weil Sie bereits Erfahrung mit dem Obersten Bundesgericht haben.« Avery hatte es geahnt: drei Züge an der Pfeife, bevor er fortfuhr. »Ich brauche jemanden, dem nicht der Schweiß ausbricht, weil endlich der große Tag gekommen ist, an dem er vor dem Olymp plädieren darf. Jemanden, der nicht nur auftreten, sondern auch argumentieren kann. Der nicht schon von der Atmosphäre eingeschüchtert ist. Jemanden, der ...«

Avery hob müde die Hand. »Schon gut«, gab sie sich geschlagen. »Verstanden. Sie wollen Erfahrung. Warum regeln wir's dann nicht so, daß einer von unseren jungen Leuten von Anfang an vor Ort ist, in ständigem Kontakt mit mir, und wenn wir mit unserem Plädoyer dran sind, fliege ich runter nach D. C. und übernehme? Auf diese Weise kriegen Sie meine Erfahrung, und ich gewinne Zeit, um hier weiter an meinen wichtigen Fällen zu arbeiten.«

Hal hob beredt die Augenbrauen. »Ein junger Mann soll nach dem Willen des Staates Wyoming auf dem elektrischen Stuhl hingerichtet werden, und Sie geben mir zu verstehen, daß das *kein* wichtiger Fall ist?«

»Sie wissen, was ich meine. Wichtig für unsere Kanzlei.«

»Wichtig für Ihre Karriere«, konterte er und schickte rasch ein Lächeln hinterher, um den scharfen Unterton zu verwischen.

»Das ist immer ein und dasselbe gewesen.« Avery gab die gespielte Gelassenheit auf und beugte sich vor. »Was gut ist für die Kanzlei, ist auch gut für meine Karriere – und umgekehrt.

So gehört sich's auch. Und darum liegen die Dinge diesmal anders: Für unsere Kanzlei ist der Fall bedeutungslos, aber meiner Karriere könnte es schaden, wenn ich deswegen andere Fälle liegenlassen muß, die ich eigentlich priorisieren sollte.«
Daß es ihrer Karriere erst recht schadete, wenn sie vor dem Obersten Bundesgericht verlor, mußte sie nicht ausdrücklich dazusagen, das wußten sie beide. Und auch, daß beim gegenwärtigen politischen Klima die Chance, vor dem Bundesgericht die Aufhebung eines Todesurteils zu erreichen, ziemlich gering war.
Hal seufzte. Seine Pfeife war kalt geworden, er legte sie im marmornen Aschenbecher ab. »Ich hatte gehofft, daß Sie so eine Formulierung nie gebrauchen, Avery«, sagte er in einem eher bekümmerten als verärgerten Tonfall. »Das Wort priorisieren gibt es überhaupt nicht.«
Avery grinste. Gerade weil er ein Korinthenkacker, ein pingeliger, weltverdrossener Zyniker war, machten ihr die Wortgefechte mit ihrem Chef so viel Spaß. Wenn er zu Stilübungen Zuflucht nahm, hieß das, daß sie gewonnen hatte. Ihre Nackenmuskeln entspannten sich. Sie spielte mit dem Gedanken, ihn zu fragen, ob er Lust hätte, mit ihr in der Taverne um die Ecke einen späten Lunch einzunehmen.
»Der entscheidende Punkt ist, meine Liebe«, sagte Hal in einem Ton, in dem sich Geduld mit Entschiedenheit paarte, »daß ich bei einem Freund im Wort bin. Bei einem sehr alten Freund. Ich habe ihm versprochen, daß ich ihm meinen besten Mann schicke. Und das, meine Liebe, tut mir leid – das heißt, es tut mir überhaupt nicht leid, sondern ich bin stolz darauf, das sagen zu können: das sind eben Sie.«

Cody, Wyoming, Juni 1987

Mr. Farkas war ein praktisch denkender Mensch. Und das betonte er auch immer wieder, beharrlich und laut, damit gar nicht erst einer der anderen Geschworenen auf den Gedanken kam, ihm in Sachen praktischen Denkens das Wasser reichen zu können.

Mr. Dundee scherte sich keinen Pfifferling darum, wie praktisch Mr. Farkas dachte. Er war es einfach leid, sich in Grund und Boden reden zu lassen. So leid, daß seine Augenlider immer schwerer wurden und gleichzeitig sein Ton immer schärfer. »Nu mach mal 'n Punkt, Farkas. Deinen Standpunkt kennen wir. Gib mal jemand anderem 'ne Chance, auch was zu sagen – okay?«

Farkas knurrte unwillig. »Wenn er was zu sagen hat, was das Zuhören lohnt – von mir aus«, brummelte er.

»Was das Zuhören lohnt«, griff die kleine Lehrerin mit dem Pagenschnitt die Formulierung auf, »soll vermutlich heißen: etwas, was sich mit Ihrer Meinung deckt.«

»Von dem Haufen Quatsch, daß dieses Kid für seine Tat nicht verantwortlich ist, hab ich jedenfalls genug gehört«, bot Farkas ihr Paroli.

Wasser auf die Mühlen der Lehrerin. Fremde Formulierungen so zu zitieren, daß man förmlich die Anführungszeichen hörte, das war ihre bevorzugte Methode, um den Kontrahenten lächerlich zu machen. »Haufen Quatsch«, wiederholte sie, als wolle sie die Worte auf der Zunge zergehen lassen. »Ich glaube, diesen Ausdruck habe ich noch nie gehört. Ich versuche gerade, mir bildlich vorzustellen, wie jemand Quatsch so zusammenkehrt, daß ein Haufen daraus ...«

»Ich hätte nichts dagegen, wenn ich in den nächsten zehn Tagen mal wieder nach Hause käme«, meldete sich der große, hagere Mann mit dem Spitzbart lautstark zu Wort.

Mrs. Barstow konnte sich nicht an sämtliche Namen erinnern.

Mein Gott, bei zwölf Geschworenen wären das ja elf Namen gewesen. Die sollte sie sich alle auf einmal merken? Bei Mr. Farkas hatte sie damit keine Schwierigkeiten. Er sah aus wie das blühende Leben und erinnerte sie – wahrscheinlich, weil er so einen großen Mund hatte – an den Schauspieler, der in den Fünfzigern in Filmen immer einen General gespielt hatte. Der Name war ihr entfallen, aber Mr. Farkas sah genauso aus wie der Schauspieler und hörte sich auch genauso an. Wie ein polterndes Großmaul.

Mr. Dundee war schwarz. Na gut – nicht direkt schwarz, mehr kaffeebraun. Er arbeitete in der Postagentur – Mrs. Barstow sah ihn geradezu vor sich, wie er hinter dem Schalter stand und mit den Leuten seine kleinen Scherze machte, während er sich um ihre Wünsche kümmerte. Er war einer von diesen immer fröhlichen, ausgelassenen Typen. Zur Weihnachtszeit setzte er sich eine Nikolausmütze auf und stand als Santa Claus hinter seinem Postschalter. Wenn man Mr. Dundee nach einer Sonderbriefmarke fragte, zog er die Schublade auf und kramte so lange, bis er sie gefunden hatte. Er raunzte einen nicht einfach an und behauptete, er hätte keine Sonderbriefmarken und außerdem könne er die anderen Kunden nicht wegen so einem Firlefanz warten lassen.

Kein Wunder, daß er Tyler Baines für unschuldig hielt. Mr. Dundee gehörte zu den Leuten, die an das Gute im Menschen glauben.

Mrs. Barstow versuchte, sich ein Bild von den anderen Geschworenen zu machen. Wie sie aussahen, welchem Beruf sie nachgingen. Da waren die Lehrerin, der Mann mit dem Spitzbart, das schwangere Mädchen und die beiden jungen Männer mit mexikanischen Vornamen – sie konnte nie auseinanderhalten, wer von den beiden Hernandez war und wer Lopez. Der eine arbeitete in einer Reparaturwerkstatt, aber was der andere tat … nein, das wollte ihr einfach nicht mehr einfallen. Und dann war da noch diese unechte Blondine. Sicher, die Frauen verstanden sich heutzutage besser darauf, gefärbtes Haar natürlich aussehen zu lassen, als zu ihrer Zeit, aber bei diesem Mädchen sah man sofort, daß das Gesicht, die ganze Erscheinung irgendwie nicht zu echtem blondem Haar paßten.

Die letzten drei Geschworenen waren eher in ihrem Alter – na ja, sagen wir: annähernd. Die eine war Witwe, die beiden anderen – komisch, wie der Zufall mitunter bei der Zusammensetzung einer Jury mitspielt – hatten im Montgomery-Gefängnis gearbeitet. Sie saßen jeden Tag beim Lunch zusammen und tauschten Geschichten über Leute aus, die sie beide gekannt kannten. Die eine kam Mrs. Barstow bekannt vor, sie meinte, sich aus ihrer eigenen Knastzeit an sie zu erinnern, aber sie hatte sich natürlich gehütet, auch nur ein Wort davon zu sagen. Die andere sah aus, als wäre nicht gut Kirschen essen mit ihr.

Gerade war die Witwe an der Reihe. »... wir nicht vergessen, was der Arzt über Tyler gesagt hat – wie impulsiv er ist und daß er sich so schwer beherrschen kann. Der Junge ist eben anders als andere Leute. Das müssen wir bedenken.«

Farkas ließ ein leises Knurren hören und war drauf und dran, seinen Senf dazuzugeben, als einer der Mexikaner ihm zuvorkam. »Mann, geht mir weg mit den Doktors«, sagte er kopfschüttelnd. »Ich mein, ich will nicht so tun, als wär ich 'n Ignorant oder so, aber ich find's einfach nicht richtig, daß der Junge seinen Vater und seine Geschwister mit 'ner Schrotflinte wegputzt, und wir lassen ihn laufen, bloß weil der Doktor weiß Gott was zusammenredet.«

»Aber wenn er gar nicht gewußt hat, was er tut«, wandte die nette Exaufseherin ein, »dann sollten wir ihn auch nicht für schuldig befinden.«

Es gab zu viele Leute, die was sagen wollten, zu viele Egos, die sich nach vorn drängten. Mrs. Barstow lehnte sich auf dem harten Stuhl zurück, schloß die Augen und versuchte, sich sel-

ber eine Meinung zu bilden. Wenn zu viele Leute redeten, neigte sie dazu, den Überblick zu verlieren.
Die andere, die sauertöpfische Exaufseherin, rüttelte sie am Arm. »Sie müssen versuchen, wach zu bleiben, meine Liebe«, sagte sie. Und zwar in einem Ton, daß Mrs. Barstow die Galle hochkam. »Ich weiß, das ist in Ihrem Alter nicht einfach. Aber Sie sind's uns anderen schuldig, es wenigstens zu versuchen.«
Mrs. Barstow war mit fünfundsiebzig die älteste in der Jury. Ihr Gefühl sagte ihr, daß der Verteidiger sie am liebsten abgelehnt hätte, aber er hatte vor ihr schon zwei andere abgelehnt und damit sein Widerspruchsrecht ausgeschöpft. Das mit dem Widerspruchsrecht wußte sie aus dem Gerichtsfernsehen – ein Programm, aus dem sie schon viel gelernt hatte. Sie war stolz darauf, wie gut sie sich auskannte. Gut, daß es diesen Sender gab. Sie hatte sich immer vorgenommen, daß sie, wenn sie mal alt wäre, möglichst oft im Zuschauerraum des Gerichtssaals sitzen und miterleben wollte, was sich da vorn abspielte. Und jetzt mußte sie nicht mal von der Couch aufstehen, sondern bekam alles frei Haus geliefert. Gerichtssendungen sah sie für ihr Leben gern. Wenn die Anwälte dem Fernsehreporter erklärten, wie sie vorgehen wollten und warum. Manche Anwälte waren aalglatt und gerissen. Denen durfte man nicht über den Weg trauen, das ahnte sie instinktiv. Obwohl, wenn sie mal in Schwierigkeiten kam, hatte sie bestimmt nichts dagegen, so einen auf ihrer Seite zu haben. Andere Anwälte kamen ihr eher wie ganz normale Leute vor, nur daß sie schneller redeten. Anwälte waren nie um Worte verlegen, das war's, was Mrs. Barstow bei ihnen am meisten bewunderte. Die standen nicht in irgendeinem Geschäft herum und fingen zu stottern an, weil ihnen nicht einfiel, wie das, was sie haben wollten, hieß. Schrecklich war das, wenn man genau wußte, was es war – so genau, daß man's hätte malen können –, aber der Name fiel einem partout nicht mehr ein.

Sie schlug die Augen auf. Sie hätte dem alten Gefängnisdrachen neben sich am liebsten gesagt, daß sie sich ihre Bemerkungen gefälligst sparen sollte, die dumme Kuh. Ich habe nicht geschlafen, hätte sie ihr gern gesagt, und ich brauche von einem alten Besen wie Ihnen keine aufdringlichen Ermahnungen. Jetzt, wo sie sich die Antwort im stillen zurechtlegte, fiel ihr das Wort »aufdringlich« auf Anhieb ein. Aber es bestand eben immer die Gefahr, daß es, wenn sie's aussprechen wollte, weg war.

Washington, D. C., Dezember 1994

Wenn du mir einen guten Grund nennen kannst – einen, das wär mir schon genug –, weshalb wir bei diesem Fall eine Wallstreet-Yuppette brauchen, dann bin ich bereit …« Max Jarvis durchmaß das winzige Büro in der Wisconsin Avenue wie ein Schauspieler der alten Schule die Bühne, und genauso redete er auch – oder, richtiger gesagt, er redete nicht, er deklamierte. An den Wänden stapelten sich die Kartons so hoch, daß ihr Gewicht den untersten regelrecht ausbeulte. Auf den Tischen sah es chaotisch aus: Papiere, in denen es um Rechtsfälle ging, Pappbecher mit dem Logo irgendeines griechischen Restaurants, Computerausdrucke, die der keuchende Drucker in der Ecke in meterlangen Fahnen ausspuckte. An der Wand hinter Max' Schreibtisch hing ein handgeschriebenes Schild mit dem Text: »Grausam und abartig – Anwälte gegen den Tod e. V.«

»… mach mal halblang, Max«, unterbrach eine tiefe, gelassene Stimme mit dem breiten Akzent des Südstaatlers seinen Monolog. »Ich hatte bei einem Freund oben im Norden 'ne Gefälligkeit gut, und jetzt schickt er mir sozusagen ein Weihnachtsgeschenk. 'n hübsches junges Ding, das was hermacht, weiß, angelsächsischer Herkunft, protestantisch – genau der Typ Frau, die in dem Fall vor Gericht argumentieren kann, ohne daß die alten Sesselfurzer am Richtertisch gleich wieder laut aufstöhnen und sich irgendwas von ›wieder eine von den fanatischen Gegnerinnen der Todesstrafe‹ in den Bart murmeln. Eine Frau, die uns dabei helfen kann, den kleinen Tyler Baines vor dem Morast zu retten, in dem dieses Jahr schon genug junge Burschen erstickt sind. Eine, die uns ein paar Tips geben kann und im Gerichtsfernsehen bestimmt keine schlechte Figur macht. Ein neues Gesicht, Max – und genau das brauchen wir.«

Max Jarvis fixierte seinen Freund und Partner mit dem Blick, der inzwischen in Bensonhurst allen Leuten Respekt abnötigte, und sagte: »Und was gibt's an unseren Gesichtern auszusetzen? Machst du dich in der Glotze etwa nicht gut? Mit deinen großen blauen Augen und dem John-Boy-Walton-Akzent? Da wird's den Büromäuschen, die rechtzeitig zu den Sechs-Uhr-Nachrichten zu Hause vor der Flimmerkiste hängen, doch richtig warm ums Herz.«

Renshaw Craley beugte sich vor und hielt die knochigen Pranken wie zu einer beschwörenden Geste gefaltet. »Es gab mal 'ne Zeit, alter Junge, da waren wir uns einig, daß wir nichts, aber auch gar nichts unversucht lassen, um unsere Mandanten vor dem elektrischen Stuhl zu retten, was immer wir dafür in Kauf nehmen müssen. Und wenn es jetzt darum geht, eine Frau im Wallstreet-Designerkostüm zu akzeptieren, mit einer echten Perlenkette um den Hals und einer aufgedonnerten Frisur, die mehr gekostet hat, als wir beide zusammen im Monat ausgeben – na gut, dann nehmen wir in Gottes Namen auch das in Kauf. Tyler zuliebe.« Rens Pferdegesicht war todernst, die stahlblauen Augen sahen Max durchdringend an, als er wiederholte: »Ja, Tyler zuliebe.«

Max pumpte sich die Lunge mit einem Schwall staubiger Büroluft voll und atmete sie schnaufend wieder aus. »Okay, ich hab kapiert, worauf du rauswillst, Ren. Wenn wir nicht ein Kaninchen aus dem Hut zaubern, wird Tyler Baines geröstet. Und unsere Hüte, glaubst du, sind leer, deshalb brauchen wir ein neues Gesicht. Nun, ich denke, wir haben so viele Fälle gewonnen, daß wir uns nicht verstecken müssen. Große Fälle, die Schlagzeilen gemacht haben, nicht bloß Krümelkram. Und ich finde, wir haben mehr Erfahrung mit der Todesstrafe und dem ganzen Drum und Dran als irgendwer sonst in unserem Land. Darum glaube ich ...«

»Das dürfte leicht übertrieben sein, Maximilian«, fiel ihm Ren ins Wort. »Die Amercian Civil Liberties Union hat eine Menge gute Anwälte an der Todesfront, und die Jungs von der Bewegung für die Rechte der Farbigen sind genauso auf Draht. Sogar Amnesty International ...«

»Also gut.« Max hob aufgebracht die Hand. »Jessesmaria, laß mich doch erst mal klarmachen, was ich meine – okay? Und das ist, daß niemand, nur weil er auf der Wallstreet eine Kanone ist – niemand, ob Mann oder Frau, weiß, schwarz oder grün –, so einfach hier anspazieren und bei diesem Fall irgendwas erreichen kann, was wir nicht auch erreichen können. Wozu, zum Teufel, brauchen wir sie also? Und jetzt erzähl mir bloß nicht, daß es plötzlich mehr auf ein neues Gesicht als auf ein gutes Plädoyer ankommt.«

Ren Craley schwang den Schreibtischstuhl herum und deutete auf das Foto an der Wand. Auf den ersten Blick ein ganz normales Foto von einem Familienpicknick. Aber bei genauerem Hinsehen erkannte man, daß zwei der Jungen Asiaten waren, daß eines der Mädchen winzige Krücken unter den Armen hatte und daß die beiden blonden Erwachsenen auf keinen Fall die Eltern so vieler Kinder unterschiedlichen Alters und unterschiedlicher Hautfarbe sein konnten.

»Die Baines waren schon was Besonderes«, sagte er, und sein Südstaatenakzent ließ die Stimme noch tiefer klingen. »Die Leute in der Gegend hatten eine hohe Meinung von ihnen, sogar diejenigen, die's normalerweise nicht so gern sehen, wenn jemand Kinder aus einem anderen Teil der Welt adoptiert. Lonnie und Dora Baines sind in ihrem Wyoming-Nest West Hamburg so was wie Heilige gewesen, das dürfen wir nie aus den Augen verlieren, Partner. Und dann hat Tyler sie wegepustet. Schnappt sich die Schrotflinte von seinem Pflegevater und spickt das Haus der Baines mit Blei. Legt seinen Adoptivvater um, erwischt zwei seiner Schwestern, die Neun- und die Zwölfjährige, und schießt seine Pflegemutter zum Krüppel. Wenn du dir dann noch klarmachst, daß die Leute da draußen im Westen nicht viel von einem Freispruch wegen Unzurechnungsfähigkeit halten, weißt du, daß Tyler praktisch schon auf dem elektrischen Stuhl sitzt, während wir uns hier die Köpfe heiß reden. Er ist tot, Max, mausetot. Es sei denn, wir ziehen unser Kaninchen aus dem Hut. Und du hast ganz recht – ich setze auf ein neues Gesicht. Das Gesicht einer Frau. Irgendwie kommt da jedem der Gedanke, daß sich eine gutaussehende junge Frau nicht auf so einen Fall einlassen würde, wenn sie nicht überzeugt wäre, daß der Junge einfach nur durchgedreht ist.«

»So ähnlich, wie wenn eine Frau in einem Fall von Vergewaltigung die Verteidigung übernimmt.« Max blieb stehen. Er schien nachzudenken. »Ja, das könnte hinhauen. Ist zwar sexistischer Scheiß von der übelsten Sorte, aber es könnte hinhauen.«

»Dann bist du also endlich doch meiner Meinung? Sind wir uns einig, daß wir unserer neuen Mitstreiterin nach besten Kräften helfen werden, wenn sie in den Ring steigt?« Als Max nicht sofort antwortete, versuchte er's noch einmal mit seiner theatralischen Aufforderung: »Tyler zuliebe.«

Max nickte. »Tyler zuliebe.«

Cody, Wyoming, Juni 1987

Der Mann mit dem Spitzbart war der Sprecher der Geschworenen. Mrs. Barstow wußte, daß Mr. Farkas fand, die Ehre hätte eigentlich ihm zuteil werden müssen. Eine bittere Enttäuschung für ihn, daß zehn Stimmen auf den Spitzbärtigen entfallen waren. Ihre nicht, sie hatte für Mr. Dundee gestimmt. Das war ein Mann mit Überblick, sonst hätte man ihm nicht die Postagentur anvertraut.

»Vielleicht sollten wir noch mal abstimmen«, schlug der Mann mit dem Spitzbart vor und gab sich redlich Mühe, so zuversichtlich wie möglich zu klingen.

»Wozu denn?« wollte Farkas wissen. »Da kommt sowieso wieder dasselbe raus wie letztes, vorletztes und vorvorletztes Mal – sechs schuldig, sechs für Freispruch.«

»Sie waren eine so wundervolle Familie«, hauchte das schwangere Mädchen. »Ich hab sie mal im Fernsehen gesehen. Eine richtige Offenbarung, ja, das waren sie.«

Das stimmte zwar, hielt aber Mr. Farkas nicht davon ab, das Mädchen böse anzustarren. »Solches Geschwätz bringt uns keinen Schritt weiter«, polterte er. »Wen interessiert schon, was für eine Familie sie waren? Lonnie Baines ist tot, die beiden kleinen Mädchen sind tot, und wir haben's schriftlich, daß dieses nichtsnutzige Indianerbürschchen es getan hat.«

Die beiden Mexikaner und Mr. Dundee waren drauf und dran, sich gegen so einen Ausdruck zu verwahren, und da hatten sie ganz recht, fand Mrs. Barstow. Egal, was Tyler Baines getan oder nicht getan hatte, damit, daß er Indianer war, hatte das wirklich nichts zu tun.

Oder doch? Die Lehrerin erzählte irgendwas über fötale Schädigung durch Alkoholmißbrauch während der Schwangerschaft. Und daß das ein unter den Kindern amerikanischer Ureinwohner weitverbreitetes Syndrom sei. Mr. Farkas verzog angewidert das rote Gesicht, und er war nicht der einzige, der an der Terminologie der Lehrerin Anstoß nahm. Hier in Wyoming hießen Indianer immer noch Indianer, obwohl die meisten Leute das Wort ein bißchen trotzig aussprachen, als warteten sie geradezu darauf, daß einer von diesen Liberalen von der Ostküste es aufschnappte und sich daran wetzte.

»Es interessiert mich einen Scheiß, wieviel gepanschten Fusel die Mommie von diesem Kerl in sich reingesoffen hat, als der Balg in ihrem Bauch war«, machte Mr. Farkas seiner aufgestauten Wut Luft. »Er hat kaltblütig Lonnie Baines und die beiden Kinder umgebracht, Herrgott noch mal.«

»Ich glaube nicht, daß es der Diskussion nützt, wenn wir den Namen des Herrn mißbrauchen«, warf die Witwe mit bebender Stimme ein.

»Gütiger Himmel«, murmelte Mr. Farkas und fuhr sich mit seinem ungebügelten Taschentuch über die Brauen, »haben wir nichts Wichtigeres zu besprechen?«

Mrs. Barstow sah's der Witwe an: Es lag ihr auf der Zunge, Mr. Farkas darüber zu belehren, daß es ihrer Meinung nach kaum etwas Wichtigeres geben konnte, als Ehrfurcht vor dem Herrn zu zeigen.

»Mommy hatte Angst, daß Tyler wieder das Gewehr holt – wie schon mal.« Melissa hatte das gesagt, die Zehnjährige. Ihr fehlte seit der Geburt ein Fuß, aber wenn man sie laufen sah, hätte man das nicht für möglich gehalten. O ja, dachte Mrs. Barstow, heute können sie wahre Wunderdinge vollbringen. Aber dann fiel ihr Tyler ein, für den niemand etwas tun konnte. Und da kam es ihr eher so vor, als hätte sich gegenüber früher gar nicht so viel verändert.

Was mußte das wohl für ein Gefühl gewesen sein, fragte sich Mrs. Barstow, ein zehnjähriges kleines Mädchen mit nur einem Fuß zu sein und einen Bruder zu haben, der, wenn er die Schrotflinte fand, womöglich die ganze Familie über den Haufen schoß?

Wieso bewahrte eine Familie mit einem schwererziehbaren Sohn überhaupt eine Waffe im Haus auf? Die Antwort war einfach, Mrs. Barstow mußte gar nicht erst darüber nachdenken. »Wir sind hier in Wyoming, da braucht man eine Waffe.« Das hatte ihr verstorbener Mann auch immer gesagt, wenn sie ihn anflehte, endlich dieses schreckliche Gewehr wegzugeben. Dreißig Jahre lang hatte es hinter der Küchentür gestanden, in dem kleinen Anbau, den sie Abstellkammer nannten. Er brauche ein Gewehr, hatte er behauptet, für den Fall, daß ein Kojote im Garten rumschlich oder ein Puma auf ihren Hund losging. Oder ... na ja, er brauchte es eben. Für alle Fälle.

Für den Fall, daß plötzlich aus den Bergen irgendwelche Killer bei ihnen auftauchten und sie fesselten und ihnen die Kehle durchschnitten. So, wie's der Farmerfamilie in Indiana ergangen war. Darüber hatte ein Schriftsteller – wie hieß der noch mal? – so ein kleiner, sah ein bißchen komisch aus? ... na, jedenfalls hatte der ein Buch darüber geschrieben.

Als sie an den kleingeratenen Schriftsteller dachte, sah sie im Geiste ihren Junior vor sich. Blond und zart, kein bißchen was von ihr oder ihrem Mann. Manche Leute hatten im Scherz gesagt, die Elfen müßten Junior gebracht haben – mit seinem wuscheligen goldenen Haar, den schön geschnittenen Ohren und dem ovalen Gesicht.

»Tyler hat immer nach meinem Geld gesucht und es mir gestohlen«, hatte der Vietnamesenjunge, den sie Peter nannten, in der Verhandlung ausgesagt. »Er hat's immer gefunden, obwohl ich's so gut versteckt habe.«

Das konnte Mrs. Barstow gut nachempfinden. Ihre ältere Cousine Annie, hatte die nicht auch dauernd alles mögliche gefunden, was sie versteckt hatte? Annie war im Sommer immer zu ihnen auf die Ranch gekommen und hatte bei ihr im Zimmer geschlafen. Anscheinend hatte Annie gedacht, das gebe ihr das Recht, sich alles zu nehmen, was ihr gefiel. Da hatte Mrs. Bar-

stow alles, was ihr lieb und teuer war, versteckt. An Orten, bei denen sie gedacht hatte, dort würde Annie nie nachgucken. Aber Annie guckte überall nach und fand jedesmal, was sie suchte. Und wenn sie's in den Fingern gehabt hatte, war's hinterher meistens kaputt und nicht mehr zu gebrauchen.
Ma meinte, das sei schon in Ordnung, weil Annie bei ihnen zu Gast war und man eben zu Gästen nett sein mußte. Aber Mrs. Barstow fand das nicht richtig. Und als sie selber Mutter geworden war, hatte sie nicht geduldet, daß irgend jemand ihrem Junior irgend etwas wegnahm, und wenn's auch nur eine Kleinigkeit war. Gast oder nicht Gast, ihr Kind kam immer zuerst.
Ob Dora Baines das wohl genauso gesehen hatte? Sie und Lonnie hatte neben den adoptierten zwei leibliche Kinder. Ob sie wohl einen Unterschied gemacht hatten zwischen den eigenen Kindern und den kleinen Gästen?
Wenn sie's getan hatten, konnte Mrs. Barstow ihnen daraus keinen Vorwurf machen, besonders was Tyler anging. Es ist schon schlimm genug, wenn man bei seinem eigenen Fleisch und Blut dahinterkommt, daß das Kind eine böse Veranlagung hat, aber wenn das bei einem adoptierten Kind so ist, muß man sich nicht wundern, wenn die Eltern sich wünschen, sie hätten sich das Kind nie ins Haus geholt.
Ein Satz, der während der Verhandlung gefallen war, kam ihr in den Sinn. Eigentlich nur ein Satzfetzen aus irgendeiner Zeugenaussage, sie konnte sich im Augenblick nicht mal erinnern, wer das gesagt hatte. »... wäre in Erwägung zu ziehen, der bei der Adoption vermittelnd tätig gewordenen Stelle wegen der Verschleierung eines Umstandes von erheblicher Bedeutung von Gerichts wegen aufzuerlegen, das Sorgerecht zurückzunehmen.«
Viele verwirrende Worte. Juristenkauderwelsch.
Gott sei Dank, daß es das Gerichtsfernsehen gab, sonst hätte Mrs. Barstow nicht gewußt, daß *auferlegen* hieß, daß jemand

zu etwas gezwungen wurde, und daß *Verschleierung* soviel hieß wie: jemand hatte irgendwas geheimgehalten. *Einen Umstand von erheblicher Bedeutung.* Das bedeutete, daß es um ein großes Geheimnis ging, so daß es erst recht schlimm war, wenn jemand damit hinter dem Berg gehalten hatte. Zum Beispiel, wenn die vermittelnde Stelle den Baines nicht gesagt hatte, daß bei dem adoptierten Jungen möglicherweise eine fötale Schädigung durch Alkoholmißbrauch während der Schwangerschaft eingetreten war.

Hatten die Baines versucht, Tyler zurück ins Waisenhaus zu schicken?

Nur, so wie's aussah, hatte das Waisenhaus ihn nicht zurückhaben wollen.

Washington, D. C., Februar 1995

Beim ersten Schwurgerichtsverfahren 1987 konnten die Geschworenen nicht zu einem Mehrheitsurteil kommen, Euer Ehren«, führte Avery aus. »Einer der Geschworenen erkrankte während der Beratungen, und die Ersatzleute waren bereits freigestellt worden. Beim Wiederaufnahmeverfahren im Jahre 1988 hat der Staat Wyoming die zwölf Geschworenen zu der Überzeugung gebracht, daß Tyler Baines im rechtlichen Sinne – das heißt, nach dem Recht von Wyoming, jedoch ungeachtet der ärztlich dokumentierten fötalen Schädigung durch Alkoholmißbrauch – als zurechnungsfähig anzusehen sei.«

Ren Craley beugte sich über den improvisierten Richtertisch und gab einen Augenblick lang seine Rolle als Vorsitzender auf. »An Ihrer Stelle würde ich sarkastische Anspielungen tunlichst vermeiden, Avery. Sie wissen schon: diese Formulierung, daß der Staat Wyoming die Geschworenen zu irgendeiner Überzeugung gebracht hat. Auf so was reagieren die Richter am Obersten Gerichtshof ausgesprochen sauer.«

Max Jarvis nickte. Er sah aus, als wolle er auch noch was in dieser Richtung sagen, aber ein scharfer Blick von Avery brachte ihn zum Schweigen. Schlimm genug, sich von einem Hinterwäldler belehren zu lassen, der seine Gerichtsakten wahrscheinlich noch beim Schein der Kerosinlampe las, aber zwei von der Sorte, das war zuviel.
Trotzdem, es war durchaus sinnvoll, das Plädoyer so oft wie möglich in einem Rollenspiel zu üben, bevor der große Tag kam. Ren und Max saßen an einem langen Tisch und bombardierten sie mit Zwischenfragen, und Avery mußte versuchen, auf alle Fragen einzugehen und dennoch unbeirrbar an ihrem Konzept festzuhalten. Die beste und im übrigen die einzige Möglichkeit, sich auf die Beweisführung bei der Verhandlung vorzubereiten.
»Jetzt kommt eine Hunderttausend-Dollar-Frage«, sagte Max mit verschlagenem Grinsen. »Frau Strafverteidigerin, was sagen Sie zur Argumentation des Staates Wyoming, daß Ihr Mandant die nach der Strafprozeßordnung vorgeschriebene Unterstützung sehr wohl erfahren hat, weil das Gericht es beim zweiten Prozeß der Jury ausdrücklich anheimgestellt hat, die Möglichkeit einer fötalen Schädigung durch Alkoholmißbrauch während der Schwangerschaft in Erwägung zuziehen?«
»Euer Ehren, Sie formulieren zu Recht, daß den Geschworenen gesagt wurde, sie könnten diesen ärztlicherseits festgestellten Umstand berücksichtigen«, antwortete Avery und versuchte, denselben emotionslosen Ton zu treffen, den sie auch vor Gericht anzuschlagen gedachte, »die Verteidigung beharrt jedoch darauf, daß der Richter im Grunde die Berücksichtigung der Möglichkeit einer fötalen Schädigung ausgeschlossen hat, indem er die Juroren nicht darauf hingewiesen hat, daß sie gegebenenfalls darin einen Grund für die verminderte Schuldfähigkeit des Angeklagten sehen könnten.«
»Aha«, sagte Ren Craley gedehnt, »dann geht es also bei die-

sem Fall überhaupt nicht um die Frage des fötalen Alkoholsyndroms, sondern lediglich darum, ob der Richter die Geschworenen präzise genug belehrt hat. Ist das der Punkt, den Sie durch Ihre Ausführungen für streitig erklären wollen?«

Avery bedachte den lang aufgeschossenen Südstaatler mit einem schiefen Blick. »Wer stellt die Frage? Rehnquist oder Scalia?«

»Können Sie sich aussuchen«, erwiderte Ren. »Ich traue beiden zu, Ihnen den Knüppel zwischen die Beine zu werfen.«

Cody, Wyoming, Juni 1987

Wir konnten kein normales Leben führen«, hatte Dora Baines geschluchzt und sich mit den drei Fingern, die ihr geblieben waren – die anderen hatte ihr Adoptivsohn ihr weggeschossen –, die Tränen von der Wange gewischt. »Tyler war mir über den Kopf gewachsen, ich wurde nicht mehr mit ihm fertig. Als er wieder mal so einen verrückten Anfall hatte, hat er Sarah den Arm gebrochen. Und sie ist doch erst fünf.«

Fünf Jahre und alt und blind, rief Mrs. Barstow sich in Erinnerung. Die Baines hatten sie aus einem verwahrlosten Waisenheim in Rumänien geholt, wo der Tod noch das Beste gewesen wäre, was ihr widerfahren konnte.

Sie hätten nichts dagegen gehabt, wenn Tyler gestorben wäre, dachte Mrs. Barstow. Das wäre ihre einzige Chance gewesen, wieder ein normales Leben zu führen. Tränen traten ihr in die Augen. Ein normales Leben – das war's, was sie und ihr Mann gehabt hatten, nachdem ihr Junior gestorben war. Ein normales Leben, das bedeutet, nicht jede Minute einem Kind opfern zu müssen, das es einem nicht dankt, weil es nicht weiß, was Dankbarkeit ist. Ein Kind, das die Ärzte als autistisch abgestempelt haben. Ein Kind, das nie einen Beruf erlernen kann, nie heiraten, nie über irgend etwas Spaßiges lachen.

Die Baines hatten die Schrotflinte versteckt, damit der Junge sie nicht fand.
Aber Tyler fand alles. Es gab kein Versteck, das er nicht aufgespürt hätte.
Die Waffe war nicht geladen. Peter, der vietnamesische Junge, hatte jedenfalls felsenfest behauptet, sie sei nicht geladen gewesen. Mrs. Barstow fragte sich, was die Baines, wenn sie von vagabundierenden Verbrechern überfallen worden wären, mit einer ungeladenen Waffe angefangen hätten. Aber Peter war sich absolut sicher gewesen: Mr. Baines hatte die Schrotpatronen woanders aufbewahrt. In einem todsicheren Versteck.
Ein todsicheres Versteck, von dem die kleine Melissa behauptet hatte, Tyler habe es gekannt. Sie wußte das genau, weil sie dort das Geld versteckt hatte, das sie für eine neue Barbiepuppe sparte, und das hatte Tyler ihr eine Woche vorher gestohlen.
Wie auch immer, als Tyler sich die Waffe geholt und sie auf seine Adoptivfamilie gerichtet hatte, war sie geladen gewesen – eine todbringende Waffe.
Wieso? Die Diskussion ringsum ebbte sowieso gerade ab, Mrs. Barstow konnte in Ruhe an dieser Frage herumgrübeln. Warum hatten die Baines die Schrotflinte an einem Ort versteckt, bei dem sie im voraus wissen mußten, daß Tyler sie finden konnte? Warum hatten sie die Patronen an einem Ort versteckt, an dem Tyler erst eine Woche vorher fündig geworden war?
Warum hatten ihr Mann und sie den Krug mit dem Abflußreiniger auf dem Picknicktisch stehenlassen? Junior brauchte nur zuzugreifen und einen Schluck davon zu trinken.
Sie preßte sich die Faust an den Mund, um den Schrei zu ersticken, der sich aus ihrer Kehle lösen wollte. Die sauertöpfische Exaufseherin neben ihr guckte sie argwöhnisch an.
Mrs. Barstow lehnte sich zurück und murmelte irgendwas von

einem vorübergehenden Unwohlsein. Mr. Dundee stand auf, ging zum Wasserspender und holte ihr einen Pappbecher eisgekühltes Wasser. Sie trank dankbar einen Schluck und merkte, daß es ihr guttat, obwohl sie ein wenig Schwierigkeiten hatte, gegen den Kloß anzuschlucken, der ihr plötzlich im Hals steckte.

Sie hatten Tyler reingelegt. Die Baines hatten ihm eine Falle gestellt. Die ganze Familie.

Mr. und Mrs. Baines hatten gewollt, daß Tyler sich die Waffe holte. Sie waren am Ende ihrer Nervenkraft angekommen. Alle wußten, wie jähzornig Tyler werden konnte. Alle sagten, es sei nur eine Frage der Zeit, bis er da draußen auf der Ranch jemanden umbrachte.

Keiner konnte Mr. Baines einen Vorwurf daraus machen, wenn er alles tat, um sich und seine Familie vor einem Halbwüchsigen zu schützen, der in seiner Wut unberechenbar geworden war. Auch dann nicht, wenn ihm nichts anderes übrigblieb, als den Jungen zu töten.

Sie hatten gedacht, die Waffe sei nicht geladen. Sie hatten gedacht, der Junge werde damit herumfuchteln und wilde Drohungen ausstoßen. Dann mußte sein Adoptivvater ihn eben in Notwehr erschießen, und anschließend in verzweifeltes Schluchzen ausbrechen, wenn sich herausstellte, daß gar keine Patrone in der Waffe war. So hatten sie sich das gedacht. Alles hätte nach einem schrecklichen Irrtum ausgesehen.

Washington, D. C., April 1995

»Sie hat ihre Sache gut gemacht, Max«, sagte Ren Craley. »Wenn die obersten Bundesrichter nicht mitgezogen haben, kann man ihr daraus keinen Vorwurf machen.«

Max nickte. »Ja, vermutlich hast du recht.« Aber seine Miene strafte ihn Lügen. »Nur, sie war eben nicht mit dem Herzen bei

der Sache. Wenn einer von uns Tylers Fall vor Gericht vertreten hätte ... uns hätte man weiß Gott angemerkt, daß wir mit dem Jungen Mitleid haben.«
»Glaubst du wirklich, das hätte jemanden beeindruckt?« hielt Ren dagegen. Seine blauen Augen waren von Kummer überschattet. »O Mann, wir haben mit all den armen Schweinen Mitleid, die auf dem elektrischen Stuhl oder in der Gaskammer oder weiß der Teufel wie sterben sollen, aber was haben die denn von unserem Mitleid gehabt, verdammt noch mal?«
»Alle neun«, sagte Max und warf die *Washington Post* auf den zernarbten Schreibtisch. »Keine Gegenstimme. Nicht mal von der Ginsburg, und du weißt, wie entschieden sie sonst gegen die Todesstrafe ist. Neun Stimmen gegen beschissene null. Und unsere kleine Yuppette sitzt wieder an der Wallstreet, sorgt dafür, daß die Großen weiterhin die Kleinen schlucken können, und schert sich keinen Deut darum, daß ein Indianerjunge mit dem IQ eines schwachsinnigen Trottels demnächst ...«
Ren hielt die knochige Pranke hoch. »Bleib friedlich, Maxeleh, was passiert ist, ist passiert. Ich hab hier den Fall von einem Mädchen aus Tennessee auf dem Schreibtisch. Hat sich mit dem falschen Kerl eingelassen und zusammen mit ihm einen Seven-Eleven überfallen. Die Kanone hat er gehabt, aber ihr droht nun auch der Stuhl, weil sie den Fluchtwagen gefahren hat. Ihn haben sie schon geröstet. Siehst du eine Chance, sie anders als durch ein Gnadengesuch lebend aus der Todeszelle rauszuholen?«
In Max Jarvis' Antwort lag der in vielen Jahren in ihm aufgestaute Zynismus. »Vielleicht hilft's was, wenn du wieder deine tollen Wallstreet-Freunde mobilisierst.«

Cody, Wyoming, Juni 1987

Es war ein schrecklicher Irrtum«, hatte Mrs. Barstow zu dem Deputy gesagt, der am Morgen nach Juniors Tod zu ihnen ins Haus gekommen war. Sie hatte ihm die Wahrheit gesagt, nichts als die Wahrheit. Aber er hatte alles falsch verstanden und war bei der Version geblieben, die er verstehen wollte, ganz egal, wie oft sie ihm sagte, alles sei ein schrecklicher Irrtum gewesen.

»Natürlich war's das, meine Liebe. Aber machen Sie sich deswegen keine Gedanken mehr. Junior ist an einem Ort, an dem er's besser hat. So wie's gekommen ist, war's für alle die beste Lösung, meine Liebe.«

Seitdem konnte sie es nicht mehr hören, wenn jemand »meine Liebe« zu ihr sagte. »Meine Liebe« sagten die Leute, wenn sie in Wirklichkeit meinten: Halt's Maul.

Alle dachten, mit dem schrecklichen Irrtum habe sie gemeint, daß Junior den Abflußreiniger für Selterswasser gehalten hatte. Inzwischen war es Vorschrift, die Säure blau zu färben, damit Kinder erkennen konnten, daß es kein Wasser war. Seinerzeit war das noch nicht so gewesen, das Zeug hatte völlig klar ausgesehen und geprickelt wie Sprudel. Es hatte Junior das Gedärm zerfressen, er war eines qualvollen Todes gestorben. Aber das war nicht das, was sie gemeint hatte, als sie von einem Irrtum sprach. Sie meinte den Irrtum, in den sie und ihr verstorbener Mann sich verrannt hatten. Der schreckliche Irrtum, sie könnten, wenn sie nur Junior nicht mehr am Hals hätten, wieder ein normales Leben führen.

Die Baines waren demselben Irrtum erlegen. Dem Irrtum, daß ein Leben ohne Tyler ein normales Leben wäre. Aber dann hatten sie hier im Gerichtssaal gestanden und alle einen kleinen oder großen Bogen um die Wahrheit gemacht und den Tod eines Ehemannes und Vaters und zweier kleiner Mädchen beklagt, die wegen eines Irrtums gestorben waren. Wegen des

Irrtums, daß es irgendwie möglich sein müßte, wieder ein normales Leben zu führen.
Aber wenn jemand wie Tyler oder ihr Junior das Zusammenleben in einer Familie erst einmal derart verändert hatte, dann konnte man nicht mehr zu einem normalen Leben zurückkehren.
Jetzt wußte sie das.

New York City, April 1995

Avery Nyquist faltete die für viel Geld manikürten Hände auf dem kühlen Ebenholz des Schreibtischs, sah Harrison Jeffers III mit gespielter Ruhe an und versuchte, die Verheißung zu deuten, die sie in seinen Augen zu lesen glaubte. Sie versuchte sich einzureden, das, was sie von ihrem Chef und langjährigem Förderer zu hören hoffte, sei eigentlich nicht so wichtig für sie, aber innerlich – innerlich platzte sie fast vor Stolz.
»Ich habe die Freude, Ihnen die Partnerschaft in unserer Sozietät anbieten zu können«, sagte Hal mit seiner sonoren, wohlklingenden Stimme. »Wir hatten gestern abend eine Partnerversammlung. Ich möchte Sie wissen lassen, daß der Beschluß, Ihnen die Aufnahme in unsere Reihen anzubieten, einstimmig gefaßt wurde – ohne Gegenstimme. Jeder weiß es zu schätzen, was Sie in den letzten sieben Jahren für die Kanzlei geleistet haben. Sie sind uns als Partner bei der Führung der Kanzlei willkommen.«
Partnerschaft. Die Türen zum Heiligen Gral, in dem die Absolventen der Eliteuniversitäten thronten, hatten sich für sie geöffnet. Sieben Jahre, in denen sich eine Hundertstundenwoche an die andere reihte. Die Verschnaufpause mittags um eins nicht mitgerechnet, versteht sich. Da hatte sie, um in Form zu bleiben, mit irgendeinem Kollegen von Simpson & Thatcher Tennis gespielt. Wenn sie nicht zum JFK mußte, um rasch mit

irgendeinem Mandanten während seines Zwischenstopps auf dem Flug von London nach Hongkong irgend etwas zu besprechen. Sieben Jahre, in denen sie sich bei jedem Kleid, bei jedem Schmuckstück, bei jedem Friseurbesuch an der Frage orientiert hatte, ob das auch wirklich die richtige Investition sei, gemessen an dem Ziel, Partner in der Sozietät Abrose & Jeffers zu werden. Und nun war sie an diesem Ziel angekommen. Sie schenkte dem Mann, der ihr am Schreibtisch gegenübersaß, ein Lächeln, dem Mann, ohne den sie es bestimmt nicht geschafft hätte. Nicht, daß er ihr mit einem Zauberspruch die Tür aufgestoßen hätte – nein, sie hatte sich den Erfolg durch Fleiß und Tüchtigkeit verdienen müssen. Aber in der erbarmungslosen Welt, in der sie arbeitete, waren Fleiß und Tüchtigkeit nicht alles. Sie wußte gut, daß es genug andere in der Sozietät gab, die genauso hart gearbeitet und sich den Erfolg genauso verdient hatten. Aber die hatten eben einen Chef, der ihnen knallhart ins Gesicht sagte, daß es bei ihnen doch nicht dazu reichte, in die Chefetage umzuziehen.

Als sie gerade den Mund öffnete, um Hal zu danken, fiel ihr Blick auf die Schlagzeile im heutigen *Law Journal:* OBERSTES GERICHT VERWIRFT DEN ANTRAG, DIE GEGEN EINEN JUGENDLICHEN IN WYOMING VERHÄNGTE TODESSTRAFE AUFZUHEBEN. Und darunter – fett gedruckt – die Zeilen: Das Gericht befand ohne Gegenstimmen, daß über die Relevanz eines fötalen Alkoholsyndroms auf der nachgeordneten Ebene zu entscheiden ist. Baines' Hinrichtung ist für morgen angesetzt.

Morgen? Wieso gab es keinen weiteren Aufschub? Keine zusätzliche Berufungsinstanz? Sie mußte unbedingt Ren anrufen. Hören, was er und Max jetzt zu unternehmen gedachten. Das Oberste Gericht hatte das Urteil bestätigt, aber es mußte doch noch die Möglichkeit geben, eine Prüfung des Vollstreckungsbefehls durch das Distriktgericht zu erwirken oder einen Antrag auf erneute Anhörung durch das Oberste Gericht von Wyoming einzubringen ...

»Avery, hören Sie mir eigentlich zu?« Sein Gesicht täuschte nachsichtiges Amüsement vor, aber in seinem Ton schwang ein wenig Verärgerung mit. Hal war es nicht gewohnt, daß jemand, der in der Hackordnung unter ihm stand, ihn, und sei's auch nur sekundenlang, wie Luft behandelte.

»'tschuldigung«, murmelte Avery. »Es ist bloß ... ich hatte noch nicht gewußt, daß ich den Fall verloren habe.« Sie deutete auf das *Law Journal* auf seinem Schreibtisch.

»Welchen Fall?« fragte er, folgte ihrem Blick und stieß auf die Zeitung. »Ach, das«, sagte er kopfschüttelnd. »Ja, ich hätte das kurz erwähnen sollen. Tja, Sie sind fein raus: Sie haben es mir ja gleich gesagt. Ein von Anfang an aussichtsloser Fall. Wäre vielleicht besser gewesen, wenn ich auf Sie gehört und jemand anderen nach Washington geschickt hätte.«

Sobald sie heute abend zu Hause war, wollte sie Ren Craley anrufen, nahm sie sich vor. Auch wenn sie nichts anderes tun konnte, als ihm zu sagen, wie leid es ihr täte. Im Grunde hatte das Oberste Bundesgericht sich um eine Entscheidung gedrückt. Ein Schnellschuß, der dem Staat Wyoming grünes Licht gab, ein Leben auszulöschen. Tyler Baines' junges, ohnehin wertloses Leben.

Einen Augenblick lang sah sie Ren vor sich. Sah das Feuer in seinen tiefblauen Augen, als er bei ihrem Rollenspiel den Part der Bundesrichter übernommen und ihr klargemacht hatte, daß sie auf die ausgefallensten Fangfragen gefaßt sein mußte. Ihm lag der Fall am Herzen.

Das war der Unterschied zwischen Ren Craley und dem Mann auf der anderen Seite des Ebenholzschreibtischs. Dem Mann, der ihr alles beigebracht hatte, was sie wissen mußte, um sich im beinharten Alltag der Wallstreet durchsetzen zu können. Das war der Unterschied zwischen Ren Craley und allen ande-

ren Männern, die sie kennengelernt hatte, beruflich oder privat.
Für Ren gab es Dinge, die ihm zu Herzen gingen.
Und das war auch der Unterschied zwischen Ren und ihr. Eine jähe Erkenntnis, die das triumphierende Glücksgefühl wegen des Angebots der Partnerschaft von einer Sekunde zur anderen auslöschte. Er nahm sich Dinge zu Herzen.
Sie nicht. Nicht so, wie es sein müßte. Jetzt, in diesem Augenblick, saß sie dem Mann gegenüber, der ihr beruflicher Ziehvater gewesen war und sie groß gemacht hatte. Immer in der Erwartung, daß jeder Erfolg, den sie einheimste, auf ihn zurückfiel. Ging ihr das zu Herzen? War ihr heute vormittag die Sitzung beim Aufsichtsausschuß für Aktien- und Devisengeschäfte zu Herzen gegangen? Oder die heute nachmittag bei der IRS? Ach wo. Innerlich ließ sie das alles kalt.
Sogar das mit der Partnerschaft ging ihr nicht mehr zu Herzen. Ja, es hatte mal eine Zeit gegeben, da war dieses Ziel ihr ein und alles gewesen. Aber jetzt, nachdem sie erreicht hatte, was sie erreichen wollte, konnte sie auf einmal nur noch an den dummen Jungen denken, der morgen auf den elektrischen Stuhl geschnallt werden sollte. Begriff Tyler überhaupt, was ihm widerfuhr – und warum? Er hatte in blinder Wut zur Waffe gegriffen. Verstand er – konnte er überhaupt verstehen, daß stocknüchtern denkende Männer, die nichts wollten, als ihre Pflicht zu erfüllen, ihm das Leben nehmen würden, weil es ein Stück Papier gab, auf dem geschrieben stand, das sei rechtens?
»Avery?« Die Stimme kam von weit her, sie klang besorgt. »Ist alles in Ordnung mit Ihnen?«
Sie schüttelte den Kopf. Nein, es war nichts in Ordnung. Sie hätte nicht sagen können, warum nicht, aber sie wußte, daß es absolut nichts gab, was in Ordnung gewesen wäre. Sie stand auf, ging auf die Tür zu, fing schließlich sogar zu rennen an, rannte, bis sie in der Damentoilette angekommen war, schloß

sich in der ersten Kabine ein, ließ sich auf den Toilettendeckel fallen und brach in lautes Schluchzen aus.

Cody, Wyoming, Juni 1987

Mrs. Barstow schreckte aus ihren Gedanken hoch und wandte ihre Aufmerksamkeit wieder der hitzigen Diskussion im rauchgeschwängerten Geschworenenzimmer zu. Nur zwei der Geschworenen rauchten, und einige der Nichtraucher hatten für gelegentliche Pausen plädiert, in denen die Raucher draußen eine Zigarette paffen konnten, aber, mein Gott, das hier, das war eben Wyoming, hier im Westen konnte man einen Mann nicht rausschicken, wenn er sich eine anstecken wollte. Ja, in Kalifornien wäre das vielleicht möglich gewesen, aber das war ja auch kein richtiger Westen. Mrs. Barstow machte der Qualm nichts aus, ihr verstorbener Mann hatte sich auch zu Tode gepafft. Sie war an den Geruch gewöhnt, er erinnerte sie an die Zeit, in der sie noch jemanden an ihrer Seite gehabt hatte. Merkwürdig, daß ausgerechnet dieser Geruch nach Tabak, der ihren Mann das Leben gekostet hatte, auf sie wie ein belebendes Element wirkte.
Sie mußte es ihnen sagen. Damit sie verstehen konnten, wie es dazu gekommen war.
»Es ist alles schiefgegangen«, sagte sie kopfschüttelnd, »so schrecklich schiefgegangen.«
»Es ist von dem Tag an schiefgegangen, an dem diese Weltverbesserer sich den Jungen ins Haus geholt haben«, sagte Mr. Farkas bissig.
»Nein, das meine ich nicht«, widersprach Mrs. Barstow. »Die Waffe war am falschen Ort.«
»Aber ja, meine Liebe«, sagte die nette Exaufseherin zuckersüß, »wenn sie die Schrotflinte besser versteckt hätten, könnten Lonnie Baines und die beiden Mädchen noch leben. Aber jetzt sollen wir darüber entscheiden, ob dem Jungen vermin-

derte Zurechnungsfähigkeit zuerkannt werden soll, und da hilft's ja nun nichts mehr, wenn wir hier rumjammern, daß sie sich das falsche Versteck ausgesucht haben, oder?«
Warum verstanden sie nicht, was sie meinte, fragte sich Mrs. Barstow, während ihr Blick an der Reihe der Gesichter entlangwanderte. Alles Gesichter, die besorgt aussahen. Besorgt darüber, daß sie womöglich gar nicht mehr wußte, was sie daherredete. Sie merkten nur, daß sie sich über irgend etwas aufregte. Und das regte wiederum sie auf, weil sie keine Ahnung hatten, was die alte Dame überhaupt wollte.
»Es war genau wie bei Junior«, sagte sie, weil sie glaubte, das müsse alles erklären. Aber kaum hatte sie's ausgesprochen, da schlug sie sich erschrocken die Hand vor den Mund. Nie, noch nie hatte sie mit Fremden darüber gesprochen, wie das mit Junior gewesen war.
Sie war nicht so sicher, ob sie's jetzt fertigbrachte. Aber dann dachte sie an den Jungen. An diesen schwerfälligen dunkeläugigen Jungen mit dem ausdruckslosen Gesicht und dem von Dämmerung beschatteten Verstand. Den Jungen, der damals nur so viel begriffen hatte, daß er wieder ins Waisenhaus mußte, wenn keiner ihn haben wollte, und es wollte ihn keiner haben. Den Jungen, der sich die Waffe dort geholt hatte, wo er sie angeblich gar nicht finden konnte. Sie mußte es fertigbringen, über Junior zu reden, diesem Jungen zuliebe.
Sie versuchte es. Im stillen legte sie sich die Worte wieder und wieder zurecht, mal so und mal so, weil sie's ihnen doch so erklären mußte, daß sie's auch verstehen konnten – das mit der Schrotflinte und daß die Baines den Jungen um jeden Preis loswerden mußten, weil all ihre Versuche, ihn zu bändigen und zu erziehen, vergeblich gewesen waren.
Nur, die Worte kamen ihr nicht so über die Lippen, wie sie's gewollt hatte. Und dann warf sie auch noch alles durcheinander, redete von Junior, als sie eigentlich Tyler Baines meinte, und

versuchte zu erklären, daß der Sprudel den Jungen von innen her aufgefressen hätte und daß ihr verstorbener Mann unrecht gehabt hatte, genauso unrecht wie Lonnie Baines.
Sie fing zu weinen an. Es war schon so lange her, daß sie an Junior gedacht, und noch länger, daß sie seinen Namen ausgesprochen hatte. Und nun, nachdem sie es getan hatte, war er auf einmal in ihrem Herzen wieder lebendig geworden.
»Das wird ihr zuviel«, sagte die Lehrerin, »das ist einfach zuviel für das arme alte Mädchen.«
»Ja«, stimmte ihr Mr. Dundee zu. »Wir müssen dem Richter sagen, daß wir durch ein Patt blockiert sind. Es ist eine grausame und abartige Strafe, uns hier quasi einzuschließen, wenn wir sowieso keine Chance haben, zu einem Spruch der Geschworenen zu kommen.«
»Nein«, jammerte Mrs. Barstow, »hört mich weiter an, ich muß es euch doch erklären.« Ihr Atem war ein stoßweises Keuchen geworden, plötzlich fühlte sie sich merkwürdig schwach. Weshalb hielten die anderen nicht endlich den Mund und hörten ihr zu? Warum war die Luft in dem kleinen Raum plötzlich so dünn? Wieso brauchte eine Jury zwölf Leute, zwölf ständig plappernde Mäuler und vierundzwanzig Augen und gestikulierende Arme und Hände?
Viel zu viele.
Alles fing an sich zu drehen, die Worte, die sie aussprechen wollte, verkrochen sich in einen Winkel ihres Gehirns und legten sich schlafen – all die Worte, die sie gebraucht hätte, um ihnen zu sagen, wie das mit Tyler Baines gewesen war. Ihr Kopf kippte zur Seite, und das letzte, was sie entsetzt und beschämt spürte, war, daß ihr der Speichel aus dem Mundwinkel lief.
Was war denn mit ihr los?
»Mein Gott, sie hat einen Schlaganfall«, schrie die kleine Lehrerin. »Jemand muß den Gerichtsdiener rufen. Wir müssen sie zum Arzt bringen.«

Mr. Farkas rannte hinaus. Die anderen drängten sich um sie und streckten die Hand nach ihr aus, als wären sie alle Wunderheiler, deren bloße Berührung sie wieder gesund machen könnte. Die Exaufseherin aus dem Montgomery-Gefängnis, die nette, nahm ihr Taschentuch und tupfte ihr – so sanft, wie man's bei einem Baby tut – den Mund und das Kinn ab.

Mrs. Barstow öffnete die Lippen, um es ihnen zu sagen, damit ihnen klar wurde, was ihr klargeworden war. Aber alles, was ihr über die Lippen kam, war sinnloses Gestammel, Laute, die sie in erschreckender Weise an Junior erinnerten.

»Machen Sie sich keine Sorgen, meine Liebe«, sagte die nette Exaufseherin und tätschelte Mrs. Barstow die Hand, »gleich ist alles gut. Wir bringen Sie hier raus, meine Liebe, Sie können ganz unbesorgt sein.«

»Eine grausame und abartige Strafe«, wiederholte Mr. Dundee und schüttelte fassungslos den Kopf.

Washington, D. C., Juni 1995

Mit Erlaubnis des Gerichts«, begann die Anwältin der antragstellenden Partei, »die Hinrichtung von Rosalee Jenkins Pruitt verstößt gegen den Sechsten Zusatz der Verfassung der Vereinigten Staaten von Amerika, weil ...«

»Zu langatmig«, fiel ihr Max Jarvis ins Wort. »Wir brauchen einen Wortlaut, der respektvoll formuliert ist und sich trotzdem auf das Allernotwendigste beschränkt.«

Avery Nyquist fuhr sich mit den gespreizten Fingern durchs Haar und fragte Ren Craley entnervt: »Ist er immer so ein ekelhafter Kleinigkeitskrämer?«

Der großgewachsene, knochige Anwalt aus den Südstaaten entblößte mit breitem Grinsen sein Pferdegebiß. »Ja, er kann einem ganz schön auf den Nerv gehen, Ave. Aber im Laufe der Zeit werden Sie sich an ihn gewöhnen.«

Ich hab mich schon an ihn gewöhnt, dachte Avery. So wie ich mich an die Zwanzigstundentage gewöhnt habe, die ich herunterreiße, damit wildfremde Menschen weiterleben dürfen, und so wie ich mich daran gewöhnt habe, meine Haarspülung im Drugstore zu kaufen, statt beim Coiffeur irgendwas sündhaft Teures mitzunehmen, bloß weil der Maestro es mir persönlich empfohlen hat, und so wie ich mich daran gewöhnt habe, in einem Büro von der Größe einer Telefonzelle zu arbeiten, statt in einem mit Blick auf den Hafen von New York, und so wie ich mich daran gewöhnt habe, vor dem Obersten Gerichtshof auf immer wieder denselben Argumenten herumzukauen, um doch noch in letzter Minute einen Aufschub zu erreichen und, sobald das geschafft ist, wieder loszufliegen, in irgendeinen entlegenen Winkel des Landes, um in irgendeinem Todestrakt mit irgendeinem Todeskandidaten zu reden.

Ich werde mich daran gewöhnen, mit dem Herzen dabeizusein.

Aber werde ich mich auch daran gewöhnen, daß ein Stück Papier, gestempelt, unterschrieben und gelocht, mit derselben unbarmherzigen Sicherheit wie eine geladene Schrotflinte ein Menschenleben auslöschen kann?

Nein, daran würde sie sich nie gewöhnen.

Sie hoffte es jedenfalls.

Der Griff

Jay Brandon

Im Mittelalter bedienten die Hüter des Rechts sich einer überaus wirksamen Methode, wenn es darum ging, die Grenzen irgendwelcher Ländereien festzulegen. Um sicherzustellen, daß die Besitzverhältnisse stets und überall in lebendiger Erinnerung blieben, schleppten sie ein paar Kinder aus der Nachbarschaft dahin, wo Land verkauft werden sollte, ließen sie rund um das Gelände laufen und lauerten ihnen an einer Biegung oder Wegegabel auf. Dort schnappten sich diese Männer, die sich als Bewahrer von Recht und Ordnung aufspielten, dabei jedoch eher wie brutale Schläger benahmen, eines der Kinder und verprügelten es nach Strich und Faden – meist so gründlich, daß es die Abreibung nie wieder vergaß. Und damit hatten sie erreicht, was sie wollten: Dieses Kindheitserlebnis prägte sich bei den Betroffenen mit den Jahren immer tiefer ein. Selbst wenn aus dem Kind längst ein Tattergreis geworden war, konnte der sich untrüglich daran erinnern, wo man ihn seinerzeit als Kind so mißhandelt hatte, und jedem, der ihn danach fragte, die Stelle ganz genau zeigen.

Diese Geschichte über Grundbesitz und das damit zusammenhängende Recht erinnert mich an meinen Großvater, bei dem ich aufgewachsen bin. Er war ein freundlicher Mann, wenigstens mir gegenüber, und im übrigen, so gaukelt's mir die Erinnerung jedenfalls vor, der älteste Mann, den man sich vorstellen kann. Meine Mutter starb an den Komplikationen, die meine Geburt mit sich brachte; die einen sagten, vor Kummer und Schmerz, andere sprachen schlicht von Scham. So kam ich denn in die Obhut ihres Vaters. Großvater war mir sehr zugetan und ließ mich das auch spüren – durch einen freundschaftlichen Klaps oder indem er mir liebevoll die Hand auf die Schulter legte. Daß er mir weh tat, kam nur sehr selten vor – nämlich dann, wenn uns ein ganz bestimmter Mann besuchte: Er hatte volle Lippen, schwarzgelocktes Haar und war auffallend hohlwangig. Ich muß so ungefähr vier Jahre alt gewesen sein, als ich den Schwarzhaarigen zum erstenmal sah. Großvater und ich vertraten uns gerade auf dem Rasen die Beine, als er plötzlich auftauchte. Heute würde ich die Art, wie er sich kleidete, als ziemlich ausgefallen bezeichnen: gestreifte Hosen mit weitem Schlag, ein gepunktetes Hemd mit einem weißen, immens hohen Kragen, der bis an die buschigen Koteletten reichte. Seinerzeit kam er mir einfach wie ein Clown vor, ein Eindruck, der durch die knallroten Wangen noch unterstrichen wurde.

Großvater hatte wieder einmal die Hand auf meine Schulter gelegt. Als er den Schwarzhaarigen sah, versteifte sich plötzlich sein Griff – fast krampfartig, und während der ganzen Unterhaltung, die zum Glück nicht allzulange dauerte, lockerte er den harten Griff nicht. Es tat so weh, daß ich am liebsten geheult hätte, aber ich hatte Angst, dadurch das Gespräch der Erwachsenen zu stören. Großvater hatte mich halb hinter sich geschoben, und da stand ich nun, starrte wie gebannt auf das Gesicht des Schwarzhaarigen und mußte die Zähne zusammenbeißen, um nicht laut zu stöhnen. Der Fremde hatte eine lange Nase und ein freundliches, offenes Gesicht mit strahlenden Augen. Im Laufe des Gesprächs verdüsterte sich seine Miene allerdings, und schließlich wandte er sich ab und stapfte davon. Erst da lockerte Großvater endlich den Griff, und der Schmerz ließ allmählich nach. Während ich dem Fremden nachsah, rieb ich mir die Schulter.

Wir wohnten damals in Olmos Park, einem kleinen Städtchen

in der Nähe von San Antonio in Texas. Großvaters Backsteinhaus war geräumig und das Grundstück weitläufig, dennoch fühlte ich mich dort niemals verloren oder einsam und allein wie in einem abgeschiedenen Landhaus. Ich liebte es, durchs Haus zu rennen und durch eine der vielen Türen ins Freie, um mich mit meinen Freunden aus der Nachbarschaft zu treffen. Ich wuchs in einer Zeit auf, in der Kinder die Geborgenheit im Kreise vertrauter Freunde von nebenan noch unbekümmert genießen konnten. Großvaters Tür war stets für jeden offen, der Postbote konnte, ohne erst lange anzuklopfen, hereinspazieren, der Milchmann – überhaupt jeder. Manchmal schreckte ich mitten im Spiel hoch und sah mich suchend um, weil ich glaubte, den Schwarzhaarigen gesehen zu haben, aber das hatte ich mir jedesmal nur eingebildet.

Als ich ihn dann tatsächlich wiedersah – freilich nur kurz, denn ich wurde bald aus dem Zimmer geschickt –, hatte Großvater sich mit ihm verabredet. Mir war's ganz recht, daß er mich wegschickte, denn in dem Augenblick, als der Fremde unser Haus betreten hatte, war Großvaters Griff auf meiner Schulter wieder fest und schmerzhaft geworden.

»Mach, was immer du willst«, hörte ich Großvater zu ihm sagen, »mir kannst du sowieso nichts anhaben, und wenn du dem Jungen weh tust, bekommst du's mit mir zu tun.«

Es war schon merkwürdig, daß Großvater den anderen warnte, mir nicht weh zu tun, denn schließlich war er's doch, der mir mit seinem festen Griff Schmerzen zufügte. Der Schwarzhaarige machte mir dagegen einen umgänglichen Eindruck. Er sah mir in die Augen und sagte: »Das würde ich nie tun.« Dann kauerte er sich zu mir herunter, so daß wir etwa auf gleicher Höhe waren. Ich wollte eine Antwort stammeln, brachte aber nur eine Grimasse zustande, denn Großvater verstärkte im Nu abermals seinen Griff, was für mich das Zeichen war, daß ich gehen sollte. Das tat ich dann auch, drehte mich aber

noch ein letztes Mal um, um mir den Schwarzhaarigen genau anzusehen und sein Aussehen einzuprägen. Er trug das Haar extrem kurz, die Locken waren verschwunden, und das paßte gut zu seiner militärisch wirkenden Kleidung und den Springerstiefeln. Ob er tatsächlich beim Militär war, weiß ich nicht, mir kam er jedenfalls vor wie ein Fremdenlegionär.
Er war ein Abenteurertyp, keine Frage. Ich wußte nicht, was sich zwischen ihm und Großvater abspielte, aber da ich diesen Mann so selten zu Gesicht bekam, blieb mir alles, was mit seinen Besuchen zu tun hatte, um so unauslöschlicher im Gedächtnis. Zu dieser Zeit war ich etwa sechs oder sieben Jahre alt, und obwohl ich nie verstanden habe, worum es bei diesen Treffen ging, war mir klar, daß die beiden Männer Streit miteinander hatten. Ich erinnere mich, daß Großvater einmal irgendwas zu dem Schwarzhaarigen gesagt hat, was – das begriff ich erst Jahre später – darauf schließen ließ, daß der Fremde die näheren Umstände meiner Geburt gekannt haben mußte und Großvater damit zu erpressen versuchte. Dem Mann war sicher nicht klar, daß er sich an Großvater lediglich die Zähne ausbeißen konnte.
Bis ich erwachsen war, gab es noch einige wenige Begegnungen mit dem Schwarzhaarigen, und jedesmal packte mein Großvater mich wieder an der Schulter und tat mir weh. Nicht etwa, daß ich's ihm übelgenommen hätte, ich wußte ja, daß er mich beschützen wollte. Nur, sooft ich an den Schwarzhaarigen dachte, fiel mir automatisch Großvaters schmerzhafter Griff ein – etwas, woran ich mich – da ging's mir genau wie den Kindern in der Geschichte aus dem Mittelalter – immer erinnern würde. Der Schwarzhaarige und dieser ganz spezielle Schmerz – das gehörte für mich einfach zusammen.
Großvaters ganzes Tun und Trachten war auf zwei Ziele ausgerichtet: Er wollte mich vor dem Fluch seines Reichtums bewahren und gleichzeitig der einflußreichste Mensch in mei-

nem Leben bleiben, was ihm übrigens beides trefflich gelungen ist. Ich bin zwar beruflich nicht in seine Fußstapfen getreten – immer mehr Land zusammenzuraffen, das reizte mich nicht –, aber die Frage, wie er seinen Besitz verwaltete und Nutzen aus ihm zog, beschäftigte mich doch so sehr, daß ich mich während des Studiums auf Grundstücksrecht spezialisierte. Im letzten Studienjahr starb Großvater dann.
Wir verdrängen oft die Einsicht, daß es im voraus gar nicht feststeht, ob wir eines Tages irgendein Erbe wirklich antreten werden. Es wäre gut möglich gewesen, daß Großvater mich überlebt hätte, und wenn es so gekommen wäre und ich meinerseits weder ein Testament noch eine Familie hinterlassen hätte, wäre mein bescheidenes Vermögen an die, wie das in der Amtssprache heißt, Altvorderen gefallen, mit anderen Worten: vermutlich an meinen Großvater. Er selbst hatte natürlich in einem Testament genau festgelegt, wie das Vermögen nach seinem Tode verwaltet werden sollte. Ein viele Seiten langes Testament – ich war ihm gerade mal einen Absatz wert, in dem stand, daß ich grundsätzlich in den Genuß seines gesamten Vermögens kommen sollte, wobei es allerdings einen Pferdefuß gab. Großvater war wohl der Meinung, daß man – besonders im eigenen Stall – Gutes nur klug dosiert tun soll. Er hatte eine zweckgebundene Summe ausgesetzt, um meine Ausbildung finanziell abzusichern, zusätzlich einen hübschen Batzen, damit ich beruflich Fuß fassen konnte, und im übrigen einen gewissen Betrag für meine Kinder, falls ich welche hätte, aber der Löwenanteil seines Grundbesitzes ging, was ich schon immer geahnt hatte, an die verschiedensten wohltätigen Einrichtungen. Und so steht denn in unserer Stadt sein Name noch heute auf vielen Gedenktafeln. Nicht etwa, daß ich das Gefühl gehabt hätte, seine Großzügigkeit gegenüber Fremden sei auf meine Kosten gegangen. Großvater war stets der Meinung gewesen – und mittlerweile gebe ich ihm da völlig recht –, daß

Reichtum in jungen Jahren die beste Gewähr für einen miesen Charakter ist. Ich gehe sogar so weit, daß ich, wenn ich Kinder hätte, alles daransetzen würde, ihnen das von Großvater vorsorglich Zugedachte vorzuenthalten.
Kaum war Großvaters letzter Wille verlesen worden, da traf ich den Schwarzhaarigen wieder – übrigens für lange Zeit unsere letzte Begegnung. Ich wunderte mich darüber, denn der Fremde war bei der Testamentseröffnung weder zugegen, noch war von ihm die Rede gewesen. Trotzdem machte er mir den Eindruck, mit Großvaters Testament in großen Zügen vertraut zu sein. Unwillkürlich zuckte ich zusammen, als ich ihn sah, er aber kam auf mich zu, begrüßte mich beim Namen und mit Handschlag und beglückwünschte mich mit liebenswürdigen Worten zu meinem Erbe. Wenn ich heute darüber nachdenke, halte ich es eher für wahrscheinlich, daß er die Bedingungen des Testaments doch nicht gekannt, sondern einfach vermutet hat, ich als Alleinerbe müsse auch das meiste Geld bekommen haben. Jedenfalls strahlte er mich überaus freundlich an und gab sich sehr verbindlich. Mir entging nicht, daß sich in sein schwarzes Haar etliche graue Strähnen gemischt hatten. Er kündigte mir an, daß wir uns bald wiedersehen würden – und das war's fürs erste.
Seltsam, irgendwie freute es mich, ihn wiederzusehen. Dieser schwarzhaarige Fremde mit dem Flair des weitgereisten, von Abenteuerlust getriebenen Mannes hatte mich schon immer fasziniert. Außerdem wollte ich unbedingt herausfinden, in welcher Beziehung er zu meinem Großvater gestanden hatte. Der Gedanke, mich vor ihm fürchten zu müssen, kam mir nicht, denn falls er versucht hätte, mich zu erpressen, wäre das ein böser Reinfall für ihn geworden. Zum einen hätte ich überhaupt kein Geld gehabt, zum anderen: Womit sollte er mich erpressen? Abgesehen davon, daß sich hartnäckig gewisse Gerüchte über die angeblich skandalträchtigen Begleitumstände

meiner Geburt hielten, gab es keine dunklen Punkte in meinem Leben. Andererseits empfand ich es irgendwie auch als Erleichterung, als der Schwarzhaarige ging. Mir konnte nichts daran liegen, das Gespräch länger auszudehnen, weil ich die ganze Zeit über, solange wir beisammenstanden, wieder den brennenden Schmerz in meiner Schulter gespürt hatte – den Griff eines Toten, Großvaters Griff.

Während des darauffolgenden Jahres hatte ich den Kopf dermaßen mit anderen Dingen voll, daß ich gar nicht dazu kam, an den Schwarzhaarigen zu denken. Ich schloß meine juristische Ausbildung ab und trat meine erste Stelle an, bei einer ziemlich großen Firma, die sich – offenbar in der Annahme, es gebe zwischen mir und allen, die in unserer Stadt Geld besaßen, enge Kontakte – glücklich schätzte, mich zu ihren Mitarbeitern zu zählen. Und dann stürzte ich mich in die Arbeit, froh darüber, endlich mein theoretisches Wissen über Grundstücks- und Eigentumsrecht praktisch anwenden zu können. Großvaters Beispiel hatte mich in der Überzeugung bestärkt, daß jedermanns Leben geprägt wird von dem, was er besitzt, drastischer ausgedrückt: davon, wieviel Geld er hat (oder nicht hat). Und die Erfahrungen, die ich im Berufsalltag machte, bestätigten das tatsächlich immer wieder. Die Leute kamen zu uns, um – wie wir Nachlaßverwalter das unter uns nennen – »dem Würgegriff der Toten« zu entrinnen, mit anderen Worten: jene lästigen Vorbehalte und Verpflichtungen loszuwerden, die der Erblasser ihnen auferlegt hat. Manche unserer älteren Kunden, die seit langem die Macht des Geldes kannten und auch mit der Konsequenz vertraut waren, daß Geld Feinde schafft, suchten dagegen bei uns Rat, wie sie selbst diesen Griff möglichst schmerzhaft ausüben und im voraus sicherstellen könnten, daß ihr schönes Geld nach ihrem Ableben genauso verwaltet wurde, wie sie, die Erblasser, das für richtig hiel-

ten. Ich brachte, weil ich mich sehr gut an den Griff meines toten Großvaters erinnerte, für die einen genausoviel Verständnis auf wie für die anderen.
Nicht, daß ich von meiner Arbeit besessen gewesen wäre. Zugegeben, vielleicht am Anfang, aber dann kam es, wie es kommen mußte: Ich lernte ein Mädchen kennen, gelangte nach intensivem Nachdenken zu dem Schluß, daß ich mich wohl verliebt hätte, um zu guter Letzt festzustellen, daß es sich bei meinen Gefühlen tatsächlich um Liebe handelte. Eine für mich, der ich mich bis jetzt nur für berufliche Belange interessiert hatte, so neue Erfahrung, daß ich mich Hals über Kopf mit dem Mädchen verlobte. Ihrer Familie – vermögende, seit geraumer Zeit nicht mehr mit dem Odium der Neureichen belastete Leute – war mein Name ein Begriff … ich sollte wohl besser sagen: Großvaters Name, wahrscheinlich sein wertvollstes Vermächtnis an mich, und wie so viele in unserer Stadt gingen sie davon aus, daß der größte Teil seines Vermögens an mich gefallen sei. Jennie, meine Verlobte, die meine wahren Vermögensverhältnisse kannte, hielt es nicht für angebracht, ihre Eltern in diesem Punkt eines Besseren zu belehren – sollten sie doch glauben, was sie wollten.
Der Hochzeitstermin war festgelegt, der große Tag rückte näher und näher. Da ich im Grunde meines Herzens ein konservativer Mensch bin, befand ich mich in der letzten Woche vor der Trauung, wie sich das nach alter Sitte gehört, im Zustand liebestrunkener Benommenheit. Ich ließ Teller und Tassen fallen, verlegte Schlüssel und redete viel zu lange mit viel zu vielen Leuten, ohne mich hinterher erinnern zu können, was ich alles zusammengequasselt hatte, kurzum, ich war wie in Trance. Und eines Nachmittags hätte meine Schusseligkeit um ein Haar dazu geführt, daß ich unter die Räder eines Autos gekommen wäre, dessen Fahrer es verflixt eilig hatte.
Es war Anfang der neunziger Jahre. Viele texanische Städte

hatten den wirtschaftlichen Aufschwung kommen und wieder gehen sehen, San Antonio war das erspart geblieben. Hier konnte man immer noch das Gefühl haben, in einer gemütlichen Kleinstadt zu wohnen, obwohl es fast eine dreiviertel Million Einwohner gab. Ich staunte selber, denn ständig traf ich irgendwelche Leute, bestenfalls Bekannte, die von meinen Heiratsplänen und anderen Dingen aus meinem Leben wußten. Anscheinend haben sich in San Antonio selbst Leute, die sich gar nicht kennen, etwas zu sagen. Wenn ein Fremder sieht, wie man sich hier auf den Straßen begrüßt, muß er denken, daß bei uns sämtliche Einwohner miteinander befreundet sind. Ich empfand es als Geschenk, in einer so offenen, freundlichen Stadt leben zu dürfen. Hätte sich mein Beinahe-Unfall, bei dem wahrhaftig nicht viel fehlte, und die Sache wäre böse ausgegangen, in einer anderen Stadt ereignet, dann wären die Passanten dort höchstens neugierig stehengeblieben, um zu sehen, ob Blut geflossen war. Bei uns dagegen packte mich ein mir wildfremder Mann geistesgegenwärtig am Arm und riß mich vom Bordstein zurück. Während der Mistkerl im Wagen davonschoß, schüttelte ich meinem Retter dankbar die Hand und erklärte ihm, daß ich nun dank seines Einsatzes am kommenden Samstag doch an meiner Hochzeit teilnehmen könne. Er wollte nicht mal ein Geschenk von mir annehmen, nur die Einladung zu unserem Hochzeitsempfang akzeptierte er.

Jennie und ihre Mutter ließen mich bei den Hochzeitsvorbereitungen außen vor, was zwar vernünftig, für mich aber nahezu unerträglich war, da ich mir ohne Jennie abends irgendwie verloren vorkam. Einmal lud ihr Vater mich in seinen Club ein – ein überaus amüsanter Abend, wir fachsimpelten über Geschäftliches. Alle möglichen guten alten Freunde riefen an, weil sie mit mir ausgehen wollten. Aber die zweifellos größte Überraschung erlebte ich, als es eines Abends bei mir klingelte, der Schwarzhaarige vor der Tür stand und mich anlächelte.

»Oh, hallo ...«, stammelte ich, faßte automatisch an meine Schulter, besann mich dann aber und streckte ihm die Hand hin.

»Ja, das ist wohl eine Überraschung«, sagte er. Damit hatte er mir das Wort aus dem Mund genommen, etwas anderes wäre mir auch nicht eingefallen. Aber in der Woche vor meiner Hochzeit brachte ich sowieso kein vernünftiges Wort über die Lippen.

Er lächelte mich herzlich an. »Das wollten Sie auch gerade sagen, stimmt's?« Ich nickte, und er fuhr fort: »Aber ganz so überraschend ist das gar nicht. Ich lese Zeitung und weiß daher, was in unserer Stadt vor sich geht. Vielleicht haben Sie gedacht, wir sehen uns nie wieder, aber hin und wieder fügt es der Zufall eben doch, daß sich die Wege von zwei Menschen unverhofft kreuzen. Ein glücklicher Zufall, finden Sie nicht?«

Ich nickte wieder. Ich fand es nett von ihm, daß er mir die Begrüßungsfloskeln abnahm und mir so über die erste Befangenheit hinweghalf.

»Ich habe auch Ihre Zukünftige gesehen.« Seine blauen Augen strahlten, und er zwinkerte mir jovial zu. »Sie sind wirklich zu beneiden, alter Junge.«

Ich bedankte mich – ein wenig steif und förmlich, ohne auf seinen kumpelhaften Ton einzugehen, und schließlich erinnerte ich mich an die Regeln der Höflichkeit und bat ihn herein.

»Ich wollte gerade vorschlagen, ob wir nicht irgendwo einen Drink nehmen wollen. Eine Woche vor Ihrer Hochzeit können Sie unmöglich den Gastgeber spielen – machen Sie mir die Freude, mein Gast zu sein.«

Wäre mir spontan eine plausible, höfliche Ausrede eingefallen, hätte ich sicher abgelehnt, aber so nahm ich, ohne recht zu merken, daß ich's tat, seine Einladung dankend an. Er trat ein und drückte, während ich bereits nach meinem Jackett suchte, die Tür hinter sich zu. Ich hatte eine schöne Fünfzimmerwohnung mitten in der Stadt, in einem Haus, das gerade renoviert wurde. Ich merkte es an seinem anerkennenden Blick, mein Zuhause gefiel ihm. Als ich mit dem Jackett zurückkam, stöberte er in Großvaters Andenken herum – irgendwie war mir, als kämen sie ihm bekannt vor.

»Abmarschbereit?« fragte er lächelnd.

Ich schlug vor, zur Uferpromenade zu gehen, die vor meinem Wohnblock begann, doch er tat das mit einem abschätzigen »nur Touristen« ab und meinte, da kenne er viel lauschigere Ecken.

Als wir unten ankamen, nahm ich mein direkt vor der Haustür geparktes Auto erst auf den zweiten Blick war, weil ich zunächst wie gebannt auf ein wahres Monster starrte – einen riesigen Hund, der zwischen meinem Wagen und mir hockte. Reinrassig war er bestimmt nicht, dafür größer als ein Dobermann, mit einem enormen Kopf, fast so groß wie bei einer deutschen Dogge, mit einem faustgroßen hellbraunen Fleck auf der Stirn. Ein schwarzes, irgendwie plumpes, fast linkisch wirkendes Tier – aber wirklich furchteinflößend. Ich sah erleichtert, daß die Leine um einen Laternenpfahl geschlungen war, hoffentlich fest genug. Während ich noch überlegte, wie wir ungeschoren an dem Monster vorbei zu meinem Wagen kämen, ging der Schwarzhaarige – o Gott, er mußte verrückt sein! – auf das Riesentier zu.

»Was machen Sie da? Sie wollen ihn doch nicht etwa losbinden?« rief ich erschrocken.

Tatsächlich, der Schwarzhaarige hatte die Hundeleine schon in der Hand und kraulte den Hund hinter den Ohren.

Nervös gab ich zu bedenken, der Besitzer habe den Hund sicher aus gutem Grund am Laternenpfahl angebunden.

»Stimmt«, sagte der Schwarzhaarige, »ich wollte ihn nicht mit zu Ihnen in die Wohnung schleppen.« Wieder dieses breite Lächeln. »Können wir Ihren Wagen nehmen?«

Ich hielt das eigentlich für keine besonders gute Idee, da aber beide, Mann und Hund, stumm dastanden und mich erwartungsvoll ansahen, fügte ich mich ins offenbar Unvermeidliche. »Ist das Ihr Hund?« fragte ich, um Zeit zu gewinnen.
»Ich passe einem Freund zuliebe auf ihn auf. Ein sehr braves Tier.«
Der Hund machte tatsächlich einen lieben, fast ein bißchen schläfrigen Eindruck. Ich fragte, wie er denn gerufen werde.
Wieder lächelte der Schwarzhaarige. »Chester.«
Das veränderte schlagartig alles. Vor einem Hund, der Chester heißt, kann man sich einfach nicht fürchten. Ich öffnete also den Wagen, und Chester kletterte schön langsam auf den Rücksitz. »Eigentlich sitzt er lieber vorn«, erklärte mir der Schwarzhaarige, »aber es wird auch so gehen. Das heißt, falls ihm nicht schlecht wird.« Vorsichtshalber schaute ich während der Fahrt hin und wieder nach hinten, aber Chester lag völlig entspannt auf dem Sitz.
Der Schwarzhaarige hatte nicht zuviel versprochen, er kannte in der Tat einige Lokale ganz besonderer Art, von denen ich noch nie gehört hatte. Er dirigierte mich Richtung Norden, wo wir vor einem Club ankamen, der zwar von außen wie eine Baracke aussah, innen jedoch behaglich eingerichtet war: anheimelnd gedämpftes Licht, gepolsterte Sitzgruppen, größtenteils Lederimitat, und überall Grünpflanzen, weit mehr, als ich in meiner Wohnung unterbringen könnte. Chester hatten wir mitgenommen. Wenn ich an meine Autositze dachte, war ich froh darüber, aber andererseits befürchtete ich, daß jemand im Lokal Anstoß nehmen könnte. Er lag jedoch lammfromm zu Füßen des Schwarzhaarigen – ein Bild von einem Hund ..., oder sagen wir in Anbetracht seiner Größe lieber: von einem Pony.
Plötzlich kam der Typ hinter der Bar, der aussah, als wäre er in Personalunion zugleich Rausschmeißer, mit finsterer Miene

zu uns herüber. Der Schwarzhaarige rief leise, mit scharfer Stimme Chesters Namen. Der Hund schien nicht mal richtig wach zu werden, er drehte dem Barkeeper nur den Kopf zu.
»Der Hund muß hier weg«, blaffte der grob. Er war ein bulliger Typ mit einem Bierbauch und Händen so groß wie Chesters Kopf.
»Oh, ich bitte um Entschuldigung.« Der Schwarzhaarige blieb höflich. »Wären Sie wohl so liebenswürdig, ihn nach draußen zu bringen? Lassen Sie ihn einfach laufen, er bleibt schon da.«
Der als Barkeeper verkleidete Rausschmeißer sah uns an, als hätten wir ihn zum Duell aufgefordert, vermutlich, weil er gehört hatte, daß der Schwarzhaarige mich fragte, was das ganze Theater eigentlich für einen Sinn hätte. Ich behielt den Bulligen im Auge. Der bückte sich, griff voller Wut nach Chesters Halsband, und Chester ... nun, Chester gähnte friedlich. Daß er die Kiefer ausgerechnet in dem Augenblick aufklappen ließ, als der Typ die Hand vor seinem Maul hatte – also, das konnte nur ein Zufall sein. Chester rührte sich nicht, er biß nicht zu, er hielt nur die Hand des Barkeepers fest im Maul. War da vorhin von riesigen Händen die Rede? Nun, beim Größenvergleich mit Chesters Rachen stellte ich fest, daß der bullige Typ eigentlich doch verdammt kleine Hände hatte.
Der Barkeeper stöhnte, er richtete sich auf, und plötzlich war die Sache mit dem Hund offensichtlich kein Thema mehr. Ich wartete noch, bis er wieder an der Theke war, dann lachte ich laut heraus. Der Schwarzhaarige streichelte liebevoll Chesters Kopf. »Hunde waren für mich stets gute Freunde«, meinte er. Seine Stimme klang so ernst, daß allein dieser kurze Satz klarmachte, wie einsam die langen Abende in seinem Leben gewesen waren.
»Auf Ihre Hochzeit«, prostete er mir zu, als die Drinks gebracht wurden. »Möge Ihre Ehe so lange währen und so glücklich sein wie Queen Victorias Regentschaft. Und nun trinken

Sie in einem Zug aus, damit mein Toast auf Sie in Erfüllung geht!«
Ich schaffte es, ohne dabei zu husten. Er war strahlender Laune, und bald fing auch ich an, mich rundherum wohl zu fühlen. Der Schwarzhaarige war weit in der Welt herumgekommen und hatte eine Menge Trinksprüche auf Lager. Bei den meisten gehörte es zum Ritual, daß ich mein Glas in einem Zug leeren mußte – das sei ich Jennie und dem Eheglück schuldig, behauptete er, und ich, ach, ich war an diesem Abend nur allzu bereit, meine Pflicht als Bräutigam ernst zu nehmen.
»Sind Sie verheiratet?« fragte ich ihn.
»Ich war's mal«, antwortete er, sein Lächeln kam mir plötzlich verloren vor. »Es waren nur wenige, aber ganz wundervolle Wochen.« Die Art, wie er das sagte, ließ keine weiteren Fragen zu.
Im Laufe des Abends fragte ich ihn, woher er Großvater gekannt habe. »Ich habe kurz für ihn gearbeitet«, sagte er nur.
»In seinem Haus oder in einer seiner Firmen?« wollte ich wissen.
Er warf mir einen kurzen, scharfen Blick zu, als sei ich zu indiskret gewesen, aber dann lächelte er wieder auf seine hinreißend offene Art. »Bei ihm zu Hause. Wissen Sie, er war nicht fair zu mir. Alles, was ich von ihm wollte, war ein guter Job – ein Job, der meinen Fähigkeiten entsprochen hätte. Oder wenigstens seine Unterstützung für den einen oder anderen Plan von mir. Es waren gute Projekte, die ich ihm vorgeschlagen habe, Dinge, von denen ich was verstehe – zum Beispiel Ölfelder in Venezuela oder Viehzucht in Australien. Das, was ich jetzt mache, die Schaffarm bei Brisbane, läßt sich auch gut an.«
Insgeheim kaufte ich ihm das nicht ganz ab. Seine Kleidung paßte gut, aber sie war bestimmt schon ein paar Jahre alt. Die eine Manschette hatte er umgeschlagen, weil sie schon ein

wenig verschlissen war. Andererseits, Mißerfolg ist keine Schande, das kann jedem mal passieren. Und was Großvater halsstarrige Art anging, da mußte ich ihm im stillen recht geben.

»Und trotzdem sind Sie immer wieder hierhergekommen – und zu mir«, meinte ich.

»Hier war mein Zuhause, im Grund wollte ich immer hier leben.« Wieder dieses traurige Lächeln.

Sosehr ich die Gesellschaft des Schwarzhaarigen genoß, ich hatte auch Großvaters argwöhnische Natur geerbt und mußte einfach mehr über die Zusammenhänge und Hintergründe in Erfahrung bringen. »Wenn Ihre Ideen wirklich so gut waren, weshalb haben Sie sie dann nicht anderen Leuten vorgeschlagen?« fragte ich.

Er lächelte nachsichtig. »Ich glaube, Sie können sich nicht vorstellen, welchen Einfluß Ihr Großvater in dieser Stadt besaß. Das geschah alles zu einer Zeit, als Sie noch ein kleiner Junge waren. San Antonio war ein winziges Kaff, die Mächtigen und Reichen haben zusammengehalten wie Pech und Schwefel. Wenn Ihr Großvater etwas ablehnte, dann war es abgelehnt – für alle Zeit. Das galt für Ideen und für Menschen.«

Ich schwankte zwischen Widerspruch und Schuldgefühlen. Denn um mich hatte Großvater sich damals gekümmert, als sonst niemand dagewesen war, der es tun konnte. Eine Entscheidung, die die Weichen für mein ganzes Leben gestellt hatte. Aber das Leben des Schwarzhaarigen hatte er – aus einer wohl eher zufälligen Aversion heraus – so negativ beeinflußt, daß es ruhelos und unstet geworden war, ein Leben aus dem Koffer und voller gescheiterter Projekte. Dabei hätte sein Leben genausogut meines werden können, und umgekehrt.

»Eigentlich schade, daß wir nicht öfter zusammensein konnten, so wie heute abend«, sagte ich eine Weile später zu ihm.

»Ich freue mich, daß Sie das sagen.«

Wir suchten die nächste Bar auf, auch eine, die mein Trinkkumpan mir unbedingt zeigen wollte. Wäre ich nicht so gelöster Stimmung gewesen, hätte ich die Kneipe als schlicht heruntergekommen bezeichnet. Ein alter Backsteinbau südlich der Innenstadt – irgendwo in Mexiko, hätte man denken können, in einer jener engen Gassen, in denen leichtsinnige Touristen übers Ohr gehauen werden. Innen sah's auch nicht besser aus, eng und düster, die Gäste brüteten dumpf vor sich hin. Hier nahm keiner an Chester Anstoß, vermutlich haben die Trunkenbolde nicht mal gemerkt, daß wir einen Hund dabeihatten. Da saßen wir nun, der Schwarzhaarige und ich, auf besseren Küchenstühlen, an einem verkratzten Tisch, und tranken wieder und wieder »ein letztes Bier« – und das, nachdem wir schon etliche Gläser von dem berüchtigten Schnaps aus der Flasche mit dem Wurm intus hatten: ein armes Würmchen, das sich träge in der fast leeren Schnapsflasche wand, wie ein müder, schnöde allein gelassener Tänzer.
Der Schwarzhaarige nahm den Faden wieder auf. »Ihr Großvater war im Grunde nur auf Ihr Wohl bedacht, das ist mir klar. Aber das Zusammenleben mit ihm muß doch auch schwierig gewesen sein.«
»Das ist schwer zu sagen, weil ich nichts anderes kannte«, erwiderte ich.
Dann kamen wir auf andere Themen zu sprechen – auf Kreuzfahrten, Montana, Schafzucht, europäische Hochzeitsbräuche ... lauter Dinge, über die ich nichts wußte und die sich in meinen Ohren wundervoll anhörten. Erneut bedauerte ich, daß ich nicht schon früher Gelegenheit gehabt hatte, mich mit dem Schwarzhaarigen zu unterhalten. Wir versprachen einander, dieses Versäumnis künftig wettzumachen.
Wir hatten wieder mal auf meine Braut angestoßen, und auf einmal fragte der Schwarzhaarige: »Was ist los? Ist Ihnen der letzte Schnaps in die falsche Kehle gerutscht?«

»Ich glaub, ich muß an die frische Luft«, lallte ich, »kommen Sie mit?«
Er beglich die Rechnung, während ich auf die Straße torkelte. Ein Laternenpfahl versperrte mir den Weg, ich hielt inne, umarmte ihn und atmete tief durch. Wäre ich noch zurechnungsfähig gewesen, hätte ich mich in dieser Gegend gefürchtet, die Straße war schmal und dunkel, es gab unzählige Nischen und Ecken, aus denen jederzeit finstere Gestalten mit bösen Absichten auftauchen konnten, aber über mich, nehme ich an, wachte der gute Geist aller Betrunkenen. Ich atmete also weiter tief durch und versuchte, langsam wieder zu mir zu kommen. Und als die Welt sich nicht mehr gar so schwankend um mich drehte, kam der Schwarzhaarige aus der Kneipe. »Eine wundervolle Nacht«, meinte er, musterte mich abwägend und fragte: »Wollen wir für heute Schluß machen?«
Ich nickte, schloß mit – ich meine mich zu erinnern – nicht mehr ganz so zittriger Hand die Beifahrertür auf, und als das endlich geschafft war, sah ich, daß der Schwarzhaarige jetzt neben mir auf dem Bürgersteig stand.
»Ich denke, ich bleibe noch ein Weilchen«, meinte er plötzlich. »Würden Sie mir wohl einen Gefallen tun und Chester heute nacht mitnehmen? Ich übernachte im Hotel, und da können Sie sich sicher denken ...«
Ich sah den Hund an und der Hund mich. Na ja, warum eigentlich nicht? So brav, wie er den ganzen Abend gewesen war, hatte ich fast vergessen, daß es ihn gab. Wenn er sich in meiner Wohnung genauso verhielt, kamen wir beide für diese eine Nacht bestimmt gut miteinander aus.
»Ist er denn stubenrein?« fiel mir noch ein.
»O ja, er ist gut erzogen«, versicherte der Schwarzhaarige.
Achselzuckend hielt ich die Tür auf. Der Schwarzhaarige gab den entsprechenden Befehl, Chester kletterte geschickt auf den Beifahrersitz, und ich warf die Tür hinter ihm zu.

Der Schwarzhaarige folgte mir ums Auto, und nachdem ich die Fahrertür geöffnet hatte, legte er mir die Hand auf die Schulter. Ich zuckte unwillkürlich zusammen, faßte mich aber schnell und zwang mich, dem Schwarzhaarigen, den meine Reaktion wohl ein wenig irritierte, freundlich zuzulächeln.
»War ein lustiger Abend mit Ihnen«, sagte er. »Morgen rufe ich kurz an, ehe ich Chester abholen komme.«
»Ach ja – und vergessen Sie nicht, zu meiner Hochzeitsfeier zu kommen«, fiel mir noch ein, »am Samstag.«
»Ganz sicher nicht, ich freue mich so für Sie!« Er lächelte mich an. Ich erwiderte das Lächeln und stieg in meinen Wagen. Ich hatte das Gefühl, daß es besser war, den Gurt anzulegen, nur, es dauerte seine Zeit, bis ich ihn entwirrt und endlich eingerastet hatte.
»Sind Sie sicher, daß Sie noch fahren können?« fragte der Schwarzhaarige. Ich nickte, und er schlug meine Autotür zu und ging langsam davon.
Bevor ich den Wagen anließ, drehte ich mich ein letztes Mal um, und da war mir, als wolle er mir noch etwas zurufen. Also kurbelte ich das Fenster einen Spalt herunter, damit ich ihn besser hören konnte.
»Chester!« rief er scharf. Aha, ich war gar nicht gemeint, nur ein letztes ermahnendes Wort an den lieben Chester, dachte ich. Schwerfällig drehte Chester den Kopf, bis er ungefähr auf der Höhe meiner Schulter war. Es sah beinahe so aus, als wollte er dem Schwarzhaarigen zuzwinkern.
»Chester!« rief der, wieder in dem scharfen Ton wie eben – und dann: »Töte ihn!«
Urplötzlich wurde das eben noch so brave Tier zur Bestie. Chester knurrte wütend, fletschte die Lefzen, bleckte die riesigen Zähne und reckte mir, ehe ich mich wegdrehen konnte, den gewaltigen Hundeschädel vors Gesicht. Ich spürte seinen Atem. Instinktiv versuchte ich, mein Gesicht mit dem rechten

Arm zu schützen, während ich fieberhaft mit der anderen Hand am Türgriff herumfingerte. Chesters Zähne umschlossen bereits meinen rechten Arm, ich brüllte vor Schmerz, und Chester knurrte wie von Sinnen.

Als er mich kurz losließ – freilich nur, um meinen Arm fester packen zu können –, konnte ich mich ein paar Sekunden lang seinem Biß entziehen. Dann machte ich allerdings den unverzeihlichen Fehler, ihn wegstoßen zu wollen, wobei ich den Türgriff loslassen mußte, und so saß ich weiter mit der Bestie in der Falle.

Chester war ein riesengroßes Tier, aber eben nicht so groß wie ein ausgewachsener Mensch, deshalb konnte er sich auf dem Vordersitz des Wagens viel schneller bewegen als ich. Mir wurde klar, daß ich ihm in diesem Käfig auf Rädern nie entkommen konnte. Er stürzte sich erneut auf mich, begrub mich förmlich unter seinen Pfoten und riß sein schreckliches Maul auf. Seine grauenvollen Zähne kamen immer näher an meine Kehle heran.

Ich trat nach ihm, aber das blieb ein unbeholfener, ungenau plazierter Versuch, der nur verhinderte, daß Chesters erster Biß tödlich war, mehr nicht. Ersatzweise erwischte er mein Ohr und riß es mit den Zähnen auf. Als ich vor Schmerz laut brüllte, fing er um so lauter zu knurren an.

Ich konnte ihn noch mal wegstoßen, bekam sogar den Türgriff zu fassen und zerrte wie wild daran. Ich kann nicht beschreiben, wie erleichtert und glücklich ich war, obwohl sich leider gar nichts tat, die Tür ging nicht auf – ich blieb mit der Bestie eingesperrt. Da sah ich, daß der Schwarzhaarige sich von außen gegen die Tür lehnte und sie zudrückte. Seine Miene war unbeschreiblich – voller Vorfreude auf all die Schrecken, die nun kommen mußten. Hätte ich wenigstens einen Augenblick lang mit ihm reden können – ich war sicher, ich hätte ihn zur Vernunft bringen können, er hätte mir nur zuhören müs-

sen! Aber er hörte mir nicht zu, nicht mal das war mir vergönnt.
Chesters Zähne waren nicht seine einzige Waffe, seine Klauen waren so groß wie meine Hände und hatten zudem noch scharfe Krallen. Er hieb mir die Pfote aufs Bein, um sich in Angriffsposition zu bringen. Meine Hose zerriß, Sekunden später spürte ich, wie mir das Blut am Bein herunterlief. Und wieder biß der verdammte Köter zu – diesmal in meinen Arm, wieder floß Blut.
Daß ich blutete, mobilisierte die letzten Reserven in mir. Ich stemmte mich hoch, drückte dabei Chesters Kopf gegen die Wagendecke, konnte mich sekundenlang befreien, rollte mich auf den Rücken und landete auf dem Beifahrersitz. Nun schaffte ich es, nach dem Türgriff zu fassen, nach dem auf der Beifahrerseite, denn die Fahrertür hielt der Schwarzhaarige immer noch zu. Ich konnte die Tür aufstoßen und mich auf den Bürgersteig fallen lassen.
Gerettet war ich damit noch nicht, das wurde mir rasch klar – mit dem Oberkörper lag ich draußen, mit den Beinen noch im Auto. Chester warf den Kopf herum, knurrte schrecklich, brachte sich erneut in Position und wollte mich anspringen.
Nun erwies es sich als Segen, daß ich Chester beim Einsteigen den Gurt angelegt hatte. Das Ding straffte sich um seinen Nacken, würgte ihn und stoppte seinen Sprung. Er zog und zerrte wie verrückt, fletschte die Zähne, wand und drehte sich hin und her und schaffte es schließlich tatsächlich, den Kopf aus dem Gurt zu befreien. Inzwischen hatte ich jedoch Zeit gehabt, mich vollends aus dem Auto zu hieven, und konnte gerade noch – Chester vor der Nase – von außen die Tür zuschlagen.
Doch noch immer war die Gefahr nicht gebannt. Ich sprang – auf einmal stark und behende wie Chester – aufs Autodach

und auf der anderen Seite wieder herunter. Der Schwarzhaarige fuhr wie in Zeitlupe herum und starrte mich völlig entgeistert an – mein Glück, sonst wäre alles zu spät gewesen: Er war nämlich im Begriff, die Fahrertür aufzureißen. Ich versetzte ihm einen kräftigen Stoß mit meinem Kopf und konnte die Tür gerade noch zudrücken, ehe es mir die Beine wegzog. Ich rappelte mich auf, fand in meinem Jackett die Autoschlüssel und schloß die Tür ab, was bei meinem Volvo, dank der Zentralverriegelung, automatisch dazu führt, daß alle vier Türen verschlossen sind.

Als ich mich zu dem Schwarzhaarigen umdrehte, hörte ich die Klinge eines Messers aufspringen. Im nächsten Augenblick hielt er es in Brusthöhe, ich sah die Klinge aufblitzen.

»Na los, mach schon!« forderte ich ihn auf, wieder auf den Beinen und kampfbereit. Er rührte sich nicht. »Aha, du bringst es nicht, wie?« sagte ich. »Du schickst lieber den Hund vor – oder probierst es mit dem Auto, stimmt's?«

Im Grunde war's ein Schuß ins Blaue, denn ich hatte ja den Fahrer, der mich ein paar Tage zuvor beinahe überrollt hätte, nicht gesehen, aber ich glaubte, in seinem Gesicht irgend etwas zu entdecken, was mich auf diesen Verdacht brachte.

Die Straße lag noch immer wie ausgestorben da. Es war eine der Gegenden, in denen die Leute lieber in ihren Häusern bleiben, als ständig Zeugen irgendwelcher Streitereien zu werden. Der Schwarzhaarige und ich starrten uns an, bis Chesters Knurren und Winseln aus dem Wagen mich ablenkte. Jetzt drehte der Hund vollends durch. Glassplitter flogen durch die Luft, als er sich im Fenster festbiß, anschließend schnappte er nach dem Lenkrad, biß in den Sitz – und danach blindlings in alles, was ihm in die Fänge kam. Es sah fast so aus, als könnte er – den Scheiben und den Metalltüren zum Trotz – es doch noch schaffen, sich aus dem Wagen zu befreien und mich umzubringen. Der liebe, freundliche Chester, den ich den ganzen

Abend erlebt hatte, war zu einem blutrünstigen Monster geworden.
Der Schwarzhaarige stand dicht neben mir und schielte nachdenklich auf Chester. Ich ließ ihn nicht aus den Augen und sah zu, daß ich immer einen Schritt näher beim Türgriff stand als er.
»Er wird keine Ruhe geben, bis er meinen Befehl ausgeführt hat«, sagte der Schwarzhaarige und sah aus, als dächte er immer noch fieberhaft nach.
Ich packte ihn am Arm und versuchte, ihn vom Wagen wegzuziehen. Das verdammte Messer fiel mir erst wieder ein, als ich schon mitten hineingegriffen hatte. Es schnitt mir die Handfläche auf, und auch meine Finger kriegten etwas ab – alle fünf, aber mein Adrenalinspiegel war inzwischen so hoch, daß ich es dennoch schaffte, ihm das Messer zu entreißen. Viel Widerstand leistete er nicht mehr. Ich hatte recht gehabt – er brachte es nicht. Aber ich wußte, daß das auf mich genauso zutraf. Demonstrativ zeigte er mir die leeren, unbewaffneten Hände, und ich warf das Messer einfach weg, so weit ich nur konnte. Irgendwo im Dunkeln hörte ich es aufschlagen.
Lange sah ich ihn an – Furcht, Wut und Mitleid wühlten mich in diesen Minuten innerlich auf. »Was für ein vergeudetes Leben«, sagte ich schließlich.
Da hob er mit unsäglicher Würde den Kopf, und – so unglaublich müde und alt er auch eben noch gewirkt hatte – auf einmal waren all die Jahre wie weggewischt. »Nicht viele Männer kommen in so jungen Jahren zu einem solch großen Vermögen«, sagte er mit eigentümlichem Flackern im Blick.
Ich atmete schwer, die Fäuste geballt, immer noch kampfbereit. Der Schwarzhaarige schien dagegen völlig ratlos zu sein. Merkwürdig war nur sein Blick: nicht bösartig, allerdings erst recht nicht freundlich, das bestimmt nicht – und ohne das Lächeln, das er den ganzen Abend gezeigt hatte. Seine Lippen wa-

ren fest zusammengepreßt, die Kinnpartie wirkte entschlossen, man konnte leicht ahnen, was für ein außerordentlich gutaussehender Mann er früher, als er noch in Großvaters Haus gearbeitet hatte, gewesen sein mußte.

»Ich werde jetzt zur Polizei gehen«, sagte ich mit fester Stimme.

Das schien ihn nicht im geringsten zu berühren. »Dort wird man dir kaum glauben«, sagte er und schielte wieder zu Chester hinüber ins Auto.

»Ich werde den Vorfall jedenfalls zu Protokoll geben«, sagte ich. »Und im übrigen, am Samstag, nach der Hochzeitsfeier, ist dein Spiel sowieso verloren, nicht wahr?«

Er nickte traurig, ihm war klar, wie recht ich hatte. Mein Unterbewußtsein mußte die ganze Zeit auf Hochtouren gearbeitet haben. Nachdem ich den Kampf mit Chester überstanden hatte und aus dem Wagen entkommen war, war mir schlagartig alles klargeworden: Warum der Schwarzhaarige mich nie erpreßt, sondern es von Anfang an darauf angelegt hatte, mich zu töten. Mein Tod war seine einzige Chance, doch noch an Großvaters Geld zu kommen, und meine bevorstehende Hochzeit zwang ihn, schnell zu handeln. Und jetzt mußte er einsehen, daß er soeben die letzte Chance verspielt hatte, Großvaters Vermögen, das jetzt meines war, zu seinem zu machen; das Ziel, das er sein Leben lang so verbissen verfolgt hatte. Irgendwie tat er mir leid. Und doch, als er auf mich zukam, wich ich zurück. Er wollte mir aber nur den Arm drücken – seine Art, Zuneigung zu zeigen. Als er mich zurückzucken sah, lächelte er nur und wandte sich ab. Ich bin ihm nie wieder begegnet.

Im Grunde war es Großvater, der mir das Leben gerettet hatte. Sosehr ich die Gesellschaft des Schwarzhaarigen an diesem Abend genossen hatte – je länger wir zusammen waren, von Minute zu Minute mehr –, hatte ich keinen Augenblick lang ein unerklärliches Unbehagen abschütteln können. Dieses ungute Gefühl hatte mich auch dazu veranlaßt, in einem unbeobachteten Moment den Sicherheitsgurt um Chesters Nacken zu legen. Weil ich wieder den Griff von Großvaters toter Hand gespürt hatte – wie eine Botschaft, die mir von den Nerven in meiner Schulter bis ins Gehirn drang: Der Schwarzhaarige will dir weh tun ... Es war derselbe Schmerz, den ich immer gespürt hatte, wenn ich dem Schwarzhaarigen begegnet war. Im nachhinein könnte man sagen, daß dieser Griff und dieser Schmerz für mein Leben – und wahrscheinlich könnten das alle Beteiligten für ihr Leben genauso feststellen – wichtiger waren als die Tatsache, daß der Schwarzhaarige mein Vater ist.

Stan Washburn

Auf Streife keine besonderen Vorkommnisse

Betty und ich arbeiteten gern zusammen. Wir waren ein umwerfendes Gespann: Sie – ein schwarzer Cop, immer tipptopp angezogen und korrekt bis auf die Knochen, ich – ihr männlicher Begleiter, ein eher lässiger Typ.

Bettys Revier wurde an einer Seite von der Universität begrenzt, meines schloß sich an ihres an, und so war es selbstverständlich für uns, daß wir uns bei den täglichen Revierrunden immer mal wieder unter die Arme griffen. Jedes Revier hat seine eigenen Probleme, obwohl der Streifengang sich im Grunde – abgesehen von den wirklich ernsten Einsätzen – lediglich aus vielen kleinen Vorfällen zusammensetzt, hier mal was und da mal was. Meistens kommt man allein zurecht, aber manchmal ist es einfach schöner, mit einem Kollegen zusammenzuarbeiten.

Betty war ziemlich konservativ, auf den ersten Blick schien sie eigentlich nicht die Richtige für ein Revier, in dem es nur so von Studenten wimmelte. Eine sture Paragraphenreiterin konnte man sie eigentlich nicht nennen, aber in ihr vereinten sich alle möglichen Eigenschaften, nach denen man auf einem Campus lange suchen muß: Verläßlichkeit, Ordnungssinn und Selbstbeherrschung, gepaart mit respektheischendem Auftreten.

Betty und ich trafen uns zufällig an einem langen Nachmittag im Frühling an der Grenze unserer Reviere. Sie sagte: »Laß uns ein Stück spazierengehen, Toby«, was im Klartext hieß, daß wir die tägliche Streife entlang der Einkaufsstraße gemeinsam abgehen sollten. Wir parkten den Wagen in der Mitte ihres Reviers, damit wir ihn jederzeit schnell erreichen konnten, falls es einen dringenden Einsatz gab, und schlenderten die Straße hinauf.

Einige Geschäftsleute sehen es nicht gern, wenn Cops in ihren Verkaufsräumen aufkreuzen, aber soweit sich die Ladeninhaber das nicht ausdrücklich verbaten, warf Betty überall einen Blick hinein, sagte hallo und hörte sich interessiert alle Neuigkeiten und Probleme an. Auf den Bürgersteigen drängten sich Leute beim Einkaufsbummel, wir schlängelten uns zwischen ihnen durch. Wir unterhielten uns mit einem Geschäftsmann, der immer wieder Scherereien mit Bettlern hatte, klemmten einen Strafzettel an die Windschutzscheibe eines Wagens, der vor einem Hydranten parkte, und riefen den Abschleppwagen. Dann ertappten wir drei Mädchen im Teenageralter dabei, wie sie, mit Fünfdollarscheinen in der Hand, vor einem Supermarkt herumstanden und Passanten über einundzwanzig anquatschten, sie sollten ihnen Bier kaufen. Wir nahmen ihre Personalien auf und erklärten, daß wir noch im Laufe des Abends ihre Eltern anrufen wollten.

»O Gott«, sagte die eine und verdrehte die Augen. »Meine Mutter rastet total aus.«

»Total«, stimmte die andere zu. »Mein Dad hat gesagt, wenn ich noch mal dabei erwischt werde, krieg ich 'ne Woche Hausarrest.«

»Bitte, rufen Sie nicht an«, wandte sich die Hübscheste von den dreien an mich, indem sie Betty halb den Rücken zuwandte. »Wir dürfen eigentlich gar nicht hier sein.« Sie legte mir einen Finger auf den Arm und schob die Brüste ein wenig vor. »Wir kriegen einen *Heiden*ärger.«

»Verschon mich mit solchen Sprüchen«, sagte ich.

»Du solltest dich wirklich schämen«, sagte Betty und sah die Hübsche eindringlich an.

Als die Mädchen davonstapften, sagte ich: »Bei solchen Sachen komm ich mir unglaublich wichtigtuerisch vor. Hast du nie versucht, Leute zu überreden, daß sie Bier für dich kaufen?«
»Nie«, erwiderte Betty. »Du etwa?«
»Nein. Ich hätt's gern gemacht, aber es war mir einfach zu peinlich«, gab ich zu.
»Ich hätte nicht mal gewagt, daran zu denken«, sagte Betty. »In der Gegend, in der ich aufgewachsen bin, kennt jeder jeden. Die Nachbarn sorgen dafür, daß die Eltern davon erfahren, wenn ihre Kids sich herumtreiben. Ich hab mal mit ein paar Freunden nach der Schule Zigaretten aufgetrieben und bin rauchend durch die Gegend stolziert. Als ich nach Hause kam, mußte mir meine Momma nicht erst sagen, daß jemand angerufen hatte. Ich brauchte nur ihre verspannten Schultern zu sehen, da wußte ich sofort Bescheid. Wenn ihr jemand erzählt hätte, daß ich probiert habe, an Bier zu kommen – oje, da wäre was los gewesen.«
»Na ja, die eine aus der Dreierclique kriegt jetzt 'ne Woche Hausarrest«, wandte ich ein. »Das ist auch nicht gerade ohne.«
»Lächerlich, wenn du mich fragst«, sagte Betty.
Wir hielten einen Radfahrer an, einen von diesen ungepflegten Rowdies. Er war, im Zickzackkurs zwischen vorbeirauschenden Wagen, gegen die Einbahnstraße gefahren. Rücksichtslose Rowdies – sozusagen Berufsradikale – sind für Betty ein rotes Tuch. Ihre radikalen Freunde im College hatten sich als soziale Revolutionäre, aber eben als Hitzköpfe mit Verantwortungsgefühl verstanden. Was in solchen Köpfen vorging, konnte Betty nachvollziehen. Aber junge Weiße, die ihre Gesinnung zur Schau stellen wollen, indem sie aufhören, sich zu waschen, waren Betty ein Greuel. Schließlich verschenkten die Typen Chancen, die viele Menschen in Bettys Bekanntenkreis nie gehabt hatten. Ihrer Meinung nach war das ungefähr so, als wenn jemand aus Geldscheinen Papierschnitzel gemacht hätte.

Betty nahm die Personalien des Radfahrers auf und füllte einen Strafzettel aus. Daraufhin hielt er ihr einen Vortrag über Thoreau – oder war's Trotzki? –, ist ja egal, jedenfalls ging's dabei um den Staat und sein Verhältnis zum Individuum. Sie hörte eine Zeitlang zu, dann sagte sie: »Ich versuche, mein Revier sauberzuhalten. Übrigens ist es ziemlich unhöflich, gegen den Verkehrsstrom zu fahren.«
»Was ist los?« fragte der Radfahrer. Da erklärte er ihr nun in großen Zusammenhängen die Grundregeln unserer Zivilisation, und sie fing von Höflichkeit an.
»Sie sollten mal darüber nachdenken«, sagte Betty, ohne von ihrem Schreibblock aufzusehen.
»Wollen Sie damit sagen, daß Sir mir tatsächlich wegen nix und wieder nix einen Strafzettel ausschreiben?« wollte er wissen.
»Wegen nichts ganz bestimmt nicht«, erklärte sie. »Sie bekommen den Strafzettel, weil Sie gegen die Einbahnstraße gefahren sind. Sie hätten einen schweren Unfall verursachen können. Unterschreiben Sie hier.«
Er stellte sich stur. »Können Sie wirklich nichts Besseres mit Ihrer Zeit anfangen?«
»Im Moment ist es das Beste, was ich tun kann«, antwortete sie. »Aber wenn Sie schon so besorgt um meine Zeit sind – warum unterschreiben Sie dann nicht einfach das Protokoll und sehen zu, daß Sie weiterkommen? Dann kann ich mich um wichtigere Dinge kümmern.«
Also, ich selbst war zwar nie ein Radikaler gewesen, aber ich kannte ein paar. Einige von ihnen gaben sich wirklich Mühe, nach ihren Prinzipien (was immer sie darunter verstanden) zu leben. Nicht gerade angenehme Leute, häufig neigen sie dazu, Prinzipien mit Bequemlichkeit zu verwechseln, zum Beispiel, indem sie verkehrswidriges Verhalten für einen revolutionären Akt halten. Meistens sind sie aber erheblich angenehmere Zeitgenossen als die Jungs und Mädchen aus den Burschen-

oder Schwesternschaften, die zwar klare Vorstellungen haben, dabei jedoch viel eigenwilliger sind, viel gedankenloser und absolut nicht amüsant. Mehr als einmal hab ich versucht, Betty meine Meinung darüber darzulegen, aber sie wollte sie nicht hören.

Nachdem wir unsere Runde gedreht hatten, wollte Betty noch etwas anderes erledigen – wie's schien, züchteten ein paar Kids in einem Studentenwohnheim Marihuana. Wir fuhren also dorthin, stellten unseren Streifenwagen auf der gegenüberliegenden Seite ab, so daß jeder ihn sehen konnte, und nahmen das Haus erst mal vom Bürgersteig aus in Augenschein.

»Ich will keines von den Kids verhaften«, erklärte mir Betty. »Das sind alles nur kleine Fische. Die züchten die Pflanzen für den eigenen Gebrauch, verscherbeln wollen sie das Kraut nicht. Trotzdem, es ist gesetzwidrig, und wir müssen ein bißchen Flagge zeigen.« Damit wollte sie zweierlei zum Ausdruck bringen: Erstens, daß es lediglich fair war, die Kids zu warnen, denn jeder andere Cop, der die Pflanzen entdeckte, konnte die Jungs und Mädchen festnehmen (und es gab sicher ein paar, die da keine Skrupel gehabt hätten), und zweitens, daß es zu unseren Aufgaben gehörte, die Leute dazu zu bringen, sich nicht rechtswidrig zu verhalten, sondern das Gesetz zu achten.

»Guck mal da«, sagte sie, »und dort.«

Sie hatte tatsächlich recht. Auf den Fensterbrettern und Feuerleitern standen Blumentöpfe mit zarten jungen Marihuanapflanzen.

»Auf der anderen Seite vom Haus gibt's noch mehr«, erklärte sie. Also gingen wir ein Stück weiter zu einer Stelle, von der aus wir die Einfahrt zum Hinterhof des Wohnheims überblicken konnten, machten uns Notizen und zählten – von der Ecke des Gebäudes ausgehend – die Fenster ab, in denen

Grünzeug herumstand, das wir von Rechts wegen einfach nicht dulden konnten. Niemand schenkte uns auch nur die geringste Beachtung.
Auf der Vorderseite des Hauses, im mittleren Fenster, standen zwei Pflanzen, und als wir die Straße überquerten, entdeckten wir hinter der Scheibe eine junge Frau, die am Schreibtisch saß.
Sie sah kurz auf und registrierte, daß wir aufs Haus zukamen. Durch die gezackten Lücken im illegalen Blätterwerk trafen sich unsere Blicke, aber das Mädchen schien keinen Zusammenhang zwischen Marihuana, Cops und möglichen Problemen zu sehen.
»Das Mädchen handelt gedankenlos«, sagte Betty, während wir durch den Haupteingang eintraten. »Ehrlich, diese Kids sind mir immer wieder ein Rätsel.«
Wir fanden schnell heraus, wie's hinauf in den zweiten Stock ging, und klopften an die Tür, die zur selben Wohnung gehören mußte wie das mittlere Fenster der Hausfront. Die junge Frau machte uns auf, hinter ihr zeichneten sich, für jeden sichtbar, die Pflanzen ab. Sie war anscheinend ein wenig überrascht, uns vor ihrer Tür aufkreuzen zu sehen, schien sich aber überhaupt keine Sorgen zu machen.
»Hi«, sagte sie.
»Hi«, erwiderte Betty den Gruß. »Wir sind hier vorbeigefahren und haben dabei zufällig entdeckt, daß Sie Marihuanapflanzen züchten. Auf dem Fensterbrett, in Töpfen.«
Das Mädchen wirbelte herum, Panik im Blick. Eine Schrecksekunde, in der ihr das ganze Ausmaß ihres törichten Tuns bewußt wurde. Zum erstenmal sah ich, wie jemandem tatsächlich das Blut aus dem Gesicht wich. Sie knickte fast in den Knien ein, was ich irgendwie komisch fand, weil ich ja wußte, daß sie nichts zu befürchten hatte.
»Ich bin aber sicher«, sagte Betty schnell, bevor das Mädchen

irgendeine Äußerung machen konnte, »daß die Pflanzen nicht Ihnen gehören, oder?«

Das Mädchen würgte und sah Betty geradewegs in die Augen. Manchmal platzen pottehrliche Menschen einfach mit der Wahrheit heraus, es ist wie ein Reflex. Ärgerlich, wenn man nur ein bißchen für Recht und Ordnung sorgen und weiter nichts unternehmen will. »Stimmt doch? Das sind nicht Ihre, oder?« Betty wollte sie unbedingt vor einer Dummheit bewahren.

Die junge Frau schüttelte ein paarmal den Kopf.

»Hab ich mir gedacht. Dürfen wir reinkommen?« fragte Betty, ging an der jungen Frau vorbei ins Zimmer und sah sich die Pflanzen genau an. »Sie machen den Eindruck einer gesetzestreuen Bürgerin, und der Besitz von Marihuana ist nun mal ein ernstes Vergehen.«

Einige Studenten hatten beobachtet, daß wir die Treppen hinaufgegangen waren, und so hatten sich inzwischen ein paar Hausbewohner im Flur zusammengefunden und standen dicht gedrängt an der Zimmertür. Damit sie mich auch deutlich hören konnten, wandte ich mich mit erhobener Stimme an das Mädchen.

»Sie sollten eigentlich wissen, daß der Besitz von Marihuana in diesem Staat ein Vergehen ist. Eine Gesetzesübertretung, die mit Gefängnis nicht unter einem Jahr bestraft werden kann.«

Das arme Kind sah aus wie kurz vor einem Herzinfarkt.

»Aber ich sag Ihnen was«, erklärte nun Betty. »Das sind ja nicht Ihre Pflanzen, und wir haben auch keine Möglichkeit, den Besitzer herauszufinden, also bringen Sie das Grünzeug am besten einfach zu den Waschräumen am Ende des Flurs und spülen es runter. Das erspart mir jede Menge Papierkram.« Sie deutete mit dem Kinn auf die Pflanzen und lächelte der jungen Frau aufmunternd zu.

Es dauerte ein paar Sekunden, bis das Mädchen den Wink verstand. Dann nahm sie die Pflanzen und ging – gefolgt von Betty, mir und dem kleinen, aber ständig wachsenden Pulk von Mitbewohnern – den Flur hinunter zur Toilette. Während sie die Pflanzen aus dem Topf riß und hinunterspülte, sagte ich, so daß jeder es deutlich hören konnte: »Ja, genau das sollten alle mit diesem Zeug machen.« (FLUSCH!) »Der Besitz von Marihuana ist gesetzeswidrig.« (FLUSCH!) »Und, wie gesagt, mit Staatsgefängnis nicht unter einem Jahr bedroht.« (FLUSCH!)

Einige lösten sich möglichst unauffällig aus der Gruppe, die im Gang herumstand, und hasteten los. Schon bald war unmittelbar über uns und weiter entfernt im Gebäude gedämpftes Rauschen zu vernehmen (FLUSCH! FLUSCH! FLUSCH!), und ich fing an zu überlegen, ob die Abflußrohre auf diese starke, nicht unbedingt bestimmungsgemäße Beanspruchung womöglich mit Verstopfung reagierten.

Die Pflanze der jungen Lady war hinuntergespült. Betty bedankte sich bei dem Mädchen für die bereitwillige Mitarbeit. »Wollen mal überprüfen, wie's mit den anderen Pflanzen aussieht«, sagte sie zu mir gewandt – aber laut genug, daß es jeder, den es etwas anging, hören konnte. »Ich glaube, die nächste war hier drüben.« (FLUSCH! FLUSCH!)

Wir schlenderten den Flur hinunter, gefolgt von einem in eisiges Schweigen gehüllten Pulk von Mitbewohnern, und kamen bei der nächsten Tür an. Zwei Frauen öffneten uns. Die eine machte einen freundlichen, aufgeschlossenen Eindruck, die andere dagegen sah uns feindselig an und schwieg verbissen. Die Pflanzen waren verschwunden, wir gingen weiter.

Der Pulk von Hausbewohnern, ungefähr ein Dutzend, wich nicht von unserer Seite. Manche kamen hinter uns her, andere spielten Vorhut und huschten voraus. Ab und zu stahl sich einer von ihnen davon. Studenten aus den Zimmern, die wir bereits überprüft hatten, schlossen sich dem Marsch durch die

Flure an. Keiner wechselte ein Wort mit uns, manchmal tuschelten sie untereinander, aber die meiste Zeit über herrschte Grabesstille.

An der nächsten Tür öffnete uns ein junger Mann. Seine Wangen glühten wie rote Bete, der Mund war zu einem Grinsen verzerrt. Unwillkürlich wanderte sein Blick zwischen uns und dem Fensterbrett hin und her, der Sims war leer. Als ihm klar wurde, daß die Blicke ihn verraten hatten, hob er hilflos die Augenbrauen – irgendwie drollig. Der Junge gefiel mir. Kein langes Geschwafel, er versuchte gar nicht erst, die beleidigte Leberwurst zu spielen. Wieder leierten wir unseren Spruch herunter. Er hörte zu, ohne ein Wort zu sagen, nickte, immer noch feuerrot und grinsend, und drückte, als wir weitergingen, schweigend die Tür hinter uns zu.

Überall gähnende Leere, wo vorher Pflanzen gestanden hatten. Und einer von uns beiden stellte jedesmal fest: »Das ist gut so, denn der Besitz von Marihuana gilt in diesem Staat als Vergehen, das mit Gefängnis nicht unter einem Jahr bestraft werden kann.«

Die Sache lief glatt, bis wir unseren Rundgang durchs Gebäude fast beendet hatten und vor der letzten Tür auf unserer Liste ankamen.

Das Zimmer, das noch übriggeblieben war, lag nach vorn hinaus. Von außen hatten wir im Fenster eine kleine Pflanze gesehen. Betty klopfte an, jemand öffnete, ließ aber die Kette eingehakt. Im Türspalt tauchte ein junger Mann mit dichtem Bart auf – ein Typ, der irgendwie mottenzerfressen wirkte. Seine Augen funkelten uns argwöhnisch an. Hinter ihm stand ein Mädchen mit unglaublich hellgrünen Augen und ängstlichem Blick.

»Haut ab«, sagte der junge Mann und ließ die Tür wieder ins Schloß fallen.

Die Hausbewohner, die im Flur herumstanden, wurden unru-

hig. Einer kicherte, verstummte aber sofort, als sein Nebenmann ihm einen Rippenstoß verpaßte.
Zwei ungepflegte Rowdies an einem Tag. Irgendwie ungerecht.
Betty seufzte und klopfte noch mal an die Tür.
Drin rührte sich nichts. Betty sagte, ohne die Stimme zu erheben: »Bitte, machen Sie auf.«
Abrupt wurde die Tür aufgerissen, immer noch hing die Kette davor. Der ungepflegte junge Mann schaute vorsichtig durch den Spalt.
»Mir macht's auch keinen besonderen Spaß, mich mit Ihnen zu unterhalten, Freundchen«, sagte Betty. »Aber wir haben auf Ihrem Fensterbrett ...«
»Kommen Sie mir nicht auf die Tour«, sagte der bärtige Typ. »Ich bin nicht Ihr Freundchen.«
Betty und ich sahen uns an. Du meine Güte. Bis jetzt war alles so glatt gelaufen, aber auf einmal kippte die Stimmung um. Die Blicke der Mitbewohner wanderten zwischen Betty und mir hin und her. Jetzt half nur noch lässiges Auftreten. Ich lehnte mich an die gegenüberliegende Wand – was ich in Uniform normalerweise nie getan hätte – und zupfte an einer überstehenden Ecke meines Fingernagels herum. Wäre es nach mir gegangen, hätte ich mir den Jungen lieber persönlich vorgeknöpft – Typen wie er können mich nicht aus der Ruhe bringen –, und wenn Betty geahnt hätte, was anschließend passierte, hätte sie vielleicht von sich aus gesagt: »Okay, der Junge gehört dir.« Aber das hier war ihr Revier, und solange sie mir nicht irgendeine Aufgabe übertrug – wofür es inzwischen schon zu spät war –, mußte sie selbst mit den Problemen fertig werden.
Also sagte sie: »Wir haben Marihuana in Ihrem Fenster entdeckt, und wir möchten, daß die Pflanze da verschwindet. Sobald das passiert ist, gehen wir wieder.«
»Bevor Sie mir nicht Ihren Durchsuchungsbefehl zeigen, ha-

ben Sie überhaupt kein Recht, hier reinzukommen«, erwiderte der ungewaschene Typ patzig.

Betty seufzte. »Jetzt hören Sie mal gut zu«, sagte sie, »natürlich haben Sie mit dem Durchsuchungsbefehl völlig recht, ohne den Wisch dürfen wir nicht in Ihr Zimmer, es sei denn, Sie geben uns die Erlaubnis dazu. Sie lassen uns rein, die Pflanze verschwindet, und damit hat sich's. Falls ich mir aber erst die Mühe machen muß, einen Durchsuchungsbefehl zu besorgen, werd ich auch Gebrauch davon machen, kapiert? Wenn Sie bereit sind, uns entgegenzukommen, gibt's keinerlei Probleme. Wenn nicht, seh ich keinen Grund, besonders nett zu Ihnen zu sein. Wenn Sie verlangen, daß ich mir einen Durchsuchungsbefehl besorge, wandern Sie anschließend ins Gefängnis. Waren Sie schon mal im Gefängnis? Ich glaub nicht, daß es Ihnen da gefällt.«

Er starrte sie an.

»Ich hab nicht den ganzen Tag Zeit«, sagte Betty. »Wenn ich mir unbedingt noch heute nachmittag einen Durchsuchungsbefehl besorgen muß, mach ich mich lieber gleich auf die Socken. Also, sagen Sie jetzt, wie Sie's gern hätten.«

Das Mädchen mit den hellgrünen Augen drängte sich vor. Die Tür wurde zugedrückt, die Kette klapperte, die Tür ging wieder auf. Das Mädchen trat einen Schritt beiseite, wir konnten endlich eintreten.

Die Pflanze stand auf dem Fensterbrett.

»Also schön«, sagte Betty zu dem ungepflegten jungen Mann, »bringen wir's hinter uns.«

»Den Teufel werd ich tun«, sagte er und kniff die Lippen zusammen. »Sie können nicht beweisen, daß ich irgendwas mit der Pflanze zu tun habe. Das Ganze ist nämlich bloß ein Trick. Sobald ich die Pflanze in die Hand nehme, verhaften Sie mich wegen Drogenbesitz. Na los – nehmen Sie sie doch selber. Von mir aus können Sie das Zeug auch gleich rauchen. So macht ihr Cops das doch immer: klaut euch euren Stoff einfach zusammen. Bitte, tun Sie sich keinen Zwang an, stecken Sie sich's ruhig ein.« Er sah Betty angewidert an. *»Den da«,* dabei schob er die Schulter in meine Richtung, *»den da* kann ich ja verstehen. Aber Sie machen gemeinsame Sache mit den Unterdrückern, obwohl Sie selbst zu den Unterdrückten gehören ...«

»Ach, wissen Sie, Toby ist eigentlich kein übler Kerl, wenn man ihn erst mal näher kennt«, sagte Betty. »Er neigt nicht dazu, andere zu unterdrücken.« Ich lächelte freundlich. Auch Betty lächelte, aber ihre Lippen waren ein Strich. Wer Betty wie eine Art weiblichen Onkel Tom behandelt, wagt sich auf dünnes Eis. Das kann sie überhaupt nicht leiden.

»Witzig!« sagte er. »Echt witzig! Sie sind hier nur mit einem faulen Trick reingekommen, das war illegal! Sie ...«, sein Blick wanderte zu dem Mädchen, »... wohnt nicht hier. Also darf sie Sie gar nicht reinlassen. Sie halten sich unberechtigt hier auf. Gut, das ist nun mal passiert. Aber wenn Sie jetzt auch noch behaupten wollen, hier gäb's irgendwo was Illegales, dann nehmen Sie's doch einfach und sehen zu, daß Sie rauskommen.«

Die Hausbewohner, die im Flur standen, grinsten nervös. Ich war mir nicht sicher, ob das Geschwätz des Jungen in ihren Augen aufregend oder nur lächerlich wirkte. Ich stand ganz in der Nähe des Fensters und sah, daß sich unten auf der Straße auch ein paar Leute zusammengefunden hatten und heraufstarrten. Das Fenster stand weit offen. Wahrscheinlich konnten sie jedes Wort verstehen.

»Sie haben mir wohl nicht zugehört«, sagte Betty. Ihr ohnehin verkniffenes Lächeln verschwand vollends. »Ich hab gesagt, daß *Sie* diese Pflanze hinunterspülen sollen. Nicht Toby und nicht ich, sondern Sie.«

»Nein«, sagte er.

Das Mädchen mit den hellgrünen Augen machte einen Schritt

auf die Pflanze zu, aber als ihr Freund die Hand hob, blieb sie eingeschüchtert stehen und sah ihn ängstlich an.
»Ich werd's nicht tun«, sagte er.
Einen Moment lang hatte ich den Eindruck, daß Betty sich innerlich bereits die Stichworte für einen kleinen Vortrag über die Gesetze über Hausdurchsuchungen und Beschlagnahmen zurechtlegte, aber der Typ kam ihr zuvor.
»Die ganze Art, wie Sie hier eingedrungen sind, ist unrechtmäßig«, sagte er. »Sie haben kein Recht, von mir irgendwas zu verlangen. Sie können nicht beweisen, daß die Pflanze mir gehört, und Sie dürfen mich nicht zwingen, sie zu vernichten.«
Bettys Wangenmuskeln strafften sich. »Also gut, Mister Klugscheißer ...«
»Ich bin kein dummer Junge mehr. Reden Sie mich gefälligst mir Sir an.«
»Schön, Mister Klugscheißer, dann machen wir jetzt mal Nägel mit Köpfen. Sie haben die Wahl. Entweder verhafte ich Sie, weil Sie im Besitz dieser Pflanze sind, Sie bestreiten das vor Gericht, und dann sehen wir, wer recht bekommt. Oder aber Sie bedanken sich bei mir, daß ich Ihnen noch eine Chance gebe, spülen die Pflanze runter, und jeder von uns geht wieder seiner Wege. Entscheiden Sie sich – und zwar jetzt gleich. Sie haben meine Zeit lange genug in Anspruch genommen. Wir haben da draußen noch wichtigere Dinge zu erledigen, und Sie halten mich davon ab. Ich geb Ihnen eine Minute. Wenn die Pflanze nicht in einer Minute verschwunden ist, sind Sie festgenommen.« Sie warf einen kurzen Blick auf die Uhr, automatisch sah ich auf meine.
Der ungepflegte Typ starrte Betty an.
Das Mädchen mit den hellgrünen Augen starrte ihn an.
In der Tür drängten sich die Hausbewohner, ihre Blicke wanderten zwischen dem jungen Mann und dem Mädchen hin und her.

»Na schön«, sagte er schließlich und sah sie verächtlich an. »Na schön, ich spül sie runter. Ich hab nicht soviel Geld, daß ich's mir leisten kann, meine Rechte durchzusetzen.« Er schob sich näher an sie heran und redete sich, während er mit erhobenem Finger wild gestikulierte, regelrecht in Wut. Ein Speicheltropfen blieb an den spitzen Enden seines wuchernden Schnurrbarts hängen, er funkelte wie ein zitterndes Kristallkörnchen. »Aber Sie sollen wissen – jeder, der mich hören kann, soll wissen –, daß das nichts mit Recht zu tun hat. Das ist schlichtweg Nötigung. Sie sind in meine Privatsphäre eingedrungen, illegal und rücksichtslos. Und jetzt zwingen Sie mich, zwischen meinen Rechten als Bürger und der Freiheit zu wählen.«

Er tänzelte hin und her und fuchtelte unmittelbar vor Bettys Nase mit dem Finger herum.

»Tja, für mich stellt sich die Situation etwas anders dar«, sagte Betty. »Aber wenn Sie's unbedingt so sehen wollen und auf Ihrer Meinung bestehen, dann tun Sie, was Sie für richtig halten.« Weder ihr Gesichtsausdruck noch ihre Haltung hatten sich verändert, nur ihre linke Hand schob sich zum Griff des langen Schlagstocks. Sie schloß die Finger um den Knüppel und hob ihn leicht an. Nur so weit, daß er auf seinen Solarplexus zeigte. Man muß nicht ausholen, um mit dem Stock zuschlagen zu können, es genügt, vom Gürtelriemen aus zuzustoßen. Der junge Mann wußte vermutlich nicht, daß sie ihre Waffe nur nach vorne schnellen lassen mußte, aber er begriff, daß sie die Situation unter Kontrolle hatte. Bettys kleine Handbewegung genügte, er wich tänzelnd zurück, bis er außer Reichweite war.

Mit hüpfenden Schritten war er wieder am Fensterbrett angelangt, nahm den Topf, richtete, um Betty nicht ansehen zu müssen, den Blick starr auf den Flur und ging zur Tür.

Betty stellte sich ihm in den Weg.

»Ä-ä«, machte sie.
Er blieb wie versteinert stehen, leicht vorgebeugt, den Topf immer noch in den Händen, den Blick – wie gesagt, er wollte ihr nicht in die Augen sehen – weiter auf ihre Füße gerichtet.
»Ich hab gesagt, Sie sollen sich bedanken, daß ich Ihnen eine Chance gegeben habe, und *dann* die Pflanze runterspülen.«
Ungläubig riß er den Kopf hoch, und nun sah er ihr doch in die Augen. Sein Kiefer klappte herunter, das Speicheltröpfchen glitzerte, seine Hände bebten, daß sich die zarten Stengel und die gefiederten Blätter der Pflanze so bewegten, als wäre urplötzlich heftiger Wind aufgekommen. Das Mädchen mit den hellgrünen Augen schien auf das Schlimmste gefaßt und machte einen Schritt nach vorn. Betty rührte sich nicht von der Stelle, sie wartete nur ab.
»Das haben Sie von den anderen auch nicht verlangt«, keuchte der Bärtige.
»Ja, aber die haben mir auch nicht soviel Scherereien gemacht«, erwiderte Betty. Während er noch an dem Satz herumkaute, wiederholte sie: »Ich hab nicht den ganzen Tag Zeit.«
Ein paar Sekunden lang tat sich nichts, beide fixierten sich stumm. Dann warf er einen raschen Blick zur Tür. An einer Seite von ihr glaubte er eine Lücke auszumachen. Er senkte den Kopf und raste los. Betty verstellte ihm den Weg, den linken Fuß ein Stück vorgeschoben, die Hand am Knüppel, bereit, ihn jederzeit zurückzustoßen oder auf ihn einzuschlagen.
»O nein«, sagte sie.
Er blieb wie angewurzelt stehen.
Knapp dreißig Zentimeter lagen zwischen ihnen. Betty sagte: »Ich möchte jetzt von Ihnen hören: ›Danke, Officer, daß Sie mir noch mal eine Chance geben.‹ Dann gehen wir gemeinsam los, und Toby und ich sehen zu, wie Sie die Pflanze runterspülen.«
Der Junge war tiefrot angelaufen. Ich hatte das Gefühl, daß er

jeden Moment explodierte. Aber nichts dergleichen passierte. Sein Blick war auf einen Punkt in weiter Ferne gerichtet – vermutlich auf den langen Weg, den das gemeine Volk noch zurücklegen mußte, bis es seine Rechte erkämpft hatte.
Dann machte er kehrt, ging bedächtig zum Fenster zurück und stellte die Pflanze vorsichtig auf den Sims – genau dahin, wo sie vorher gestanden hatte. Er wandte sich wieder Betty zu und sagte: »Verpiß dich.«
Ihre Miene blieb unbewegt. Ich hätte nicht sagen können, ob sie erreicht hatte, was sie wollte. Die Zuschauer standen wie festgenagelt vor der Tür. Das Mädchen mit den hellgrünen Augen hob die Hand ein wenig, wie zum Protest, ließ sie aber schnell wieder sinken.
»Ich hab's Ihnen schon mal gesagt: Ich hab nicht den ganzen Tag Zeit«, wiederholte Betty.
»Verpiß dich.« Das klang jetzt schon aggressiver, allmählich schien er sich wieder in Wut zu reden. Wenn sich das Wortgefecht in die Länge zog, verlor er vermutlich die Selbstbeherrschung. Ich ging davon aus, daß es eine kurze, kleine Rauferei geben und er geradewegs ins Gefängnis marschieren würde.
»Überlegen Sie sich's noch mal«, sagte Betty.
»Verpiß dich, verpiß dich, verpiß dich!« fauchte er sie an, laut und gehässig. Ich drehte mich zur Seite und verlagerte das Gewicht so, daß wir ihn, sobald es zu einem Handgemenge kam, in die Ecke drängen und schnell überwältigen konnten, ohne ihn zu verletzen. Die Sache wäre blitzschnell über die Bühne gegangen.
Das Mädchen mit den hellgrünen Augen verfolgte meine Bewegung und begriff, was jeden Moment passieren konnte. Sie machte drei Schritte in Richtung Marihuanapflanze, hielt den Topf mit ausgestreckten Armen aus dem Fenster, drehte sich zu Betty um und sagte: »Bitte, verhaften Sie mich nicht.«
Ich ging zum Fenster. Unten sah man wogende lange Haare

und T-Shirts, und da war der Topf auch schon verschwunden. Ich fing Bettys Blick auf und schüttelte den Kopf. Bisher hatte sie das Mädchen mit den hellgrünen Augen angesehen, jetzt wanderte ihr Blick zu dem ungepflegten jungen Mann. Auch sie schüttelte den Kopf und sagte: »Ich glaube, bei Ihnen muß irgendwie mehr dahinterstecken.«
Nicht mal ein Flüstern war zu hören, weder hier drin im Zimmer noch draußen auf dem Flur. Die Gaffer wichen stumm zurück, um uns durchzulassen. Niemand folgte uns, als wir die Treppenstufen hinuntergingen. Etwa ein Dutzend Studenten stand auf dem Bürgersteig herum, genau da, wo vor kurzem der Topf zerschellt war. Als wir an ihnen vorbeigingen, schnaubte jemand verächtlich, einer kicherte, bekam aber sofort einen Stoß von seinem Nebenmann. Wir hatten die Straße bis zur Hälfte überquert, da posaunte der ungekämmte junge Mann aus dem Fenster im zweiten Stock:
»Wir sind das Volk, ihr kriegt uns nicht klein!«
Er lehnte sich aus dem Fenster und schüttelte drohend die Faust. Hinter ihm waren noch andere zu sehen. Unmittelbar neben ihm stand das Mädchen mit den hellgrünen Augen und sah ihn, eine Hand auf seinen Arm gestützt, verklärt an. Sie wirkte ängstlich und zugleich kämpferisch entschlossen.
Fast in jedem Fenster drängten sich jetzt junge Leute. Drei oder vier von ihnen fingen an, die Parole des Bärtigen nachzugrölen.
»Wir sind das Volk, ihr kriegt uns nicht klein! Wir sind das Volk, ihr kriegt uns nicht klein!«
Der Sprechgesang hielt nicht lange an. Nach ein paar Wiederholungen hörte er sich immer unsicherer an, und zu guter Letzt verstummte der Chor. Der Ungepflegte schlug das Fenster zu und verschwand wieder im Zimmer. Bald waren keine Gesichter mehr in den Fenstern zu sehen. Die Leute auf dem Bürgersteig liefen auseinander und verschwanden, während

wir unseren Wagen aufschlossen, nach und nach wieder im Haus.
»Ich finde, die Leute sagen viel zu selten danke, hast du das auch schon gemerkt?« wollte Betty von mir wissen. »Wir sind doch wirklich nett und vernünftig und ersparen den Kids eine Menge Ärger. Aber alles, was wir uns damit einhandeln, ist ein verächtliches Schnauben. Die Kids denken wirklich keine Sekunde nach.« Lediglich eine Feststellung, zornig schien sie nicht zu sein, und sie war mit Sicherheit auch nicht sonderlich überrascht von dem, was wir gerade erlebt hatten. Im Gegenteil, sie schien den Vorfall sogar aufrichtig zu bedauern. »Weißt du«, sagte sie, »wenn ich den Kids einen Gefallen tun will, schreib ich wohl am besten an ihre Mütter.«

Dear Mrs. Soundso,
ich bedaure, Ihnen mitteilen zu müssen, daß sich Ihr Sohn/Ihre Tochter bei unserer letzten Marihuana-Razzia in seinem/ihrem Wohnhaus gedankenlos und unverschämt benommen hat. Er/sie hat sich eines Vergehens schuldig gemacht, das mit Gefängnis nicht unter einem Jahr bedroht ist. Ich nehme an, daß Sie sich gern mit ihm/ihr darüber unterhalten und sodann über weitere Schritte entscheiden wollen.
Wie bereits erwähnt, schreibe ich Ihnen diese Zeilen nicht gern, aber ich bin sicher, daß Sie als Mutter daran interessiert sind, über derartige Ereignisse in Kenntnis gesetzt zu werden.
Mit freundlichen Grüßen
Officer B. Moore

Valerie Frankel

Letzter Lippendienst

Richterin Bloomfield las dem beinahe kahlköpfigen Dicken, als er sich ächzend in den Zeugenstand gezwängt hatte, den üblichen Text vor, und dann konnte die Beweiserhebung zur Täter-Opfer-Beziehung beginnen. Es ging darum, den Hinterbliebenen Gelegenheit zu geben, aus ihrer Sicht zu schildern, was ich ihnen angetan und wie gründlich ich ihr Leben ruiniert hatte.

Der Zeuge war Matties Mann, das heißt, jetzt war er ihr Witwer. Ein Fettkloß mit der sexuellen Ausstrahlung eines matschig gewordenen Schinkensandwichs (nicht meine, sondern Matties Formulierung). Rosiges, wie eine Speckschwarte glänzendes Gesicht, kleine, schwarze Äugelchen, die aussahen wie Schlitze in einem glasierten runden Pfefferkuchen. Ich malte mir aus, wie er sich hüpfend und pumpend auf ihr abgerackert und wie ein Schweinchen gequiekt hatte, wenn's ihm kam. Um sich dann von Matties aerobic-gestählten Hüften zu wälzen und wohlig grunzend zu verkünden: »Jetzt wär mir nach einem Käseomelett zumute.«

Mattie hatte mir erzählt, daß er nach dem, was er unter Sex verstand, jedesmal ein Frühstück haben wollte, ganz egal, ob es morgens, nachmittags oder nachts war. Und es mußte etwas Warmes sein, irgendwas mit Ketchup oder Sirup. Um Himmels willen keine Körner. Mattie hatte mir die Szene genau beschrieben. Porky lag nackt im Bett, sein Prachtstück war wieder so schlaff und weich wie vorher, und wenn sie mit Müsli ankam, klappte ihm der Unterkiefer runter. Sie blieb dann mit dem Tablett in den Händen am Fußende des Bettes stehen, kam sich zwar wie ein Dienstmädchen vor, dachte aber, das gehöre sich so für eine unterwürfige Ehefrau. Meine Frage, warum sie nicht irgendwann mal aufgemuckt habe, hat sie nie beantwortet. Nun, ich habe mir selber eine Theorie zurechtgelegt. In dreißig Ehejahren hatte Porky es geschafft, daß sie sich tatsächlich so unnütz und wertlos vorkam, wie er's ihr unablässig einredete. Gäbe es auf dieser Welt auch nur einen Funken Gerechtigkeit, dann müßte ich dort vorn sitzen und über den Dicken den Stab brechen.

Aber nein – es lief genau andersherum. Nach allem, was ich bis jetzt gesehen und gehört hatte, weinte keiner dieser trauernden Witwer seiner Frau auch nur eine Träne nach, nachdem sie sich mit Hilfe meiner Wenigkeit in so etwas wie höhere Energie verwandelt hatte. Im Gegenteil, wenn man den Zeitungen glauben durfte, hatten zwei Witwer die Rechte an ihrer Story bereits an Fernsehsender verkauft. Für mich stand es außer Frage – und genauso mußte es eigentlich jedem im Zuschauerraum gehen –, daß diese ach so gebrochenen Exgatten mir, statt mich ins Gefängnis zu schicken, im Grunde Dank schuldeten. Schließlich hatte ich ihre Frauen glücklich gemacht, mindestens das hätten sie mir hoch anrechnen müssen. Einen Anwalt hatte ich mir nicht genommen, ich zog es vor, mich selbst zu verteidigen. Meine Schuld war eindeutig bewiesen. Meine Methode war abartig gewesen, und Reue hatte ich auch nicht erkennen lassen. Also war abzusehen, daß ich lebenslänglich hinter Gitter wanderte. Und wenn das so war, sah ich keinen Sinn darin, meine Ersparnisse irgendeinem Anwalt in den Rachen zu schmeißen. Zumal ich die dringend für Bestechungsgelder im Knast brauchte. Ich halte mir was darauf zugute, stets vorsorglich an morgen zu denken.

Derweilen schwadronierte Porky weinerlich drauflos: »Matilda wollte immer aus der Vorstadt wegziehen.« Verhaltenes Gemurmel auf der Pressebank. Ich bin ein glühender Verehrer der Presse. Natürlich, die Zeitungen saugen sich die unglaublichsten Dinge über mich aus den Fingern. Als wären die Reporter nicht erst gestern mit jeder Menge Grapefruitsaft bei mir angetanzt, um was aus mir rauszulocken. Bei mir bekam jeder ein Interview, vorausgesetzt, er brachte mir frischgepreßten Fruchtsaft mit. Ich hatte dafür gesorgt, daß sich das herumsprach. Unter dem Aspekt der Versorgung mit Vitaminen ist unser Untersuchungsgefängnis in Short Hills in New Jersey nämlich ein totaler Griff ins Klo. Das muß man sich mal vorstellen: monatelang ohne Obst und Gemüse eingesperrt zu sein! Als ob der Mensch nur von Salami und Weißbrot leben könnte.

Gail Peters war meine Lieblingsreporterin. Sie arbeitete für den *Star Ledger,* und sie war's auch gewesen, die mir meinen *nom de crime* angehängt hatte. Wenn wir uns unterhielten, redete sie mich natürlich mit dem richtigen Namen an. Als ich heute morgen in den Gerichtssaal gekommen bin, hat sie mich gefragt: »Hallo, Reggie, heute schon was Schönes zu lecken gehabt?« Ach Gott, haben wir gelacht. Ist ja auch zum Brüllen komisch. Allerdings, wenn sie mich nach Newark verfrachten, wird mir das Lachen vergehen. Mein Leben als Mann ist in der Sekunde, in der sich die Gefängnistore hinter mir schließen, zu Ende. Ich kann mir schon denken, was die Kerle, die wegen Vergewaltigung und Mord dort sitzen, sich für einen Spaß daraus machen, wenn sie einen wie mich in die Finger kriegen – einen aus der Zunft der Figaros. Draußen, in der normalen Welt, war das geradezu die ideale Tarnung. Welcher Ehemann wäre schon eifersüchtig auf so einen komischen Vogel, der mit offenem Hemd im Salon Jalm herumscharwenzelt und den ganzen Tag Löckchen dreht und Beine enthaart? In all den Jahren hat mich nur ein einziger als Lothario entlarvt. Nun steht mir der fragwürdige Ruhm bevor, als schamlosester Serienmörder im Essex County in die Geschichte einzugehen – der

berüchtigte »Schleckermäulchen-Killer« aus New Jersey. Ich vermute, ich kann von Glück sagen, daß dieser in der Steuergesetzgebung erzkonservative, in gesellschaftspolitischen Belangen jedoch liberale Staat die Todesstrafe abgeschafft hat.
Vorn im Zeugenstand drückte Porky weiter auf die Tränendrüsen. »Meine Kinder haben keine Mutter mehr.« Seine Kids – ein Sohn und eine Tochter – hatten sowieso seit Jahren in Colleges gelebt. Das Mädchen, die undankbare Göre, hatte das monatliche Studiengeld für Heroin ausgegeben, das war eben gerade »in«. Der Sohn liebte seine Mom und seinen Dad so herzinnig, daß er sich nach Tokio abgesetzt hatte. Er war nicht mal zur Beerdigung hergeflogen. Man konnte Mattie alles mögliche nachsagen, nur nicht, daß sie eine gute Mutter gewesen wäre. Sie wußte das und war selbst nicht glücklich darüber gewesen. Aber, hatte sie sich gesagt, warum soll ich Windeln wechseln, wenn ich auch jemanden dafür bezahlen kann?
Vorn im Zeugenstand behauptete Porky mit tränenverschleierter Stimme: »Die persönliche Demütigung, die ich erleiden mußte, hat mich an den Rand des Wahnsinns getrieben.« Na und? Mattie hatte jahrelang am Rand des Wahnsinns gelebt. Wenn es mich nicht gegeben hätte, wäre sie als das Pummelchen mit Kummerspeck und hohlem Blick in die Grube gefahren, als das ich sie kennengelernt habe. Wobei ich andererseits zugeben muß: Wenn es mich nicht gegeben hätte, wäre Mattie noch am Leben. Tja, letzten Endes kann man nicht mehr tun, als jemandem dazu zu verhelfen, daß er – so oder so – in einer besseren Welt lebt.
Allmählich fing Porky mich zu irritieren an. Er war im Zeugenstand aufgesprungen und wünschte mir das ewige Höllenfeuer an den Hals. Das mir, der ich vor einem Jahr wie ein gefeierter Held in Short Hills Einzug gehalten hatte! Mein Ruhm war mir vorausgeeilt. Der Chef des Salons Jalm hatte in der zutreffenden Erwartung, damit eine gewisse Unruhe unter den ortsan-

sässigen Friseuren auszulösen, mein Foto veröffentlichen lassen und dazu getextet: »Reggie Juan Styvestant, ein in der Haute Coiffure vielgerühmter Stylist, gehört künftig zum Jalm-Team.« Eine für Short Hills nachgerade unerhörte Neuigkeit. Die Damen der Stadt gaben sich in unserem Salon die Klinke in die Hand, nur um mich zu sehen. Jeder Versuch unangebrachter Bescheidenheit wäre lächerlich: Ich bin nun mal ein atemberaubend gutaussehender Mann. Aufgrund der Zeitungsanzeige stieg in der ersten Woche meines Debüts die Zahl weiblicher Kunden auf das Zehnfache des zuvor Üblichen. Es sah aus, als hätten die Damen der ganzen Region seit langem sehnsüchtig darauf gewartet, sich eine neue Frisur zulegen zu können. Und ich war der Mann, der ihnen dazu verhelfen sollte.
Ein paar Daten zur Person. Ich bin zweiunddreißig Jahre alt, habe kastanienbraunes Haar und grüne, mandelförmige Augen, bei deren Anblick etliche meiner Verehrerinnen nach eigenem Bekunden »dahingeschmolzen« sind. Zeitaufwendige Sonnenbäder brauche ich nicht, mein Teint hat eine schöne natürliche Bräune. Ich habe schlanke Hände mit wohlgeformten Nägeln. Ich bin ziemlich groß, eins dreiundachtzig, mit entsprechend großen Füßen. Und große Füße sind nun mal, wie jeder weiß, ein Indiz für … bitte, sagen Sie jetzt nicht: für große Schuhe. Außerdem habe ich einen gesunden Humor. Ach ja – und einen flachen Bauch und lange Beine. Ich erwähne das alles nicht aus Eitelkeit, sondern weil es sich um Tatsachen handelt. Fakten, die erklären, warum sich die Damen von Short Hills so zu mir hingezogen fühlten. Ich habe nicht mit allen geschlafen, obwohl das im Bereich des Möglichen gelegen hätte. Nur, ich hätte einfach nicht Hunderte von Frauen verführen und trotzdem mein Gewicht halten können. Ich habe also diejenigen ausgewählt, die meiner am dringendsten bedurften: die Deprimierten, die Suchenden und die Verzweifelten, denen

niemand – am allerwenigsten der eigene Mann – Beachtung schenkte. Ich habe mich der Frauen angenommen, deren Kids nie anriefen und nie einen Brief schrieben. Und der Frauen, die ich besonders schön fand.
Nur ein Ungeheuer hätte darauf aussein können, sie zu töten. Ich hatte das nie im Sinn, und dennoch halte ich das, was ich getan habe, für richtig. Ich habe kein Unrechtsbewußtsein, für mich war es eine Art Service, der allerdings nicht auf der Preisliste des Salons Jalm steht. (So was wie eine Maniküre für die Ewigkeit? Das Anlegen eines unvergänglichen Totenhemdchens aus erfüllten Träumen? Ich glaube, das muß ich gelegentlich mal Gail sagen, die kann das sicher verwenden.) Ich habe dafür gesorgt, daß sie glücklich gestorben sind. Nach Stacy – meinem zweiten ... sagen wir von mir aus: Opfer – ist mir klargeworden, daß Mord ein zuverlässiges Mittel ist, die Welt nachhaltig zu verändern. Allemal nachhaltiger, als wenn man jemandem eine Dauerwelle macht.
Mattie kam mit einem festen Ziel vor Augen in unseren Salon: Sie wollte ein Rotschopf werden. Bis dahin war sie eine falsche Blondine gewesen. Ihre ersten Worte an mich waren: »Wie ich höre, sind Sie klasse. Das ist gut, denn ich bin auf der Suche nach einem Wunder.« Ihre Stimme hat mich vom ersten Moment an beeindruckt: kehlig, weltverdrossen, ein mit Worten befrachteter Seufzer. Ihre Figur hätte eine Dreißigjährige neidisch machen können, und dabei war sie fünfundfünfzig. Als wir uns das dritte oder vierte Mal getroffen haben, hat sie mir anvertraut, daß sie sich seit Jahren einer Hormonbehandlung unterzöge und Angst habe, Brustkrebs zu bekommen. Und noch mehr Angst davor, daß Porky sie verlassen und sich eine Jüngere suchen könnte – eine im Alter ihrer Tochter. Ich persönlich war froh, daß sie Hormone nahm, sonst wäre Sex für sie wohl nur eine feuchte Erinnerung an vergangene Zeiten gewesen.

Ich untersuchte ihre Blondfärbung und nahm sie mit nach hinten in mein Färberstübchen. Ich wusch ihr das Haar und fing an zu erklären, wie ich beim Umfärben vorgehen wollte. Sie sagte: »Es ist mir egal, wie Sie's machen, sorgen Sie einfach dafür, daß ich sexy aussehe. Ich bin nicht sicher, ob das möglich ist, aber ich bin für alles dankbar, was wenigstens einigermaßen dazu beiträgt.«

»Sie sind bereits sexy«, sagte ich, aus ehrlicher Überzeugung. Obwohl mir die Liftingnarben hinter ihren Ohren natürlich nicht entgangen waren.

»Ach?« fragte sie, »Sie sind nicht schwul?«

Ich lachte. »Nein, ich bin ein verkappter Heterosexueller.« Wie immer, wenn ich einer Frau die Haare gewaschen habe, hatte ich eine Erektion. Ich weiß auch nicht, es muß was mit feuchtem Nackenhaar zu tun haben. Da ich x-mal am Tag irgendeiner Frau das Haar wasche, laufe ich nahezu permanent mit ausgebeulter Hose herum. Ich hätte das natürlich mit einem locker fallenden Kittel kaschieren können, aber die Frauen schienen den Anblick zu mögen. Mattie allerdings schielte nur kurz auf meine Jeans, wurde feuerrot, hüpfte aus meinem Frisierstuhl und rannte – so wie sie war, mit nassem, noch mit Strähnchen verziertem Haar – aus dem Salon.

Ich dachte, ich würde sie nie wiedersehen, und war drauf und dran, meinem Chef einzugestehen, daß ich mit meiner Flirterei eine Kundin vergrault hätte. Aber das ließ ich dann doch lieber bleiben, denn er hatte mich ja zum Flirten eingestellt. Also konnte er mir keinen Vorwurf daraus machen, daß ich meinen Job ernst nahm. Mattie tauchte am nächsten Tag wieder bei uns auf. Da sie keinen Termin hatte, opferte ich ihr meine Mittagspause. Als ich ihr Haar gewaschen und gespült hatte, sagte sie: »Sie müssen mich für eine dumme Pute halten.« Derlei Gedanken lagen mir fern. Ich konnte in ihrem Gesicht lesen wie in einem aufgeschlagenen Buch. Und was ich las, erzählte von ihren Wünschen, ihren Begierden und ihren Zweifeln an sich selbst und am Wert ihrer Ehe.

»Das Leben ist kurz«, sagte ich, »ich dagegen bin, wie's der Zufall will, sehr lang.« Sie wurde sofort wieder puterrot, von der Wölbung ihrer Brüste bis zum Haaransatz. »Und außerdem bin ich sehr, sehr diskret«, fügte ich hinzu. Das stimmt, ich bin wirklich kein Plappermäulchen. Ich bin einer von den Nachdenklichen und ein Freund der sexuellen Kommunikation. Der Grundstock meiner Begabung liegt in der Beherrschung der Technik, aber darin darf sich wahre Meisterschaft nicht erschöpfen. Wenn ich richtig auf Touren komme, werde ich zum Künstler, zu einem gestaltenden Künstler, der der äußeren Erscheinung, der Physiognomie, ja sogar der Materie – dem Haar, den Nägeln, der Haut – eine völlig neue Form zu geben vermag. Ich mache aus dem Alltäglichen Erhabenheit und aus dem Häßlichen Schönheit. Es ist eine Gabe, die die Natur mir verliehen hat. Der Parforceritt, an dessen Ende ein Wunder vollbracht ist.

Das Beispiel meiner Mutter hat mich angespornt. Sie war Hebamme auf Long Island. Vierzig Jahre lang hat sie in diesem Beruf gearbeitet und Tag für Tag Wunder vollbracht. Einige meiner erotischsten und intimsten Erinnerungen verdanke ich dem Umstand, daß ich zugesehen habe, wenn sie Schwangere, die zu ihr kamen, untersucht hat. Ich pflegte mich in einem Schrank in ihrem Gebärzimmer zu verstecken (strenggenommen handelte es sich um den mit einer gepolsterten Liege, einer Gummimatte und einem Rollwagen für das medizinische Besteck ausgestatteten hinteren Teil unseres Wohnzimmers) und zuzusehen, wie sie Frauen während der Wehen und bei der Geburt zur Seite stand. Augenzeuge zu sein, wie ein Kind geboren wird, ist bestürzend und aufmunternd zugleich. Ein Erlebnis, neben dem sich alles, was man später erleben mag, klein und unbedeutend ausnimmt. Die Seelenklempner, die der Staatsanwalt auf mich angesetzt hat, haben in ihren Gutachten behauptet, die Tatsache, daß ich in jungen Jahren wiederholt dem Anblick eines Geburtsvorgangs ausgesetzt gewesen sei, habe mein Urteilsvermögen verbogen und es mir unmöglich gemacht, mich mit dem profanen Alltag zu begnügen. Vielmehr sei mein Leben ein ständiges Ringen um Höhepunkte gewesen, da mich angeblich nichts mehr zufriedenstellen konnte, wenn es an einer mit dem Augenblick einer Geburt vergleichbaren Dramatik mangelte. Und so sei ich schließlich, weil ich nun mal nicht die Geburt neuen Lebens herbeizuführen vermochte, darauf verfallen, eine Art Ersatzbefriedigung darin zu suchen, menschlichem Leben ein Ende zu setzen. Bla, bla, bla. Diese Seelenklempner wissen überhaupt nichts. Es ist wahr, ich wollte immer Wunder vollbringen, so wie meine liebe alte Ma. Und das habe ich auch getan, wieder und wieder. Bei Mattie, zum Beispiel, habe ich das Wunder vollbracht, ihrem Haar eine neue Farbe zu geben. Während jener schicksalsträchtigen Mittagsstunde färbte, tönte und schnitt ich ihren ungebändigten Wuschelkopf zu einer Impression in Rot zurecht. Sie sah umwerfend aus. Das hat sie selbst auch so empfunden, ich hab's mit eigenen Ohren gehört, wie sie's in meinem Färberstübchen vor sich hin gemurmelt hat, kurz bevor sie in Schluchzen ausgebrochen ist. Tief gerührt von diesem Überschwang ihrer Gefühle, habe ich sie in die Arme genommen und ihr die Schultern und die Brüste geküßt. Dann ging's zur Sache. Mattie hat sich über die Armlehne des Frisierstuhls gebeugt, und ich habe sie von hinten genommen. Nur, gekommen ist sie nicht. Offenbar konnte sie nur mit einem Vibrator zum Orgasmus kommen. »Das ist schrecklich«, sagte ich. Ich meine – das war's ja auch. Jeder Ehemann, der auch nur das Salz in der Suppe wert ist, leistet in solchen Fällen liebevolle Lippendienste. Ich weiß, manche Männer mögen das nicht, aber die Lust, die eine Frau bei oralem Sex empfindet, macht das Unbehagen, das ihr Mann anfangs dabei haben mag, mehr als wett. Im übrigen habe ich festgestellt, daß die meisten Frauen mit Freuden bereit sind, sich zu revanchieren.

Per Gegensprechanlage wurde mir mitgeteilt, daß die nächste Kundin eingetroffen war. Mattie ordnete eilends ihre Kleidung. Ich fühlte mich, pardon, beschissen und versprach ihr, nicht ruhen noch rasten zu wollen, bis ich sie zum Orgasmus gebracht hätte. So geht das einfach nicht – ich habe meinen Spaß, und sie geht leer aus. So was kann ich nicht verkraften. Sie war einverstanden, sich später noch mal mit mir zu treffen. Und so sah ich spätabends, als die anderen längst weg waren, ihren Sechssitzer auf den Parkplatz hinter dem Salon einbiegen. Auf dem Rücksitz habe ich ihr die Zunge gegeben, bis sie auf Wolke sieben war. Sie ist so wild gekommen, daß ich schon fürchtete, sie werde mir die Ohren abreißen. Von diesem Abend an haben wir's regelmäßig miteinander getrieben.

Für mich gab's dabei von Anfang an ein Problem. Ich wollte auf keinen Fall, daß ihr Mann oder eine ihrer Freundinnen irgendwas davon erfuhren. Schließlich kamen so viele interessante Frauen in unseren Salon, da wollte ich natürlich für alle verfügbar sein. Einen Monat lang hielt Mattie ihr Versprechen (und den Mund), dann fing sie zu plappern an. Stacy Muldoon, Matties beste Freundin (und mein fester Mittwoch-zehn-Uhr-Termin für die Wachsenthaarung ihrer Bikinifigur), fing an, versteckte Andeutungen zu machen, daß sie über Mattie und mich Bescheid wüßte. Ich tat so, als hätte ich keine Ahnung, worauf sie anspielte. Mattie schwor Stein und Bein, sie hätte nichts gesagt.

Inzwischen wurde Mattie mit jedem Orgasmus, den ich ihr verschaffte, forscher und selbstbewußter. Sie trug fetzigere Kleider. Sie machte im Supermarkt den Mund auf, wenn sie nicht zufrieden war. Sie sagte dem Tankwart, wenn er sie beim Wechselgeld beschummeln wollte, gehörig die Meinung. Die meisten Leute werden das noch nicht für eine nennenswerte Entwicklung ihres Egos halten, das ist mir klar. Aber Mattie hatte eben bisher den Sinn ihres Lebens darin gesehen, ihrer Speckschwarte von Mann, wenn er sie wieder mal als lebendiges Masturbationsspielzeug benutzt hatte, ein Frühstück ans Bett zu bringen. Nun aber blühte sie auf.

Ich dagegen baute immer mehr ab. Ich war verrückt nach unseren Sexspielen. Sie reagierte sehr sensibel, und ich genoß es, derjenige zu sein, der es ihr so toll besorgte. Ich brachte ihr bei, sich ganz auf den Augenblick zu konzentrieren, jedes Prickeln, jeden Zungenschlag, jedes Zucken in ihrem Bauch bewußt zu erleben. Ich schaffte es, sie alles vergessen zu lassen, ihr Leben, ihr Auto, ihren Mann, und nur noch das zärtliche Spiel meiner Lippen, die kühnen Vorstöße meiner Zunge und den sanft in sie hineingeblasenen Atem zu spüren – ein spezieller Trick von mir, mit dem ich sie zur Ekstase treiben konnte.

Ich hörte einen Donnerschlag: Richterin Bloomfield schwang den Hammer. Ich schreckte hoch, hörte Porky laut herumbrüllen und sah, wie er die geballten Fäuste in meine Richtung reckte. Der Teufel sollte ihn holen. Mich mit seinem unangebrachten Wutanfall so aus meinen schönsten Phantasien zu reißen! Ich hatte eine Erektion, einen richtigen Ständer, und dieser lächerliche Fettkloß verlangte allen Ernstes, daß ich aufstehen und ihn ansehen sollte. »Steh auf, du Stück Dreck!« schrie er und kam unbeholfen aus dem Zeugenstand gewatschelt. Er wollte auf mich losgehen – hier im Gerichtssaal! Typisch. Alte Schlappschwänze müssen ihre Männlichkeit immer in aller Öffentlichkeit demonstrieren. Er kam tatsächlich auf mich zu. »Ich werd dir dein lüsternes Grinsen schon austreiben, du perverser Saukerl!« Ich wußte nicht so recht, was ich tun sollte. Wenn ich aufstand, entlarvte meine Erektion mich in Porkys Augen – und vermutlich in denen aller übrigen Anwesenden – als den »perversen Saukerl«, als den er mich gerade apostrophiert hatte. Also gut, wenn es pervers ist, Frauen ein guter Lover zu sein, dann mochte er von mir aus recht haben. Ich duckte mich, als Porky auf mich zugestürmt kam. Zu meinem Glück fingen ihn zwei stämmige Gerichtsdiener ein, ehe er mir mit seinen pummeligen Speckfingern die Kehle zudrücken konnte.

Richterin Bloomfield trommelte mit ihrem Hammer ein wahres Stakkato auf den Tisch an der Stirnseite des Saals und forderte lauthals Zucht und Ordnung vor Gericht. Ein Klischee, das ich so komisch fand, daß ich lachen mußte. Dem Raunen im Zuschauerraum entnahm ich allerdings, daß meine unwillkürliche Reaktion dort nicht gut ankam. Ich drehte mich um und sah mich lauter zornigen Gesichtern gegenüber. Sie guckten derart grimmig, als hätte ich das amerikanische Justizsystem als solches lächerlich gemacht – eben das System, das mich, wie sie inständig hofften, lebenslänglich hinter Gitter bringen sollte. Ich ließ den Blick durch den Gerichtssaal schweifen und hatte auf einmal das Gefühl, als ginge mich das Ganze im Grunde überhaupt nichts an. All diese Leute, die da auf Stühlen saßen oder sich hinten auf den Stehplätzen drängten und mich begafften, und die Fernsehkameras, die durch die Fenster versuchten, wenigstens von außen einen kurzen Blick auf mich zu erhaschen, gingen mich absolut nichts an. Die platzten bloß vor Neugier, endlich zu erfahren, wie ich es fertiggebracht hatte, vier Frauen umzubringen – und zwar so umzubringen, wie ich's getan hatte.

Ich wußte die toten Frauen an einem glücklicheren Ort, eine Gewißheit, die mir Trost und Halt gab, obwohl ich nicht leugnen will, daß es für mich auch egoistische Gründe gegeben hatte, sie zu töten. Um es offen auszusprechen, es war um Geld und um meine persönliche Freiheit gegangen. Aber sind das nicht genau die Gründe, aus denen Menschen sich seit Olims

Zeiten gegenseitig umbringen? Was gab's da also noch groß zu fragen?

Ich bat Gail, meine Freundin vom *Star Ledger*, mir die allgemeine Verwunderung zu erklären. Sie kritzelte etwas auf ihren Stenoblock, wahrscheinlich einen Vermerk über mein hilflos gestammeltes Staunen, und dann sagte sie: »Es geht nicht um das *Warum*, Reggie, es geht um das *Wie*.« Genau das war der springende Punkt. Nie zuvor in der Geschichte der Menschheit hatte sich jemand meiner Methode bedient, um einen Mord zu begehen. Gift – das ist was für die Dummen. Schußwaffen, Messer, Schlagwerkzeuge – das ist was für die Brutalen. Ich habe das natürliche, spontane Ableben meiner Opfer herbeigeführt, ohne Spuren, Fingerabdrücke oder auch nur den geringsten Anhalt für den Verdacht zu hinterlassen, daß ich den Frauen etwas angetan haben könnte. Es hat Monate gedauert, ehe überhaupt jemand darauf gekommen ist, daß es sich um Mord handelte. Ich muß zugeben – und das kann man ja inzwischen in allen Zeitungen nachlesen –, daß mein angeblich perverser *modus operandi* etwas raffiniert Geniales hat. Auch jetzt hält er die Öffentlichkeit noch in Atem und nährt bei den Zeitungsschreibern – Gail macht da keine Ausnahme – Hoffnungen auf den Pulitzerpreis. Aber das stört mich nicht, ich habe ohnehin vor, meine Geschichte in ausführlicher Form – nicht so oberflächlich hingehuscht wie in der Tagespresse – zu Papier zu bringen. Im Gefängnis habe ich eine Menge Zeit dazu. Es möge ja keiner denken, ich täte es um des schnöden Mammons willen. Ach was, ich tu's, um den Leuten zu geben, was sie haben wollen. Schließlich hatte ich mir schon immer zum Ziel gemacht, meine Mitmenschen zu befriedigen.

Richterin Bloomfield ordnete eine Unterbrechung an, verfügte aber, da die Pause nur fünf Minuten dauern sollte, daß ich auf meinem Platz zu bleiben hätte. Und da saß ich nun mutterseelenallein auf der Anklagebank. Kein Anwalt neben mir, kein

Freund in meiner Nähe – es sei denn, man rechnete Gail zu meinen persönlichen Freunden –, allein mit meinen Gedanken und Erinnerungen. Nachdem Porky aus dem Saal geführt worden war, fühlte ich mich etwas sicherer. Ich fing an, über meinen letzten Abend mit Mattie nachzudenken. Es war spätabends, als sie auf den Parkplatz hinter dem Salon einbog. Sie war gekommen, um mir mitzuteilen, daß sie ihren Mann verlassen und zu mir ziehen wolle. Sie könne es keine Sekunde länger ertragen, zum Stillschweigen über unsere Affäre verdammt zu sein. Sie müsse es sich einfach von der Seele reden. Sie müsse es jedem erzählen, und wenn sie deswegen mit Schimpf und Schande aus der Stadt getrieben werde – na gut, dann müßten wir eben woanders hinziehen.
Ihr Gerede ließ mich geradezu erstarren. Ich machte gutes Geld bei Jalm und schlief mittlerweile mit mehreren anderen Frauen – einschließlich Matties bester Freundin Stacy. Ich war überaus glücklich mit dem *Status quo* und auch darüber, daß ich mich auf dem besten Weg zu bescheidenem Wohlstand befand. Mattie war unter den Damen von Short Hills meine Favoritin, aber was sie mir jetzt von ihren Plänen erzählte, konnte für mich nur eines bedeuten: das Ende des Lebens, das ich führen wollte.
Ich küßte sie leidenschaftlich. Natürlich auf die Lippen, um sie zum Schweigen zu bringen und mir ihr dummes Geplapper nicht länger anhören zu müssen. Die Luft in ihrem Sechssitzer war an diesem Abend stickig, aber ich konnte jetzt nicht aufgeben. Und so folgte ich mit den Lippen dem vertrauten Pfad abwärts, vorbei an ihrem Nabel, hin zu den Regionen ihrer Lust und meiner Triumphe. Ich gab alles, spielte virtuos auf der Klaviatur bewährter Routine und war von einer nie zuvor gezeigten Vitalität, bis ich sie zu einem in die Nacht hinausgeschrienen Orgasmus brachte. Statt sich, wie sie's sonst tat, zu revanchieren, versprach sie mir, hier unten im Wagen zu warten, bis

ich mit meinem Chef gesprochen hätte. Zugegeben, es wäre nur fair gewesen, ihn vor dem unvermeidlich scheinenden Skandal zu warnen. Aber es kam ganz anders. Mattie hatte keine Gelegenheit mehr, unser Geheimnis in alle Welt hinauszuposaunen. Sie erlebte den nächsten Morgen nicht. Eine Hirnembolie hatte sie jäh dahingerafft. Körperliche Gelüste fochten sie nicht mehr an, ihre Seele aber, nun von allen irdischen Banden befreit und niemandem mehr Rechenschaft schuldig, konnte es treiben, wo und wann und wie sie wollte.

Ende der Pause. Der Vertreter der Anklage rief Stacys Witwer in den Zeugenstand. Sie war meine Nummer zwei gewesen, ich hatte sie eine Woche nach Matties Reise ins große Unbekannte getötet. Stacy war eine von denen, die reden und reden und reden. Ihr weizenblondes Haar war so bezaubernd und ihr schlanker Körper mit den kleinen festen Brüsten so aufregend, daß ich mich, wenn sie nicht so viel geredet hätte, vielleicht in sie verliebt hätte. Ich meine: richtig verliebt. Ihr Mann war groß und breitschultrig – ein Typ wie vom Tennisplatz. Stacy sagte mir, sie liebe ihn wie einen Bruder. Ihr Sexleben war, seit die Kids ins Collegealter gekommen waren, auf Null geschrumpft. Sie hegte den Verdacht, daß Thomas es mit anderen trieb. Für sie interessierte er sich jedenfalls allem Anschein nach nicht mehr. Sooft sie Annäherungsversuche machte, hauchte er ihr einen Kuß auf die Stirn, drehte sich um und schlief ein.

Und nun stand Thomas Muldoon vorn im Zeugenstand und las mit versteinerter Miene eine vorbereitete Erklärung von einem Zettel ab. »Vereinsamung. Wut. Depression. Schlaflosigkeit. Nervöse Schweißausbrüche. Weinkrämpfe. Permanente Müdigkeit. Ein bedrückendes Unwertgefühl. Appetitlosigkeit. Lähmendes Desinteresse. Konzentrationsschwäche. Paranoia.« Er faltete den Zettel und steckte ihn in die Tasche. »Ich glaube, alle, die zu Mr. Styvestants überlebenden Opfern gehören, dürften unter den gleichen Symptomen leiden. Und es kommt noch eines hinzu, das besonderer Erwähnung bedarf: ein furchtbares Schuldgefühl. Die Vorstellung, daß ich meine Frau diesem sadistischen Monster regelrecht in die Arme getrieben haben könnte, hat in mir Gedanken an Selbstmord geweckt. Wäre ich ihr doch nur ein besserer Ehemann gewesen, dann hätte sie möglicherweise nicht … Trost bei Mr. Styvestant gesucht. Dieser Mörder …«, er zeigte auf mich, »… hat sich die seelische Not meiner Frau in so unvorhersehbarer Weise zunutze gemacht, daß ich nicht mal die Chance hatte, Stacy vor ihm zu beschützen. Ich fühle mich verhöhnt und erniedrigt.«

Mit anderen Worten: Thomas war impotent, er konnte sich seine nutzlose Zauberflöte abschneiden und im Vorgarten vergraben. Und sich selbst gleich dazu. Soso, er hatte mir also seine Frau regelrecht in die Arme getrieben – sehr interessant. Und ich war ein »sadistisches Monster««. Aber bei Stacy sah er offenbar keinerlei Mitschuld, obwohl doch zu einer Affäre bekanntlich zwei gehören. Ich weiß genau, daß ich bei unserem mittäglichen Zeitvertreib nicht allein auf dem Rücksitz ihres Lincoln gelegen habe. Stacy und ich pflegten zum Millburn-Township-Naturschutzgebiet zu fahren und am Ende der Fahrspur zu parken. Ihr war es am liebsten, wenn wir die Kleidung dabei anbehielten. Natürlich, ein paar Knöpfchen mußten wir aufnesteln, und was mich anging, so ließ es sich nicht vermeiden, den Reißverschluß aufzuziehen, aber wenn sich der Slip um die Fußgelenke spannte und ich ihr die Bluse bis unters Kinn hochschob – o Mann, das törnte sie ganz schön an. Ich fand das recht bequem und habe ihr hin und wieder – nur so zum Spaß, versteht sich – den Schal in den Mund gestopft. Das hatte den für mich erfreulichen Begleitumstand, daß sie ausnahmsweise mal nicht reden konnte, und ihr vermittelte es jene Phantasien von einem Zustand der Wehrlosigkeit, auf die sie voll abfuhr. An Thomas, ihren Mann, hat sie, wenn ich sie in den Bann meiner Magie gezogen habe, ganz bestimmt keinen einzigen Gedanken verschwendet. Sie hat nie – so wie Mattie anfangs – unter einem schlechten Gewissen gelitten. Sie hat mir gesagt, ich sei nicht ihr erster, aber ihr Bester (was sich ja wohl von selbst verstand). Stacy wollte Sex, weil sie, wie ich, Spaß daran hatte.

Und es war alles Spaß und Lust und Spielerei, bis sie dahinterkam, daß ich auch mit ihrer Erzrivalin schlief, Mrs. Brenda Klensh. Ich finde Vorstadtklatsch todlangweilig, aber es ging, soweit ich mich erinnere, in großen Zügen um folgendes: Brendas und Stacys Kids hatten sich beim selben College beworben, Brendas Sprößling hatte die Aufnahmeprüfung bestanden, Stacys dagegen nicht. Eine ausgleichende Gerechtigkeit hat dann dafür gesorgt, daß Brenda und ihr Junior den Termin für die schriftliche Anmeldung verpaßt haben, und damit wäre die Angelegenheit eigentlich erledigt gewesen. In Short Hills gilt es jedoch als Prestigefrage, wer seinen Filius auf welches College schickt, und so fanden die beiden Mütter, obwohl das Ganze inzwischen schon zehn Jahre zurücklag, immer wieder Gelegenheit, die alte Fehde zu nähren. Ein Dinner, zu dem Brenda – aus Versehen, versteht sich – keine Einladung bekam, ein böses Gerücht, bei dem Stacy genau wußte, daß Brenda es in Umlauf gesetzt haben mußte. Und ehe sie sich's versahen, waren sie so weit, daß sie im Supermarkt, wie unter Tarnkappen verborgen, stumm und verbiestert aneinander vorbeiliefen.

Das Tragische dabei ist, daß beide Frauen letztendlich wegen ihrer Dauerfehde das Zeitliche gesegnet haben. Von Brenda – sie war nicht so geschwätzig wie Stacy, aber auch mit einer scharfen Zunge gesegnet – erfuhr ich, daß Stacy in der Schlange vor der Kasse bei King's einer Freundin gegenüber mit ihrem neuen Lover geprahlt hatte. Brenda bekam, weil sie ein

Stück weiter hinten stand, nicht alles mit, doch ein paar Details, die Stacy ausplauderte, erinnerten sie irgendwie an mich. Bis dahin hatten beide Frauen geglaubt, sie seien mein ein und alles. Wie es weiterging, kann man sich leicht ausmalen. Brenda stellte mich zur Rede, und so kam die Wahrheit ans Licht.
Für beide war es unerträglich, ihren Lover mit einer zu teilen, die sie auf den Tod nicht leiden konnten. Beide versuchten, mich dazu zu überreden, daß ich mit der anderen Schluß machen sollte. Ich wiederum erklärte beiden, meine Liebe sei frei und grenzenlos und ich gedächte nicht, ihr irgendwelche Fesseln anzulegen. Beschränkte ich mich nämlich darauf, nur eine Frau zu lieben, dann könnte ich auch gleich einen Zaun um meine Manneskraft und all meine hochentwickelten Talente bauen. Ich finde, das ist eine einleuchtende Philosophie, habe aber Verständnis dafür, daß sie es für dummes Zeug hielten. Brenda und Stacy warfen mir vor, eine mit der anderen zu betrügen und dann auch noch einen Haufen Quatsch zu erfinden, damit ich mich munter weiter bis unter ihre Höschen vorarbeiten könnte. Es gab deswegen mehrere Aussprachen, bei denen ich es jedesmal achselzuckend ablehnte, mich für eine von ihnen zu entscheiden.
Damit, dachte ich, sei die Sache abgehakt. Dann aber nahmen die Dinge eine überraschende Wendung, indem die beiden Rivalinnen sich gegen mich verbündeten. Kurz nach Feierabend vertraten sie mir auf dem Parkplatz des Salons Jalm den Weg. Händchenhaltend stellten sie mich vor die Alternative, daß ich mich entweder für eine von ihnen entscheiden müsse oder sie ihren Männern erzählen würden, ich hätte mich in schmieriger Gigolomanier an sie rangemacht, weil ich's auf ihr Geld abgesehen hätte. Bis zu diesem Augenblick habe ich es nicht für möglich gehalten, daß Frauen sich, nur um eine Nebenbuhlerin auszustechen, so einen Schwachsinn einfallen lassen können. Beide waren bereit, ihren Ruf, ja sogar ihre Ehe aufs Spiel

zu setzen, nur damit zwischen ihnen klar war, wer gewonnen und wer verloren hatte. Ich bat mir eine Nacht Bedenkzeit aus und verband das mit der Bedingung, zuvor noch mit jeder der Damen ein Nümmerchen zu schieben, damit ich mich bei meiner Entscheidungsfindung auf frische Erinnerungen stützen könne. Stacy wartete in ihrem Lincoln, während Brenda und ich uns im Mercedes vergnügten. Nachdem ich mich dann auch zur beiderseitigen Zufriedenheit um Stacy bemüht hatte, versprach ich, mich alsbald zu einer Entscheidung durchzuringen, und wir gingen unserer Wege.

Natürlich hatte ich nie vor, den Schiedsrichter zu spielen. Statt dessen beschloß ich, beiden den Schmerz zu ersparen, die Verliererin zu sein, und ihrer erbitterten Rivalität ein für allemal ein Ende zu setzen. Ich wendete dieselbe Methode an wie bei Mattie. Brenda brach auf dem Heimweg am Lenkrad ihres Mercedes zusammen, wenige Minuten, nachdem sie den Jalm-Parkplatz verlassen hatte. Der Notarzt stellte einen Hirnschlag fest, der Tod war auf der Stelle eingetreten. Stacy brauchte eine Stunde länger. Sie klagte zu Hause noch ihrer Haushälterin gegenüber, daß sie plötzlich ein merkwürdiges Schwächegefühl in den Armen und Beinen habe und sich ein wenig hinlegen wolle. Sie ist nie wieder aufgestanden. Ebenfalls Hirnembolie.

Thomas verließ den Zeugenstand und setzte sich neben Brendas Mann. Er wollte nicht aussagen, vielleicht war es ihm zu peinlich, in Gegenwart so vieler Neugieriger, Reporter und Kameraleute öffentlich über die Untreue seiner Frau zu sprechen. Ein anderer trauernder Witwer – das mußte Caseys Mann sein – wurde vereidigt. Ich wunderte mich erneut, wo die Kids blieben. Kehrten die Kinder in Short Hills ihren Eltern so früh und so endgültig den Rücken, daß sie nicht mal in den Gerichtssaal kamen, um wenigstens anklagend mit dem Finger auf den Mörder ihrer Mutter zu deuten? Daran sieht

man's wieder mal – Frauen machen die Hölle durch, um sie zur Welt zu bringen, und zum Dank spuckt ihnen die undankbare Brut aufs Grab.
Ehemann Nummer drei war ein wandelndes Häufchen Elend. Porky hatte vor Wut getobt, Thomas hatte sich zur moralischen Instanz ernannt, aber Craig, Caseys Witwer, schluchzte nur. Ich wünschte, ich hätte ein Taschentuch für ihn gehabt. Er rieb sich dauernd mit dem Ärmel des Jacketts über die Wangen und unter der Nase entlang. Von dieser Neigung zu einer gewissen Schmuddeligkeit abgesehen war er ein attraktiver Mann im fortgeschrittenen Alter. Grauhaarig, wettergebräuntes Gesicht, aufrechte Haltung – einer, der aussah, als hätte er im Leben mindestens fünftausend Golfbälle geschlagen. Nachdem er einen Augenblick lang um Fassung gerungen hatte, wandte er sich direkt an die Richterin: »Euer Ehren, das ist sehr schwer für mich. Casey war mein Leben. Nun bleibt mir nichts als Scham, Trauer und schmerzliche Einsamkeit. Ich wünsche diesem Mann, daß er auch nur ein Zehntel von dem leidet, was ich durchmachen muß. Es wäre nur fair, wenn er selber erleben müßte, wie weh das tut. Ich kann ihn gar nicht ansehen, weil's ihm ins Gesicht geschrieben steht, daß er überhaupt nicht begreift, was er getan hat.«
Eine Woge aus Mitleid stieg in meiner Brust auf, schwappte mir über die Schultern und glitt mir wie ein Schwall eiskaltes Wasser über den Rücken. Dieser Mann war so unglücklich, so tief unglücklich, daß nicht mal eine sechsstellige Summe seinen Kummer wettgemacht hätte. Er sah aus wie ein innerlich gebrochener Mensch. Wie einer, dem die Seele zu einem winzigen Senfkorn zusammengeschrumpft ist. Und dennoch, wie groß und wie aufrichtig sein Schmerz auch sein mochte, meine Schuld konnte das nicht sein. Denn zweierlei stand nun mal unabänderlich fest: Erstens, seine Frau hatte ihre Entscheidung aus freiem Willen getroffen, und zweitens, egal, wie be-

glückend er auch ein Leben an seiner Seite einschätzen mochte, Casey war jetzt glücklicher.
Ich konnte ihre Gegenwart förmlich spüren, hier im Gerichtssaal. Ihre Seele hatte, nachdem sie aus der Enge ihrer sterblichen Hülle befreit war, noch wochenlang in meiner Nähe gespukt. Ich habe, bis sie endgültig zur Ruhe gekommen war, davon abgesehen, mit anderen Frauen zu schlafen. Eine zölibatäre Übung, die ich mir nicht aus Schuldgefühl, sondern aus Respekt auferlegt habe. Casey Roberts war eine atemberaubende Frau mit langem schwarzem Haar, wunderschön schlanken Armen und niedlichen Sommersprossen – nicht etwa Leberflecken – auf den Wangen. Sie war zweiundfünfzig, machte aber auf dreizehn. Sommer wie Winter bronzebraun, und immer eine Schramme am Knie oder am Ellbogen. Sie trug weiße Baumwollunterwäsche und ein winziges Nichts von einem BH – A-Körbchen ohne Verstärkung. Ich betete sie an. Ich fühlte mich in ihrer Nähe jünger. Mir fehlten zwar strenggenommen im Vergleich zu ihr zwanzig Jahre, aber sie war von der Aura der ewigen Kindfrau umweht. Nach ein, zwei Stunden in ihrem alten Chevy hatte ich einen Heißhunger auf Eis am Stiel. Unsere Beziehung sei ihr großes Geheimnis, sagte sie immer wieder. Sie war ganz vernarrt darauf, Geheimnisse zu haben – wie alle kleinen Mädchen. Daß sie ihren Mann betrog, weckte zwar Schuldgefühle in ihr, aber die hielten sich in Grenzen, und außerdem, sagte sie, brauche sie irgendeinen Kitzel in ihrem Leben, sonst könne sie sich ja gleich begraben lassen.
Ihr Mann, Craig, der dort vorn im Zeugenstand so hemmungslos schluchzte und von Zeit zu Zeit das Gesicht in den Händen vergrub, war der Grund, daß ich sie getötet habe. Als er in Caseys Handtasche nach Kleingeld suchte, stieß er auf ihren Taschenkalender, in dem sie irgendeine Notiz über mich eingetragen hatte. Casey wollte, um Himmels willen, nichts über un-

sere Affäre bekanntwerden lassen, und ausgerechnet ihr Mann kam mir – Ironie des Geschicks: als einziger von allen – vor meiner Festnahme auf die Sprünge. Die Sommersprossen von Tränen überströmt, tauchte sie eines Nachmittags bei Jalm auf und teilte mir mit, sie habe vor, unsere Beziehung zu beenden. »Mache ich dich denn nicht glücklich?« fragte ich.

»Wenn du mich nicht glücklich machen würdest«, schluchzte sie, »würde ich ja nicht weinen.«

Völlig verdattert – mir hatte noch nie eine Frau den Laufpaß gegeben – nahm ich Zuflucht zu feinem Spott. »O ja, dann verstehe ich natürlich, daß du mich nicht mehr sehen willst.«

Sie seufzte. Ich konnte sie geradezu denken sehen. Schließlich sagte sie: »Ich kann meinem Mann nach dreißig Jahren Ehe nicht so weh tun, bloß weil ich mir jede Woche ein paarmal auf dem Rücksitz meines Autos ein schnelles Vergnügen holen will.«

So hemmungslos ehrlich war noch keine Frau zu mir gewesen. Ich muß zugeben, daß ich mich verletzt fühlte. »Ich dachte, daß ich meine Lebensenergie an dich weitergebe, wenn ich dich befriedige«, sagte ich. »Ich habe es immer für einen Akt künstlerischer Gestaltung gehalten. Und ich möchte doch annehmen, mein Bemühen, dein recht kümmerliches Selbstbewußtsein auf eine höhere Stufe anzuheben, ist wesentlich kreativer als der Alltag deiner Ehe mit einem Mann, dessen Leidenschaft sich darin erschöpft, den Rasen zu düngen.« Keine Ahnung, weshalb ich mich plötzlich ins Zeug legte, als wollte ich sie auf keinen Fall verlieren. Sicher, ich liebte Casey, aber doch nur so, wie ich alle Frauen in meinem Leben geliebt hatte, eine feste Bindung wollte ich nie mit ihr eingehen. Nachträglich denke ich, daß ich sie mit meinem leidenschaftlichen Appell überhaupt erst dazu verleitet habe, das zu sagen, was sie nun sagte.

»Ich liebe dich nicht, Reggie.« Sie rieb sich neckisch das

Näschen. »Aber wenn du dich so stark zu mir hingezogen fühlst, können wir's von mir aus noch mal tun, sozusagen zum Abschied.« Gesagt, getan. Nachdem ich mich etwa eine halbe Stunde hingebungsvoll um sie bemüht hatte, erwog ich, sie die letzte große Reise zu den Sternen antreten zu lassen. Ich wollte aber ganz sicher sein, daß ich's aus Liebe und nicht aus Rache tat. Immerhin hatte sie mich verletzt, ich bin nun mal empfindsamer als gewöhnliche Menschen. Schließlich rang ich mich dazu durch, es zu tun.

Noch am selben Abend, beim Liebesspiel im Ehebett, traf sie der Schlag. Zeitungsberichten zufolge soll ihr Mann dem *Coroner* gegenüber die letzten Sekunden ihres Lebens wie folgt beschrieben haben: »Plötzlich verzerrten sich die Muskeln der einen Gesichtshälfte ein wenig, der rechte Arm und das rechte Bein wurden schlaff, dann lief ein jähes Zucken durch ihren Körper ...« Sie starb in seinen Armen, er hatte den Penis noch in ihr. Ob er's noch zu Ende gebracht oder gleich die Notrufnummer gewählt hat, ist nicht überliefert.

Auf einmal packte mich ein Gefühl der Reue. Ich schüttelte es ab und suchte in der Zuschauermenge nach Gails Gesicht. Sie trommelte mit den Fingerspitzen auf ihren Stenoblock und blickte nach vorn zum Zeugenstand, wo Craig schluchzend zusammengebrochen war und der Anklagevertreter sich bemühte, ihm die Stufen hinunterzuhelfen. Gail sah zu mir herüber. Ich blinzelte ihr zu, sie wurde rot, doch dann rang sie sich ein Lächeln ab. O ja, wenn sie mir half, meine offizielle Biographie zu schreiben, konnten wir im Gefängnis viel Spaß miteinander haben.

Ich malte mir aus, wie wir beide in der Zelle saßen und uns unterhielten. Eine hübsche Vorstellung, mir wurde warm ums Herz. Ich fing gerade mit ein paar Tagträumen an – Phantasien von Gail und mir in der Zelle, an sich harmlos, aber ich spürte doch bereits die ersten Regungen einer neuerlichen

Erektion –, und da passierte es. Craig hatte sich so weit gefangen, daß er den Anklagevertreter abschütteln konnte. Er drehte sich zu Richterin um und sagte: »Ich habe lange und gründlich darüber nachgedacht und bin zu dem Schluß gekommen, daß mein Leben keinen anderen Sinn mehr hat als den, dafür zu sorgen, daß dieser Mann meinen Schmerz fühlt.«
Er bückte sich, schob die Hand unter die rechte Socke und zog eine Pistole heraus. Es muß eine Waffe aus nichtmetallischem Material gewesen sein, sonst hätte er nie die Sicherheitsschleusen vor dem Gerichtssaal passieren können. Er machte sich gar nicht erst die Mühe, aufzustehen, er zielte nur und drückte ab. Die Kugel traf mich wenige Zentimeter über dem Herzen. Ein Gefühl, als hätte Wiley Coyote mir einen Pfeil in die Brust gejagt. Ich blieb die ganze Zeit bei Bewußtsein. Der Schmerz verschleierte zwar meinen Blick, aber ich bekam noch mit, wie Craig Roberts sich die Waffe an die Schläfe setzte, wie er den Finger krümmte und wie der größte Teil seines Gehirns Richterin Bloomfield auf den Schoß spritzte. Urkomisch anzusehen. Wenn mir nicht so viel Blut aus dem Mund gelaufen wäre, hätte ich laut gelacht.
Ich lag auf dem Boden. Gail beugte sich über mich. Irgendwas an der Art, wie ihr seidenweiches braunes Haar nach vorn fiel, erinnerte mich an Abby. Abby war die letzte im Pool meiner Damen aus Short Hills. Sie war jünger, vielleicht um die Vierzig. Wir kannten uns erst ein paar Wochen, als sie mich eines Tages mit ihrem Range Rover auflas und mir sagte, sie sei schwanger. Ob das Baby von mir oder ihrem Mann war, wußte sie nicht. Sie war ziemlich aufgeregt, aber sie freute sich. Es war ihre erste Schwangerschaft und so ziemlich ihre letzte Chance, ein Kind zu bekommen. An dem Tag wollte sie von Sex nichts wissen. Wenn sie nicht so stur gewesen wäre, hätte ich versucht, sie und ihr Baby nach probater Manier in eine Art höherer Energie zu verwandeln. Ich hatte keineswegs vor,

Vater zu werden. Mein Bedarf an Geburten war dank meiner Kindheitserlebnisse gedeckt. Der Eintritt ins Leben ist eine einzige Quälerei, vom Blutbad ganz zu schweigen. Ich wollte nichts damit zu tun haben.

Sie erzählte mir, sie wolle morgen zum Arzt gehen, und dann werde sie mich gleich anrufen und mir sagen, wie es um »unser« Baby stehe. Statt ihres Anrufs kam die Polizei zu Jalm und nahm mich fest. Abby hatte sich anscheinend beim Arzt besorgt erkundigt, ob sie denn während der Schwangerschaft Cunnilingus haben dürfe. Sie führte ein sehr aktives Sexleben, und Lippendienste waren der Teil, den sie am meisten liebte. Der Arzt versicherte ihr, dagegen sei nichts einzuwenden, vorausgesetzt, der Partner verzichtete darauf, ihr in die Vagina zu blasen. Wenn dies nämlich mit zuviel Druck geschehe, könne sich eine Luftblase in die Blutbahnen der Frau verirren und zu einem tödlichen Hirnschlag führen. Er erklärte ihr, daß dieses Risiko immer gegeben sei, nicht nur bei Schwangeren. Abby wußte über Stacy und mich Bescheid (wie ich schon sagte: Stacy redete zuviel), und da sie ein schlaues Mädchen war, zählte sie zwei und zwei zusammen.

Ich gab bei meiner Vernehmung zu, daß ich mit Mattie, Brenda, Stacy und Casey oralen Sex praktiziert hatte, stellte aber energisch in Abrede, irgend etwas über die verhängnisvolle Wirkung meiner hochentwickelten Blastechnik zu wissen. Der Staatsanwalt ließ jedoch nicht locker und fand (weiß der Himmel, wie) zu guter Letzt heraus, daß meine Mutter Hebamme gewesen war. Sie setzten sich mit ihr in Verbindung, und sie erzählte ihnen bereitwillig, daß ich als Junge häufig nachts aufgestanden sei, um bei der Lektüre medizinischer Bücher zu masturbieren. In einem der Bücher fand man eine Textstelle, in der genau beschrieben war, daß und wie eine winzige Luftblase durch die Vagina in die Blutbahn eindringen und auf dem Weg durchs Herz ins Gehirn gelangen könne, wo sie

schließlich explodierte. Und so bin ich letztendlich durch die Aussage meiner Mutter überführt worden.
Gail rief verzweifelt meinen Namen. Ich konnte sie kaum hören, weil das Blut, das aus meiner Wunde drang, unheimlich laut rauschte. Ich versuchte die Frau, die die Chronik meines glanzvollen Lebens schreiben sollte, mit einem Lächeln zu bestechen. »Schreib über mich«, trug ich ihr auf, »und vergiß nicht zu erwähnen, daß ich nicht mal am Schluß geweint habe.« Ich wußte, daß ich im Sterben lag. Doch in der Gewißheit, daß meine Energie sich verwandeln würde, fühlte ich mich freier als je zuvor. Ich schloß die Augen und sah im Geiste meine Geliebten, die Damen von Short Hills, hoch oben, knapp unter der Decke des Gerichtssaals schweben. Schau an, sie breiteten schon die Arme nach mir aus. Stacy, das teuflische kleine Luder, spreizte sogar die Schenkel ein wenig. Ich versuchte, die Lippen auseinanderzubringen, um Gail Lebewohl zu sagen, aber mir fehlte die Kraft dazu. Ich ließ mich nach oben schweben, dahin, wo all diejenigen meiner harrten, die ich geliebt hatte. Meine letzten Worte waren: »Und so, meine Lieben, bin ich nun wieder bei euch.«

Jeremiah F. Healy, III.

Wenn ein Zeuge umfällt

Eins

Während ich allein im Fahrstuhl in Steve Rothenbergs Stockwerk fuhr, las ich im *Boston Globe* den Artikel über den bei den anstehenden Wahlen hoffnungslos abgeschlagenen Gouverneur von New York und den erst recht chancenlosen Bürgermeister der gleichnamigen Metropole zu Ende und erfuhr, daß letzterer durch seine geradezu bigotte Linientreue gegenüber ersterem praktisch politischen Selbstmord begehe. Nun, wir in Massachusetts haben derlei Probleme nicht. Bei uns orientiert sich das Wahlvolk brav an den überkommenen Denkkategorien eines Neuenglandstaates, und am Wahltag steht dann wieder Teddy Kennedy auf dem Siegerpodest und tritt seine vierte Dekade als Senator an. So sicher wie das Amen in der Kirche.

Der Fahrstuhl war oben angekommen, ich klemmte mir die Zeitung unter den Arm und marschierte den Flur hinunter zu Rothenbergs Tür. Er teilte sich den Bürotrakt mit sechs oder sieben anderen Anwälten, die Namen standen auf kleinen Holzschildchen, jedes von einem anderen Handwerker mit künstlerischen Ambitionen gestaltet, was unter dem Strich dazu geführt hatte, daß die hölzerne Namensleiste an ein primitiv zusammengebasteltes Xylophon erinnerte.

Hinter der Tür lag ein schäbiges, mit allerlei Ramsch vollgestelltes Wartezimmer. Ich mußte mich nicht erst bei dem Mädchen am Empfang anmelden, Rothenberg wartete schon neben ihrem Schreibtisch auf mich.

»Hallo, Steve.«
»John, ich bin froh, daß du da bist.«
»Wird dein Mandant denn schon ein bißchen nervös?« fragte ich.
Rothenberg strich sich nur mit der Hand übers langsam schütter werdende graue Haar. Steves Bart war eine Spur dunkler. Die Krawatte hing, obwohl es erst halb zehn vormittags war, bereits auf halbmast, der oberste Hemdknopf war aufgeknöpft. »Komm mit nach hinten«, sagte er. Unterwegs streifte er sich das Jackett ab.
Als wir sein Büro betraten, stand ein Mann Mitte Dreißig aus einem der Besuchersessel auf, knapp über eins achtzig groß, stämmig, schwarzgekräuseltes Haar. Das Funkeln in den Augen verdankte er wohl weniger jugendlicher Frische als seinen Kontaktlinsen. Vom Hals abwärts machte er einen konservativen Eindruck – Hemd mit Oxfordkragen, gedeckte Krawatte, offenbar maßgeschneiderter Anzug mit dezentem Fischgrätmuster –, oberhalb des Kragens wirkte er ein wenig rotwangig-rustikal.
Rothenberg hängte sein Jackett an den verschrammten Garderobenhaken hinter dem Schreibtisch und machte uns bekannt. »Rick Blassingale – John Cuddy.«
Ein kräftiger Händedruck, aber der genügte Blassingale anscheinend nicht, er legte zusätzlich die Linke auf meine Rechte. »Mr. Cuddy, ich weiß es sehr zu schätzen, daß Sie sich so kurzfristig Zeit für mich genommen haben.«
Die Stimme hörte sich rauh und körnig an, ich erkannte sie sofort wieder, die Medien hatten ja ausführlich über den Mord an seiner Frau berichtet. »Mr. Blassingale …«
Er gab meine Hand frei. »Rick, bitte.«
Rothenberg fragte: »Wollen wir uns nicht setzen?«
Blassingale ließ sich in den Sessel fallen. »Ich denke, als erstes sollten wir strenge Vertraulichkeit vereinbaren.«

Ich erinnerte mich, in der Zeitung gelesen zu haben, daß er Anlageberater war. »Haben Sie Jura studiert, Rick?«
Ein verhaltenes Lächeln. »Bis zum Examen. Hab aber nie praktiziert. Und wie war das bei Ihnen?«
»Ein Jahr, Abendkurse. Steve hat Ihnen anscheinend nicht gesagt, daß private Ermittler mit einer Lizenz ohnehin zu Vertraulichkeit verpflichtet sind.«
»Doch, hat er. Ich wollte nur sichergehen, daß wir uns alle in diesem Punkt einig sind.«
Ich fing an, Blassingale nicht sonderlich zu mögen. Außerdem war es mir ein Rätsel, wieso ein Mann aus seinen Kreisen sich als Strafverteidiger einen Winkeladvokaten wie Steve Rothenberg genommen hatte.
Blassingale schnaufte. »Wie Sie wahrscheinlich gehört haben, glaubt die Polizei, daß ich meine Frau umgebracht habe. Wir haben getrennt gelebt. Das Familiengericht ist gerade dabei, mich auszunehmen wie eine Weihnachtsgans. Sei's drum. Die Polizei meint, ich hätte durchaus ein Motiv gehabt, weil Libby keine anderen lebenden Angehörigen hatte, so daß der gesamte Nachlaß an mich zurückfällt.«
»Falls Sie von dem Mordvorwurf entlastet werden.«
Ein sehr betontes »Ja«. Dann ein rascher Blick zu seinem Anwalt. »Im Augenblick bin ich so gut wie blank, die Kaution hat alles aufgefressen.«
Im Klartext: Er konnte sich nur einen preiswerten Strafverteidiger leisten und mußte sich im übrigen auf sein Glück verlassen. Ich sah Steve an. »Und welche Rolle habe ich dabei?«
Rothenberg spielte Kreisel mit einem Bleistift. »Das Beweismaterial gegen Rick stützt sich lediglich auf Indizien. Libby wohnte weiterhin in der früheren gemeinsamen Wohnung, einer Eigentumswohnung an der oberen Marlborough Street. Sie ist erschlagen worden, die Tatwaffe wurde nicht gefunden.«

»Was auf vorsätzlichen Mord schließen läßt«, sagte ich.
Rothenberg nickte. »Keine Anzeichen für gewaltsames Eindringen. Soweit festgestellt werden konnte, handelte es sich nicht um Diebstahl oder Raub, in der Wohnung fehlte nichts. Zum Zeitpunkt gibt es nur vage Angaben – zwischen sechs Uhr abends und Mitternacht des fünfzehnten November. Die Leiche wurde erst am nächsten Vormittag entdeckt, nachdem die Ermordete nicht, wie ausgemacht, zum Kaffee bei einer Nachbarin erschienen war.«
Blassingale sagte: »Libby war eine ziemlich auffallende Erscheinung. Platinblond. Leicht möglich, daß sie irgendwo einen Kerl kennengelernt hatte oder mit einem verabredet war.«
»Was veranlaßt Sie zu dieser Vermutung?«
»Sie und ich, wir haben uns auch so kennengelernt.« Eine effektvolle kleine Pause. »Aber das soll mir eine Lehre sein. Für mich kommen nur noch Brünette in Frage.«
Ein abgedroschener Scherz. Blassingale schien mein Schweigen falsch zu deuten, er setzte ein Unter-uns-Männern-Grinsen auf und fragte: »Sind Sie verheiratet, John?«
Ich dachte an Beth, die jetzt auf dem Hügel über der Hafenbucht von South Boston ruhte. »Ich war's mal.«
»Dann wissen Sie ja, was ich meine.«
Ich suchte Steve Rothenbergs Blick, aber der sah geflissentlich aus dem Fenster, als gäb's Richtung Boylston Street und Stadtpark irgendwas zu entdecken, was er noch nicht kannte.
»Meine Frau ist gestorben, Rick«, sagte ich.
»Oh.« Er verlagerte das Gewicht im Sessel. »Himmel noch mal, ich bitte um Entschuldigung, ja? Was ich meinte, ist: Libby war so ein verrücktes Huhn, daß sie jedem getraut hat. Und Sie wissen ja, wie das heutzutage ist.«
Ich wandte mich wieder an Rothenberg. »Was hat die Anklagevertretung noch?«
»Ricks Fingerabdrücke. Überall im Apartment.«

»Ich hab schließlich mal dort gewohnt«, warf Blassingale ein.
»Sonst noch was von der Spurensicherung?« fragte ich.
»Fasern von Libbys Teppichboden an Ricks Schuhen.« Rothenberg wechselte einen Blick mit seinem Mandanten. »Der Teppichboden war neu, er wurde erst nach Ricks Auszug verlegt. Und auf Ricks Schuhen wurde Blut gefunden. Ihr Blut.«
Ich sah Blassingale an. Er sagte: »Ich war noch mal bei ihr. Im September, zwei Monate, ehe Libby ermordet wurde. Wir wollten versuchen, uns wegen der Abfindung gütlich zu einigen – wer was nach der Scheidung kriegt. Sie war sehr nervös und hat sich einen Niednagel abgezupft. Ich muß, als wir uns an der Tür verabschiedet haben, ein paar Tropfen Blut auf die Schuhe bekommen haben.«
Einen Niednagel. »Haben Sie sie oft geschlagen, Rick?«
Blassingales Mund klappte auf und wieder zu. »Libby selbst hat das nie jemandem erzählt. Aber diese Kaffeefreundin von ihr hat die blauen Flecke gesehen. Und später, bei der Vernehmung, hat sie's den Cops auf die Nase gebunden.« Was er offenbar ausgesprochen unfair fand.
Ich fragte: »Stand in den Zeitungen nicht auch was über einen Augenzeugen?«
Blassingale sah mich nur stumm an. Rothenberg sagte: »Genaugenommen waren's zwei. Erstens eine Frau, die in der Mordnacht ihren Hund ausgeführt hat. Sie hat ausgesagt, sie habe etwa um acht Uhr abends einen Mann in einer gefütterten karierten Jacke in der fraglichen Gegend gesehen.«
Also in der vermutlichen Tatzeit zwischen sechs und Mitternacht. »Konnte sie den Mann identifizieren? Ich meine, hat sie Rick erkannt?«
Blassingale sagte: »Ihrer Beschreibung nach hätte ich's sein können. Aber bei der Gegenüberstellung, als wir uns zu mehreren in einer Reihe aufstellen mußten, konnte sie mich nicht herauspicken.«

Ich sah ihm in die Augen. »Haben Sie so eine Jacke?«
»Ich hatte eine.«
»Was ist aus der geworden?«
»Keine Ahnung. War schon ziemlich alt. Ich nehme an, ich hab sie irgendwo hängen lassen.«
Ich sagte nichts.
Blassingale merkte wohl, daß er sich mehr Mühe geben mußte. »Wissen Sie noch, wie warm's im Oktober war? Wahrscheinlich hab ich sie irgendwo dabeigehabt und dann vergessen. Wo, daran kann ich mich wirklich nicht mehr erinnern. Aber, mein Gott, so 'ne Jacke hat doch praktisch jeder.«
Ich sagte zu Rothenberg: »Hört sich ganz danach an, als hätte der Staatsanwalt genug fürs Schwurgericht beisammen.«
»Hat er wohl. Aber es geht mehr um die zweite Zeugin, ihretwegen habe ich dich hergebeten.«
»Dann schieß mal los.«
»Eine Frau namens Clare Kinsour – K-I-N-S-O-U-R. Wohnt ebenfalls in der Marlborough, ein Stück stadteinwärts von der Wohnung der Blassingales.« Rothenberg holte tief Luft. »Miss Kinsour hat sich erst vor ein paar Wochen zu Wort gemeldet, kurz nachdem der Staatsanwalt Anklage erhoben hatte. Sie sagt, sie habe in der fraglichen Nacht einen Mann in einer Schottenjacke gesehen. Er sei aus dem Haus der Ermordeten gekommen und Richtung Osten die Straße runtergerannt. Sie spricht allerdings davon, daß es acht Uhr dreißig war.«
Ich fragte Rick: »Wo wohnen Sie?«
Blassingale verlagerte wieder das Gewicht im Sessel. »Unten am Wasser.« Ein unwilliges Knurren. »Als ob ich so dämlich wäre, zwei Meilen zu Fuß zu Libbys Wohnung zu latschen und auch noch meine eigene Jacke anzuziehen, wenn ich vorhabe, sie umzubringen.«
»Wo unten am Wasser?«
»Wo ich wohne, meinen Sie?«

»Ja.«
Er nannte mir die Adresse. Offenbar eines der alten Lagerhäuser direkt am Hafen, aus denen sie Schickimicki-Behausungen gemacht haben. »Das sind nur anderthalb Meilen, Rick.«
»Darum geht's aber gar nicht.«
Rothenberg sagte: »Es geht darum, daß Miss Kinsour Rick eindeutig als den Mann identifiziert hat, den sie an diesem Abend gesehen hat.«
»Wie kann sie da so sicher sein?«
Blassingale sagte: »Claire und ich haben mal zusammen gearbeitet.«
Na, großartig. »Fahren Sie fort.«
»Sie war Praktikantin bei Goff Searle. Die Brokerfirma, bei der ich angestellt war, ehe ich mich vor drei Jahren selbständig gemacht habe. Claire war scharf auf mich, nur, ich war nicht an ihr interessiert.«
»Und sie wohnt ganz zufällig in der Nähe Ihrer Frau? Nur ein paar Meter die Straße runter?«
Rothenberg sagte: »Sie ist einen Monat vor dem Mord dort eingezogen.«
»Haben sie und Mrs. Blassingale sich gekannt?«
»Weiß ich nicht«, sagte Blassingale. »Ich hab Libby jedenfalls nicht zum Ringelpiez mit Anfassen bei Goff Searle mitgenommen, wenn Claire auch dabei war.«
»Haben Sie ein Alibi für die Mordnacht?«
»Nein. Ich war zu Hause, hab gelesen. Hatte sogar den Telefonstecker rausgezogen.«
Ich schüttelte den Kopf.
»He, das mach ich manchmal, wenn ich völlig ungestört sein will. Claire lügt. Die bringt es glatt fertig, einen Meineid zu leisten, nur um mir eins auszuwischen. Und Steve ...«, er deutete mit dem Kopf auf seinen Anwalt, »... sagt einfach, daß er dagegen absolut nichts tun kann.«

Ich konnte mich nicht erinnern, in den letzten zehn Jahren eine Verurteilung aufgrund einer eidlichen Falschaussage erlebt zu haben. »Wie weit wäre die Staatsanwaltschaft bereit, deinem Mandanten bei einem Geständnis entgegenzukommen?«

Auf Blassingales Wangenknochen prangten plötzlich zwei feuerrote Punkte. »Das hört sich verdammt defätistisch an, finden Sie nicht?«

Rothenberg machte eine beruhigende Handbewegung. »Bevor Miss Kinsour im Spiel war, zwanzig Jahre plus minus. Danach – *nada.*«

Ich dachte darüber nach. »Und Miss Kinsour ist erst auf den Plan getreten, als bekannt wurde, daß gegen Rick Anklage erhoben wird?«

»Ja.«

»Weshalb?«

Rothenberg grinste. »Eine der vielen Fragen, von denen wir hoffen, daß du sie ihr stellst.« Das Grinsen erstarb. »Wir müssen ihre Glaubwürdigkeit erschüttern, John. Alles andere kann ich beim Kreuzverhör ausräumen – das Blut auf den Schuhen, die Aussage der Nachbarin wegen der Mißhandlung …«

»Zum Teufel, ich hab sie nicht mißhandelt«, brauste Blassingale auf, »ich hab ihr eine geklebt. Nur einmal.«

Wieder eine beruhigende Geste. »Aber Miss Kinsour ist unser Untergang. Wir müssen sie unbedingt dazu bringen, daß sie ihre Aussage widerruft, sonst kann ich mir an zehn Fingern abzählen, zu welchem Ergebnis die Geschworenen kommen.«

Ich sah Blassingale an. »Können Sie mir noch irgendwas Hilfreiches an die Hand geben?«

Er zuckte die Schultern. »Ich weiß nicht. Claire hatte bei Goff Searle eine Freundin – auch eine Praktikantin, Gina Ferro. Aber wir haben schon alle möglichen Telefonbücher gewälzt, sie steht nirgendwo drin.«

»Könnte die Brokerfirma was wissen?«
Blassingales Gesicht hellte sich auf. »Ja, das ist gut möglich. Daran hätte ich denken sollen.«
Ja, hätte er. »Können Sie mir bei Goff Searle jemanden nennen, an den ich mich wenden sollte?«
»Versuchen Sie's mal bei Mike Oldham. Für ihn hat Gina normalerweise gearbeitet.«
Ich sah ihn durchdringend an. »Sonst noch was?«
»Nein, das war's. Jetzt sind Sie dran.«
»Haben Sie zur Zeit irgendeine Beziehung?«
»Beziehung?« Er guckte auf seine Schuhe. »Ja.«
»War sie in der bewußten Nacht bei Ihnen?«
Blassingale sah hoch. »Nein.«
»Bestimmt nicht?«
»Ich sagte bereits: nein. Außerdem ist sie verheiratet.«
»Und brünett?«
Das saß. Die beiden roten Flecke waren sofort wieder da.

Zwei

Die Marlborough Street erstreckt sich vom Stadtpark und an der Gegend um die Binnenbucht vorbei über neun Kreuzungen nach Westen. Eine Straße mit drei- und vierstöckigen, aus Backsteinen gemauerten oder mit Ziegeln verkleideten Stadthäusern, von denen einige immer noch von nur einer Familie bewohnt werden. Die meisten sind aber längst in Eigentumswohnungen oder Apartments aufgeteilt, was dem repräsentativen Eindruck der Straße mit ihrer alten Gaslaternen nachempfundenen Beleuchtung, den großzügigen Parkflächen und den geziegelten, inzwischen allerdings von vielen Winterfrösten zu einer Art Berg-und-Tal-Bahn umgestalteten Bürgersteigen keinen Abbruch tut. Die Bäume, deren Wurzeln den Bürgersteigbelag zusätzlich ramponiert hatten, reckten sich an der Nordseite des Häuserblocks – da, wo Claire Kinsour wohnte – kahl und öde in die blasse Sonne. Ich stieg die Stufen zur Haustür hinauf und drückte die Rufanlage. Ein winziges Stimmchen fragte »Wer ist da?« aus dem Lautsprecher, und ich fragte, ob ich Miss Kinsour wegen des bevorstehenden Prozesses sprechen dürfe. Zwei Minuten später wurde die schwere Tür aufgezogen, eine Aschblonde, etwa Ende Zwanzig, blinzelte mich scheu an. Sie war schlank, obenherum dehnte sich der Wollsweater allerdings eindrucksvoll aus, und als sie die Hüfte leicht seitwärts stemmte, machte die ausgebleichte Jeans ebenfalls eine gewisse Belastungsprobe durch.

»Und wer sind Sie?«

Ich zeigte ihr meine Lizenz.

Claire Kinsour nahm das Kärtchen und hob es ins Licht. »John Francis Cuddy.« Sie sah mich an und tippte sich mit dem Nagel des Zeigefingers gegen die untere Zahnreihe.

»Irisch, wie?«

»Gewissermaßen.«

Sie gab mir den Ausweis zurück. »Und worum geht's?«

»Ich arbeite für den Anwalt, der Rick Blassingale vertritt.«

»Und jetzt sollen Sie mir ein paar Fragen stellen, damit der Anwalt mich vor Gericht leichter in die Enge treiben kann?«

»Ungefähr so.«

Ihr Lächeln war genauso scheu wie ihr Blick. »Na ja, wenigstens sind Sie ehrlich, was ich von Rick nicht sagen kann.« Sie legte den Kopf schief. »Der Staatsanwalt sagt, daß ich mit niemandem reden muß, wenn ich's nicht will.«

»Und Sie wollen nicht.«

»Na ja, Sie scheinen 'n netter Kerl zu sein. Da kann ich mal eine Ausnahme machen.« Wieder ein kleiner Trommelwirbel mit dem Fingernagel auf der unteren Zahnreihe. »Und da ich

außerdem gerade nichts anderes vorhabe ... kommen Sie mit rauf.«
Als sie vor mir die Treppe hochstieg, sagte ich: »Da hab ich wohl Glück gehabt, Sie um diese Zeit zu Hause anzutreffen.«
»Nicht direkt, ich bin arbeitslos. Und wer keine Arbeit hat, verbringt viel Zeit zu Hause.« Sie drehte sich halb zu mir um. »Sagen Sie bloß, Sie haben nichts davon gehört?«
»Wovon gehört?«
»Von der Flaute im Effektenhandel. Erst war da der Schwarze Montag Siebenundachtzig, und dann ging's – letztes Jahr oder so – allmählich weiter in den Keller.«
Wir kamen im zweiten Stock an, eine der Wohnungstüren stand offen. Sie winkte mich über die Schwelle in die mit einem Orientteppich ausgelegte, zum Wohnzimmer hin offene Diele. Kaltes Sonnenlicht fiel durch das zur Bucht gelegene Fenster. Die Wohnung war geschmackvoll und ziemlich neu möbliert, die Stereoanlage unter dem Fenster sah auch nicht nach einem billigen Gelegenheitskauf aus.
»Hübsches Zuhause für jemanden, der arbeitslos ist.«
Sie legte die Hand auf einen bequemen Lehnsessel – da sollte ich also Platz nehmen – und steuerte den gegenüber an. »Als ich mich hier eingerichtet habe, war ich noch nicht arbeitslos.«
Wir setzten uns. »Das war, wenn ich das richtig verstanden habe, erst Anfang Oktober.«
»Das ist richtig.« Ihr Ton war jetzt ein wenig reserviert.
»Kannten Sie Libby Blassingale?«
»Ich hab erst nach ihrem Tod von ihr gehört.«
»Aber Sie sind sicher, daß Sie Rick Blassingale in der Mordnacht gesehen haben?«
»Ja.«
»Von diesem Zimmer aus?«
»Es war zwar erst halb neun, aber ich wollte früh schlafen gehen, deshalb war ich schon im Schlafzimmer.« Ein scheues Lä-

cheln. »Allein. Aber dann wollte ich mich vergewissern, ob der CD-Player aus war. Da bin ich noch mal ins Wohnzimmer gegangen und hab Rick drüben auf der anderen Straßenseite gesehen.«

Ich stand auf und ging zum Fenster. »Also von hier aus?«

»Genau von dort, wo Sie jetzt stehen.«

Durch die spiegelblanken Fensterscheiben konnte ich bis fast zur jeweils nächsten Kreuzung in östlicher und westlicher Richtung sehen. Ein hübscher Ausblick. »Und wo genau hielt sich Mr. Blassingale auf?«

»Rick war auf der anderen Straßenseite. Der Seite, auf der, wie ich später erfahren habe, seine Frau wohnte. Er rannte auf den Stadtpark zu.«

Also nach Osten. »Und was hatte er an?«

»So eine hellgrüne karierte Jacke. Sie wissen schon, das komisch blasse Grün, das man am St. Patty's Day an jeder Straßenecke sieht.« Sie schluckte. »War nicht persönlich gemeint.«

»Hab's auch nicht so genommen.« Ich zählte zwei Straßenlampen in dem Abschnitt, um den es ging. Und die Bäume waren, obwohl wir einen warmen Oktober hatten, damals sicher schon kahl gewesen. »Hat er irgendwas dabeigehabt?«

»So eine Art Tragebeutel. Ähnlich wie das Ding, das ich zum Fitneßcenter mitnehme.«

Darin konnte die Tatwaffe gelegen haben.

»Hut?«

»Meinen Sie, ob er einen aufgehabt hat?«

»Ja.«

»Nein. Ich konnte ihn im Licht der Straßenlaternen deutlich sehen. Ich hab ihn sofort wiedererkannt.«

»Weil Sie mal zusammengearbeitet haben.«

»So würde ich es nennen. Rick wollte allerdings mehr daraus machen.«

Ich drehte mich um und kam zum Sessel zurück. »Was wollte er daraus machen?«
Claire Kinsour ließ den Nacken kreisen, dann tippte sie wieder mit dem Fingernagel gegen die Zähne. »Sex.«
»Ist was daraus geworden?«
»Ich war Praktikantin bei Goff Searle. Da wollte ich mir natürlich nicht selber den Stuhl vor die Tür setzen. Ich hab den Teufel getan, mich irgendwo zu beschweren.«
Eine Antwort, die tatsächlich haarscharf an meiner Frage vorbeiging.
»Waren Sie und Mr. Blassingale je intim?«
Miss Kinsour pustete verächtlich durch die geschürzten Lippen. »Höchstens in seinen Träumen.«
»Warum haben Sie der Polizei erst so spät von Ihren Beobachtungen berichtet?«
»Sie meinen – ihn identifiziert und so?«
»Ja.«
»Ganz einfach. Ich hatte Rick an dem Abend die Straße hinunterrennen sehen. Aber da ist ja nichts dabei, oder? Am nächsten Morgen mußte ich nach Seattle fliegen. Deshalb war ich so früh zu Bett gegangen.«
»Nach Seattle, aha.«
»Ja. Ich wollte mich bei einer Firma vorstellen. Danach hab ich noch ein paar Tage bei einer Freundin aus der Collegezeit verbracht. Ich schätze mal, ich war schon weg, bevor die Leiche seiner Frau gefunden wurde, und als ich zurückkam, war der ganze Fernseh- und Presserummel um Rick schon eingeschlafen.«
»Und wieso sind Sie dann doch noch zur Polizei gegangen?«
»Na ja, plötzlich hieß es in den Nachrichten, daß der Prozeß gegen Rick in Kürze beginnen soll. Erst war ich natürlich wie vor den Kopf geschlagen. Aber dann hab ich mir gesagt – o mein Gott, hab ich mir gesagt, ich glaub, die Jungs von der Po-

lizei können dich jetzt brauchen. Und da hab ich sie angerufen.«

»Um mit Rick abzurechnen.«

»Ja, bei dem Anruf hat das sicher auch eine Rolle gespielt.« Wieder der Fingernagel an den Zähnen. Taptap. »Aber das ändert ja nichts an dem, was ich damals abends gesehen hatte.«

»Und Sie wissen genau, daß es der Abend war, an dem ...«

»Der fünfzehnte November. Weil mein Flug für den sechzehnten gebucht war. Den Job hab ich leider nicht bekommen. Aber erkundigen Sie sich doch einfach bei der Fluggesellschaft, die können meine Angaben sicher bestätigen.«

»Danke«, sagte ich, »werd ich tun.« Ich stand auf, und Claire kam ebenfalls hoch, allerdings betont langsam, fast ein bißchen widerstrebend.

»Eine Frage noch«, sagte ich. »Haben Sie in letzter Zeit mal was von Gina Ferro gehört?«

»Gina?« Taptaptap. »Was hat die denn damit zu tun?«

»Vielleicht nichts. Ich würde nur gern mal mit ihr reden.«

»Tja, ich weiß leider nicht, wo Sie sie erreichen können.«

»Überhaupt keine Ahnung?«

Ein theatralisches Achselzucken. »Sie ist inzwischen verheiratet, hab ich gehört. Wie sie jetzt heißt, weiß ich nicht.«

»Sie meinen, Sie kennen den Namen ihres Mannes nicht?«

Ein nachsichtiger Blick. »Ich rede von *ihrem* Namen. Ich meine, kann ja sein, daß sie ihn geändert hat. Das machen heutzutage viele Frauen.«

Drei

Zentralbüro der Anwaltskanzleien Mulberry Street. Was kann ich für Sie tun?«

»Steve Rothenberg, bitte. Hier spricht John Cuddy.«

»Einen Moment, Sir.«

Es klickte, dann ein Summen, dann: »Steve Rothenberg.«

»Steve, hier ist John Cuddy.«

»Oh ... Wie sieht's aus?«

»Finster, falls Claire Kinsour die Wahrheit sagt.«

Ein Augenblick Stille, dann sagte Rothenberg: »Genau das ist die alles entscheidende Frage, nicht wahr?«

»Ich weiß, Steve. Die Kinsour sagt, daß dein Mandant damals bei Goff Searle mit ihr anbändeln wollte.«

»Glaubst du ihr?«

»Ich bin nicht sicher, ob ich überhaupt einem von den beiden glauben soll, aber die Jury wird die Kinsour eher mögen als unseren Freund Blassingale, würde ich mal sagen.«

»Oh, das ist ja goldig.« Wieder eine Pause. »Na gut, trotzdem kann ich vor Gericht darauf abheben, daß sie Vorurteile gegen ihn hat. Ob sie nichts von ihm wissen wollte oder er nichts von ihr, spielt dabei keine Rolle.« Noch eine Pause – aller guten Dinge sind drei. »Vermutlich versuchst du jetzt, bei dieser Brokerfirma irgendwas rauszukriegen?«

»Es sei denn, du hast eine bessere Idee.«

»Wenn ich die hätte, hätte ich dich ja nicht angeheuert.«

Das Mädchen am Empfang bei Goff Searle & Associates führte mich mit flottem Schritt zu einem nach hinten gelegenen Eckbüro. Die Wände in Michael Oldhams Büro waren mit gerahmten Dankesschreiben und Fotos gepflastert, auf denen irgendein Kunde tiefbewegt seine Hand schüttelte. Auf dem Schreibtisch waren zwei komplette Computersysteme und Gott weiß was für sonstiger technischer Schnickschnack aufgebaut. Oldham mußte – sogar, nachdem er aufgestanden war – den Kopf recken, um überhaupt etwas von seinem Besucher zu sehen. Etwa eins zweiundsechzig, schätzte ich, leicht O-beinig, eine Halbbrille auf der Nase, eine Fliege am Hemdkragen, und unter dem Jackett schauten Hosenträger hervor. Ein Typ von vorgestern, aber noch von der guten alten Sorte – einer, der, obwohl er auf die Fünfzig zuging, kein Gramm Fett angesetzt hatte.

»Bitte, nehmen Sie Platz, Mr. Cuddy.«

»Danke.«

Ein Wink von ihm, das Mädchen, das mich zu ihm geführt hatte, verschwand und drückte von außen die Tür zu. Oldham nahm die Brille ab und fragte: »Was kann ich für Sie tun?«

Ich sagte ihm, worum es ging.

Er schaute, als sei der Wertpapierhandel gerade unter den Interventionspunkt abgesackt. »Eine sehr unangenehme Geschichte.«

»Da bin ich völlig Ihrer Meinung. Aber davon wird's leider auch nicht besser.«

Er knipste den Ausdruck persönlicher Betroffenheit aus. »Da haben Sie sicher recht. Also gut, was möchten Sie wissen?«

»Welcher Art war die Beziehung zwischen Rick Blassingale und Claire Kinsour, als beide noch hier gearbeitet haben?«

»Beziehung?«

»Wie sind sie miteinander ausgekommen?«

Oldham wußte genau, daß ich ursprünglich etwas anderes gemeint hatte. »Claire kam als Praktikantin zu uns. Ich habe Rick beauftragt, sie einzuarbeiten. Ein Fehler, eindeutig.«

»Wieso? Was war denn?«

»Es lag eine Art Spannung in der Luft. Ein Knistern zwischen beiden. Man hatte immer den Eindruck, daß man förmlich die Funken sprühen sieht, wenn sie miteinander zu tun hatten.«

»Ein sexuelles Knistern?«
»Wie gesagt, eine unangenehme Geschichte.« Ein widerwilliges Knurren. »Irgendwas in der Richtung war's wohl. Ich habe allerdings nie etwas beobachtet oder gehört, was eine derartige Vermutung bestätigt hätte. Rick war damals noch verheiratet. Aber ich gehe davon aus, daß Ihnen das bekannt ist.«
Ich nickte. »Hatten Sie das Gefühl, Rick hat sie abblitzen lassen? Oder umgekehrt?«
»Nein.«
Das kam so knapp, daß es keinen Zweck hatte, weiter nachzubohren. »Was können Sie mir über Gina Ferro erzählen?«
»Ah – Gina. Sie war was ganz anderes.«
»Ganz anders als Claire Kinsour?«
»Und anders als Rick.« Oldham schien sich ein wenig warmzureden. »Rick war immer etwas ... nun, zu sehr von sich eingenommen. Man könnte sogar arrogant sagen. Ich meine damit nicht sein Ego. In unserem Geschäft braucht man ein gesundes Selbstbewußtsein – und dazu gute Nerven und ein sicheres Urteilsvermögen. Rick hatte das alles, aber er war so von sich überzeugt, daß er es nicht fertiggebracht hat, einmal getroffene Entscheidungen von Zeit zu Zeit auf den Prüfstand zu stellen. Und wenn man das unterläßt, wirkt es sich im Laufe der Zeit zwangsläufig negativ auf das geschäftliche Renommee aus. Sehr negativ.«
»Und Claire Kinsour?«
»Nun, sie hat sich sehr auf ihr gutes Aussehen verlassen. Zu sehr. Und bei Geschäftsabschlüssen fehlte ihr der richtige Biß. Sie ließ die Dinge lieber auf sich zukommen. Zu wenig initiativ – tut mir leid, aber das muß ich nun mal sagen. Obwohl ich zugebe, sie war nicht so lange bei uns, daß ich mich zu einer abschließenden Beurteilung in der Lage sehe.«
»Hatte Blassingale etwas mit ihrer Kündigung zu tun?«
»Nein. Jedenfalls nicht, daß ich wüßte. Sie wollte sich einfach

beruflich verändern. Sie hat eine Stelle bei einer anderen Firma angenommen. Ob sie jetzt noch dort ist, weiß ich nicht.«
»Und Gina Ferro?«
»Gina hatte das Zeug zu einer erstklassigen Brokerin, nur hat der Job ihr einfach keinen Spaß gemacht. Der Nervenkitzel bei dem Spiel ums große Geld war nichts für sie. Trotzdem – schade. Ein gescheites Mädchen, ausgezeichnete analytische Begabung, sicheres Gespür für künftige Entwicklungen ... Es ist schon ein Jammer, wenn man gute junge Leute hat, und die gehen dann.«
»Haben Sie eine Ahnung, wo Miss Ferro jetzt ist?«
»Sie hat dem Brokergeschäft ganz den Rücken gekehrt. Hat geheiratet. Ist sozusagen Hausfrau geworden. Wie gesagt, ein Jammer, aber ...« Er zuckte die Schultern.
»Haben Sie zufällig ihre Adresse?«
»Sie meinen, wo sie wohnt?«
»Ja – oder irgendeinen Anhaltspunkt, wie ich mich mit ihr in Verbindung setzen kann.«
Oldham runzelte die Stirn. »Also, wie sie seit ihrer Heirat heißt ... aber – Augenblick mal.« Er schaltete einen der beiden Bildschirme ein, klickte kurz auf dem Keyboard herum und folgte dann mit dem Mittelfinger irgendeiner Liste, die der Computer ihm auf dem Screen zeigte. »Ja – da ist sie. Gina hat mir nach der Geburt ihres Babys eine Anzeige geschickt, und ich habe mir ihre Adresse notiert. Day Boulevard. Ich fürchte, das ist weit unten in Southie.«
Da war ich schon lange nicht mehr gewesen. »Kein Problem.«

Daß sie um die Jahreszeit noch Tulpen haben, hätte ich nicht gedacht.
Mein Blick blieb an ihrem Grabstein hängen. Elizabeth Mary Devlin Cuddy. »Aus Holland kommen sie nicht, sagt Mrs. Feeney, aber mehr wußte sie auch nicht.«

Jedenfalls sind sie wunderschön, John. Gibt's denn irgendeinen besonderen Anlaß?

»Den hab ich doch früher auch nie gebraucht.«

Eine Weile stand ich einfach nur da und beobachtete, wie die Bugwelle, die das Boot der Hafenpolizei vor sich herschob, gegen die Uferbank unter Beths Hügel schwappte.

Was bedrückt dich?

»Ein Fall. Ein Mann ist des Mordes an seiner Frau angeklagt. Möglicherweise hat er sie auch mißhandelt. Dann gibt's da noch das Gerücht von einem Techtelmechtel im Büro, wobei er behauptet, sie habe ihn angemacht, aber er habe nein gesagt – und umgekehrt. Und ich weiß nicht, wem von beiden ich glauben soll.«

Wär's denn einfacher, wenn du das wüßtest?

Ich grinste. »Nicht unbedingt.«

Vielleicht hast du nur noch nicht die oder den Richtigen gefunden.

»Die oder den Richtigen?«

Jemanden, dem du glauben kannst.

Wir unterhielten uns noch eine Weile über andere Dinge. Alte Freunde. Und noch ältere Zeiten. Tage, die wir gemeinsam erlebt hatten und in denen die Welt uns so unkompliziert vorgekommen war.

Und dann hörte ich, wie die Sirene des Polizeiboots aufheulte, und sah die roten und blauen Lichter kreisen, und da fiel mir ein, daß ich auch noch viel zu erledigen hatte. Es war Zeit, Beth Lebewohl zu sagen.

Vier

Eine ziemlich exklusive Adresse, die Michael Oldham mir gegeben hatte: ein zweistöckiges Wohnhaus gleich neben der Badeanstalt am Day Boulevard, nur wenige Schritte die L-förmige Wohnstraße hinunter. Die Frau, die mir öffnete, hielt einen kleinen Jungen auf dem Arm. Irgendwo zwischen dem ersten und zweiten Geburtstag, schätzte ich. Die Frau hatte schokoladenbraune Augen, fast auf den Ton genau dieselbe Farbe wie ihr hübsch zu einem Pagenkopf geschnittenes Haar. Sie war etwa im selben Alter wie Claire Kinsour – nur ein klein wenig rundlicher, vermutlich war sie die Pfunde, die sie während der Schwangerschaft zugelegt hatte, noch nicht wieder losgeworden.

»Ja bitte?«

»Gina Ferro?«

Ein Lächeln. »Nicht mehr.« Ein mißtrauischer Blick. »Moment mal, wie sind Sie an meine Adresse gekommen?«

»So was läßt sich rausfinden. Ich bin für Rick Blassingales Anwalt tätig.«

Sie war immer noch argwöhnisch. »Haben Sie einen Ausweis?«

Ich zeigte ihn ihr. Als sie sich meine Lizenz angesehen hatte, deutete sie auf das Namensschild unter der Klingel. »Ich heiße jetzt Gina Shukas. Die Familie meines Mannes stammt aus Litauen.«

»Es würde mir sehr helfen, wenn Sie mir ein paar Minuten Ihrer Zeit opfern.«

»Ja, sicher. Kommen Sie mit nach oben.«

Der zweite Stock war von Sonne durchflutet, sogar jetzt im Dezember. Ein recht geräumiges Wohnzimmer, bescheiden möbliert, aber pieksauber, obwohl das Kind Gina sicher ziemlich auf Trab hielt. Sie setzte sich auf die Couch, Sohnemann durfte auf ihren Schoß krabbeln, ich nahm ihr gegenüber in einem Schaukelstuhl Platz.

Gina tätschelte dem Kleinen den Po, er fing vergnügt zu krähen an. »Das ist Arthur junior.«

»Ein hübsches Kerlchen.«

»Hat Daddys Augen, aber Mommys Haar.« Dann wurde ihr Ton eine Spur sachlicher. »Also, was wollen Sie wissen?«

»Alles, was Sie mir über Rick Blassingale und Claire Kinsour erzählen können.«

»Wenn Sie für Blassingales Anwalt tätig sind, wieso brauchen Sie dann Informationen über Claire?«

Ich bemühte mich um einen beiläufigen Ton. »Es könnte sein, daß sie beim Prozeß als Zeugin befragt wird.«

»Aha. Na ja, ich hab den Fall nicht so richtig verfolgt, darum weiß ich eigentlich nicht, was ich Ihnen erzählen soll. Ich weiß nur, daß sie ihn damals bei Goff Searle – das war die Firma, in der wir alle drei gearbeitet haben – unheimlich niedlich fand.«

»Tatsächlich?«

»Ja, aber ich weiß nicht, ob irgendwas daraus geworden ist. Ich meine … Sie wissen schon, was ich meine. Als ich in der Zeitung gelesen habe, daß er wegen Mordes an seiner Frau vor Gericht muß, wollte ich eigentlich den Anruf bei ihr nachholen – bei Claire, meine ich –, aber ich bin nicht dazu gekommen.«

»Den Anruf nachholen?«

»Na ja, weil doch seine Frau am selben Abend ermordet wurde. Wie gesagt, ich hab den Fall nicht richtig verfolgt, aber andererseits – wie viele Leute kennt man schon, die wegen Mordes angeklagt werden?«

Als ich nichts sagte, guckte sie mich groß an. »Oh, ich hatte glatt vergessen, daß Sie ja beruflich … na, auch egal. Ja, es war so: Ich war seit dem Abendessen mit ihr noch nicht dazu gekommen, sie anzurufen.«

Ich konnte nicht behaupten, daß das Ganze mir klarer geworden wäre. »Was für ein Abendessen?«
»Na ja – Anfang November hatte Claire mich angerufen und gesagt, sie wäre jetzt eine Weile auswärts unterwegs und ob ich nicht Lust hätte, sie vorher noch mal zu besuchen. Irgendwie fand ich das komisch, aber ich sagte, sicher, warum nicht. Ich meine, ich war jetzt wegen des Babys über ein Jahr lang praktisch nicht aus dem Haus gekommen. Ja, ich weiß, es heißt immer, man könnte ja Fernsehen gucken und weiß der Himmel was alles. Aber ich sag Ihnen, glauben Sie kein Wort. Als Mutter ist man ganz schön angebunden. Besonders wenn Art, mein Mann, beruflich auswärts zu tun hat.«
»Also«, versuchte ich ein bißchen Ordnung in die Geschichte zu bringen, »Miss Kinsour hat Sie angerufen, und Sie fanden das irgendwie komisch?«
»Na ja … Claire und ich waren bei Goff Searle nicht gerade dicke Freundinnen, und sie war ja auch schon lange vor mir weggegangen. Sie wissen doch, wie das ist: Wenn man nicht mehr in derselben Firma ist, verliert man sich aus den Augen. Und auf einmal ruft Claire an und erzählt, daß sie auch nicht mehr arbeitet, aber nach Seattle fliegen, sich dort was Neues suchen und vielleicht sogar dorthin umziehen will. Und ob ich nicht Lust hätte, ungefähr um sieben bei ihr vorbeizukommen. Und da hab ich eben ja gesagt.«
»Und dann sind Sie zu ihr gegangen.«
»Ja.« Sie wuschelte ihrem Sohn durchs Haar, der fing wieder zu krähen an und strampelte fröhlich mit den Beinen. »Ich hab Arts Mom überredet, das Babysitten zu übernehmen. Offen gesagt, sie sieht's nicht gern, daß ich ausgehe, wenn Art nicht da ist, aber so ist sie eben. Na, jedenfalls – ich hab mich mit Claire auf einen Drink getroffen, und sie hat mir von dem Job erzählt, für den sie sich in Seattle vorstellen wollte, und ich ihr von Arthur junior. Aus einem Drink sind zwei geworden, und

dann kam noch ein Abendessen dazu. Nur Pasta und Salat, aber es war sehr hübsch. Für mich war's so was wie eine Erinnerung an die Zeit, in der ich noch in der Innenstadt gearbeitet habe.«

»Und wann war das?«

»Sie meinen, wann wir ausgegangen sind? Am Abend vor Claires Abflug.«

»Moment mal. An dem Abend, an dem Libby Blassingale ermordet wurde?«

»Wie ich schon gesagt habe. Ich hab von der Sache zuerst gar nichts mitgekriegt. Arthur junior hält mich nämlich ziemlich in Atem.« Sie wuschelte dem Kleinen wieder durchs Haar, der Junge rekelte sich wie ein Kätzchen, das gestreichelt werden will. »Ich weiß noch, wie ich beim Abendessen zu Claire gesagt habe: Mädchen, du fühlst dich morgen früh wie erschlagen, wenn du nicht früh genug ins Bett kriechst. Und später habe ich dann gedacht, wie seltsam es ist, daß Ricks Frau etwa zur selben Zeit tatsächlich erschlagen wurde. Aber Claire wollte nichts davon hören, daß es schon spät wäre. Sie meinte, wir sähen uns ohnehin so selten, und da hatte sie ja wirklich recht.«

Ich fragte sehr bedächtig, als käm's mir auf jedes Wort an: »Und wann sind Miss Kinsour und Sie dann schließlich aufgebrochen?«

»Oh – um zehn, Viertel nach. Ich weiß, als ich zu Hause ankam, war's halb elf. Weil nämlich Arts Mutter ganz schön wütend war und nicht glauben wollte, daß ich so lange mit einer Freundin zusammengewesen war.«

Halb elf. Zwei Stunden nach dem Zeitpunkt, zu dem Claire Kinsour angeblich am Fenster ihrer Wohnung gestanden und gesehen hatte, wie Rick Blassingale die Marlborough Street hinunterrannte. »Wo haben Sie an dem Abend gegessen?«

»Das war so ein kleines Restaurant am Beacon Hill. War nicht

mal sehr teuer, aber Claire hat trotzdem darauf bestanden, daß sie mich einladen darf.«
»Und das hat sie dann auch getan?«
»Ja. Sie hat gesagt: Ich hab nur Plastikgeld eingesteckt, auf die Weise kann mir keiner was klauen. Also, mir war das irgendwie nicht recht – ich meine, weil sie doch arbeitslos war und so, aber ehe ich's mich versah, hatte sie dem Kellner schon die Rechnung und ihre Kreditkarte in die Hand gedrückt.«
Was bedeutete, daß es eine quittierte Rechnung geben mußte und vielleicht sogar ... »Mrs. Shukas, erinnern Sie sich an den Namen des Restaurants?«

Fünf

Es war endgültig Winter geworden, als in einem Saal im neunten Stock des Oberlandesgerichts der Prozeß gegen Rick Blassingale eröffnet wurde. Steve Rothenberg hatte bei der Richterin, einer erfahrenen Vorsitzenden, so um die Fünfzig, beantragt, daß ich neben ihm am Tisch der Verteidigung Platz nehmen durfte. Mein Gott, welche Ehre.
Der Gerichtssaal sah ein bißchen altmodisch aus. Hohe Fenster, fast wie in einer Kirche, mahagonigetäfelte Wände, schwere, schon ein bißchen zerschrammte Eichenmöbel. Vor fünfzehn Jahren hätte die Jury sich aus drei Hausfrauen, drei Pensionären, drei Sozialhilfeempfängern und drei Postangestellten zusammengesetzt, aber nachdem es üblich geworden war, den Prozeßablauf zu straffen, mußte jeder damit rechnen, als Geschworener verpflichtet zu werden, sogar Richter und Anwälte, und so schienen die zwölf Männer und Frauen, die uns von der Geschworenenbank her anstarrten, tatsächlich dem von Rechts wegen vorgesehenen repräsentativen Querschnitt

durch die Gesellschaft so nahe wie irgend möglich zu kommen.
Der Staatsanwalt war jünger, etwa in Blassingales Alter. Man konnte es ihm ansehen: Er rechnete zuversichtlich damit, daß die Geschworenen den Angeklagten schuldig sprachen. Und den Geschworenen sah man an, daß er vermutlich recht hatte. Beim Kreuzverhör gelang es Rothenberger allerdings, eine Zeugenaussage nach der anderen zu zerpflücken. Die Frau mit dem Hund mußte zugeben, daß sie den Angeklagten bei der Gegenüberstellung nicht wiedererkannt hatte. Die Nachbarin, Libbys Kaffeefreundin, war sich auf einmal nicht mehr sicher, ob sie bei Libby einen blauen Fleck oder eine frische Wunde gesehen hatte – vielleicht sogar eine, die noch ein bißchen blutete?
Der Mann von der Spurensicherung hatte ähnliche Schwierigkeiten mit den Blutflecken auf Ricks Schuhen. Ja, es war nicht auszuschließen, daß die schon Monate vor der Mordnacht dorthin gekommen waren.
Claire Kinsour hob sich der Staatsanwalt bis zum Schluß auf. Sie hatte sich das aschblonde Haar zu einem braven Knoten gebunden, das dunkelblaue Kostüm gab ihrer Erscheinung einen vorteilhaften Anstrich. Sie wirkte sehr gelassen und überzeugend. Ich spürte, wie aus der Welle verstohlener Abneigung, die Blassingale schon die ganze Zeit über von der Geschworenenbank entgegenschwappte, eine regelrechte Sturmflut zu werden drohte.
Als der Staatsanwalt seine Zeugin dem Verteidiger überließ, stand Steve auf und fragte, ob er zum Richtertisch kommen dürfe. Er bat die Richterin, das Papier, das er in der Hand hielt – er sprach nur von »dieser Unterlage« –, als Beweismittel Nummer fünf der Verteidigung zuzulassen. Der Gerichtsstenograf versah das Blatt mit dem üblichen Namenskürzel. Rothenberger hielt es dem Staatsanwalt zur Kenntnisnah-

me hin, der verzog keine Miene. Dann bat Steve, zum Zeugenstand vorgehen zu dürfen.
»Miss Kinsour«, sagte er, als er vor ihr stand, »vor wenigen Minuten haben Sie hier bezeugt, daß Sie Rick Blassingale in der Mordnacht etwa um halb neun Uhr gesehen haben, als er die Marlborough Street in östlicher Richtung hinuntergelaufen ist – ist das richtig?«
Sie mußte nicht erst lange nachdenken. »Ja.«
Rothenberg nickte den Geschworenen zu und hielt Claire Kinsour seine »Unterlage« hin. »Ich zeige Ihnen hier das Beweismittel Nummer fünf der Verteidigung und frage Sie, ob die Unterschrift auf diesem Blatt Papier Ihre ist.«
»Ja«, sagte sie leichthin. Erst als ihr Blick nach oben wanderte und sie feststellte, daß sie die quittierte Rechnung eines Restaurants in der Hand hielt, wurden ihre Augen groß und rund.
Steve Rothenberg fragte mit gesenkter Stimme: »Was ist das, was Sie da in der Hand halten, Miss Kinsour?«
»Das ist ... ein Beleg über eine ... eine Zahlung mit einer Kreditkarte.«
»Eine Abrechnung per Kreditkarte, die Sie in der fraglichen Nacht in einem Restaurant nicht weit von Ihrer Wohnung gegengezeichnet haben, ist das so?«
»Ja.«
»Bitte sehen Sie sich den Computerdruck ganz oben an, direkt unter dem Namen des Restaurants, und sagen Sie den Geschworenen, welche Zeit dort ausgedruckt ist.«
»Da ... da steht ...« Claire Kinsour fuhr sich mit der Hand übers Gesicht. »Mein Gott, das ist ... das ist doch nicht möglich.« Sie drehte den Kopf seitwärts, starrte die Geschworenen an und sagte leise: »Ich habe ... habe gelogen. Ich fühlte mich damals bei Goff Searle ... sehr zu Rick hingezogen ...«
Ein Ruck ging durch die Reihen der Geschworenen, alle beugten sich vor, einigen klappte der Mund auf.

»Einspruch, Euer Ehren!« rief der Staatsanwalt.
Die Richterin wollte etwas sagen, aber Claire ließ ihr keine Chance. Es war wie ein Dammbruch, so, als sei sie froh, daß sie sich's endlich von der Seele reden konnte. Und das tat sie dann auch, laut und vernehmlich, ihre schrille Stimme hallte von den hohen Wänden wider. »Ich hab Rick an dem Abend in Wirklichkeit gar nicht gesehen. Ich hab irgendeinen Mann die Straße runterrennen sehen. Er hatte eine grünkarierte Jacke an, so eine, wie ich sie schon bei Rick gesehen habe. Und das war nicht um halb neun, das war nachts um halb elf.«
»Die Zeugin möge bitte …«
»Als ich gehört habe, daß Rick vor Gericht muß, bin ich zur Polizei gegangen und hab meine Lügengeschichte erzählt. Ich hab den Mann damals nachts deutlich gesehen, es war mit Sicherheit nicht Rick Blassingale.«
Steve Rothenberg kam zum Tisch der Verteidigung zurück. Die Richterin teilte Claire Kinsour mit, daß sie, wenn sie noch mal ungefragt dazwischenrede, mit einer Ordnungsstrafe belegt werde, aber man merkte ihr an, daß die Rüge für sie eher so etwas wie eine Pflichtübung war.
Der Staatsanwalt war dagegen ehrlich empört. »Keine Fragen, Euer Ehren. Der Staat Massachusetts erhält die Anklage aufrecht.«
Die Richterin sah zu uns herüber. »Mr. Rothenberg?«
»Ich sehe keine Veranlassung, weitere Entlastungszeugen aufzurufen, Euer Ehren.«
»Ja, danke. Den belehrenden Unterton hätten Sie sich allerdings sparen können. Miss Kinsour, Sie sind entlassen.«
Während Claire Kinsour mit gesenktem Blick aus dem Zeugenstand kam und wie ein geprügeltes Hündchen aus dem Gerichtssaal stöckelte, wandte die Richterin sich an die Geschworenen. »Ich denke, wir können den Fall morgen vormittag nach den Schlußanträgen der Staatsanwaltschaft und der Verteidi-

gung abschließen.« Sie teilte dem Sprecher mit, wann er und die anderen sich wo einzufinden hätten, und entließ die Jury. Nachdem der letzte Geschworene den Saal verlassen und der Gerichtsdiener die Tür geschlossen hatte, schloß Rick Blassingale seinen Anwalt überschwenglich in die Arme, danach nahm er meine Hand, deckte sie wieder mit der Linken zu und schüttelte sie ergriffen. »Sie haben mehr für mich getan, als ich erwarten konnte, John. Danke, danke, danke.«
Mir war es zum Kotzen, und ich wußte sogar, warum.

Normalerweise sind alle Fälle schwierig. Na gut, hin und wieder erwischt man mal einen leichten. Aber daß einem die Lösung auf einem silbernen Tablett serviert wird – und das auch noch auf so dramatische Weise –, das gibt's eigentlich gar nicht.
Ich fuhr zurück in mein Büro, und da saß ich dann lange mit geschlossenen Augen am Schreibtisch und ließ in Gedanken Revue passieren, wie ich eigentlich an all die Fakten herangekommen war, mit deren Hilfe Steve letztendlich den Fall zugunsten seines Mandanten entschieden hatte. Im Grunde war es Rick Blassingale gewesen, der mich auf die richtige Spur gesetzt hatte. Auf die von Claire Kinsour, von Michael Oldham und von Gina Ferro. Claire Kinsour hatte mir erzählt, daß Rick hinter ihr hergewesen sei, nicht umgekehrt. Und von ihr stammte auch der Tip, daß Gina jetzt, nach ihrer Heirat, wahrscheinlich einen anderen Namen trüge. Oldham hatte zwar diesen neuen Namen nicht gekannt, aber Ginas neue Adresse prompt in seinem Computer gefunden. Gina Ferro konnte sich an das Datum und die Uhrzeit des Abendessens mit der Kinsour erinnern, und die hatte die Rechnung per Kreditkarte bezahlt, so daß sich, Zufall über Zufall, ein Zeitstempel auf der Quittung fand. Alles war so glatt gelaufen, als hätte mich jemand mit der Nase drauf gestoßen.

Auf dem Friedhof hatte ich zu Beth gesagt, ich wisse nicht, wer die Wahrheit sagt und wer lügt. Wenn Claire Kinsours Widerruf ihrer bisherigen Aussage ehrlich war, dann hatte Rick Blassingale offensichtlich von Anfang an die Wahrheit gesagt. Möglich, daß Gina Ferro während des Abendessens erwähnt hatte, sie sei im Fall Blassingale nicht auf dem laufenden – wegen des Babys und so. Aber wenn das der entscheidende Anstoß für Claire gewesen war, sich durch eine falsche Zeugenaussage an Rick Blassingale zu rächen, warum hatte sie dann nicht einfach gesagt, sie habe ihn um halb elf, nicht um halb neun die Straße hinunterlaufen sehen, zumal das ja auch innerhalb der vom Gerichtsmediziner angenommenen Tatzeit gelegen hätte? Warum hatte die Kinsour eine Zeitangabe gewählt, bei der sie sich von vornherein ausrechnen konnte, daß die Acht-Uhr-dreißig-Version wie eine Seifenblase platzen mußte, sobald jemand Gina Ferro aufspürte und befragte?
Es gab nur eine wasserdichte Erklärung, und wenn ich die beweisen wollte, konnte ich mich nur auf Oldhams Menschenkenntnis verlassen und hoffen, daß er mit seiner Einschätzung der handelnden Personen recht gehabt hatte.

In schmutzigen, ausgeleierten Cordhosen, den Sweater hoch bis ans Kinn gezogen und darüber einen alten Parka, bei dem schon das Futter durch den eingerissenen Stoff schimmerte, wickelte ich eine Literflasche Sprite in braunes Packpapier und zwirbelte das Papier oben zu. So ausgestattet, fuhr ich zu den früheren Lagerhäusern am Hafen und parkte – drei Kreuzungen vor Rick Blassingales Wohnung – an der Pier. Den Rest der Strecke legte ich leicht torkelnd zu Fuß zurück, blieb von Zeit zu Zeit stehen, um einen Schluck aus der Spriteflasche zu nehmen, und ließ mich schließlich wie ein müder Penner gegenüber Blassingales Haustür an der Kaimauer nieder.
So etwas wie einen Portier konnte ich in der Schickimicki-Be-

hausung nicht sehen. Ich hatte auch nicht damit gerechnet, denn das muntere Völkchen, das hier wohnte, legte nicht sonderlich viel Wert auf Äußerlichkeiten. Im übrigen herrschte ein reges Kommen und Gehen, wobei mir auffiel, daß einige der Spätheimkehrer offenbar an der Haustür Schwierigkeiten hatten, das Schlüsselloch zu finden. Dann tauchte eine Brünette auf – ich konnte sie leider nur noch von hinten sehen, als sie auf die Haustür zuging. Sie trug das Haar in einem Pagenschnitt, ihr Wintermantel hing so locker, daß sich unmöglich abschätzen ließ, ob sie dick oder mollig oder schlank war.
Auch sie hatte Schwierigkeiten mit dem Schlüssel. Dann hielt sie ihn ins Licht, tippte sich mit dem Fingernagel an die untere Zahnreihe, probierte es noch mal und fand das Schlüsselloch diesmal auf Anhieb.
Sie verschwand im Haus, irgendwo in einem der oberen Stockwerke ging das Flurlicht an, und kurz darauf sah ich, wie hinter einem breiten Panoramafenster – ein Wohnzimmerfenster, vermutete ich – das Deckenlicht erlosch und dafür ein paar Stehlampen angeknipst wurden, die den Raum in lauschig-romantisches Licht tauchten.
Michael Oldham hatte recht gehabt. Arrogant und so von sich überzeugt, daß er Risiken nicht realistisch abzuschätzen wußte.
Ich kippte den Rest Sprite über die Kaimauer ins Hafenbecken und machte mich auf den Heimweg.

Steve Rothenberg sagte: »Danke, daß du gekommen bist, John. Wir brauchen deine Hilfe für die Besprechung des Schlußplädoyers.«
Ich sah ihn an, dann Blassingale, der – mitten im geschäftigen Trubel auf dem Flur vor dem Gerichtssaal – neben ihm stand. »Hat die Richterin deinen Antrag abgelehnt, die Beweiserhebung für abgeschlossen zu erklären?«

»Ja«, sagte Rothenberg, »aber damit hatte ich gerechnet. Der Staatsanwalt wird sich, nachdem die Kinsour ihre Aussage widerrufen hat, ziemlich schwer tun, die Anklage gegen meinen Mandanten aufrechtzuerhalten. So wird die Richterin es den Geschworenen überlassen, auf schuldig oder nicht schuldig zu erkennen. Aber nach dem, was die Kinsour sich gestern im Zeugenstand geleistet hat, mache ich mir wegen der Jury keine Sorgen.«
»Solltest du aber.«
Auf Blassingales Wangen prangten wieder die beiden puterroten Flecke, Rothenberg runzelte die Stirn. »Was soll das heißen?«
Ich faßte Blassingale am Ellbogen. »Wollen wir nicht lieber dort rübergehen? Da sind wir ein bißchen ungestörter.«
In der Nische am Flurende setzte ich mich auf die unbequeme Holzbank, lehnte mich zurück und verschränkte die Arme vor der Brust. Rothenberg und Blassingale bauten sich vor mir auf und sahen mich gespannt an. »Jungs, ich werde euch jetzt mein eigenes Schlußplädoyer halten«, sagte ich. »Ich bin neugierig, was ihr davon haltet.«
Sie starrten mich nur stumm an.
»Rick Blassingale hatte eine Menge Ärger mit seiner Scheidung, aber zum Glück hat er nun eine neue Freundin. Das heißt, so neu ist sie gar nicht. Bestimmt ist ihm die ganze Zeit über durch den Kopf gegangen, was für eine großartige Lösung es wäre, wenn er plötzlich zum Witwer würde. Unglücklicherweise wäre er im Falle eines Falles automatisch der Hauptverdächtige gewesen, und den Schuh wollte er sich lieber nicht anziehen. Dann ist ihm allerdings eine Lösung eingefallen, bei der er aus dem Schneider und in jeder Beziehung fein raus war.«
»Sie wissen doch überhaupt nicht, was Sie reden«, fuhr Blassingale mich an.

»Es kommt noch viel besser. Blassingale ließ seine neue, alte Freundin in ein Apartment an der Marlborough Street umziehen, man kann beinahe sagen: schräg gegenüber der Wohnung seiner Frau. Das war sozusagen seine Operationsbasis. Von dort aus macht er sich am Abend des fünfzehnten November auf den Weg zu Libby. Er trägt eine Jacke, wie man sie in Boston dutzendweise sehen kann und die er nicht mehr braucht. Zu seinem Pech gibt's eine Frau, die mit ihrem Hund unterwegs ist und Rick beobachtet. Das allein hätte ihm allerdings das Genick nicht gebrochen. Er benutzt seinen alten Schlüssel, um ins Haus zu kommen, und überredet seine Frau unter irgendeinem Vorwand dazu, ihn in die Wohnung zu lassen. Ich hab dir ein kleines Geschenk mitgebracht, Libby, oder so ähnlich, was weiß ich.«
»Sie sind ja verrückt«, sagte Blassingale.
Rothenberg sagte ruhig: »Lassen Sie ihn weiterreden, Rick.«
Ich nickte Blassingale zu. »Sie waren im Nu wieder in Claires Wohnung und haben das Mordwerkzeug, die karierte Jacke und was Sie sonst noch an möglicherweise belastenden Dingen mitgeschleppt haben, bei ihr gelassen, damit sie es am nächsten Morgen mit nach Seattle nehmen und irgendwo wegwerfen konnte. Auf diese Weise konnte die Polizei in Ihrer neuen Wohnung nichts Verdächtiges mehr finden, wenn man mal davon absieht, daß Sie vergessen hatten, die Schuhe mit den Blutspritzern wegzuwerfen. Na ja, man kann eben nicht an alles denken, nicht wahr, Rick?«
Keine Antwort.
Rothenberg fragte: »Aber wieso hat die Kinsour ihn dann belastet?«
»Hat sie gar nicht, Steve. Sie hat erst gegen ihn ausgesagt, nachdem der Staatsanwalt durch die Laboruntersuchung der Schuhe und die anderen belastenden Tatumstände genug gegen ihn in der Hand hatte, um Anklage zu erheben. Da mußte

Rick auf seinen Notplan zurückgreifen. Kein umwerfend genialer Plan – aus der Sicht eines Anwalts mit jahrelanger praktischer Erfahrung. Aber in den Augen von jemandem, der zwar sein Examen gemacht, aber nie praktiziert hat, konnte es vielleicht wie ein todsicherer Plan aussehen. Man braucht dazu eine Zeugin, bei der jeder annimmt, daß sie dem Angeklagten eins auswischen will. Sie belastet ihn also durch ihre Aussage, bis sie sich plötzlich gezwungen sieht, ihre Aussage zu widerrufen, weil ihr jemand einen unwiderlegbaren Gegenbeweis unter die Nase hält – zum Beispiel eine quittierte Rechnung aus einem Restaurant, durch die Gina Ferros Zeitangaben bestätigt werden.«

Rothenberg schüttelte den Kopf. »Demnach hat Claire Kinsour Rick zwar zunächst belastet, aber bereits mit dem festen Vorsatz, ihre Aussage später zu widerrufen?«

»Genau«, bestätigte ich. »Andererseits, sie hat ihre Aussage nur hinsichtlich der Zeitangabe korrigiert, bleibt aber im übrigen dabei, daß sie einen Mann in einer karierten Jacke gesehen hat. Ihre Glaubwürdigkeit als Zeugin ist durch den Zeitstempel auf der quittierten Rechnung und durch Gina Ferros Einlassung angeknackst, aber nicht grundsätzlich erschüttert.«

Ich nahm Blassingale, der absolut keine Zuversicht mehr ausstrahlte und nur noch keuchend atmete, ins Visier. »Ich sollte das Ganze für Sie wasserdicht machen, Rick. Sie wußten, wie gering das Risiko war, daß Claire wegen Meineids belangt wird. Und so haben Sie mich wie an einem Nasenring erst zu ihr, dann zu Oldham und zu guter Letzt zu Gina Ferro und diesem Abend im Restaurant geführt. Sauber eingefädelt – aber ein bißchen zu sauber.«

Blassingale murmelte: »Ich hab Ihnen doch gesagt, daß ich von Blondinen nichts mehr wissen will.«

»Was aber nicht mit dem übereinstimmt, was ich gestern

abend vor Ihrer Haustür beobachtet habe. Die junge Dame hatte sogar einen eigenen Schlüssel. Bis zur Haustür war sie brünett, aber ich wette, in Ihrem Apartment war sie blond.«
Blassingale ballte die Fäuste und kam einen Schritt auf mich zu.
»Nur zu, Rick«, sagte ich. »Mit einer gebrochenen Nase kommen Sie vor Gericht ganz groß raus.«
Rothenberg sagte zu Blassingale: »Ruhig Blut, Rick. Ich muß erst feststellen, ob John lediglich mit Vermutungen jongliert.«
Blassingale fauchte ihn mit hochrotem Gesicht an: »Sie müssen gar nichts feststellen. Sie müssen lediglich da reingehen und den Geschworenen klarmachen, was sie gestern von Claire im Zeugenstand gehört haben.«
Diesmal war ich's, der den Kopf schüttelte. »Tut mir leid, Rick, daraus wird nichts. Aber ich erinnere mich dunkel, daß der Staatsanwalt Ihnen, bevor Claire Kinsour auf den Plan getreten ist, strafmildernde Umstände in Aussicht gestellt hat. Da war, glaube ich, von zwanzig Jahren plus minus die Rede. Ich könnte mir vorstellen, daß der Staatsanwalt darauf zurückkommt, wenn Steve ihm sagt, Sie wollten lieber ein Geständnis ablegen, als sich auf einen Freispruch durch die Jury zu verlassen.«
Blassingale starrte mich entgeistert an. »Ich soll mich selber ans Messer liefern?«
»Es gibt nur zwei Möglichkeiten, Rick. Entweder bekennen Sie sich schuldig, oder ich sage dem Staatsanwalt, was ich weiß. In diesem Fall müssen Sie sich nicht selber ans Messer liefern, die Mühe habe ich Ihnen dann abgenommen.«
Blassingale sah aus, als wolle er jeden Augenblick explodieren. »Das geht gar nicht. Das wäre doppelte Strafverfolgung.«
Rothenberg winkte ab. »Nein, nicht, bevor das Urteil gesprochen ist. Und wir haben ja noch nicht mal die Schlußplädoyers gehalten. Mit dem, was Cuddy in der Hand hat, kann die Rich-

terin erklären, daß der Prozeß unter einer falschen Annahme zur Beweislage geführt wurde, den ganzen Fall noch einmal aufrollen und eine neue Jury einberufen.«

Blassingale merkte anscheinend, daß ihm der Boden unter den Füßen wegbrach. »Aber ... aber Sie haben mir Vertraulichkeit zugesagt«, hielt er mir vor. »Ich ... ich werde Sie anzeigen.«

»Bei mir geht's nur um eine Lizenz, Rick. Bei Ihnen dagegen geht's um Mord. Gut, ich werde meine Lizenz los. Aber Sie werden für den Mord an Ihrer Frau bezahlen – so oder so. Und mein Gefühl sagt mir, wenn ich mit dem Staatsanwalt gesprochen habe, ist von zwanzig Jahren plus minus keine Rede mehr.«

Plötzlich traten Blassingale tatsächlich Tränen in die Augen. Dicke Tränen, die sein rotwangiges Gesicht hinunterliefen und ihm auf den Hemdkragen und den Schlips tropften. »Was haben Sie mir angetan?« keuchte er.

Ich stand auf. »Ich habe nur wunschgemäß dafür gesorgt, daß eine Zeugin umfällt, Rick. So was ist immer mit einem gewissen Risiko verbunden. Es kann dabei leicht passieren, daß sich auf einmal die ganze Beweislage umkehrt.«

Steve Rothenberg und ich gingen den Flur hinunter, Blassingale sollte Zeit haben, seine Entscheidung zu treffen.

Ed Gorman Damals am Eagle's Point

Obwohl es erst nachmittags vier Uhr war, verfinsterte sich auf einmal der Himmel, Blitze krochen wie zuckende silberne Spinnenbeine über die schier unendlichen Felder, die Farmen und die wenigen schmalen Straßen.

Es war Sommer, da hielt es die Kinder nicht zu Hause, sie spielten irgendwo an einem Bach, im nahegelegenen Wäldchen oder in einem alten, halbverfallenen Schuppen, und nun blickten die Mütter besorgt hinauf zum aufgewühlten Himmel oder standen schon vor den Haustüren und schrien gegen den jäh aufkommenden, schwülwarmen Wind an, um ihre Kids nach Hause zu rufen.

Dann setzte der Regen ein, die typischen peitschenden Regenwände des Mittelwestens. Dicke, schwere Tropfen trommelten aufs Dach meines neuen Plymouth. Mir konnte der Regen nichts anhaben, ich fühlte mich nur um so behaglicher im Wageninneren und fand sogar, daß das Trommeln sich ein bißchen wie Calypsomusik anhörte.

War schon komisch gewesen, die Sache mit dem neuen Auto. Ich hatte zu Marcie gesagt, es solle ihr Wagen werden, und sie ist dann auch tatsächlich zum Autohändler gefahren, um sich das Modell und die Farbe auszusuchen, aber ein paar Wochen später hat sie mich trotzdem Knall auf Fall verlassen. Ich komm eines Tages nach Hause, seh die beiden Koffer an der Haustür stehen, und da kommt sie auch schon aus dem Schlafzimmer – schöner, als sie seit Jahren ausgesehen hatte – und sagt: »Ich mach jetzt ernst, Earle« – nur das. Und dann steht das Taxi draußen, und der Kerl am Lenkrad hupt, und sie ist weg.

Anfangs ist es mir schwergefallen, damit fertig zu werden. Ich hab wieder und wieder den Brief gelesen, den sie mir dagelassen hat, hab versucht, nicht nur den Wortlaut in mich aufzunehmen, sondern auch das, was zwischen den Zeilen versteckt sein mochte. Ich kam mir vor wie einer, den es auf eine einsame Insel verschlagen hat und der nun mutterseelenallein dasitzt und immer wieder die wenigen Seiten studiert, die mit ihm an Land geschwemmt worden sind.

Marcies Komplex war Susan Finlay – und daß ich angeblich nie über sie hinweggekommen bin, daß das irgendwie krankhaft sein muß, weil ich das Mädchen einfach nicht vergessen kann, und daß sie, Marcie, jemanden braucht, der sie wirklich liebt, ohne Wenn und Aber, und daß ich das eben nicht kann, weil ich immer noch in Susan Finlay verliebt bin. Nein, »vernarrt« hat sie gesagt.

Das war vor einem Jahr. Sie hat nur ein einziges Mal angerufen, aus einer Bar, im Hintergrund hab ich aus der Jukebox laute Countrymusik gehört. Sie sei betrunken, hat sie gesagt, und sie vermisse mich so schrecklich, aber sie wisse auch, daß es eben für mich niemanden außer Susan gäbe, und darum sei sie so traurig, ihretwegen und meinetwegen, weil ich sie einfach nicht lieben könne, jedenfalls nicht von ganzem Herzen, nicht so, wie sie geliebt werden wolle.

Es gab noch was, was sie an mir nicht gemocht hatte: meinen Beruf. Ich war drüben in Vietnam bei einer Sanitätseinheit gewesen, und als ich nach New Hope zurückkam, die Stadt, in der ich groß geworden bin, war es für mich selbstverständlich, zuallererst im Krankenhaus nach Arbeit zu fragen. Dort stellten sie zwar zur Zeit niemanden ein, aber sie empfahlen mich den beiden Burschen, die kürzlich einen Krankenwagen-Service eingerichtet hatten, und siehe da, schon hatte ich einen

Job. Ich wurde Fahrer in der Nachtschicht, von vier bis Mitternacht, sechs Nächte die Woche. Ich glaube, anfangs war Marcie stolz auf mich. Bei Partys und Familientreffen – und wo eben was los war – drängten sich die Leute um mich und wollten neue Geschichten über unsere nächtlichen Notdienstfahrten hören. Besonders die älteren Damen kriegten nie genug davon, sie lauschten um so hingerissener, je blutrünstiger die Geschichten waren. Marcie mochte es, wenn ich im Mittelpunkt stand.

Aber im Laufe der Zeit schienen meine Geschichten ihren Reiz zu verlieren, es dauerte nicht lange, bis ich nur der Vietnamveteran war – der mit den langen Haaren, dem mexikanischen Zwirbelbart unter der Nase, dem Bierbauch und den Brillengläsern, so dick wie die Linsen in der Mount-Palomar-Sternwarte (das mit den schlechten Augen liegt bei uns in der Familie). Alle meinten, mit meinen dreiundvierzig müßte ich mich allmählich um einen richtigen Job bemühen. Aber das *war* mein richtiger Job, und wenn's nach mir ging, konnte er's bleiben, bis ich eines Tages alt und grau war.

Ich starrte durch die Windschutzscheibe nach vorn und hoffte, trotz des Regens doch noch einen Blick auf die Hügel zu erhaschen, in denen David und Susan und ich herumgestromert waren und gespielt hatten. Da oben lag Carstairs, der Ort, in dem ich geboren und aufgewachsen bin, ehe wir nach New Hope umgezogen sind, weil Dad lungenkrank geworden war und Mom meinte, im dortigen Krankenhaus könnten sie ihm vielleicht eher helfen.

Mit dem Herzen war ich immer noch in Carstairs zu Hause, auf dem Marktplatz mit dem kleinen Musikpavillon, den Tauben, die auf dem Denkmal für die Toten des Sezessionskrieges saßen, den alten Männern, die den ganzen Tag über Schach spielten, und den Kids, die in heißen Sommern im knietiefen Teich planschten. Wenn ich mir viel Mühe gab, hatte ich immer noch den Geruch von Steinkohlenteer entlang den Bahngleisen in der Nase. Wie oft waren David, Susan und ich auf den Schienen herumbalanciert und hatten uns überlegt, was wir heute wieder für Dummheiten anstellen könnten …

Wir drei sind unter demselben Dach aufgewachsen – in drei alten Reihenhäusern mit bröckelndem Putz, einem handtuchgroßen Streifen vergilbtem Rasen vor der Haustür, auf dem es mehr Hundekot als Grashalme gab, und mit einer rostigen Fernsehantenne auf dem Dach, die bei jedem Windstoß jämmerlich quietschte. Unsere Väter waren Bauarbeiter, unsere Mütter rannten jedem Job nach, bei dem sie was dazuverdienen konnten (meistens als Aushilfsverkäuferin in der Spätschicht im Billigmarkt), weil wir zu viele Brüder und Schwestern hatten, und manchmal, nach zuviel Arbeit, zuviel Armut und zuviel Schnaps, kam es vor, daß unsere Väter unsere Mütter schlugen. Die »reichen« Kids (und das waren in unseren Augen alle, die in richtigen Häusern wohnten) machten einen großen Bogen um uns. Das heißt, sie machten einen Bogen um David und mich, denn Susan mit ihrem süßen Gesicht und den traurigen großen Augen brach den reichen Jungs reihenweise das Herz – das fing schon an, ehe sie zehn Jahre alt war.

Dabei interessierte sich Susan gar nicht für die Kerle, sie interessierte sich nur für David und mich, so wie David und ich uns nur für Susan interessierten.

Ich war eifersüchtig auf David, weil er all das hatte, was mir fehlte: Er sah gut aus, konnte sicher auftreten, war immer gut gelaunt und charmant, und vor allem hatte er dickes schwarzes Lockenhaar – es hat mir jedesmal einen Stich versetzt, wenn Susan ihm streichelnd mit der Hand darüberstrich.

Ich glaube, das fing an, als ich ungefähr elf war. Die älteren Kids, beobachtete ich, fanden sich bereits als Pärchen zusammen, wenn sie vierzehn wurden oder so. Aber wie sollte das bei uns werden, bei David und mir – mit wem ging Susan dann? Manchmal schien sie David ein bißchen lieber zu haben als mich, und manchmal sah's so aus, als hätte sie mich lieber als David.

Eines Tages, wir waren dreizehn, hatten wir uns am Eagle's Point verabredet. Ich hatte mich ein bißchen verspätet, und als ich ankam, sah ich, wie Susan und David sich küßten. Eigentlich sah es eher komisch aus, sie küßten sich nicht so, wie das die Filmstars tun, und sie umarmten sich auch nicht richtig, sie hielten sich nur ungeschickt umklammert. Aber mir genügte es, um hinzurennen und Susan von ihm wegzureißen und ihm einen Stoß zu versetzen, der ihn halb über die Klippe schleuderte. Der Sturz in die Tiefe hätte ihn getötet, und genau das war's, was ich im Innersten meines Herzens wollte: ihm das Leben nehmen. Er hing also über der Klippe und konnte tief unter sich den Asphalt sehen, und daß er nicht abstürzte, verdankte er nur dem Umstand, daß ich ihn am Hemdkragen gepackt hatte und festhielt.

Aber dann war Susan da und trommelte mir mit den Fäusten auf den Rücken und schrie weinend auf mich ein, ich solle David zurückreißen, ehe es zu spät wäre. Ich hatte sie noch nie so außer sich gesehen, sie war völlig verrückt vor Angst. Na schön, da hab ich David eben wieder hochgezogen.

Ein paar Monate lang hab ich mit den beiden kein Wort geredet. Ich saß meistens zu Hause und las Science-fiction-Romane – es war das Frühjahr, in dem ich Ray Bradbury entdeckte.

Die Schule fing wieder an, und siehe da, auf einmal lief David mit diesem neuen bildschönen Mädchen herum. Ich hängte mich wieder an Susan. Falls sie David nachtrauerte, ließ sie's sich jedenfalls nicht anmerken. Sie hat mich sogar ein paarmal gefragt, ob wir zusammen ins Kino gehen wollten. Und David scharwenzelte weiter um seine bildhübsche Neue herum.

Im Oktober, auf der Veranda standen schon die Kürbislaternen bereit, ging ich rüber zu Susan. Ich wollte sie überraschen und fragen, ob sie Lust hätte, mit mir an den Schaufenstern entlangzubummeln. Ich klopfte, aber drin rührte sich nichts. Der Pick-up stand nicht vor der Haustür, also waren ihre Eltern wohl weggefahren, wahrscheinlich mit ihren Geschwistern. Ich versuchte es an der Küchentür, die war offen. Na, dachte ich, gehst mal rein und rufst nach ihr. Sie schlief nämlich Samstag morgens manchmal lange.

Und in dem Augenblick hörte ich komische Geräusche. Im nachhinein denke ich, ich hab auf Anhieb gewußt, was das war, es hörte sich ziemlich eindeutig an. Aber ich wollte es einfach nicht wahrhaben.

Ich wollte eigentlich auch nicht die Treppe hochschleichen, aber ich mußte es einfach tun, weil ich mir Gewißheit verschaffen mußte.

Und die bekam ich dann auch. Absolute Gewißheit.

Die machten da oben Liebe. Ich wollte es nicht »ficken« nennen, nicht mal in Gedanken, weil ich so was nicht denken wollte. Nicht von Susan, dafür liebte ich sie zu sehr.

Nur, Susan sagte gerade: »O David, ich liebe dich so sehr.«

Susans Schlafzimmer lag ganz oben am Ende der Treppe. Alles, was sie da oben sagten, jeder Seufzer, jedes Stöhnen, hallte im Treppenhaus wider. Und noch als ich losrannte, über die Straße, auf den Wald zu, dröhnte es mir in den Ohren. Wie schnell ich auch rannte, ich konnte dem Liebesgeflüster nicht davonrennen. Der Wald hüllte mich feucht und schattig ein, würzig-süßer Pinienduft schlug mir entgegen, ich roch das Wildwasser in der Schlucht, grelles Sonnenlicht blendete mich auf einer Lichtung, und dann war ich am Eagle's Point angekommen. Ich sah die Habichte über dem Felsen kreisen, sie kamen mir riesengroß vor, und ich wünschte mir, daß sie mich packten und davontrugen. Davontrugen in eine Welt, wie sie

Edgar Rice Burroughs in seinen Büchern beschrieben hatte: eine Welt, in der wunderschöne Prinzessinnen und verwunschene Städte und versteckte Höhlen voller Gold und Geschmeide auf mich warteten und wo einem wie mir nie das Herz gebrochen wurde.
Was ich schon lange vermutet und immer befürchtet hatte, war bittere Wahrheit: sie liebte David, nicht mich.
Ich blieb, bis die Dunkelheit anbrach, rauchte eine Zigarette nach der anderen, ließ mir die Kühle des Abends in die Knochen kriechen, sah, wie die Wolken sich zinnoberrot färbten und der Mond hell und klar zwischen ihnen hervorbrach, und ich sah, daß die großen Raubvögel immer noch hoch oben im Spiel der taumelnden Farben am Abendhimmel kreisten.
In den folgenden Tagen ging ich Susan und David aus dem Weg. Sie wußten nicht, was los war, und sahen mich verdutzt und gekränkt an, als ich sagte, ich hätte keine Zeit für sie.
Im Herbst des Jahres, in dem ich sechzehn wurde, starb Dad. An einem Erdrutsch war sein Baustellenfahrzeug von der Straße abgekommen und ein paar hundert Meter tief in eine Schlucht gestürzt. Mom mußte für meine beiden jüngeren Geschwister sorgen, was bedeutete, daß sie einen Ganztagsjob an der Kasse im Slocum's Market annahm. Ich blieb mir selbst überlassen, was mir wenig ausmachte. Mom war erst sechsundvierzig, sah aber aus wie sechzig. Ihr Leben war nicht leicht gewesen, und damals kam sie mir so abgearbeitet und verhärmt vor, daß ich sie abends, wenn sie nach Hause kam, rasch in die Arme nahm und nicht mehr loslassen wollte, aus lauter Angst, sie könnte noch im Flur zusammenbrechen.
Ich sah Susan und David natürlich in der Schule, aber sie reagierten nicht mehr darauf, wenn ich ihnen zuwinkte, seit Monaten schon nicht mehr. Und dann passierte etwas sehr Merkwürdiges. Obwohl sie doch auch am falschen Ende der Stadt wohnten und die falschen Eltern hatten, nahmen die rei-

chen Kids in unserer Klasse sie in ihren Kreis auf. Sie schienen in den beiden Anlagen zu wittern, die Susan und David auch bald unter Beweis stellten, indem sie erst beim Universitätsexamen und danach an der juristischen Fakultät *cum laude* abschnitten.

Ich saß nach dem College zu Hause herum, nahm jeden Partyjob an, den ich erwischen konnte, und hoffte darauf, irgendwann eine Ganztagsbeschäftigung bei General Mills zu bekommen, in der neuen Fabrik achtzehn Meilen nördlich von New Hope. Ich sprach jeden Monat ein paarmal bei der Personalabteilung vor, damit es keinen Zweifel geben konnte, daß ich ganz versessen darauf war, für sie zu schuften.

Aber als es soweit war, daß sie mich tatsächlich einstellen wollten, hielt Uncle Sam den Daumen dazwischen und teilte mir mit, er brauche mich dringender. Die Army drückte mir eine M-16 in die Hand, versorgte mich mit einem Haufen guter Ratschläge, wie man im Falle eines Falles seinen Arsch retten sollte, und schipperte mich und ein paar hundert andere, die auch keine Lust hatten, den Helden zu spielen, an einen Ort namens Dau Tieng, von wo aus wir auf unsere Stellungen aufgeteilt wurden.

Ich hatte mir immer gewünscht, ein paar gute Kriegsgeschichten für die Bierabende beim Veteranenverband und im Frontkämpferbund auf Lager zu haben, aber die Wahrheit ist, daß ich zwar eine Menge Kerle gesehen habe, die sie in Hubschrauber verladen und ins Feldlazarett bringen mußten, ich selbst bin aber nie irgendwo eingesetzt worden, wo man Chancen hatte, wenige Meter neben sich einen verrecken zu sehen. Soweit ich weiß, hab ich auch nie einen auf der anderen Seite abgeknallt; es gab da nur einen Kerl aus Kentucky in unserer Einheit, bei dem war ich hin und wieder in Versuchung, ihm eine Kugel zu verpassen. Ich wurde nicht alkoholsüchtig, Agent Orange hat es nicht geschafft, mir die Lungen und die

Atemwege zu ruinieren, ich war nicht mal sauer auf diejenigen, die sich gedrückt hatten (wenn ich geahnt hätte, wie einfach es war, durchs Rekrutierungsnetz zu schlüpfen, hätte ich's auch getan), und ich bekam nie einen Nervenzusammenbruch, nicht mal, wenn ich den selbstgebrannten Klaren geschluckt hatte, der manchmal im Camp die Runde machte.

Während ich drüben in Vietnam war, hat Susan mir dreimal geschrieben. In ihren Briefen stand, daß sie mich für einen Helden hielt und daß sie und David oft an die schönen alten Tage dächten, als wir drei gute Freunde gewesen waren, und daß sie sich neulich auf dem Tennisplatz den Arm gebrochen hätte – und überhaupt, Tennis sei jetzt das ganz große Ding in ihrem Leben. Sie hatten beide eine Anstellung bei einer angesehenen, alteingesessenen Anwaltskanzlei gefunden und genossen das Privileg, Mitglieder im feinsten Country-Club der Stadt zu sein.

Ich schrieb ihr, kurz bevor meine Zeit in 'Nam zu Ende ging, zurück und teilte ihr mit, daß ich beschlossen hätte, ins goldene Kalifornien zu gehen, wie's viele Versager aus dem Mittelwesten tun, und daß ich zusehen wollte, drüben an der Westküste ein brandheißer Tip auf den Gästelisten für die Matinees zu werden und mir, wenn sich's machen ließ, eine reiche, bildschöne Schauspielerin zu angeln – hahaha. Ihr Antwortbrief kam einen Tag vor meinem Heimflug, darin stand, daß sie und David ihren Urlaub dieses Jahr auf Jamaika verbringen und dort nichts tun wollten als »schwimmen-schwimmen-schwimmen«. Ach ja, geheiratet hätten sie auch, im »klitzekleinen« Kreis auf dem Standesamt, vor drei Wochen schon. »Ich habe im weißen Kleid geheiratet«, schrieb sie, »und mit einem blauen Auge – ich Dumme hatte mir den Kopf am Türrahmen angerannt.«

Gut, ich bin tatsächlich nach Kalifornien gegangen – Laguna, Long Beach, San Pedro, Sherman Oaks ... ich hab's in drei

Jahren auf fünf Wohnorte und auf doppelt so viele Jobs gebracht, als Kundenberater bei einem Maklerbüro, als Vertreter für Stereoanlagen, als Praktikant bei Seven-Eleven (mit der vagen Aussicht, irgendwann Filialleiter zu werden), und schließlich noch als Leichenwagenfahrer bei einem Beerdigungsunternehmen, wo ich es allerdings nur drei Wochen ausgehalten habe. Ich mußte helfen, ein vierjähriges Mädchen zu begraben, das an einem Gehirntumor gestorben war, und wußte, daß ich nicht die Nerven habe, so was noch mal zu tun.

Ehe ich wieder heimkam, war Mom zum Pflegefall geworden. Sie hatten sie in ein Heim auf halbem Weg zwischen Carstairs und New Hope eingeliefert, dreimal die Woche hab ich sie abends besucht. Die Ärzte waren sich wegen ihrer Alzheimer-Diagnose gar nicht mehr so sicher, aber ich glaube, das war's, was sie hatte. An manchen Tagen erkannte sie mich, an anderen nicht. Ich habe immer versucht, mich zusammenzunehmen, aber einmal konnte ich nicht mehr, da hab ich sie an mich gerissen, ihren Kopf an meine Schulter gebettet und mich ausgeweint. Aber sie wußte ja nicht, wer ich bin, wer Dad gewesen war und daß wir mal drüben in Carstairs und später in New Hope gewohnt hatten. Sie wußte nichts mehr von den Dingen, die uns verbanden, ich hätte genausogut eine wildfremde Frau von der Straße in meinen Armen halten können.

Ich lernte Marcie kennen, wir heirateten, ich bekam den Job bei diesem Krankenwagen-Service, trat in den Veteranenverband und den Frontkämpferbund ein, und später wurde ich auch noch Hilfssheriff, weil mein Onkel Clement stellvertretender County Sheriff war und mir ständig erzählte, daß das was ganz Tolles wäre. Und dann wollte es das Pech, daß mir eine von Susans Cousinen über den Weg lief, und die gab mir Susans neue Adresse.

Das Witzige bei der Sache ist, daß ich Marcie nie untreu gewesen bin, jedenfalls nicht physisch. Ein paar Chancen hätte ich schon gehabt, aber obwohl ich wußte, daß ich Marcie nicht liebe, hatte ich das Gefühl, daß ich einfach ehrlich und anständig ihr gegenüber sein mußte. Sie ahnte, daß ich mit meinen Gedanken bei Susan war, wenn ich sie in den Armen hielt, und das war schlimm genug. Ich durfte sie nicht auch noch vor anderen demütigen und beleidigen.
Geschrieben habe ich Susan nie, aber ich habe sie angerufen, und dann hat sie mich ein paarmal angerufen, alles in allem waren es wohl im Laufe von sechs, sieben Jahren ein Dutzend Telefongespräche. Marcie wußte nichts davon, David auch nicht. Susan erzählte mir von ihrem Leben und von ihrer Ehe, und ich sagte ihr, wie verrückt das alles sei und daß es bestimmt kein gutes Ende nähme, aber sie wollte nicht auf mich hören. Sie liebte David so sehr, daß sie einfach nicht mehr vernünftig denken konnte. Ich hab ihr natürlich konkrete Vorschläge gemacht, wie wir das regeln könnten. Ich wollte mich mit Marcie zusammensetzen und ihr reinen Wein einschenken, und dann könnten Susan und ich doch noch zueinander finden. Ich würde Marcie das Haus geben, hab ich gesagt, und das neuere Auto und jeden Cent auf dem Sparkonto. Einmal hat Susan am Telefon gelacht – nur ganz leise, als wär's ihr peinlich mir gegenüber – und gesagt: »Earle, du hast keine Ahnung, wie erfolgreich David als Strafverteidiger ist. Er verdient im Monat mehr als du im ganzen Jahr.« Aber dann hörte ich plötzlich einen bitteren Unterton in ihrem Lachen, als sie sagte: »Schatz, du kannst dir eine Frau wie mich nicht leisten, wirklich, das kannst du nicht.«
Wir haben dann noch ein paarmal miteinander telefoniert. Sie suchte bei einem Psychiater Hilfe, später bei einem Geistlichen, und dann gab's da noch eine Freundin – eine wirklich gute Freundin, die dasselbe durchgemacht hatte. Und eines

Tages war sie entschlossen, David zu verlassen. Sie meinte, sie sei stark genug und mutig genug dazu und sei jetzt fest entschlossen, ihn zu verlassen.
Aber sie hat's dann doch nicht getan. Und später kam sie nicht mehr dazu.

Das Gefängnis ist während der großen Wirtschaftsflaute im Rahmen des Arbeitsbeschaffungsprogramms gebaut worden, das Baumaterial haben sie in einem Steinbruch in der Nähe geschlagen und rübergekarrt. Es thront auf einem Hügel, als wär's dort hingesetzt worden, damit das junge Volk in unserer Gegend immer ein abschreckendes Beispiel vor Augen hat.
Allein bis zum Besucherparkplatz muß man drei elektronisch überwachte Tore passieren. Danach kommt man am sogenannten Arbeitshaus vorbei, wo blaues Neonlicht aus den vergitterten Fenstern schimmert, dann an der Wäscherei, leicht zu erkennen am scharfen Waschmittelgeruch, und schließlich noch an der Cafeteria, die auch als Speisesaal genutzt wird. Offenbar wurde gerade alles fürs Abendessen vorbereitet, ich hörte Teller und Besteck klappern. Ich sah zu, daß ich schnell weiterkam, es regnete immer noch sehr stark.
Noch zwei elektronisch überwachte Tore, dann ist man beim Verwaltungsgebäude.
Die Insassen wissen alle, wer ich bin. Was ich in ihren Augen lese, würde ich nicht Feindseligkeit nennen, aber eine mit einer gewissen Spannung verbundene Neugier ist es doch, als suchten sie meinen Blick, weil sie hofften, darin ein Rätsel lösen zu können.
Das Vorzimmer des Direktors ist schlicht gehalten, es sollte wohl aussehen wie alle anderen Büros. Aber irgendwie wirkt das unpassend. Die Metallmöbel sind hoffnungslos altmodisch und wirken mit ihrem Einheitsgrau ein wenig zu streng. Und

wenn jemand hofft, im Vorzimmer was hübsches Knuspriges anzutreffen, wartet eine bittere Enttäuschung auf ihn, weil da nur ein kahlköpfiger alter Knasti sitzt, bei dem es nichts Interessantes zu sehen gibt, bis auf die etwas obszönen, mittlerweile allerdings leicht verblaßten Tätowierungen unter den hochgerollten Ärmeln des blauen Gefängnishemds.

Auch er wußte natürlich, wer ich war. »Der Chef telefoniert gerade.«

»Ich setz mich solange hierhin.«

Er nickte und tippte weiter auf seiner Schreibmaschine herum – nur mit zwei Fingern, aber verblüffend schnell.

Während ich wartete, blätterte ich die Fachzeitschrift des Berufsverbandes der Justizbediensteten durch.

Der Kahlköpfige fragte: »Haben Sie eigentlich 'ne spezielle Methode, sich auf so was vorzubereiten?«

Ich zuckte die Achseln. »Eigentlich nicht.«

Er tippte weiter, ich blätterte weiter.

Nach einer Weile fragte er: »Macht Ihnen das nicht manchmal zu schaffen?«

Ich seufzte. »Ich denke schon. Manchmal.« Ich hatte vor fünf Jahren damit begonnen, nachdem in unserem Staat die Todesstrafe wieder eingeführt worden war. Ärzte durften keine Hinrichtung vornehmen, das wäre ein Verstoß gegen den Eid des Hippokrates gewesen. Der Staat suchte per Anzeige medizinisch vorgebildetes Personal in Heil- und Pflegeberufen. Man mußte eine Menge Tests mitmachen. Ich war gar nicht so sicher gewesen, ob ich die alle bestehen würde und ob ich's hinterher auch fertigbrachte. Die ersten Male war es wirklich hart. Ich versuchte, immer daran zu denken, was die Männer getan hatten. Die meisten waren schlimmer als Tiere. Das half tatsächlich.

»Mir würde es sehr zu schaffen machen«, sagte der Kahlköpfige. Und nachdem er wieder ein paar Zeilen getippt hatte:

»Also, wenn Sie meine ehrliche Meinung hören wollen, ich glaube, die meisten hätten ihre Probleme damit.«
Ich ging nicht darauf ein, sah ihn nur einen Augenblick lang scharf an und blätterte weiter in der Zeitschrift.
George Stabenow ist ein anständiger Kerl, nur ständig in Eile, gehetzt und nervös, einer, der nie richtig erwachsen wird. Er kam ins Vorzimmer geplatzt. »Komm rein, Earle. Mann, ich bin so spät dran, ich kann's gar nicht fassen.«
Er war klein und korpulent und hatte sich – vermutlich, weil die Presse das an so einem Tag erwartete – in einen dreiteiligen braunen Anzug gezwängt.
Er deutete auf einen Stuhl, ich setzte mich.
»Der Doc, dieser Wichser, labert der mir doch tatsächlich was von 'nem Notfall vor«, sagte Stabenow. »Sollt man nicht für möglich halten.«
»Läßt du 'nen anderen Arzt kommen?«
»Nee, nee. Aber er wird beim Trockendurchlauf noch nicht dasein, das ist es ja, was mir so stinkt. Ich mein, der Trockendurchlauf ist nun mal die Nagelprobe für uns.«
Ich nickte. Er hatte recht.
Er ging ans Fenster und starrte auf die Felder unterhalb des Gefängnisses.
»Hast du sie gesehen, als du hergekommen bist?«
»Hm.«
»Mehr als sonst.«
»Hm.«
»Wenn's nicht die Todesstrafe ist, ist es irgendwas anderes. Die Umwelt oder so was.«
»Hm.«
»Den Pfaffen, diesen Monsignore, den hättest du heute nachmittag mal hören sollen.« Er grinste. »Hat lamentiert und gezetert wie einer von diesen gottverdammten Fernsehpfarrern. Mann, das is' vielleicht 'n Arsch mit Ohren.«

Er kam zum Schreibtisch zurück. Rechts hatte er einen Plastikwürfel stehen, eines von den Dingern, bei denen man auf jeder Seite irgendein Familienfoto reinschieben kann. Er hatte eine hübsche Frau und eine hübsche Tochter.
»Hast du was gegessen?«
Ich nickte. »Ein Sandwich, bevor ich in New Hope losgefahren bin.«
»Ich glaub, ich laß mir irgendwas aus der Cafeteria holen.«
Ich grinste. »Das Essen ist gar nicht so schlecht, wie die Knastbrüder behaupten, was?«
»Schlecht? Ach, Scheiße, das ist besser als der Fraß, den du und ich in der gottverdammten Army gekriegt haben, das kann ich dir schriftlich geben.« Er schüttelte den Kopf. »Am Essen mäkeln die Pißnelken doch bloß rum, weil das in der Öffentlichkeit gut ankommt. Die Leute gucken sich alle möglichen Scheißfilme übers Gefängnisleben an und glauben, hier ging's wirklich so zu. Du weißt schon – daß Küchenschaben im Chili rumkrabbeln und so. O Mann, dabei latscht doch bei uns alle naselang irgend so 'n Kerl von der Gesundheitsbehörde durch die Küche und guckt nach, ob's da sauber ist. Ich mein, selbst wenn wir denen Küchenschaben ins Essen schmuggeln wollten ...« Er grinste. »Die würden's uns nicht erlauben.«
Mir fiel ein: »Ich brauch ein Abzeichen.«
»Ach, richtig.«
Er kramte in der Schublade, holte eines heraus und schob es mir über den Schreibtisch zu. Ich steckte es mir ans kurzärmelige Sommerhemd, es war ein Abzeichen Stufe A, höchste Priorität. Alle in unserem Team trugen so eines.
»Was ist mit den anderen?«
»Meinst du die vom Team?«
»Hm«, machte ich.
»Alle da, außer dem gottverdammten Doc.«
Ehe er wieder auf die Palme klettern konnte, sagte ich: »Na,

dann werd ich mich mal langsam auf den Weg machen und den anderen hallo sagen.«

»Du hast noch zwanzig Minuten Zeit. Willst du nicht wenigstens 'nen Pott Kaffee?«

»Nein, danke.«

Er musterte mich. »Ich war 'n bißchen verblüfft, daß er unbedingt dich haben wollte.«

»Hm. Ja.«

»Bist du sicher, daß du in Form bist?«

»Ich bin in Form.«

»Ein paar aus dem Team haben sich auch gewundert. Die haben sich gefragt, ob das wohl richtig ist. Genau wie ich. Ich mein, weil du ihn doch kennst und so.«

»Ich weiß. Ein paar von den anderen haben mich angerufen.«

»Aber ich hab gesagt: Zum Teufel, hab ich gesagt, das muß er selbst entscheiden. Wenn er denkt, er bringt's, dann laßt ihn mal machen. Schließlich hat's der Verurteilte so gewollt.«

»Nett, daß du zu mir hältst.«

»Du bist ein Profi, und Profis wissen, was sie zu tun haben.«

»Richtig.«

Er grinste. »Ich bin bloß froh, daß diesmal Glen Wright dran ist, den Medien Honig ums Maul zu schmieren. Wenn ich dran wäre, würd ich den Pressefritzen sagen, sie sollen mich am Arsch lecken.«

Er war wieder auf dem besten Weg, sich in Wut zu reden. Ich wollte draußen sein, ehe er durchdrehte, und stand auf.

»Früher habt ihr Jungs immer so 'ne kleine schwarze Tasche mit euch rumgeschleppt.«

»Ja, hm.«

»Wie so 'n Doktor. Ich nehm an, die braucht ihr jetzt nicht mehr, wie? Weil wir ja alles bereitstellen.«

»Richtig.«

Wir schüttelten uns die Hände, und ich ging.

Zu unserem Team gehören sechs Männer.
Fünf von uns standen in der Kammer und gingen noch mal alles durch. Man könnte meinen, das wäre bei einem eingespielten Team nicht mehr nötig, aber es ist eben doch nötig.
Einer kümmert sich darum, daß alles dort ist, wo es hingehört, und daß es einwandfrei funktioniert. Daß sich die Sichtblenden leicht auf- und zuziehen lassen, zum Beispiel. Wenn die Presseleute und sonstige Besucher in den kleinen Raum vor der eigentlichen Kammer kommen, sind die Vorhänge zugezogen. Erst wenn es richtig losgeht – also, wenn's ernst wird –, werden die Vorhänge aufgezogen.
Außerdem müssen die Nadeln überprüft werden. Manchmal legen sie einem eine Spritze hin, die nicht richtig funktioniert, und dann ist die Hölle los – aber für alle. Die Todeskandidaten bekommen drei Injektionen, die erste, um sie völlig zu entspannen, die zweite, um sie schon mal so weit ruhigzustellen, daß sie nicht anfangen rumzuzappeln, und die dritte, um sie zu töten. Im Ausbildungskurs habe ich gelernt, daß es bei diesem Prozeß lediglich auf zwei Dinge ankommt: Erstens muß man aufhören zu denken, und zweitens muß man das Herz aus dem Spiel lassen – und zwar beides von Anfang an. Auf die Weise bleibt es dem Todeskandidaten erspart, unnötig zu leiden. Dann kann sich auch keiner von den Zeugen draußen vor der Glaswand aufregen, wie inhuman das Gesetz ist.
Wenn die Nadeln überprüft sind, muß die Verankerung der Halteriemen gecheckt werden. Wenn die nämlich nicht absolut fest sitzen, könnte es passieren, daß sich der Bursche auf dem Stuhl losreißt, und damit würde er natürlich alles nur noch schlimmer machen, auch für sich selbst.
Dann prüfen wir die Blutdruckanzeige und das EKG – die Geräte, die der Arzt braucht, um den Herztod festzustellen. Danach ist das OP-Messer dran, das der Arzt benutzt, um die Schlagader zu durchtrennen. Wir achten immer darauf, daß

die Vene des Todeskandidaten deutlich zu sehen und gut zu tasten ist, sonst kriegt man nämlich die Nadel nicht auf Anhieb rein. Nicht daß es uns so geht wie vor kurzem den Jungs in Oregon, da hat der Mann mit der Nadel sage und schreibe zwanzig Minuten gebraucht, um die Vene zu finden. So was ist für keinen der Beteiligten sehr angenehm.

Anschließend laß ich mir noch mal durch den Kopf gehen, was ich dem Mann auf dem Todesstuhl sagen werde. Ich bin immer sehr höflich zu den Jungs. Ich sag ihnen, wie das Ganze abläuft und daß es überhaupt nicht weh tut, schon gar nicht, wenn er gut mitarbeitet. Die haben dann meistens noch ein paar Fragen, und ich geb mir große Mühe, sie zu beantworten. Während ich mit dem Todeskandidaten rede, überprüfen die anderen noch mal das Gerät, und Wright, unser stellvertretender Direktor, ist draußen und beantwortet geduldig die Fragen der Presseleute. Die Jungs von der Presse sind immer darauf aus, uns irgendwas am Zeug zu flicken und das, was wir tun, in einem ungünstigen Licht darzustellen. Das bilde ich mir nicht etwa nur ein, das ist einfach eine Tatsache.

Beim ersten Trockendurchlauf haben wir diesmal die Zeit gar nicht erst genommen, da ging nämlich so ziemlich alles daneben. Aber beim zweiten Probelauf hat Wright die Stoppuhr laufen lassen.

Wir lagen ein bißchen über der Sollzeit.

In meinem Kurs hat der Ausbilder uns beigebracht, daß bei der Exekution durch eine tödliche Injektion einundfünfzig Minuten als Idealzeit anzusehen sind. Das ist die Sollvorgabe von dem Moment an, in dem der Verurteilte die Kammer betritt, bis zu dem Moment, in dem der diensttuende Arzt offiziell den Tod des Verurteilten feststellt.

Wir kamen auf dreiundfünfzig Minuten, und Wright, der so was immer genau nimmt, meinte, da müßten wir wohl noch einen kleinen Zahn zulegen. Je länger ihr in der Kammer zu tun habt, hat er gesagt, desto größer ist die Gefahr, daß euch ein Fehler unterläuft. Und je mehr Fehler ihr macht, desto mehr fällt die Presse über euch her. Tempo und Effizienz sind das A und O, hat er gesagt. Stimmt, das haben sie beim Ausbildungskurs auch immer gesagt.

Am Schluß hab ich noch mal die Nadeln überprüft und die Ampullen gut durchgeschüttelt, für den Fall, daß die Flüssigkeit irgendwie flockig geworden ist. Ich bin erst beim dritten Trockendurchlauf auf Einhaltung der Sollzeit überprüft worden. Bei mir hat's wie am Schnürchen geklappt, aber alles in allem kamen wir eben doch wieder auf dreiundfünfzig Minuten. Half alles nichts, wir mußten noch zwei Minuten schneller werden. Wir machten eine kurze Pause, um dann noch einen Probelauf anzuschließen.

Als wir fertig waren, meinte Wright, nebenan stünden Kaffee und Brötchen bereit. Es gibt so ein kleines Zimmer neben der Kammer, da hat nur das Gefängnispersonal Zutritt. Na, die anderen haben sich da rein verkrümelt, ich nicht. Ich bin ein Stück den Flur runtergegangen, da war wieder ein elektronisch gesichertes Tor, und hab dem Posten gesagt, wer ich bin. Der Gefängnisdirektor hatte schon angerufen, darum durfte ich passieren, obwohl die Besuchszeit eigentlich vorbei war.

Wie gesagt, ich durfte rein. Der eine Posten hat mir das Tor geöffnet, ein anderer hat mich den nächsten Flur runtergeführt, bis zu einer Zellentür ganz hinten.

Er hat aufgeschlossen, und ich bin reingegangen.

Der Mann war ein Schwindler.

David Sawyer hatte irgendeinen Kerl aufgetrieben, der dämlich genug war, sich für ihn hinrichten zu lassen. Das letzte Mal, daß ich ihn gesehen hatte … ja, das war beim Prozeß. Und das ist ja nun schon ein paar Jahre her.

Der Kerl hier in der Zelle hatte nichts mit dem gutaussehenden, gepflegten David Sawyer gemein, an den ich mich erinnerte. Das dicke schwarze Lockenhaar, durch das Susan so gern mit den Fingern gestrichen hatte, wo war das geblieben? David war wahrscheinlich abgehauen, längst über alle Berge. Statt dessen stand hier ein fast kahlköpfiger Mann mit hängenden Schultern und dicken Brillengläsern. Seine linke Hand zuckte ständig, ziemlich stark. Die graue Gefängniskleidung ließ ihn noch blasser aussehen, als er ohnehin war.

Er muß mich wohl auch für so was wie einen Doppelgänger gehalten haben, denn zunächst schien er mich gar nicht wiederzuerkennen.

Schon vorhin, auf der Fahrt zum Gefängnis, hatte ich gegrübelt, wie lange es wohl hersein mochte, daß ich David Sawyer nicht mehr gesehen hatte. Ich war auf achtzehn Jahre gekommen.

»Du alter Gauner«, sagte er, »du hast es dir also doch anders überlegt. Das hat der Direktor mir nicht gesagt.«

Ich nehme an, ich hatte erwartet, auf einen total ängstlichen, niedergeschlagenen Mann zu treffen, der's kaum noch erwarten konnte, ein Beruhigungsmittel zu kriegen, damit er die nächsten drei Stunden leichter durchstand. So war das oft bei den Jungs.

Aber ich hatte den munteren alten David vor mir, ich merkte es an dem forschen Schritt, mit dem er auf mich zukam, an der schnellen Umarmung, an der Art, wie er einen Schritt zurücktrat und mich von Kopf bis Fuß musterte.

»Du stehst verdammt gut im Futter«, sagte er. »Wieviel hast du denn zugelegt?«

»So um die achtzehn, zwanzig Kilo«, antwortete ich.

Vielleicht dachte er, ich wäre jetzt ein bißchen beleidigt, jedenfalls ging er schnell dazu über, an sich selbst herumzumäkeln.

»Jetzt mußt du sagen: Und wo sind deine Haare geblieben, du altes Arschloch? Und wieso trägst du fingerdicke Brillengläser? Und stehst so krumm da wie 'n hingeschissenes Fragezeichen? Na komm, frag mich den Scheiß, ich steck so was locker weg.«
Ein paar Augenblicke lang hatte ich geglaubt, die gute Laune, die er versprühte, sei – so unvorstellbar das sein mochte – echt. Aber sobald er sein Pulver verschossen hatte und den Mund hielt, sah ich die Angst in seinen Augen glitzern. Dreimal in einer Minute schielte er hoch zur Wanduhr.
Und als er dann weitersprach, hörte seine Stimme sich ruhiger an, fast müde. »Warst du sauer, daß ich dich dafür angefordert habe?«
»Eigentlich eher überrascht, David.«
»Möchtest du Kaffee? Da drüben steht welcher.«
»Ja, danke. Hol ich mir gern.«
»Du setzt dich erst mal hin. Ich bring ihn dir.« Sein Blick wurde verträumt, er war irgendwo ganz weit weg. »Das hab ich zu unseren Gästen auch immer gesagt, wenn wir 'ne Party gegeben haben, Susan und ich. Und du kannst mir glauben, da gab's Partys, da ist es ganz schön irre zugegangen. Einmal hab ich zum Beispiel den Gouverneur – unseren, meine ich – dabei erwischt, wie er auf'm Gästeklo so 'ne kleine Stewardeß gebumst hat. Und ich hab den ganzen Abend Drinks angeschleppt. Wir wollten, daß unsere Gäste sich wohl fühlen. Ich glaub, das bleibt immer das Problem, wenn man, so wie wir, aus – wie sagt man da? –, aus kleinen Verhältnissen kommt. Da ist man bei dem gesellschaftlichen Scheiß immer ein bißchen verkrampft. Man neigt einfach dazu, alles zu übertreiben, bloß damit's den Gästen gefällt.«
»Du warst ja auch ein großes Tier. Sozius in eurer Kanzlei, nicht wahr?«
»Ja«, sagte er und ließ die Schultern noch ein bißchen mehr

hängen, »so stand's draußen an der Bürotür. Aber hier drin ...« Er bohrte sich den Daumen in die Brust und sah auf einmal beinahe unerträglich bekümmert aus. »... hier drin stand was ganz anderes.« Er holte den Kaffee.

Während des ersten Bechers hakten wir ein Stück von der Vergangenheit ab. Ich erzählte ihm von Vietnam, und er erzählte mir von den Jahren, als er als Anwalt das große Geld gemacht hatte, mit den Politikern auf du und du gewesen und im Parlamentsgebäude ein und aus gegangen war. Dann kamen wir auf New Hope zu sprechen, ich erzählte ihm, was sich alles verändert hatte und wie es dem und jenem ging, den er noch von früher kannte.

Susan erwähnten wir in den ersten zwanzig Minuten mit keinem Wort, und als wir's schließlich taten, sprang er auf und sagte: »Ich hol uns noch mal Kaffee. Aber red weiter, ich höre zu.«

Kam hatte ich ihren Namen erwähnt, da war er hochgesprungen und hatte mir den Rücken zugekehrt.

»Wußtest du, daß sie mir manchmal geschrieben hat?«

»Kein Scheiß? Als sie schon mit mir verheiratet war?«

»Hm, ja.«

Er kam mit dem Kaffee zurück und setzte die Becher ab. »Ihr beide habt doch wohl nicht ...?«

Ich schüttelte den Kopf. »Alles rein platonisch. So war's ja immer zwischen uns gewesen. Jedenfalls von ihrer Seite. Sie war verrückt nach dir. Sie ist nie von dir losgekommen.«

Eine Weile sagten wir nichts, saßen nur stumm da und hingen unseren Gedanken und Erinnerungen nach, er seinen, ich meinen. Es war eine Art gespannter Stille. Heutzutage erlebt man so was sonst eigentlich nur noch, wenn mal für ein paar Sekunden der Bildschirm der Glotze schwarz wird.

Schließlich sagte David: »Und du bist nie von ihr losgekommen. Das hab ich immer gewußt.«

»Ja, das stimmt. Deshalb hat meine Frau mich verlassen.« Ich erläuterte ihm das noch ein bißchen näher. Dann sagte ich: »Ich war ganz schön dämlich. Lange Zeit hab ich nichts kapiert.«
»Was kapiert?« Er sah mich an, durch die dicken Brillengläser kamen mir seine Augen so bunt und so unruhig wie ein zappelnder Goldfisch vor.
»All die vielen ›Unfälle‹, die sie gehabt hat. Hat lange gedauert, bis ich kapiert hab, daß du sie verprügelt hast.«
Er drehte den Kopf zur Seite und seufzte.
»Glaub's oder nicht«, sagte er, »ich hab ihr sogar zugeredet, mich zu verlassen, weil ich wußte, daß ich mich nicht in den Griff kriege.«
»Sie hat dich geliebt.«
Er ließ den Kopf hängen. »Wenn ich denke, was ich ihr alles angetan habe ...« Er schüttelte den Kopf, dann sah er auf.
»Erinnerst du dich noch an den Tag am Eagle's Point, als du mich beinahe vom Felsen runtergestürzt hättest?«
»Ja.«
»Wenn du mich bloß runtergestoßen hättest. Du hättest es tun sollen. Dann wäre das alles nicht passiert.«
Wieder senkte er den Kopf.
»Hast du nie versucht, jemanden zu finden, der dir bei deinem Problem helfen kann?« fragte ich.
»Nein. Ich glaube, ich hatte einfach Angst, es könnte rauskommen, wenn ich's einem von diesen Seelenklempnern erzähle. Du weißt doch, daß die Arschlöcher alles weitererzählen. Zumindest ihren Freunden.«
»Das war ein Fehler von dir, David.«
Er hielt den Kopf immer noch gesenkt. Ich sah trotzdem, daß er nickte.
Dann sah er wieder hoch. »Ich hatte 'ne Menge Mädchen nebenher.«

»Ich weiß. Der Staatsanwalt hat das beim Prozeß gesagt.«

»Aber sie hatte auch 'n paar Kerle. Ich meine, nicht daß du denkst, sie wär 'ne Heilige gewesen.«

»Sie war keine Heilige, David. Das hat sie auch nie behauptet. Nur, sie hätte vielleicht nie mit anderen Kerlen geschlafen, wenn du nicht so mit ihr umgesprungen wärst. Aber wenn ihr Mann sie jeden Monat ein paarmal grün und blau schlägt ...«

Er sah mich wütend an.

»So oft war das nicht.«

»Trotzdem«, sagte ich.

»Ja, trotzdem.«

Er stand auf, ging zum Fenster und starrte auf den Hof. Der Regen hatte den Abend kühl und dunkel werden lassen.

Er sagte: »Ich hab gelesen, daß das nicht immer ganz glatt abläuft.«

»Heute abend wird alles glattgehen, David.«

Er starrte weiter in die Dunkelheit. »Glaubst du an irgendein Leben nach dem Tode?« fragte er.

»Ich versuch's. Ich möchte dran glauben.«

»Das klingt nicht sehr überzeugend.«

»Bei solchen Dingen kann man nie ganz sicher sein, David.«

»Wenn du wetten müßtest, wie würdest du die Chancen abschätzen? In Prozenten, meine ich?«

»Sechzig zu vierzig, schätze ich.«

»Daß nach dem Tod noch irgendwas kommt?«

»Ja, daß noch was kommt.«

Donner rollte, Regen rauschte.

Er drehte sich um und sah mich an. »Ich habe sie geliebt.«

»Du hast sie getötet, David.«

»Sie hätte jederzeit gehen können. Hätte nur zur Tür rausspazieren müssen.«

Ich sah ihn lange an, dann sagte ich: »Sie hat dich geliebt, David. Sie hat immer gehofft, daß du irgendwann aufhörst, sie zu schlagen. Sie hat gedacht, du änderst dich eines Tages.«
Da fing er an zu schluchzen.
Das erlebt man manchmal. Ich meine, ganz plötzlich, ohne jede Vorwarnung. Der Junge, mit dem man's zu tun hat, bricht ganz plötzlich zusammen.
Da stand er nun, der kahlköpfige, brillentragende Hochstapler, der sich als David Sawyer ausgab, und heulte.
Ich ging zu ihm und nahm ihm den Kaffeebecher ab, damit er ihm nicht aus der Hand rutschte, und dann legte ich ihm den Arm um die Schultern und führte ihn zum Stuhl.
Ich mußte wieder zurück. Wir wollten ja noch einen Probelauf machen, bevor es richtig losging.
Als ich ihn auf den Stuhl gedrückt hatte, sah er zu mir hoch und sagte: »Mann, ich hab schrecklichen Schiß. Ich hab so einen Schiß, daß ich nicht mal weiß, ob ich überhaupt laufen kann.«
Er fing wieder zu weinen an und streckte die Hand aus.
Ich wollte seine Hand nicht nehmen, weil ich dann das Gefühl gehabt hätte, Verrat an Susan zu begehen. Aber er heulte immer schlimmer. Und da dachte ich: Susan hätte – weil sie eben Susan war – in so einem Augenblick seine Hand genommen. Susan konnte anderen vergeben, anders als ich.
Ich hielt ungefähr dreißig Sekunden lang seine Hand. Und das schien ihn tatsächlich ein wenig zu beruhigen.
Er sah mich an, das Gesicht tränenüberströmt, die Augen voller Kummer und voller Angst, und sagte: »Du hättest mich damals am Eagle's Point wirklich runterstoßen sollen.«
»Ich muß jetzt wieder rüber«, sagte ich.
»Wenn du mich runtergestoßen hättest, wär all das nicht passiert, Earle.«
Ich ging zur Tür.

»Ich hab sie geliebt. Ich möchte, daß du das weißt«, sagte er. »Ich hab sie geliebt.«

Ich nickte, dann ging ich aus der Zelle, den Flur runter und raus ins Freie, in die Nacht und den Regen.

Beim letzten Probelauf lief alles perfekt. Wir schafften es punktgenau in einundfünfzig Minuten. Exakt nach Vorschrift.

John Jakes

… und Ehre, wem Ehre gebührt

Immer wieder dieser Traum. Seine Mutter, die ihn ein Leben lang unterdrückt hatte, schickte ihm von drüben stumme Signale: sie liebte ihn nicht. So war das immer gewesen. Was er ihr auch erzählte – daß er gerade das Examen der juristischen Fakultät geschafft und die erste Stelle bei Wasserman & Steinberg angetreten hatte (wo er lediglich eines von zweihundertfünfzig ehrgeizigen kleinen Würstchen war, die sich um banalen Routinekram kümmern mußten), oder später, wenn er ihr von irgendeinem Erfolg berichten wollte oder von einem Goldkörnchen Logik, das er zur Vorbereitung eines Plädoyers beigetragen hatte –, die alte Lady lächelte nur ihr falsches Lächeln und fixierte sein Ohrläppchen, solange er redete, und wenn er fertig war, sagte sie: »Schön und gut, Mickey, aber vergiß nie, was wirklich zählt: öffentliche Aufmerksamkeit – sie ist das Wichtigste. Hat jemand von dir Notiz genommen? Hat dein Name in der Zeitung gestanden?«

Sie hatte inzwischen das Zeitliche gesegnet, dem Himmel sei Dank. Siebenundneunzig Jahre lang war sie ihm auf die Nerven gegangen und hatte ihn an den Rand des Wahnsinns getrieben. Und nun machte sie ihm weiterhin die Hölle heiß – jedes Jahr ein paarmal, in diesem Traum.

Er wachte schweißgebadet und mit klopfendem Herzen auf. Sein erster Gedanke war: Ich muß gewinnen. Heute ist der große Tag. Ich *muß* gewinnen.

Er wußte es nicht genau, aber sein Gefühl sagte ihm, daß er den Traum letzte Nacht wieder gehabt hatte. Er haßte seine

Mutter. Er haßte sie aus einem einzigen Grund: die alte Nebelkrähe hatte recht.
Eine halbe Stunde später fuhr sein Chauffeur vor der Villa vor. Schmieriger gelber Nebel hing in der Luft, er sah den Mann nur wie durch einen schmutzigen Schleier, und der dunkelgrüne Jaguar (die Superstretch-Version, mit einer echt goldenen Kühlerfigur, die Justitia mit ihren beiden Waagschalen darstellte) war erst recht kaum zu erkennen. »Schotten dicht«, ordnete er an, als er sich in den Fond warf. An so einem beschissenen Nebeltag mußte man auf alles gefaßt sein. Womöglich warf einem an einer Kreuzung irgendein Nichtsnutz einen Klumpen Lehm durchs Fenster, oder ein Verrückter versuchte, mit einem Minischweißbrenner die Goldlady vom Kühler zu holen. Der Chauffeur (ein Baum von einem Kerl, potthäßlich, ein peruanischer Indio, der erst kürzlich mit einem illegalen Schleppertransport in die Staaten gekommen war) verstand zum Glück so viel englisches Kauderwelsch, daß er die automatischen Fensterheber betätigte. Der Jaguar setzte sich in Bewegung, das stählerne Garagentor glitt auf, bald hatte der Nebel die Vierzigzimmervilla verschluckt, die Mickey bewohnte. Allein – er hatte gerade die fünfte Scheidung hinter sich. Sein Tag war einfach zu lang, er konnte keine Frau an sich binden, geschweige denn eine Familie. Mickey ging in seinem Beruf als Anwalt auf.
Kurz vor acht Uhr saß er in seinem Büro im hundertsiebzehnten Stock von Heston City North, einem Komplex aus garantiert erdbebensicheren, zylindrischen Türmen, die ihren Namen zum Gedenken an einen Filmschauspieler trugen, der – das mußte schon Urzeiten hersein – die Hauptrolle in ein paar Filmen über »the big one« gespielt hatte. Wußte kein Aas mehr, aber als Heston City vor zwei Jahren eingeweiht worden war, hatte sich eben doch jemand daran erinnert. So weit, so gut.

Die Büros der Miguelito Chang, Esq., nahmen das halbe Stockwerk in Anspruch, hundertachtzig Grad des Zylinders. Durch die Panzerglasfenster war draußen keine Spur von Leben auszumachen, nicht mal eine von den verdammten Leuchtreklamen. Und das alles hatten sie der scheißgelben Wolke zu verdanken, die über LAX in der Luft waberte. Auch egal, Mickey wußte auch so, wo das Gebäude lag, um das heute, am Tag aller Tage, seine Träume kreisten. Heute – o mein Gott, ja, heute war der Tag, an dem er, wenn's der Himmel so fügte, den Gipfel der beruflichen Anerkennung erklimmen sollte. Vorausgesetzt, das Gericht fällte den Urteilsspruch in seinem Jahrhundertfall noch vor fünf Uhr, wovon Mickey, die Medien und die Gemeinde der fernsehgläubigen Mattscheibenverehrer rund um den Globus allerdings ausgingen.
Um sich noch mal zu vergewissern, aktivierte er (Zuruf genügte, die Dinger waren auf seine Stimme programmiert) die sechzehn in Viererblöcken an der Wand aufgereihten Monitore.
»Sechs oben.« Der Ton wurde langsam lauter, Phil Downeys sonore Stimme füllte das Büro aus. Der silberhaarige König aller Morgen-Talk-Shows. Auch eines von diesen pseudohumanistischen Arschlöchern. Ein Heuchler. Aber sein Geschwätz wurde (letzter Stand der Erhebung) in immerhin einhundertvier Ländern ausgestrahlt.
»... ich heute morgen als Gast Billy Esperanza, den Leiter des Parkplatzdienstes beim Schwurgericht in LAX. Señor Esperanza hat diesen sensationellen Prozeß sechsundsiebzig Wochen lang aus nächster Nähe verfolgt, er darf wohl zu Recht als profunder Kenner der Materie bezeichnet werden. Das ist doch so, Señor? Sechsundsiebzig Wochen, in denen ein handverlesenes Team erstklassiger Anwälte unter Leitung eines der Spitzenstrafverteidiger des Landes, Mickey Chang, darum gekämpft hat, die sogenannte Golf-Residenz-Terroristin, Sheela Marie Kooperman, vor der tödlichen Nadel zu bewahren.«

Der Leiter des Parkplatzdienstes – o Gott. Geradezu hirnrissig. Wirklich das letzte Aufgebot.
Andererseits, wer blieb denn noch nach den dreieinhalb Jahren, die Sheela Marie nun schon in Untersuchungshaft saß? Alle anderen hatten sie doch schon x-mal vor die Kamera gezerrt. Da mußte Philo eben nehmen, wen er kriegen konnte.
Vergiß nie, was wirklich zählt …
Er hängte das Tausend-Dollar-Schalkragenjackett in den Wandschrank und fuhr sich glättend mit der Hand über das plissierte Hemd. Das mit dem Schwitzen, das mußte aufhören. Und auch das mit dem beschleunigten, unregelmäßigen Herzschlag. Es war einfach zuviel Streß gewesen. Die Voranhörungen, das Aktenstudium für den Prozeß, dann der Prozeß selbst; mit den Zeugen durchkauen, was sie wann sagen und woran sie sich lieber nicht mehr erinnern sollten, die Anfangsplädoyers, das Kreuzverhör, danach die Vier-Augen-Gespräche, bei denen er die Zeugen noch mal ins Gebet genommen hatte, das Schlußplädoyer … Und die ganze Zeit über die Medien im Nacken, Tag für Tag. Dutzendweise hatten sie ihm die Mikros vors Gesicht gehalten, lauter grüne Jungs, die noch nicht trocken hinter den Ohren waren und glaubten, bloß weil sie Zeitungswissenschaften studiert hatten, wären sie bereits ausgekochte alte Hasen. Die hielten doch jeden, der noch mit einem guten alten Blitzlicht rumlief, für einen, der noch von vorvorgestern übriggeblieben war, und wunderten sich, daß ihn nicht längst ein Gehirnschlag oder ein Herzinfarkt hingerafft hatte.
Trotzdem, es hatte sich gelohnt. Und heute (ein alberner Zufall wollte es so) – heute war Zahltag. Der große Tag. Schaff's oder gib's auf …
»Nun, Señor Esperanza, sagen Sie uns bitte noch eines: Werden die sechsundzwanzig unbescholtenen, braven Bürger von LAX tatsächlich heute nachmittag ihren Urteilsspruch fällen,

so wie es uns seit Tagen angekündigt wird? Bitte nur einen kurzen Satz.«

Der Oberparkplatzwächter entblößte das goldüberkrönte Gebiß und sagte im Brustton der Überzeugung in die Kamera: »Mit absoluter Sicherheit.«

Mickey machte »hahaha« und klatschte spöttisch Beifall. Er schluckte eine Portion Caff aus der Flasche, die er im Schreibtisch liegen hatte, und klingelte nach Miss Prynne.

Miss Prynne kam hereingerauscht, und ihre Petticoats rauschten im Takt ihrer Schritte mit. Sie hatte heute ein aschgraues, obenherum knapp sitzendes Kostüm gewählt, das ihr ein irgendwie pseudoviktorianisches Aussehen verlieh und wohl hauptsächlich dafür gedacht war, ihrer Erscheinung ein wenig von der üppigen Wucht zu nehmen (vergebliche Liebesmüh, bei solchen Titten und so einem Arsch hätte man sie schon in einen Block Zement eingießen müssen). Sie war eigentlich dran, wieder – zum dritten Mal – Miss Klappblatt in der *Legal Revue* werden, fiel ihm ein, aber der Agent hatte sich seit zwei Tagen nicht mehr gemeldet. Er merkte sich im stillen vor, dem Affenarsch ordentlich einzuheizen.

»Guten Morgen, Sir«, sagt Miss Prynne so förmlich und spröde, als hätte er nicht seit fünf Monaten ausgiebig von all ihren hübschen Sächelchen genascht.

»Hichen, Honey. Gibst du mir mal einen kurzen Überblick?«

»Slim Gross um zehn. Er soll sein Konzept und ein Probekapitel …«

»Ja, Slim, ich erinnere mich. Dieser Hinterhofliterat.« Aber als Ghostwriter wußte der Bursche, wie man einen Bestseller zusammenschustert, das mußte man ihm lassen. Zuletzt hatte er IHR ALLE SOLLT MEINE RICHTER SEIN runtergehauen, den dritten Memoirenband von Mickeys Mandantin Sheela Marie Kooperman. Sechzehn Jahre jung, die Puppe, weizenblond und bildhübsch. Zwei Stiefväter hatten sie in der Modellsiedlung Sandy Lake (einem billigen Trailerpark in Florida) mit Schlägen gefügig gemacht und so lange mißbraucht, bis sie – völlig traumatisiert – ihren Freund dazu überredet hatte, eine Waffe für sie zu klauen, und mit der (einem Schnellfeuergewehr NRA Special) war sie in eine vornehme Golf-Residenz in Boca Raton eingedrungen und von Haus zu Haus gegangen, um die Besitzer – auf achtunddreißig hatte sie's insgesamt gebracht – mit Blei zu spicken und zu veranlassen, künftig irgendwo im Jenseits ihr Handikap zu verbessern (falls es da oben Golfplätze gab). Mickey hatte das Team der Strafverteidiger geleitet und sich im übrigen siebenundfünfzig Prozent an sämtlichen Haupt- und Nebenrechten von Sheela Maries Geschichte gesichert. Seit dreieinhalb Jahren war er beinahe jeden Tag mit seinem Starteam aus sieben Ländern im Einsatz. Das entscheidende Plädoyer – ein Paradestück, wie er selbst zu sagen pflegte – hatte er natürlich persönlich gehalten.

»Meine Damen und Herren Geschworenen, Sie haben meine Mandantin weinen sehen, als sie Ihnen erzählt hatte, in welchem Zustand der Verwirrung sie sich seinerzeit befunden hat. Sie wußte nicht, was sie tat. Sie war für ihre Tat nicht verantwortlich. Zuerst ist sie das Opfer ihrer gewissenlosen Stiefväter, ihrer nachlässigen Mutter und einer gleichgültigen Gesellschaft geworden. Dann wurde sie zum Opfer unerfüllbarer Erwartungen – jener Erwartungen nämlich, die eine gnadenlose Werbekampagne in allen Medien unablässig in uns allen weckt. Ein junger Mensch, ein potentieller Verbraucher, der aber nichts besitzt, was er verbrauchen könnte, wird unbarmherzig dem elektronischen Trommelfeuer ausgesetzt, das pausenlos aus vierhundert Kanälen auf ihn niedergeht und wieder und wieder nur eine Botschaft vermittelt: kauf – kauf – kauf! Aber noch etwas anderes hat das Fernsehen meiner Mandantin gezeigt: Bilder von Festbanketten, auf denen sowieso schon verfettete Kerle noch mehr und immer noch mehr in sich rein-

stopfen. Und da wundert sich jemand, wenn sie eines Tages durchdreht? ›Die haben alle so viel mehr bekommen als ich, ich bin überall zu kurz gekommen, darum habe ich's getan.‹ Das hat sie selber vor ein paar Minuten hier gesagt, Sie alle haben es gehört. Das, meine Damen und Herren, ist der klagende Urschrei der geknechteten Kreatur, der Schrei eines tief in der Seele verletzten Opfers, das wieder und wieder physisch und geistig vergewaltigt worden ist, von gierigen Männern und von einer Gesellschaft, die diejenigen, die bereits alles haben, mit Ruhm und Ehre überschüttet, aber die Unterprivilegierten – diejenigen, die sowieso schon halbverhungert in der Gosse liegen – am liebsten auf dem Scheiterhaufen sehen würde.«
Auf den Gesichtern von sieben Geschworenen hatte Mickey nach dieser kleinen Nummer Tränen gesehen – und darunter waren drei Männer gewesen, Gott im Himmel. Er hatte die Schlacht gewonnen, und heute würde ihm der Lorbeer des Siegers verliehen. Heute um halb sechs Uhr würde ihm der Lohn zuteil.

Er sah im Geiste, wie sein Jaguar vorfuhr, wie er selbst im weißen Dinnerjacket mit schwarzem Kummerbund ausstieg und sich mühsam den Weg durch Tausende und Abertausende von Fans bahnte, die Getreuesten der Getreuen, die sich das Sitzfleisch auf unzähligen Zuhörerbänken in allen möglichen Gerichtssälen abgehärtet hatten und sich heute seit dem Morgengrauen hinter den Absperrungen drängten. Ganze Batterien von Fernsehkameras waren auf ihn gerichtet, ganze Hundertschaften von Paparazzi bestürmten ihn, wenn er, Miguelito »Mickey« Chang, seine Trophäe nach Hause trug. Er hatte für den Abend bei der (zumindest in halbseidenen Kreisen) renommierten Puss-To-Go-Agentur eine Hosteß engagiert, ein hübsches kleines Dummerchen, das sich lediglich im richtigen Moment – Sekunden vor der Preisverleihung, wenn alle Kameras auf ihn gerichtet waren – aufgeregt an seinen Arm klammern sollte. Er mußte auf eine Agentur zurückgreifen, weil er kein Mädchen kannte. Und so schnell hätte sich nach der fünften Scheidung und angesichts seines Rufs, ausschließlich auf berufliche Interessen fixiert zu sein, wohl auch keines mit ihm eingelassen. Miss Prynne war fürs verstohlene Tête-à-tête innerhalb seiner vier Wände reserviert, sozusagen für private Überstunden und kleine Zusatzleistungen.

Aber diese innere Anspannung – o Gott, das war schrecklich. Er konnte sich selbst nicht leiden, wenn er derart schwitzte. Es war irgendwie würdelos, und außerdem blieb ein unangenehmer Körpergeruch zurück. Aber er konnte nichts dagegen tun, heute war der entscheidende Tag. *Vergiß nie, was wirklich zählt ...*

»Um drei kommt Mr. Phyllis – waschen, fönen, schneiden, kämmen, hier im Büro.«

»Ja. Ist vorgemerkt. Hat unser Maulwurf schon was über die Stimmungslage in der Jury gemeldet?«

»Ja, Chef. Er bestätigt, daß alle ihre internen Statements abgegeben haben.« Miss Prynne setzte sich und schlug die Beine so übereinander, daß unter dem hochgerutschten Rock ein bißchen was von den Strapsen hervorlugte. »Er sagt, wenn nicht der Himmel einstürzt, wird die Jury heute nachmittag zwischen vier und fünf mit ihrem Spruch rüberkommen.«

»Das hat Philo Downey auch gesagt. Ich richte mich jetzt mal mit meiner Zeitplanung danach. Saublöder Zufall, daß die Preisverleihung praktisch zur selben Zeit stattfindet. Aber das hatte das Komitee ja schon vor einem Jahr festgelegt. Also gut. Randy weiß, daß er für mich das Schlußplädoyer halten muß?«

»Ja. Ich hab's außerdem noch in Mr. Greenstones Terminkalender eingetragen, Sir.«

»Sag ihm, er soll kurz vor dem Lunch vorbeikommen. Ich will mich persönlich davon überzeugen, daß er gut vorbereitet ist.«

»Selbstverständlich, Sir.« Miss Prynne stand auf und beugte

sich über seinen Schreibtisch. Ihr Parfüm wehte ihm in die Nase – Passionsfrucht oder so was. Sie gab ihm die Hand. »Ich möchte Ihnen alles Glück der Welt wünschen, Sir.« Sie blieb bei ihrem »Sir«, Büro ist Büro. Aber ihr Zeigefinger kitzelte ihn sanft am Handteller.

»Warte bei mir zu Hause auf mich«, sagte er. »Ich werd zusehen, daß ich möglichst früh dort wegkomme. Ich muß dir doch unbedingt meinen Preis zeigen.«

»Das wäre das mindeste, Sir.«

Sie stöckelte hüftwackelnd aus seinem Allerheiligsten, aber, komisch, nicht mal der Anblick ihres atemberaubenden Hinterns, den er noch heute abend – und zwar ohne das ganze pseudoviktorianische Drumherum – zu genießen gedachte, konnte auf Dauer die Gedanken verscheuchen, die pausenlos in ihm rotierten. Heute war der große Tag. Der größte Tag seines Lebens.

Er verbrachte den Vormittag damit, verschiedene Absprachen für das Merchandising seiner Mandanten zu treffen. Der kaufmännische Direktor von Dreampix war ein besonders harter Knochen. Die wollten die Rechte für ein zweites Movie der Woche über das Leben von Sheela Marie. Eine halbe Stunde mußte Mickey am Telefon mit dem Kerl verhandeln, vorwiegend brüllend, und am Schluß verlor er die Beherrschung. »Siebeneinhalb Prozent vom Bruttogewinn, oder es wird nichts daraus, Sie aufgeblasener Gockel!« Er war so wütend, daß er die Lautsprecherbox aus der Telefonanlage riß und ins Zimmer schleuderte. Zwei Minuten später tauchte Miss Prynne mit einer Ersatzbox auf, setzte sie ein und wisperte: »Mr. Spielman will noch mal zurückrufen.«

Beim Rückruf war der Vize dran, er hatte nur den Auftrag, ja zu sagen. Mickey nannte ihn einen einsichtigen, an christlichen Idealen orientierten Gentleman und versprach, ihn bald mal einzuladen – brunchy-lunchy und so weiter.

Slim Gross kam eine Viertelstunde zu spät. Einer von diesen bedauernswerten Schreiberlingen, von denen es in LAX wimmelt. Slim gehörte zu den Beinahe-Genies – die Sorte, bei der es annähernd, aber eben doch nicht ganz reichte. Je nach Tagesform litt er entweder unter seiner westtexanischen Herkunft oder prahlte mit seinem Literaturexamen an der Yale. Er trug ein zeitaufwendig eingeübtes, markiges Country-Boy-Lächeln zur Schau, dazu einen Bart, eine sorgsam in die Stirn gezogene und dort festgesprühte Locke, auf antik getrimmte Stonewashed-Jeans, Texasstiefel, ein Rundkragen-T-Shirt mit einem Kettchen aus Kieselsteinen und als Krönung des Ganzen ein korrekt geschnittenes Designerjackett.

»Ich hab einen neuen Einstieg für das erste Kapitel gefunden, den ich gern mit Ihnen abstimmen würde, Mickey«, fing er an und schob dem Anwalt einen Stapel Papier hin. Auf billigstem Computerpapier ausgedruckt, wie Mickey feststellte. Der Bursche hatte eindeutig Grub-Street-West-Niveau. Aber er ließ sich eben leicht einschüchtern, das machte ihn – was ja auch seine Vorteile hat – zur willfährigen Kreatur.

»Lassen Sie's da«, sagte Mickey mit einer wegwerfenden Handbewegung, ohne den Schreiberling auch nur anzusehen.

Slim zupfte an seiner Stirnlocke. »Ich hatte gehofft – also, ich meine, ich hatte gedacht, wir könnten das heute kurz durchsprechen? Ich meine, um ein Okay zu kriegen. Oder ...« Er mußte erst mal schlucken. »Oder vielleicht einen kleinen Vorschuß auf den Vorschuß? Meine Lebensgefährtin hat sich nämlich gerade aus dem Staub gemacht, und jetzt rückt sie mir mit allen möglichen Forderungen auf den Hals. Ich wäre sogar einverstanden, mein Honorar auf fünfeinviertel Prozent runterzuschrauben, wenn ich im Gegenzug von Ihrer Kanzlei juristische Beratung ...«

Mickey lachte. »Von *meiner* Kanzlei? Vergessen Sie's, Junge.

Sie könnten sich bei uns nicht mal den Toilettenputzer leisten. Ich werd's lesen und komm dann nächste Woche auf Sie zu.«
»Mickey, ich bin wirklich in einer verzweifelten ...«
Majestätischer Zorn spiegelte sich auf Mickeys Gesicht.
»Wissen Sie, was heute für ein Tag ist? Wissen Sie, was heute nachmittag passiert?«
Slim senkte beschämt den Kopf. »Ja, Sir. Die Urteilsverkündung im Jahrhundertprozeß.«
»Die Preisverleihung, Sie Arschloch. Die Preisverleihung! O Mann, sehen Sie zu, daß Sie rauskommen. Und nehmen Sie das hier mit. Ich weiß schon jetzt, daß es mir nicht gefällt.«
Er warf Slim den Stapel Papier zu, und der fing sein Typoskript mit flatternden Armen auf. Ein Glück, daß er wenigstens nicht vergessen hatte, den Mist zu lochen und zu heften, sonst wären die Seiten einzeln durchs Büro gesegelt.
Slim schlich wie ein begossener Pudel hinaus. Mickey wischte sich den Schweiß vom Gesicht. »Das war billig«, murmelte er in sich hinein. »Billig und protzig.« Aber er hatte natürlich eine Entschuldigung: Er war aufgeregt. Er legte sich die Hand aufs klopfende Herz, um sich davon zu überzeugen, wie aufgeregt er war. Zum Teil war wohl auch das Caff schuld, das er vorhin genommen hatte. Er kramte aus einer anderen Schublade ein 400-mg-Briefchen Tranx und schluckte es, quasi als Gegengift. Alles in ihm schien augenblicklich einen Gang zurückzuschalten, und wenn die nächste Stunde nicht ganz so stressig wurde, hielt die Wirkung sicher auch eine Weile an. Um halb eins kam Miss Prynne über die Sprechanlage, um Randy anzumelden. Mickeys Augenbrauen wölbten sich steil. Wieso benutzte sie die Sprechanlage? Randy gehörte doch zur Kanzlei, er war nicht irgendein Fremder, sondern ein seit Jahren bewährter, enger Mitarbeiter.
»Randy«, sagte er und drückte sich sogar hoch, um dem Kollegen die Hand zu schütteln. »Phantastischer Anzug.« Randy

Greenstone trug einen Zweiteiler in dunklem Weinrot, das Ding konnte nur aus dem Atelier von Mr. Rodeo stammen – ›der Mann, der die Stars anzieht‹.

»Einfach phantastisch. Damit wirst du heute nachmittag großartig aussehen, wenn die Augen der ganzen Welt auf dir … na ja, den Quatsch kann ich mir bei dir sparen. Komm, setz dich, Kollege.«

Irgendwas stimmte nicht, das konnte er an Randys Miene ablesen. Irgend etwas Wichtiges. Randy Greenstone, ein gutaussehender blonder Südafrikaner, zehn Jahre jünger als er, war ein scharfzüngiger Strafverteidiger, nur leider noch nicht so ans Rampenlicht gewöhnt wie Mickey. Noch einen Unterschied gab's: Randy hatte nur eine Frau, aber mit der sechs Kinder. Also gut, er trieb's auch mal mit anderen, aber immer so diskret, daß ihm keiner auf die Schliche kam. Mit einer Ausnahme.

»Mickey«, begann Randy, »du weißt, meine Tochter Bunny …«

»Ja, das Mädchen mausert sich. Wird mal 'n steiler Zahn, die Kleine.«

»Na ja, und sie ist der Star in ihrem Cheerleaderteam, weißt du, und jetzt – äh … ich weiß gar nicht, wie ich's dir sagen soll.«

Mickey lief es kalt über den Rücken. Es hörte sich entschieden weniger freundlich an, als er sagte: »Spuck's einfach aus.«

»Die haben in letzter Minute das Programm geändert. Für die Rollstuhl-Fußball-Liga. Du weißt doch – es geht um die Landesmeisterschaft der Behinderten.«

»Mit dem Scheiß kenn ich mich nicht aus. Was weiß ich, wann irgendwelche Kids im Rollstuhl radschlagen?« blaffte Mickey ihn an. Er drückte sich absichtlich so gemein aus. Sein Herz raste schon wieder auf Hochtouren. »Hör auf, um den heißen Brei rumzureden. Worum geht's?«

»Bunnys Match war für acht Uhr angesetzt, bei Flutlicht. Nun haben sie's aber vorverlegt auf vier – frag mich nicht, warum. Es ist nur so, ich habe Felicity und Bunny versprochen, daß ich da bin. Ihr könnt euch darauf verlassen, hab ich gesagt ...«

»Um vier bist du bei Gericht. Du bist dort, weil ich nicht da sein und das Schlußplädoyer selber halten kann. Ich bin nämlich zu Hause und mache mich fertig für das große Ereignis. Hab ich mich klar genug ausgedrückt?«

Mickey war außer sich, er brüllte nur noch herum. Randy war auch außer sich, aber er sah eher so aus, als ob er gleich heulen wollte. »Das kann ich nicht tun, Mickey. Ich kann das Mädchen unmöglich so enttäuschen.«

»Ja, glaubst du etwa, ich verpaß die Preisverleihung wegen so einem Kinderkram? Glaubst du das ernsthaft, du Lackaffe?«

»Vielleicht könnten wir einen Anwalt von ABA Central anheuern. Ich kenn da einen – macht einen seriösen Eindruck, gesetzter Typ, schon etwas älter, ist ein paarmal für Whiskeywerbung auf'm Bildschirm gewesen. Mit seiner Praxis lief's nicht so, da mußte er eben zusehen, daß er irgendwie zu Geld kommt. Sieht mir ein bißchen ähnlich. Würde sich gut machen, wenn er ...«

»Was denn, ich soll da so was wie einen Doppelgänger von dir auftreten lassen? Bist du völlig verrückt geworden? *Du* bist unsere Nummer zwei im Team, und *du* wirst dort sein, wenn die Jury ihr ›nicht schuldig‹ spricht, klar?«

Randy litt Höllenqualen, er saß da wie ein gebrochener Mann, aber schließlich gab er sich einen Ruck und sagte: »Ich kann's nicht. Ich kann Felicity und Bunny nicht so enttäuschen.«

Die Erde bebte. Das Büro fing zu kreisen an. Mickey spürte, wie seine Arterien sich schlossen. Ein Kreislaufkollaps – jeden Augenblick mußte es soweit sein. Er drehte durch. Dieser blöde Arsch mit Ohren machte alles kaputt!

Aber er wäre nicht Miguelito »Mickey« Chang gewesen, wenn er sich nicht darauf verstanden hätte, eine große Show abzuziehen, aus dem Stand heraus. Er warf den Kopf in den Nacken, rang sich ein gequält fröhliches »hahaha« ab und streckte die Hand nach der Telefonanlage aus. Und dann ging's los, aber in die vollen!

»Ja, natürlich, jetzt verstehe ich, wie du das siehst. Erst kommt die Familie. Also gut, du gehst zu deinem dämlichen Behindertenfußball, und ich führe inzwischen ein kleines Telefongespräch mit Lew Monarch.«

Lew Monarch war der ungekrönte König aller Night-Talk-Shows, ein Mann mit einer Stimme wie Bronze, der, wenn er wollte, süß und harmlos wie Erdbeereis, wenn er aber nicht wollte (weil er irgendwelchen Unrat oder einen hübschen kleinen Skandal witterte), auch giftig wie eine Kobra sein konnte. Mickey ließ den Zeigefinger über seinem Fünfzig-Nummern-Telefonspeicher kreisen und sagte sanft säuselnd: »Vielleicht erzähl ich ihm einfach, daß ich da einen ganz bestimmten Strafverteidiger kenne, der den Tupper-Zwillingen ... erinnerst du dich noch an die Tupper-Zwillinge? WIR MUSSTEN ES TUN hat sich neunzehn Wochen auf der Bestsellerliste der *Times* gehalten, und das Movie der Woche hatte eine Traum-Einschaltquote von sechsunddreißig Prozent ... tja, also – dieser Strafverteidiger hat den Tupper-Zwillingen Wort für Wort vorgekaut, was sie der Jury erzählen sollten. Und ich könnte meinem alten Freund Lew außerdem erzählen, daß du einer von den beiden in einem schmuddeligen Motelzimmer einen ganz speziellen Nachhilfeunterricht gegeben hast, für den sich die Kleine allerdings vorher aus den Klamotten schälen mußte. Wie alt war sie? Sechzehn? Ich glaube eher, sie war vierzehn.«

»Du elender schlagzeilengeiler Scheißkerl«, keuchte Randy.

»Ach ja? Tut mir leid. Aber so sind die Spielregeln nun mal, Jungchen. Heute ist mein großer Tag, und den wirst du mir nicht vermasseln – du nicht.« Mickeys Zeigefinger senkte sich tiefer über den Lew-Monarch-Knopf. »Du hast deinen Spaß beim Fußballspiel, und deine Frau und deine Tochter haben nächste Woche ihren Spaß, wenn sie sich die Lew-Monarch-Show ansehen.«

Man konnte förmlich sehen, wie Randy die Segel kappte. »Ich werde um vier im Gerichtssaal sein.«

Mickey grinste. »Natürlich wirst du dort sein. Und nun geh und wasch dir das Gesicht, damit du eine gute Figur machst, wenn du im Fernsehen zu sehen bist. Bei der feierlichen Urteilsverkündung: kein Schuldspruch, keine Nadel. Du sollst mal sehen, deine Familie platzt vor Stolz, wenn sie das in den Spätnachrichten sieht.«

Randy wankte mit versteinertem Gesicht aus dem Büro.

Fast drei Stunden Festprogramm mußte er über sich ergehen lassen, und dann – dann endlich kam Mickeys großer Augenblick. Die Vorsitzende des Auswahlkomitees betrat das Acrylglaspodium und sagte mit fester, feierlicher Stimme:

»Meine Damen und Herren, verehrte Mitglieder der Anwaltskammer, wir kommen nun zum Höhepunkt der heutigen Veranstaltung – der Preisverleihung für die beste Leistung eines Strafverteidigers bei einem Schwurgerichtsprozeß.« Eine vollbusige Assistentin kam auf Pfennigabsätzen angestöckelt und überreichte der Vorsitzenden – Mrs. Clara Thomas-Hill, ihres Zeichens Richterin am Obersten Bundesgericht – einen Umschlag.

Mickey war halb blind vor Schweiß und halb betäubt vor Aufregung. Die angeheuerte Puss-To-Go-Mieze drückte seinen Arm und flüsterte heiser: »O wow, o wow, Mickey«, aber er beachtete sie gar nicht. Zweihundertsiebzig Augenpaare waren auf das Podium gerichtet. Ein Abend der Prominenz und der Stars. Und einer von ihnen, einer aus dem Staraufgebot der Strafverteidiger, sollte nun zum Superstar gekürt werden.

Der eigene Herzschlag dröhnte ihm so laut in den Ohren, daß

er kaum die Namen der Nominierten, ihrer Fälle und der Urteile hörte, die vorn auf dem Podium verlesen und durch Dias der dazugehörigen Gesichter auf der großen, von zuckenden Laserstrahlen umrahmten Leinwand visuell gegenwärtig gemacht wurden. Mickey war völlig auf den schicksalsträchtigen Augenblick fixiert, in dem die Komiteevorsitzende den Umschlag aufriß.

Es war soweit, Mrs. Clara Thomas-Hill schaute in den aufgerissenen Umschlag.

Schaute hinein und lächelte ...

Mein Gott, mach schon, mach schon!

»Gewinner des diesjährigen Clarence-Darrow-Preises ist ... der Mann, der an der Spitze eines Traumteams begnadeter Strafverteidiger ... am heutigen Nachmittag einen triumphalen Freispruch für seine Mandantin errungen hat. Der diesjährige Preisträger ist ... *Miguelito ›Mickey‹ Chang*!«

»O wow!« kreischte seine Pussy-To-Go-Begleiterin orgiastisch, während Mickey schon aufgesprungen war und mit forschem Schritt nach vorn stürmte, umzuckt vom Blitzlichtgewitter der Fotografen, angestrahlt von den grellen Scheinwerfern der Fernsehkameras und akustisch angefeuert vom Neunzig-Mann-Sinfonieorchester, das das Love-Thema aus Sheela Maries erstem Movie der Woche anstimmte.

Und dann war er oben – auf der Bühne, neben dem Podium – und nahm aus der Hand der ehrenwerten Richterin die Statuette entgegen, diese wunderschöne Statuette, die, solide in Bronze gegossen, die berühmte, die unvergeßliche (wenn auch etwas kugelbäuchige) Strafverteidigerin Clarence Darrow zeigte.

»Himmel, ist das Ding schwer«, schnaufte er in neckisch verlegener Klein-Buben-Manier ins Mikrofon, knickte dazu ein bißchen in den Knien ein und erreichte prompt, daß die versammelten Ehrengäste im Saal sich vor Lachen bogen.

Die Richterin küßte ihn auf die Lippen und flüsterte ihm ihren Glückwunsch ins Ohr. Mickey bekam das nur verschwommen mit, in seinem Kopf rotierten schon Zahlen: die Zahlen, die den eigentlichen Wert dieses erhebenden Augenblicks widerspiegelten – die Prozentanteile an Buchrechten, Filmrechten, am ganzen Merchandising. Zahlen, die ungewohnte Möglichkeiten eröffneten.

Er war so überwältigt, daß er völlig vergaß, das Manuskript für seine Dankesworte (immerhin hatte er eine Woche lang daran gearbeitet) aus der Innentasche des Dinnerjackets zu ziehen. Na gut, dann mußte er eben improvisieren. Und da stand er nun – umrauscht vom Beifall, geblendet vom grellen Licht, eingetaucht in ein Meer aus Ruhm und Ehre.

Mein Gott, sogar das Orchester war aufgestanden! Alle unten im Saal! Und auch oben auf der Galerie! All die Stars der Gerichtssäle, die Crème de la crème der Anwaltszunft – sie brachten ihm Standing Ovations dar!

Schließlich beruhigte er sich ein wenig, aber er war innerlich immer noch so aufgewühlt, daß er nach Worten ringen mußte. Mit der Linken reckte er die bronzene Clarence in die Höhe, mit dem Handrücken der Rechten fuhr er sich verstohlen über die Augen.

»Unser Rechtssystem … was für ein großartiges Rechtssystem haben wir doch … alle Welt beneidet uns darum.«

Seine Stimme brach, er schluchzte.

»Ich habe diesen Preis nicht aus eigener Kraft gewonnen. Ich schulde in dieser Stunde so vielen Menschen Dank …«

Und nun weinte er wirklich, er fing zu stammeln an, es brach einfach aus ihm heraus.

»An erster Stelle möchte ich da meine Mutter nennen …«

Maynard F. Thomson

Zum Wohle der Firma

Sie wollten die Wahrheit erfahren, und die werden Sie nun auch erfahren, angefangen mit dem Kern der Wahrheit: Ich bedaure es nicht, daß Clark Roy tot ist. Ich bedaure es nicht mal, daß ich ihn getötet habe.

Oh, ich weiß, es ist atypisch für einen Anwalt bei Barton & Allard, so etwas zu sagen, nicht wahr? Daß ich keine Reue vortäusche, wird mir vielleicht noch verziehen – wir sind ja gewöhnlich sogar stolz auf die Brutalität, mit der wir die Gegenpartei niederknüppeln (und wer von uns wollte behaupten, das gelte nur im metaphorischen, nicht im faktischen Sinn?) –, aber die Unverblümtheit, mit der ich mich zu meiner Tat bekenne, die Einfalt, mir kein Hintertürchen offenzuhalten und die Option zu wahren, nach dem vermeintlichen Schuldeingeständnis doch noch eine rigorose Kehrtwendung zu machen und alle Schuld zu leugnen, mein Verzicht auf verklausulierte Formulierungen, auf Ausflüchte und rechtliche Vorbehalte – das ist unverzeihlich, das ist wider alle anwaltlichen Gepflogenheiten und ein Indiz für jugendliches Ungestüm und beklagenswerten Mangel an Erfahrung. Wo kommen wir denn hin, wenn unsere Mandanten den Eindruck gewinnen, Anwälte könnten sich wie normale Leute ausdrücken, in verständlichen, klaren Sätzen, ohne Sorge, dadurch am eigenen Image zu kratzen? Es liegt auf der Hand, wo so etwas enden müßte: Sekretärinnen bilden sich ein, Verträge entwerfen zu können, Laufburschen basteln an der Beweisführung herum ... mein Gott, da könnte man ja nur noch ein Notariat aufmachen.

Und dennoch, die Situation, in der ich mich befinde, hat zumindest den Vorteil, daß ich dieses Schreiben endlich mal nicht so formulieren muß, wie ein Anwalt das gewöhnlich tut. Ich rede frei von der Leber weg, und was Sie daraus machen, ist dann Ihre Sache. Dieses Mal gibt's keine Konditionalsätze, keine salvatorischen Klauseln, keine hypothetischen Fragen, keine Argumentation unter Vorbehalt und keine Formulierungen nach dem Strickmuster »Ich war's nicht, aber wenn ich's gewesen wäre, dann hätte die andere Seite mich dazu provoziert«. Schluß mit all dem aalglatten Wortgeklingel, hinter dem sich Anwälte so gern verschanzen, damit sie nicht sagen müssen, was sie ihrem Mandanten glauben und was nicht.

Von mir hören Sie, was ich glaube. Ich sage es Ihnen im vollen Bewußtsein, daß sie es, wenn Sie wollen, gegen mich verwenden und mich vernichten können. Im Vertrauen auf Ihre Diskretion lege ich mein Schicksal ganz in Ihre Hand. Ich tue das, um unmißverständlich eines klarzumachen: Wenn ich nicht für Barton & Allard arbeiten kann, und zwar als Sozius, dann liegt mir nichts daran, überhaupt noch als Anwalt zu arbeiten.

Und so bleibe ich dabei – ohne Wenn und Aber: Ich bedaure es nicht, daß Clark Roy tot ist. Ich bedaure nicht mal, daß ich ihn getötet habe.

Ich werde auf jedes noch so kleine, noch so erbärmliche Detail zu sprechen kommen, bis hin zum erbärmlichsten aller Details: seinem Tod. Dennoch möchte ich zunächst erklären, *warum* ich vorsätzlich, bewußt – ja – *freudigen Herzens* Clark Roys Leben ein Ende gesetzt habe. Sie mögen zu dem Schluß kommen, daß ich nicht die nötige Eignung zum Anwalt habe – schon gar nicht bei Barton & Allard –, aber Sie werden zumindest erkennen, daß ich nicht aus einer unbedachten Laune heraus gehandelt habe. In der Tat, ich vertraue sogar darauf, daß Sie am Schluß, wie ich, zu der Feststellung kommen werden, daß es sich im vorliegenden Fall nicht um eine »verwerfliche« Tat handelt: »eine vorsätzliche rechtswidrige Handlung, die

ohne triftigen Anlaß oder nachvollziehbare Beweggründe begangen wurde« (Hanley versus Dixon, 48 S. W. 2/867-871 [Mo. 1957]; Hervorhebungen durch den Verfasser des Briefes). Hören Sie mich an, und entscheiden Sie dann, ob ich nachvollziehbare Beweggründe hatte. Und nehmen Sie mir, um auch das noch zu erwähnen, bitte ab, daß ich stets nur zum Wohle der Firma – unserer Kanzlei – gehandelt habe. Sie mögen mir mangelnde Beherrschung, Dummheit oder Unbesonnenheit vorwerfen, aber meine Loyalität gegenüber Barton & Allard kann niemand in Zweifel ziehen. Ich habe immer und überall zum Wohle der Firma gehandelt.
Um das gleich zu sagen: Clark Roy war ein Scheißkerl ersten Ranges. Der häßliche Fleck, den er am Fuß der Treppe hinterlassen hat, ist nichts im Vergleich zu all den Flecken, mit denen er – durch den bloßen Umstand, daß es ihn gab – das Ansehen unserer Sozietät beschmutzt hat. Er war schädlich für die Moral, fürs Geschäft und für die Zukunftschancen der Kanzlei, wir alle sind ohne ihn besser dran.
Ich bin auf die Erwiderung gefaßt: Ja, Roy wäre möglicherweise tatsächlich zu einem peinlichen Ärgernis für die Kanzlei geworden, aber es hätte sicher genügt, ihn etwas mehr an die Kandare zu nehmen, ihm vielleicht den Status eines Sozius abzuerkennen, aber ... war Ihre Lösung nicht ein bißchen *zu radikal*? War Maßhalten nicht immer so etwas wie ein Markenzeichen für Barton & Allard?
Darauf gibt es zwei Antworten. Erstens, selbst wenn Roy seinen Schreibtisch geräumt und die Tür hinter sich zugeschlagen hätte – angesichts all dessen, was er zum Schluß auf dem Kerbholz hatte, wäre Barton & Allard die Last seines Schattens dennoch geblieben; wir wären nie das Stigma losgeworden, daß er in unserer Kanzlei tätig war. Die Fachpresse hätte immer wieder in kritischen Kommentaren daran erinnert, ganze Kübel von Schadenfreude und übler Nachrede wären über uns

ausgeschüttet worden. Roys Tod wird die Häme nicht ganz ersticken, aber weil es eben eine »Tragödie« war, werden sich selbst gehässige Lästermäuler pietätvoller Zurückhaltung befleißigen und nur hinter vorgehaltener Hand über uns herziehen.

Zweitens – und ich denke, zu dieser Einschätzung werden Sie nach der Lektüre meines Rechenschaftsberichts auch kommen – bin ich zwar bereit, die volle Verantwortung für das zu übernehmen, was *ich* getan habe, aber das, was *Roy* getan hat, wird man mir schwerlich anlasten können. Ich wäre jederzeit willens gewesen, mir selbst Einhalt zu gebieten und meine Kampagne abzubrechen; es war Roy in seiner Uneinsichtigkeit, der die Dinge immer weiter getrieben hat, bis zum Schluß – bis zum unausweichlichen tödlichen Ende. Warum ist er nicht von sich aus rechtzeitig aus der Sozietät ausgeschieden, was er ja, wenn auch nur ein Funke Anstand in ihm geschlummert hätte, ohne weiteres tun konnte? Ja, ich habe ihn getötet, aber er hat mir gar keine andere Wahl gelassen.

Noch etwas: Ich dürfte wohl kaum der einzige sein, den die Aussicht auf eine Welt ohne Roy mit klammheimlicher Freude erfüllt. Mich unterscheidet zwar von anderen, daß ich ehrlich genug bin, das zuzugeben, aber ich glaube, niemand wird so weit gehen, daß er vorgibt, Roy gemocht zu haben. Gott sei Dank hat die Ära der Scheinheiligkeit mit Roy ein Ende. Es ist einfach so, daß es den meisten der bei uns tätigen Anwälte am nötigen – wenn Sie so wollen: unverfrorenen – Mut fehlt, zuzugeben, daß sie Schlange gestanden hätten, um ihn die Treppe hinunterzustoßen. Rawling habe ich zum Beispiel kurz nach dem Ereignis irgendwas von einem »tragischen Schicksalsschlag« murmeln hören, aber einen Monat vorher hat er beim Lunch (so laut, daß es jeder hören konnte) herumposaunt, Roy sei eine »Schande für die ganze Kanzlei«. Die reine Wahrheit – aber gottlob eine, die sich erledigt hat.

Ich frage mich, warum so viele Leute nicht einsehen wollen, daß der Tod nichts am moralischen Wert eines Menschen zu ändern vermag. Roys jähes Dahinscheiden führt nicht dazu, daß ihm im Jenseits eine *Nunc-pro-tunc*-Revision zuteil wird. Der Text, der auf dem Grabstein seinem Namen folgt, muß von Rechts wegen auch jetzt noch lauten: ein überheblicher, hinterhältiger, durch und durch verdorbener Scheißkerl, der sein Fähnchen immer nach dem Wind gehängt hat.

Die Beweislage ist überwältigend. Ich bitte um nichts anderes, als daß Sie mich anhören, bevor Sie den Urteilsspruch fällen; ich werde ihn dann, wie immer er ausfällt, mit Würde tragen.

Fangen wir mit dem relativ Belanglosen an: Clark Roy war ein monumentaler Speichellecker. Jeder Besucher konnte mit absoluter Sicherheit auf Anhieb feststellen, welchen Rang jemand in unserer Kanzlei einnimmt, er mußte nur einmal miterleben, wie Roy den Betreffenden grüßte: herablassend, überschwenglich oder gar katzbuckelnd.

Als geschäftsführender Sozius durfte sich Dick McSorley einer geradezu abgöttischen Verehrung erfreuen, die eher zum Diktator einer Bananenrepublik als zum Chef einer der landesweit größten Anwaltsfirmen gepaßt hätte. »Wie *geht* es Ihnen, Dick?« – »O Dick, Ihre Rede in der Anwaltskammer – *unvergeßlich*!« – »Wie ich höre, haben Sie ein *großartiges* Ergebnis im Wilson-Fall erzielt, Dick.«

Es dürfte Ihrer Aufmerksamkeit nicht entgangen sein, daß Roy, nachdem Dick die Geschäftsführung übernommen hatte, unverzüglich damit anfing, sich wie ein leibhaftiges Abziehbild seines Chefs zu kleiden: die gleichen gesteppten schwarzen Loafer, zum Verwechseln ähnliche marineblaue Nadelstreifenanzüge (sogar das Einstecktuch war, wie bei Dick, eine Spur zu akkurat gefaltet), blaues Oberhemd mit weißem Kragen, dieselbe goldene Krawattennadel (nur daß Dicks ein bißchen teu-

rer war und das Ding bei Roy – unter dem runden Pfefferkuchengesicht – irgendwie absurd aussah).
Es spricht für Dicks von Selbstbewußtsein getragene Bescheidenheit, daß er sich von Roys krankhaftem Nachahmungstrieb nie nachhaltig beeindruckt zeigte, ihn sogar nicht mal wahrzunehmen schien. Ich bin sicher, wenn ihm bewußt geworden wäre, wie Roys affiges Getue auf andere wirken mußte, hätte er indigniert darauf reagiert. Ich war, bei Gott, nicht der einzige, der sich vor Verlegenheit gewunden hat, wenn Mandanten zu Augenzeugen dieser abstoßenden Mimikry wurden.
Um meine Reaktion hat Roy sich natürlich keinen Deut gekümmert. Als Juniorpartner (und damit in seinen Augen eine lebende Irrelevanz und nur theoretisch ein Rivale) gehörte ich zu denen, die sich bei der morgendlichen Begegnung mit einem huldvollen Wink begnügen mußten – Queen Elizabeth grüßt ihre Untertanen. Roys Attitüde war immer darauf ausgerichtet, bei anderen Eindruck zu schinden, wobei es nicht darauf ankam, mich herunterzumachen: »Oh – hallöchen, John. Ach, was ich Ihnen noch sagen wollte: Lassen Sie's mich wissen, wenn Sie bei der Zwangsvollstreckung noch ein wenig Hilfestellung brauchen. Das ist, bis man's ein paarmal gemacht hat, eine ziemlich verzwickte Sache.« Das hat er wortwörtlich zu mir gesagt, und nicht etwa unter vier Augen, nein, als ich mich gerade in der Eingangshalle mit ein paar neuen Mandanten unterhalten habe. Ein gemeiner, sorgfältig geplanter Geniestreich à la Clark Roy.
In gewisser Weise waren die assoziierten Anwälte und andere niedere Chargen besser dran, wurden sie doch lediglich mit einem eindringlichen Blick bedacht, bis sie sich pflichtschuldig zum Kotau vor Roy bequemten. Dann würdigte Roy sie eines herablassenden Nickens, in Ausnahmefällen – wenn der Betreffende sich lange genug in selbstverleugnender Liebedienerei geübt hatte – ließ er sich sogar dazu herab, dem armen

Kerl den fetten, lähmend schweren Arm um die Schultern zu legen oder, wenn es sich um eine Mitarbeiterin handelte, ein bißchen hier und ein bißchen da zu tätscheln (mir haben sich, wenn ich das mit ansehen mußte, jedesmal die Fußnägel aufgebogen; die Qualen des auserwählten Opfers kann ich nur ahnen).

Schreibkräfte, Boten und andere dienstbare Geister rangierten für Roy sowieso in der Kategorie Untermensch. Solche Leute mußten rechtzeitig Platz machen, sonst durften sie sich nicht wundern, wenn sie angerempelt wurden. Den Mann, der bei uns das Toilettenpapier verteilt, hat er zum Beispiel des öfteren glatt umgerannt. Mein Gott, wenn Clark Roy in olympischer Erhabenheit die Flure durchschritt, konnte er doch nicht auch noch auf gewöhnliche Sterbliche achten, oder?

Kleinigkeiten? Nichts als ein Zeichen für etwas unglückliche Eigenarten? Nicht gerade lobenswert, aber schließlich auch kein Schwerverbrechen? Ja, das sehe ich auch so. Wäre Clark Roy nur einer von denen gewesen, die nach oben den Buckel krumm machen und nach unten treten, müßte ich diesen Brief nicht schreiben, weil er nie die Treppe hinuntergestürzt wäre. Es wäre nicht der Mühe wert, seinetwegen auch nur eine Zeile zu verschwenden, weil der bloße Umstand, daß er ein typischer Radfahrer war, für das Tagesgeschäft bei Barton & Allard unerheblich war. Radfahren ist integraler Bestandteil jeder hierarchischen Organisation, sozusagen der Tribut, den alle leisten müssen, und im übrigen ein probates Mittel, um Dampf abzulassen.

Nein, es waren nicht Roys unangenehme Eigenarten, die ihn so überaus widerlich gemacht haben, mögen sie noch so unverfroren und dreist gewesen sein. Was so unerträglich an ihm war – und was mich schließlich veranlaßt hat, zur Tat zu schreiten –, war die Tatsache, daß Kollegialität, Loyalität und Handeln im übergeordneten Interesse der Kanzlei für Roy einfach Fremdworte waren – Begriffe, mit denen er nichts anfangen konnte. Leute wie Lew Whites und David Poutasses scheuen auch nicht davor zurück, die Ellbogen einzusetzen, um sich nach oben zu arbeiten, trotzdem habe ich nie den mindesten Zweifel an ihrer Treue zu unserer Sozietät und ihrer Aufopferungsbereitschaft zum Wohl aller gehegt. Roy kannte nur eine Treue und opferte sich nur für einen auf: für Clark Roy – und immer nur für Clark Roy.

Ein Beispiel. Vor ein paar Jahren las ich in unserer internen Hausmitteilung, daß Roy beabsichtige, einen neuen Mandanten, und zwar City Mills, bei einem Schadenersatzanspruch gegen eine Firma namens Hydex zu vertreten. Ich machte Roy darauf aufmerksam, daß wir dieses Mandat nicht übernehmen könnten, weil Hydex demnächst von Jenco, einem unserer guten alten Mandanten, aufgekauft werde und Jenco sicher kein Verständnis dafür hätte, wenn wir City Mills – zum Zeitpunkt des Prozesses voraussichtlich schon gegen ihn – vertreten würden. O ja, sagte er, das leuchte ihm selbstverständlich ein, er werde City Mills dahingehend unterrichten, daß wir wegen eines Interessenkonflikts leider nicht ins Geschäft kommen könnten.

Ein paar Wochen später kam ich zufällig dahinter, daß er – als hätte das Gespräch zwischen uns nie stattgefunden – Wendy Schultz, eine unserer jungen Anwältinnen, die mit den Zusammenhängen nicht vertraut war, auf den Fall angesetzt und angewiesen hatte, City Mills vor Gericht zu vertreten. Glücklicherweise hat Jenco nicht bei uns interveniert, aber das ist nicht der Punkt. City Mills hat uns, grob geschätzt, hunderttausend Dollar Anwaltshonorar gezahlt: eine Eintagsfliege, die Firma ist überhaupt nicht in unserer Gegend ansässig, sondern wird normalerweise durch eine Anwaltskanzlei in Chicago vertreten, wir werden also voraussichtlich nie wieder mit ihr zusammenarbeiten. Jenco zahlt uns zehnmal soviel, und zwar *jedes Jahr*. Nur, Roy hat die Sache aus einem ganz anderen Blickwinkel gesehen: City Mills, das war Geld, das *er* in die Firma eingebracht hat, Jenco fällt in meine Zuständigkeit – Ende der Analyse. Für ihn zählte nur, welchen Nutzen er aus der Sache ziehen konnte, die Interessen der Kanzlei waren irrelevant.

Belanglose interne Streitigkeiten? Engstirnige Kirchturmpolitik? Gut, dann denken Sie doch bitte an all die Fälle, in denen seine ganze Böswilligkeit offenbar wurde, an all die Gelegenheiten, bei denen er tüchtig Gift verspritzen und andere zur Schnecke machen konnte.

Denken Sie beispielsweise an die Sache mit Bill Stetz. Bill war damals schlimm dran, er hatte Krebs und mußte ins Krankenhaus, und Roy sollte sich während seiner Abwesenheit um die Honorarabrechnung mit FoSoCo kümmern. Was er dann auch getan hat, er war ganz versessen darauf, aber er hatte nie die Absicht, den Ordner mit den FoSoCo-Unterlagen je wieder aus der Hand zu geben. Ich weiß nicht, was da im einzelnen gemauschelt wurde, fest steht jedenfalls, daß er ein paar Spitzenleute bei FoSoCo über Bills Krankheit unterrichtet hat, natürlich mit dem Tenor, die Betty Ford Clinic tue »wahre Wunder« an ihm. Bill hat nie verstanden, warum FoSoCo später darauf beharrt hat, in Rechtsangelegenheiten nur noch von Roy beraten zu werden. Mir ist das Ganze auch erst sehr viel später klargeworden, als der Generalbevollmächtigte von FoSoCo bei einer Besprechung diesbezüglich ein paar Andeutungen gemacht hat.

Oder ein anderes Beispiel: Erinnern Sie sich an den Brief, den Roy seinerzeit geschrieben hat, als Warren Hanford sein Amt als Verwaltungschef unserer Kanzlei niedergelegt hat? Merkwürdig, wie schnell damals durchgesickert ist, was in diesem Brief stand, nicht wahr? Nun, ich bin im Besitz einer Kopie; ich habe sie all die Jahre als Musterbeispiel für übelste Speichelleckerei und bösartiges Intrigenspiel aufgehoben. Der arme alte Hanford ist das Opfer einer Flüsterkampagne geworden, er ist einer wahren Hetzjagd erlegen. Ich zitiere hier wortgetreu den Brief, den Roy damals an Dick McSorley geschrieben hat, nachdem Dick, weil ihm keine andere Möglichkeit mehr blieb, Warren letztendlich den Stuhl vor die Tür gestellt hatte. Lesen Sie's, ich bin gespannt, ob Ihnen die Galle dabei hochkommt.

Persönlich und vertraulich

Lieber Dick,
es ist mir eine angenehme Pflicht, Ihnen in Ihrer Eigenschaft als Geschäftsführer von Barton & Allard anläßlich Warren Hanfords Eintritt in den wohlverdienten Ruhestand zu versichern, wie sehr ich Warrens liebenswerte Kollegialität in all den Jahren schätzengelernt habe und wie schmerzlich ich ihn vermissen werde.
Wir alle, die wir den Vorzug genießen, für Barton & Allard tätig zu sein, schulden Warren tiefen Dank für sein professionelles Können, seine schier unerschöpfliche Geduld und die zuverlässige Genauigkeit bis ins Detail. All diese dankenswerten Eigenschaften haben es uns überhaupt erst ermöglicht, unserer anwaltlichen Arbeit nachzugehen, ohne dabei ständig durch administrative Obliegenheiten abgelenkt zu werden. Es ist gewiß nicht übertrieben, wenn ich sage: Ich bezweifle, daß mir auch nur annähernd jener Erfolg beschieden gewesen wäre, dessen ich mich während all der Jahre erfreuen durfte, wenn Warren mir nicht durch aufopferungsvolles, rastloses Wirken als Chef der Verwaltung so nachhaltig den Rücken freigehalten hätte.
Es ist kaum verwunderlich, daß die Last dieser verantwortungsvollen Tätigkeit schließlich sogar einen in Stahlgewittern

erprobten Praktiker wie Warren zermürben mußte. Ich weiß aus unseren langen vertraulichen Gesprächen, wie hart es Sie angekommen ist, den Schritt zu tun, den Sie tun mußten; ich habe Ihre Führungskunst zu keiner Zeit mehr bewundert als in der Stunde, in der Sie sich entschlossen haben, diesen ... wenn es erlaubt ist, das Bild zu gebrauchen: Kelch, so bitter er auch schmecken mochte, nicht einem anderen weiterzureichen, sondern selbst zu leeren. Ich weiß, daß ich im Namen aller in unserem Hause spreche, wenn ich Warren eine rasche gesundheitliche Erholung und einen langen und glücklichen Ruhestand wünsche.
Mit ergebenen Grüßen
Clark Roy

»Persönlich und vertraulich«, daß ich nicht lache! Rein zufällig hat Roy nämlich eine Kopie des Briefes im Kopierer liegenlassen, wohl wissend, daß sie dort gefunden wird. »Ich wünsche Warren eine rasche gesundheitliche Erholung!« Nachdem er, soweit es in seiner Macht stand, monatelang nichts unversucht gelassen hatte, um Warrens Autorität zu untergraben und ihn in den Augen der anderen zum Narren zu machen. Es war nämlich, wie ich später in Erfahrung gebracht habe, Roy, der die haarsträubende, verleumderische Geschichte über Ruth Hanford in Umlauf gebracht hat – die ehrenrührigen Gerüchte, die Warren nach meiner Überzeugung mehr als alles andere zugesetzt haben und wohl auch der auslösende Faktor für seinen Zusammenbruch waren. Dick McSorley hat so gehandelt, wie er unter den gegebenen Umständen handeln mußte, aber diese »gegebenen Umstände« sind keineswegs von ungefähr eingetreten, sie waren das Ergebnis von Clark Roys Intrigen.
Der Brief war ein echter Clark Roy. Achten Sie auf das vorgetäuschte Mitleid mit Hanford, auf die schamlose Schmeichelei,

mit der er Dick um den Bart geht, und das freche Erschleichen eines Images der Vertraulichkeit, wenn er die Dinge so darstellt, als hätte Dick sich erst nach »langen Gesprächen« mit ihm zu einer Entscheidung durchgerungen. Und dabei hat Roy zur gleichen Zeit dafür gesorgt, daß selbst dem letzten Mitarbeiter in der Poststelle klar wurde: Aha – Hanfords angebliches Pensionierungsersuchen ist nur eine barmherzige Umschreibung für die Tatsache, daß er in Wirklichkeit zum Rücktritt gezwungen wurde. Ein wahres Meisterstück verlogener, boshafter Strategie: nach unten treten, nach oben katzbuckeln. Da kommt mich wirklich das Kotzen an.

Ich glaube, die billige Schmierenkomödie, die Roy sich mit diesem Brief geleistet hatte, war für mich der erste Anstoß zu der Überlegung, daß die Welt ohne Roy ein bißchen menschlicher werden könnte, obwohl noch viel Zeit vergehen sollte bis zu den Ereignissen, die mich schließlich dazu veranlaßt haben, meinen Gedanken in die Tat umzusetzen. Der Hanford-Brief »hat mir meine wahren Empfindungen klargemacht«, wie unsere jüngeren Mitarbeiter das vielleicht ausdrücken würden; als dann noch die bereits angedeuteten Ereignisse hinzukamen, war die Idee zur Tat schon längst geboren und hinlänglich herangereift – ich war bereit zu handeln.

Sie wollten wissen, was ich getan habe. Nun gut, Sie sollen es erfahren.

Ich würde sagen, es fing eigentlich alles mit einem Jux an – ein Scherz, den wir ausgeheckt hatten, um Roy in Verlegenheit zu bringen (woraus Sie sehen können, was für ein Optimist ich war). Er sollte merken, daß ein paar von uns es darauf anlegten, ihm auch mal eins auszuwischen. (Man könnte durchaus sagen, daß die Dinge, gemessen daran, später eine beachtliche Eskalation erfahren haben.) Also, der Reihe nach:

Gegen Ende letzten Jahres kam Linda Browne, meine Sekretärin, zu mir ins Büro – es war offensichtlich, daß sie unbedingt etwas loswerden wollte, unter vier Augen, versteht sich. »Raten Sie mal, was ich mir eingefangen habe.«

»Es ist doch hoffentlich keine ansteckende Geschlechtskrankheit? Das müßte ich nämlich meiner Frau erzählen, und das wäre mir etwas unangenehm.« (Wir haben einen lockeren Ton untereinander, Sie wissen schon: Sprüche wie in den Sitcoms im Fernsehen. Ich finde überhaupt, wir Anwälte sollten uns im Umgang mit den Angestellten einer größeren Ungezwungenheit befleißigen).

»Ha, ha«, machte sie, streckte den Arm nach vorn und zeigte mir eine Handvoll Eintrittskarten. »Die Barton-und-Allard-Loge! Ich denke, schaust mal, ob noch Karten zu haben sind, und siehe da, für das Spiel der Cardinals hatte keiner was vorbestellt.«

Sie wissen das möglicherweise nicht, aber für die Angestellten ist das verglaste Viereck ganz oben unterm Stadiumdach quasi der Himmel auf Erden. Wir finden es natürlich todlangweilig, wenn wir dem einen oder anderen Mandanten zuliebe hingehen und zusehen müssen, wie zwei drittklassige Mannschaften sich bei so einem hirnrissigen Spiel über den Rasen quälen, aber es stellt eben nicht jeder so hohe Ansprüche wie wir.

»Meine Eltern kommen aus Pittsburgh, Bob ist ganz begeistert von meiner Idee, und die Kids kriegen sich gar nicht mehr ein vor Freude. Hach, ich liebe Barton & Allard!«

Sie tänzelte beschwingt aus meinem Büro – ein Anblick, der meinem Herzen guttat, sie ist nämlich ein nettes Mädchen.

Insgeheim beneidete ich Linda immer noch darum, daß sie sich selbst über kleine Dinge so herzlich freuen konnte, als ich im Laufe des Nachmittags an ihrem Schreibtisch vorbeikam und Tränen in ihren Augen sah. Ich mußte sie ein bißchen drängen, bis sie mir sagte, daß aus der Loge nichts würde:

»Mr. Roy braucht die Karten für Mandanten.« Ein wahrer Schicksalsschlag, sie gab sich Mühe, tapfer zu sein, aber ganz konnte sie ihr Schluchzen nicht unterdrücken.
Pech für die arme Linda. Aber es gehört nun mal zu den ehernen Grundsätzen unserer Kanzlei, daß die Betreuung von Mandanten Vorrang vor allen persönlichen Interessen hat, immerhin kostet uns die Jahresmiete für die Loge eine ganz schöne Stange Geld.
Als ich Roy eine Weile später auf dem Flur begegnete, wünschte ich ihm – und das war wirklich nur als harmlose kollegiale Bemerkung gemeint – viel Spaß bei dem Spiel.
»Ach«, erwiderte er, »ich hab eigentlich gar keine Lust, hinzugehen, ich stecke bis über beide Ohren in Arbeit. Aber Markus ...« (sein Sprößling) »... hat sich Freunde von auswärts eingeladen, und da haben wir uns gedacht, denen wird das gefallen.«
Ich war einigermaßen verblüfft. »Ich dachte, Sie wollten mit Mandanten hingehen?«
Er setzte das schmierige Grinsen auf, das er anscheinend für unwiderstehlich gehalten hat, und sagte: »Mein Bester, wo kämen wir hin, wenn unser eigen Fleisch und Blut uns nicht noch mehr am Herzen läge als unsere Mandanten? Falls Sie und Ihre Frau je Kinder bekommen sollten, werden Sie das sicher verstehen.«
Als ich ihm nachsah, wie er, seinen dicken Arsch schwenkend, den Flur hinunterwatschelte, regte sich in mir der Wunsch, ihn auf der Stelle kaltzumachen: von hinten anspringen, mit dem Kugelschreiber auf eine verwundbare Stelle in seinem verfetteten Nacken zielen, zustechen ... *voilà*.
Aber ich bin nun mal Anwalt, noch dazu bei Barton & Allard, was sich, das muß man sich von Zeit zu Zeit vor Augen führen, hinsichtlich der Möglichkeiten allzu freier Entfaltung ein wenig einschränkend auswirkt. Ein Anwalt kennt zwar kein Er-

barmen, aber nackte Gewalt gehört dennoch zu den Dingen, die er zu verabscheuen hat.
Wenn man sich schon nicht physisch austoben darf, dann muß man sich eben eine mehr auf psychologischem Gebiet angesiedelte Ersatzhandlung ausdenken – und das habe ich getan. Der Mann war sportlichen Aktivitäten nicht abgeneigt? Schön, dann wollte ich ihn mal mit Sportarten vertraut machen, von denen er bisher sogar in seinen feuchtesten Träumen nichts geahnt hatte.
Ich vermute, Sie haben sich nie die Zeit genommen, die letzten Seiten gewisser periodisch erscheinender Druckerzeugnisse durchzublättern. Ab und zu fällt mir so ein Blatt in die Hand, und ich muß zugeben, es überrascht mich immer wieder, was für eine Fundgrube bizarrer Absonderlichkeiten der Anzeigenteil solcher Periodika ist. Ich habe – kurz nach dem Vorfall mit den Freikarten für die Loge – beim Lunch so ein Schundblättchen durchgeblättert (eines der zotigsten) und anschließend bei verschiedenen Versandhäusern unter Roys Namen ein paar besonders ausgefallene Artikel für … sagen wir: sportliche Freizeitgestaltung bestellt: Sexmagazine, Versandlisten für Fesselungs- und SM-Zubehör und Videobänder, auf denen (wie die Anzeigen versprachen) körperliche Aktivitäten dargestellt wurden, »die man nicht alle Tage zu Gesicht bekommt«. Gemeint waren unter anderem Paarungsakte unter Tieren, sogenannte exotische Wrestlingposen, Tips zur optimalen Raumausnutzung beim Badezimmersex und jene Art von Erziehung, die Roy offensichtlich zu selten erfahren hat – hier angeboten durch einen Dominaservice. Und da er ja Kindern so zugetan war, habe ich auch gleich aus dieser speziellen Sparte das eine oder andere für ihn mitbestellt.
Ich habe ein Faible für Sam Davis, den Leiter unserer Poststelle – wahrhaftig ein Mann, den nichts erschüttern kann. Er zuckte mit keiner Wimper, als die ersten Postsendungen für

»Mr. Roy« ankamen. Es war schon verblüffend, zu sehen, wie er sie aus seinem Karren genommen, mit unbewegter Miene zu Roy ins Büro gebracht und ihm auf den Schreibtisch gelegt hat, ganz so, als gäb's bei uns auf jeder Etage ein Dutzend Bezieher von *Lust unter heißem Wasser* und *Das heiße Schmuseeckchen*. Falls ihm je der Verdacht gekommen ist, es könne sich bei den Videos um etwas anderes als um einen Fernkurs für den Verkauf von Risikolebensversicherungen handeln, hat er sich jedenfalls nichts anmerken lassen.

Es war vorauszusehen, daß die Herren vom Postfahndungsdienst das nicht so locker nahmen. Als sie mit ihrem Durchsuchungsbefehl bei uns in der Poststelle erschienen, hatten ihre Minen eher Ähnlichkeit mit denen von bißfreudigen Bluthunden.

Bitte, glauben Sie mir, daß ich wirklich nicht die Absicht hatte, irgend jemanden von außerhalb mit in die Sache hineinzuziehen. Vor Roys Festnahme hatte ich keine Ahnung, daß die meisten dieser Anzeigen von regierungsamtlichen Stellen aufgegeben werden, um genau jenen perversen Typen, zu denen Roy allem Anschein nach gehörte, eine Falle zu stellen. Wenn er die Botschaft verstanden und in dem plötzlichen Eingang unerwünschter Post eine versteckte Rüge erkannt hätte, wäre die ganze Sache über kurz oder lang im Sande verlaufen. Es gab keine Anzeichen dafür, daß er je an abartigen Orgien teilgenommen hatte, und so hätte man zu guter Letzt seinen Unschuldsbeteuerungen glauben müssen. Noch vor seinem jähen Ableben wäre Gras über die Geschichte gewachsen. Aber nein, der Mann war, wie die weitere Entwicklung zeigt, einfach unbelehrbar.

Sie erinnern sich möglicherweise an David Norquist, den jungen assoziierten Anwalt, der uns letztes Jahr verlassen hat und zu Dawkins & Heller gegangen ist? Ein prächtiger Bursche – und als Anwalt ein vielversprechendes Talent. David war

Fleisch der Sozietät Barton & Allard, nicht nur nutzloses Fett. Ein überaus kompetenter, fleißiger, angenehmer Mitarbeiter, der den Respekt aller Abteilungsleiter genoß. Wenn Sie mich fragen: ein junges Talent mit dem Zeug, eines Tages Sozius bei uns zu werden.

Nun, es ergab sich so, daß er – unter Roys Führung – einen bestimmten Fall bearbeiten mußte, sozusagen einen Nachbrenner zu dieser alten Sintex-Sache. David war nach Roy der älteste im Team, darum blieb alles, was unangenehm war, an ihm hängen. Wie Sie wahrscheinlich wissen, hat Roy sich nie darum gerissen, die Grabenkämpfe mit der Gegenpartei persönlich auszufechten und sich dann auch noch mit dem Stift in der Hand hinzusetzen und Aktenvermerke zu machen – o nein, das hätte in seinen Augen zuviel Ähnlichkeit mit Arbeit gehabt, zumal es die Gefahr in sich barg, daß seine Inkompetenz dabei zutage gekommen wäre. Roy bildete sich gern ein, der Regenmacher zu sein – der Mann, der die lukrativen Fälle an Land zieht und dann andere für sich arbeiten läßt. Wenn man allerdings genau hinsieht, merkt man schnell, daß Roy sich all das, was unserer Kanzlei so etwas wie einen warmen Regen brachte, mit irgendeinem unsauberen Trick unter den Nagel gerissen hat. Und die Sintex-Sache war ein typisches Beispiel dafür.

Wie auch immer, David rackerte sich einen Sechzehnstundentag nach dem anderen ab, und ohne ihn hätte sich bei dem Fall überhaupt nichts bewegt (aber dank ihm, dessen bin ich sicher, hat sich viel bewegt). Und da alles so gut lief, beschloß Roy, daß er und seine JoAnne ruhig einen kleinen Abstecher auf die Bahamas machen könnten, um sich nach den vielen anstrengenden Cocktailpartys ein wenig Ruhe und Erholung zu gönnen. Es gab da nur ein winziges Problem: Roy hatte die blöde Idee, irgendeinen Artikel im *Corporate Counsel Magazine* zu veröffentlichen (den er, versteht sich, natürlich nicht selbst zu

schreiben gedachte, er hatte David damit beauftragt, für ihn als Ghostwriter tätig zu werden). Nach den ersten Urlaubstagen in Nassau rief er hier im Büro an und verlangte, David solle ihm den Entwurf zufaxen. Roy dachte nämlich nicht im Traum daran, irgendwohin zu reisen, wo er ohne Faxgerät gewesen wäre. (Ich habe das bei seiner Sekretärin gecheckt; sie hatte die Anweisung, ihm alle paar Stunden ein Fax zu schicken, auch wenn überhaupt nichts Wichtiges anlag. Es ging ihm lediglich darum, jeden in seiner Umgebung sehen zu lassen, daß pausenlos Faxe oder Anrufe für ihn ankamen. Dieselbe Eitelkeit, die ihn auch veranlaßte, bei allen Konferenzen auf Leitungsebene irgend etwas Belangloses beizusteuern, nur damit sein Name im Protokoll auftauchte; ich hege freilich den Verdacht, daß er mit dieser Untugend nicht allein dastand.)
Nun, David sagte Roy, er sei noch nicht dazu gekommen, diesen Artikel zu entwerfen, der Sintex-Fall nehme ihn voll in Anspruch, und er habe die Sache im übrigen auch nicht für so vordringlich gehalten, weil es sich schließlich nur um einen typischen Namensartikel handele, den im Endeffekt sowieso kein vernünftiger Mensch lesen werde. Wie David mir schilderte, und ich glaube ihm aufs Wort, ging Roy sofort hoch wie eine Atombombe, machte ihn – Roy lag mit dem Handy am Swimmingpool, alle ringsum konnten mithören – fürchterlich fertig und *befahl* ihm, den Artikel binnen vierundzwanzig Stunden zu schreiben. David hat das auch getan, obwohl er seinen Sonntag opfern mußte und nicht – endlich mal, nach zwei Wochen – seine Frau wiedersehen konnte, die im achten Monat schwanger war, ganz davon zu schweigen, daß am besagten Sonntag die Beerdigung seiner Großmutter stattfinden sollte.
Ich hatte ein gutes Verhältnis zu David, er sah quasi einen älteren Freund in mir. Er war, wie Sie sich vorstellen können, mächtig verärgert. Nun, ich habe erst mal mit ihm gesprochen und ihn beruhigt, aber danach hatte ich das unwiderstehliche

Bedürfnis, etwas zu unternehmen – irgend etwas, was Roy begreifen ließ, daß alles irgendwo Grenzen hat. Ich fand es empörend, daß jemand am Meer herumfaulenzt und seinen jüngeren Kollegen dazu zwingt, wegen eines völlig unwichtigen Artikels, der ohnehin nur eitler Selbstdarstellung dient, auf den einzigen freien Tag der Woche zu verzichten. Ich überlegte hin und her, bis mir klar wurde, daß Roy eine Strafe brauchte, durch die er am eigenen Leibe erfuhr, was er David angetan hatte. Kurz und gut, ich mußte Roy den Urlaub vermasseln, und zwar mit Hilfe einer knappen kategorischen Anordnung von so weit oben, daß er sich ihr nicht widersetzen konnte.

Die Idee, einmal geboren, ließ sich ziemlich einfach in die Tat umsetzen. Natürlich würde Roy um so freudiger auf jeden nur denkbaren Auftrag anspringen, wenn er von Dick McSorley persönlich kam, und das besonders bei einem Auftrag in Übersee, der hohes Ansehen, ein bißchen Lunchgeplauder und wenig Arbeit mit sich brachte. Da Dick schon auf den gepackten Koffern für eine Fernostreise saß, wußte ich überdies, daß Roy nicht so ohne weiteres bei ihm zurückrufen konnte, und so beschloß ich … nun, ich will's mal so ausdrücken: mir Dicks Autorität auszuleihen. Um es im Klartext zu sagen: Ich habe unter Mißbrauch von Dicks Namen ein Memo verfaßt, es im Faxraum in den Ausgangskorb gelegt und sodann den Dingen ihren Lauf gelassen.

In besagtem Memo nach Nassau, Bahamas, stand folgendes:

Bin genötigt, Sie anzuweisen, morgen früh 10.00 Uhr als mein Vertreter an einer Besprechung bei Polnischer Handelsbank Krakau teilzunehmen. Bedaure Kurzfristigkeit, kein anderer qualifizierter Vertreter verfügbar. Einweisung nach Ankunft im Hotel Metropol, kontakten Sie Stanislaw Woczek. Bitte strikt vertraulich behandeln. Beste Grüße
gez. Richard J. McSorley/Geschäftsführer

Ich hatte mich vorher vergewissert, daß die rund achtzehn Stunden zwischen der geschätzten Ankunft des Memos und der angeblichen Besprechung bei der Handelsbank ausreichen, um die Strecke Nassau–Krakau einschließlich Zu- und Abgang zu schaffen, allerdings knapp, was konkret bedeutete, daß Roy keine Zeit damit verplempern durfte, Dick anzurufen, um Näheres in Erfahrung zu bringen. Die Mühe, festzustellen, ob es in Krakau überhaupt ein Hotel Metropol gab, hatte ich mir nicht gemacht, im Gegenteil, ich malte mir im Geiste schon genüßlich aus, wie ein verzweifelter Roy – Wind und Wetter trotzend – im Alohahemd und Shorts von Taxistand zu Taxistand hetzte, damit er rechtzeitig vor einer fiktiven Besprechung von einem fiktiven Polen gebrieft werden konnte. An diesem Abend fuhr ich mit einem seit Wochen nicht gekannten Glücksgefühl nach Hause.
Ich gebe zu, daß meine Euphorie bis zum nächsten Morgen einer gewissen Besorgnis gewichen war. Es konnte nicht lange dauern, bis Roy dahinterkam, daß er einem Scherz aufgesessen war, und ich sah keinen Grund zu der Vermutung, daß er herzlich darüber lachen würde. Und ich ahnte, daß Dick den Mißbrauch seines Namens auch nicht besonders lustig finden würde (zumal er wahrscheinlich gar nicht wußte, wie sehr Roy diesen Denkzettel verdiente; er hält sich ja klugerweise aus hausinternen Streitereien heraus). Ich malte mir alle möglichen Schreckensbilder aus: eine hochnotpeinliche Untersuchung, Tests mit dem Lügendetektor, Vernehmungen durch die Polizei und was weiß ich was noch alles.
Aber je mehr Zeit verging, desto klarer wurde, daß ich voll ins Schwarze getroffen hatte. Nachträglich vermute ich, daß Roy sich zu sehr schämte, um auch nur ein Sterbenswörtchen verlauten zu lassen, was zugleich heißt, daß Dick McSorley nie etwas von der mißbräuchlichen Benutzung seines Namens erfahren wird – also auch nichts von der segensreichen Wir-

kung, die diese kleine Manipulation bewirkt hat. Das schönste war, mitzuerleben, wie kleinlaut und grämlich Roy fortan durch die Flure schlich. Vorbei war's mit dem herablassenden Kopfnicken und dem huldvollen »guten Morgen« nach Gutsherrenart. Bildete ich mir das nur ein, oder musterte Roy die Entgegenkommenden wirklich mit dem flackernden Blick, an dem man gewöhnlich Menschen erkennt, die unter Verfolgungswahn leiden? Ich hoffte inständig, daß die Sache ihm tatsächlich an die Nieren gegangen war, denn wenn es so gekommen wäre, daß der dicke Wermutstropfen, mit dem ich ihm den Urlaub vergällt hatte, ihn dazu bewogen hätte, sich künftig in seinem Büro zu verschanzen, statt alle naselang irgendeinem Kollegen in die Suppe zu spucken, müßte ich diesen Brief gar nicht schreiben.

Aber in Roy hatte sich natürlich kein Persönlichkeitswandel vollzogen, er lief bald wieder zur alten Form auf. Auch diesmal war sein Opfer einer der assoziierten jungen Anwälte.

Roy hatte etwas für die Hastings Corporation zu regeln – es ging um einen Verkauf von Anlagewerten, eine Angelegenheit, die jeder Halbtrottel mit der linken Hand erledigen konnte. Normalerweise überträgt ein Sozius so etwas einem unserer erfahrenen jungen Juristen, überläßt alles Weitere ihm und verzichtet darauf, sich das Ergebnis der Bearbeitung überhaupt noch vortragen zu lassen. Normalerweise – aber bei Roy war eben nichts normal. Er *mußte* die Sache natürlich persönlich in der Hand behalten, zumindest dem Mandanten gegenüber, sonst hätte der junge Anwalt ja direkt mit den Leuten von Hastings Corp. verhandeln dürfen, und wer weiß, wenn die den jungen Hüpfer womöglich sympathisch gefunden hätten – na, man weiß doch, was in solchen Fällen das Ende vom Lied ist: Roy? Wer braucht denn Roy?

Nun gut, eines Tages ruft der Aufsichtsratsvorsitzende von Hastings bei Roy an und sagt ihm, er brauche ein Rechtsgutachten zu dem geplanten Verkauf. So was ist oft ein heißes Eisen, aber hier bewegte sich ja alles in legalen Bahnen, und so gab Roy den Auftrag weiter an Henry Worrel, einen unserer talentierten Junganwälte, und der hatte das ruck, zuck fertig und legte Roy das Gutachten vor. Alles bestens.

Nur, Roy vergaß, das Schreiben an den Aufsichtsratsvorsitzenden weiterzuleiten, was natürlich in unserem Haus niemand merkte, bis Henry drei Wochen später auf dem Schreibtisch einen *von ihm* gezeichneten Faxausgang fand, in dem er sich bei dem Aufsichtsratsvorsitzenden dafür entschuldigte, daß *er* es »unverzeihlicherweise versäumt habe, das angeforderte Rechtsgutachten zuzusenden«. Als Anlage war das Gutachten beigefügt, das Henry vor drei Wochen bei Roy abgeliefert hatte. Unter dem Mea-culpa-Fax stand »gezeichnet Henry Worrel«. Aber Henry wußte nicht nur verdammt genau, daß er das Fax nicht »gezeichnet« hatte, er wußte auch, wer's getan hatte. Richtig – Roy steckte dahinter. Er hatte die Verantwortung dem assoziierten Anwalt in die Schuhe geschoben, unter dessen Namen ein Entschuldigungsschreiben gefaxt und sich im übrigen zu seinem schlauen Einfall beglückwünscht, dem jungen Mann jeden persönlichen Kontakt zu dem Mandanten zu untersagen, so daß Henry Worrel nie erfahren würde, daß ihm ein schmutziges Bonbon ans Hemd geklebt worden war. Zu dumm, daß Roy dabei eine Kleinigkeit übersehen hatte: Wenn man ein Papier in den Ausgangskorb unserer Faxstelle legt, erhält der namentlich genannte Absender eine Kopie seines Fax' als Ausgangsbestätigung zurück. Eine Tatsache, die ich sehr wohl berücksichtigt hatte; ich war bei der Sache mit der Polnischen Handelsbank mal eben schnell in Dick McSorleys Büro gehuscht und hatte mir den Faxausgang geholt. Nur, daran hatte Roy eben nicht gedacht, und da unter dem Schreiben Worrels Name stand, landete die Ausgangsbestätigung korrekterweise auf dessen Schreibtisch.

Als ich von der Sache Wind bekam, war ich außer mir. Ich erfahre so etwas immer, ich pflege nämlich einen regen Gedankenaustausch mit unseren assoziierten Anwälten und erfreue mich, wenn ich das bei der Gelegenheit erwähnen darf, ihres Vertrauens. Mein erster Gedanke war, den Vorfall Dick McSorley vorzutragen und ihn zu bitten, Roy zur Rede zu stellen. Aber nachdem ich mir das noch mal überlegt hatte, ließ ich es lieber bleiben. Ich bin nie dahintergekommen, wem Roy sein von der Sache her ungerechtfertigtes Prestige in unserer Sozietät verdankt, möglicherweise hatte er mit jemandem ganz oben eine, wie man so sagt, gemeinsame Leiche im Keller. Nicht, daß ich mir meinetwegen Sorgen gemacht hätte, aber wenn ich zu Dick marschiert und Roy mit einem blauen Auge oder völlig ungeschoren davongekommen wäre, hätte der rachsüchtige Kerl natürlich dafür gesorgt, daß Henry Worrel bei Barton & Allard kein Bein mehr auf den Boden bekam. Also entschloß ich mich dazu, bei meiner bewährten Taktik zu bleiben und Roys Bosheiten mit gleicher Münze heimzuzahlen, mit anderen Worten: ihm die Verantwortung für einen Fehler – ach, was sage ich: für eine Anhäufung von Fehlern – in die Schuhe zu schieben.

Roys Büro lag direkt neben meinem. Dem Himmel sei Dank, daß er sich selten darin aufhielt, weil er ständig durch die Flure schlich, um die Nase in anderer Leute Angelegenheiten zu stecken, jemandem aus der Leitungsetage seine Reverenz zu erweisen oder – auf Firmenkosten, versteht sich – an irgendwelchen ebenso belang- wie endlosen Konferenzen teilzunehmen. Wie auch immer, es war ein Kinderspiel, während der folgenden Wochen hin und wieder in Roys Büro zu huschen und irgendwas aus der in seiner Abwesenheit angekommenen Post zu entwenden: die Bitte eines Mandanten, wieder – wie im Vorjahr – dies oder jenes für ihn zu erledigen, Vertragsentwürfe mit der Bitte um Ergänzung oder ein Schreiben vom Gericht (die Art, die erfahrungsgemäß brandeilige Mitteilungen über die Vorverlegung wichtiger Termine enthält). Solche Dinge ließ ich kurzerhand in der Versenkung verschwinden. Es dauerte eine Weile, aber eines Tages traf tatsächlich ein Schreiben unserer Versicherung ein, in dem mitgeteilt wurde, daß ein Mandant Schadenersatzforderungen geltend gemacht habe wegen »schuldhafter Verschleppung einer Rechtssache«. Da wußte ich, daß meine Rakete im Ziel gelandet war.

Von nun an vollzog sich die weitere Entwicklung mit erstaunlicher Geschwindigkeit, besonders die befremdliche Veränderung in Roys Verhalten. Er traute sich kaum noch, sein Büro zu verlassen, was so weit ging, daß ich ihn eines späten Abends den Flur hinunterhuschen sah – mit einer Flasche in der Hand, deren Inhalt der blaßgelben Farbe nach die Vermutung nahelegte, daß er gewisse unaufschiebbare Verrichtungen – statt wie üblich auf der Toilette – auf unkonventionelle Weise direkt am Schreibtisch erledigte. Er drückte an besagtem Abend nicht mal die Tür seines Büros hinter sich zu, sondern hastete – immer auf Tuchfühlung mit der nächsten Wand – den Flur hinunter und drehte sich alle paar Meter mißtrauisch um. Ich konnte mich sogar des Eindrucks nicht erwehren, in seinem flackernden Blick etwas zu lesen, was an die Angst des gehetzten Wildes erinnerte, aber das mag auch Wunschdenken gewesen sein.

Natürlich stand er tatsächlich stark unter Streß – kein Wunder, wenn jeden Tag irgendein aufgebrachter Mandant anrief und Auskunft verlangte, weshalb ihm das Recht entzogen worden sei, Handelsabschlüsse in Oklahoma zu tätigen, oder wieso sein vermeintlicher Anspruch auf eine Konkursmasse sich auf einmal als illusorisch erwiesen habe. Das beste an der ganzen Sache war, daß er quasi durch ein nicht markiertes Minenfeld tappen mußte: Da er nicht wissen konnte, welcher Teil seiner Post »verlorengegangen« war, konnte er auch nicht voraussehen, wo demnächst wieder ein Sprengsatz hochgehen würde. Kein Zweifel, daß es sich bei dem, was uns bis jetzt an Klagen wegen schuldhafter Versäumnisse ins Haus geflattert ist, nur um die Spitze eines Eisbergs handeln kann.

Ich möchte nachdrücklich mein tiefes Bedauern darüber ausdrücken, daß wir leider aufgrund meiner Aktionen den einen oder anderen Mandanten verloren haben; die Zahl hält sich aber – und auch das ist auf Aktivitäten meinerseits zurückzuführen – in sehr engen Grenzen. Wann immer mir so ein Fall zu Ohren kam und ich den Mandanten persönlich kannte, habe ich die Betroffenen unter dem Siegel der Vertraulichkeit dahingehend unterrichtet, daß die Versäumnisse im Zusammenhang mit Roys Alkoholproblem zu sehen seien – einem beklagenswerten Fehlverhalten, das bei Barton & Allard lange Zeit nicht erkannt worden sei (was jedem der Angesprochenen einleuchtete, weil Alkoholmißbrauch, soweit ich weiß, zumindest damals noch nicht zu Roys ansonsten zahlreichen Untugenden gehörte). Es ist mir gelungen, etliche Mandanten von der Absicht abzubringen, die Beziehungen zu unserer Kanzlei abzubrechen; in mehreren Fällen habe ich die Verantwortung für mangelhafte Arbeit unsererseits – mannhaft, wenn ich so sagen darf – selbst übernommen.

Wenn ich sage, daß sich die weitere Entwicklung mit erstaunlicher Geschwindigkeit vollzog, so meine ich damit nicht nur Roys zunehmend skurrileres Verhalten, sondern auch die Tatsache, daß er nicht aufhörte, immer neuen Ärger zu machen – Dinge, die geradezu nach Vergeltung schrien. Weit davon entfernt, seine Lektion zu lernen, verstieg er sich zu immer sinnloserem Wüten, so daß der Tag der Endabrechnung schnell näher rückte.

Der nächste Vorfall führte dazu, daß David Norquist uns verließ (Sie erinnern sich: der vielversprechende junge Adler, der auf Roys barsches Geheiß seinen einzigen freien Tag opfern mußte und so nicht mal seiner Großmutter die letzte Ehre erweisen konnte). Seinerzeit hatte ich mich in der Hoffnung gewiegt, die Situation bereinigt zu haben, aber es dauerte nicht lange, bis Roy zum nächsten Schlag ausholte.

Sie wissen ja, die wahren Hintergründe erfährt man nie; Leute von Davids Schlag werfen nicht mit Blumentöpfen um sich, ehe sie endgültig die Tür hinter sich zumachen. Sie rechnen damit, lange Zeit weiter am selben Ort tätig zu sein, und wollen verständlicherweise nicht alle Brücken hinter sich abbrechen. Also speisen sie uns mit Sprüchen ab wie: »Es fällt mir sehr schwer, Barton & Allard zu verlassen, aber es hat sich überraschend die Chance zu einer Zusammenarbeit ergeben, die mir die ideale Entfaltung meiner persönlichen Stärken ...«, bla, bla, bla und so weiter, und so weiter.

Ich werde Ihnen sagen, warum David uns verlassen hat – eine Geschichte, neben der sich Roys erste Attacke gegenüber David wie eine vorübergehende Irritation in einem ansonsten harmonischen Einvernehmen ausnimmt.

Davids Tochter war in einen ziemlich schweren Unfall verwickelt, sie mußte operiert werden und litt danach unter erheblichen Schmerzen – physischer und psychischer Natur. Daher waren David und seine Frau ins Krankenhaus gefahren, und da erreichte sie ein Anruf ... na, raten Sie mal? Richtig, es war Clark Roy, er wollte die Entwürfe zu irgendeinem Rechtsfall haben, und das unverzüglich. »Wenn Sie nicht bereit sind, die Interessen unserer Mandanten höher anzusiedeln als die Ihrer Kinder, dann sind Sie bei Barton & Allard fehl am Platze«, hat er am Telefon gesagt. Ausgerechnet der Mann, der Linda Browne die Logenkarten weggenommen hatte, weil ihm – ich hoffe, Sie haben das noch im Ohr – sein eigen Fleisch und Blut mehr am Herzen lag als unsere Mandanten!

Nun gut, David verließ das Krankenhaus, eilte ins Büro, gab die Entwürfe bei Roy ab und legte auf dem Rückweg Dick die

Kündigung auf den Schreibtisch. Dazu muß man wissen, daß David vor seiner Tätigkeit bei uns Redakteur der *Harvard Law Review* war und anschließend eine Zeitlang am Obersten Gerichtshof gearbeitet hat – ein aufgehender Superstern am Anwaltshimmel. Drei Tage später hat er dann bei Dawkins & Heller angefangen, die sich glücklich schätzten, so einen Mann zu bekommen. Sie müssen sich nur mal ansehen, wie intensiv man sich dort darum bemüht, vielversprechende junge Kräfte zu gewinnen. Die Leute, die schließlich bei ihnen anfangen, sind dieselben, die sich auch bei uns beworben hatten. Nur, ich fürchte, wir werden uns nicht viele *Harvard-Law-Review*-Typen angeln, wenn sie vorher mit David Norquist gesprochen haben. Wenn jemand von Clark Roy gehört hat, läßt er sich eher bei den Marines anwerben als bei uns.

Als ich von der Sache hörte, wurde mir schlagartig klar, daß Roy keine meiner früheren Lektionen begriffen hatte. Gut, dachte ich, unser Mr. Roy braucht offensichtlich ein bißchen Nachhilfe, damit er lernt, den Stellenwert der Familie richtig einzuschätzen.

Das war ziemlich einfach. Ein paar Tage später hörte ich ihn zufällig mit seiner Frau JoAnne telefonieren, die ihm mitteilte, daß sie ihre Tochter an diesem Nachmittag zu einer Geburtstagsparty fahren werde. Wieso ich das hören konnte? Mein Gott, weil er so brüllte, daß ich nicht mal das Ohr an die Wand legen mußte. Er war offenbar der Meinung, daß »diese Leute« – um wen es sich auch handeln mochte – eine »Bedrohung« für seine Familie darstellten, jedenfalls riet er zu äußerster Vorsicht. Ich glaube, er hat sogar was von »im Haus verschanzen« gesagt, aber das konnte ich nicht so genau mitkriegen, weil er eine Art Code benutzte.

Das brachte mich auf den jähen Einfall, ihn ein paar Stunden später im Büro anzurufen und in den Hörer zu murmeln: »Hier Dr. Forbes vom Metro, soeben wurden Ihre Frau und Ihre

Tochter bei uns auf der Intensivstation eingeliefert.« Mehr nicht, ich habe sofort wieder aufgelegt. Er hatte einen eindeutig irren Blick, als er aus der Kanzlei stürmte. Ich fand es irgendwie beruhigend, festzustellen, daß es – außer ihm selber – eben doch jemanden gab, der ihm am Herzen lag.

Meine Absicht war lediglich, ihm einen Schrecken einzujagen, das schwöre ich. Ich konnte doch nicht ahnen, daß er, ohne nach links und rechts zu gucken, rückwärts aus der Garage schießen würde. Im übrigen halte ich die Annahme der Polizei, daß er zum Zeitpunkt des Aufpralls auf den Lastwagen bereits Tempo fünfzig fuhr, für unrealistisch. Der Truckfahrer hat lediglich geringe Prellungen erlitten, so daß seine Schmerzensgeldforderung unangemessen hoch gewesen sein dürfte; ich vermute, daß das Gericht bei der Festsetzung auch Roys berufsbedingte Verpflichtung zu besonderer Besonnenheit und Umsicht berücksichtigt hat. So kann ich alles in allem nur hoffen, Roy nachdrücklich klargemacht zu haben, daß er selber es war, der durch sein vorangegangenes abartiges Verhalten gegenüber Kollegen und Mitarbeitern den Unfall – ich möchte sagen: geradezu von langer Hand – heraufbeschworen hat. Ich widerspreche entschieden denen, die all das, was sich in den zwei Wochen zwischen dem Unfall und Roys Tod zugetragen hat, nachträglich mit den Folgen seiner Kopfverletzungen erklären wollen; als Roy die Intensivstation – Ironie des Geschicks, daß es die im Metro war – verlassen konnte, haben ihm die Ärzte die volle Wiederherstellung seiner Gesundheit bescheinigt.

Zumindest physisch kam er so erholt zurück, daß er, wenn man sich die Boshaftigkeit seiner neuerlichen Aktivitäten vor Augen hält, sofort wieder da anknüpfen konnte, wo er aufgehört hatte. Die Gilkens-Episode war bezeichnend für ihn (und im übrigen für mich der Tropfen, der das Faß zum Überlaufen brachte).

Laura Gilkens – auch eine junge Anwältin mit berechtigt hohen Ambitionen – hatte das Pech, einem von Roys Projekten zugeteilt zu werden. Allen Assoziierten war es aus leicht nachvollziehbaren Gründen ein Greuel, mit Roy zusammenarbeiten zu müssen, und für junge Frauen war es besonders scheußlich, weil Roy die Angewohnheit hatte, sie, wenn er sie nicht gerade herunterputzte, mit lüsternen Blicken auszuziehen. Dieses widerliche Verhalten hielt ihn zwar nicht davon ab, den Posten des Vorsitzenden bei United Appeal zu bekleiden, als Diakon in der Presbyterianerkirche zu fungieren und – wann immer er hoffen konnte, damit ein paar Pluspunkte zu machen – den treuergebenen Ehemann zu spielen, aber es trug entscheidend dazu bei, ihn in den Augen aller Mitarbeiterinnen zu einem Kotzbrocken *par excellence* zu machen, zumal die bloße Vorstellung, die eigenen DNS-Säuren mit denen von Roy zu vermischen, auf Frauen wie ein starkes Anaphrodisiakum wirken mußte.

Wie auch immer, Laura mußte ihm nun mal zuarbeiten, und wie vorauszusehen, dauerte es gerade mal eine Woche, bis mir eine andere junge Anwältin erzählte, sie habe Laura in ihrem Büro schreien gehört. Ich konnte mir denken, worum es gegangen war, schaute unter irgendeinem Vorwand bei ihr vorbei, und nach einigem Zögern eröffnete sie mir schließlich, daß Roy sie immer hartnäckiger bedränge und nicht mit Andeutungen spare, daß er ihr, ganz wie sie wolle, den Weg nach oben entweder ebnen oder aber durch eine ungünstige Beurteilung verbauen könne – kurzum, sie wußte nicht mehr ein noch aus und bat mich um Rat, ob sie sich an Dick McSorley wenden solle.

Ich entschloß mich, ihr diese Idee auszureden. Ohne Zweifel hätte Dick sofort eingegriffen, aber ich hielt es für äußerst mißlich, wenn er in so eine Sache hineingezogen wurde, bei der ja doch nur Behauptung gegen Behauptung steht und der schuldige Teil nicht eindeutig identifiziert werden kann. Im übrigen war Roy ein derart ekelhafter Typ, daß sich im voraus nicht absehen ließ, was ihm einfallen würde, um sich an Laura zu rächen. Sosehr er auch angeschlagen war, er konnte Laura gefährlich werden – man kennt das ja: Die verwundete Bestie schlägt blindwütig um sich und so weiter. Ich wollte einfach nicht, daß unsere Kanzlei schon wieder eine hochbegabte, aus persönlichen Gründen verärgerte junge Anwältin verliert. Statt dessen wurde es Zeit, Roy eine neuerliche Lektion zu erteilen, und die mußte, nachdem er den vorangegangenen so wenig Beachtung geschenkt hatte, entschieden drastischer ausfallen. Zunächst weihte ich Laura in meine Auge-um-Auge-Philosophie ein – sehr zögerlich und behutsam, versteht sich, denn ich war ja bisher ein Einzelkämpfer gewesen, aber ich hatte keine andere Wahl, ich brauchte ihre Mitarbeit. Es war, nachdem ich erst mal mein Konzept erklärt hatte, nicht sonderlich schwierig, sie zu tätiger Mithilfe zu überreden, obwohl ihr der Aspekt, notgedrungen einen – wenn auch nur flüchtigen – körperlichen Kontakt mit Roy in Kauf zu nehmen, vor Ekel den Magen umdrehte.

Ein *caveat*: Laura Gilkens handelte ausschließlich auf meine Anweisung, ihr kann niemand wegen der späteren Ereignisse Vorwürfe machen. Sie hätte natürlich auch eine Klage wegen sexueller Belästigung anstrengen können, und zwar gegen Roy *und* Barton & Allard, hat aber (nachdem ich ihr erklärt hatte, wie sehr das unserer Kanzlei schaden würde) loyal darauf verzichtet, wobei freilich eine entscheidende Rolle spielte, daß ich ihr eine Alternative aufzeigen konnte. Lauras Verhalten sollte als Zeichen ihrer treuen Verbundenheit mit unserer Kanzlei verstanden werden und darf nicht zum Anlaß für eine Rüge genommen werden.

Es war nicht schwierig, die Mithöranlage im Konferenzraum zu aktivieren und mit einem Aufnahmegerät zu koppeln. Da-

nach mußte Laura lediglich noch sämtliche Papiere zu dem Fall, den sie für Roy bearbeitete, auf dem Tisch ausbreiten und Roy telefonisch bitten, er möge doch mal rüberkommen, es sei dringend. Roy kam, ich schaltete das Bandgerät ein und zeichnete das Liebesgeflüster auf, bei dem Laura sich strikt an unser gemeinsam erarbeitetes kleines Drehbuch hielt. Der Satz »o Clark, ich weiß nicht ...« signalisierte mir, daß Roy nach dem Köder geschnappt hatte. Zum absoluten Hammer wurde aber der Satz »mein Gott, ich will's ja auch, aber wollen wir nicht lieber warten, bis du die Scheidung durchhast?« Offenbar war das für JoAnne der letzte Anstoß dazu, von sich aus die Scheidung zu verlangen. Erfahrene Beobachter haben mir später versichert, JoAnnes vor dem Familiengericht vorgetragene Abfindungsforderung sei ein sicheres Indiz dafür, daß es sich hier nicht um einen spontanen Racheakt gehandelt haben kann, vielmehr muß man wohl von einer seit Jahren schleichenden Ehekrise ausgehen.
Doch noch mal zurück zum chronologischen Ablauf: Lauras »o Clark, doch nicht hier!« war für mich das Stichwort, den Feueralarm auszulösen und so dem Stelldichein ein jähes Ende zu bereiten. Dann mußte ich das Band lediglich noch, mit dem Aufkleber »von einem guten Freund« versehen und an JoAnne Roy adressiert, in die Post geben.
Danach vollzog sich Roys physischer Verfall mit beängstigendem Tempo. Schon wenige Tage, nachdem ich das Band abgeschickt hatte, fiel mir auf, daß Roy unrasiert herumlief, ganz davon zu schweigen, daß sein Anzug aussah, als habe er darin geschlafen. Und so war es auch! Allem Anschein nach war er, nachdem JoAnne ihn vor die Tür gesetzt hatte, ins Büro gezogen, und da schlief er nun im Schreibtischsessel und erledigte seine Morgentoilette – mehr schlecht als recht – im Klo. Ich fand das so herzerwärmend, daß ich ihm spontan eine Flasche Whiskey geschickt habe, damit er besser schlafen konnte.

Viel mehr gibt es nicht zu berichten. Die Flasche, die ich ihm geschickt hatte, verhalf ihm anscheinend tatsächlich zu erholsamerem Schlaf, und so konnte man ihn in den folgenden Tagen dabei beobachten, wie er immer wieder hochprozentigen Nachschub in sein Büro schleppte. Es sah immer schmuddeliger bei ihm aus, aber das machte nichts, er hatte sowieso immer weniger Besucher, weil Mandanten sich nicht so gern mit einem Anwalt besprechen, dessen Atem feuergefährlich riecht und der seinen Rat immer seltener in zusammenhängende Sätze kleidet, dafür ersatzweise immer häufiger zu gelallten Lauten Zuflucht nimmt.
Beruflich war er, offen gesagt, schon so gut wie tot. Hätte er nicht unter Aufbietung der letzten Kraft ein paar neue Bosheiten ausgeheckt (deren Zielscheibe nun ich war), dann hätte ich in Ruhe den Tag abwarten können, an dem ein durch Kammerjäger verstärkter Trupp vom Hausreinigungsdienst anrücken mußte, um sein Büro gründlich zu desinfizieren. Aber Roy gab, wie gesagt, keine Ruhe, und das letzte Ding, das er sich leistete, war, da werden Sie mir zustimmen, schlichtweg unglaublich.
Ein paar Tage, nachdem er sich häuslich in seinem Büro niedergelassen hatte, war ich spätabends damit beschäftigt, einen Schriftsatz zu überprüfen, der am nächsten Morgen abgeschickt werden sollte.
Es muß kurz vor Mitternacht gewesen sein, als ich Schritte auf dem Flur hörte, durch den Türspalt schaute und Roy dabei beobachtete, wie er sich auf Zehenspitzen in den Lunchraum der Angestellten schlich. Kurze Zeit später kam er, einen Kuchenkarton unter den Arm geklemmt, zurück und verschwand in seinem Büro.
Ich hatte die Sache beinahe vergessen, als am nächsten Tag Helen Trosch, eine wundervolle Sekretärin, fuchsteufelswild aus dem Lunchraum gestürmt kam und Gift und Galle spuckte.

»Himmeldonnerwetter, wer hat den Kuchen für unsere Abteilungsparty geklaut?«
Nun, ich hätte es ihr sagen können, aber ich hielt den Mund, mir soll niemand nachsagen können, daß ich jemanden verpfeife. Und in dem Moment schwingt Roys Tür auf, er pflanzt sich darunter auf, deutet *auf mich* und erdreistet sich zu behaupten: »Er war's, ich hab's selber gesehen.«
Daß ich das Lügenmaul keiner Antwort würdigte, versteht sich von selbst. Damit nicht genug, ich trieb meine Selbstverleugnung so weit, daß ich, als Helen (zu der ich stets ein ausgezeichnetes Verhältnis hatte) mich fragend ansah, schuldbewußt nickte und eine Entschuldigung murmelte. Nun, eine Viertelstunde später brachte ich Helen eine neuen Kuchen und eine riesige Schachtel Kekse dazu, und wir beide waren wieder ein Herz und eine Seele (wenn ich mir auch gefallen lassen muß, daß sie mich seit dem Vorfall ein »heimliches Schleckermäulchen« nennt).
Scheinbar war alles wieder im Lot, aber Sie können sich vermutlich vorstellen, daß ich den Vorwurf eines Diebstahls (auch wenn es sich unter streng rechtlichen Gesichtspunkten lediglich um Mundraub gehandelt hätte) nicht auf mir sitzen lassen wollte. So was verträgt sich einfach nicht mit den Erwartungen, die der Durchschnittsbürger an einen Anwalt stellt. Ich zögere nicht, zu behaupten, daß Roy in meinen Augen durch seine bösartige Verbalattacke, zumal diese gegen mich gerichtet war, das Recht auf Existenz verspielt hatte.
Den Rest kennen Sie. Es war ein Kinderspiel, in der folgenden Nacht zu später Stunde die Portokasse aus dem Zentralbüro zu entwenden, und da Roy sich angewöhnt hatte, seine Schnüffelrunden durchs Haus neuerdings auch auf die Nachtstunden zu verlegen, war es auch nicht schwierig, eben mal kurz in sein Büro zu huschen und das Beweisstück dort in einer Schublade zu verstecken.

Dem Haussicherheitsdienst habe ich die Spurensuche etwas einfacher gemacht, indem ich hier und da eine Münze auf den Boden fallen ließ, und tatsächlich dauerte es nicht lange, bis die braven Männer die Kasse fanden.

Ich hatte den juristischen Lehrsatz *res ipsa loquitur* nie so richtig verstanden, bis ich Roys gestammelte Erklärungsversuche hörte. Ich glaube, er war sich in diesem Augenblick seiner Unschuld selber nicht ganz sicher, er hat sich jedenfalls – weiß Gott – nicht so angehört.

Warum ist er, nachdem er die Kaution hinterlegt hatte, überhaupt noch mal zurückgekommen? Und war es so was wie Todessehnsucht, die ihn dazu getrieben hat, nächtlich zum Ostflügel hinüberzuwandern, wo gerade der Erweiterungsbau entsteht? Mußte er seine Schritte unbedingt die in rabenschwarzes Dunkel gehüllte, halbfertige Betontreppe hinunterlenken?

Wie gesagt, ich bedaure es nicht, daß Clark Roy tot ist. Ich bedaure es nicht mal, daß ich ihn getötet habe. Ich habe lediglich getan, was ich tun mußte. Nun ist es an Ihnen, zu tun, was Sie tun müssen.

Gezeichnet John Ferris

»Tja, Jack, das liest sich ganz hübsch.« Der adrett aussehende junge Mann im marineblauen Nadelstreifenanzug legte den Stapel Papier beiseite, sah hoch, richtete die grünschimmernden Augen auf den älteren Mann, der ihm gegenübersaß, und schüttelte den Kopf. »Ein zynischer kleiner Bastard, findest du nicht?«

Der alte Mann lachte glucksend; möglicherweise hörte es sich auch nur so an, weil sein Emphysem sich wieder bemerkbar machte (bei einer krankhaften Lungenaufblähung ist es schwierig, den Unterschied zwischen willkürlichen und unwillkürlichen Artikulationen eindeutig zu bestimmen). »Erinnert mich irgendwie an einen anderen gerissenen Halunken ... ist noch gar nicht lange her.«

Der Jüngere verfiel ein paar Atemzüge lang in nachdenkliches Schweigen, dann nickte er. »Die dämlichen Bemerkungen über mein angeblich zu akkurat gefaltetes Einstecktuch und die teure goldene Krawattennadel hätte er sich allerdings sparen können.« Seine Lippen wurden zu einem dünnen Strich.

»Dachte ich mir, daß dir das aufstößt. Ich habe dir immer geraten, dich nicht wie ein neureicher Schickimickityp anzuziehen, jetzt glaubst du mir vielleicht.«

Das Aufblitzen in den grünen Augen signalisierte – ja, was? Möglicherweise war es nur stilles Amüsement. »Ich *bin* ein neureicher Schickimickityp, deshalb hast du mich ja als Partner für die Geschäftsführung ausgewählt. Du hättest dich genausogut für Prescott entscheiden können. Dann wären wir eine der vielen Kanzleien, die außer der blütenweißen Weste nicht viel zu bieten haben.«

»Nur allzu wahr.« Der alte Mann lächelte gelassen. »Und Ferris ist derselbe Draufgänger wie du in seinem Alter. Hat sich offenbar einiges abgeguckt.« Der knochige Zeigefinger deutete auf den langen Brief, den der Grünäugige gerade zu Ende gelesen hatte. »Ich würde sagen, er hat sich eine Menge abgeguckt.«

»Ich war nicht ganz sicher, ob er dahintersteckt.« Der Jüngere faltete den Brief und steckte ihn in die Innentasche seines Jacketts.

Der alte Mann trank mit Bedacht einen winzigen Schluck Bourbon. »Daran habe ich nicht eine Sekunde gezweifelt, Dick. Ich hab ihn über all die Jahre hinweg im Auge behalten. Meine Augen sind noch sehr gut. Bei mir funktioniert vieles nicht mehr einwandfrei, aber auf meine Augen kann ich mich verlassen.«

»Wie hast du ihn dazu gebracht, diesen Brief zu schreiben?«

»Ich hab ihm gesagt, daß ich ihn mit der Portokasse gesehen habe. Da hat er begriffen, daß er uns entweder einen umfassenden Bericht abliefern oder, wann immer er künftig den Fuß auf eine Treppe setzt, fürchten muß, daß ihn das gleiche Schicksal ereilt wie Roy. Wenn man jemandem die Alternativen so deutlich aufzeigt, fällt ihm die Entscheidung meistens nicht schwer. Und Ferris ist ein heller Junge.«

Wieder ließ der alte Mann einen keuchenden Atemzug hören.

»Ein Glück, daß du gesehen hast, wie er aus dem Zentralbüro kam.«

»Mit Glück hat das nichts zu tun, das weißt du doch. Ich bin wochenlang zu allen möglichen Tages- und Nachtzeiten durch die Flure geschlichen, seit Roy mir erzählt hat, er sei sicher, daß Ferris hinter all seinen Schwierigkeiten steckt. Hab seit meiner letzten Safari nicht mehr so viel Spaß gehabt. Wenn ich mal davon absehe, daß mir der Buckel höllisch weh getan hat.«

»Irgendwie werde ich Roy vermissen.«

»Den Teufel wirst du tun. Du warst doch derjenige, der gesagt hat, daß Roy ausgepowert und fertig ist.«

»Ich weiß, ich weiß. Und das war er auch.« Der Mann mit den kleinen smaragdgrünen Augen starrte in sein Glas, als hätte er eine Fliege darin entdeckt. »Im Büro haben alle schon darüber geredet, daß er sich wie mein Abziehbild aufführt und daß ich so was mag, daß ich Leute *brauche*, die mir in den Hintern kriechen. Daß er mein Hätschelkind ist – und was weiß ich noch alles. Ferris hatte den Finger auf der richtigen Wunde. Und sobald es soweit gekommen ist, ist ein Mitarbeiter nicht mehr wert als eine Zeitung von gestern. Trotzdem, Roy hatte seine großen Augenblicke – mehr wollte ich nicht sagen.«

»Besser als Prescott war er allemal.« Die Stimme des alten Mannes klang ein wenig gequält. »Robuster.«

»Ach, Jack, so ein Blindgänger war Prescott nun auch wieder

nicht. Wenn die Dinge ein wenig anders gelaufen wären, säße er heute mit dir hier, und du wärst glücklich und zufrieden.«
Das schien den alten Mann nicht zu überzeugen. »Anders gelaufen? Die Dinge laufen nicht zufällig in die eine oder andere Richtung, sie haben so was wie eine automatische Selbststeuerung. Ich glaube, du wirst mit Ferris zufrieden sein.«
Der Jüngere sah hoch. »Das hoffe ich. Mir ist für eine Weile nicht danach zumute, so was noch mal durchzumachen.«
»Wenn so was noch mal vorkommt, sitzt du bereits am Schreibtisch des Aufsichtsratsvorsitzenden.«
Der Grünäugige wollte protestieren, aber der alte Mann winkte nur ab. »Die Ärzte in der Klinik geben mir sechs Monate, allerhöchstens ein Jahr. Spielt keine Rolle, ich bin bereit.«
»Tut mir leid, das zu hören, Jack. Alle in der Sozietät werden dich vermissen. Ich besonders.«
»Ihr werdet mir ein ehrendes Andenken bewahren. Dafür wirst du sorgen, Dick.«
Ein kleines, verzerrtes Lächeln verirrte sich auf die Lippen des Jüngeren. »Und du wirst dafür sorgen, daß jemand, der nicht weiß, wann es Zeit ist, zu gehen, einen aufmunternden Schubs bekommt.«
»Das wird dann deine Sache sein, Dick, als Aufsichtsratsvorsitzender. Du wirst zur richtigen Zeit sicher die richtigen Worte finden.«
»›Ich hab bei Ihnen noch Licht brennen sehen. Dachte, 's wär schön, mal wieder mit Ihnen zu reden. Vielleicht drüben im Ostflügel? Da können wir bei der Gelegenheit gleich mal sehen, wie weit der Erweiterungsbau gediehen ist.‹ Stellst du dir's ungefähr so vor?«
»Ungefähr so.« Der alte Mann stöhnte wieder. »Dir wird schon was einfallen.« Er schüttelte den Kopf, ein paar weiße Strähnen tanzten über dem ausgemergelten Schädel. »Weißt du, ich glaube, er hat's gar nicht so schlimm gefunden. Hat jedenfalls

den ganzen weiten Weg nach unten keinen Pieps von sich gegeben.«
»Ja, das sehe ich auch so. Nun, wenn Ferris sich gut anläßt, wird er Schritt für Schritt die Geschäftsführung übernehmen.«
Der alte Mann nickte. »Stufe für Stufe.«
Ein weißer Schatten tauchte aus dem Halbdunkel auf, das Jackett eines Klubkellners. »Ihr Gast ist eingetroffen, Gentlemen. Ein Mr. Ferris.«
Der alte Mann lächelte. »Ausgezeichnet, Hawkins, ausgezeichnet. Führen Sie ihn herein.«
Der Angekündigte kam zögernd näher, nahm auf einen einladenden Wink des alten Mannes Platz, ließ sich von dem Grünäugigen ein Glas reichen und von dem alten Mann, dessen Hand kein Zittern verriet, aus der fast vollen Flasche einschenken.
»Schön, daß Sie vorbeigekommen sind, Ferris. Ich will nicht lange drum herum reden: Ich … wir, Jack und ich, haben Sie beobachtet. Die Art, wie Sie mit Problemen fertig werden, gefällt uns. Ich könnte jemanden wie Sie im Bereich der Geschäftsführung gut gebrauchen. Was halten Sie davon, hm?«
Die grünen Augen nagelten den gerade Angekommenen fest. Der junge Mann hielt dem Blick eine Weile stand, dann schlug er die Augen nieder – ungefähr so weit, daß sie knapp unter dem Adamsapfel des Grünäugigen ruhten, öffnete den Mund, schloß ihn wieder und ließ sein Gesicht zu einem breiten Lächeln zerfließen. »Ich wüßte zu gern, wo man so eine Krawattennadel wie Ihre bekommt, Dick.« Er hob sein Glas und deutete, zu dem älteren Mann gewandt, eine Verbeugung an. »Ja, ich wollte schon immer einer der Ihren werden.« Danach war das sanfte Klirren der Eiswürfel eine ganze Weile das einzige Geräusch in dem stillen kleinen Klubzimmer.

Lia Matera

Tod im Park

Jan, meine Sekretärin, fragte, ob ich einen Blick in die Zeitung geworfen hätte: es war schon wieder ein Obdachloser erfroren. Ich sah stirnrunzelnd hoch. Ihr Ton hieß: Und Sie glauben, daß *Sie* Probleme haben?
Jan ist eine Perle. Ohne sie hätte ich keine Anwaltskanzlei. Ich säße in meiner Wohnung, in der es aussieht wie in einer unaufgeräumten Collegebude. Aber ich muß Jan die flotten Sprüche abgewöhnen. Sie macht die Ellbogen ein bißchen zu breit. Nicht, daß sie frech würde. Sie braucht keine Worte, um mir ihre Meinung unter die Nase zu reiben. Das funktioniert bei ihr wie bei einem Erdbeben, das bekanntlich auch nicht vorher ankündigt, daß es gleich zu rumpeln anfängt.
»Erfroren?« murmelte ich und schob geflissentlich Unterlagen auf meinem Schreibtisch hin und her, obwohl ich im voraus wußte, daß sie den Wink mit dem Zaunpfahl ignorieren würde.
»Totgefroren. Das ist schon der vierte. Die Jungs werden erfroren im Park gefunden.«
»Es war ja auch ziemlich kalt«, sagte ich zustimmend.
»Sie haben überhaupt keinen Blick in die Zeitung geworfen!« Ihre Augen schienen Funken zu sprühen. »Die sind völlig durchnäßt, darum sind sie erfroren.«
Hörte sich verrückt an. Nachgeplapperte Schlagzeilen aus irgendeinem Sensationsblättchen. Unglaubwürdig.
»Muß wohl Schilfnebel gewesen sein?« vermutete ich.
Ich gebe zu, ich habe nie kapiert, was Schilfnebel eigentlich ist. Vielleicht hat das gar nichts mit Schilf zu tun?
»Sie haben sich in letzter Zeit ein bißchen zu sehr in Ihrer ei-

genen kleinen Welt abgekapselt. Die Opfer waren alle bis zur Bewußtlosigkeit betrunken. Als sie dalagen, hat jemand Wasser über ihnen ausgegossen. Es war so kalt, daß sie regelrecht gefroren sind. Zu Tode gefroren.«

Ob ich wohl mit einem »wie schrecklich« davonkam? Nicht, daß ich's nicht für schrecklich gehalten hätte. Aber meine Sekretärin hat ein feines Gehör für Untertöne, und bei mir rechnete sie sowieso immer mit Sarkasmus.

Sie beugte sich weiter vor, aufgewühlt, wie ich sie noch nie erlebt hatte. »Und jetzt kommt der Hammer. Sie haben das Wasser in ihren Klamotten analysiert. Kein Chlor drin – also kein Leitungswasser, sondern Mineralwasser, stellen Sie sich das vor! Perrier oder Evian oder so was. Hätten Sie das für möglich gehalten? Da geht einer los und kauft teures Mineralwasser, nur um es über bewußtlosen Obdachlosen auszukippen.« Das lange Haar fiel ihr über die Schultern nach vorn. Mit ihren dicken Brillengläsern und dem verkniffenen Mund sah sie genauso aus wie die naturverbundene, Schrotbrot backende Mom, die sie war. »Ist Ihnen klar, daß man dazu drei oder vier Flaschen braucht?«

»Was für eine ausgefallene Mordwaffe.«

»Es *ist* Mord.« Als hätte ich das Gegenteil behauptet. »Wenn jemand durch und durch naß ist, sinkt die Körpertemperatur so ab, daß man daran stirbt. So kalt, wie's jetzt ist, innerhalb von Stunden.«

»Das hab ich doch gesagt.«

»Aber wie Sie das … Jedenfalls ist es Mord.«

»Ob das was mit dieser neuen Verordnung zu tun hat?«

Die Stadtverwaltung hatte eine Verordnung gegen wildes Kampieren erlassen, um auf die Weise sogenannte Nichtseßhafte aus der Stadt zu vertreiben. Man ging wohl von der These aus: Wenn sie nicht hier schlafen können, können sie auch nicht hier leben. Aber es gab zu viele Parks in der Stadt, um diesen

Erlaß durchzusetzen. Was sollten die Cops denn machen? Jeden aufwecken, den sie im Freien antrafen? Die armen Teufel mitnehmen und ins Gefängnis stecken, damit sie endlich ein warmes Eckchen zum Schlafen hatten?
»Natürlich hat das was mit dieser Verordnung zu tun! Irgendein Arschloch will ihnen auf diese Weise klarmachen: Wenn du hier pennst, stirbst du hier.«
»Vielleicht steckt eine Abstinenzkampagne dahinter. Sie wissen schon: Hört auf zu trinken.«
»Ich weiß, was das Wort Abstinenz bedeutet.« Jan kann manchmal empfindlich sein. Sie kann alles mögliche sein, unter anderem einer erstklassige Sekretärin mit flinken Fingern, die auch mit einem kleinen Gehalt zufrieden ist. »Aber ich kann mir einfach nicht vorstellen, daß jemand so herzlos ist. Sie etwa?«
Ich konnte mir das durchaus vorstellen, aber bei Jan war es besser, jedes Wort auf die Goldwaage zu legen. »Das ist unverzeihlich«, bestätigte ich.
Sie beugte sich immer noch über meinen Schreibtisch. Also hatte sie noch mehr auf Lager.
»Den Burschen von heute nacht«, sagte sie verbittert, »haben sie bei Hinder entlassen. Schon vor Jahren, aber trotzdem.«
Hinder war die Firma, die Jan gefeuert hatte. Mein Glück, so hatte ich sie einstellen können.
Sie richtete sich auf. »Ich werde den Jungs da draußen jetzt Geld geben.«
»Wer ist denn da draußen?« Doch nicht etwa meine Gläubiger?
»Sie sind so ahnungslos, Linda! Obdachlose – direkt vor dem Haus. Stammplatzpenner.«
Sie guckte mich an, als müßte ich die Penner alle beim Namen kennen. Ich versuchte, zerknirscht auszusehen.
Zehn Minuten später teilte sie mir über die Gegensprechanlage mit, daß jemand bei ihr sei, der mich sprechen wolle. »Er möchte wissen, ob Sie ihn dazwischenschieben können.«

Das war der vereinbarte Code für: sieht ehrlich aus. Unsere Gegend ist nicht gerade die feinste Ecke. Wir fristen unser Leben von Laufkundschaft – Leute, die Allerweltsprobleme oder Arbeitsstreitigkeiten haben, sich ihren Ärger von der Seele reden und anschließend nicht dafür zahlen wollen. Für die Typen gilt der Code: »Ich hab ihm gesagt, daß Sie keine Zeit haben.«
»Okay.«
Ein Augenblick später kam ein Kid zu mir reinspaziert – also gut, sagen wir: ein junger Mann, vielleicht fünfundzwanzig oder so. Sah ganz gut aus, war auch ordentlich angezogen, eine Spur zu modisch, darum wirkte er so jung. Das Haar nach der letzten Mode geschnitten, stellenweise kurz geschoren, dafür an anderen Stellen um so länger. Seine Sportschuhe sahen ein bißchen wie aufgeblasene Minitaturschlauchboote aus.
Er sagte: »Ich glaube, ich brauche einen guten Anwalt.«
Ich schielte zur Wand, wo mein in Abendkursen erworbenes Juraexamen hing. Ich hatte zwei Jahre praktische Erfahrung, macht vierundzwanzig Monate, darunter allerdings viele, in denen ich keinen einzigen Fall bearbeitet hatte. Ich biß mir auf die Lippen, um nicht zu sagen: Ich könnte Ihnen einen empfehlen.
Statt dessen fragte ich: »Worin besteht Ihr Problem?«
Er setzte sich in meinen Besuchersessel, nicht ohne ihn vorher gründlich zu betrachten. Anscheinend fand er ihn sauber genug.
»Ich glaube, ich soll festgenommen werden.« Er schielte mich mit einer Mischung von Angst und Stolz an. »Mir ist da gestern abend was Blödes rausgerutscht.«
Wenn das allein genügte, mußte ich ebenfalls damit rechnen, demnächst festgenommen zu werden.
»Ich war im The Club.« Eine Bar in der Innenstadt, im Augenblick voll im Trend. »Hab ein bißchen zuviel getankt. War ziemlich gut drauf.« Er wackelte mit den Schultern.

Ich wartete. Er beugte sich vor. »Okay, ich hab Mist gebaut. Hab zuviel gequatscht.« Seine Miene sagte: Das kann doch jedem mal passieren.
Ich wartete weiter.
»Na ja, weil mir das stinkt. Ich muß für mein Geld schuften. Ich krieg keine Stütze. Mir gibt keiner kostenlos was zu essen, ich krieg meine Medizin nicht kostenlos und meine Wohnung auch nicht.« Er rutschte unruhig im Sessel herum. »Ich sag ja nicht, daß man sie umbringen soll. Aber ich find's unfair, daß ich für die bezahlen muß.«
»Für wen?«
»Für die Tippelbrüder. Die versoffenen Nassauer.«
Allmählich kapierte ich. »Was haben Sie denn in der Bar gesagt?«
»Daß ich bei Costo das Regal mit Perrier leer gekauft habe.« Er fuhr sich nervös durch die Schickimickifrisur. »Und daß ich finde, 's wär nicht so falsch, wenn ich's benutzt hätte.«
»Bei den vier Männern?«
Er sagte hastig: »Ich war blau, okay? Aber heute morgen sind die Cops bei mir aufgetaucht.« Plötzlich hatte er Tränen in den Augen. »Die haben meiner Mom so lange die Hölle heiß gemacht, bis sie mit ihnen raus in die Garage gegangen ist und ihnen das Wasser gezeigt hat.«
»Warum haben Sie so viel Perrier gekauft?«
»Nur zum Trinken. Die von der Polizei sagen, sie hätten über ihre Hotline einen Tip bekommen. Das muß einer aus der Bar gewesen sein, der ihnen was gesteckt hat. Kann gar nicht anders sein.«
Ich nickte, als wäre mir das mit der Hotline völlig klar.
»Und jetzt ...« Seine Stimme fing zu flattern an. »Jetzt haben sie angefangen, mit meinem Chef und meinen Arbeitskollegen zu reden. Dann kann ich mir schon ausrechnen, wann ich gefeuert werde.«

Tja, Junge, dann kriegst du deine Medizin endlich umsonst.
»Was soll ich nun konkret für Sie tun, Mr. ...?«
»Kyle Kelly.« Die Hand streckte er mir nicht hin. »Was ist nun, nehmen die mich fest oder nicht? Ich glaub, ich brauch einen Anwalt.«

Der Privatdetektiv, der gewöhnlich für mich arbeitet, war sauer auf mich. Meine letzten beiden Mandanten hatten nicht genug bezahlt – jedenfalls nicht so viel, daß es für sein Honorar gereicht hätte. War meine Schuld, ich hätte einen höheren Vorschuß verlangen müssen. Hinterher stellen die Kerle sich immer knauserig an.
Jetzt schaltete der Detektiv auf stur. Er dächte gar nicht daran, auch nur einen Finger zu rühren, bevor ich ihn nicht für die letzten beiden Fälle bezahlt hätte.
Also gut, ich machte einen Kuhhandel mit ihm. Das, was diesmal für ihn heraussprang, würde ich mir von Kelly im voraus geben lassen. Und dann selbstverständlich auch ihn im voraus bezahlen, für seine Recherchen. Nur, das meiste davon sollte ausnahmsweise nicht seine Sache sein, das wollte ich diesmal selber erledigen. Und für jede Stunde, die ich mit Recherchen verbrachte, obwohl er schon dafür bezahlt worden war, durfte ich ihm eine Honorarstunde von dem Geld abziehen, das ich ihm noch schuldig war.
Ich möchte nicht, daß die Anwaltskammer etwas von dieser etwas eigenwilligen Vereinbarung erfährt. Aber wie soll sie auch? Im schriftlichen Vertrag wird sich das alles astrein lesen. Soviel stand allerdings fest: Ich mußte mir ganz schön die Hacken ablaufen.
Zunächst fuhr ich zu dem Park, in dem zwei der toten Männer gefunden worden waren. Es war ein Nachmittag zum Frösteln, kalter Wind strich über die Rasenflächen und blies das Laub vor sich her.

Ich schlenderte durch den Park und hielt Ausschau nach Ecken, die in etwa der Beschreibung im Polizeibericht entsprachen. Das Dumme war nur, daß die halbkahlen Büsche in der Nähe einer Bank und neben einer Rasenfläche einer wie der andere aussahen. Und Abfall gab's auch überall genug: Einkaufstüten, leere Schnapsflaschen, ausrangierte Kleidungsstücke.

Als ich den Park wieder verlassen wollte, entdeckte ich zwei Sanitäter, die neben einem verwirrt aussehenden Mann kauerten. Seine Kleindung starrte vor Schmutz, von seinem Gesicht war vor lauter grauen Bartstoppeln kaum etwas zu sehen. Aber durchnäßt sah er nicht aus. Ich glaube, wenn hier einer vor Kälte zitterte, dann war's eher ich.

Ich sah, wie der jüngere Rettungssanitäter grimmig den Kopf schüttelte, während der ältere eindringlich auf den Mann einredete. Der Mann nickte gleichmütig. Der Sanitäter hielt ihm ein Schreiben hin. Der Mann nickte wieder. Der jüngere Rettungssanitäter schlenderte Richtung asphaltierte Feuerwehrzufahrt davon, auf der das rot auf weiß lackierte Ambulanzfahrzeug geparkt war; auf der Seitenfläche stand groß »4-12«.

Aus dem Polizeibericht wußte ich, daß damals auch Männer vom Rettungsdienst angefordert worden waren, um die erfrorenen Obdachlosen zu bergen. Konnte es sein, daß die beiden Sanitäter auf eigene Faust recherchierten?

Ein paar Sekunden später stieg der Ältere ebenfalls in den Ambulanzwagen, sie fuhren los.

Der Obdachlose lag – zusammengerollt wie ein Fötus, den Kragen gegen den eisigen Wind hochgeschlagen – auf dem Rasen.

Ich ging vorsichtig näher heran.

»Hi«, sagte ich. »Sind Sie krank?«

»Nein!« Er richtete sich halb auf. »Warum will hier eigentlich jeder Idiot wissen, ob ich krank bin? Da liegt einer auf dem Bo-

den. Na und? Warum muß ein Mann immer auf den Beinen stehen?«
Seine Augen sahen müde und trübe aus. Er stank nach Alkohol, Urin und Moschus. Und zwar so stark, daß ich beinahe rückwärts gefrühstückt hätte.
»Ich hab die beiden Sanitäter bei Ihnen gesehen. Ich dachte, Sie wären vielleicht krank.«
»Schikane, alles Schikane.« Er wollte mich unwirsch wegwinken. Als ich mich nicht von der Stelle rührte, rappelte er sich hoch. »Die rütteln uns wach. Wollen, daß wir das Papier unterschreiben.«
»Was für ein Papier?«
»Ich will nicht ins Krankenhaus.« Sein Gebiß, soweit man die Zahnstummel so nennen konnte, war in einem furchtbaren Zustand. Ich versuchte, möglichst wenig von seinem Atem in die Nase zu kriegen. »Ich hab, verdammt noch mal, keine Lust, mich dauernd von den Schwestern anschreien zu lassen.«
»Wieso schreien die Sie an?«
»Weil ich sie Geld koste. Das ist es ja: Ich koste alle nur Geld. Aber das hätten sie sich eben überlegen müssen, als sie so einen vergammelten Typen wie mich in den Helikopter geschleppt haben. Wär vielleicht besser gewesen, sie hätten mich liegenlassen. Dort, wo der Rest von unserem Zug lag.«
Er schleppte sich davon. Ich sah, daß das eine Bein kürzer war als das andere.
Ich ging zurück zum Auto. Als ich an einem Sandwichshop vorbeifuhr, sah ich, daß draußen vor der Tür der Ambulanzwagen mit der Nummer 4-12 parkte. Ich bog in die nächste Parklücke ein.
Meine beiden Sanitäter saßen an einem der kleinen Tische und guckten gelangweilt ins Leere. In ihren polizeiblauen Uniformen mit den Koppeln, an denen die Stableuchten und die Erste-Hilfe-Taschen hingen, waren sie kaum zu übersehen.

Ich ging auf sie zu. »Hi. Ich würde mich gern ein paar Minuten mit Ihnen unterhalten. Was dagegen?«
Der Jünger guckte glatt durch mich hindurch. Okay, daß ich eine ausgesprochene Schönheit bin, hat mir noch niemand vorgeworfen. Der Ältere fragte: »Worum geht's?«
»Ich vertrete einen Verdächtigen in diesen …« Es fiel mir schwer, die rüde Formulierung aus den Schlagzeilen der Sensationspresse zu benutzen, aber die war eben am griffigsten. »… in diesen Perrier-Morden. Die Sache mit den Obdachlosen.«
Der Jüngere horchte auf. »Die Sorte kennen wir gut.«
»Mein Mandant hat's nicht getan. Kann sein, daß er trotzdem festgenommen wird. Es wäre gut möglich, daß Sie mir weiterhelfen können, indem Sie mir ein bißchen was über die Obdachlosen erzählen, ja?«
Die beiden tauschten rasch einen Blick aus. Der Jüngere zuckte die Schultern.
»Mit den Kerlen haben wir 'ne Menge zu tun. Was glauben Sie, wie oft jemand bei uns anruft, weil wieder mal einer von denen bewußtlos irgendwo rumliegt? Wir geben das mit Code drei an die Parkaufsicht oder an den nächsten Streifenwagen weiter.«
Der Ältere machte mir ein Zeichen, mich zu ihnen zu setzen. »Ganz schön harte Zeiten da draußen. Wir haben mehr Penner als je zuvor in der Stadt.«
Ich setzte mich. Stellte mit einem verstohlenen Blick fest, daß das Zeug in ihren Bechern Kaffee war. Das heißt, es sah zumindest so aus. »Ich hab Sie vorhin im Park gesehen.«
»Ja, aber da hatten wir Glück. Der Tippelbruder hat die VMH unterschrieben. Das ist immer das beste für alle.« Der Jüngere merkte offenbar, daß ich nicht ganz mitkam. »Verweigerung medizinischer Hilfeleistung. Wissen Sie, wir kriegen dauernd solche Anrufe. Aber hier in der Stadt herrscht Krieg – Messerstechereien, Feuerüberfälle aus vorbeifahrenden Autos und

was weiß ich, was alles. Nachts ist erst recht der Teufel los. Na ja, da halten wir den stinkbesoffenen Kerlen eben diese Schreiben unter die Nase, zum Unterschreiben. Die wollen doch sowieso bloß in Ruhe gelassen werden.«

Der Ältere hielt es wohl für besser, das mit einem Kommentar zu versehen. »Ben ist neu. Immer noch scharf drauf, Leuten was Gutes zu tun. Ihm wär's am liebsten, wenn's bei jedem Anruf um was wirklich Ernstes ginge.«

Der Jünger blieb bei seiner Meinung. »Na ja, das andere ist doch reine Zeitverschwendung, Dirk. Was kommt bei uns an? Jeden Tag drei, vier Anrufe ›Da liegt einer‹. Klar, wir müssen jedesmal hin. Könnte ja 'n Diabetiker sein. Oder so 'n armes Schwein mit 'ner Herzattacke. Manchmal ist so 'n Penner völlig weggetreten. Und wenn er uns nicht sagen kann, daß er nur zuviel gesoffen hat, müssen wir ihn mitnehmen und wieder aufpäppeln. Das will der aber gar nicht. Wenn er wieder zu sich kommt, schimpft er wie 'n Rohrspatz, weil er zu Fuß zurück in den Park tippeln muß. Und wenn er Pech hat, lochen die Bullen ihn auch noch ein. Sie wissen ja – die neue Verordnung.«

»Ist doch der letzte Witz, diese neue Verordnung«, warf der Ältere ein.

»Und der Spaß kostet unsere Firma so um die fünf-, sechshundert Dollar, die keiner ersetzt«, sagte der Jüngere. »Ganz davon zu schweigen, daß wir sinnlos unsere Zeit verplempert haben. Was ist, wenn inzwischen jemand wirklich Hilfe gebraucht hätte? Stellen Sie sich mal vor, Ihre Großmutter stirbt an 'ner Herzattacke, während wir kostenlos Taxi spielen. Ist doch alles Blödsinn.«

»Bei der Nachtschicht ist das immer so, Ben«, sagte Dirk beruhigend. Dann wandte er sich an mich. »Wenn Sie neu in dem Job sind, hoffen Sie immer, daß es bei jedem Anruf um was Aufregendes geht – was richtig Tolles. Aber wenn Sie das 'n paar Jahre gemacht haben, kennen Sie Ihre Pappenheimer. Bei den Schnapsläden liegen die Gammler haufenweise rum. Wirklich, da könnte man 'nen Stadtplan nehmen, einen Kreis um jeden Schnapsladen ziehen und im voraus Wetten abschließen, aus welcher Ecke nachts die meisten Da-liegt-einer-Anrufe kommen. Aber was will man machen? Wenn jemand so einen besoffenen Kerl auf der Straße oder im Park rumliegen sieht, ruft er bei uns an – ist doch so, oder? Und wenn das arme Schwein uns nicht erzählen kann, daß er nur besoffen ist, können wir ihn doch nicht einfach liegenlassen. Kostet uns die Lizenz, wenn wir uns geirrt haben.«

Ben sah das anders. »Da müßten sie eben die Vorschriften ändern. Wenn wir die kennen und wissen, was das für Typen sind – ich meine, wenn wir die schon drei-, vier- oder sogar zehnmal aufgelesen haben, dann müßte es erlaubt sein, daß wir sie liegenlassen, damit sie ihren Rausch ausschlafen können.«

Dirk sagte: »Und plötzlich hast du 'ne Klage am Hals.«

»Jedenfalls ist das Ganze widersinnig«, sagte Ben störrisch. »Entweder bleiben die Kosten für den vermeintlichen Krankentransport an unserer Firma hängen, oder die Sozialversicherung zahlt die fünfhundert Dollar. Was im Klartext heißt, daß Sie und ich mit unseren Steuern dafür blechen müssen.«

Ich versuchte, das Gespräch wieder auf den Punkt zu bringen. »Sie kennen also die Männer, die erfroren sind? Und als die tot im Park gelegen haben – haben Sie sie aufgelesen?«

Ben ging in die Defensive. »In einem Fall ist der Anruf bei mir angekommen. Aber da hab ich den Typ wieder hingekriegt.«

»Manchmal ist es nur 'ne Unterkühlung«, fügte Dirk erklärend hinzu. »Die Körperfunktionen sind so rapide runtergegangen, daß man während der Aufwärmphase einfach nicht weiß, ob so 'n Kerl schon tot ist oder vielleicht doch wieder zu schnaufen anfängt. Da hat man dann – oh, ich kann Ihnen sagen: manchmal 'ne Stunde oder noch länger mit Wiederbelebungs-

maßnahmen zu tun. Und wenn man Pech hat, ist er am Schluß warm und tot.«
Ben wiederholte hartnäckig: »Während woanders jemand verzweifelt auf den Rettungswagen wartet.«
»Du wirst das auch noch gelassener sehen, Ben«, redete Dirk ihm gut zu. »Wenn du's jahrein, jahraus mit versoffenen Pennern zu tun hast, urteilst du nicht mehr so hart über die armen Kerle. Und dann – wenn du selber älter wirst, kannst du dir besser vorstellen, was für 'n Scheißleben das ist, wenn einer bei Wind und Wetter mit ausgeleierten alten Knochen auf der Straße rumhängt.«
Bens Beeper fing zu zirpen an. Er löste das Notrufgerät aus der Gürtelhalterung und drückte einen Knopf. Zuerst statisches Rauschen, dann brach eine Stimme durch: »Wagen vier-zwölf, vermutlich eine Schießerei, Ecke Kins- und Bootenstreet.«
Dirk und Ben kamen hoch, sagten auf dem Weg zur Tür »tschüs« und »müssen los« und waren auch schon draußen. Ben, das kriegte ich gerade noch mit, grinste zufrieden.

Mein nächster Halt war nur wenige Häuserblocks entfernt – ein heruntergekommener verputzter Bau, der in der Zeit, an die ich mich erinnern konnte, nacheinander Autoreparaturwerkstatt, Lagerhalle, Sektenkirche, Reha-Zentrum und Scherzartikelladen gewesen war. Jetzt war darin eines der wenigen Obdachlosenheime unsere Stadt untergebracht. Ich hoffte, daß die Sozialarbeiter den einen oder anderen der erfrorenen Männer gekannt hatten.
Ich wurde zur Direktorin geführt, einer Dame von ausladendem Körperbau und mit bemerkenswert schlechtem Teint. Als ich ihr meine Karte gegeben und erläutert hatte, worum es ging, sah sie mich verärgert an.
»Seien Sie mir nicht böse, aber nach dem, was Ihr Mandant da erzählt hat, scheint er ein richtiger Scheißkerl zu sein.«

»Ich kenn ihn nicht gut genug, um das beurteilen zu können«, räumte ich ein. »Er bestreitet allerdings, daß er's getan hat, und ich glaube ihm. Ich finde, wenn er's nicht getan hat, sollte es ihm auch nicht zur Last gelegt werden. Würden Sie mir in dem Punkt zustimmen?«

»Es gibt Tage, da würde ich ja sagen.« Na bitte, das war immerhin so etwas wie eine gemeinsame Basis. »Um ehrlich zu sein, an anderen Tagen könnte ich das ganze scheinheilige Gesocks, das sich so viel besser vorkommt als die Kerle auf der Straße, im Halbkreis antreten lassen und über den Haufen schießen. Die tun alle so, als hätten wir hier ein Luxushotel eingerichtet. Haben Sie sich schon ein bißchen umgesehen?«

Ich hatte im Vorbeigehen auf dem Flur ein paar Frauen, Kinder und alte Männer sitzen sehen, auf Klappstühlen oder zusammengerollten Kleiderbündeln. Was ich allerdings nicht gesehen hatte, war, daß jemand ihnen was zu essen gegeben hätte.

»Da kommt einem manchmal die Galle hoch«, fuhr die Direktorin fort. »Diese Selbstgefälligkeit und hochnäsige Verachtung! Dabei ist der bittere Witz bei der Sache: Was meinen Sie, seit wann die meisten von denen kein geregeltes Einkommen mehr haben? Das ist oft erst ein, zwei Monate her.«

»Es sind also hauptsächlich Arbeitslose, die hier einen Unterschlupf suchen? Leute, die kürzlich erst entlassen wurden?«

Sie zuckte die Achseln. »Ungefähr die Hälfte. Bei uns kommen natürlich auch eine Menge Leute an, die einfach nicht arbeiten wollen. Sind zu lange raus, haben keine innere Beziehung mehr dazu. Was wollen Sie da machen? Den Schraubenzieher nehmen und das Schräubchen für Arbeitsmoral wieder festdrehen? Es hat keinen Sinn, ihnen Vorwürfe zu machen oder ins Gewissen zu reden.«

»Die Männer, die getötet wurden – haben Sie einen von denen gekannt?«

Sie schüttelte den Kopf. »Nein, nein. Trinker nehmen wir bei uns nicht auf. Nicht mal solche, die nur gelegentlich dazu neigen. Das geht einfach nicht, bringt zuviel Unruhe. Keiner kann mehr schlafen, keiner kann sich noch sicher fühlen. Alkohol ist eine häßliche Sucht. Baut die Hemmungen ab und die Aggressionen auf. Und dann das ständige Herumbrüllen – also, das können wir hier nicht brauchen. Wir lassen keinen rein, bei dem wir den Eindruck haben, daß er was getrunken hat. Wenn wir bei jemandem Alkohol finden, schmeißen wir ihn raus. So einfach ist das.«

»Was bleibt denen dann noch als Zuflucht? Den Trinkern, meine ich.«

»Im Freien schlafen. Wenn sie reinwollen, müssen sie nüchtern sein – kein Wenn und Aber, keine Ausnahmen.«

»Aber es gibt die Verordnung gegen wildes Kampieren. Es ist nicht erlaubt, im Freien zu schlafen.«

»Stimmt«, sagte sie in scharfem Ton, »aber nüchtern bleiben ist nicht verboten.«

»Sind Sie nicht der Meinung, daß es sich um eine krankhafte Sucht handelt?«

»Die Anonymen Alkoholiker laden Abend für Abend in drei verschiedenen Zentren zu Beratungen ein.« Sie fuhr sich durchs ohnehin schon zerzauste Haar. »Ich bitte um Entschuldigung, aber dieser tägliche Kampf, ein bißchen Geld zusammenzubetteln, damit wir wenigstens für die obdachlosen Familien ein Dach über dem Kopf finden, das geht ganz schön an die Nerven. Wir müssen den Leuten immer wieder geduldig erklären, daß wir keine städtische Ersatzkneipe für Säufer eingerichtet haben, dafür würde keiner auch nur einen Penny lockermachen.«

Irgendwie fühlte ich mich ein bißchen beschämt. Die Sanitäter hatten nicht viel Mitleid mit den Alkoholikern gehabt, und hier im Obdachlosenasyl wollte man sie ebenfalls nicht haben. Und jetzt hatte sich auch noch einer gefunden – geb's Gott, daß es nicht mein Mandant war –, der das Problem lösen wollte, indem er ihnen mit ein paar Flaschen Mineralwasser zu einem Tod durch Erfrieren verhalf.

Die Direktorin hatte nichts dagegen, daß ich mich noch ein wenig in ihrem Haus umsah.

Auf einem Kleiderbündel lag, eine Decke über sich gebreitet, eine junge Frau; sie las ein Taschenbuch.

»Hi«, sagte ich. »Ich bin Anwältin. Der Fall, den ich bearbeite, hat was mit den Obdachlosen zu tun, die in letzter Zeit in verschiedenen Parks ums Leben gekommen sind. Wissen Sie etwas darüber?«

Sie setzte sich auf. So wie sie aussah, hätte ihr eine Dusche gutgetan – und Kamm und Bürste und ein bißchen was, um sich hübsch herzurichten. Immerhin, sie war in einer besseren Verfassung als die anderen ringsum. Sie murmelte nicht stumpfsinnig vor sich hin und zitterte nicht vor Angst oder innerer Unruhe.

»Na klar. Hier drin reden alle darüber. Und draußen auf der Straße ist es sowieso das Topthema.«

»Haben Sie einen von den Männern gekannt?«

»Ich sag Ihnen, was ich gehört habe.« Sie beugte sich näher zu mir. »Da geht's um Krieg. Krieg ums Territorium.«

»Krieg ums Territorium?«

»Wer wo schlafen darf – und so was. Da draußen treiben sich 'ne Menge Verrückte rum, die drehen schnell durch. Veranstalten so 'ne Art Bandenkrieg. Jetzt, wo sie eine Klapsmühle nach der anderen zumachen, bleibt den Bekloppten ja nur noch die Straße. Sie würden ganz schön Augen machen, was sich da so alles abspielt.« Sie schob den Ärmel hoch und zeigte mir eine Narbe. »Hier – das hab ich einem von denen zu verdanken.«

»Wissen Sie, wer da gegen wen kämpft?«

»Ja.« In ihren Augen lag ein Funkeln. »Wir Frauen, wir murksen die Männer ab. Die reißen doch immer das Maul auf, daß

wir nur draußen auf der Straße sind, damit sie auf die schnelle ihren dreckigen Spaß mit uns haben können. Und jetzt machen wir ihnen klar, daß uns tote Böcke lieber sind als geile Böcke.«
Das Glitzern in ihren Augen machte mir irgendwie angst, ich wich vorsichtshalber einen Schritt nach hinten aus.
Sie zeigte mir noch einmal ihren Arm. »Ich ritze mir für jeden, den ich umgebracht habe, so eine Narbe ein.« Sie griff unter den Kragen des T-Shirts und zupfte eine Christophorus-Plakette heraus. »Ich war mal gut katholisch. Aber jetzt bete ich nur noch Clint Eastwood an.«

Ich bog in den Parkplatz vor dem zweistöckigen Backsteingebäude mit dem Schild »Central Ambulance« ein und stellte meinen Wagen neben den vier Rettungsfahrzeugen ab. Ich hoffte, daß sie mich einen Blick in den Ordner mit den Einsatzmeldungen werfen ließen – nur in die, die etwas mit den vier Erfrorenen zu tun hatten.
Ich schenkte dem Mädchen an der Anmeldung mein wärmstes Lächeln. Sie hörte sich an, was ich wollte, dann drückte sie mir ein Antragsformular in die Hand. »Füllen Sie das aus. Wir prüfen Ihren Antrag und geben Ihnen innerhalb von fünf Arbeitstagen Bescheid.«
Wenn mein Mandant eingebuchtet wurde, konnte ich die sofortige Einsicht unter Androhung einer Klage verlangen. Leider sah es danach aus, daß ich von diesem Rechtsmittel Gebrauch machen mußte, ehe überhaupt jemand meinen Antrag gelesen hatte.
Während ich den Bogen ausfüllte, kam ein schlaksiger junger Bursche in der blauen Uniform der Rettungssanitäter herein; die Dienstmütze hatte er sich mit dem Schirm nach hinten aufgesetzt. Sein breites Koppel war mit doppelt soviel Gerät behängt wie bei den beiden, mit denen ich mich vorhin im Sandwichshop unterhalten hatte, zusätzlich baumelte aus seiner

Gesäßtasche das Ende eines drei Finger breiten Gummibandes. Vermutlich eine Aderpresse, aber rein gefühlsmäßig mußte ich unwillkürlich an eine Steinschleuder denken.
Er schielte neugierig zu mir herüber, während er zu der Sekretärin »wie geht's, Mary?« sagte.
Sie saß mißmutig hoch. »Was ist denn nu schon wieder?«
»Ist Karl da?«
»Nein. Was gibt's denn Wichtiges?«
»Och – ich wollt nur mal was mit ihm ... ich hab mir nämlich überlegt: wenn wir statt der HEPA-Filter ...«
»Laß mich damit in Ruhe, ich hab zu tun.«
Ich warf dem jungen Sanitäter einen mitfühlenden Blick zu. Ich weiß, wie das ist, wenn man von einer Sekretärin rumgeschubst wird. Ich schob ihr das ausgefüllte Antragsformular hin und sah zu, daß ich den jungen Kerl noch einholte.
Er stieg gerade in einen kleinen Geo, anscheinend sein eigener Wagen. Was mich wunderte, denn da er in Uniform herumlief, hätte ich gedacht, daß er im Dienst war.
Vielleicht konnte ich von ihm was über die Schichteinteilung bei Central Ambulance erfahren. In allen vier Fällen waren die toten Obdachlosen in den frühen Morgenstunden geborgen worden. Vermutlich unter anderem deshalb, weil es ein paar Stunden dauert, bis ein Mensch erfroren ist.
Ich klopfte an die Seitenscheibe neben dem Beifahrersitz. Er beugte sich sofort herüber und öffnete die Tür. Irgendwie erinnerte er mich an einen verspielten jungen Hund, der sich über jede Abwechslung freut.
»Hi«, sagte ich. »Hätten Sie einen Augenblick Zeit, um mir zu erklären, wie das bei Ihnen mit der Schichteinteilung läuft? Ich wollte eigentlich die Sekretärin danach fragen, aber ... na ja, sie kam mir nicht besonders gut gelaunt vor.«
Die Art, wie er nickte, schien zu heißen: Marys Unfreundlichkeit gehört zu den Dingen, mit denen man sich abfinden muß,

das darf man nicht persönlich nehmen. »Steigen Sie ein. Was genau wollen Sie denn wissen?« Aber dann musterte er mich plötzlich mißtrauisch. »Sie sind doch nicht etwa 'ne Anwältin?«
Ich stieg schnell ein. »Ja, das schon, aber …«
»O Mann. Wissen Sie, wir geben uns wirklich die allergrößte Mühe.« Er zerrte sich die Mütze vom Kopf und fuhr sich verärgert durchs kurzgeschnittene Haar. »Hundertzehnprozentige Mühe geben wir uns.«
Auf einmal wurde mir klar, was ihn so auf die Palme brache. »Nein, nein, es geht nicht um mangelnde Sorgfalt oder Fahrlässigkeit oder so was, da können Sie ganz beruhigt sein.«
Er sah mich trotzdem finster an.
»Ich vertrete einen jungen Mann, der zu Unrecht beschuldigt wird …«
»Sie sind nicht wegen eines Falls von Fahrlässigkeit hier?«
»Nein. Ich sag's Ihnen doch.«
»Weil das wirklich alles verdammter Quatsch ist. Wir arbeiten uns den Arsch ab …« Er wurde rot. »Ich meine, zwölf Stunden am Stück, von mittags bis Mitternacht. Und wenn Not am Mann ist, brummen sie uns oft noch 'ne zweite Schicht auf. Wenn sich zum Beispiel einer krank meldet. Oder einer ist völlig mit Blut bekleckert. Oder so 'n Typ hat einen von uns zusammengeschlagen. Da hilft nichts, da muß ein Ersatzmann ran. Und wenn sich dann noch irgendwo zwei Gangs in die Wolle kriegen, passiert's, daß wir achtundvierzig oder sogar zweiundsiebzig Stunden am Stück Schicht schieben. Beim Rettungsdienst geht's zu wie im Krieg. Da ist nicht alles so schön klar geregelt wie im Krankenhaus.«
»Ja, das kann ich mir vorstellen. Sie arbeiten also …«
»Und es ist nicht so, daß wir's wegen des Geldes machen würden. Als Anfänger kriegt man acht fünfzig die Stunde. Es dauert Jahre, bis man sich auf zwölf raufgearbeitet hat. Ihr Müllmann verdient mehr als wir.«

Ich war aus dem Konzept gekommen. »Ihre Schicht ...«
»Das ist nämlich so: bei der Hälfte aller Notrufe zahlt hinterher kein Aas die Rechnung. Man könnte glatt denken, Central Ambulance ist das größte Wohltätigkeitsunternehmen in der ganzen Stadt. Darum kommen wir einfach nicht über acht fünfzig die Stunde raus. Und dafür riskieren wir, uns Hepatitis oder Tuberkulose oder Aids einzufangen.«
Noch tiefer wollte ich die Widrigkeiten seines Lebens nicht ausloten. »Die Regel sind also Zwölfstundenschichten?«
»Im Rotationsverfahren. Von Zeit zu Zeit kriegt man 'ne halbe Schicht frei. Die Hälfte von den Stunden tagsüber oder die Hälfte von den Nachtstunden.«
»Von Zeit zu Zeit« war mir zu ungenau, irgendwann mußte ich mir doch den Dienstplan und die Schichteinteilung ansehen.
»Ich nehme an, die Jungs, die von Mitternacht bis zum nächsten Morgen dran sind, haben am häufigsten mit Betrunkenen zu tun?«
Er zuckte die Achseln. »Das muß nicht unbedingt so sein. Wir kriegen rund um die Uhr Anrufe, daß einer bewußtlos herumliegt. Für 'nen richtigen Säufer ist es nie zu früh für 'nen kräftigen Schluck aus der Pulle.« Er nickte verbittert vor sich hin. »Ich hatte einen in der Familie, ich weiß Bescheid.«
»Wissen Sie, wer die vier erfrorenen Männer aufgelesen hat?«
Plötzlich hatte er Stahl im Blick. »Ich red nicht über meine Kumpels. Da müssen Sie die Geschäftsführung fragen.« Er startete den Motor.
Ein, zwei Fragen hätte ich gern noch gestellt, aber er legte schon den Gang ein. Also bedankte ich mich und sah zu, daß ich rauskam. Als ich die Beifahrertür zudrückte, sah ich hinten im Wagen eine braune Einkaufstüte mit dem Logo von Garry's Liquors liegen. Gut möglich, daß der Junge – zum mindesten, was die Laster anging – etwas mit den vier toten Obdachlosen gemein hatte.

Aber die vier waren nicht nur an zuviel Alkohol gestorben. Sie waren gestorben, weil sie kein Zuhause hatten, in dem sie ihren Rausch ausschlafen konnten.

Ich stand da, wo die Polizei den vierten Toten gefunden hatte. Es war ein kleiner Park in einer Wohnsiedlung.
Kurz nach Sonnenaufgang hatte ein Jogger von der Telefonzelle aus 911 gewählt und gemeldet, da läge ein Mann unter einem Busch. Ein Mann, der tot aussah und völlig durchnäßt war.
Zuerst war die Polizeistreife am Fundort eingetroffen, kurz danach die Feuerwehr, die auch die ersten Rettungsversuche unternommen hatte. Schließlich waren die Sanitäter gekommen, sie hatten versucht, den Mann wieder zu Bewußtsein zu bringen, und ihn, als das nicht gelungen war, ins Krankenhaus gebracht. Dort konnte nur noch der Tod festgestellt werden. So hatte es jedenfalls heute in der Zeitung gestanden.
Ich entdeckte eine Stelle, an der das Gras fest zusammengedrückt war, vermutlich der Schlafplatz des Toten. Ringsum machte ich Tritt- und Schleifspuren von Stiefeln aus. Ich sah mich weiter um. Irgendwo an einem dürren Ast hing ein Gummigurt mit einer Vorrichtung zum Straffzurren. Eine Aderpresse, möglicherweise hatte einer der Rettungssanitäter mit dem Rücken zu dem Busch neben dem Toten gekauert.
Etwas tiefer im Gebüsch lag eine Whiskeyflasche. Eine Spur, die der Polizei entgangen war? Oder hatten sie die Flasche einfach nicht für ein Beweismittel gehalten? Vielleicht war sie ja auch erst später ins Gebüsch geworfen worden.
Ich starrte auf die Flasche und ließ mich zu ein paar Spekulationen verleiten. Angenommen, das Opfer Nummer vier war noch nicht bis zur Bewußtlosigkeit betrunken gewesen … dann konnte es durchaus sein, daß jemand ein bißchen nachgeholfen hatte.

Den nächsten Halt legte ich beim Parsifal-MiniMarkt ein: das am nächsten zum Park gelegene Geschäft mit einer Verkaufslizenz für Alkohol. Wenn jemand den Toten gekannt hatte, dann war das wahrscheinlich der Ladenbesitzer.
Er nickte. »Ja doch. Ich hab alle vier gekannt. Was mich so wütend macht, ist die Art, wie die Zeitungen über die vier Männer schreiben. Als ob die der letzte Dreck gewesen wären. Wenn einer ›Säufer‹ sagt, weiß ich sofort, daß die Jungs der letzte Dreck für ihn sind.« Er war ziemlich groß, mit roten Wangen und Gesten, die irgendwie an einen Karatekämpfer erinnerten. »Aber in Wirklichkeit waren das nette Burschen. Die hatten nichts Gemeines an sich. Wollten keinen Ärger machen. Stinknormale Jungs waren das. Buddy war ein bißchen ...«, er machte eine wedelnde Handbewegung, »... na ja – nicht ganz richtig im Kopf. Hat Stimmen gehört und so was. Aber gewalttätig, nö, so hab ich ihn nie erlebt. Und Mitch, also, der war richtig, ein durch und durch guter Kerl. Als Kid war der bestimmt 'n echter Spaßvogel, bis er dann später an die Flasche gekommen ist. Ich will Ihnen was sagen: Ich hätte den Kids, die hier auf 'n Bier reinkommen, gar nicht lange zureden müssen, daß sie mit Mitch losziehen und den ganzen Tag mit ihm verbringen – so 'ne dufte Type war das. Und dann gab's da noch Donnie und Bill ... tja, wie sag ich das jetzt, daß sich's nicht anhört, als wär ich 'n Rassist? Wissen Sie, die meisten von den Schwarzen haben, wenn sie älter werden, irgendwie 'ne Macke weg. Sie müssen sich ja nur mal in der Ecke bei Ihnen zu Hause umsehen. Da sitzen die auf der Bürgersteigkante, reden Kauderwelsch und halten den Rinnstein warm.«
Eine Frage rumorte mir schon lange im Kopf herum. Vielleicht hatte ich jetzt den Mann gefunden, der eine Antwort darauf wußte. »Warum sind die Männer eigentlich nicht wach geworden, als das kalte Wasser über ihnen ausgekippt wurde?«
Der Ladenbesitzer lachte. »Diese Jungs? Na, ich schätze mal,

bei denen lag der Blutalkoholspiegel, auch wenn sie nichts getrunken haben, deutlich über Null. Kein Wunder, wenn man so ein Leben führt. Und wenn die sich dann noch 'ne tüchtige Portion Feuerwasser reinkippen, sind sie praktisch im Koma.« Er schüttelte den Kopf. »Ich weiß, die haben alle gesoffen wie die Löcher. Wir reden hier nicht darüber, wer Mozart umgebracht hat. Aber was da passiert ist, die Haltung, die dahintersteckt ... o Mann, da friert's einen. Und denken Sie mal: auch noch Perrier. Das spricht wirklich Bände.«
»Soweit ich gehört habe, weiß man nur, daß kein Chlor in dem Wasser gefunden wurde. Ich glaube nicht, daß der Täter auf eine bestimmte Marke fixiert war.«
»So? Na, ich hab gerade in den Nachrichten gesehen, daß sie ein Bürschchen festgenommen haben. Sah aus wie 'ne Stachelbeere, das Jungchen. Sie wissen schon, dieser neumodische Haarschnitt.« Der Ladenbesitzer hob die Schultern. »Der hatte jede Menge Perrier zu Hause rumstehen. Hat sich das Zeug kistenweise im Discount-Markt geholt, wahrscheinlich hat er's dann billiger gekriegt. 'n Buck pro Flasche war ihm wohl zu teuer, wenn's nur darum ging, einen Besoffenen erfrieren zu lassen.«
Verdammt, sie hatten also Kyle Kelly festgenommen. Das war schnell gegangen.
»Wissen Sie irgendwas über einen Krieg um Territorien? Ist Ihnen da mal was zu Ohren gekommen?« Ein Schuß ins Blaue, aber vielleicht kam etwas dabei heraus. »So eine Art Dauerfehde unter den Obdachlosen?«
»Na klar.« Er grinste. »Die Säufer-Haie gegen die schwarzen Schnapsbrüder.« Er pfiff ein paar Takte aus der West Side Story vor sich hin.

Der dichte Verkehr hielt mich auf, es dauerte eine Stunde, bis ich die Polizeistation betrat. Mein Mandant saß mutterseelenallein im Vernehmungszimmer. Als er mich reinkommen sah, fing er zu heulen an.

»Ich hab denen gesagt, daß ich's nicht getan habe.« Er rieb sich verlegen die Tränen weg. »Aber sonst hab ich kaum was Vernünftiges rausgebracht, so durcheinander, wie ich war. Am Schluß hab ich einfach gesagt, daß ich warten will, bis Sie da sind.«

Ich nickte ihm beruhigend zu. »Ich habe nicht damit gerechnet, daß man Sie festnimmt. Jedenfalls nicht so schnell. Es war richtig von Ihnen, daß Sie verlangt haben, mit mir zu sprechen. Tut mir leid, daß ich nicht schneller kommen konnte. Ich war, als Sie angerufen haben, nicht im Büro.«

Er guckte mich an, als täte es ihm noch mehr leid.

»So ein Rummel wegen 'n paar Saufköppen!« fing er zu jammern an. »Da passieren die schlimmsten Verbrechen in der Stadt, aber wegen ein paar besoffenen Stadtstreichern spielen die plötzlich den starken Mann!«

Ich verkniff mir die Bemerkung, daß er sich den ganzen Ärger mit seiner Geschwätzigkeit im betrunkenen Zustand eingehandelt hatte. Hoffentlich wurde ihm das später von selber klar.

Als ich die Polizeistation verließ, war ich im Nu von Reportern umringt. Sie guckten mich an, als hätte mein Mandant ihre Kinder gebissen.

»Mr. Kelly ist noch sehr jung. Er bedauert, daß er sich an jenem Abend unter Alkoholeinfluß zu unbedachten Äußerungen hinreißen ließ. Er hat zu keiner Zeit gegen irgend jemanden böse Absichten gehegt, schon gar nicht gegen die vier auf tragische Weise ums Leben gekommenen Männer. Er ist ihnen im übrigen nie begegnet.« Mit dieser und ähnlich formulierten Erklärungen versuchte ich, mich zu meinem Wagen durchzukämpfen.

Die Fragen, mit denen die Meute der Reporter mich immer wieder bestürmte, machten nur allzu deutlich, daß mein Mandant an dem Abend im »The Club« offensichtlich noch viel mehr Blödsinn zusammengeredet hatte.
»Er soll sich damit gebrüstet haben, daß er obdachlose Männer und Frauen mit Tritten verscheucht. Ist das wahr?« – »Stimmt es, daß er gesagt hat, so schlimm wär das bei den obdachlosen Frauen mit dem Gestank gar nicht? Jedenfalls nicht an den Stellen, auf die's ankommt.« – »Hat er gesagt, daß drei Flaschen Perrier normalerweise reichen, aber daß man, um auf Nummer Sicher zu gehen, lieber vier nehmen soll?« – »Gibt er zu, gesagt zu haben, daß er's immer wieder tun wird – so lange, bis er keinen Perrier mehr hat?« – »Trifft es zu, daß er einen Obdachlosen angezündet hat?«
Nur wenige Zurufe hörten sich nicht wie vorgefaßte Meinungen, sondern wie echte Fragen an. »Warum ausgerechnet Perrier? Ist das so was wie eine Botschaft?« – »Warum hat er das Mineralwasser gleich kistenweise gekauft?« – »Ist das seine erste Festnahme? Oder gab's früher schon Jugendstrafen, über die die Polizei nicht reden darf?«
Ich konnte verstehen, warum die Polizei so scharf darauf gewesen war, eine Festnahme melden zu können. Die Reporter mußten sie bis aufs Blut gereizt haben.
Nachdem sie mich gelöchert hatten, bis ich mir wie ein heiserer Papagei vorkam, ließen sie mich endlich durch. Ich ließ mich erleichtert auf den Fahrersitz fallen, verriegelte von innen die Türen und sah zu, daß ich wegkam. Der Berufsverkehr war abgeflaut, ich schaffte es in einer halben Stunde bis zu meinem Büro.
Vor dem Eingang parkte ein kleiner Geo. Mein Sanitäter – der junge Kerl – kam herausgesprungen. »Hab Sie gerade im Fernsehen gesehen.«
»Und was wollen Sie jetzt von mir?«

»Also, das ist so – ich kümmere mich nebenbei um die Pressemitteilungen unserer Firma. Ich meine, wir hatten die Kerle, um die's geht, ja schon ein paarmal aufgelesen. Da macht sich's immer gut, wenn man der Presse die eine oder andere Information zuspielt. Aus unserer Sicht, meine ich.«
Er nahm sich unheimlich wichtig. Irgendwie erinnerte er mich an die Kids in Fernseh-Sitcoms, Opie oder Timmy oder was weiß ich, wie die heißen: noch nicht trocken hinter den Ohren, aber kesse Sprüche auf den Lippen.
»Wissen Sie, ich hab Ihnen das vorhin nicht abgekauft. Ich meine, daß es nicht um mangelnde Sorgfalt oder um unterlassene Hilfeleistung oder so was geht. Tut mir leid, daß ich so barsch zu Ihnen war.«
»Sie waren nicht barsch.«
»Das war nur, weil ... ich hatte das blöde Gefühl, daß Sie uns vielleicht doch was anhängen wollen. Uns will dauernd jeder auf die Finger gucken – die Krankenschwestern, die Docs, unser Chef, die Sanitäter von der Konkurrenz. Vier Leute überprüfen unsere Einsatzberichte, jeden einzelnen. Unsere Meldungen über Funk werden aufgezeichnet. Alle wollen die Nase in jeden noch so kleinen Scheiß stecken, bloß um uns bei irgendeinem Fehler zu erwischen.«
Ich hatte keine Zeit, mir seine weinerliche Litanei anzuhören.
»Tut mir leid, hier geht's um den Fall eines Mandanten von mir. Das kann ich nicht mit Ihnen diskutieren.«
»Aber ich hab gehört, wie Sie im Fernsehen gesagt haben, daß Ihr Mandant unschuldig ist. Sie pauken den raus, wie?« Das Vertrauen, das ich in seinem Blick las, konnte ich mir nicht erklären.
»Sind Sie darum hergekommen? Weil Sie mich das fragen wollten?«
»Es ist nur, weil ... wir kennen die Typen doch. Ich dachte, wenn ich da ein bißchen was aufschreibe – für die Presse und

so …« Er wurde rot. »Brauchen Sie Informationen? Ich meine – wie nennt man das gleich? Allgemeine Hintergrundinformationen – sozusagen aus fachmedizinischer Sicht?«
Ich wurde nicht schlau aus ihm. Warum lag ihm so viel daran, mit mir über die Sache zu sprechen? Er hatte doch heute seinen freien Tag. Führte er denn überhaupt kein Privatleben?
Aber da war noch etwas, was ich wissen wollte.
»Warum tragen Sie eigentlich diese Aderpressen bei sich? Wozu brauchen Sie die?«
Er sah mich verdutzt an. »Die schlingen wir dem Verletzten oder Ohnmächtigen um den Arm, damit sich die Vene gut abzeichnet. Das muß so sein, wenn wir ihm intravenös eine Spritze setzen wollen.«
Ich schielte hoch zu den Fenstern meines Büros, um zu sehen, ob noch Licht brannte. Die meisten, die in diesem Haus arbeiteten, waren offenbar schon gegangen. Jan auch? Unter dem Torborgen lungerten ein paar Gestalten herum – Strandgut des Lebens. Ob sie sich, nachdem ein Verdächtiger im Fall der Perrier-Morde festgenommen worden war, heute nacht sicherer fühlten? Kaum anzunehmen bei all den Gefahren, die auf den Straßen lauerten.
»Wie erklären Sie sich, daß an der Stelle, an der der vierte Tote gefunden wurde, so eine Aderpresse im Gebüsch hing?« Vorsichtshalber klemmte ich mir meine Handtasche fester unter den Arm. »Ich hab zunächst gedacht, daß einer der Rettungssanitäter sie verloren hätte. Aber wenn der Mann eindeutig schon tot war, hätte es ja keinen Sinn gemacht, ihm noch eine Spritze zu setzen, oder?«
»Also nee, festzustellen, ob einer tot ist oder nicht, das ist nicht unsere Sache – schon gar nicht bei einem Fall von Unterkühlung. Das überlassen wir dem Arzt.« Er guckte mich stolz an, als hätte er bei einem Quiz die Hunderttausend-Dollar-Frage

beantwortet. »Solange wir so einen nicht aufgewärmt haben und der Doc feststellt, daß er zwar warm, aber trotzdem tot ist, solange ist keiner tot.«

»Aber was für einen Sinn soll denn eine intravenöse Injektion in so einem Fall haben?«

»Na, anders kriegen Sie doch die Medizin nicht in ihn rein. Und außerdem steht's so in der Vorschrift. Also kriegt er 'ne Spritze verpaßt, auch wenn er toter aussieht als Elvis.« Er hob die Schultern. »Das hilft im übrigen auch dabei, sie schneller warm zu kriegen.«

»Was hilft dabei, sie warm zu kriegen? Was spritzen Sie ihnen denn?«

»Adrenalin, Atropin, ganz normale Salzlösung. Das Säckchen mit dem Salz haben wir während der Fahrt immer auf dem Armaturenbrett liegen, damit's schön vorgewärmt wird. Ich meine, wenn wir wissen, daß es bei dem Notruf um einen Fall von Unterkühlung geht.«

»Führen Sie im Rettungswagen auch Wasser mit?«

»Natürlich.«

»Spezielles Wasser?«

»Salinisches und destilliertes.«

»Kennen Sie einen Sanitäter namens Ben?«

Er zögerte, bevor er nickte.

»Glauben Sie, daß er was gegen die Obdachlosen hat?«

Er ging sofort auf Abwehr. »Nicht mehr als jeder andere, der so viel mit ihnen zu tun hat wie wir. Wir sind's schließlich, die den Gestank aushalten müssen, wenn die Typen in ihrem eigenen Kot und Urin daliegen oder sich vollgekotzt haben. Und dazu kommt noch, daß die Kerle manchmal aggressiv werden. Hätten Sie Lust, sich mit so einem Stinkbeutel rumzubalgen, wenn er mit den Fäusten auf Sie losgeht? Und dann auch noch dieser bestialische Gestank ... uaah! Und noch was: Wenn Ihnen so 'n Typ die Haut aufkratzt – also, da brauchen Sie nicht

viel Einbildungskraft, um sich vorzustellen, womit der Sie alles ansteckt.«
»Ben sagt, daß die Penner Ihre Firma viel Geld kosten.«
»Die kosten Ihr und mein Geld.«
Die Wut, die ich in seinem Gesicht las, machte mir angst. Es ist nun mal so: Geld spielt für jemanden, der nicht genug verdient, eine ungeheuer große Rolle. Ich wollte mich an ihm vorbeidrücken.
Er erwischte mich am Arm und hielt mich fest. »Alles bricht zusammen«, fing er mit wehleidiger Stimme zu jammern an. »Unser ganzes Gesellschaftssystem bricht zusammen, das sieht doch jeder. Auch den Obdachlosen selber ist das klar, und den Straßengangstern, und den Typen, die sich mit Aids oder irgendwelchen anderen ansteckenden Krankheiten mitten zwischen uns rumtreiben. Bloß, die sind fein raus. Die müssen keinen, der irgendwo im Park rumliegt, anfassen. Die können einen Bogen um alles machen – um das Blut und den Dreck und die ansteckenden Krankheiten.«
»Lassen Sie mich los!« Auf einmal konnte ich mir vorstellen, wie das ist, wenn man hilflos und verwirrt in einem Park liegt, sinnlos betrunken … und dann auf das Mitleid irgendeines wütenden Rettungssanitäters angewiesen.
»Und kein Aas hat Vertrauen zu uns.« Sein Jammern hörte sich jetzt wie eine zornige Anklage an. »Ach wo, alle schnüffeln den ganzen Tag hinter uns her und wollen uns kontrollieren und uns irgendwas anhängen.« Der Griff um meinen Arm wurde fester.
Ich schielte wieder zu meinem Bürofenster hoch. Vielleicht war Jan heute länger geblieben? Vielleicht war ich doch nicht so allein, wie ich mich fühlte? Aber hinter dem Fenster da oben schimmerte kein Licht mehr.
Plötzlich sagte jemand hinter mir: »Hey, Mann, was machst du da mit der Lady?«

Ich fuhr herum. Ein Schwarzer, ein ungepflegter Kerl. Was er am Leib trug, gehörte längst in den Lumpensack. Die Bartstoppeln ums Kinn waren mindestens eine Woche alt. Und der Gestank, der mir in die Nase drang, war so widerlich, daß sich sein Schnapsatem fast wie Wohlgeruch ausnahm.
»Du läßt die Lady sofort los. Hast du verstanden?« Er kam einen Schritt näher.
Der Sanitäter lockerte seinen Griff.
Kein Zweifel, der Schwarze war betrunken. Aber ein Baum von einem Kerl war er trotzdem. Und er sah nicht aus wie einer, der lange mit sich spaßen läßt.
Ich riß meinen Arm los und wich langsam zurück, Schritt für Schritt näher zu dem Schwarzen hin.
Er fragte mich: »Sie sind Jans Chefin, stimmt's?«
»Ja.« Zum tausendsten Mal dankte ich dem Himmel für Jan. Offenbar hatte ich es mit einem der Männer zu tun, die sie heute morgen bemuttert hatte. »Danke.«
Zu dem jungen Sanitäter sagte ich: »Die Polizei wird meinen Mandanten nicht lange festhalten können. Zunächst müßte sie ihm ein Motiv nachweisen können, und dann müßte sich noch herausstellen, daß er die Gelegenheit zur Tat hatte, mit anderen Worten: Er darf für die fraglichen vier Nächte kein Alibi haben. Aber ich glaube nicht, daß es soweit kommt. Sie haben einfach unter dem Zwang gestanden, rasch eine Festnahme melden zu können, damit die Medien Ruhe geben.«
Der Sanitäter starrte an mir vorbei. Ich konnte am Gestank ausmachen, wo der obdachlose Schwarze stand. Nie hätte ich gedacht, daß der Gestank nach billigem Fusel ein so beruhigendes Gefühl von Sicherheit vermitteln konnte.
»Das sollten Sie doch rausfinden, nicht wahr? Deshalb haben Ihre Kumpel Sie doch losgeschickt, oder? Mal hören, ob die Polizei einen Unschuldigen eingebuchtet hat oder ob Sie und Ihre Kumpel sich in Sicherheit wiegen können?«

Der junge Sanitäter riß sich die Mütze vom Kopf und hämmerte sich mit der Faust auf den Schädel.
»Vielleicht war's ja auch Ihre Idee, mich auszuhorchen. Ihre Kollegen sind vielleicht schlau genug, auf Tauchstation zu gehen und den Schnabel zu halten. Bei Ihnen war das anders.« Er war eben jung, er hing Träumen nach. Vielleicht war er zu jung, und seine Träume waren zu wirr. »Na gut, Sie können Ben und den anderen sagen, daß Sie sich wegen Kyle Kelly keine Sorgen machen müssen. Dessen guter Ruf ist vorläufig ruiniert, es wird lange dauern, bis ihn wieder jemand ernst nimmt. Wenn ich auch fürchte, nicht so lange, daß die Sache ihm eine Lehre fürs ganze Leben sein kann. Aber ausreichende Beweise gegen ihn hat die Polizei nicht in der Hand. Er wird also nicht für Sie und Ihre Kumpel ins Gefängnis wandern.«
»Wollen Sie uns etwa vorwerfen, daß wir ...?« Das Funkeln in seinen Augen sah mehr nach Wut als nach Erschrecken aus.
»Daß Sie die obdachlosen Männer betäubt haben? Ja, genau das werfe ich Ihnen vor. Damit Sie sie nicht auflesen und ins nächste Krankenhaus bringen mußten. Damit Sie Zeit hatten, sich um andere Notrufe zu kümmern. Um die – wie Sie meinen – wichtigeren.«
»Aber wem wollen Sie das alles ...? Was haben Sie vor?«
»Sie können ganz beruhigt sein. Ich hab nicht den geringsten Beweis, den ich der Polizei präsentieren könnte. Und ihr werdet das Maul halten, da bin ich sicher. Ihr schwärzt euch nicht gegenseitig an. Aber zumindest etwas wird bei der Geschichte herauskommen, Freundchen: die anderen werden Ihnen klarmachen, daß Sie Ihre Art der ›Hilfeleistung‹ in Zukunft gefälligst lassen.«
Ich dachte an die vier toten Männer. »Nette Burschen«, hatte der Ladenbesitzer gesagt. Und ich mußte auch an den verwahrlosten Gammler denken – an den Vietnamveteranen, mit dem ich heute morgen im Park gesprochen hatte.

Am liebsten hätte ich den Jungen ins Gesicht geschlagen, um mich abzureagieren. »Wissen Sie was? Sie brauchen eine Lektion, genau wie Kyle Kelly. Damit Sie mal merken, was andere Leute von Ihrer Arroganz halten. Damit Sie spüren, wie das ist, wenn Sie in den Augen Ihrer älteren Kollegen Verachtung lesen. Damit Sie zu schwitzen anfangen, wenn Ihr Chef Ihnen Feuer unterm Hintern macht. Und damit Sie nachlesen können, was Zeitungen über Leute wie Sie schreiben.«
Im Geiste sah ich die Schlagzeilen schon vor mir: Beim Notruf kommt der Leichenwagen. Not im Park – Tod im Park.
Er zuckte zusammen. Er hatte seinem Berufsstand wahrhaftig keine Ehre gemacht.
»Ich werde der Polizei sagen, was ich vermute, darauf können Sie sich verlassen«, versprach ich ihm. »Und ich werde alles daransetzen, daß ihr gefeuert werdet – Sie und Ben und wer da sonst noch mitgemischt hat. Zumindest das, wenn ich schon nicht genug Beweise habe, um eure Festnahme zu erreichen.«
Er setzte sich langsam seitwärts ab – dahin, wo sein Geo geparkt war. »Ich hab absolut nichts zugegeben.« In seiner Angst wandte er sich sogar an den Schwarzen. »Haben Sie etwa gehört, daß ich was zugegeben habe?«
»Und Ihr Anwalt wird Ihnen einbleuen, auch in Zukunft nichts zuzugeben.« Jeder Anwalt würde das tun. Sogar der, den er sich von seinem kümmerlichen Gehalt leisten konnte. »Und jetzt entschuldigen Sie mich, ich habe noch zu tun.«
Ich drehte mich zu dem Schwarzen um. »Sind Sie so nett, mich in mein Büro zu begleiten?« Ich hatte oben im Schreibtisch ein bißchen Bargeld liegen. Er brauchte es dringender als ich.
»Bitte, gehen Sie voraus, kleine Lady.« Seine Augen strahlten. Sie sahen ungesund gelb aus, aber nicht direkt krank.
Gott sei Dank nicht. Ich konnte ihm nur die Daumen drücken, daß er in nächster Zeit keinen Rettungswagen brauchte.

Susan Dunlap

Der Gerichtshof des Himmlischen Friedens

Der Tod ist ganz anders als das, was die Leute sich darüber erzählen.

Himmel oder Hölle? Die vierzig Tage und Nächte währende Wanderung durchs tibetanische Bardo, unterwegs zur Wiedergeburt? Limbo unter dem strengen Stecken ewiger Gerechtigkeit? Ein Prozeß der Reinigung oder einfach nur eine Rückverwandlung in die Elemente, aus denen der Leib gemacht ist? Ich wäre keine Wette darauf eingegangen, genau zu wissen, wie unser ewiges Domizil beschaffen ist, aber daß ich's wenigstens als solches erkennen würde, damit hatte ich schon gerechnet.

Nur ... das hier? Das ist wie der Augenblick des Aufwachens in einem in Einheitsbeige gehaltenen Hotelzimmer in einer absolut reizlosen fremden Stadt – man weiß nicht, wo und warum man hier ist. Ich erinnere mich noch, genau dieses Gefühl hatte ich seinerzeit in ... tut mir leid, der Name ist weg.

Muß ja so sein. Ich bin ja sozusagen auch weg.

Ich weiß nicht, wer ich bin, nicht, wer ich war, und nicht, wo ich bin. Auch nicht, warum ich hier bin. Ich weiß lediglich, daß ich tot bin. Und abermals – zur dritten Anhörung – vor den Gerichtshof des Himmlischen Friedens geladen. Zugegeben, es gibt vieles, was ich nicht weiß, aber eines weiß ich genau: Zur dritten Anhörung vor dieses Gericht treten zu müssen, das ist kein Zuckerlecken.

Die Flure sehen verwaschen weiß aus. Ja – ein bißchen leuchten sie schon, aber längst nicht so prächtig, wie man's in den Berichten über angebliche Todeserfahrungen nachlesen kann.

Es gibt kein blendendhelles Licht am Ende des Korridors, und das mit der magischen Kraft, die einen unaufhaltsam zu diesem Licht hinzieht, stimmt auch nicht. Gott sei Dank nicht, es ist ohnehin schwierig genug, sich auf dem Korridor fortzubewegen, wenn einem Flügel gewachsen sind.

Ehrlich gesagt, das mit den Flügeln war die erste herbe Enttäuschung. Fliegen zu können – ein Traum! Ich raste den Flur hinunter, deutete eine leichte Linkskurve an, schrammte prompt die Wand, korrigierte die Richtung, tat dabei leider ein wenig zuviel des Guten, biß die Zähne zusammen und ignorierte, schon in der Vorfreude auf den wundervollen Augenblick des Abhebens, den scharfen Schmerz an der linken Flügelspitze. Aber da kam am Ende des Flurs erst mal der Imbißautomat auf mich zu. Ich drehte ab, brachte den rechten Flügel in den Ambrosiaspender und eilte im Affenzahn dahin zurück, wo ich hergekommen war, den Korridor hinauf. Nützte alles nichts. Vielleicht ist das mit dem Fliegen so ähnlich wie mit dem Wasserskifahren: wenn man um die Hüften herum zu stark zugelegt hat, soll man's lieber lassen.
Die ganze bittere Wahrheit ging mir erst nach meiner Begegnung mit der Nummer zwei auf, dem Erzengel. Unter Fliegen versteht man hier oben in etwa die Art der Fortbewegung, die wir von Pinguinen kennen: ein Gemisch aus Hüpfen und Trippeln. Auf Dahingeschiedene, die sich zu Lebzeiten häufig frommer Betrachtung hingegeben haben, mag das einen gewissen Reiz ausüben. Sie sehen darin eine Form losgelösten Schwebens und deuten die neugewonnene Fähigkeit als Zeichen ihrer Verklärung.
Solche Leute laufen nicht Gefahr, unvorbereitet vor dem Gerichtshof des Himmlischen Friedens zu erscheinen.
Eigentlich sollte ich meine Zeit besser dazu verwenden, mich auf die Anhörung vorzubereiten, aber ... nun , ich vertreibe sie

mir lieber mit einem kleinen Spiel. Ich versuche, an den himmlischen Regeln herumzuzupfen, bis ich eine Lücke gefunden habe, ein Guckloch. Mit den himmlischen Regeln ist es auch so eine Sache. Sie werden nicht über Lautsprecher verkündet wie die Sonderangebote im Supermarkt: »Verklärte Kunden, beachten Sie bitte unseren Ultra-Gold-Halleluja-Reiniger in der Sektion sechs! Greifen Sie zu, solange der Vorrat reicht!« Es gibt kein Werbeplakat, nicht mal einen schlichten Aushang. Hier oben weiß man einfach, wie die Dinge liegen. Und zu den »Dingen« gehört eben auch, daß es untersagt ist, die Türen links und rechts vom Korridor zu öffnen. Da muß nicht ausdrücklich »Zutritt verboten« dranstehen. Der Boß hat es nicht nötig, Begründungen zu geben. Und die Frage nach dem Strafmaß bei Zuwiderhandlungen erübrigt sich sowieso.
Aber es gibt eben nur wenige Dinge, von denen eine ähnliche Verlockung ausgeht wie von geschlossenen Türen. Erst recht von solchen, die *geschlossen*, aber nicht *verschlossen* sind. Nicht ohne Grund hat die Urkraft Versuchung in all den Jahrhunderten nichts von ihrem Reiz verloren.
Und daher teste ich hin und wieder, ob sich dieser oder jener Türknauf drehen läßt. Dabei habe ich herausgefunden, daß es hier oben schlimmere Orte als den weißen Korridor gibt, um die Ewigkeit abzusitzen.
Bei meinem ersten Erkundungsvorstoß hätte ich mich (wäre ich nicht schon da gewesen) um ein Haar selbst ins Jenseits befördert. Ich spähte den Korridor hinauf und hinunter, ob mich jemand beobachtete. Keine hallenden Schritte, nirgendwo das Rauschen eines Flügelschlags oder geraunte Befehle, nicht mal der Lufthauch einer warnend erhobenen Hand hielt mich von meinem Vorhaben ab.
Und so öffnete ich schließlich (nicht, weil ich mich in Sicherheit gewiegt hätte, sondern einfach, weil ich meine Neugier nicht bezähmen konnte) Zentimeter um Zentimeter die Tür …

und fand mich in einer anderen Welt wieder – im Freien, in San Francisco. Ich stand auf der Hochstraße, die in die Bay Bridge einmündet. Der Verkehr staute sich, so weit das Auge reichte – und wir hier oben erfreuen uns eines ungetrübten Weitblicks. Heftige Regenschauer gingen auf die endlosen Fahrzeugschlangen nieder, es war finster wie morgens um fünf. Auf der inneren Spur war ein Wagen liegengeblieben, so daß für den Verkehr nur eine Fahrbahn zur Verfügung stand. Zusätzlich fädelten sich bei der Zufahrt eine halbe Meile weiter hinten pausenlos weitere Autos ein. Die Verkehrsteilnehmer quälten sich auf der einzigen verbliebenen Spur in nervtötendem Stop-and-Go vorwärts. Kaum hatte einer mal den Fuß auf dem Gashebel, da war spätestens dort wieder Schluß, wo er sich in den Verkehrsstrom auf der Brücke einfädeln mußte.

Ein gelber Volkswagen bewegte sich stotternd auf die Brücke zu, das Gesicht des Fahrers war von einer halben Stunde im Stau gezeichnet. Und da kam ein blauer Chevy-Pick-up die Zufahrt heraufgeschossen.

Als er sich dem Punkt näherte, an dem seine Einfädelspur ins Nichts mündete (die gestrichelte Linie lag schon weit hinter ihm), bremste der Pick-Up-Fahrer ab, drängte sich näher an die links von ihm dahinschleichende Fahrzeugkolonne heran, beäugte jeden einzelnen jener mißliebigen Zeitgenossen, die sich bereits da befanden, wo er hinwollte, mit dem mordlustigen Blick eines Raubtiers und wählte schließlich den kleinen Käfer als Opfer aus. Er zog scharf nach links, verfehlte die armselige Stoßstange des Käfers um Millimeter und zwang dessen Fahrer zu einer Notbremsung. *Aha*, dachte ich, *der Volkswagenfahrer erlebt seine persönliche Hölle*. Aber in diesem Augenblick drückte der Mann im Käfer auf die Hupe. Und es war eine Hupe – nun, ich würde sagen: laut genug, um Tote aufzuwecken. Der Pick-up-Fahrer zog erschrocken nach links – auf die gesperrte Fahrspur. Und preschte prompt in die

Absperrung. Aha, anscheinend war's gar nicht der Mann im Käfer, dem hier ein Denkzettel verpaßt werden sollte?
Der Pick-up-Fahrer kam aus seinem verbeulten Wagen gehüpft und starrte nach hinten – *direkt auf mich*. Ich zuckte zu Tode, das heißt, sagen wir lieber: tief erschrocken zurück und wollte gerade die Tür zuziehen, als mir klar wurde, daß sich der unheilige Zorn des Verkehrsrowdys gar nicht gegen mich richtete, sondern gegen die Besatzung des Streifenwagens der Highway-Polizei, der mit kreischenden Bremsen hinter ihm hielt. Pickup im Arsch, Fahrer in der Bredouille.
Nun hätte es nahegelegen, daß der Pick-up-Fahrer seinen Strafzettel bezahlte und sich so die Erlösung aus *seiner* Hölle erkaufte. Er hätte ungeschoren durch die Tür spazieren können, an der ich stand. Aber nein, er dachte gar nicht daran, Einsicht zu zeigen, kroch wütend auf den Fahrersitz, setzte mit Karacho zurück, haute den ersten Gang rein, gab Gas – und war auf einmal auf wundersame Weise wieder an seiner Zufahrt, wo er verzweifelt versuchte, sich in den auf eine Spur verengten Verkehrsstrom einzufädeln. Er versuchte es und versuchte es – und büßte so seine ewige Strafe ab.
Ich zog die Tür zu – gerade noch rechtzeitig, denn einen Augenblick später kam unser hochverehrter Erzengel den Korridor heruntergeschwebt. Hatte er mich ertappt? Anmerken ließ er sich nichts, aber Zufälle sind hier oben so gut wie ausgeschlossen.
Der Erzengel genießt unter den Dahingeschiedenen das Maß an Beliebtheit, mit dem tüchtige Bürokraten sich nun mal bescheiden müssen, im Himmel wie auf Erden. In seinem Büro hängt kein gerahmter Sinnspruch »Kriech zu Kreuze oder zieh dich warm an«. Es ist auch nicht mit Fotos geschmückt, auf denen ihm der Boß den Arm um die Schulter legt. Oder, um ein realistischeres Beispiel zu wählen, Fotos, auf denen er selbst mit erbarmungslosem Lächeln auf eine Namensliste starrte,

auf der Leute wie ich verzeichnet stehen: Dahingeschiedene mit schwarzen Flecken auf der Seele. (Übrigens, der Erzengel reagiert ziemlich ungnädig, wenn man sich anmerken läßt, daß einen seine Art zu schweben an das unbeholfene Flattern eines Truthahns erinnert.)

Ich hätte nun in mich gehen, mir den Umstand, daß ich um ein Haar erwischt worden wäre, zu Herzen nehmen und nie wieder einen Türknauf anrühren sollen. Ein kluger Exirdischer hätte das getan.

Aber kluge Exirdische kommen eben geradewegs in den Himmel.

Türen wurden sozusagen mein »Lebensinhalt«. Auf dem Korridor auf und ab zu schleichen, zu schnuppern, ob die Luft rein war, und dann schnell ein bißchen zu spitzeln, das war mein ein und alles. Dafür nahm ich in Kauf, daß Luftanhalten und erschrockenes Japsen für mich zur geradezu normalen Form des Atmens wurden. Ich huschte von links nach rechts, drehte mich ständig argwöhnisch um und rieb mir dabei die Flügelspitzen wund. Der Erzengel ließ sich nie wieder blicken. Es hat, weiß Gott, lange gedauert, bis ich endlich kapiert habe, daß es gar keinen Grund zu irgendwelcher Besorgnis gab. Ich war sowieso der einzige auf diesem Korridor. Was in mir eine andere, eine erschreckende Ahnung keimen ließ: Vielleicht gab es noch mehr solcher Korridore? Korridore für Dahingeschiedene auf einer höheren Stufe der Verklärung? Und vielleicht drückte in diesem Augenblick ein höher Verklärter heimlich eine Tür auf, schaute zu mir herunter und beobachtete mich dabei, wie ich durch verbotene Türen spitzelte? Und womöglich ging das ewig so weiter?

Aber einstweilen gab's andere Sorgen. Meine Stunde hatte geschlagen, ich war vor den Gerichtshof des Himmlischen Friedens gerufen worden. Wenn ich eine Möglichkeit gesehen hätte, mich davor zu drücken, hätte ich mir alle Zeit der Ewigkeit

gelassen. Aber der Boß kann recht ärgerlich werden, wenn jemand zur Anhörung gerufen ist und ewig herumbummelt.
Wie alle Dahingeschiedenen habe ich bereits nach der Ankunft meinen Tag – *meine Tage* – vor Gericht abgesessen. Mätzchen, wie Einspruch zu erheben oder Revision einzulegen, sind hier nicht geduldet. Wenn der Boß Sein Urteil verkündet hat, wer will dann noch Berufung einlegen? Das gehört zu den Dingen, die einem bereits bei der Ankunft klar sind. Was nicht heißt, daß es einem durch dieses Wissen leichter wird, dem Prozedere gelassen entgegenzusehen.
Manche Neutote (wir nennen sie Frischverblichene) haben sehr konkrete Vorstellungen, wie es hier oben aussehen müßte und wie der Boß die Dinge handhaben sollte. Viele erwarten, daß Er genau wie sie aussieht. Oder zumindest so ähnlich. Und alle gehen davon aus, daß Er sie wiedererkennt. Schließlich sind wir doch nach Seinem Ebenbild geschaffen, oder etwa nicht? Und überdies wie Er männlichen Geschlechts. Zumindest einige von uns.
Wenn die Frischverblichenen zählebig genug waren, um Freunde und Verwandte zu überleben, dann erwarten sie, daß ihre Lieben, die ihnen auf dem Weg ins Jenseits vorangegangen sind, sich bereits vollzählig am Tor zur Ewigkeit versammelt haben und sehnsüchtig ihrer Ankunft harren. Wenn sie sie schon nicht in die Arme schließen, so sollen sie sie doch mit der Herzlichkeit begrüßen, die sie auf Erden ach so oft schmerzlich vermißt haben. Ein Frischverblichener spekuliert darauf, daß jener Cousin, den er zu Lebzeiten beschissen, in den Ruin und schließlich in den Suizid getrieben hat, ihm mittlerweile vergeben haben muß. Nicht nur das, o nein, der Cousin erinnert sich zwar noch gut an die Ereignisse von damals, aber er sieht sie und die Motive des Frischverblichenen jetzt in einem ganz anderen Licht. Er giert geradezu danach, alle Schuld auf sich zu nehmen und zu bekennen, daß in Wirklich-

keit der Frischverblichene das Opfer der Ereignisse war. Und so drängt er sich, hofft der Frischverblichene, am Tor der Ewigkeit durch die Reihen der versammelten Anverwandten, schlägt sich reumütig an die Brust und breitet – seinerseits Verzeihung heischend – die Arme aus.

Eines weiteren Beweises dafür, daß Frischverblichene ihr Leben auf Erden nur allzu schnell vergessen, bedarf es nicht. Sie erwarten, daß auch die übrigen Verwandten sie an der Hand fassen und ihnen nach dem traumatischen Erlebnis, das sie gehabt haben, Trost zusprechen. Und sodann an ihren Lippen hängen und ängstlich darauf warten, was sie ihnen zu sagen haben. Frischverblichene machen sich nicht klar, wie oft sie ihre Neffen und Nichten genervt, ihrem Onkel den Kühlschrank leer gesoffen und ihre, zugegeben ein bißchen redselige, alte Tante, statt ihrer langatmigen Geschichte geduldig zuzuhören, tief gekränkt haben, indem sie herzlos im Lehnstuhl eingenickt sind.

Aber so explizit ihre Erwartungen an das Jenseits auch sein mögen, so vage sind die Vorstellungen Frischverblichener davon, was sie bei der Letzten Anhörung erwartet. Da stammeln sie dann eine Belanglosigkeit nach der anderen vor sich hin, als sei das Jüngste Gericht – die einzige Realität unter all ihren Vorstellungen von der Ewigkeit – so etwas wie eine Märchenstunde.

Was mich selbst betrifft, so weiß ich nicht recht, was ich mir von meiner Anhörung versprochen habe, aber das Ganze entsprach absolut nicht meinen, wie auch immer gearteten, Erwartungen.

Bei meiner ersten Fehleinschätzung ging es um die Architektur. Wobei ich geltend mache, daß ich beim besten Willen nicht darauf gefaßt sein konnte, mich in einem Himmlischen Gerichtshof wiederzufinden, der dem Design des Amtsgerichts im Contra Costa County in Kalifornien nachempfunden ist. Keine Ähnlichkeit mit einer höheren Instanz! Aber da war ich nun mal gelandet, in einem popelig holzvertäfelten Raum, vorn der Richtertisch, darüber an der Wand eine in Mattgold gehaltene Scheibe von etwa einem Meter Durchmesser. Das Wappen der Endgültigkeit. In der Welt, aus der ich kam (einer Welt, in der es hauptsächlich darum gegangen war, Eindruck zu schinden), hätte das Wappen sogar im Contra Costa County einen stolzen Eroberer auf dem Weg von Mexiko nach Norden gezeigt, wo er gedachte, die Eingeborenen mit dem Schwert in der Hand zu unterwerfen, falls er sie nicht der Einfachheit halber durch eingeschleppte Krankheiten ausrottete. Hier oben dagegen hat das Wappen eher Ähnlichkeit mit einer Kreditkarte. Derselbe lumineszierende Schimmer. Als müßte man's nur im Licht drehen, damit der einstweilen noch verborgene Aufdruck sichtbar wird: Entweder der Garten Eden oder die Verdammung.

Es gibt eine Art Gerichtssekretär, der freilich nicht wie auf Erden in einer schlechtsitzenden blaßbraunen Uniform auftritt, sondern in einer im üblichen verwaschenen Weiß gehaltenen Robe (Hollywood läßt grüßen). »Erhebet euch«, ruft er, »den Vorsitz führt der ehrenwerte Erzengel.« Das Ganze ist ein bißchen Show, weil das Auditorium lediglich aus dem Frischverblichenen besteht, und der ist viel zu nervös, um sich hinzusetzen (was er ohnehin nur könnte, wenn es überhaupt so etwas wie eine Sitzgelegenheit für ihn gäbe).

Alsdann liest der Gerichtssekretär die Anklage vor, wobei er sämtliche Missetaten aufzählt, die der Frischverblichene begangen hat, sei es durch Taten oder durch Worte (sogar durch solche, von denen der Delinquent glaubt, sie seien ihm allenfalls in einem vertraulichen Vier-Augen-Gespräch entschlüpft – und so leise, daß sie nicht bis zu himmlischen Ohren vorgedrungen sein könnten). Aber dann kommt es noch schlimmer, denn nun liest der Gerichtssekretär, und zwar mit klammheimlichem Vergnügen, sämtliche in Gedanken begangenen Verfehlungen vor. Also – ich bitte Sie, wer wäre denn je auf den Gedanken gekommen, daß sogar Gedanken ...

Die Sündenlitanei geht weiter und weiter und weiter, eine treffliche Gelegenheit für den Frischverblichenen, sich zum erstenmal eine Vorstellung von Ewigkeit zu machen. Es mag sein, daß es im Vollmaß der unendlichen Zeit schlimmere Momente gibt, Momente, die länger andauern, aber ich kann mir das nicht vorstellen. Stunden vergehen, Tage – Äonen. Dem Frischverblichenen zittern die Knie wie bei einem Erdbeben, sein verklärter Körper ist in Schweiß gebadet, alles verschwimmt vor seinen Augen, die Schaltpunkte seines Gehirns sind durch ein Feuerwerk von aberwitzigen Befürchtungen gelähmt. Und wenn die Litanei endlich zu Ende und der Frischverblichene zu einem kümmerlichen, formlosen Bündel der Angst geschrumpft ist, sieht der Erzengel ihm in die Augen, läßt einen Moment verstreichen und verkündet dann: »All das ist dir vergeben.«

Alles ist vergeben!

Man sollte meinen, der Frischverblichene wäre außer sich vor Freude, nicht wahr? Nun, einige sind es. Sie schlucken die Vergebung so gierig in sich hinein, wie ein Erstickender nach Luft schnappt. Sie lächeln dümmlich, verlegen, beglückt, sie wischen sich die verschwitzten Hände an der nunmehr wieder weißen Weste trocken, und dann rennen sie los – rennen, als ahnten sie, daß der Erzengel seinen Fehler im nächsten Augenblick merken müßte, durch die großen Doppeltüren ins ... Tja – ich weiß nicht, wohin. Das gehört zu den Dingen, die ich noch nicht wissen kann.

Einige Frischverblichene nehmen das Geschenk mit Würde entgegen, aber das ist eine Minderheit. Offen gesagt, die Mehrheit reagiert mit Argwohn. Gut, Vergebung für die eine oder andere Verfehlung, das mag noch angehen, aber Vergebung für *alle* Missetaten, so was muß Mißtrauen wecken. Da möchte man lieber genau wissen, wie umfassend die himmlische Generalabsolution ist. Und so beantragt der vom Gericht bestellte Verteidiger eine erneute Anhörung am nächsten Tag. In meinem Fall gab der Erzengel dem Antrag statt. Mein Anwalt führte mich nach draußen, drückte mir eine Videokassette mit der Aufzeichnung all meiner Verfehlungen in die Hand und fragte mich: »Ist Ihnen bekannt, was das Schlupfloch siebzehn ist?«

War mir nicht bekannt.

»Der Richter wertet Ihre Verbrechen als geringfügige Vergehen. Und wissen Sie, was dann passiert?«

Ich schüttelte den Kopf.

»Dann wertet er die Vergehen als verjährt. In Ihrem Sündenregister bleibt nicht ein einziger schwarzer Fleck. Als hätten Sie keines der himmlischen Gesetze gebrochen. Und nun sehen Sie sich das Videoband an und machen Sie sich klar, was für ein Mordsglück Sie haben.«

Ich sah es mir an.

Am nächsten Tag erschien ich wieder vor Gericht. Die Prozedur wurde wiederholt. Ich weiß, ich hätte das Angebot einer umfassenden Vergebung annehmen sollen. Spätestens bei der zweiten Anhörung tun das die meisten, am bereitwilligsten Berufsverbrecher und gelernte Gauner. Sie haben Erfahrung darin, ihre Chancen abzuschätzen, und einen Riecher für den Augenblick, von dem ab nicht mehr rauszuholen ist. Aber ich konnte den Generalpardon nicht akzeptieren. Ich weiß nicht, warum. Ich wünschte, ich wüßte es. Ich würde eine Menge darum geben, zu wissen, warum ich so stur war. Nur, ich hab ja nichts, was ich darum geben könnte.

Mein Anwalt bedachte mich mit einem vernichtenden Blick und beantragte eine dritte Anhörung. Auch auf dem Antlitz des Erzengels war nun nicht mehr viel von Engelsgeduld zu lesen.

Aber zu guter Letzt zuckte er die Schultern und gab dem Antrag auf erneute Vertagung statt.
Als mein Anwalt mich dieses Mal nach draußen führte, war die Luft erheblich kühler – und zum Schneiden dick. Bei jedem panischen Atemzug spürte ich den Schmerz, mit dem meine Rippen sich gegen die dicke Luft drückten, jeder einzelne Herzschlag bereitete mir unsägliche Qual. Ich hatte keine Rippen mehr und kein Herz, also konnte der Schmerz nur Einbildung sein. Aber die panische Angst war Realität. Die Stimme des Anwalts brannte mir in den Ohren, als er mich fragte: »Wissen Sie, was die Redensart ›jetzt schlägt's dreizehn‹ bedeutet?«
Ich zog eine trotzige Miene. Wie sehr ich auch zitterte, die hier oben sollten mal sehen, was ein richtiger Kerl ist. »Vermutlich der Augenblick, in dem alles zu spät ist.«
»Ja«, sagte er, »und falls Sie nicht noch a) Vernunft und b) das Angebot umfassender Vergebung annehmen, schlägt es morgen dreizehn.«
»Und wenn ich's nicht kann?«
Er legte kopfschüttelnd die Flügel an, daß sie sich wie Fledermausohren an seinen Schädel preßten, und schwebte davon.
Und so schreite ich nun die Korridore ab, den einen hinauf, den anderen hinunter, immer in der Hoffnung, einen Seitengang zu finden, an dem ich nur um die Ecke biegen muß, um meine Probleme los zu sein, bei meiner letzten Anhörung einen triumphalen Erfolg davonzutragen und alsdann einzugehen in … nun ja, einzugehen irgendwohin, wo es so wundervoll ist, daß man es nicht mit Worten beschreiben kann. Zumindest soll das ja der Theorie nach so sein. Ich bin nicht sicher, ob ich das glauben kann, und zögere daher, meine vertraute Umgebung zu verlassen und einzutreten ins Große Unbekannte, ganz egal, was in den Werbekampagnen auf Erden darüber erzählt worden ist. Vielleicht kann ich's ein bißchen hinauszö-

gern und – nur so probehalber – den großen Zeh in den Wassern baden, die keines Sterblichen Auge je gesehen hat, um herauszufinden, ob's mir dort warm genug ist.
Seither habe ich viele geschlossene Türen geöffnet und vieles gesehen, was mich schockiert hat, aber das schockierendste Erlebnis wartete jenseits der ausdrücklich mit dem Schild »Kein Zutritt« versehenen Tür auf mich.
Ich schob sie millimeterweit auf und erstarrte, als ich drin den Erzengel persönlich erblickte. Da saß er in seiner schlichten weißen Robe, die dünnen Lippen grimmig nach unten gezogen, die puritanische Nase gerümpft und den Blick starr auf irgendein Memo gerichtet.
Ihm gegenüber saß Er, vor dessen Erhabenheit selbst Erzengel zum Nichts werden. Allmächtig. Allwissend. Allgegenwärtig.
Ich zog den Kopf zurück und verbarg mich hinter der Tür.
Und hörte, wie der Erzengel sagte: »Er kann nicht hierbleiben, Euer Dreifaltigkeit.«
Himmelarschundzwirn, er meinte mich.
»Der Korridor ist nur als Zwischenstation gedacht, nicht als Daueraufenthaltsort. Die Zuflucht für eine Nacht – und auch das nur für extrem uneinsichtige und hartgesottene Seelen.«
Ich schob den Kopf vorsichtig ein Stück vor und sah, daß der Erzengel ärgerlich mit seinem Memo wedelte.
Ich stand da und hielt den Atem an. Sicherlich kam der Erhabene mir zu Hilfe. Wenn das nicht der ideale Augenblick für Ihn war, um Seine allumfassende Liebe zu demonstrieren, wann dann?
Aber ich hörte weiter nur den Erzengel reden.
»Bei der dritten Anhörung greifen alle zu. Bei der dritten Anhörung geht das *immer* ruck, zuck. Aber dieser Kerl …«, ich hätte mich am liebsten in mich selbst verkrochen, »… stellt sich so stur an wie keiner vor ihm. Der ist jetzt noch nicht rei-

fer für eine Entscheidung als bei seiner Ankunft.« Er packte zu, als ob er das Memo zerknüllen wollte.

Ich spitzte die Ohren, um die allerhöchste Erwiderung mitzubekommen. Die Wangenknochen des Erzengels mahlten, seine Finger krümmten sich zur Faust. Verdammt, wenn ich bloß näher dran gewesen wäre und etwas mitgekriegt hätte! Aber plötzlich wurde mir klar, daß es überhaupt keine Rolle spielte, wie nahe ich dran war. Ich hätte zwischen den beiden stehen können. Die Stimme des Chefs ist unhörbar. Er kommuniziert nicht mit Worten.

»Aber«, gab der Erzengel zu bedenken, »ich hab den Kerl dabei erwischt, daß er die Regeln verletzt. Das ist einer von denen, die uns dauernd Ärger machen. Der steckt die Nase in Buß- und Vergebungsverfahren anderer Sünder, statt sich ums eigene Seelenheil zu kümmern. Sprechen Sie ein Machtwort. Schicken Sie ihn zurück, Euer Dreifaltigkeit.«

Meine Seele gefror. Ich wollte die Tür aufstoßen, hineineilen, mich Seiner Dreifaltigkeit zu Füßen werfen, falls Er welche hatte, und Ihn anflehen: »Ich nehme die Vergebung an. Bitte, schicken Sie mich nicht zurück. Ich will auch meinerseits allen alles vergeben.«

Aber obwohl mir schon der Schwefelgestank in die Nase drang, ich konnte es nicht. Ich brachte es einfach nicht fertig. Statt dessen stellte ich die Flügel steil und bereitete mich auf einen verstohlenen Abgang vor.

Der Erzengel sog scharf die Luft ein und beugte sich, nunmehr beide Hände zu Fäusten geballt, ein Stück vor. »Aber Euer Erhabenheit, wir können doch nicht für den da eine derart ungewöhnliche Ausnahme machen.«

Ich lockerte die Flügel ein wenig.

»Ich weiß, das ist eine wichtige Aufgabe«, räumte der Erzengel ein. »Und da die besagte Seele offenbar eine außergewöhnliche Begabung für diese Art von Tätigkeit hat, würde ich sagen, wir könnten – ausnahmsweise, versteht sich – eine Ausnahme von der Regel machen. Allerdings in der Erwartung, daß er die Aufgabe zu Euer Dreifaltigkeit voller Zufriedenheit erfüllt. Wenn ihm aber ein Fehler unterläuft, und sei's auch nur ein klitzekleiner ...« Er senkte den Kopf, ein verstecktes Lächeln spielte um seine Lippen. Im nächsten Moment wurde ein breites Grinsen daraus.

Und im übernächsten flog donnernd die Tür zu.

Ich stand auf dem eiskalten Korridor und fing auf einmal zu begreifen an, daß dies vermutlich das Beste war, was ich unter den gegebenen Umständen erwarten konnte. Verdammt, welcher Teufel hatte mich bloß geritten, die angebotene Vergebung auszuschlagen? Warum hatte ich nicht zugegriffen? Was konnte in meinem Leben so schrecklich gewesen sein, daß ich's nicht fertigbrachte, meinerseits meinen Schuldigern zu vergeben? Nicht mal, wenn ich dafür die ewige Verdammnis in Kauf nehmen mußte? Verzweifelt fing ich da zu kramen an, wo normalerweise Erinnerungen gespeichert sind, oder *waren*. Vergeblich. Sogar in meiner extremen Not konnte ich mich nicht erinnern, wer ich war, geschweige denn, was mir widerfahren sein mochte.

Wenn ich keine Möglichkeit fand, mein Erinnerungsvermögen wiederzuerlangen, war mein Schicksal besiegelt: ewiges Feuer, samt penetrantem Schwefelgestank. Aber ich hatte nicht die geringste Ahnung, wie ich dem entgehen konnte.

Man sollte erwarten, daß ich mich ab sofort eines vorbildlichen Benehmens befleißigte, nicht mehr irgendwelche Türen aufdrückte und ins Innere irgendeines Zimmers schaute. Weit gefehlt, irgendwie verleitete mich die Unausweichlichkeit meines Geschicks zu noch kühnerer, noch hektischerer Neugier. Es ging mir wie einem Gourmand, der sich geschworen hat, gleich morgen früh mit einer Diät zu beginnen. Wie einem Alkoholiker, der immer wieder seine letzte Flasche Scotch trinkt.

Da verstand ich endlich, was in einem Frischverblichenen vorgeht. Die meisten sehen sich ihr Videoband wieder und wieder an, gleich am ersten Abend. Einige ihrer Missetaten – vor allem die, die sie am meisten genossen haben – erleben sie noch einmal. Sie erschaudern angesichts der Fülle gesellschaftsfeindlicher Gedanken, die ihnen – als hätte Gott weiß welcher Wirrkopf ihnen all das dumme Zeug eingeflüstert – zu Lebzeiten durch den Kopf gegangen waren. Und dann stürzen sie sich natürlich auf das Angebot allumfassender Vergebung und trippeln eilig durch die große Doppeltür davon.

Nur, der Mann, über den Gericht gehalten wurde … oder Gericht gehalten worden war?

Ich brauchte einen Augenblick, bis ich das auf die Reihe gebracht hatte. Vergangenheit und Gegenwart, das ist hier oben gar nicht so leicht auseinanderzuhalten. Aber schließlich wurde mir klar, daß ich mich nicht an irgendeinen früheren Prozeß erinnerte, sondern eine Verhandlung vor dem Gerichtshof des Himmlischen Friedens miterlebte.

Der Angeklagte schüttelte nur den Kopf, als sein Pflichtverteidiger um eine kurze Unterbrechung bat. (Für einen Antrag auf Vertagung war es zu diesem Zeitpunkt noch zu früh.)

Dann wandte der Anwalt sich an mich und sagte: »Er kann sich nicht entscheiden. Er hat keine Ahnung. Er weiß, *wie* er gestorben ist, aber er kommt einfach nicht dahinter, *warum* er sterben mußte. Sie sind der Detektiv, Sie müssen das rausfinden.«

»Meine Güte, wie soll ich denn …?«

»Für lange Erörterungen hat mein Mandant keine Zeit. Die beantragte Unterbrechung ist nur bis nach dem Lunch gewährt worden.« Er sagte das mit verschmitztem Lächeln. Im Grunde gibt's hier oben keinen richtigen Lunch. Das Café Futter-für-die-Seele sucht man genauso vergeblich wie eine Steak-Walhalla oder auch nur frisches Grünzeug aus dem Garten der Hesperiden. »Er wartet draußen in der Halle auf Sie.«

Was macht ein Detektiv eigentlich? Ich meine, er muß ja wohl bestimmte berufliche Qualifikationen haben. Aber welche? War ich etwa zu Lebzeiten Detektiv gewesen? Ich – einer von diesen Gummisohlenschleichern ... das konnte ich mir nicht vorstellen. Wenn ich zu Lebzeiten Detektiv gewesen wäre, hätte ich doch zuallererst mal rausgefunden, woran und warum ich gestorben bin, statt ruhelos die Korridore rauf und runter zu wandern. Und noch was: Wie geht man überhaupt bei Ermittlungen vor? Speziell wenn derjenige, um den es geht, hier oben herumsitzt, die Fakten aber dort unten sind?
Die himmlischen Heerscharen (oder welcher Sammelbegriff hier oben üblich ist) machten mir Spaß. Gaben mir den Auftrag, rauszufinden, wie irgendein armer Sünder gestorben ist, aber es war ihnen nicht im Traum eingefallen, jemand anderen zu beauftragen, dasselbe für mich herauszufinden. Zur Hölle mit ihnen. Na schön, ich würde mich weigern. Ein himmlischer Sitzstreik. Wenn ihnen das nicht paßte, konnten sie mich ja ...
Ein scharfer Schwefelgeruch wehte mich an.
Dann wurde mir klar, daß in der Sache auch eine einmalige Chance lag. Mir blieb viel Zeit, in die Zimmer links und rechts des verwaschen weißen Korridors zu schauen. Und so konnte ich womöglich, während ich mich angeblich mit diesem Fall beschäftigte, ein wenig Licht in meine eigenen Angelegenheiten bringen. Jeden Tag starben Hunderte – ach was, Tausende von Leuten. Wenn ich meine Sache gut machte, scherte der Erzengel sich einen Teufel ... also, sagen wir: keinen Pfifferling darum, wie lange ich auf dem weißen Korridor herumlungerte. So eine Chance wird einem nicht jeden Tag geboten.
Ich spazierte also raus in die Halle und beäugte verstohlen den Mann, der auf einer Bank saß und sich anscheinend bereits ewiger Verdammnis anheimgefallen wähnte. Sah gut aus, der Bursche, ordentlich angezogen – teurer blauer Anzug mit

hauchfeinem Nadelstreifen, in der Brusttasche ein kastanienbraunes Einstecktuch. Dunkles Haar ohne Grauschimmer, und von schwammigen Hängebäckchen, die ihm altersgemäß zugestanden hätten, war auch nichts auszumachen. Er sah keineswegs verängstigt aus, auch nicht zerknirscht, eher … na ja, wütend.

»Ihr Kerle habt einen Fehler gemacht«, fuhr er mich an, als ich mich vorstellte.

»Was meinen Sie mit …« Und dann biß ich mir auf die Lippen. *Ihr Kerle?* Du meine Güte, der hielt mich tatsächlich für einen seiner Folterknechte – für einen himmlischen Wachhund, einen abgerichteten Wadenbeißer. Kurz gesagt, *für einen von denen hier oben*. Sah ich etwa aus wie ein Untererzengel? Ich war gekränkt. Und erschrocken darüber, daß ich mich so rasch kränken ließ. Und verblüfft darüber, daß meine neue Rolle offenbar so was wie eine perfekte Tarnung war.

Ich setzte mich neben ihn. Die langgestreckte Halle vor dem Gerichtssaal erinnerte ebenfalls an den ganzen Charme des Contra Costa County in Kalifornien. Der Verzicht auf Fenster garantierte anheimelndes Schummerlicht, der verschmutzte Teppichboden sorgte für Geräuschdämpfung. Nun, wir hätten uns trotzdem anbrüllen können, es war niemand da, der uns hören konnte.

Mir lag auf der Zunge zu sagen: »Einen Fehler? Das sagen alle, Mr. Girard.« Aber ich schluckte es herunter, Humor ist hier oben fehl am Platze. Manchmal denke ich, der einzige Grund, warum Frischverblichene auf dieser Zwischenstation zwischen Himmel und Hölle landen, liegt darin, daß man sie ihrer unerträglichen Korruptheit wegen unten nicht mehr dulden konnte und ihrer verbissenen Humorlosigkeit wegen oben nicht haben will. Der Boß residiert natürlich weiter oben. Aber Er wird Seine Gründe haben, den Erzengel lieber hier zu wissen.

Ich musterte Charles Girard von Kopf bis Fuß und fand es er-

staunlich, wie gut dieser Name (den ich noch vor ein paar Sekunden nicht mal gekannt hatte) zu ihm paßte. »Mr. Girard, hier oben ist alles möglich, soweit es Seinem Willen entspricht. Die Möglichkeit, daß Fehler begangen werden, gehört nicht dazu.«
Er klappte den Mund auf, vermutlich, um lautstark zu protestieren, brachte dann aber nur – eher säuselnd – über die Lippen: »Und wie konnte mir dann so etwas widerfahren?«
»Wie konnte Ihnen *was* widerfahren?«
»Dieses Flitt… die Frau hat mich umgebracht.«
»Nun, irgendwas muß einen eben umbringen.« Kaum war mir das herausgerutscht, da wußte ich auch schon, daß ich nun doch einen Fehler begangen hatte. Wieder fragte ich mich, wieso ausgerechnet ich für den Job des Himmelsdetektivs ausgewählt worden war. Sicherlich nicht wegen meines Taktgefühls. »Fangen wir also ganz von vorne an …« Am liebsten hätte ich ihn angeblafft: Erklären Sie mal, wie Sie zu Ihrem komischen Namen kommen. Aber ich beherrschte mich, man ist ja lernfähig. »… mit Ihrem Namen.«
»Stone Girard«, sagte er, als sei das ein geläufiger Name.
»Stone?«
»Mein Spitzname. Schon seit Jahren.«
»Wegen Ihrer Vorliebe für Drogen?«
Mein Gott, wie kam ich eigentlich dazu, diesen Mann so auszufragen? Er sah wirklich nicht aus wie einer, der dauernd die Wasserpfeife zwischen den Zähnen hat oder an der Spritze hängt. Statt dessen sah er ausgesprochen ärgerlich aus. »Ich? Nie und nimmer. Ich habe nie gegen das Gesetz verstoßen.«
»Ich darf Sie daran erinnern, wo Sie sind, Stone. Hier oben stehen Sie permanent unter Eid.«
Er fing sich und wiederholte mit würdevollem Nachdruck: »Ich habe nie wissentlich gegen das Gesetz verstoßen.«
»Wissentlich? Aha.« Der Augenblick, in dem sie mit der Wahr-

heit herausrücken müssen, ist für viele ein Schock. Die meisten ziehen es dann vor zu schweigen. Stone machte auf mich einen ehrlichen Eindruck, nur, hilfreich war seine Aussage nicht. Was nun? Ich konnte ihn ja nicht gut fragen, welches Gesetz er seiner Meinung nach nie gebrochen habe.
»Wieso sollte ausgerechnet ich Gesetze gebrochen haben?« wollte er wissen, als ob er meine Gedanken gelesen hätte. »Ich war ja schließlich Richter.«
Ich mußte mich mächtig zusammenreißen, brachte es aber fertig, mir jeden Kommentar zu verkneifen.
»Und Kandidat für den Senat der Vereinigten Staaten.«
Aus und vorbei war's mit meiner Beherrschung, ich lachte und platzte heraus: »Senator? Für welchen Staat?«
»Kalifornien.«
Ich verschluckte mich beinahe vor Lachen. Kalifornien – die Hochburg politischer Frivolität. Wo die Bürger absichtlich möglichst komische Figuren für Jobs in Washington aussuchen, damit sie zu Hause was zu lachen haben. Sie sind stolz darauf, denen in D. C. ausgemachte Halbtrottel zu schicken, die mehr Bucks als Grips zusammenkratzen können, Teflontypen, die nichts anbrennen lassen und mindestens drei Jahre im Amt sein und mächtig Feuer unterm Arsch kriegen müssen, ehe sie einsehen, daß sie eigentlich Versager sind. Kalifornier neigen nun mal zu exzentrischer Komik und lieben glitzernde Fassaden. Sie ziehen es – anders als in New Jersey, wo einer auch gewählt werden kann, wenn er hinter Gittern sitzt – vor, korrupte Typen in den Senat wegzuloben. Was nicht heißen soll, daß es im Golden State immer und überall ehrlich und korrekt zugeht. Ich fragte mich, ob Stones Protest ein Zeichen ausgeprägter Vorsicht oder bemerkenswerter Naivität gewesen war, und kam zu dem Schluß, daß er mir (schließlich war er ja noch nicht gewählt worden) einfach nicht über den Weg traute.

Stone raffte ein Bündel Zeitungen zusammen und wedelte damit vor meiner Nase herum. Das Rascheln der Seiten weckte Heimwehgefühle in mir, das heftige Wedeln jagte mir eine Gänsehaut über den kahlen Schädel. Es ist so warm hier oben, daß ich ganz vergessen habe, warum Menschen zu Lebzeiten Haare haben. »Ich bin ... ich meine, ich *war*«, sagte Stone, »keiner von diesen politischen Dummköpfen, die permanent mit offenem Reißverschluß rumlaufen.«
Ehe ich fragen konnte, welchen der in Frage kommenden Reißverschlüsse er speziell meinte, drückte er mir die Zeitungen in die Hand.
Daß er überhaupt noch Zeitungen besaß, überraschte mich keineswegs. Der Tod ist immer ein schwerer Verlust. Einen geliebten Menschen zu verlieren kann sehr hart sein. Aber das Liebste zu verlieren, was manch einer hat – sich selbst –, ist unvergleichlich härter. Frischverblichene jammern gern dem Leben nach, das ihnen genommen wurde, oft sind sie vor Verzweiflung völlig außer sich, weinen sich die Augen aus und raufen sich die Haare. Was natürlich nur bildlich gemeint ist. Um sie ein wenig zu beruhigen, gestattet ihnen der Erzengel, einen letzten Blick nach unten zu werfen, quasi durch einen unsichtbaren Fernseher, auf ein Ereignis ihrer Wahl. Frischverblichene, die im Januar zu uns stoßen, entscheiden sich oft für das Football-Endspiel. Künstler wollen eine bestimmte Preisverleihung miterleben. Wissenschaftler interessieren sich für irgendeine Ehrung (und dabei insbesondere für die Frage, ob sie post mortem ihnen zuteil wird). Eltern wollen die Examensfeier ihrer Kinder verfolgen. Für ihr Charisma bekannte Politiker wollen unbedingt sehen, wen die Parteiführung als Nachfolger für sie ausgeguckt hat.
Aber der mit Abstand am häufigsten geäußerte Wunsch Frischverblichener ist, daß sie Augenzeuge ihres eigenen Begräbnisses sein wollen – die Stunde der Wahrheit, in der einem

endlich mal alle die Ehre erweisen, die man verdient. Ein Frischverblichener mag sich noch so schwer tun mit dem Gedanken, nun hier oben zu sein, die Gelegenheit, einen Blick auf die eigene Beerdigung zu werfen, läßt sich kaum einer entgehen. Es ist so schön ergreifend, die Hinterbliebenen dort unten schluchzen und heulen zu hören und ihnen anzusehen, daß sie sich ein Leben ohne den Dahingeschiedenen überhaupt nicht vorstellen können. Es rührt sie zu Tränen, wenn der Pfarrer ihre noble Gesinnung rühmt, ihre Weisheit, ihre Großzügigkeit. Sie sind tief ergriffen, wenn Freunde Worte finden, die sie zu Lebzeiten nie gefunden haben – und wenn sich gar Feinde von einst dazu hinreißen lassen, vom »lieben Dahingegangenen« zu sprechen, schnürt es ihnen vor Rührung die Kehle zu. Von Richard Nixon wird allerdings berichtet, er habe sich im Fernsehzimmer vor Lachen gebogen. Soviel Humor hätte ich dem Mann gar nicht zugetraut.

Wie gesagt, all das mit ausdrücklicher Erlaubnis des Erzengels. Er duldet es, wenn ein Frischverblichener die Zeitung mit sich herumschleppt, in der über die näheren Umstände seines Ablebens berichtet wird. Er drückt sogar ein Auge zu, wenn jemand sich bei der ersten Anhörung mit ungebührlichem Stolz die *Times* oder die *Post* unter den Arm geklemmt hat, nur weil darin ein Nachruf auf ihn abgedruckt ist.

Aber gleich drei Zeitungen, das geht ein bißchen weit.

Ich schielte auf den Packen Zeitungen, die Stone mir in die Hand gedrückt hatte. Sieh an, Stone Girard war ein sehr bekannter Mann. Sein Tod war den Zeitungsmachern nicht nur eine Traueranzeige oder eine kurze Notiz im Lokalteil wert, über seinen Tod berichteten sie auf der Titelseite.

Die *Los Angeles Times* machte mit der Schlagzeile auf: GIRARD TOT AM LOVERS LEAP!

Der *San Francisco Chronicle* textete: GIRARD UND EINE GEHEIMNISVOLLE FRAU – SEITE AN SEITE – BEIDE TOT.

POLITISCHER ABSTURZ – IMMER DAS ALTE LIED, schüttelte der *Bay Guardian* entrüstet das in Druckerschwärze gehüllte Haupt. »Wenn Stone Girard, ehe er seinen Hut in den Ring geworfen hat, sich darüber klargeworden wäre, aus welchem Holz er geschnitzt ist, hätte sein Leben nicht auf dem Großen Highway zerschellen müssen. Mag sein, daß es besser für ihn gewesen wäre, seine Affäre mit Olivia Cummings bis nach der Wahl geheimzuhalten. Für Kalifornien ist es jedoch ein Glück, daß er sich anders entschieden hat. Nun wissen die Wähler, wer der bessere Mann ist.«
Ich überflog den fettgedruckten Teil in allen drei Berichten und die Kommentare. Und obwohl nirgendwo das Wort »strohdumm« auftauchte und auch nicht ausdrücklich an Gary Hart und die unselige Geschichte mit dem Segelboot erinnert wurde, konnte ich mich des Eindrucks nicht erwehren, all das zwischen den Zeilen zu lesen. Ein paar Zeitungsschreiber besaßen gar die Geschmacklosigkeit, Stones Sprung von der Felsnase über dem Großen Highway ins Lächerliche zu ziehen, indem sie darauf hinwiesen, daß er, hätte er sich nicht das Genick gebrochen, von einem Touristenbus überrollt worden wäre. Stone Girard mochte, wie er vorhin mit Verve behauptet hatte, tatsächlich »keiner von diesen politischen Dummköpfen« sein, »die permanent mit offenem Reißverschluß herumlaufen«, dennoch blieb die Tatsache, daß seine Art, aus dem Leben zu scheiden, ihn nicht gerade für einen Nachruf prädestinierte, in dem er als politischer Visionär gepriesen wurde.
»Mr. Girard ...«
»Stone.«
»Stone, Sie und Olivia Cummings wurden Seite an Seite tot am Fuß des Sutro Heights aufgefunden.«
Stone Girard richtete seine adrette Erscheinung zu voller (was nicht heißen soll: eindrucksvoller) Größe auf. »Ziehen Sie daraus ja nicht den Schluß, daß ich mich mit Frauen herumtreibe.

Ich bin ein Mann mit Prinzipien. Ich habe nicht in fremden Gärten rumgenascht. Nicht umsonst hat man mich Stone genannt.«
Zu der Frage, wie er zu seinem Spitznamen gekommen war, fiel mir eine ganze Palette von Möglichkeiten ein. Ich verkniff mir ein Grinsen und fragte: »Warum hat man Sie denn Stone genannt, Stone?«
»Junger Mann ...« Stone musterte meinen kahlen Schädel, dann tasteten seine Augen sich diskret abwärts. Es schien ihm nicht klar zu sein, daß tote Seelen keine primären Geschlechtsmerkmale, geschweige denn deren Erregungszustand zur Schau stellen. »Anfangs war das als Schimpfwort gedacht. Sollte heißen, daß ich zu denen gehöre, die den ersten Stein werfen. Meine Gegner wollten einen grinsenden Eisenfresser aus mir machen. Aber da waren sie schief gewickelt, ich habe nie gegrinst ...«
Das glaubte ich ihm aufs Wort. Wenn es in Stone Girard auch nur einen Hauch Humor gab, dann mußte mir das bisher entgangen sein. Er hätte das Zeug zum Vollzugsbeamten des Erzengels gehabt.
»... Ich habe den Spieß umgedreht und aus dem Namen meinen Slogan gemacht. Die Wähler wollen einen Mann, dem sie Vertrauen schenken. Sie haben nichts gegen Leute, die den ersten Stein werfen, im Gegenteil, denen geben sie ihre Stimme. Ich weiß, mein Gegenkandidat, Bellingham, setzt ganz auf Sittenstrenge. Aber ich sag Ihnen was, junger ... mein Verehrter, Sittenstrenge ist heutzutage lediglich ein schmückender Schnörkel.«
»Aber Ihre Leiche, Stone, wurde zusammen mit der dieser Frau gefunden. Wie erklären Sie sich das?«
Seine Wangenpartie zitterte. »Weiß ich nicht.«
»Das wissen Sie nicht?«
»Nein, verdammt. Ich hab keine blasse Ahnung.«

Ich wollte nachhaken, doch dann ließ ich's. Vielleicht sagte er ja die Wahrheit. Sein zerfälteltes Gesicht sah aus wie ein großes Fragezeichen. Und wenn seine Ratlosigkeit nicht nur vorgetäuscht war, konnte man's ihm kaum verübeln, daß er sich bei der Anhörung nicht zu einer Entscheidung durchgerungen hatte.

Frischverblichene haben keine Erinnerungen an ihren Tod. Der Tod kann ein traumatisches Erlebnis sein, und dann wartet hier oben der nächste Schock auf sie, wenn sie vor die Schranken des Gerichts gerufen werden. So was kann einem ganz schön zusetzen, besonders, wenn man sich zu Lebzeiten für einen der Gerechten gehalten hat, auf denen des Herrn Auge mit Wohlgefallen ruht. Dazu kommt, daß ein Frischverblichener ohnehin vor tausend ungelösten Rätseln steht, da sind die Umstände des eigenen Todes nur eines von vielen.

Totales Vergessen mag ein Geschenk des Himmels sein, aber es machte mir meine Aufgabe nicht gerade leichter. »Also gut, Stone, stellen wir die Frage, was Sie auf dem Sutro Heights zu suchen hatten, einstweilen hintan. Erzählen Sie mir etwas über diese Frau. Wer war Olivia Cummings?«

»Irgendeine Frau.«

»Irgendeine dürfte kaum die zutreffende Formulierung für die Frau sein, an deren Seite Sie gestorben sind. War sie eine alte Flamme von Ihnen?«

»Nein, nein und noch mal nein. Ich hab sie kaum gekannt. Abgesehen davon war sie mit einem anderen verheiratet.«

»Wissen Sie das genau?«

»Natürlich. Ich hab die beiden ja selber getraut.«

Meine Lippen verzogen sich zu einem Grinsen.

»Ich habe die Trauung in meiner Eigenschaft als Richter vorgenommen. Meine erste und letzte Trauung.«

»Ach? Und warum haben Sie später die Finger davon gelassen?«

Er guckte nach links, guckte nach rechts, senkte die Stimme und sagte: »Ich möchte nicht, daß das publik wird …«
»Keine Sorge, an dem alten Ammenmärchen, daß die in den Gräbern alle demokratisch wählen, ist kein Wort wahr. Das Verfahren der Briefwahl ist hier oben unbekannt.«
Er lief rot an, dann weiteten sich seine Augen in jähem Erschrecken, als sei ihm zum ersten Mal klargeworden, daß er sich um den Ausgang der Wahl in Kalifornien keine Sorgen mehr machen mußte. »Also«, blieb ich am Ball, »Sie haben später keine Trauungen mehr vorgenommen? Warum nicht?«
»Die kosten eine Menge Zeit. Und als Richter darf man nicht mal was dafür berechnen. Verordnung 94.5 des Staates Kalifornien.«
»Warum nicht? Um Bestechungen vorzubeugen?«
»Die Verordnung gilt auch dann, wenn der Verdacht eines Bestechungsversuchs mit Sicherheit auszuschließen ist. Kein Geld, keine Sachgeschenke von nennenswertem Wert. Weder vor der Trauung noch danach.«
»Mit anderen Worten, der Richter geht leer aus?«
»Es sei denn, die Trauung findet an einem Samstag oder Sonntag oder an einem Feiertag statt.«
Ich lachte, daß meine Flügel zu flattern anfingen. »Glückliches Kalifornien, Land der goldenen Schlupflöcher.«
Stone räusperte sich mißbilligend.
»Okay«, sagte ich und legte die Flügel wieder ordentlich an, »aber Olivia Cummings' Trauung haben Sie vorgenommen. Warum?«
»Das hat sich so aus der Situation ergeben. Weil ich zufällig in der Nähe war.«
Ich wählte eine Formulierung, aus der Stone kein ehrverletzendes Mißtrauen heraushören konnte: »Könnten Sie mir das etwas näher erläutern?«
»Olivias Vater hatte mich darum gebeten, weil ich übers Wo-

chenende in der anderen Hälfte seines Ferienhäuschens in Tahoe gewohnt habe.«
Vermutlich war da angesichts der Weite des Himmels in Stones Erinnerung ein stattliches Anwesen zu einem Ferienhäuschen geschrumpft. »Wie groß war das Ferienhäuschen?«
»Was weiß ich – drei, vier Schlafzimmer.«
»Wer war Olivias Vater?«
»Avery Cummings.«
»Der Reeder?«
»Keine Ahnung.«
»Stone, bedenken Sie, wo Sie hier sind. Also?«
»Ja, er hat ein paar Schiffe besessen.«
»Wie viele?«
»Woher soll ich wissen, wie viele ... die Pan Asia Line.«
Ich schmunzelte in mich hinein. Vielleicht war ich tatsächlich der richtige Mann für den Job. Wenn alle Fälle so einfach waren, hatte ich mit dem Status eines himmlischen Detektivs das große Los gezogen und eine Menge Zeit, den Umständen meines eigenen Ablebens nachzuspüren. »Und nach dieser Trauung hat Avery Cummings Ihre Wahlkampagne unterstützt – liege ich da richtig?«
»Nein, da liegen Sie falsch.«
»Stone! Sie wissen doch: die Wahrheit.«
Er schob trotzig das Kinn vor. »Cummings hat mir nie auch nur einen Dime gegeben – oder ein zinsloses Darlehen oder sonst irgendeine Vergünstigung.«
»Hat er etwa Ihren politischen Gegner unterstützt?«
»Auch nicht, er hat sich aus der Politik rausgehalten. Egal, wer gewinnt, hat er gesagt, es ändert sich sowieso nichts. Hat sich angehört, als wäre er einer von diesen verdammten Radikalen. Für ihn wär's die beste Investition in die Zukunft, wenn er das Geld da ließe, wo's war, hat er gesagt: in seiner Brieftasche. Und genau da hat er's stecken lassen.«

Bestimmt nicht. Ich versuchte es noch einmal. »Aber sein Ferienhaus hat er Ihnen zur Verfügung gestellt.«
»Er hat es mir *vermietet*. Zum ortsüblichen Preis.«
Na gut, die Superreichen sind manchmal Geizkragen. Aber diese Hochzeit seiner Tochter – da war sicher die Hälfte des Privatvermögens Kaliforniens versammelt gewesen. Ein paar wohlplazierte Worte bei der Vorstellung, und Stone hatte, was die politische Karriere anging, sein Schäfchen im trockenen.
»Sicher hat er Sie mit einigen seiner einflußreichen Freunde bekannt gemacht?«
»O ja, er hat mich mit allen Anwesenden bekannt gemacht. Mit seiner geistig unterbelichteten Tochter, seinem Volltrottel von Schwiegersohn in spe und den Trauzeugen – das waren das Dienstmädchen und der Gärtner.«
»Und die anderen?«
»Es gab keine anderen. Sie hatten das Dienstmädchen aus dem Bett getrommelt, und der Gärtner mußte auch erst geholt werden. Er wohnte in einer Hütte im Wald, zehn Meilen weit weg. Gehörte noch zu Cummings' Grundbesitz. Trotzdem, ich bleibe dabei: das Ferienhaus war ein Haus. Recht ansehnlich, aber nicht das, was man unter einem Anwesen versteht. Wie gesagt, der Gärtner wohnte meilenweit weg. Cummings hat den Bruder angerufen, der wohnte in der Stadt. Hat ihn dazu überredet, in den Wald zu fahren und den Burschen zu holen.«
»Wie hat er ihn dazu überredet?«
»Na, mit Geld«, sagte Stone. Den patzigen Ton mußte er sich im Umgang mit seinem Anwalt angewöhnt haben. Okay, er war eben nervös. Immerhin ging es für ihn um den Vorwurf der Bestechlichkeit.
»Haben Sie gehört, daß er dem Mann Geld angeboten hat?« hakte ich nach.
»Das wurde als selbstverständlich vorausgesetzt.«
»Aha.«

Stones Blick war eisig. »Was soll das heißen?«
»Daß Sie eine ähnliche Großzügigkeit Ihnen gegenüber voraussetzen konnten.«
»Ich habe nichts vorausgesetzt, und er auch nicht. Ich habe keinen Cent bekommen und wollte das auch nicht. Ich hatte nicht die Absicht, mir seinen Einfluß zunutze zu machen. Ich habe nie eine Wahlkampfspende von ihm bekommen. Ich glaube, der Mann hat sowieso nicht gewählt. Seine gottverdammte Tochter, die hat ein paarmal Bellingham unterstützt – meinen politischen Gegner. Genaugenommen habe ich bei dem ganzen Quatsch sogar noch draufgezahlt.«
»Draufgezahlt?«
»Ja. Weil ich am nächsten Morgen mein für neun Uhr angesetztes Treffen mit Donald Davis verschlafen habe. Der Finanzmogul, Sie wissen schon. Er stand bei uns auf der Liste für Wahlkampfspenden. Aber all der Hickhack mit der Hochzeit ... da ist die halbe Nacht draufgegangen. Der Bräutigam war so betrunken, den mußte Avery Cummings erst mal unter die eiskalte Dusche zerren, damit er wieder halbwegs nüchtern wurde. Und dann kommt plötzlich Olivia anspaziert und teilt uns beiläufig mit, daß sie sich entschlossen hat, die offizielle Hochzeitsfeier, die ein paar Wochen später stattfinden sollte, abzusagen. Sagt's und verschwindet ins Bett. Spätestens da hätte ich die Kurve kratzen und ins nächstbeste Hotel umziehen sollen.«
»Was Sie aber nicht getan haben?«
»Nein. Ein schwerer Fehler. Cummings bat mich, mit ihm nach dem Fiasko noch einen Brandy zu trinken. Na gut, wir setzen uns und nehmen einen zur Brust, und da kommt der Herr Schwiegersohn in spe rein. Inzwischen ist er wieder so weit bei Verstand, daß er merkt, wie ihm sämtliche Felle davonschwimmen. Und was macht der Trottel? Tigert, winselnd wie ein halbverhungerter Straßenköter, durchs Haus. Ich hätte ihm

am liebsten einen Maulkorb angelegt und ihn draußen im Garten angebunden.«
Ich suchte Stones Miene ab, ob sich wenigstens jetzt die Andeutung eines Lächeln ausmachen ließ. Nichts dergleichen.
»Also, Cummings und ich sitzen da, schlürfen unseren Brandy, schweigen uns an und versuchen, uns ein bißchen zu beruhigen. Wir hätten besser daran getan, den Schwiegersohn im Auge zu behalten. Der Schlaumeier hatte sich inzwischen in Olivias Zimmer geschlichen und ihr – was weiß ich, entweder so lange zugeredet oder sie so spitz gemacht, daß sie sich's anders überlegt hat. Jedenfalls tauchen die beiden auf einmal auf, grinsen von einem Ohr bis zum anderen und lassen uns wissen, daß die Trauung nun doch stattfinden soll.«
»Was war mit dem Gärtner?« Die Frage hatte eigentlich nichts mit meinem Fall zu tun, aber irgendwie fand ich die ganze Story so absurd, daß ich's nun doch wissen wollte.
»Der war bei seinem Bruder in der Stadt geblieben. Es hatte nämlich um Mitternacht zu regnen angefangen, und da war ihm der Weg zurück in seine Hütte im Wald zu beschwerlich. Also schickte ihm Cummings ein Taxi. Als wir vollzählig waren, baute ich alle in einer Reihe vor mir auf und – na ja, so eine Trauung dauert nicht lange, wenn man sich auf den gesetzlich vorgeschriebenen Teil beschränkt und den ganzen Firlefanz drum herum wegläßt. Ich war jedenfalls schnell fertig und wieder drüben in meiner Haushälfte. Ich hab nicht mal gewartet, bis der Bräutigam die Braut geküßt hatte.« Er schüttelte den Kopf. »Aber weil ich im Regen naß bis auf die Knochen geworden war, mußte ich noch ein heißes Bad nehmen. Tja, und am nächsten Morgen habe ich dann verschlafen. Davis war ziemlich sauer deswegen. Möglicherweise so verschnupft, daß er ins andere Lager übergewechselt ist. Ohne sein Geld hätte ich um ein Haar die Wahl verloren. Er hat nun mal die dicke Kohle.« Stone zögerte, und nachdem er sich vorsichtig umgesehen

hatte, korrigierte er sich: »Er hatte sie. Ist inzwischen tot. Ist er … hier?«
»Sie kommen alle hier durch«, sagte ich. »Wohin sie danach gehen, darüber kann ich nicht sprechen.«
»Er wird doch nicht schon wieder … ganz oben sein, wie?«
»Wie gesagt, darüber kann ich nicht reden.« Das war mir gut gelungen, in schön neutralem Ton. Natürlich hatte ich keine Ahnung, was aus Donald Davis, dem Mann mit der dicken Kohle, geworden war. Der Erzengel denkt nicht daran, mich über den Verbleib irgendwelcher Seelen zu orientieren, aber das mußte ich Stone ja nicht auf die Nase binden. Ich laß mir doch von einem Mandanten nicht in die Karten gucken. Zumal Karten hier oben sowieso verpönt sind.
Ein Schwall Schwefel stieg mir in die Nase. Ich drehte mich um, aber natürlich loderte kein Feuer hinter mir. Soweit war's noch nicht. Immerhin, der Schwefelgestank erinnerte mich daran, daß ich besser daran tat, mich um meinen Auftrag zu kümmern.
Wehe mir, wenn ich als Detektiv versagte und Stone nicht aus der Klemme helfen konnte. Dann hatte ich eine Ewigkeit lang Zeit, zu recherchieren, was aus Davis geworden war. Aber vielleicht mußte ich gar nicht recherchieren, vielleicht hockte er neben mir und fachte die Flammen an.
»Was ist aus Olivia und ihrem Frischangetrauten geworden?«
Wenn Stone mir was von einer Bilderbuchehe und drei reizenden Kindern, alle Cecil-Rhodes-Stipendiaten, erzählt hätte, wäre ich doch ein bißchen verblüfft gewesen.
Ich war nicht verblüfft.
»Geschieden. Die Ehe hat fünfzehn Jahre gehalten. Ich hätte auf weniger getippt, und ich irre mich da nicht oft. Ich nehme an, Oren hat's nicht früher geschafft, Olivias Geld auszugeben. Die beiden hatten keinen Ehevertrag geschlossen. Was mich nicht wundert. Die haben nie was geplant und über die Zukunft

nachgedacht, warum sollten sie's ausgerechnet in diesem Fall tun?«

»Ich hätte gedacht, ein Mann wie Cummings, der was von Geld versteht, macht in so einer Frage ein bißchen Druck?«

»Sie kennen eben Olivia nicht. Ein durch und durch egoistischer, verzogener Fratz. Die hat immer gedacht, das Geld bringt der Klapperstorch. Bis sie dann keines mehr hatte und nicht mehr klappern konnte. Der alte Cummings – er war damals erst in den Fünfzigern – muß wohl gedacht haben, ihm bliebe noch viel Zeit, ihr den Umgang mit Geld beizubringen.«

»Und? Blieb ihm viel Zeit?«

»Eben nicht. Ein Jahr nach der Trauung ist er an einer Herzattacke gestorben, sonst wären Oren und Olivia viel früher auseinandergegangen. Aber so haben sie erst mal das Erbe durchgebracht und dann angefangen, sich und ihre Ehe nüchtern und realistisch zu sehen. Solange genug Geld da war und sie genug Drogen geschluckt haben, konnten sie die Welt leicht in rosarotem Licht sehen.«

»Jetzt sind sie also geschieden?«

»Seit drei Jahren. Oren ist eine Giftschlange – mit dem typischen Reptiliencharme. Er war innerhalb von einem Jahr wieder verheiratet – mit noch mehr Geld. Suhlt sich in einem Anwesen in Hillsborough.«

»Und Olivia?«

»Hat nicht so viel Glück gehabt. Wenn man das Leben in vollen Zügen genießt, kriegt man irgendwann die Quittung präsentiert. Sie war eines von diesen Glitzerweibchen, die nur deshalb nicht langweilig wirken, weil sie jung und reich sind. Seit sie beides nicht mehr ist, erinnert sie mehr an einen Shar Pei.«

Ich erschauderte. Wabbelige Hautfalten machen sich bei chinesischen Hunden entschieden besser als bei alternden Matronen. »Und wie ist sie dann wieder an Geld gekommen?«

»Indem sie jeden, den sie kannte, angehauen hat. Es war einfach unglaublich peinlich. Ich meine, wer hat schon Mitleid mit einer Frau, die gemeinsam mit ihrem Exmann ein Vermögen zum Fenster rausgeworfen hat? Ja, ein paar Verwandte haben ihr hin und wieder geholfen. Eine Tante hat ihr ein Wohnstudio in der City überlassen, und ein Cousin hat sie an den Ohren gepackt und versucht, ihr das kleine Einmaleins des Lebens beizubringen.«

»Was für ein Einmaleins?«

»Arbeit. Hat sie irgendwelche Kurse besuchen lassen. Na gut, Olivia hat zwei Semester heruntergerissen, aber dann alles hingeschmissen.«

»Und dann?«

Stone schüttelte den Kopf. »Ich hab nie wieder was von ihr gehört. Bis sie angerufen hat. Gestern.« Er wurde ... fast hätte ich gesagt: leichenblaß. »Ach Gott, das war gestern. Gestern war ich ... war ich noch lebendig.«

»Zerbrechen Sie sich mal darüber nicht den Kopf, dafür haben Sie jetzt keine Zeit. Wir waren bei Olivia. Was ist nach ihrem Anruf passiert?«

Sie hatte ihn dazu überredet, sich mit ihr am Sutro Heights zu treffen, mehr wußte er nicht, denn sein Erinnerungsvermögen an all das, was sich an seinem Todestag ereignet hatte, war erloschen. Er wußte nicht, warum er zu dem Treffen gekommen war, geschweige denn, was dann passiert war. Möglicherweise war sie wütend auf ihn gewesen, weil er die Trauung vorgenommen hatte – so wütend, daß sie ihn die Klippe hinuntergestoßen hatte? Vielleicht hatte Stone sie aber auch in einem völlig neuen, in einem verführerischen Licht gesehen, sie ein bißchen zu stürmisch umarmt und war mit ihr in die Tiefe gestürzt?

Die zweite Version gefiel mir noch weniger. Ich konnte mir einfach nicht vorstellen, daß Stone sich wegen einer weinerlichen, rachsüchtigen alten Frau, die aussah wie ein chinesischer

Kampfhund, in eine Art Liebesrausch gesteigert hatte. Schon gar nicht in der Woche vor der Wahl. So kurz vor dem Ziel geht kein Kandidat irgendein Risiko ein. Politiker öffnen in solchen Zeiten nicht mal die Haustür, um die Zeitung reinzuholen, wenn ihr Leibwächter nicht vorher die Nase rausgesteckt hat. Nein, Stone Girard hätte sich bestimmt nicht mit einer Frau von zweifelhaftem Ruf zu einem Techtelmechtel am Lovers Leap getroffen.
Aber er hatte sich mit ihr getroffen.
Ich war drauf und dran, ihn noch mal – und sehr eindringlich – deswegen zu befragen, als er sich plötzlich auflöste und in der verwaschen weißen Wand verschwand.
»Kommen Sie sofort zurück!« schrie ich.
Keine Antwort.
Ich schlug wütend mit der Faust zu ... reine Zeitverschwendung an einem Ort, an dem selbst Wände eher Illusion als feste Materie sind.
»He!« rief ich ins milchige Weiß, in der Hoffnung, daß dort irgendwo der Erzengel stand und mich hämisch beobachtete, »das ist reichlich unfair. Wenn Sie wünschen, daß ich hier Ermittlungen durchführe, können Sie mir nicht einfach meinen Mandanten wegschnappen.«
Keine Reaktion.
»Hören Sie mal, das ist ein Scheißspiel. Geradezu teuflisch ist das!« Das war starker Tobak, aber selbst durch so einen unerhörten Vorwurf ließ die Nummer zwei sich nicht aus den Kulissen locken. Offensichtlich gab es nichts mehr, was ich aus Stone Girard herauslocken konnte. Blieb nur zu hoffen, daß ich mit dem bißchen, was ich wußte, meine Aufgabe lösen konnte.
Wieder drangen mir übelriechende Schwefelschwaden in die Nase, aber ich hatte keine Zeit, mich darüber zu ärgern. Ich mußte nachdenken. Und so stellte ich mir, während ich vor der

Doppeltür des Gerichts auf und ab ging, die Frage: Aus welchen Motiven bringen Menschen Menschen um? Liebe? Nein, Liebe war hier nicht im Spiel gewesen. Haß? Dafür hatten sich Olivia und Stone nicht nahe genug gestanden. Neidgefühle, Eifersucht, Rachegelüste, Gier ...? Ah – Gier. Erpressung. Eine der wenigen Möglichkeiten, die Olivia geblieben waren, um an Geld zu kommen. O ja, eine einleuchtende, in sich runde Schlußfolgerung.

Bis mir einfiel, daß sie nichts gegen Stone in der Hand gehabt hatte. Womit hätte sie ihn erpressen sollen? Der Mann hatte ihr lediglich einen Gefallen getan. Dennoch, Erpressung war die einzig mögliche Erklärung. Nur die Fakten fehlten noch.

Nun gut, eine Chance blieb mir – eine einzige, um den Beweis für meine These zu finden. Ich durfte mir einen Augenblick, nur einen, in Stones oder Olivias Leben auswählen, das Rad der Zeit zurückdrehen und diesen Augenblick – den alles entscheidenden – miterleben.

Natürlich wählte ich die letzte Minute vor Stones Tod.

Oder – nein, doch nicht. Denn wenn die Erinnerung an diesen Augenblick für ihn ein schwarzes Loch war, dann war's auch für mich nichts anderes. Ich mußte mich an den in ihm lebendig gebliebenen Teil seines Lebens halten. Die Reise durch seine Erinnerungen antreten. Durch die Stunden und Minuten seines Erdendaseins eilen. Es mußte mir irgendwie gelingen, den einen, den entscheidenden Augenblick herauszupicken. Wenn nicht – daran wollte ich lieber nicht denken. Mir war sowieso schon übel von dem ewigen Schwefelgestank.

Regen rann mir in den Nacken, so sanft, als hätten die Tropfen, kurz bevor sie auf meine Haut trafen, abgebremst. Es war kein unangenehmes Gefühl, eigentlich eher eine willkommene Abkühlung in einer schwülen Spätsommernacht. Frischer Zederndurft mischte sich mit dem Geruch nach nassem Gras. In der Ferne sah ich Autoscheinwerfer. Da drüben auf dem dunklen Streifen Asphalt hinter Cummings' Doppelhaus in Tahoe kam einer von den Ungeduldigen der Nacht angerast, einer, der danach lechzte, das Gaspedal noch tiefer durchtreten zu können. Jetzt – der Motor röhrte, ein Benzinwölkchen wehte zu mir herüber, und dann hatte die Dunkelheit den Spuk verschluckt. Die jähe Stille traf mich wie ein Schock, plötzlich hörte das leise Schwappen am Seeufer sich nach den Ausläufern eines Seebebens an.

Cummings' Haus sah genauso aus, wie ich's mir ausgemalt hatte: ein riesiger, schindelgedeckter Bau, die Wohnräume so gelegen, daß sie von der Straße aus nicht einzusehen waren. Knapp vier Meter vor mir – ich stand ein Stück abseits des Gartenwegs – wurde die Haustür aufgerissen. Stone kam heraus, mit verzerrtem Gesicht, sein Atem ging stoßweise, sein wütender Blick war auf ein ungefähr dreißig Zentimeter großes Gebilde aus Jade gerichtet, das er in der Hand trug – die Nachbildung einer exotischen Pflanze. Er stapfte durchs nasse Gras auf die Tür seiner Haushälfte zu, so dicht an den Büschen entlang, daß die vom Regen triefenden Zweige ihm die Hosenbeine peitschten, der aufgeweichte Boden schmatzte unter den Sohlen seiner Lederschuhe. Er schien das alles nicht zu bemerken, so sehr war er in sein Spiel vertieft. Ein seltsames, eindeutig zorniges Spiel: Er pflückte die Blätter von seiner Jadepflanze, warf sie, eines nach dem anderen, ins Gebüsch und murmelte dabei verbissen vor sich hin: »Für jede Minute ein verdammtes Blatt!« Und als er den Stengel weggeworfen hatte und nach dem Schlüssel kramte, hörte ich ihn grimmig sagen: »Auch eine Art, danke zu sagen.«

Dann war er in seinem Ferienhaus verschwunden.

Ich spürte, wie ich mich auflöste. Nein, sie durften mich noch nicht zurückholen! Ich hatte das Rätsel um Stones Tod doch noch gar nicht gelöst. Nicht mal für ein paar Theorien über die

Umstände meines eigenen Ablebens war mir Zeit geblieben. Ich durfte nicht mit leeren Händen dort oben ankommen. Ich rollte die Zehen ein, wollte mich im Schlamm festkrallen, versuchte, mich an der nächsten Zeder festzuklammern. Die Erde ... ich hatte nicht geahnt, wie sehr sie mir fehlte – wie sehr ich das alles vermißte: den Wellenschlag am Seeufer, die gemächlich am Nachthimmel treibenden Wolken, die Bäume, das Gras. Die unsichtbare Kraft, die an mir zerrte, wurde stärker – ein wirbelnder Tornado mit Schubumkehr.

Da dröhnte auf der Straße eine Autohupe.

Meine Chance. Schnell huschte ich hinter einen Redwoodbaum. Hastete geduckt an den Büschen entlang – auf Stones Haustür zu. Regen und Schweiß rannen mir den Rücken herab. Ich setzte alle Hoffnung darauf, daß Stone zu sehr in Gedanken und zu wütend gewesen war, um abzuschließen. Der Wind (dieser Wirbel, den der Himmel meinetwegen machte) ließ die Blätter tanzen und zerrte die Äste der Redwoods nach oben. Aber ich streckte bereits die Hand nach dem Türknauf aus. Und dann hatte ich's geschafft, ich war drinnen.

Drinnen hieß: in einem Vestibül mit einem Schrank, einem Spiegel und einem schmalen Tischchen. Darauf lag ein Buch: *Das perfekte Verbrechen*, von Leigh Ward. Ich griff nach dem Buch und zog mich in den Schrank zurück.

Der Flur vor dem Gerichtssaal des Himmlischen Friedens lag leer und verlassen da, keine Frischverblichenen, kein Stammpersonal, kein Schwefelgestank, kein lautloses Wispern, mit dem sich hier oben die Seelen zu unterhalten pflegen. Dann kamen von irgendwoher Schritte den Flur herunter, langsame, gemessene Schritte. Stones Schritte. Ich wußte, was jetzt geschah. Wir gingen gemeinsam in den Gerichtssaal, er starrte mich hilfesuchend an, und dann mußte er seine Antwort geben.

Und genauso kam es. Stone öffnete die Doppeltür, wir traten ein. Der matte Schimmer des Großen Wappens schien uns anzublinzeln. Darunter saß der Erzengel. Er atmete tief durch, und dann sagte er: »Charles Stone Girard, alles ist dir vergeben. Nimmst du die Vergebung an?«

Stone sah mich an.

Ich mußte an den Pick-up-Fahrer denken, der – weil er einem anderen Verkehrsteilnehmer die Vorfahrt genommen, einen schweren Unfall riskiert hatte und schließlich in die Absperrung gerast war – nun für alle Ewigkeit an der Einfädelspur der Highway-Zufahrt Rücksichtnahme trainieren muß. Stone war Richter gewesen. Er hätte wissen müssen, was in der Sammlung der Rechtsverordnungen von Kalifornien stand. Gesetze mögen mitunter töricht sein, aber nur ein Tor ignoriert sie, insbesondere, wenn er gerade für den Senat kandidiert. So wie nur ein Tor wieder und wieder in dieselbe Absperrung rast, die ganze Ewigkeit hindurch. Und wie nur ein Tor annehmen kann, eine Jadepflanze sei kein Sachgeschenk von nennenswertem Wert.

Ich sagte: »Rechtsverordnung 94.5 des Staates Kalifornien.«

Wie von Geisterhand hingezaubert, lag die Gesetzessammlung in Stones Händen.

Richter, Beigeordnete, Justizangestellte oder sonst bei Gericht beschäftigte Personen, die im Zusammenhang mit dem Vollzug einer Trauung Geld oder Geschenke von nennenswertem Wert annehmen, machen sich, unabhängig davon, durch wen und zu welchem Zeitpunkt die Zuwendung erfolgt, eines zu ahndenden Verstoßes gegen ihre Amtspflichten schuldig …

Dies gilt nicht für Geld- oder Sachzuwendungen in Fällen, in denen die Trauung an einem Samstag, einem Sonntag oder einem gesetzlichen Feiertag stattfindet.

Ein Sekundenbruchteil der Ewigkeit verrann, dann stöhnte Stone auf: »Meinen Sie die beschissene Jadepflanze? Wollen Sie andeuten, die hätte mich den Senatssitz gekostet?«
Ich nickte.
Er ließ die Schultern hängen. Ich dachte schon, er werde jeden Augenblick in sich zusammensacken. Doch da richtete er sich mit einem Ruck auf. »Augenblick mal. Ich weiß, so hat das geldgierige Flittchen sich das auch gedacht. Aber sie hat sich geirrt. Lesen Sie's doch selber unter 94.5 nach: ... *gilt nicht in Fällen, in denen die Trauung ... an einem gesetzlichen Feiertag stattfindet.* Und die Trauung hat am Labor-Tag stattgefunden, am ersten Montag im September.«
Ich schüttelte den Kopf. »Nein, Stone. Da hätte sie stattgefunden, wenn Olivia und Oren nicht in Streit geraten wären und in der ersten Wut alles abgesagt hätten. Bis sie dann schließlich doch vollzogen wurde, war es nach Mitternacht, also schon Dienstag. Und das hätte Sie den Senatssitz gekostet. Olivia hat sie erpreßt. Egal, wer wen über die Felsklippe gestoßen hat, sie hatte bereits einen toten Mann aus Ihnen gemacht.«
»Alles ist dir vergeben«, wiederholte der Erzengel. »Nimmst du die Vergebung an?«
Stone zögerte. Sein Gesicht verkrampfte sich wie in dem Augenblick, in dem er die Jadepflanze zerpflückt hatte. Aber dann verblüffte er mich: er nickte.
Als ich ihn durch die Doppeltüren davoneilen sah, wurde mir plötzlich klar, was der Verlust des Senatssitzes für ihn bedeutet hatte. Er war durch und durch Politiker – ein Mann, der genau weiß, wie man sich nach oben arbeitet. Nun hatte er's bis in den Himmel geschafft.
Ich schwebte zurück in den Flur. Wieder lag schwacher Schwefelgeruch in der Luft. Wieso denn? Ich hatte meinen Auftrag erfolgreich erledigt, der Erzengel hatte überhaupt keinen Grund, mich in den ewigen Schwefel zu verbannen. Wenn

ich auch ziemlich sicher war, daß er mir nicht über den Weg traute und mich nie wieder auf die Erde zurückkehren ließ. Folglich blieb ich da, wo ich war: auf Bewährung auf meinem Korridor. Und wenn ich einen Fall nach dem anderen erfolgreich löste, konnte ich ewig dort bleiben. Allerdings ohne jede Chance, je dahinterzukommen, wer ich war und weshalb ich hier oben sozusagen auf Eis gelegt war. Was war an den Begleitumständen meines Todes so schrecklich, so anstößig gewesen, daß ich mich nicht dazu aufraffen konnte, das zu tun, was Stone Girard getan hatte: die himmlische Vergebung anzunehmen und im Gegenzug meinen Schuldigern zu vergeben? Ich, der durch den Erzengel persönlich eingesetzte Himmelsdetektiv, hatte nicht die leiseste Ahnung.

Mein linker Flügel wurde langsam steif, er fühlte sich schon wie taub an. Ich zog das Buch heraus, das ich darunter verborgen hatte. *Das perfekte Verbrechen.* Ohne Zweifel hatte der Himmel mir einen Wink geben wollen. Nur, Stone Girards Tod konnte schwerlich etwas mit dem perfekten Verbrechen zu tun haben.

Ich warf einen Blick auf das Buch und grinste.

Das perfekte Verbrechen mußte etwas mit mir zu tun haben. So perfekt, daß sie's mir nicht durchgehen ließen. Aber was mochte da passiert sein? War ich der Täter oder das Opfer gewesen? Wie hatte ich ...

Ich starrte auf meine Hände. Das Buch war verschwunden.

Ein Frischverblichener kam aus dem Gerichtssaal geschlurft, den Kopf gesenkt, das Gesicht ein einziges großes Fragezeichen. Nun, sagte ich mir, Erzengel müssen ja wohl fair sein, sie können nicht dem einen eine Chance geben und sie dem nächsten verweigern. Also schlängelte ich mich an die arme Seele heran und stupste sie sanft mit der Flügelspitze an.

»Brauchen Sie einen Detektiv?«

Bill Pronzini **Sprengfalle**

Tick …

Am Sonntag abend, kurz vor neun, war er mit der dritten Bombe fertig.

Nur, strenggenommen war es keine Bombe. Nein, nach der offiziellen Definition des Strafgesetzbuches von Kalifornien war es eine Sprengvorrichtung. Gesetzessammlung Abschnitt 2.5, Unterabschnitt 12 303. Er konnte den Wortlaut auswendig herbeten, sie hatten ja schließlich beim Prozeß dauernd darauf rumgehackt. Und später hatte er ihn in der Gefängnisbibliothek wieder und wieder nachgelesen.

»Wer eine Sprengvorrichtung oder ein explosives Gemisch herstellt, besitzt, zündet oder zur Explosion bringt oder den Versuch dazu unternimmt und dabei in der Absicht handelt, andere an Leib und Leben zu verletzen, zu bedrohen oder einzuschüchtern oder fremdes Eigentum zu beschädigen oder zu zerstören, begeht ein Verbrechen, das mit Haft nicht unter drei, fünf oder sieben Jahren Dauer im Staatsgefängnis bestraft wird.«

So steht es im Gesetz, Mr. Sago.

Ja, aber das hatte ihnen nicht genügt. Seine Sprengvorrichtungen – und zwar die, die er vor sechs Jahren, und die, die er jetzt zusammengebastelt hatte – waren nicht einfach gewöhnliche Sprengvorrichtungen. Das waren Sprengfallen. Nachzulesen im Abschnitt 3.2, definiert im Unterabschnitt [c]. Und das Ganze ist natürlich ebenfalls ein Verbrechen.

»Wer Sprengfallen nach der Definition im Unterabschnitt [c]

herstellt, aufbewahrt, anbringt oder andere dazu verleitet, sie anzubringen, begeht ein Verbrechen, das mit Haft nicht unter einer Dauer von zwei, drei oder fünf Jahren im Staatsgefängnis bestraft wird.« Und im Unterabschnitt [c] stand: »Unter Sprengfallen sind im Sinne dieses Gesetzes versteckte oder getarnte Sprengvorrichtungen zu verstehen, die durch gewollte Auslösung oder ungewollte Berührung erheblichen Schaden an Leib und Leben des Opfers verursachen können.«

So steht es im Gesetz, Mr. Sago.

Schuldig im Sinne der Anklage, Mr. Sago.

Fünf Jahre in der Hölle von San Quentin, Mr. Sago.

Sein Blut fing vor Wut zu sieden an. Um den Adrenalinspiegel nicht vollends überschwappen zu lassen, konzentrierte er seine Aufmerksamkeit ganz auf die Bombe. Auf den Sprengsatz. Auf die Sprengfalle. Auf das Ding, das vor ihm auf dem Tisch lag. Und dachte an Douglas Cotter (»Sie müßten mal einen Psychiater aufsuchen, Mr. Sago«), wie er, nachdem ihm so ein Ding den selbstgefälligen, naseweisen Schädel weggeblasen hatte, mausetot und stumm auf seinem Rasen lag. Bestimmt ein wunderschöner Anblick. Heute morgen hatten sie's in den Nachrichten gebracht.

Sprengfalle Nummer eins gezündet. Allerdings rangierte Cotter auf seiner Haßliste nur an dritter Stelle. Im verschworenen Trio seiner ach so gesetzestreuen Feinde war er nur eine miese Randfigur. Wenn die Sprengfalle Nummer zwei ein Sieb aus Richter Norris Turnbull gemacht hatte, kam sicherlich noch mehr Freude auf. Und wenn es erst so weit war, daß das gerade zusammengebastelte, hübsche kleine Überraschungspäckchen Patrick Dixon in Stücke riß, also – dann hatte er sogar Grund zu Freudentänzen.

Mein ist die Rache, spricht Mr. Sago.

Er verstaute sein Werkzeug in dem Klappkasten, den er in San Francisco gekauft hatte, verteilte die Materialreste in die dafür vorgesehenen Behälter und wischte sich am Handtuch die Hände ab. Erst jetzt, als er ruhig dastand und merkte, wie es in seinen verspannten Muskeln zog und zwickte, spürte er die Müdigkeit. Und den Hunger. Er hatte seit mittags nichts gegessen. Er mußte sich noch was in den Magen stopfen, bevor er ins Bett kroch, dann schlief er besser. Bis morgen früh um drei kam er ohnehin nur auf wenige Stunden Schlaf, und dann blieb ihm auch nicht viel Zeit zum Frühstücken, das ahnte er jetzt schon. Zuerst wollte er das Osterei für den Richter verstecken und sich danach auf den langen Weg zum Mountain Lake machen – mindestens zweieinhalb Stunden Fahrt –, wo er sich noch ein hübsches Plätzchen für Dixons Geschenkpäckchen suchen mußte. Alles randgenäht, da durfte er keine Zeit verplempern.

Er ging in die mit allerlei Krempel vollgestopfte, ungemütlich enge Küche. Die Kontrollflamme am Herd war ausgegangen, er zündete sie wieder an. Dann öffnete er eine Dose Dinty-Moore-Beef-Stew, kippte den Inhalt in eine Kasserolle und stellte sie auf die Gasplatte. Ein elendes Rattenloch, diese Hütte. In der Zeitungsanzeige hatte es geheißen: »Hübsches Ein-Zimmer-Cottage am Meer, komplett möbliert.« Von wegen, ein heruntergekommener Schuppen an der Half Moon Bay war's, mit billigen, abgenutzten Möbeln ausgestattet. Zentralheizung? Vergiß es. Ein Propangasofen, der seine Mucken hatte. Und ein Klo, bei dem ständig das Wasser lief – da konnte er noch so oft am Bedienungshebel, am Schwimmer oder am Wasserzufluß herumwerkeln. Vierhundert Dollar Miete im voraus, obwohl er nicht mal zwei Wochen blieb. Geradezu kriminell, so was. Trotzdem besser als das Studio-Apartment in Strandnähe in San Francisco. Und das war schon ein Palast gewesen, verglichen mit der Gefängniszelle.

Zwei Monate lag die Hölle von San Quentin jetzt schon hinter ihm, aber die Alpträume wollten nicht aufhören. Der schlimmste hatte ihn vergangene Nacht wieder heimgesucht. Der, in dem er sich in seiner Zelle in den hintersten Winkel verkriechen mußte, weil es ringsum von Ratten wimmelte – riesige Viecher, die in Wärteruniform oder Sträflingskleidung über den Boden huschten.

Hier in der Hütte war er wenigstens ungestört. Der nächste Nachbar wohnte rund hundert Meter den Strand hinauf. Und – was ihm noch wichtiger war – er war ganz nahe am Meer, viel näher als in San Francisco. Tag und Nacht hörte er die Brandung rauschen. Danach hatte er sich, als er aus dem Knast gekommen war, unsäglich gesehnt. Er liebte die Brandung. Für ihn war sie das Symbol der Freiheit. Einer lichtdurchfluteten, tiefblauen Freiheit nach fünf Jahren quälender Dunkelheit.

Das Stew war fertig. Er gab es in einen Teller, öffnete ein Päckchen Salzcracker und setzte sich, um seinen Hunger zu stillen. Während er aß, dachte er an Kathryn. Hatte sie's heute nacht schön warm und geborgen, hatte sich diesem Bastard Culligan in den Arm gekuschelt? Glaubte sie, er käme ihr nicht auf die Schliche? Käme nicht dahinter, daß sie ihren Loverboy geheiratet hatte, mit ihm nach Indiana gezogen war, wo der Stinkstiefel herkam, und sich endlich ihren alten Traum erfüllt und einen Balg gekriegt hatte? Oder lag sie vielleicht – gekrümmt wie ein Wurm, vor Angst schlaflos – im Dunkeln, weil sie ahnte, daß er irgendwann bei ihr auftauchte, um ihr Feuer unterm Hintern zu machen? Hoffentlich schwitzte sie vor Angst. Mit Sicherheit hatte sie erfahren, daß er auf Bewährung entlassen war. Und wenn ihr das zu Ohren gekommen war, wußte sie auch, daß er früher oder später mit ihr abrechnete. Deshalb erstickte sie fast an ihrer Angst.

Selber schuld. Sie hatte alles kaputtgemacht, die Schlampe. Ihr schönes gemeinsames Leben hatte sie zertrümmert – wie mit einem Sprengsatz. »In der Absicht, andere zu verletzen.« *Ihn* zu verletzen. *Sie* war in Wahrheit die Schuldige, von Rechts we-

gen hätte sie dafür büßen müssen. *J'accuse,* Mrs. Sago. Schuldig im Sinne der Anklage, Mrs. Sago.
Darauf steht die Todesstrafe, Mrs. Sago.
Die vierte Sprengfalle, die er morgen nachmittag zu basteln gedachte, die größte, die beste, die raffinierteste von allen, war für Kathryn bestimmt, in Lawler Bluffs in Indiana – und für ihren Loverboy und den Balg.

Tick-tick ...

Mountain Lake lag in eine tiefe Senke zwischen den pinien- und tannenbestandenen Ausläufern der Sierra gebettet – ein in der Vormittagssonne silbern glitzerndes Kleinod. Ein so märchenhaft schöner Anblick, daß um Patrick Dixons Lippen ein verträumtes Lächeln spielte, als sein Blick vom Kamm des Deer Hill auf den See fiel. Wie viele Erinnerungen verband er mit diesem Fleckchen Erde! An den Tag, an dem sein Vater ihm erlaubt hatte, zum ersten Mal das Ruder des Motorboots zu übernehmen. An den Tag, an dem er den Nachbarkids beweisen wollte, daß er von einem zum anderen Seeufer schwimmen konnte, und dann vor Erschöpfung beinahe ertrunken wäre. An den Abend, an dem er drüben am Ostufer in Alice Fenners Armen seine Unschuld verloren hatte. Sechzehn war er damals gewesen – nein, erst fünfzehn, drei Wochen vor dem sechzehnten Geburtstag. Meine Güte, war er an dem Abend gut drauf gewesen, eben noch jung und voll im Saft. Viermal hatte er's gebracht, kurz hintereinander ... bam, bam, bam, bam. Fünfundzwanzig Jahre waren seitdem vergangen. Kam ihm kaum halb so lange vor. Obwohl, jetzt war der alte Hengst froh, wenn er's einmal pro Woche über die volle Distanz schaffte ...
»... sieht wie ihr Wagen aus.«

»Wie?« Er schielte zu Marian hinüber. »'tschuldige, ich war ganz in Gedanken.«
»Ich hab gesagt, ich glaub, die Andersons sind schon da. Der Wagen da drüben sieht wie ihrer aus.«
»Ah, schön.« Er mochte die Andersons. Die Hälfte der Ferienhäuser rund um den See gehörte Leuten, die sich in den letzten fünf Jahren hier eingekauft hatten, und unter all den Neuzugezogenen waren die Andersons die nettesten und diejenigen, die am besten hierherpaßten.
»Sobald wir uns fertig eingerichtet haben, geh ich mal rüber und lad sie zum Dinner oder zu einem Bridgeabend ein.«
»Lieber zum Dinner.« Aus Bridge machte er sich nichts.
Chuck, auf dem Rücksitz, hatte das Fenster heruntergedreht, lehnte sich weit hinaus und blickte sehnsüchtig auf den See. »Ich wette, im Schilf am Rocky Point tummeln sich dieses Jahr ein paar fette Babys. Barsche, keine kümmerlichen Stichlinge.«
»Das werden wir bald rausfinden.«
»Wann? Heute abend?«
»Oder gleich morgen früh.«
»Barsche beißen aber in der Dämmerung besser, Dad, das weißt du doch.«
Zwölf Jahre alt und schon ganz närrisch aufs Fischen. Chucks Lieblingsthema, er redete kaum von was anderem. Und das schien keine vorübergehende Marotte zu sein, in seinem Zimmer türmten sich Bücher über Angeln und Fische, und die Wände waren mit Postern geschmückt, die alle irgendwas mit Fischfang zu tun hatten – seit zwei Jahren. Das Hemingway-Fieber: der Junge träumte jetzt schon davon, wie er, sobald er achtzehn war, runter nach Florida fahren und Haie und Marlinge fangen wollte.
Dixon dachte – und der Gedanke kam ihm oft –, daß Marian und er glücklich dran waren. Aus Chuck hätte genausogut ein

Nichtsnutz werden können, einer von denen, die andere Träume träumten und hinter anderen Vergnügungen herjagten. Von denen gab's heutzutage viele, sogar Kinder aus sogenannten guten Familien. Fast täglich hatten sie im Büro der Staatsanwaltschaft mit ihnen zu tun: Kids, die schon so ausgekocht waren wie Erwachsene und oft genug – weil der Gesetzgeber die Möglichkeit, daß Heranwachsende Verbrechen begehen, einfach nicht einkalkuliert hatte – nach dem Erwachsenenstrafrecht verfolgt werden mußten.
Nein, dachte er, hör auf damit, du hast Urlaub. Vierzehn Tage wohlverdiente und dringend nötige Ruhe und Erholung, und das dank der Hartnäckigkeit, mit der Nils Ostergaard darauf bestanden hatte, daß Dixon seinen Urlaub am Stück nahm – und einen Monat früher als geplant. Keine Akten und kein verdammtes Telefon, mit dem er zurück in den Dschungel der Großstadt gerufen werden konnte. Abstand von den fast fünfzig Wochen, in denen er Schneisen ins wuchernde Verbrechen zu schlagen versuchte. Verbrechen – und Tragödien wie der Bombenanschlag auf den armen Doug Cotter gestern morgen – gehörten in San Francisco zum Alltag. Hier draußen war das Thema tabu.
Als der Hügel hinter ihnen lag, bog er auf die schmale Asphaltstraße ab, die – in ständigem Auf und Ab und mit scharfen Kurven um Bäume und Felsausläufer – in Ufernähe rund um den See führte. Ihr Ferienhaus war, von der Abbiegung an gerechnet, das dritte rechts, halb versteckt hinter Pinien und Douglastannen. Wieder spielte ein verträumtes Lächeln um seine Lippen, als er den hölzernen Pfeil sah, in den der Name Dixon eingebrannt war. Fast vierzig Jahre war es jetzt her, daß sein Vater das Namensschild an einen Baum genagelt hatte – an dem Tag, an dem er mit dem Hausbau fertig geworden war –, und da hing es jetzt noch – ein Symbol der Beständigkeit und Geborgenheit. Und wenn's nach Patrick ging, sollte es

dort hängen bleiben, bis Chuck alt und grau geworden war. Vom Vater auf den Sohn – und wieder vom Vater auf den Sohn. Er lenkte den Kombi auf den Stellplatz. Von hier aus hatten sie das Haus und den größten Teil der zum See gelegenen Terrasse im Blick. Alte Redwoodplanken, Schindeln, dunkelgrüne Fensterläden – einfaches, solides Baumaterial. Unterhalb der Terrasse fiel das Gelände zum Bootsschuppen und zum Anlegesteg hin ab, an beiden Seiten von Bäumen und Sträuchern gesäumt und gegen neugierige Blicke abgeschirmt.

Chuck war als erster aus dem Wagen geklettert und fing sofort an, sein Angelgerät zwischen Koffern, Kartons, Freizeitspielen und Gott weiß was für Kram herauszuzerren. Im Schuppen hinter dem Blockhaus lagen zwar genug Angeln, Haken und Netze, aber Chuck hatte unbedingt die neue Daiwa-Angel mitnehmen wollen. Er hatte sogar zu Hause noch Fliegen gefangen und in einem Schraubdeckelglas mit durchlöchertem Deckel mitgebracht, weil er fest überzeugt war, daß Barsche San-Francisco-Fliegen besonders mochten.

Eben ein unverbesserlicher Optimist.

Marian seufzte. »Ich wünschte, ich hätte halb soviel Energie wie er.«

»Ich auch«, sagte Dixon. »Aber warte mal, in ein paar Tagen haben wir wieder genug Reserven gesammelt.«

»Sicher. Aber wie ich dich kenne, fängst du dann an, sie abzuarbeiten.«

Er zwinkerte ihr zu. »Man sagt, Bergluft sei eine Wunderdroge für die Libido.«

»Sagt man das?«

Dixon ging zum Haus, schloß auf und startete seinen Rundgang durch alle fünf Zimmer, um sich zu vergewissern, daß alles in Ordnung war. Es war in Ordnung, wie immer. Probleme mit Einbrüchen oder Vandalismus gab's hier draußen nicht. Einer der Nachbarn, drüben auf der anderen Seeseite, war Bert

Unger, ein pensionierter Deputy aus Sacramento. Er und seine Frau wohnten das ganze Jahr über hier und hatten ein wachsames Auge auf alles. Aber es konnte natürlich trotzdem alles mögliche passieren.

Der Tag war heiß, und so waren sie durchgeschwitzt, als sie alles ausgepackt und ins Haus geschleppt hatten. Chuck verkündete in der Küche: »Mir ist jetzt nach Schwimmen zumute. Kommst du mit, Mom?«

Marian nieste. »Später. Ich muß erst mal gründlich lüften.«

»Und du, Dad?«

»Geh schon mal voraus, ich komm bald nach.« Und als Marian wieder nieste, sagte er: »Scheint dieses Jahr schlimm zu sein mit deiner Allergie. Gewöhnlich fängst du erst nach ein paar Stunden zu niesen und zu triefen an.«

»Ich wollte, ich wüßte, was die Allergie auslöst. Falls es irgendwelche Pflanzen sind, reiß ich sie mit Stumpf und Stiel aus, eigenhändig.«

»Laß dir lieber die richtigen Pillen verschreiben.«

»Danke für das Mitgefühl und den guten Rat, Doktor Dixon.«

Er grinste, nahm ein kaltes Bier aus der Eiswürfeltruhe, die sie extra für den Urlaub gekauft hatten, ging mit der Dose auf die Terrasse, stand da und bewunderte den Anblick, der sich ihm bot. Der tiefblaue See, mit Silber bestäubt, anderthalb Meilen lang, in der Mitte fünf-, sechshundert Meter breit, an den Enden natürlich schmaler, die Südküste überall da, wo nicht nackter Fels das Terrain beherrschte, mit Bäumen bewachsen. Das Gelände war in Privatbesitz aufgeteilt. Bisher hatten sich auch die später Zugezogenen an die ungeschriebene Regel gehalten, auf allen technischen Schnickschnack zu verzichten, der nur ein Fremdkörper in der Natur gewesen wäre. Wer hier lebte oder seine Ferien verbrachte, suchte Ruhe und Abgeschiedenheit – Stadtmenschen wie Marian und er, die hier draußen den Streß des Berufslebens vergessen wollten. Am Mountain

Lake fiel es keinem schwer, wirklich abzuschalten. Man brauchte sogar eine gewisse Liebe zu bukolischer Einsamkeit, denn zum nächstgelegenen Dorf, Two Corners (und damit zum nächsten Laden, in dem es Brot, Bier und Zahnpasta zu kaufen gab), mußte man sich beinahe zehn Meilen weit über eine Bergstraße voller Haarnadelkurven quälen.

Chuck, in Boxershorts, rank und schlank, kam an Dixon vorbei aus dem Haus geflitzt und rannte auf das Bootshaus zu. Er hatte Marians symmetrische Züge, ihre tiefblauen Augen, ihr hellblondes Haar und, dachte Dixon, damit alles in allem Glück, daß ihre Gene sich gegenüber seinen durchgesetzt hatten. Von ihm behauptete niemand, daß er ein ausnehmend hübscher Bursche sei; »knorrig« war so ungefähr das größte Kompliment, zu dem Freunde sich manchmal aufrafften.

»Dad? He, Dad!«

Dixon legte die Hand über die Augen und blinzelte zum Bootshaus hinunter. Chuck stand an der Seitentür und winkte ihm aufgeregt zu.

»Was ist los, Sportsfreund?«

»Da war jemand im Bootshaus.«

Er murmelte ein lautloses »Verdammt« vor sich hin und rannte los. Als er bei Chuck angekommen war, sah er die Bescherung. Das Vorhängeschloß war verschwunden, die Tür stand einen Spaltbreit offen. Chuck zerrte am Türgriff, aber die Tür mußte sich irgendwie verklemmt haben.

»Mist!« schimpfte er. »Was meinst du, wer das war? Irgendwelche Landstreicher?«

»Hier draußen? Das glaube ich kaum.«

»Wenn sie uns das Boot geklaut haben, bin ich stinksauer.«

Dixon packte den Griff, versuchte es mit einem kräftigen Ruck und hatte Glück. Die untere Türleiste klemmte ein wenig, aber er schaffte es, sie aufzureißen. Sonnenlicht flutete in den Schuppen, Dixon und Chuck atmeten auf, das Aluminiumboot

lag auf den hölzernen Stützen, genau so, wie sie es letztes Jahr im Herbst aufgebockt hatten. Und die Ruder lagen auf den Planken daneben. Den Außenbordmotor hatten sie sowieso im Vorratsschuppen weggeschlossen.
Chuck schnaufte erleichtert. »Das Boot ist da und anscheinend alles andere auch. Aber was haben die dann hier gesucht?«
»Wahrscheinlich einen Schlafplatz.« Aber es sah nicht danach aus, als hätte jemand im Bootsschuppen übernachtet. Leere Bierdosen lagen nicht herum, also hatte offenbar auch keine nächtliche Party stattgefunden.
»Glaubst du, daß sie auch im Vorratsschuppen waren?«
»Das wird sich gleich herausstellen.«
Der Vorratsschuppen war direkt an die Rückwand des Ferienhauses – und viel solider als der Bootsschuppen – gebaut. Auch hier fehlte das Vorhängeschloß. Dixon zog mit verkniffener Miene die Tür auf. Ein Glück, daß er sofort nach der Ankunft die Sicherungen eingeschraubt hatte. Ein kurzer Zug an der Schnur, die Deckenlampe flammte auf.
»He«, machte Chuck, »das ist ja komisch.«
Komisch war genau das richtige Wort. Auch im Vorratsschuppen schien nichts zu fehlen. Der Außenbordmotor war da, die Angelausrüstung, die Ersatzruder ... Schaufeln, Rechen, Hacken, alle anderen Gartengeräte, Eimer und Putzzeug – alles stand oder lag oder hing da, wo es hingehörte. Keinerlei Durcheinander. Es sah aus, als wäre nie jemand hier drin gewesen.
»Vielleicht sind's die Vorhängeschlösser«, meinte Chuck.
»Was?«
»Vielleicht wollten sie die klauen. So was wie 'ne Bande von Schloßklauern.«
Dixon war nicht nach einem Lächeln zumute. An beiden Schuppen hatten Kombinationsschlösser gehangen, aus solidem Stahl – zwei von der Sorte, von der es in den Werbespots

im Fernsehen immer hieß, die wären nicht zu knacken. Mag sein, daß sie einer gewöhnlichen Zange oder einem Schuß standhielten, aber vor der Eisensäge hatten sie klein beigegeben. Man brauchte also lediglich ein scharfes Sägeblatt, Geduld und die nötige Zeit. Nur, warum hatte sich jemand soviel Mühe gemacht, wenn er nichts stehlen wollte? Irgendwie schien das keinen Sinn zu machen.

Eine Bande von Schloßklauern – gar keine schlechte Erklärung. Jedenfalls so gut wie jede andere.

Dixon machte das Licht aus, zog die Tür zu und ging – Chuck dicht auf den Fersen – ins Haus. Marian wusch in der Küche Geschirr ab. Sie drehte sich um, sah ihn aus ihren geröteten Allergikeraugen an und fragte sofort: »Was ist los? Warum machst du so ein Gesicht?«

Unterstützt von Chuck, erzählte er es ihr. »Hört sich verrückt an«, sagte sie. »Meinst du, daß das Kids waren? Irgendwas wie ein Spiel?«

»Ich kann mir auch keinen Reim drauf machen. Aber ich werd mich jetzt noch mal gründlich im Haus umsehen.«

Auch im Haus fehlte nichts. Keine Anzeichen dafür, daß außer ihnen jemand hier gewesen war.

»Komisch«, sagte Chuck noch einmal, »richtig komisch.«

»Nun«, meinte Marian, »es ist jedenfalls nichts, weswegen wir uns Sorgen machen müßten. Ich wüßte nicht, warum.«

»Ich auch nicht«, sagte Dixon.

Aber ein bißchen Sorgen machte er sich eben doch. Vielleicht nur der typische Verfolgungswahn des Großstädters. Dennoch nahm er sich vor, mit den Andersons und den Ungers darüber zu sprechen, nur so für alle Fälle.

Tick-tick-tick …

Nummer zwei ist hochgegangen, Nummer vier in Arbeit.

Die Nachricht kam im Autoradio, als er vom Mountain Lake zurückfuhr. Eine Explosion in Richter Norris Turnbulls Haus am Sea Cliff – in der Garage, heute morgen um sieben Uhr vierzig. Turnbull war auf dem Weg ins Mt. Zion Hospital gestorben. Die Polizei wies Vermutungen über einen Zusammenhang zwischen dem heutigen Bombenanschlag und dem gestrigen Attentat, dem der Strafverteidiger Douglas Cotter zum Opfer gefallen war, als haltlose Spekulationen zurück.

Da konnte er nur schallend lachen. Und bei der Vorstellung, wie der alte Turnbull zerfetzt und blutüberströmt in der Garage lag, das runzelige Gesicht mit Metallsplittern gespickt wie ein Stachelschwein, mußte er noch lauter lachen. Ach Gott, wie der Kerl immer in seiner schwarzen Robe über dem Richtertisch gehangen hatte, nach vorn gebeugt, als ob er gleich auf ihn einhacken wollte – wie ein Aasgeier. Guckte einen mit Eisenfressermiene an. Aus Augen, die hinter den dicken Brillengläsern wie glühende Kohlen funkelten. Spielte sich auf, als wäre er der liebe Gott persönlich beim Jüngsten Gericht. Tja, du hast einmal zu oft über dem Richtertisch gehangen, Alter. Hast deinen Urteilsspruch gefällt, nicht wahr?

Ich spreche Sie in allen Punkten schuldig und verurteile Sie zu fünf Jahren Haft im Staatsgefängnis, Mr. Sago.

Und ich verurteile dich zu ewigem Höllenfeuer, Richter Turnbull.

Er lachte so schallend, daß ihm Tränen über die Wangen liefen.

Tick-tick-tick-tick …

Die Andersons haben keinen Ärger gehabt«, berichtete Dixon. »Kein Einbruch, bei ihnen fehlt nichts. Auch kein Vandalismus, nichts kaputt. Tom sagt, er hat niemanden gesehen, der nicht hierhergehört. Sie sind allerdings erst vor vier Tagen aus Stockton gekommen.«

Marian nieste, murmelte »verdammte Allergie« und putzte sich die Nase.

Dann fragte sie: »Mal ehrlich, es sind doch nicht die beiden Vorhängeschlösser, die dich so beunruhigen?«

»Daß es so unerklärlich ist, das beunruhigt mich.«

»Nun, irgendeine logische Erklärung muß es ja geben. Weshalb fährst du nicht mal rüber und hörst dir an, was Bert Unger von der Geschichte hält?«

»Hab ich vor, nach dem Lunch. Aber ich bezweifle, daß er etwas weiß. Tom Anderson war gestern mit ihm angeln, und da hat Bert nichts über irgendwelchen Ärger erzählt.«

Marian putzte sich noch mal die Nase und ging zur Spüle, um sich die Hände zu waschen. Durchs Küchenfenster konnte Dixon beobachten, wie Chuck am Anlegesteg auf und ab schwamm, mit Schnorchel und Taucherbrille.

»Pat, weißt du, wo wir das Brotschneidebrett hingeräumt haben?«

»Das Brotschneidebrett? Liegt's nicht da, wo's immer liegt?«

»Nein. Ich kann's nirgendwo finden.«

»Hast du in der Speisekammer nachgesehen?«

»Was hätte das denn in der Speisekammer zu suchen?«

»Was weiß ich – vielleicht hat's ein Techtelmechtel mit Mister Toaster?«

»Ha-ha-ha. Geh du doch mal nachgucken. Meine Augen sind derart entzündet, daß ich sowieso kaum was sehe.«

Die Speisekammer war ein winziger Anbau neben der Küche.

Dixon machte Licht, zwängte sich hinein und fand das Brett innerhalb einer halben Minute – ganz oben auf dem Regal, halb hinter einem Deckenbalken versteckt. Mein Gott, wer konnte das bloß dort oben hingelegt haben? Er packte den Griff und wollte das Brett nach vorn ziehen.

Irgend etwas, was auf dem Brett gelegen hatte, kam durch die Luft geflogen.

Zum Glück waren seine Reflexe ausgezeichnet. Er wich zur Seite aus und schaffte es, den Kopf rechtzeitig in Sicherheit zu bringen, allerdings um den Preis, daß er mit dem Ellbogen an die Wand stieß. Das Ding, das von oben angesegelt kam, prallte gegen einen tiefer gelegenen Regalboden und kullerte von dort zu Boden. Brummelnd hob Dixon es auf.

»Pat? Was hat da so gepoltert?«

»Eine Dose Schweinefleisch mit Bohnen. Das Scheißding hätte mir fast den Schädel eingeschlagen.«

»Sei ein bißchen vorsichtiger, ja?«

»War das etwa meine Schuld?« Er stellte die Dose ab und rieb sich den Ellbogen. »Irgend jemand hat das Brett ganz oben aufs Regal gelegt – und dann auch noch 'ne Dose draufgestellt.«

»Na, daß ich so was mache, glaube ich nicht. Und Chuck kommt nicht so weit rauf. Dreimal darfst du raten, wer's war.«

»Na gut, dann muß ich's wohl doch gewesen sein. Weil ich in Eile war – oder mit den Gedanken woanders.«

»Hauptsache, du hast es gefunden«, sagte Marian, als er mit dem Brotschneidebrett in die Küche kam. Und dann mußte sie wieder niesen – so heftig, daß ihr beinahe das Brett aus den Fingern gerutscht wäre. »Oh, diese verdammte Allergie!«

»Eigentlich müßte deine Medizin jetzt langsam wirken. Meinst du nicht, du solltest noch eine von den Pillen nehmen?«

»Täte ich gern. Nur, ich hab keine mehr.«

»Ich dachte, du hättest eine ganze Packung eingesteckt?«

»Hab ich auch. Aber ich hatte zwei Packungen, eine volle und eine, die fast leer war. Leider hab ich die falsche erwischt.«
»Hm. Und jetzt?«
Sie zuckte die Schultern. »Bevor ich zu Bett gehe, muß ich ein paar von den Pillen schlucken, sonst kann ich kein Auge zutun.«
»Ich weiß. Und dann komm ich auch nicht zum Schlafen. Weißt du was? Ich werde, bevor ich mich mit Bert Unger unterhalte, einen Abstecher nach Two Corners machen und dir eine neue Packung holen.«
»Ach, wärst du so lieb? Ich würd ja selber fahren, aber mit meinem Schnupfen und den Triefaugen ...«
Er küßte sie auf den Nacken. »Ich bin so lieb.«

Tick-tick-tick-tick-tick ...

Sagos gute Laune machte auf halbem Weg zur Half Moon Bay plötzlich schlapp, weil der verdammte Wagen auf der Steilstrecke am Altamonpaß schlappmachte. Der Motor war überhitzt, der Kühler kochte. Er mußte bei Livermoore von der Schnellstraße abbiegen und sich eine Werkstatt suchen. Dort stand er dann herum und drehte Däumchen, bis der Mechaniker den Kühler repariert hatte.
Ein fahrender Schrotthaufen, die Karre, hatte fünfzehn Jahre auf dem Buckel. Aber was Besseres hatte er sich bei der Entlassung aus San Quentin nicht leisten können. Er konnte von Glück sagen, daß es überhaupt für ein Auto reichte, nach seinen eigenen und Kathryns Anwaltskosten und all den Forderungen, die inzwischen aufgelaufen waren. Ein paar tausend Dollar – mehr war ihm unterm Strich nicht geblieben. Damals, als die Welt rosarot angemalt war, weil er dachte, er hätte eine

Frau fürs Leben gefunden, eine, die mit ihm durch dick und dünn ging, da hatte er sich das ganz anders vorgestellt: gute Geschäfte machen, sich ein finanzielles Polster schaffen, ein hübsches Zuhause, einen Porsche kaufen … Aber dann hatte Kathryn seine Träume zerpflückt und ihm das Fell über die Ohren gezogen, dieses Flittchen. Fing was mit einem Apotheker an – o Mann, das war vielleicht 'n lausiger Typ. Ohren wie 'n Elefant. Und Kathryn hatte den Nerv, ihm zu erzählen, er wäre daran schuld, weil er ihr nicht die Zuneigung und liebevolle Wärme entgegenbrachte, die *sie* brauchte. Rief die Bullen und zeigte ihn wegen Körperverletzung an, bloß weil er ihr eine gescheuert hatte. Machte schließlich die große Sause und flüchtete sich geradewegs in Loverboys zottelige Arme. Da sollte mal einer sagen, er wäre nicht im Recht. Er war im Recht. Er hatte alles Recht der Welt, Rache zu nehmen.
Cotter, Turnbull und Dixon sahen das allerdings anders, war ja klar, die hatten ihm den Rest gegeben und das bißchen von dem, was Kathryn von ihm übriggelassen hatte, vollends fertiggemacht. Hatten ihn gejagt, bis er am Boden lag. Nun, jetzt waren sie dran, am Boden zu liegen. Zerfetzt und blutüberströmt, was nur recht und billig war. Denn ein jeder erntet, was er gesät hat. Sie hatten Zerstörung gesät, jetzt ernteten sie sie. Vielleicht knöpfte er sich noch ein paar andere vor, wenn er mit Kathryn fertig war. Vielleicht versteckte er noch mehr hübsche kleine Ostereier. Ihrem Anwalt könnte er zum Beispiel eines ins Nest legen, diesem – wie hieß er noch mal? – Benedict? Eine eingebildete, rotzfreche Pißnelke. Und dem Cop, der ihn hopsgenommen hatte, nachdem sein Sprengsatz hochgegangen war und den hinteren Teil von Loverboys Haus weggerissen hatte. Ein brutales Arschloch, hatte ihn behandelt wie ein Stück Dreck. Und Arthur Whittington, seinem alten Banker. Mit dem war er sogar mal befreundet gewesen, aber als ihm das Wasser bis ans Kinn stand, hatte der krumme Hund nicht

mal einen kleinen Kredit rausrücken wollen. Ja, früher hatte Whittington gern Geschäfte mit ihm gemacht und sich dabei dumm und dämlich verdient. Das alte Lied: Freunde in der Not ... Bei Gott, die hatten es alle verdient, dran zu glauben. Die und ein paar andere. Geschäftspartner und Schönwetterfreunde, die ihn nach dem Prozeß gemieden und ihn in den fünf Jahren in der Hölle nicht einmal besucht hatten. Die sollten alle ein hübsches kleines Präsent von ihm bekommen.

Er hoffte, daß er, bevor er in seinem Rattennest an der Half Moon Bay ankam, im Radio die nächste Horrormeldung hörte. Schade, es kam nichts. Dauerte wohl noch eine Weile. Als er in seinem Cottage war und die Tür von innen verriegelt hatte, schaltete er das Kofferradio ein und suchte den Nachrichtensender. Er wollte den großen Moment seines dritten Triumphs auf keinen Fall verpassen.

Überraschung, Mr. Dixon.

Überraschung!

Tick-tick-tick-tick-tick-tick ...

Der Gemischtwarenhändler in Two Corners, ein geschwätziger alter Mann namens Finley, stand hinter dem Ladentisch und starrte wie gebannt auf den Fernseher. Auch so einer, für den die Glotze so was ist wie das Goldene Kalb, dachte Dixon ärgerlich. Er kümmerte sich nicht um das Stimmengewirr und die flackernden Bilder, während er Marians Allergietabletten aus dem Regal suchte, aber als er Finley das Päckchen zum Bezahlen hinschob, nahm er mit halbem Ohr eine Stimme wahr, die ihm irgendwie bekannt vorkam. Und als er nun doch einen Blick auf die Mattscheibe riskierte, starrte ihn Norris Turnbull an. Das heißt, ein Foto des Richters.

»Schreckliche Geschichte, was?« fragte Finley.
»Worum geht's denn? Was ist passiert?«
»Haben Sie noch nichts davon gehört? Die bringen doch laufend Sondersendungen darüber.«
Dixon schüttelte den Kopf. Ein stillschweigendes Übereinkommen zwischen Marian und ihm, daß sie bei längeren Fahrten das Autoradio ausschalteten; sogar Chuck hielt sich daran und gönnte seinem ewig plärrenden Kofferradio eine Verschnaufpause.
»Heute morgen ist dieser Richter getötet worden«, sagte Finley. »Den hat einer mit 'ner Bombe weggeblasen.«
Dixon verzog das Gesicht – weggeblasen! Und dann dachte er: gestern Douglas Cotter, heute Richter Turnbull ... o mein Gott. Nach ein paar Sekunden machte der erste Schreck einer ohnmächtigen Wut Platz.
Er hatte mit Doug, seit der vor einigen Jahren aus der Staatsanwaltschaft ausgeschieden war und sich als Anwalt selbständig gemacht hatte, kaum noch Kontakt gehabt. Aber sie hatten ja immerhin zwei Jahre eng zusammengearbeitet, das reicht, um so was wie Freundschaft heranwachsen zu lassen. Und Richter Turnbull – nun, das war einer von den Männern, denen er Respekt und Bewunderung entgegenbrachte. Daß ausgerechnet sie Opfer eines wildgewordenen Bombenattentäters geworden waren ... unvorstellbar. Unvorstellbar und empörend.
Der aktuelle Bericht war zu Ende. Aus der knappen Zusammenfassung, mit der der Moderator zum nächsten Thema überleitete, konnte Dixon kein hinlänglich klares Bild gewinnen. Finley hätte ihm liebend gern mehr über den Fall erzählt, aber an einer laienhaften Interpretation aus dritter Hand war Dixon wirklich nicht interessiert. Er zahlte und hastete nach draußen, zum öffentlichen Telefon vor dem Laden, schob die Telefonkarte in den Schlitz und tastete Nils Ostergaards

Durchwahlnummer ein. Gott sei Dank, der Oberstaatsanwalt war da, er nahm sofort ab.
»Nils, ich hab gerade von der Sache mit Richter Turnbull gehört. Zwei innerhalb von zwei Tagen ... was, zum Teufel, ist da eigentlich los?«
»Keine Ahnung, Pat.« Ostergaard hörte sich gehetzt und nervös an. »Irgendeinen Zusammenhang muß es geben, an einen Zufall glaubt hier keiner. Aber bis jetzt haben wir – abgesehen davon, daß beide Juristen waren – keine verdächtigen Übereinstimmungen zwischen den beiden Anschlägen feststellen können.«
»Kein Bekennerschreiben vom Bombenleger? Kein Anruf?«
»Fehlanzeige. Absolut nichts.«
»In beiden Fällen derselbe Bombentyp?«
»Nein. Es waren beide Male heimtückische Sprengfallen, aber bei Cotter hat der Mörder einfach Schießpulver und eine Verdämmung aus Metallteilen in einem Rasensprenger versteckt und als Auslöser einen normalen Draht quer über den Rasen gespannt. Die Bombe, die Norris getötet hat ... also, das war scheußlich. Ich hoffe, daß mir so was Scheußliches so schnell nicht wieder auf den Schreibtisch kommt.«
»Wie scheußlich?«
»Nach dem vorläufigen Ermittlungsergebnis der Sprengstoffexperten lag auf dem Fahrersitz von Norris' Wagen eine unverdächtig aussehende kleine Schachtel. Das Auto stand in der Garage, der Attentäter ist durchs Fenster eingedrungen. Als Norris die Schachtel geöffnet hat, sind fünfzig oder sechzig dünne, angeschliffene Stahlnägel nach oben geschossen – Norris direkt ins Gesicht.«
»O Gott«, sagte Dixon.
»Ja. Offensichtlich haben wir es hier mit einem Psychokiller von der schlimmsten Sorte zu tun – intelligent genug, um einen ziemlich ausgeklügelten Sprengsatz zu basteln, und irre

genug, um sich einzubilden, er hätte Grund, einem Menschen mit spitzen Stahlnägeln das Gesicht zu zerfetzen.«

»Wer leitet die Ermittlungen? Dave Maccerone?«

»Dave und Charley Seltzer vom Bombendezernat. Und von unserer Seite habe ich Ed Bozeman auf den Fall angesetzt. Die drei arbeiten eng zusammen. Priorität A.«

»Wenn du Ed ganz dafür abgestellt hast, fehlt dir ein Mann. Da wär's vielleicht besser, ich komm zurück.«

»Nein, nein«, sagte Ostergaard, »wir kommen schon klar. Vorläufig jedenfalls. Du hast dir deinen Urlaub verdient. Wenn Not am Mann ist, gebe ich Laut. Von wo rufst du an?«

»Ich bin hier beim Lebensmittelladen in Two Corners. Das ist ein Dorf, ungefähr zehn Meilen vom Mountain Lake entfernt. Aber es gibt ein Telefon bei uns in der Nähe. Die Ungers haben eines, Nachbarn von uns.«

»Gib mir die Nummer, ich ruf dich an, sobald ich ...« Ostergaard brach ab, Dixon hörte im Hintergrund gedämpftes Stimmengemurmel. Dann sagte der Oberstaatsanwalt: »Pat, warte mal einen Augenblick, ja? Dave Maccerone ist gerade reingekommen.«

»In Ordnung.«

Ostergaard stellte ihn auf Stummschaltung. Die Telefonnische lag in der Sonne, Dixon wischte sich mit dem Taschentuch den Schweiß von der Stirn und die Hände trocken. Und überlegte: Warum zwei unterschiedliche Bombentypen? Die naheliegendste Erklärung war, daß der Irre den Richter noch mehr haßte als Doug Cotter. Aber die Sache mit den angeschliffenen Stahlnägeln war trotzdem rätselhaft. Hatte das irgendeine symbolische Bedeutung? Er konnte sich keinen Reim darauf machen. Wenn es ...

Ein kurzes Klicken in der Leitung. »Pat?«

»Ja, ich bin noch dran.«

»Der Lieutenant möchte mit dir sprechen.« Ostergaards Stimme hörte sich jetzt anders an, so nervös, daß Dixons Hand sich unwillkürlich um den Hörer krampfte. »Augenblick, ich geb ihn dir.«

»Hallo, Pat.« Maccerones voller Baß. »Ein Glück, daß Sie angerufen haben, im richtigen Moment. Wir haben etwas Neues. Ich glaube, es gibt in der Sache mit den Bomben eine heiße Spur.«

»Wissen Sie schon, wer dahintersteckt?«

»Wir sind so gut wie sicher. Sie wissen ja, diese Bombenleger, von denen hat jeder seine eigene Handschrift – wie er die Dinger zusammenbastelt, welchen Sprengstoff er verwendet, welche Zündschnur, was für Lötmaterial und so weiter. Da hat jeder seine speziellen Kniffe, und denen bleibt er meistens treu. Die Jungs im Labor haben mittlerweile die Spuren von heute morgen ausgewertet und dabei nicht nur herausgefunden, daß es dieselbe Handschrift ist wie im Fall Cotter, sondern auch die, mit der wir's bei einem Fall vor sechs Jahren zu tun hatten. Die Computeranalyse ergibt eine fünfundneunzigprozentige Wahrscheinlichkeit.«

»Von wessen Handschrift reden Sie?«

»Ein Mann namens Leonard Sago. Klingelt's da bei Ihnen?«

»Sago, Sago – kommt mir bekannt vor. Müßte ich ihn kennen?«

»Ein Anlageberater, hier in San Francisco«, sagte Maccerone. »Ehemaliger Marine, mit Sprengmeisterlehrgang. Hat verrückt gespielt, als er dahinterkam, daß seine Frau was mit einem anderen hatte. Da hat er dem Lover seiner Frau eine Sprengfalle ins Auto geschmuggelt. Raffiniert gemacht, die Bombe sollte hochgehen, sobald der Freund den Kofferraum aufmacht. Hat wegen einer fehlerhaften Lötstelle nicht funktioniert. Aber die zweite Bombe ist hochgegangen. Die hatte er dem Freund unter die Gartenveranda gelegt. Der ist mit ein paar Schnitt- und Schürfwunden davongekommen. Sago hat beim Prozeß behauptet, daß er dem anderen keinen körperlichen Schaden zufügen, sondern ihm nur einen Denkzettel verpassen wollte, damit der seine Frau in Ruhe läßt. Für eine Anklage wegen versuchten Mordes haben die Beweise nicht ausgereicht. Aber er ist wegen Sprengstoffverbrechen verurteilt worden. Herstellung einer Sprengvorrichtung in Tateinheit mit der Zündung einer Sprengfalle. Zweimal fünf Jahre. Dämmert's?«

Dixon stand wie erstarrt da. »Ja.«

»Sago hat fünf Jahre abgesessen. Vor zwei Monaten ist er auf Bewährung entlassen worden. Ich hab eben mit seinem Bewährungshelfer gesprochen. Anfangs hatte er den Eindruck, daß Sago über die Sache mit seiner Frau hinweg ist. Aber dann hat man ihm angemerkt, daß er weiter an seiner alten Wut herumknabbert. Wut auf seine Exfrau und alle, die ihn hinter Gitter gebracht haben. Und dann ist er letzte Woche verschwunden. Der Bewährungshelfer hat das sofort gemeldet, aber bisher ist Sago nicht wiederaufgetaucht.«

Dixon hatte auf einmal einen Kloß im Hals. »Doug Cotter war bei dem Prozeß der Anwalt des Nebenklägers, und Norris Turnbull hatte den Vorsitz.«

»So ist es leider, Pat.«

»Und ich war der Anklagevertreter. Mir ist Sago damals arrogant, uneinsichtig und ziemlich gefährlich vorgekommen, ich hab ihm nichts geschenkt. Jetzt ist er hinter mir her, nicht wahr? Cotter, Turnbull – und jetzt ich.«

»Sieht so aus«, bestätigte Maccerone. »Ein Glück, daß Sie im Urlaub sind. Wenn er Ihnen ans Leder will, hat er die Sprengfalle wahrscheinlich hier in San Francisco installiert, in Ihrem Haus. Ich hab schon ein paar Jungs vom Sprengstoffdezernat hingeschickt, die suchen dort alles ab.«

»Das glaube ich nicht. Ich glaube, er hat irgendwie rausgefunden, daß ich in Urlaub bin. Er kann ... Ich hab ja kein Geheimnis daraus gemacht, also kann er leicht rausgefunden haben, wo ich meinen Urlaub verbringe.«

»Bloß keine Panik, Pat. Sie sind nicht in Gefahr. Wenn Sago so schlau wäre, wie Sie denken, könnten wir jetzt nicht miteinander reden. Nils sagt, Sie sind in einem Ort namens Two Corners. Okay, fahren Sie zu Ihrem Ferienhaus, packen Sie Ihre Familie ins Auto und tauchen Sie im nächsten Motel unter. Sobald Ihr Haus hier durchsucht worden ist, rufe ich in Sacramento an, damit die ihre Spezialisten in Ihr Ferienhaus schicken ...«

Die Vorhängeschlösser! Großer Gott, die verschwundenen Vorhängeschlösser!

Dixon hängte den Hörer ein und rannte zum Kombi.

Tick-tick-tick-tick-tick-tick-tick ...

Das Überraschungsei für Kathryn sollte wirklich etwas Besonderes werden.

So müde er auch von der langen Fahrt war, er konnte es kaum erwarten, das Ding zusammenzubasteln. Der Karton – er stammte aus dem Abfallcontainer des Supermarkts und war größer als die Schachtel, die er bei Turnbull verwendet hatte – und die Tüte mit den Schaumstoffflocken (die brauchte er als Verpackungsmaterial) lagen neben dem Tisch auf dem Boden. Auf dem Tisch, direkt vor ihm, lagen die Werkzeuge und die Materialien, die er brauchte, alles ordentlich und übersichtlich ausgerichtet. Zangen, Schraubenzieher, das schwere Stemmeisen, Lötkolben und eine Rolle Lötdraht, der Aluminiumkasten, ein Mikroschalter, die Sechs-Volt-Batterie, die letzte von den drei Dosen Schwarzpulver, die er in Pacifica gekauft hatte. Dem Besitzer des Waffenladens hatte er weisgemacht, daß er auf Entenjagd ging und die Schrotpatronen mit einer Spezialmischung füllen wolle. Natürlich, C-4-Plastiksprengstoff, wie sie ihn drüben in 'Nam verwendet hatten, wäre besser gewesen. Bei dem Zeug war die Druckwelle größer, ganz zu schweigen von der Stichflamme. O ja, da hätte Kathryn schon mal einen kleinen Vorgeschmack auf die Hölle bekommen, in der sie bald schmorte. Aber an C-4 kam man ohne Beziehungen nicht ran, und seine Verbindung zu den alten Kumpels bei den Marines ... ach Gott, das war schon zu lange her. Alles vorbei und vergessen. So wie beinahe alles, was früher in seinem Leben eine Rolle gespielt hatte.

Und noch was stand vor ihm auf dem Tisch – eine seiner beiden *pièces de résistance.* Ein Marmeladenglas, vollgestopft mit hübschen kleinen Kügelchen. Es gab noch mehr Verdämmungsmaterial, aber das hatte er auf die hintere Veranda gelegt, damit er den Gestank nicht einatmen mußte. Das wollte er erst in Lawler Bluffs in Indiana dazupacken, kurz bevor das Überraschungsfeuerwerk losging.

Er hatte lange darüber nachgegrübelt, was er Kathryn in den Karton packen sollte. Ein Präsent, das maßgeschneidert war für sie; der Kerl von Apotheker und der Balg waren nur Statisten. Die Sprengfallen für Cotter und Turnbull zusammenzubasteln, das war einfach gewesen, aber bei Kathryn war das was anderes. Für sie mußte er sich etwas ganz Spezielles ausdenken. Dutzende von Möglichkeiten waren ihm durch den Kopf gegangen, bis ihm zu guter Letzt eine eingefallen war, bei der er sofort gewußt hatte: das ist es.

Sie hatte ihm alles weggenommen, von allem das Beste, alles, was glitzerte. Die Edelsteine, sozusagen. Na schön, wenn sie so scharf darauf war, sollte sie noch mehr davon kriegen. Zweihundert kleine Glitzersteine – billige Glasmurmeln aus dem hiesigen Spielzeugladen. Die zerplatzten, sobald die Bombe hochging, in Millionen messerscharfe Splitter.

Was hätte er dem treulosen Flittchen auch sonst als Wegzehrung für die Reise in die Hölle mitgeben sollen? Ach ja – eine Handvoll Knochen natürlich, die lagen draußen auf der Veranda, vergammelte Suppenknochen. Die zersplitterten mindestens genauso schön wie die Glasmurmeln und rissen tiefe Wunden.

Ein Jammer, daß er ihr nicht im voraus erzählen konnte, was sie von ihm bekam. Schade, daß sie's nie erfahren würde. Wo sie ihm doch ständig vorgeworfen hatte, er habe keinen Sinn für Humor. Nun, das hier, das war der beste Gegenbeweis. Er hatte einen ausgeprägten Sinn für schwarzen Humor. Mehr als sie.

Na gut, wenn es *peng* machte, und ihr der Karton um die Ohren flog, bekam sie wenigstens noch eine Ahnung davon.

Und dann war er's, der zuletzt lachte.

Tick-tick-tick-tick-tick-tick-tick-tick …

Dixon fuhr wie der Teufel. Zwanzig Meilen pro Stunde zeigte der Tacho an, manchmal sogar fünfundzwanzig – mehr, als er eigentlich auf der kurvenreichen Bergstraße riskieren durfte. Er mußte in jeder Kurve scharf abbremsen, bis er dann endlich an den beiden Autos vorbeigezogen war, die vor ihm dahinbummelten! Die Versuchung war groß, noch mehr Gas zu geben. Aber wenn er's tat, wickelte er den Kombi womöglich um einen Baum, kam von der Straße ab und stürzte in eine Schlucht. Und davon hatten Marian und Chuck ja wirklich nichts.

Was, wenn es sowieso schon zu spät war?

Nein, daran wollte er nicht denken. Es durfte nicht zu spät sein.

Wo, um alles in der Welt, konnte Leonard Sago die Bombe versteckt haben? Im Bootshaus oder im Vorratsschuppen, etwas anderes kam nicht in Frage. Beide Vorhängeschlösser fehlten, also hatte er wahrscheinlich erst an der einen Stelle irgendwas gesucht – offenbar vergeblich, darum hatte er anschließend auch den zweiten Schuppen aufgebrochen. Aber was hatte er gesucht? Eine Art Behältnis für die Sprengfalle? Und wie sollte die gezündet werden? Durch einen Stolperdraht? Gab es einen verborgenen Berührungskontakt? Oder war's etwas ganz anderes? Die Dose mit Schweinefleisch und Bohnen, die mit dem Brotschneidebrett vom obersten Regalboden gefallen war – auch eine Methode, um eine Bombe zu zünden. Normalerweise hielten Bombenattentäter sich an ein bestimmtes Strickmuster, sowohl bei der Bombe wie beim Zünder, das gehörte zu ihrer Handschrift. Aber Sago hatte sich bei den ersten beiden Bomben jedesmal was Neues einfallen lassen. Darum war es so problematisch, ihm bei der dritten im voraus auf die Schliche zu kommen.

Marian und Chuck, bleibt um Himmels willen vom Bootshaus und vom Vorratsschuppen weg.

Bitte! Ich will nicht, daß euch etwas zustößt!

Noch vier Meilen. Er fror und fühlte sich gleichzeitig fieberheiß. Die Haut prickelte, als wäre sie mit Pusteln übersät. Er war innerlich so verspannt, daß ihm sogar die Knochen spröde vorkamen. Schweiß verklebte ihm die Augen, er mußte sie reiben und gegen den Schweißfilm anblinzeln.

Leonard Sago. Ja, er erinnerte sich an ihn, erinnerte sich nur allzugut an ihn. Das klassische Persönlichkeitsprofil eines Bombenlegers: intelligent, aber ein Querkopf, mit Neigung zu logischen Sprüngen, hatte der Gesellschaft und dem Leben den Krieg erklärt. Sammelte Waffen, sogar ein paar halbautomatische waren dabei. Und typisch für ihn: er hatte den *Soldier of Fortune* abonniert. Ausgeprägter Workaholic, arbeitete bis zum Umfallen. Alles in allem eine tickende Bombe in Menschengestalt. Die Untreue seiner Frau hatte die erste Explosion ausgelöst. Aber die Sprengfallen, die gegen ihren Lover gerichtet waren, hatten seine innere Verkrampfung nur teilweise abbauen können. Sago war vollgesogen mit Gewaltpotential, das bewies sein ganzes Auftreten, die Art, wie er sich gab. Unter der Bedingung, sich psychiatrisch behandeln zu lassen, hätte er straffrei davonkommen können, aber Sago hatte sich geweigert, einzusehen, daß es bei ihm irgendwelche Probleme geben könnte, und seinem Anwalt ausdrücklich untersagt, auf zeitweilig verminderte Zurechnungsfähigkeit zu plädieren. Da war nur die harte Tour übriggeblieben. Er mußte hinter Gitter, damit er seiner Frau und ihrem Freund nichts antun und womöglich irgendeinen Unbeteiligten verletzen konnte. Nur, bei ihm hatte sich die Haft eben kontraproduktiv ausgewirkt, sie hatte ihn nicht besser, sondern nur noch schlimmer gemacht. Nun war er wirklich ein Psychopath. Angeschliffene Stahlnägel ... großer Gott! Sein Haß mußte geradezu infernalisch sein. Er war vom Haß innerlich so zerfressen, daß er imstande war, sich so einen Horror auszudenken.

Welchen Horror hat er sich für mich ausgedacht?

Hör auf, steigere dich nicht ...

Nein, Moment mal. Diese beiden anderen Bomben ...

Stolperdraht – angeschliffene Nägel ... Irgendein unbestimmtes Gefühl sagte ihm, daß es da eine gedankliche Verbindung geben mußte. Nur, weiter kam er einfach nicht.

Los, gib dir Mühe, denk nach.

Nein, es war weg.

Verdammt, wie weit ist es noch? Zwei Meilen.

Bitte, paßt auf euch auf.

Es darf euch nichts zustoßen. Bitte.

Tick-tick-tick-tick-tick-tick-tick-tick-tick ...

Im Radio kam immer noch nichts über Dixon. Das mußte nichts zu bedeuten haben, er hatte eben sein Geschenk noch nicht geöffnet. Oder wenn er's getan hatte ... Dort oben in den Ausläufern der Sierra, da dauerte es eine Weile, bis die Medien von so was Wind bekamen. So oder so, es war bald soweit, sehr bald sogar. Kein Grund, sich Sorgen zu machen.
Der Chefankläger entkam ihm nicht.
Nein, ganz bestimmt nicht. Sago unterbrach kichernd die Arbeit an Kathryns Paket, um sich auszumalen, wie Dixon nach dem großen Knall aussah. Dann riß er das Maul nicht mehr so weit auf. Spuckte nicht mehr so große Töne wie damals im Gerichtssaal. Da hatte der Kerl sich aufgeplustert wie ein eitler Pfau, sich den Mund fusselig geredet, daß die Jury Mr. Sago unbedingt schuldig sprechen müsse, weil jemand wie Mr. Sago die im Gesetz vorgesehene Höchststrafe verdiene.
Nun, Mr. Dixon, jetzt stelle ich meinen Antrag.
Und ich beantrage, daß Sie die von Leonard Sago vorgesehene Höchststrafe erhalten.
Ich beantrage, daß Sie in die Luft gejagt und so zerstückelt werden, daß Sie in Ewigkeit damit beschäftigt sind, die Splitter in der Hölle zusammenzulesen.

Tick-tick-tick-tick-tick-tick-tick-tick-tick-tick …

Es war nichts passiert, es ging ihnen offensichtlich gut.
Keine Explosion, kein Feuer. Dort unten am See sah unter der brütenden Nachmittagssonne alles aus wie immer – friedlich und still, das erkannte Dixon auf den ersten Blick, als er über die Kuppe des Deer Hill fuhr.
Die Erleichterung war so groß, daß sich das, was eigentlich ein tiefes Ausatmen werden sollte, wie ein ersticktes Röcheln anhörte. Aber es war noch nicht vorbei, Marian und Chuck waren noch nicht außer Gefahr. Er mußte sich beeilen, damit er sie so schnell wie möglich dort wegholen konnte.
Er jagte den Kombi durch die letzten Haarnadelkurven und bog in die Ringstraße um den See ab. Vor ihm tauchte der Stellplatz auf, und durch die Baumwipfel konnte er das Dach des Ferienhauses erkennen. Als er den Wagen auf die Planken der Parkfläche lenkte, trat er hart auf die Bremse, und da er gleichzeitig das Lenkrad zu scharf einschlug, rutschte ihm der Kombi weg und knallte mit der Stoßstange gegen die Bohlen am Ende der Stellfläche. Dixon schaltete den Motor aus, schwang sich aus dem Wagen und wollte losrennen. Aber er war wohl zu lange unter zu großer Anspannung gefahren, seine Beinmuskulatur und auch die Muskeln unterhalb der Schulter hatten sich verkrampft. Das rechte Knie fing haltlos zu zittern an, als er die Stufen von der hölzernen Plattform hinuntersteigen wollte. Hätte er sich nicht rasch am Geländer festgehalten, wäre er gestürzt.
Beim ersten hastigen Rundblick Richtung Haus und See sah er Chuck an der offenen Tür des Bootshauses stehen. Der Junge hatte offenbar das scharfe Bremsgeräusch und den Aufprall gehört, er blickte zu ihm hoch. Als er ihn erkannte, winkte er

ihm kurz zu, drehte sich um und ging auf die Tür des Bootsschuppens zu.
»Chuck! Nein!«
Ein Blick zurück, wieder ein Winken, und dann war der Junge verschwunden.
Dixon quälte sich die Stufen hinunter und humpelte los. Als er festen Boden unter den Füßen hatte, fing er zu rennen an. Er wurde immer schneller – Gott sei Dank, der Krampf in den Beinen ließ nach. Er hörte Chuck im Bootshaus hantieren, es klang, als werde irgend etwas Metallenes über Holz gezogen. Das Skiff – er zerrte an dem Motorboot. Auf den letzten Metern hatte Dixon es so eilig, daß er um ein Haar mit voller Wucht gegen die Tür geprallt wäre. Er konnte gerade noch nach oben greifen, bekam die Türleiste zu fassen und ließ sich von der Drehbewegung nach innen tragen, ins Zwielicht des Bootshauses.
»Chuck, laß das!«
Der Junge fuhr herum – so erschrocken, daß ihm die Vorleine aus den Händen rutschte. Er hatte den Bug des Boots schon halb von den Stützböcken gezerrt, für den Rest sorgte das Gesetz der Schwerkraft: Als das Seil sich nicht mehr straff zwischen dem Bugring und Chucks Händen spannte, kippte das Skiff seitwärts weg und rutschte von allein weiter. Dixon wollte noch zupacken, aber Chuck stand ihm im Weg, er kam nicht mehr rechtzeitig ran. Er konnte den Jungen nur noch beiseite reißen und schützend die Arme um ihn legen, bevor das Boot mit lautem Poltern auf den Holzplanken aufschlug.
Gott sei Dank, ein Höllenlärm, aber mehr war nicht passiert. Bis das Boot dann zur anderen Seite wegrutschte und mit lautem Platschen – zum Glück, ohne sich zu drehen und kieloben zu landen – in die schmale Fahrrinne eintauchte, mit dem Bug Richtung See, wie sich's gehörte.
»Himmel, Dad, du hast mich zu Tode erschreckt. Was ...?«

»Wo ist deine Mutter?«
»Mom? Wieso? Dad, du siehst so ...«
»Beantworte meine Frage! Wo ist sie?«
»Sie hat gesagt, daß sie das Angelzeug zusammensuchen will, deines und ihres. Weil wir doch morgen früh gleich ...«
Der Vorratsschuppen.
»Bleib hier. Hast du verstanden? Bleib hier stehen.«
Er rannte hinaus in die Sonne. Nach dem Halbdunkel im Bootshaus blendete ihn das grelle Licht, er kam sich halb blind vor. Er riskierte ein paar stolpernde Schritte, rieb sich die Augen. Das Ferienhaus – ein bißchen verschwommen, doch allmählich nahm alles wieder Konturen an. Nur, den Schuppen konnte er von hier aus nicht sehen. Wo, um Himmels willen, war Marian?
Er rannte weiter und rief laut nach ihr.
Und da tauchte sie auch schon auf. Kam in aller Gemütsruhe um die Hausecke geschlendert.
Dixon verlangsamte den Schritt. Er stöhnte vor Erleichterung. Aber im nächsten Augenblick – als er sah, was sie aus dem Vorratsschuppen geholt hatte – schnürte jähe Angst ihm die Kehle zu. In der linken Hand hielt sie zwei Angelruten aus Bambus, in der rechten Vaters verbeulten alten Aluminiumkasten mit dem Angelzubehör – Senkgewichte, Plastikfliegen, Haken ...
Haken!
»Halt! Bleib stehen! Geh nicht weiter!« schrie er sie an und fing wieder zu rennen an.
Sie stand vor Verblüffung reglos da, das Gewicht des Aluminiumkastens zog sie leicht seitwärts.
»Laß den Kasten nicht fallen!«
Auf den letzten Schritten kamen ihm die Beine bleiern schwer vor, er schien sich wie in Zeitlupe zu bewegen – das lähmende Gefühl, das man hat, wenn man in einem Traum rennen will

und die Beine nicht hochbringt. Als er bei ihr war und nach dem Aluminiumkasten griff, veränderte sich das schlagartig, wie bei einem Umkehreffekt, auf einmal schien alles in einem wahnwitzigen Tempo abzulaufen. Vorsichtig löste er Marians Finger um den Griff des Kastens, achtete darauf, ihn nicht schräg zu halten, denn das genügte vielleicht schon, um die Explosion auszulösen, genauso wie heftiges Schütteln, ganz zu schweigen von plötzlichem Aufprall.
Marian ließ sich den Aluminiumkasten abnehmen. Ihre Stimme war plötzlich winzig klein und hörte sich eher verängstigt als ärgerlich an. »Was ist denn in dich gefahren? Bist du verrückt geworden?« Dixon machte ein paar Schritte rückwärts und stellte den Kasten vorsichtig ab. Ein Kribbeln lief ihm durch die Finger, als er den Griff losließ – ungefähr so stellte er es sich vor, wenn man einer radioaktiven Substanz zu nahe gekommen war.
Er richtete sich auf, starrte auf den Kasten. Ein Aluminiumkasten wie tausend andere. Aber da drin ... o Gott, da drin ...
Chuck hatte sich nicht an das Verbot gehalten, er kam zu ihnen heraufgerannt. Dixon faßte ihn am Arm, nahm Marians Arm und führte beide weg, am Haus vorbei, durch den Vorgarten, erst als sie am Stellplatz waren, blieb er stehen und ließ den Arm seiner Frau und den seines Jungen los. Und als er das tat, schien sich seine innere Anspannung zu lösen, aber gleichzeitig merkte er, daß seine Knie nachgaben. Er mußte sich an die Kühlerhaube des Kombis lehnen.
»Pat, was, zum Teufel, ist denn eigentlich ...?«
»Der Aluminiumkasten.« Er mußte ein paarmal tief durchatmen, ehe er weiterreden konnte. »Da ist eine Bombe drin. Eine heimtückische Sprengfalle.«
»Wow, eine Bombe!« rief Chuck.
Marian wurde blaß, machte große Augen und starrte ihren Mann an.

»Und Haken«, sagte er. »Angelhaken wahrscheinlich. Ich weiß nicht genau, aber bestimmt eine Menge davon. Und das Ganze verkabelt oder verdrahtet – oder was weiß ich.«
»Wovon redest du überhaupt?«
Vom Strafgesetzbuch des Staates Kalifornien, dachte er. Abschnitt 3.2, Unterabschnitt 12 355, Fußnote [c]. »Unter Sprengfallen sind insbesondere, aber nicht ausschließlich, Explosivvorrichtungen zu verstehen, die durch Stolper- oder Berührungsdrähte oder durch einen verborgenen Mechanismus ausgelöst werden, versteckte oder getarnte angespitzte Pflöcke oder mit Haken verbundene Zugleinen oder Drähte.«
Pflöcke, Drähte, verborgene Mechanismen, Haken ...
Nach dieser Definition haben wir Sago verurteilt. Er hat den Spieß umgedreht und sich nach seinem pervertierten Verständnis von Gerechtigkeit eine mit dem Buchstaben des Gesetzes übereinstimmende Methode ausgedacht, um uns ins Jenseits zu bomben.
Dixon drückte sich von der Kühlerhaube hoch. »Ein höllisches Spiel«, sagte er, »im wahrsten Sinn des Wortes. Auf dem Weg zu den Ungers werde ich euch das Ganze erklären.«
Und dann, dachte er, werde ich Dave Maccerone und Nils Ostergaard anrufen und mein Sprüchlein noch mal aufsagen.

Tick-tick-tick-tick-tick-tick-tick-tick-tick-tick-tick ...

Ein paar Minuten nach acht war er mit der Bombe fertig: mit der Sprengvorrichtung, der Sprengfalle, dem großen Knallbonbon für Kathryn.
Gute Arbeit, Mr. Sago.
Oh – vielen Dank auch, Mr. Sago.
Er lehnte sich zurück und lächelte zufrieden. Im Radio hatten

sie noch nichts über Dixon gebracht, aber das konnte seine innere Hochstimmung nicht dämpfen. Denn wenn der hochzuverehrende Herr Staatsanwalt das Präsent heute nicht geöffnet hatte, dann tat er's eben morgen. War doch gar nicht schlecht, wenn er die gute Nachricht morgen früh im Radio hörte – nach erquickendem Nachtschlaf, kurz vor der Abreise nach Indiana. In Lawler Bluffs gab's dann nicht mehr viel zu tun, er mußte nur noch die vergammelten Suppenknochen in das Paket legen, die Kontaktdrähte am Mikroschalter anschließen und sich ein geeignetes Plätzchen suchen, wo er's für Kathryn, ihren Loverboy und den Balg deponieren konnte. So was stellte sich immer erst heraus, wenn man mit dem Tagesablauf der Empfänger vertraut war. Vielleicht ergab sich sogar eine Möglichkeit, daß er irgendwo in der Nähe bleiben und den großen Knall miterleben konnte. O ja – das wäre zu schön.
Sein Magen knurrte. Er war wieder so in seine Arbeit vertieft gewesen, daß er völlig vergessen hatte, zwischendurch einen Happen zu essen. Eigentlich hatte er erst die Werkzeuge wegräumen wollen, aber nun entschied er sich anders. Das große Aufräumen konnte warten. Gute Arbeit verdient eine Belohnung, und ihm war jetzt nach einer nahrhaften Belohnung zumute.
Er stand auf und schlurfte in die Küche. Natürlich, die verdammte Kontrollflamme war schon wieder aus. Verärgert, mit dem Gefühl, von seinem raffgierigen Vermieter hemmungslos ausgebeutet zu werden, griff er nach der Streichholzschachtel.

Tick!

Sie hatten den Urlaub auf einen späteren Zeitpunkt verschoben. Auch wenn Marian und Chuck, nachdem die Sprengstoffexperten aus Sacramento den

Aluminiumkasten entschärft und mitgenommen hatten, gesagt hätten, sie wollten lieber hierbleiben (wonach ihnen aber anscheinend nicht zumute war), wäre das, solange Sago sich noch in der Nähe herumtrieb, ziemlich leichtsinnig gewesen. So hatten sie die Nacht in einem Motel in Jackson verbracht und waren heute morgen zurück nach San Francisco gefahren. Im Augenblick waren sie im Großstadtdschungel besser aufgehoben.

Dixon sah das jedenfalls so. Daran änderte sich auch nichts, als Dave Maccerone, kurz nachdem sie zu Hause angekommen waren, angerufen hatte.

»Gute Neuigkeiten, Pat«, sagte Maccerone am Telefon. »Wegen Leonard Sago müssen Sie sich keine grauen Haare mehr wachsen lassen. Wir haben ihn gefunden.«

Dixon ließ sich in den nächsten Sessel fallen. »Wo?«

»An der Half Moon Bay. Es war noch genug von ihm da, daß unsere Leute ihn identifizieren konnten.«

»Heißt das, daß er tot ist?«

»Toter geht's nicht. Hat sich selbst in die Luft gejagt.«

»Ach du großer Gott. Wie? Hat er wieder an einer Bombe rumgebastelt?«

»Nein«, sagte Maccerone. »Das heißt, er war offenbar gerade mit einer fertig geworden, aber die hat ihn nicht in die Luft gejagt. Das Ganze war eher ein makabrer Witz.«

»Ein makabrer Witz?«

»Er hatte sich eine billige Bleibe am Meer gemietet – Hütte wäre schon geschmeichelt. In dem Schuppen gab's einen schadhaften Propangasherd, ein uraltes Schrottding, der Vermieter hätte längst einen neuen Herd reinstellen müssen. Das Zuleitungsrohr hatte sich gelockert oder war durchgerostet. Na ja, da ist viel Gas ausgeströmt, und ... Sie wissen ja, Propangas verflüchtigt sich schnell und ist hochexplosiv. Sago hat offensichtlich ein Streichholz angezündet oder sonstwie rumgezündelt. Und da hat's eben geknallt. Einer der Ermittler hat gesagt, das sei eine von den Bomben gewesen, die nur darauf warten, hochzugehen. Der Feuerwehrchef hatte allerdings eine noch treffendere Formulierung …«

Dixon wartete.

»… er hat von einer hundsgemeinen Sprengfalle gesprochen.«

Andrew Klavan

Lou Monahan, ein Kleinstadt-Staatsanwalt

Die Dinge, an die wir uns erinnern, das, was uns nachträglich leid tut ... seltsam, dachte Monahan, es sind meistens Kleinigkeiten. Diese letzte Woche in den Sommerferien – Rick Ellerbees Party, das letzte Wochenende vor der Collegezeit. Das war jetzt mehr als zwanzig Jahre her. Nach der bleiernen Hitze des Tages war eine kühle Brise aufgekommen, Monahan roch das Meer und den nahen September. Der Sund lag wie ein silbern geriffeltes, riesiges Laken hinter dem weißen Landhaus. Der meergrüne Schimmer, den die Dämmerung über den Rasen zauberte, schien auf und ab zu schwappen, auf und ab. Livrierte Kellner schlängelten sich zwischen den Teenagern durch. Ein Jazzquartett in weißen Dinnerjackets spielte in dem gelbgestreiften Zelt die neuesten Hits. »Jive Talkin'« und »Love Will Keep Us Together« – sowieso egal, ein Titel hörte sich wie der andere an, was die Pärchen aber nicht davon abhielt, danach zu tanzen. Und die Mädchen waren wunderschön, ihre Schultern und Arme sahen in den ärmellosen Kleidern so unglaublich jung und frisch aus.

Nett von Ellerbee, ihn einzuladen – der Junge war überhaupt immer nett zu ihm. Heute abend ... also, wie das alles aufgezogen war ... die Musik war der Herzschlag, und die Mädchen waren die Krönung des Ganzen, die Fleisch und Blut gewordene Verkörperung von Anmut und Wohlstand. Was Ellerbee betraf – er schien der Genius des Abends zu sein, mit interessierter Miene, freundlich lächelnd, und mit den männlich-markanten, überhaupt nicht arroganten Zügen, muskulös und trotzdem rank und schlank. Er wirkte wohltuend lässig in den lohfarbenen Chinos und mit dem am Hals offenen Hemd – wirklich, wie er dastand und den vielen Gesichtern zuwinkte, die ihn anlächelten, konnte man denken, der ganze Abend sei nur inszeniert worden, weil es für Ellerbee nichts Schöneres gab, als seine Freunde um sich zu haben, mit ihnen zu feiern und in vollen Zügen das Leben zu genießen, das so schön sein konnte. Für Monahan, der sich, mit einem Glas in der Hand, ein bißchen abseits von den anderen hielt, war er der strahlende Fixstern an einem strahlenden Firmament. Monahan nahm alles in sich auf – Ellerbee und all die anderen, und wußte nur zu gut, daß es nicht lange dauerte, bis sie sich fremd geworden wären. Ellerbee fuhr nächste Woche nach Princeton, und danach, das war so gut wie sicher, studierte er an der Harvard University Jura. Bei Monahan lief das anders, auch das war vorauszusehen, er schlug sich recht und schlecht am Westchester-College durch und machte dann, wenn er Glück – sehr viel Glück – hatte und hart arbeitete, sein Examen an der NYU. Na schön, in den Ferien trafen sie sich auf der Straße, erzählten sich gegenseitig, wie es so lief, und gingen dann wieder ihrer Wege. Die herzliche Verbundenheit, das gute freundschaftliche Verhältnis, das alles gab's dann nicht mehr. Nicht, daß Monahan deswegen verbittert gewesen wäre, er hatte nie mehr erwartet – ach wo, er hatte nicht mal soviel erwartet, aber zu wissen, daß all das heute abend endete, das stimmte ihn doch ein bißchen wehmütig. Ein netter Haufen, die High-School-Freunde, und sie mochten ihn auch, das wußte er. Aber er wußte eben auch, daß heute abend der Augenblick gekommen war, an dem sie sich Lebewohl sagen mußten.

Er hatte ausgetrunken, irgend jemand zauberte sein Glas weg, er schlenderte, die Hände in den Taschen seines grünen Anzugs vergraben, den Schlips in der Brise gebläht, über den Rasen auf das Zelt zu, ging hinein und stieg die flache Stufe zum hölzernen Tanzboden hinauf. Er ließ den Blick gedankenverlo-

ren über die tanzenden Pärchen gleiten und klopfte mit dem Schuh den stampfenden Rhythmus von »Behind Closed Doors« mit.
Und da sah er das Mädchen. Sie lehnte an dem Mast am hinteren Ende des Zelts, die Wange verträumt ans Holz geschmiegt.
Sie konnte in Wirklichkeit nicht so schön gewesen sein, wie die Erinnerung es ihm zwanzig Jahre lang vorgegaukelt hatte. Ihre Haut konnte sich nicht so weiß gegen das pechschwarze Haar abgehoben haben. Und ihre Figur, die sich unter dem fließenden Stoff des geblümten Kleids gegen den meergrün schimmernden Rasen und den azurblauen Himmel abzeichnete – war die tatsächlich so anmutig und bezaubernd gewesen? So sahen Frauen doch nur in der Erinnerung oder in Filmen aus, nicht im wirklichen Leben. Damals, das wußte er noch genau, hatte ihr Anblick ihn jedenfalls atemlos gemacht.
Und dann hob sie die Augen, sah zu ihm herüber, merkte, daß er sie beobachtete, und lächelte ihm über den Tanzboden hinweg zu.
Das Lächeln bohrte sich tief in seinen Brustkorb, in seinem Kopf fing alles zu schwimmen an. Er begriff gar nicht richtig, was er tat, als er sich – in Bogenlinien um die tanzenden Pärchen herum – auf sie zubewegte. Er fühlte sich so benommen – er hätte nicht mal sagen können, ob das, was da auf ihn einrieselte, Musik war oder ein plötzlicher warmer Sommerregen. Aber soviel wußte er: es gab nur noch diese Musik (oder den Regen) und seinen eigenen wilden Herzschlag und die betörende Anmut dieses Mädchens. Monahan war hingerissen. Plötzlich ergaben sich Möglichkeiten, von denen er nie auch nur zu träumen gewagt hatte. Auf einmal wußte er, daß alles – einfach alles – wunderbar werden mußte.
Sie richtete sich auf, stand kerzengerade da, wartete neben dem Zeltmast auf ihn. Ein tanzendes Paar drängte sich zwi-

schen sie, er verlor das Mädchen ein paar Sekunden aus den Augen, nur einen winzigen Moment lang, dann war das Pärchen vorbeigetanzt.

Und das Mädchen war verschwunden.

Monahan blinzelte. Der Mast war noch da, das Mädchen nicht. Er eilte aus dem Zelt und blickte über die Rasenfläche. Nichts von ihr zu sehen, absolut nichts. Er war viel zu nüchtern, um anzunehmen, daß sie sich in Luft aufgelöst haben könnte, aber daß er nun etwa losgerannt wäre und sie gesucht hätte, dazu war er zu schüchtern. Nein, sagte er sich, das Ganze war einfach ein Irrtum gewesen. Sie hatte ihm gar nicht zugelächelt, sie hatte irgend jemand anderen angelächelt, vermutlich jemanden, der hinter ihm stand. So machte das eher Sinn. Ja, so hatte die ganze Welt wieder Sinn. Ein Glück, daß er's nicht bis zu ihr geschafft und sie angesprochen hatte, denn damit hätte er sich nur zum Narren gemacht. Sie hätte ihn lediglich überrascht angesehen. »Wie bitte?« hätte sie gefragt und ihn dann einfach stehenlassen. Er sollte froh und dankbar sein, daß ihm die Blamage erspart geblieben war.

Aber statt froh und dankbar zu sein, erinnerte er sich immer noch an sie und bedauerte, daß er ihr nicht doch nachgelaufen war – seit zwanzig Jahren schon. Es gab Tage – es gab Nächte –, da malte er sich aus, wie das Leben mit ihr verlaufen wäre, was irgendwie komisch war. Nicht nur komisch, sogar ziemlich dumm. Es paßte nicht zu ihm, nicht zu dem Lou Monahan, der sonst immer mit beiden Beinen fest auf dem Boden der Tatsachen stand.

Und doch war's so. Es gab die Erinnerung an sie. Es gab die Träume. Von Zeit zu Zeit, irgendwann, wenn er lange nicht an sie gedacht hatte, wehte ihn die Erinnerung wie aus dem Nichts an, und dann trieb sie ihn um und ließ ihn nicht zur Ruhe kommen. Die Dinge, an die wir uns erinnern, das, was uns nachträglich leid tut ...

Plötzlich geisterten sie ihm wieder durch den Kopf und ließen ihm keine Ruhe. Ausgerechnet heute – nach der Nacht, in der jemand diesem Rockstar die Kehle durchgeschnitten hatte.

Dabei hatte Monahan bis dahin nie etwas über den Kerl gehört. Mein Gott, was wußte er schon von Rockstars, die heutzutage »in« waren? Die waren für ihn nur monströse Gesichter auf irgendwelchen T-Shirts. Auf den T-Shirts garstiger kleiner Junkies, die er vors Jugendgericht bringen mußte. Aber der, um den es hier ging (Thrust hieß er, jetzt fiel's ihm wieder ein), mußte ganz schön populär gewesen sein, denn als Monahan den Chevy in die Zufahrt des Toten lenkte, fielen die Reporter wie ein Schwarm Schmeißfliegen über ihn her.
So viele von denen hatte er noch nie auf einem Haufen gesehen, jedenfalls nicht bei einem seiner Fälle. Als er den Motor abstellte und einen Blick nach oben riskierte, sah er ihre gierigen Gesichter vor den Wagenfenstern lauern. Rorke vom lokalen Wochenblättchen war da – und Helen Martin, die als Alleinunterhalterin den Zehntausend-Watt-Feierabend-Sender des County betrieb. Aber die beiden, gewöhnlich die einzigen, die sich überall da, wo was los war, blicken ließen, wurden sehr schnell von den anderen beiseite gedrängt. Blitzlichter zuckten, Spotlights flammten auf, Kameraobjektive wurden ihm vor die Nase gehalten, ausgestreckte Arme schoben Mikrofone so dicht ans Wagenfenster, daß die Scheibe zu klirren anfing. Die Mikros waren mit bunten Zeichen und Ziffern beklebt – die Logos der Sender und die Telefonnummer in irgendeiner fernen Großstadt. Ein paar Gesichter erkannte Monahan sogar wieder, die Gesichter von Fernsehmoderatorinnen, die jeder schon mal gesehen hatte, er auch, er konnte sich bloß nicht an die Namen erinnern, die dazugehörten. Wie, zum Teufel, waren die so schnell hierhergekommen?

Als er die Tür aufdrückte, versuchte er, gelangweilt und gequält auszusehen, weil ... na ja, weil die Vertreter der Anklagebehörde in Fernsehsendungen immer so aussahen. Aber dann, als die Scheinwerfer ihn blendeten, gebrüllte Fragen ihm die Ohren betäubten und die Mikros und Minicams gefährlich nahe vor seinem Gesicht herumfuchtelten, hatte er nur noch Watte im Hirn und Schweiß unter den Achseln. Er hatte nicht die geringste Ahnung, was er denen sagen sollte. Mit Mühe brachte er ein paar Sätze heraus – seine Zunge war geschwollen, sein Gehirn ein durchlöcherter Käse. Das einzige, woran er denken konnte, war, wie zerknittert sein braunes Jackett aussah und was für ein schreckliches Braun das war und daß er es unbedingt vorn zuhalten mußte, damit niemand den Kaffeefleck auf der Hemdtasche sah. Dann war es ausgestanden, Corvo, der die Ermittlungen leitete, fischte ihn aus der Meute – wie die Rettung in letzter Sekunde aus einem Treibsandstrudel –, und seine Deputies drängten die Reporter zurück. Und dann stiefelte Monahan neben Corvo durch den mit Bonsaibäumchen bepflanzten, von Tiefstrahlern ausgeleuchteten Steingarten auf die ausladende Front des im Stil einer Ranch gehaltenen einstöckigen Hauses zu.

»Wow – was?« sagte Corvo.

»Mein Gott«, staunte Monahan, »wer war der Kerl?«

Corvo war ziemlich klein, kurzbeinig, dünn, mit einem runden, platt gedrückten Gesicht, aber er schritt so zügig aus, daß Monahan Mühe hatte, mitzuhalten.

»Es war kein Kerl, der ihn erledigt hat«, sagte Corvo, »es war eine junge Lady. Sagen wir's mal so: Normalerweise hat Old Thrust Ginny Reingold umgelegt. Aber jetzt sieht's so aus, als hätte sie ihn umgelegt. Kapiert?«

Er sprach den Namen der Frau so bedeutsam aus, als müßte er Monahan ein Begriff sein, aber bei ihm klingelte nichts.

»Wer, zum Teufel, ist Ginny Reingold?«

Corvo ließ ein fassungsloses Knurren hören. »Wer Ginny Reingold ist? Kennst du deine Frau?«
»Ja«, sagte Monahan, »ich kenne meine Frau.«
»Auch die Magazine, die sie liest? Das Gesicht auf dem Cover? Das ist Ginny Reingold.«
Monahan verlangsamte den Schritt und versuchte, sich an irgendein Magazin und irgendein Gesicht auf dem Titelblatt zu erinnern. Corvo ging weiter. »Welches Magazin?« rief Monahan hinter ihm her.
»Alle«, antwortete Corvo. Er war an der Haustür angekommen, drehte sich zu Monahan um und deutete mit einer fahrigen Handbewegung auf die Zufahrt, auf der sich die Reporter drängten. »An das Scheißspiel da unten solltest du dich möglichst schnell gewöhnen«, riet er dem Staatsanwalt, »du bist nämlich auf dem besten Weg, ein Star zu werden.«

Die Leiche hing halb vom Bett herunter – und der Kopf halb vom Hals. Das Blut war dem Rocksänger übers Gesicht gelaufen, hatte das lange schwarze Haar rot gefärbt und den rehbraunen Fellteppich mit roten Flecken getränkt. Ein Laken, ebenfalls blutbefleckt, deckte den Toten bis zu den Hüften zu. Die bleiche, behaarte Haut, der aufgeklappte Mund, die starren offenen Augen, der metallische Blutgeruch und der scharfe Uringeruch – all das ließ den Tatort genauso erbärmlich, schrill und schmutzig aussehen wie all die anderen, die Monahan bisher unter die Augen gekommen waren. Ein gefundenes Fressen für die Kameras und die aufgetakelten Nachrichtenmoderatorinnen da draußen.
»Seid ihr, soweit's um die Leiche geht, mit der Spurensicherung fertig?« fragte Monahan.
»Ja. Aber wir dachten, du willst noch mal einen Blick drauf werfen.«
»Auf Thrust? So hieß er doch? Thrust, nicht wahr?«

»So hat er sich genannt. Er war der Gesangsstar bei Fatwa.«
Corvo schüttelte den Kopf. »Fatwa!«
»Fatwa und Thrust«, brummelte Monahan.
»Gebürtiger Jerry Finkelstein«, sagte Corvo und lachte.
Monahan sah sich im Schlafzimmer um. »Was ist mit ihr?«
Während der Staatsanwalt das Schlafzimmer näher inspizierte, berichtete ihm Corvo in großen Zügen das Wichtigste. Es war ein riesiges Schlafzimmer, von einem Ende zum anderen mit Fellteppich ausgelegt, die Wand hinter dem Bett verspiegelt, eine Wand als Panoramafenster gestaltet, hinter dem jetzt allerdings nur die Septembernacht gähnte, eine Wand mit Regalen bestückt, daneben die Stereoanlage, jemand von der Spurensicherung untersuchte den CD-Player gerade nach Fingerabdrücken. Während Monahan das Szenario in sich aufnahm, erzählte ihm Corvo, was gegen die Verdächtige sprach: die Blutflecke auf Ginny Reingolds Morgenmantel, gewisse Spuren auf ihrer Haut, die noch genauer untersucht werden mußten, der heftige Streit zwischen Thrust und ihr, den das Hausmädchen zeitweilig mit angehört haben wollte. Monahan nahm auch das in sich auf. Er galt als der erfolgreichste Staatsanwalt der drei Counties im Bezirk und war für seine unvoreingenommene, aber hartnäckige und zielstrebige Art bekannt, mit der er jeden Fall untersuchte.
Wie gesagt, er nahm alles in sich auf, aber mit einem Teil seiner Gedanken war er woanders – bei den Reportern dort draußen. Irgendwie ging ihm das unter die Haut. Die erste Verblüffung war verflogen, nun merkte er, wie es in ihm zu fiebern anfing – ein Kitzel, den er bis in die Nervenenden spürte. *Staatsanwalt Lou Monahan, der als Anklagevertreter des Distrikts die Untersuchung leitet, versicherte unserem Reporter am Tatort, daß er entschlossen vorgehen und schon bald die Anklageschrift vorlegen werde* ..., reimte er sich im Geiste zusammen.

Merkwürdig, aber genau in diesem Moment, nicht erst später, fiel ihm alles wieder ein. Rick Ellerbees Party am Ende der Sommerferien. Die tanzenden Pärchen unter dem Zeltdach. Das Mädchen am Zeltmast, das ihm zugelächelt hatte. Da stand er nun neben einer armseligen, übel zugerichteten Leiche und spürte, wie sich in ihm die Liebe zu einer Unbekannten, ja sogar Begehren nach ihr, rührte. Lächerlich.
Schluß damit. »Warum, um alles in der Welt, hat sie das getan?« fragte er abrupt. »Warum tut die legendäre Ginny Reingold so etwas?«
»Old Thrust ...«, sagte Corvo und reckte Monahan die geballte Faust hin, »... bumm-bumm, zack-zack – alles klar? Nicht mal der Teufel kann so hassen wie eine verprügelte Frau.«
Monahan zog die Augenbrauen hoch. »Hat sie das gesagt?«
»Sie will nichts sagen, ehe ihr Anwalt da ist. Ein Staranwalt aus der Großstadt. Du hast dir einen sehr berühmten Widersacher eingehandelt, alter Freund.«
Monahan reckte trotzig das Kinn vor. So was nahm er, wie's kam.
»Sie wartet auf Richard Ellerbee«, sagte Corvo. »Zieh dich warm an.«

Wendy Monahan sagte dauernd dasselbe, immer wieder. »Du warst in den Elf-Uhr-Nachrichten.«
Monahan aß stumm weiter, und Wendy schob ihm das Essen noch näher hin. Kaltes Roastbeef, Stangenbohnen, Brötchen. Und jetzt noch ein Schälchen Kohlsalat dazu. »Die Elf-Uhr-Nachrichten!« wiederholte sie zum Gott weiß wievielten Male. »Ich kann dir sagen, das Telefon hat gar nicht mehr aufgehört zu klingeln. Ich dachte schon, Sandy fällt tot um.« Normalerweise mußte sich Monahan, wenn er um diese Zeit nach Hause kam, sein Essen selber aus dem Kühlschrank zusammensuchen. Jetzt brachte ihm Wendy sogar ein Bier und schenkte

ihm auch noch ein. Er fragte sich, ob Rick Ellerbee von seiner Frau wohl auch so verwöhnt wurde.

»Also?« Sie setzte sich auf den Stuhl neben ihn, sah ihn, das Kinn in die Hände gestützt, an, als wartete sie darauf, daß er ihr was von seiner letzten Polarexpedition erzählte. »Was ist? Hast du sie gesehen? Wie sieht sie aus?«

»Wie soll sie schon aussehen?« Er saß da wie Old King Cole, die Ellbogen aufgestützt, in der einen Hand die Gabel, in der anderen das Bierglas. »Sie ist doch auf allen Magazinen abgebildet, die hier bei uns rumliegen. Ich kann nicht mal aufs Klo gehen, ohne sie zu sehen.«

»Ich meine, in Wirklichkeit.«

»In Wirklichkeit? In Wirklichkeit hat sie ein blaues Auge.«

Wendy schnaufte tief und zuckte entsetzt zurück. »Heißt das, daß er sie geschlagen hat?« Monahan nickte. »Dieser Schuft. Also gut, dann hat er's verdient.«

»Wenn du dir die Sache im Fernsehen anguckst, hat er's verdient«, sagte Monahan und stocherte mit der Gabel im Krautsalat herum. »Aber beim Prozeß stellen sie's dann als Überreaktion dar.«

In Wendys blauen Augen lag ein so heller Glanz, daß ihm ungewohnt warm ums Herz wurde. »Aber dieser Prozeß wird hoffentlich im Fernsehen übertragen«, sagte sie. »Die haben doch jetzt überall Kameras aufgebaut.«

Daran hatte er noch gar nicht gedacht. Er klang nicht sehr sicher, als er sagte: »Ach wo. Doch nicht hier bei uns.«

»Bei einer so Prominenten? Willst du mich veräppeln? Der Prozeß wird jeden Tag übertragen. Du hast quasi deine eigene Fernsehserie.«

Er wollte es mit einem Lachen herunterspielen. »Lou Monahan, ein Kleinstadt-Staatsanwalt.« Aber der Slogan schlug Purzelbäume in ihm. Kameras, die auf ihn gerichtet waren, jeden Tag. So was wie seine eigene Fernsehserie.

»Ich guck's mir an«, sagte Wendy, stand auf, huschte um die Tischkante und setzte sich bei ihm auf den Schoß.
Plötzlich konnte Monahan sich wieder an Ellerbees Frau erinnern. Die Tochter von irgendeinem stinkreichen Kerl. Geld wie Heu. Er hatte ein Foto von den beiden gesehen, bei irgendeiner Wohltätigkeitsveranstaltung aufgenommen. Ellerbees Frau war eine ausgemachte Schönheit mit leicht onduliertem, schwarzem Haar. Eine, wie man so sagt, elegante Erscheinung.
Wendy schmiegte sich bei ihm an. Sie führte seine Hände nach oben, bis sie auf ihrem Busen ruhten, und schlang ihm die Arme um den Hals. Sie war ein wenig mollig geworden – richtiger gesagt, sie war nach der Geburt des zweiten Sohnes nicht all die Pfunde wieder losgeworden, die sie während der Schwangerschaft zugelegt hatte. Aber es steckte immer noch ein hübsches, mädchenhaft weiches Gesicht unter dem kurzgeschnittenen blonden – richtiger gesagt: blond gehaltenen – Haar. Doch, dachte er, sie macht sich bestimmt gut an meiner Seite. Die richtige Frau für einen Mann aus dem Volke. Da sahen die Zuschauer sofort, daß er eine solide Familie hatte.
Sie beugte sich vor, brachte die Lippen an sein Ohr und flüsterte: »Ich habe einen Fernsehstar geheiratet.«
Ein kühner Gedanke zuckte durch Monahans Hirn: Womöglich sah das Mädchen von Ellerbees Party ihn im Fernsehen ... »Du bist ein Dummerle«, sagte er, streichelte seiner Frau mit der Nasenspitze den Nacken und küßte sie.

Staatsanwalt Lou Monahan sah sich heute von Angesicht zu Angesicht mit dem Mann konfrontiert, der einst sein Freund war, nun aber, in diesem Jahrhundertprozeß, sein unerbittlicher Widersacher geworden ist, dachte Monahan, als er gemächlich den Korridor des Gerichtsgebäudes hinunterschlenderte, um sich mit Ginny Reingold und ihrem Anwalt zu treffen. Er achtete darauf, betont gemächlich zu schlendern, völlig gelassen, die Hände in den Taschen, mit nachdenklichem, aber distanziertem Gesichtsausdruck. In Wirklichkeit war er allerdings seit dem Krippenspiel in der Sonntagsschule, wo er mit zitternden Lippen das Wort *Myrrhe* in sechs Silben heruntergestottert hatte, nicht mehr so nervös gewesen.

Dennoch, heute morgen war bisher alles gut gelaufen. Sein Auftritt vor den Pressevertretern, draußen auf den Treppenstufen vor dem Gerichtsgebäude, war – verglichen mit gestern – ein bemerkenswerter Fortschritt gewesen. Diesmal war er auf sie vorbereitet. Wendy hatte ihm einen von den guten Anzügen rausgelegt, da fühlte er sich gleich viel sicherer. Auf der Fahrt zum Dienst hatte er sein Statement noch mal in Gedanken rekapituliert und schon mal ein bißchen den Trick mit dem erhobenen Zeigefinger, den zusammengekniffenen Augen und dem Stahlschimmer im Blick geübt. Und als sie sich dann wie die Aasgeier auf ihn gestürzt hatten, hatte er ihnen kurz und bündig gesagt, was es zu sagen gab, und dann hatte er sich umgedreht und war gegangen. So – da wußten sie, daß er Wichtigeres zu tun hatte. Er selbst hatte keine Zeit gehabt, sich die Aufnahmen anzusehen, aber ein paar Deputies hatten die Zehn-Uhr-Nachrichten gesehen und ihm »Sie haben toll ausgesehen, Lou« nachgerufen. Na ja, die Jungs lästerten gern ein bißchen, aber, wie gesagt, es schien ganz gut gelaufen zu sein.

Jetzt allerdings stand ihm eine Begegnung bevor, vor der er einen Mordsbammel hatte: die erste Begegnung mit Ellerbee. Und obwohl sie sich im Gerichtsgebäude trafen, abgeschirmt gegen alle Neugierigen, nur Ellerbee und er, Corvo, eine Deputy und die Hauptverdächtige, gingen ihm die Reporter da draußen und die Kameras nicht aus dem Sinn. Im Geiste sah er einen Film ablaufen, in dem er der Hauptdarsteller war, und hörte – wiederum im Geiste – dazu die Stimme des Reporters:

Staatsanwalt Lou Monahan nähert sich dem Vernehmungszimmer, nickt dem Deputy entschlossen zu und …

Staatsanwalt Lou Monahan näherte sich dem Vernehmungszimmer, nickte dem Deputy entschlossen zu und dachte: Heute darf nichts schiefgehen. Ich muß das hinkriegen. Muß vom ersten Augenblick, von der Begrüßung an, alles im Griff haben. Freundlich, aber nicht zu entgegenkommend. Ein kurzes Händeschütteln, ein kurzes mannhaftes Nicken, damit er weiß, daß ich ihn wiedererkannt habe. Sich bloß nicht anmerken lassen, wie er in jungen Jahren zu Ellerbee aufgeschaut hatte, weil er geahnt hatte, daß Ellerbee all die Wege offenstanden, die ihm für immer verschlossen blieben. Aber die alte Hackordnung galt jetzt nicht mehr.

»Mein Gott«, hauchte Monahan lautlos in sich hinein, als ihm der Deputy die Tür öffnete.

Corvo war schon da, er stand vor dem Tisch. Ellen Brown, die Deputy, hatte hinten an der Wand Platz genommen. Ginny Reingold saß mit verschränkten Händen, den Blick ins Leere gerichtet, am Tisch, über ihren hoch angesetzten Wangenknochen zeichnete sich eine purpurfarben angelaufene Schürfwunde ab. Sie trug das Haar lang – langes, seidenweiches, kastanienbraunes Haar. Große Augen – schön geschnittene Augen, nur, sie sahen irgendwie verloren und leer aus.

»Der Blick der verlorenen Generation«, hatte seine Frau gesagt. Was immer das bedeuten sollte, Monahan spürte, daß sich jedesmal, wenn er sie ansah, ein Urinstinkt in ihm rührte. Ein männlicher Beschützerinstinkt.

Was unter den gegebenen Umständen nicht eben hilfreich war. Sie hatte einen Beschützer, er saß neben ihr – ihr Verteidiger.

Himmel noch mal! dachte Monahan, *er sieht großartig aus. Der Anzug ist eine Wucht!*

Ellerbee war in den zwanzig Jahren ein bißchen fülliger geworden. Eben nicht mehr der Hansdampf in allen Gassen, der er mal gewesen war, aber er sah durchtrainiert aus, machte immer noch was her. Daß er ein wenig in die Breite gegangen war, betonte nur den Eindruck eines gereiften, einflußreichen Mannes. Einen Bauchansatz wie Monahan schob er jedenfalls nicht vor sich her, und dessen Krähenfüßchen hatte er auch nicht. Während Monahan bei sich selbst Anzeichen dafür zu entdecken glaubte, daß seine Züge mit der Zeit ein wenig breiiger wurden, schien sich Ellerbees makelloses Profil noch gefestigt zu haben, es wirkte jetzt geschmeidiger, nicht mehr so kantig, eben ein Männergesicht.

Aber der Hammer war dieser todschicke Anzug. Auf Taille geschnitten, schwarz, mit einem so eleganten, so hauchfeinen Nadelstreifen, daß das Schwarz ihn fast zu verschlucken schien.

»Mr. Ellerbee«, stellte Corvo vor, »Louis Monahan, der als Anklagevertreter des Distrikts die Untersuchung leitet.«

Monahan streckte die Hand ein bißchen zu schnell aus. Dafür traf er den gewünschten Gesichtsausdruck haargenau: ein straffes angedeutetes Lächeln, leicht verengte Augen, ein wissender, amüsierter Blick. *So trifft man sich wieder, alter Freund.*

Ellerbee stand auf und schüttelte Monahan die Hand. Die funkelnden Augen schienen den Staatsanwalt mit einem Blick zu verschlingen. »Mr. Monahan ...«, sagte er förmlich. Er setzte sich wieder, und dann sagte er: »Meine Mandantin würde gern eine Erklärung abgeben.«

Rings um Monahan schien alles in Bewegung zu sein. Ellerbee beugte sich zu seiner Mandantin hinüber. Ginny Reingold richtete sich auf und atmete tief durch. Corvo nickte Ellen Brown zu, die zur Tür ging, um dem Deputy draußen irgend etwas auszurichten. Nur Monahan stand reglos da, wie versteinert, mit offenem Mund. Den Blick starr auf Ellerbee gerichtet.

Er ... er hat mich nicht erkannt. Das einzige, was er im Augenblick denken konnte, der einzige Gedanke, dessen er sich bewußt war. Ein Gedanke, so grell wie ein Blitzlicht, der sekundenlang alles andere in Dunkel tauchte. *Nein – er erkennt mich nicht. Mich! Mich erkennt er nicht?* Monahan rührte sich nicht. Er konnte sich nicht bewegen, er konnte nur starren. *Aber – wir waren doch zusammen in der Schule. Wir sind um die Wette gelaufen. Wettrennen. In der Schule. Die fünfzig Yards. Da hab ich ihn geschlagen. Ich hab ihn auf den fünfzig Yards geschlagen. Und er erkennt mich nicht wieder.*

»Äh ... Lou?« riß Corvo ihn aus seinen Gedanken.

Monahan reagierte sofort und routiniert. »Miss Reingold, die heutige Anhörung wird auf Videoband aufgenommen. Ich möchte Sie also auf Ihr Recht hinweisen ...«, er zog sich den Stuhl ihr gegenüber zurecht und setzte sich, »... gegen die Aufzeichnung Einspruch einzulegen. So, und jetzt können wir anfangen.« *Nicht zu fassen, er hat mich ... mich! ... mich hat er nicht ...?* rotierte es in seinem Kopf. *Und die fünfzig Yards? Ich war einen Yard vor dir im Ziel. Mindestens einen Yard – Freddy Markham stand daneben, er hat's gesehen ...*

»Gestern abend ...«, fing Ginny Reingold an, dann mußte sie erst mal den Kloß im Hals weghusten. »Gestern abend, vor Jerrys Tod, äh, bevor er ermordet wurde ...«

Darum bist du von da an nur noch die Dreihundert gelaufen, dachte Monahan verdrießlich und starrte kopfschüttelnd auf sein Spiegelbild in der kunststoffbezogenen Tischplatte. Er war auf einmal sehr niedergeschlagen.

»Wir hatten nämlich Streit«, fuhr Ginny Reingold leise fort. Eine Stimme wie aus den Träumen großer Jungen, ein halbverwehter Hauch Sünde. Monahan rief sich zur Ordnung, sog scharf die Luft ein und zwang sich, ihr zuzuhören. »Es war nichts Großes. Ich hatte einen Scherz gemacht – na ja – wegen seiner Haare, er hätte dringend zum Friseur müssen. Ich hab ihn ein bißchen aufgezogen, Sie wissen schon, aber ... na ja, sein letztes Album lief nicht so richtig, und da war er ein bißchen mit den Nerven runter, Sie wissen schon. Na ja, jedenfalls, auf einmal fing er an rumzuschreien, und dann hat er durchgedreht und ... und mich geschlagen. Ins Gesicht. Und dabei hatte ich ihm gesagt: Er durfte mich nie, nie ins Gesicht schlagen. Das hatte ich ihm klipp und klar gesagt. Sonst verlaß ich ihn, hatte ich gesagt. Aber er war eben wie von Sinnen. Einfach verrückt. Und, wissen Sie, da hab ich Angst gekriegt. Darum bin ich rausgerannt. Also, bis ganz nach draußen, na ja, Sie wissen schon. Ich bin in den Wagen gestiegen. In den dunkelbraunen – den Mercedes. Und hab die Türen verriegelt, Sie wissen schon, aber ... Na ja, ich hatte keinen Schlüssel. Der war in meiner Handtasche. Und da ist Jerry rausgekommen und hat – na ja, er hat mit den Fäusten an die Scheiben getrommelt und rumgebrüllt wie verrückt. Also, ich hab noch gedacht, das muß doch jemand hören und die Polizei anrufen, hab ich gedacht, und mich extra noch auf die Hupe gelehnt, aber – na ja, da draußen haben wir eigentlich ringsum nur Wald, und ich glaub, die Leute da draußen sind an so was gewöhnt. Jedenfalls, nach 'ner Weile sagt er zu mir, daß er jetzt reingeht und den Schlüssel holt. Er kommt aber wieder, sagt er, und dann will er mir 'ne Lektion erteilen. Und dann ... o Gott, er hat so ein irres Gelächter ausgestoßen, wie ein Verrückter, Sie wissen schon, und dann ist er reingegangen.« Ginny Reingold schluckte gegen die Tränen an und warf ihrem Anwalt einen flehentlichen Blick zu. Und Ellerbee, der griff natürlich sofort zu und legte ihr seine Pranke auf die schlanken weißen Finger. Monahan sah genau hin. *Wissen Sie*, sagte er im Geiste zu Ginny Reingold, *ich hab ihn schon mal geschlagen. Um gut und gern einen Yard. Freddy Markham hat's gesehen. Er hätte das wegstecken müssen, wie das unter Sportsfreunden üblich ist. Aber nein, es hat ihn fast umgebracht.* Ginny Reingold schluckte noch einmal, dann konnte sie weiterreden. »Ich wußte nicht, was ich machen sollte. Aussteigen und weglaufen – das hab ich mich nicht getraut. Da bin ich einfach sitzen geblieben. Aber Jerry kam nicht wieder. Über eine Stunde hab ich da draußen gesessen, und dann … na ja, es ist allmählich lausig kalt geworden. Ich hatte ja keine Jacke dabei oder irgendwas, Sie wissen schon. Schließlich bin ich dann ausgestiegen und ums Haus rumgegangen. Ich wollte … na ja, durchs Fenster ins Schlafzimmer gucken. Ich dachte, vielleicht hab ich Glück und er ist eingeschlafen. Vielleicht hat's ihn umgehauen, hab ich gedacht, weil – na ja, er hatte 'ne Menge Wodka geschluckt und auch ein bißchen Dope, und da hab ich gedacht …« Sie tupfte sich mit dem Fingernagel unter dem linken Augenwinkel herum, als ob da eine Träne hinge, die sie festhalten wollte. »Ja, also, jedenfalls – ich schleich gebückt ums Haus, und wie ich hinten ankomme … na ja, da ist da so ein Mann. Ein riesengroßer – Sie wissen schon –, ein riesiger dicker Kerl … mit … ja, ich würd sagen, mit auffallend kurzem Haar. Der kam gerade aus dem Fenster geklettert …«

Monahan öffnete den Mund, aber er sagte nichts. Denn plötzlich wurde alles, was ihm so schwer im Magen gelegen hatte, federleicht. *Hey*, dachte er.

»Er hatte so 'ne … na ja, so eine – so eine von diesen karierten Jagdjacken an, Sie wissen schon«, erzählte Ginny Reingold weiter. »Ach ja … und er hat mich nicht gesehen. Er hat nicht in meine Richtung geguckt. Er ist einfach aus dem Fenster geklettert – und – und dann weggelaufen. Er ist in den Wald gerannt. Und – und ich, ich bin ans Fenster gerannt und hab reingeguckt – und da hat Jerry auf dem Bett gelegen …«

Ein Schütteln überlief sie, sie preßte sich beide Hände auf den Mund und ließ ihren Tränen freien Lauf. Sie liefen ihr über die Schürfwunde und über die seidenweiche Haarsträhne, die ihr ins Gesicht gefallen war. Dann lehnte sie den Kopf an Ellerbees Schulter, und Ellerbee tätschelte ihr das Haar, und sie vergrub die Stirn am Revers seines tollen schwarzen Anzugs. Corvo ballte verstohlen die Fäuste. Ginny Reingold sah aus wie ein Kind, das Prügel bezogen hat.

Aber Monahan schenkte Ginny Reingold jetzt gar keine Beachtung mehr. Er war auf einmal wie ausgewechselt. Er sah nur noch Richard Ellerbee an – die kühne, schlankgeschnittene Nase, die kräftigen, geraden Augenbrauen, das durch und durch beherrschte Gesicht. Er sah ihn mit den Augen, mit denen ein Anwalt den anderen, ein alter, mit allen Tricks vertrauter Gerichtshase den anderen sieht. In seinem Bauch blubberte es, als ob Wasser zu kochen anfinge, aber er wußte, daß es kein Wasser war – o nein, es war so etwas wie ein aufgeregtes Kitzeln, und das stieg in ihm auf, durch die Brust, bis in die Kehle.

Hey, dachte er, *weißt du, was, Mister Staranwalt? Ihre Geschichte ist der letzte Scheiß. Das weißt du ganz genau, Mister Staranwalt. Und die Jury wird auch schnell dahinterkommen.* Er hätte beinahe laut herausgelacht. Und ein bißchen verblüfft dachte er: *Tja, da werd ich dich wohl wieder schlagen. Dieses Mal werd ich dich um Längen schlagen. Im Fernsehen. In der täglichen Ding-dong-Show, und jeder kann zusehen. Sie auch – dieses Mädchen, das damals auf deiner lausigen Party war. Ich hab dich schon mal geschlagen, auf den fünfzig Yards – weißt du das noch, du arroganter Affenarsch? Und ich werd dich wieder schlagen. Vor laufender Kamera. Und alle werden es sehen.*

Im Glücksgefühl seiner frischgewonnenen Zuversicht hatte Monahan es sehr eilig, Corvo in sein Büro zu schieben, und diesmal hatte der Sheriff Mühe, mit ihm Schritt zu halten.

»Junge«, meinte Corvo, »sorg lieber dafür, daß du 'ne Jury aus lauter Mädels hast, denn kein Mann auf dieser Welt gibt seine Stimme dafür her, sie schuldig zu sprechen. Ich selber würd's auch nicht tun, und ich weiß genau, daß sie schuldig ist.«

Monahans Schreibtisch war mit pinkfarbenen Telefonvermerken gepflastert – Zeitungen und Fernsehstationen und Fernsehsender hatten angerufen. Und die Jungs von der Sonny-Charleston-Talk-Show. Sonny wollte ihn in seiner Sendung haben.

»Sie werden sie schuldig sprechen«, sagte er. »Sie lügt. Sie müssen sie schuldig sprechen.«

Er wischte mit dem Ärmel über den Schreibtisch, um Platz für das Portable zu schaffen, das er sich im Wachraum geliehen hatte. Er wuchtete den Fernsehapparat auf die Schreibtischplatte und schaltete ihn ein. Gleich mußten die Zwölf-Uhr-Nachrichten kommen.

»Dieser Ellerbee, das ist mir vielleicht einer«, sagte Corvo. »Hübscher Anzug, wie?«

»Ja«, sagte Monahan, »toller Anzug.« Erst kam das Bild, der Ton ließ noch auf sich warten. Eine Frau hielt ein Paket Waschpulver hoch. Sie sah ein bißchen wie Monahans Frau aus – rundes Gesicht, blondes Haar, nur schlanker und hübscher. O Mann, die gelbe Bluse saß ganz schön stramm. Wenn Wendy es hinkriegte, so ähnlich wie das Mädchen im Fernsehen auszusehen, dann gab's absolut nichts an ihr auszusetzen, dachte er.

»Er ist wirklich ein netter Kerl«, sagte Corvo in einem Ton, als wäre ihm gerade ein Filmstar über den Weg gelaufen, der tatsächlich guten Tag zu ihm gesagt hatte. »Hab mich beim Rausgehen kurz mit ihm unterhalten. Er hat gefragt, wie's hier bei uns mit dem Angeln ist. Ach ja – und dann hat er gesagt, er glaubt, daß er mit dir in die Schule gegangen ist.«

»Ach ja?« echote Monahan. »Mir kam er nicht bekannt vor.«

»Was meinst du, wieviel er macht? 'ne runde Million im Jahr oder so?«

Die Nachrichten kamen. Die Erkennungsmelodie, wie ein Morsecode, von einem Sinfonieorchester gespielt. Der Anchorman war eine Anchorfrau. Kameraschwenk – ihr fester Blick ins Objektiv, dann das Hintergrundbild: ein Hochglanzfoto von Ginny Reingold, dazu als Montage eine zerbrochene Gitarre.

Die Moderatorin kam schnell und glasklar zur Sache. Als Aufmacher des Tages: Thrust hat seine Geliebte, das bekannte Supermodel Ginny Reingold, wiederholt geschlagen. Danach die Aufzeichnung der Szene, wie Monahan sich, von einem Heer von Reportern umlagert, seinen Weg ins Gerichtsgebäude bahnte.

»Hey – du siehst toll aus«, sagte Corvo.

Aber Monahan schüttelte nur den Kopf. Er wußte genau, daß er keine gute Figur machte. Am besten, er guckte gar nicht hin. In Wirklichkeit, *in natura*, hatte er ein ehrliches, intelligentes, mit gutem Willen konnte man sagen: gutaussehendes Gesicht. Im Fernsehen sah es aufgeschwemmt und pickelig aus. Und das Haar – als ob er sich nicht gekämmt hätte! War es denn wirklich schon so schütter? Sein verkrampftes Bemühen, mit fester Stimme zu sprechen und jede Aussage mit erhobenem Zeigefinger zu unterstreichen, wirkte grotesk. Die Kameras hatten aus einem fachlich kompetenten, ehrlichen Kleinstadt-Staatsanwalt einen verknöcherten, bärbeißigen, knopfäugigen Bürokraten gemacht.

Aber das tat seinem inneren Hochgefühl und seiner frischgewonnenen Zuversicht keinen Abbruch. Er hatte eben keine Erfahrung mit Kameras und Presseleuten – das war alles. Sie hatten ihn kalt erwischt, aber jetzt hatte er einen Plan. Jetzt war er auf der Siegerstraße, das wußte er.

Ellerbee auf dem Bildschirm. »Dieser Fall ist von Anfang an falsch angepackt worden.« Er sprach ruhig, aber präzise, wandte sich an die Reporter und damit ans Fernsehpublikum wie an absolut ebenbürtige, sachverständige Kollegen. »Die städtische Polizei war vor den Männern des Countysheriffs am

Tatort, und sie sind leider kreuz und quer über das Grundstück spaziert. Da muß man sich nicht wundern, daß es von dem unbekannten Eindringling keine Spuren mehr gibt, die haben die Jungs von der Stadtpolizei gründlich verwischt. Aber es unternimmt ja auch keiner wenigstens den Versuch, einen anderen Verdächtigen als meine Mandantin zu finden, ebensowenig, wie sich irgend jemand darum bemüht hat, festzustellen, wer der Besitzer der Mordwaffe ist.«

»Ja, ja«, sagte Corvo, »diese Großstadtanwälte.«

Monahan hörte gar nicht hin. *Er ist aalglatt,* dachte er. Hat Erfahrung im Umgang mit Kameras. Raffiniert, wie er die Fernsehzuschauer auf seine Seite zieht, indem er seine Überlegungen wie in einer Kollegenrunde vor ihnen ausbreitet. Monahan nickte und dachte dabei: *Aber das ist mein County, Mister Staranwalt, hier kenne ich mich auf der Rennstrecke aus. Und die Jury kommt auch von hier.*

Andere Saiten aufziehen – das war sein Plan, genau das hatte er vor. Und zwar ganz schnell, ehe die Reporter mitkriegten, was gespielt wurde. Er wollte seinen Platzvorteil nutzen. Sich zum Lokalmatador machen. Er wohnte lange genug hier, um zu wissen, was bei den Leuten ankam. Nun, dieser Mr. Ellerbee ist sicherlich ein exzellenter Großstadtanwalt, würde er den Reportern sagen. Ich schätze mal, ein kleiner Staatsanwalt vom Land hat gegen ihn vor Gericht keine großen Chancen. Deshalb muß ich mich an die Bevölkerung wenden und den Leuten in unserer Gegend die Wahrheit erzählen und darauf hoffen, daß sie mir zuhören. Monahan starrte auf den Fernseher, grinste breit und merkte es nicht einmal. Ja, das funktionierte bestimmt. Er wußte, daß das bei den Leuten ankam. Er hatte vor, sogar den Umstand ins Spiel zu bringen, daß sie zusammen in die Schule gegangen waren – dadurch wurden die Fronten klarer. Tag für Tag konnten die Leute es im Fernsehen verfolgen: der kleine David vom Lande gegen den großen

Goliath aus der Stadt. Und das alles vor laufenden Kameras – im Gerichtssaal, jeden Tag, als wär's seine eigene Fernsehserie. Und er spazierte – im zerknitterten Hemd, den Schlips auf halbmast – vor den Geschworenen auf und ab, die linke Hand in der Hosentasche, mit der rechten kratzte er sich am Hinterkopf. Sah aus wie ein Kartoffelkönig, allein gegen die Reichen und Mächtigen dieser Welt. Aber der äußere Schein täuschte, in Wirklichkeit war er ein schlauer Fuchs, und er hatte das Recht auf seiner Seite. Darum würde er den Prozeß gewinnen. Im Fernsehen. Und das ganze Land – vielleicht sogar die ganze Welt – sah ihn in seiner Starrolle in dem Hit *»Lou Monahan, ein Kleinstadt-Staatsanwalt«*.

»Woran denkst du gerade?« fragte Corvo grinsend. »Du hast so 'n komischen Zug um die Nase. Worüber denkst du nach?«

»Ich denke über die Bluse nach, die ich meiner Frau kaufen will«, sagte Monahan. »Ich glaube, ich nehme eine gelbe.« Und er griff zum Telefon und rief die Jungs von der Sonny-Charleston-Show an.

Lou Monahan, der County-Staatsanwalt, inspiziert im schwindenden Tageslicht den Tatort, dachte Monahan, als er im schwindenden Tageslicht den Tatort inspizierte. Er stand, beide Hände in den Hosentaschen vergraben, auf dem Rasen hinter der Ranch, wo ihn der Deputy, der den Vordereingang bewachte, nicht sehen konnte. Eine kühle Brise, vollgesogen mit dem nahen Abend und dem nahen Herbst, wehte vom tiefer gelegenen Wald zu ihm hoch.

Er hatte einfach noch mal herkommen und sich umsehen wollen, um ein Gespür für die Atmosphäre zu bekommen und um Munition gegen Ellerbees Vorwurf zu sammeln, am Tatort seien Spuren verwischt worden. *Nun ja*, würde er zu Sonny Charleston sagen, *man kann diesem Mr. Ellerbee nicht abspre-*

chen, daß er eine rege Phantasie hat, aber ich habe den Ort des Geschehens persönlich in Augenschein genommen und versichere Ihnen, wenn es dort auch nur das geringste Anzeichen dafür gegeben hätte, daß dieser geheimnisvolle Eindringling nicht nur ein Phantom ist ... Ein Lächeln spielte um seine Lippen, als er sich umdrehte und zum Waldrand hinuntersah. Die Bäume da unten, die waren morgen im Fernsehen. Denn morgen fing die Lou-Monahan-Show an. Und plötzlich wußte er, daß alles – einfach alles wunderbar werden mußte.
Das Laub in den Zweigen raschelte leise, es roch nach Herbst und Sterben. Und auf einmal war sein Herz in der Vergangenheit, er spürte ein brennendes Verlangen. Er ging über den Tanzboden auf sie zu. Das Mädchen und alles, was er mit dem Begriff Jugend verband, waren plötzlich so quälend nahe, daß er laut aufstöhnte, vor Sehnsucht danach, die Hand auszustrecken und den Augenblick festzuhalten.
Ich habe alles falsch gemacht, dachte er. Er hatte die ganze Zeit über alles falsch gemacht. Sie hatte eben doch *ihm* zugelächelt. Er hätte ihr nachlaufen, sie suchen, mit ihr reden sollen, dann wäre alles anders geworden. Er wäre ... irgendwas anderes wäre er geworden, er wußte auch nicht, was. Eine strahlende Zukunft hätte sich vor ihm aufgetan, nach der er sich jetzt nur sehnen konnte, so wie sich Blinde danach sehnen, die Farben zu sehen.
Er ging weiter, den Hang hinunter, auf den Wald zu. Er redete sich ein, daß das immer noch zur Inaugenscheinnahme des Tatorts gehörte, aber wenn er ehrlich zu sich selbst war, setzte er nur einen Fuß vor den anderen, genau wie er's damals auf dem Tanzboden getan hatte, vor zwanzig Jahren, in dem gelbgestreiften Zelt. Der Wald, das Raunen des Windes, das Halbdunkel unter den Bäumen – all das war die Quelle seiner Sehnsucht, und diese Sehnsucht zog ihn magisch an, als dächte er, er brauche nur den Vorhang beiseite zu schieben und einzutre-

ten in eine Wunderwelt, in der alles wahr wurde, was bisher nur Traum und Verlangen gewesen war.
Doch dann wurde er langsamer, und am Waldrand, vor der ersten Baumreihe, blieb er stehen und starrte ins Dunkel. Natürlich war er nicht abergläubisch, es war ja nur das ganz normale Dunkel des Waldes. Aber auf einmal wußte er, daß es keinen Weg zurück in die Vergangenheit gab, keine Alternative zu den zwanzig Jahren – so, wie er sie gelebt hatte. Alles mußte so sein, wie es war. Seine Zeit war damals einfach noch nicht gekommen. Aber jetzt, jetzt war sie gekommen.
Er löste den Blick von den Baumwipfeln und wollte sich schon abwenden, als er etwas entdeckte.
Lou Monahan, der Kleinstadt-Staatsanwalt, kniff die Augen zusammen und ging auf den jungen Ahornsprößling zu, der sich dort am Waldrand mühte, ein Bäumchen und irgendwann ein Baum zu werden. Die Zweige reichten Monahan gerade mal bis zur Taille, und an einem entdeckte er einen Schimmer Rot und Schwarz, ein deutlicher Kontrast zu den immer noch grünen jungen Blättern. Monahan beugte sich vor, und da wußte er, was es war. Überreste von einem Stück Stoff, nur ein paar Fäden. Fäden von einer karierten Jagdjacke, die sich an den Zweigen verfangen hatten. Fäden von einer Jacke, wie sie, Ginny Reingolds Schilderung nach, der Mörder getragen hatte.
Er war nicht enttäuscht. Er war nicht mal überrascht, insgeheim hatte er schon die ganze Zeit über geahnt, daß es so etwas geben mußte. Genau wie er damals im Zelt geahnt hatte, daß das Mädchen nicht mehr da war, wenn er bei dem Mast ankam. Das eine kam ihm so logisch vor wie das andere. Ginny Reingold war unschuldig. Sie mußte sich nicht vor Gericht verantworten, weil es überhaupt keinen Prozeß geben würde. Irgendwann klagten sie irgendeinen drogensüchtigen Herumtreiber wegen des Mordes an, und er gestand die Tat. Das Mo-

del kehrte dem County den Rücken, Ellerbee ging zurück in seine Großstadt, die Kameras waren wie vom Erdboden verschluckt. Lou Monahan, der Kleinstadt-Staatsanwalt, hatte das Spiel, ehe es noch begann, verloren. Das überraschte ihn überhaupt nicht. Die Welt war wieder so, wie sie immer gewesen war. Und so kam sie ihm auch viel sinnvoller vor.

Und doch ..., dachte Monahan verträumt, *und doch* ...

Er streckte die Hand aus, pflückte die roten und schwarzen Fäden vom Zweig und zwirbelte sie zwischen Daumen und Zeigefinger. Dann hielt er sie hoch, ein bißchen über Augenhöhe, als ob er sie näher untersuchen wollte. Und dann kam da, wo alle Sehnsüchte zu Hause sind, im Halbdunkel des Waldes, eine Brise auf.

Lou Monahan öffnete die Finger. Und der Wind trug die Fäden davon.

Copyright-Vermerke

Introduction copyright © 1996 by Scott Turow
»Dogs and Fleas« copyright © 1996 by John Lutz
»Lou Monahan, County Prosecutor« copyright © 1996 by Andrew Klavan
»Real Life« copyright © 1996 by Sarah Shankman
»Knives at Midnight« copyright © 1996 by Marcia Muller
»Justice« copyright © 1996 by Stuart M. Kaminsky
»Cruel and Unusual« copyright © 1996 by Carolyn Wheat
»The Grip« copyright © 1996 by Jay Brandon
»Beat Routine« copyright © 1996 by Stan Washburn
»Last Licks« copyright © 1996 by Valerie Frankel
»Turning the Witness« copyright © 1996 by Jeremiah F. Healy III.
»That Day at Eagle's Point« copyright © 1996 by Ed Gorman
»Celebrity and Justice for All« copyright © 1996 by John Jakes
»For the Good of the Firm« copyright © 1996 by Maynard F. Thomson
»Dead Drunk« copyright © 1996 by Lia Matera
»The Court of Celestial Appeals« copyright © 1996 by Susan Dunlap
»Boobytrap« copyright © 1996 by Bill Pronzini

Knaur®

Romane von Johannes Mario Simmel

(437)

(728)

(397)

(2957)

Von Johannes Mario Simmel sind außerdem bei Knaur erschienen:

Bis zur bitteren Neige (118)
Liebe ist nur ein Wort (145)
Lieb Vaterland magst ruhig sein (209)
Alle Menschen werden Brüder (262)
Bitte laßt die Blumen leben (1393)

Foto: Isolde Ohlbaum

Die im Dunkeln sieht man nicht (1570)
Im Frühling singt zum letztenmal die Lerche (60089)
Es muß nicht immer Kaviar sein (29)
Die Antwort kennt nur der Wind (481)
Niemand ist eine Insel (553)
Meine Mutter darf es nie erfahren (649)
Zweiundzwanzig Zentimeter Zärtlichkeit (819)
Wir heißen Euch hoffen (1058)
Die Erde bleibt noch lange jung (1158)

Knaur

Spannung pur

(67002)

(60550)

(67021)

(67015)

(67064)

(60548)

Knaur

Romane von Victoria Holt

(60191)

(60185)

(60186)

(60190)

(60183)

(60182)